谨以此书

向改革开放四十周年献礼！

黄土梦

唐光耀 著

HUANGTUMENG

TANG GUANGYAO

百花洲文艺出版社
BAIHUAZHOU LITERATURE AND ART PRESS

图书在版编目(CIP)数据

黄土梦 / 唐光耀著. — 南昌 : 百花洲文艺出版社, 2017.6
ISBN 978-7-5500-2154-9

Ⅰ. ①黄… Ⅱ. ①唐… Ⅲ. ①长篇小说—中国—当代
Ⅳ. ①I247.5

中国版本图书馆 CIP 数据核字（2017）第 056817 号

黄土梦
唐光耀　著

出 版 人　姚雪雪
责任编辑　余　茳
封面设计　黄敏俊　齐物秋水
制　　作　胡红源
出版发行　百花洲文艺出版社
社　　址　南昌市红谷滩世贸路 898 号博能中心 I 期 A 座 20 楼
邮　　编　330038
经　　销　全国新华书店
印　　刷　天津兴湘印务有限公司
开　　本　720mm×1000mm　1/16　　印张　23
版　　次　2019 年 4 月第 1 版第 2 次印刷
字　　数　380 千字
书　　号　ISBN 978-7-5500-2154-9
定　　价　46.00 元

赣版权登字　05-2017-83

邮购联系　0791-86895108
网　　址　http://www.bhzwy.com

序

我们这一代人与中华人民共和国大体同年，隆重庆祝共和国60周年大庆时，我们就步入老年了。做梦也没有想到，人老了喜逢共和国的太平盛世，能享受这安乐的日子。共和国成立60周年，以中国共产党十一届三中全会划分，前30年，即我们的前半生，党的《建国以来若干历史问题的决议》已作了客观的总结，我们这一代人无论说是牺牲者还是体验者都不过分。后30年，即我们的后半生，正当年壮，既是参与者，也是受益者。共和国60年辉煌，特别是后30年的突飞猛进，我们是最有发言权的见证者。

休闲的时间多了，反而觉得不如成天忙碌的日子好过。刚退休，常邀朋结友，打点小麻将，喝杯小酒，吃点麻辣烫，久了又觉得身体不适。于是常有同年的老同学、老同事邀约或郊游，或河边树荫下喝茶，闲聊摆龙门阵。将各自一生亲身经历的、耳闻目睹的故事，摆出来供大家欣赏。有时回乡下，与当年竹马朋友一同享受农家乐，喝着粗茶、土酒，回顾当年许多苦涩而有趣的往事。

我们这一伙老友摆的龙门阵，都与“三农”有关，这与我们一生的经历有关。以我为例，我1947年出生于四川丘陵地带一个小山湾，祖祖辈辈都是穷苦种田人。咿呀学语时，就唱《东方红》，对斗地主、分田地，已有朦胧的印象。背着书包进本乡小学堂时，就经历了初级农业合作社、高级农业合作社，又跑步进入了号称“天堂”的人民公社。我从小饿着肚子在黄泥土中爬行，幼小心灵所感受到的没有甜蜜，几乎都是辛酸。

记忆最深的是人民公社时，大兵团作战种庄稼，只知道自己有爹妈，不知道还有个家。因为山湾的人都集中住在以前一家大地主的院落里，就像电影里看到的法西斯德国集中营一样，我们兄妹几人与母亲挤在一间不到10平方米的小房间的角落里，睡的地铺，还住了两家人。在伙食团大家吃一锅饭，孩子们伙伴多了，做游戏好玩。我们天天吃着伙食团，跑几里路去上学。最初，吃了几天干饭，过后就是大米和红薯混合的稀饭，不到一年，稀饭也没了，只有红薯与牛皮菜煮的汤，后来喝的野菜汤。好多男劳力被抽去炼钢铁，老年人与妇女种地，劳动强度不堪重负，加上填不饱肚子，好多人患了浮肿病，倒下了。没有去炼钢铁的主要劳力，眼看个个也成了“胖子”。我的脚也肿了，一按就一个坑，在放学的路上，刨草根吃。我们那里牛、羊吃的铁线草、施茅草遍地都是，心想牛、羊吃叶可填饱肚，我们就吃根，结果这些草根还甜甜的。有时顺手牵羊，搞点地里的生红薯、生麦穗、生豌豆、生胡豆吃。幸好我1960年考上了中学，国家保证供应32斤细粮，1961年学校停办时，队里已解散了伙食团，回到了高级社年代，各家各户才升起了炊烟，让我逃过了那一劫。

我在队里参加了一年挣工分的劳动，1962年才去另一所农村中学插班学习。这时，国家不再供应口粮，都是自己带家里的粗、细粮，跑几十里地上学。后来才知道，这是那时的“西南王”李井泉搞的土政策。

读到初中毕业，因家里穷，考了一所不交饭钱、不交学费、不用带口粮的中等师范学校（简称中师），户口离开了农村。读高中的同学，正当要高考时，“文化大革命”开始了，他们搞了文革，全部被送回农村接受再教育。我虽然被分到一所村小学教书，但幸运的是有了一份铁饭碗的工作，还是吃公粮的户口。

中学和师范的同学，绝大多数都来自农村贫下中农家庭，极少是地主、富农子女。一个班有两三个家住农村小镇吃公粮的居民子女。所以我读初中的同学绝大多数都是农民，只有读了高中的后来因恢复高考才离开了农村。中师的男同学，做一个小学教师，都是在农村找的老婆，成了那时的“半边户”。我也不例外，找了一个同龄的高中毕业回农村教民办小学的老师，因是农村户口，称为民师。我任教的小学和中学，男教师绝大多数都是“半边户”，即老婆是农村户口，只有女教师、女同事不是“半边户”。

恢复高考后，我在职领薪读了几年高等学校，因老婆是农村户口的民办教师，毕业后也只好回老家的一所中学教书。后来老婆也参加考试，考上了我读中师时的学校的民师班，毕业后才转为公办教师，一家人才脱离了农村户口。

所以我的老同学、老同事们，与我一样，前半生都是在黄泥土中长大成人，无论是有一份正式工作的，还是在农村当一辈子农民的，都在农村靠农业维持生活，养家糊口。改革开放后，我们都步人壮年，有的恢复高考后考上了大学，找到一份国家安排的工作，但老婆孩子仍在农村。有的毕竟有点文化，借改革开放的东风，在农村先富了，特别是办企业，资本上千万元的就有好几个。他们老了，都把事业传给了子女，自己抽闲了。

我们这批休闲的老同学、老朋友，无论是先进城的，还是后进城的；无论是找到一份工作由农民转为居民的，还是后来买户口进城的，都居住在一个小小的县城，邀约也很方便。我们这批人都是受着前辈忆苦思甜教育长大成人的，如今常常摆点自己人生的苦楚，对比老来得个安乐的日子，总有摆不完的龙门阵，把眼下的日子过得有滋有味。

在家闲得无事时，为混时日，玩电脑上网，除了玩点游戏、聊天，难找意趣相投的老年网友，观念又跟不上现代年轻人，也觉得没多大意思。于是将听来的故事和自己经历的故事，像木块似的记在电脑里，无聊时回味一下，也添点乐趣。

我的前半生看了好几本红色小说，是老师要求看的，比如《红岩》《欧阳海之歌》《钢铁是怎样炼成的》《红旗谱》《青春之歌》。明清章回小说那时是禁书，"文化大革命"高潮时，别人搞武斗捍卫革命路线去了，我作为自由战士的学生，把同学们抄家缴获的战利品堆在寝室的角落处，偷偷地享用。看了红色小说，受了老师那么多政治教育，也没把自己的世界观改造成无产阶级世界观，还要继续接受工人和贫下中农再教育。偷看了明清章回小说，故事发生的时代与现实时代相距甚远，收益不大。

不说去学着编故事，写小说，就是完成老师布置的作文题，写一篇文章，把自己经历的人和事写出来，无论如何提炼，也看不出什么高大的形象来。所以我读书时的作文，从来没得过高分。如今老友们摆的龙门阵，都是有血有肉，与自己一生经历是紧紧贴在一起的，所以有点乐趣。

后来在家里享受天伦之乐，指导孙子玩积木游戏，受了一点启发，何不将电脑里木块似的真实故事，也像积木一样串起来。管它是个什么形象，虽然"高级建筑师"不屑一顾，但可供同龄、同经历的人品头论足，反思自己走过的一生，给人老恋旧加一点佐料。

目　录

第一章　心结　/1

第二章　噩梦　/18

第三章　渴望　/36

第四章　逃命　/59

第五章　流浪　/77

第六章　救命　/94

第七章　立足　/111

第八章　成家　/127

第九章　风波　/142

第十章　忆苦　/157

第十一章　喘息　/173

第十二章　瑞雪　/191

第十三章　开春　/207

第十四章　春寒　/221

第十五章　楼房　/237

第十六章　入党　/251

第十七章　光环　/267

第十八章　村官　/284

第十九章　追梦　/300

第二十章　较劲　/321

第二十一章　回归　/337

第一章　心结

（公元2009年4月起笔）

人生一世，遇到的事，问号太多。一经碰到，涉及自身的利害，解不开时，在心里就产生一个结。久了，必然冥思苦想，再解不开时，就成了梦。

话说日有所思，夜有所梦，这是今人对梦作的科学解释。围绕梦，农耕社会的中国农民，几千年相信周公解梦，占卜预测凶吉。噩梦者凶，美梦者吉。如何逢凶化吉，追求美梦，使缺少科学文化知识的农民陷入了迷信。其实梦并不等于现实，过日子还得靠辛勤的劳动，农民也知道这么简单的道理。当劳作而有获时，也是一种幸福，当劳而无获时，就是一种苦。苦不出头时，必有所思，夜里必有所梦。做美梦时，也是一种自我的安慰，做噩梦时，必然胡思乱想，惊魂不定。在科学很不发达的农耕社会，人多是靠天吃饭，对天地的自然规律又没有充分认识，劳而无获，本是常有的事。来到世间的人，本来是有千差万别的。同龄的人，先天就有体力的强弱、脑袋的愚钝聪慧之别，必然在劳作有获的多少，甚至劳而无获或有获上体现出差别。面对差别，人如果对自己没有理性的认识，于是胡思乱想，就怨天、怨己、怨人，理不出个头绪。

这时如果有人用各种迷信的理念可以实现一种美梦，人们就会去追求。尤天者，就去研究天、地、人的自然规律，顺应规律，迷信科学，获取更多的劳动成果，即所谓“顺天者昌，逆天者亡”。尤己者，自认命运不好，陷入迷信因缘，前世造孽，后世报应，不能自拔。尤人者，不承认差别，迷信公平，以争夺他人劳动成果改变自己的命运。要么以打劫为生，占山结伙，成为土匪；要么揭竿而起，争权夺利，主宰社会，即所谓“胜者为王，败者为寇”。经过一番折腾，农民还是农民，还是离不开黄土地。梦归黄土，才是农民的日子。

中国有本《红楼梦》，是中国几千年封建社会的缩影，不看《红楼梦》，就不了解中国封建社会。其实红楼做梦，是尤人者的梦，尤人者的历史。如果说几千年的封建社会的主体，应是农民的话，那么《红楼梦》并不是农民的梦。刘姥姥进大观园，也只是个配角。农民的梦就是在土地上劳作，多收粮食，除了应向社会承担的责任，不要被他人搜刮得太多，自己能吃饱饭。这个梦，既原始，又符合天理。有道是：

红楼做梦是谁家，将相府中儿女娃。
苦楚农夫黄土梦，勤劳糊口土中爬。

我这里并不是说一块闲着的顽石，女娲忘了用它去补天，流落人世。它是一抔黄土，在地球表层的浅丘地带，被先人用石砌的土埂挡着，洪水冲不走、暴风刮不走的黄土。它不妄想补天，只求地球上有它一个安身的位置。春风吹来时，它会使种子发芽，长出茁壮的苗，支撑着禾苗度过烈日炎炎的夏天，迎接硕果累累的秋天；天寒地冻时，它毫无声息地躺着，不怨天尤人，等待春天的到来。它是那么平淡，那么普通，它顺应自然规律，让世间有生命的有机万物新陈代谢时，从它身上吸收营养，废物又回归于它，使它成了也有生命，可以分肥沃、瘦薄的泥土。于是有机生命与无机生命相互新陈代谢，形成了生态平衡的自然循环。人间最底层的“农二哥”，认识了这个自然规律，又使它成了“农二哥”把捏的一抔泥土。在它身上做着吃饱饭的梦，才不惜用汗水关心它，培植它成为有所回报的沃土。这里没有疯跛道人与甄士隐、贾雨村，唱着《好了歌》淡漠人世地说书，都是既非文盲又非文化人的土巴郎与婆婆客，围绕觅食这个主题，摆的实实在在的闲龙门阵。有道是：

面朝黄土背朝天，如梦人生几许年。
汗水换粮山里过，痴心寻食沃泥间。
朱门佳丽红楼怨，茅屋丫头寒枕眠。
好了歌儿笔下唱，泥巴脚杆不空谈。

龙门阵摆的是四川成都平原以东，龙泉山阳江流域丘陵地带的一个小山湾里的事。这个小山湾名叫睏牛湾，由三个几十米高的山坡围成一把椅子状，湾口一条小河。小河两岸是连绵起伏的山峦，天工巧作，形成许多大小不等的山湾，睏牛湾就是其中一个。小河与山峦形成一条长长的山沟，因睏牛湾有一飞来石，形状如牛，故名睏牛湾，整个山沟又叫睏牛沟。新中国成立前睏牛湾的住家户都是黄姓人家，湾里的所有土地、山林、房屋产权都姓黄，所以又叫黄家湾。湾里有一个在黄土地上做了一辈子梦、仍有个解不开的情结的老人。

黄家祖先是移民到四川的，据说在清朝乾隆年间，朝廷从湖广移民填四川时，黄姓是从湖北麻城县孝感乡捆绑押来的。将睏牛湾划给他们，作为黄氏人生息繁衍，并缴纳皇粮国税的地盘。如今第一代移民的先人坟墓尚存，碑文清晰可见，是嘉庆年间所立，可以证明悲壮的《喜迁莺》：

老百姓，泪流多。无奈外乡挪。离乡背井去新窝。汗水洒山坡。

黄泥腿，缴赋税，心里但求无罪。人生日子就图安。世事命由天。

相邻的几个山湾，一样也是移民，也是以姓氏取名的，有蒋家湾、吴家湾、丁家嘴、邝家坳。因百年沧桑，有的以姓氏取名，早已名不符实。只有凉塘湾，因湾口大，是几家移民共住，才以地取名。湾里有一口天然的大堰，实际是沼泽地，泉水长年不断，称为凉塘。这个湾与睏牛湾的睏牛坡隔河相对，风水先生就将睏牛石与凉塘编成一段佳话，犀牛下塘饮水，睏牛湾是块风水宝地。

黄家人祖辈都知道，土地、山林、房屋的产权姓黄，并不等于地盘姓黄。地盘是国家给你使用的，所以要缴皇粮。不管谁当皇上，只要保护国家疆土地盘不受侵扰，不仅缴纳皇粮、国税是应尽的义务，说书人讲的“精忠报国”，也是农夫应尽的责任。良田沃土农民称为土地，或称熟地，它与山林、房屋一样，是祖祖辈辈汗水积累的劳动成果，是属于私人的。它与其他劳动成果一样，在人与人之间可以交换，但地盘始终不是自己的，是皇上或统治者划给你使用的。土地一经交换，用今天的话说，地盘的使用权也随之更替了，履行皇粮、国税的义务也随之转移。

人总有勤劳与懒惰、聪慧与愚钝之别，体现在经营土地与山林的收获上也会有差别。经营土地，不仅要勤劳，还要懂技术，会种地，会安排计划，正如毛泽东讲的农业八字方针“水、肥、土、种、密、保、工、管”，要会筹划这八个字。善经营者会有好收成，除了满足自己的生活，还有积累。不善经营者，有的就没有积累，或积累很少。一遇到天灾人祸，无法度日时，只好用土地、山林、房屋去换取生活资料，减少了自己的生产资料土地，或失去了生产资料土地。作为土地、山林的劳动资料私有成果，一经交换，善于经营土地的人有了积累，就把劳动的积累积在了作为土地的生产资料上，让土地始终不得荒废，生产出人类赖以生存的粮食，使自己总有余粮，参与社会交换，使自己的产业，即农业生产的规模越做越大，而成了财主。失去了土地的农人，只好打工，帮人出力种地，用自己的劳力去换取生活资料，而成了雇农。这应该是人类进化到商品交换时代的一条必然路子。在中国几千年漫长的封建社会，当然也不排除有的财主靠巧取豪夺而获得他人土地的，也有王朝要收回地盘，把百姓的土地连同地盘一并收了，赐给自己的皇亲国戚或王公大臣的。

时过境迁，黄家湾移民的祖祖辈辈历经了一百多年，跨过了大清朝、中华民国，迎来了中华人民共和国。土地作为农民赖以生存的命根子，由土地私有制经社会主义改造后，成了土地公有制。打土豪，分田地，耕者有其田的私有制；初级合作社，入股式的私有制；高级公社到人民公社，土地成了全民公有制；核算单位划小，土地又变为生产队农民集体所有的公有制；改革开放后，实行双层经营的联产承包责任制，到户的土地集体公有制；到了21世纪，土地所有权与土地使用权分离，承包责任制实际是按人头平均分配土地使用权，土地使用权几十年不变，等于是土地使用权的农民私有制，还可以转让。把土地当命根子的农民，在土地权属的几经变幻莫测中，做着过日子的梦。这个梦往往就随着土地权属的变化而不同。尽管所有权、使用权变幻莫测，黄土还是黄土，离不开土地的农民，始终黏附土地做着自己的梦。

如今国家着手解决“三农”问题，又号召搞现代农业，有的推广规模经营，通过使用权的转让，鼓励将土地集中到会经营土地的能人手里，多数农民靠打工挣钱过日子。

说是为了让农民富起来，搞小康村建设。其核心应是农业问题，只有农业发展了，增收了，农民才会富起来，才有物质基础搞小康村建设。其实按上面小康村的标准，黄家湾早在20世纪80年代就进入小康了。如今又说要搞无公害农业，才后悔农药、化肥用多了。要恢复生态农业，谈何容易？仅恢复原有地力，那就不是一两代人的劳动积累所能达到的。主要劳动力都外出打工去了，就是有人畜粪，在家的老少们也无力挑上山去，还是化肥轻便。农民也知道保养自己，自己吃的蔬菜，少许粮食，倒是用的人畜粪。

地方官员为了促进农业规模经营，搞出点政绩，利用国家出台的土地可以流转即土地使用权可以有偿转让的政策，镇党委决定在睭牛村二组黄家湾搞试点，这可难倒了睭牛村的党支部书记黄正梦，因为只有他才有这个经济实力。黄正梦是党员，又是村支部书记，以为党委定了，就应该坚决执行。党委并不知道黄正梦心里有个解不开的结。

在生产队的保管室，几个人正为搞土地规模经营商讨不出个结果而发愁。几个人上首座，年轻的镇党委董书记振振有词地劝导说：“你们这个村民组，条件好有基础，20 世纪 80 年代是有名的万元户村，所以镇党委决定在你们组搞集中土地规模经营试点，在全镇带个头。把土地集中起来，搞规模经营，才有现代农业的样子。年轻人都去外地打工，都是老弱妇女儿童在家，不集中起来，怎么把地种好？像有的把地撂荒，太可惜了。国家又不要求你们上缴，种好了，收获的都是你们自己的。过去土地可以转包，现在中央允许土地使用权有价转让，就是为了把土地集中在会经营的能人手里，发展农业。这么好的政策，就看你们的了。外地已有许多经验，你们可以学习借鉴。必要时，你们自己可以出去参观学习，我为你们带路，联系。”他这番讲话，要害是“搞规模经营，才有现代农业的样子”，他并不知道土地转让，千百年来都是自由交换。他抬出党委决定，但不知道当年斗地主，没收的土地也是党委决定。他恰恰触痛了黄正梦解不开的心结。

除了 30 多岁的董书记，在座的均是 50 多到 70 多岁的老头，书记就显得更年轻了。他好比 20 世纪 50 年代的小孙子，给爷爷扫盲。老头们有的抽着香烟，有的卷着自己收获的叶子烟，有的细细品着花茶，认真地听着年轻人眉飞色舞的讲演。

当听到“关键是要有人带头，谁来提这个领口（方言，带头的意思）”时，在座的人不约而同地望着黄正梦书记。他是村书记，也是黄家湾的地主黄世善的后人，如今他家又是黄家湾第一楼。他儿子在县城有个上亿资产的企业，就是他亲自在黄家湾搞睭牛石饲料起的家，后来交给儿子，就越办越大了。大家望着他有两层意思：一是看他怎么说；二是他愿不愿意亲自出面，提这个领口。

其实会前，早就有老辈子、老哥子、老侄子先后私下拥推他出来，提个领口，将黄家湾的土地集中起来，统一经营。因为各家都是老弱小孩留守老房，平时种地，轻活可以自己干，重活都是请人做短工，工钱不说，各家操办的伙食必然有差异，弄得不好，有的家反而不好请帮工。只有大忙时厂里放假，儿孙们才回来种地，还是厂里硬性规定。都说集中的办法，由黄书记自己定，因为他有办法，他过去给我们那么多好处，相信都是为我们好。

黄正梦抬头扫视一圈，若有所思。他慢慢地放下烟斗，望着董书记，不言不语好一阵子，董书记丈二和尚摸不着头脑，一会才催促说："老书记，听你的了，我的话讲完了。"

本来这个会，不是黄正梦有心召开的，是董书记要亲自到场督阵，想将他一军，安排他召集开的。

黄家湾祖先留下的就80来亩田土，农业学大寨时，毁林改土，又增加了十多亩，达到100来亩田土。如今除去已退耕还林的十多亩地，又只有80来亩田土了。全队十多户人家，70多口人。几户姓黄，新中国成立前后都是黄家湾的后人。几户外姓，都是土改时分地主的田地、山林、房屋迁来的。年轻人外出打工，留守的就只有十来个老头，几个老婆婆，几个接近老婆婆年龄的妇女，其余的都是学生、幼仔。湾里外出打工的青年人，绝大多数都是去百里外的县城，在黄正梦的儿子黄兴立办的公司长年上班。早在一年前，本姓的、外姓的叔辈、老哥们，曾建议他把湾里的土地统一起来，像过去生产队集体时那样耕种，为上班的年轻人免去后顾之忧，大家都图个方便，并未想在土地里捞多少票子，因为还不知道土地转让的有关政策。其实，黄正梦又何尝不想，为了自己的心血，儿子的企业有更大的发展，把各家经营土地套在企业上一起发展，是一条最好的路子。说起土地使用权转让，就是解不开自己埋在心底的一个陈年的心结。除了黄家的叔辈们可以揣测到，外姓的和社会上的人都难知晓，董书记当然不懂。

在董书记的催促下，他才慢慢开口："董书记讲的都是国家政策，我接受党教育这么多年，当然知道，党的政策都好。问题是要结合本地实际，有两个问题要解决。一是我知道大家都推荐我来提领口，因我今年近65岁了，早就力不从心，董书记还未上任，我就向上届党委提出过，不干这个支书了，上面总说找不到合适的人选接替。我看还是由队长来提领口，你才50来岁，办法我们大家可以帮你想。土地使用权也用不着转让，'耕者有其田'嘛。所有权是集体的，使用权可共同使用，也可分散使用，管理办法，是人想的。二是怎样经营这几十亩田土。想在地里增加收入，人均一亩多地，靠种粮食作物，始终发不了财。关键是要找到替代粮食作物的项目，不管是共同使用还是分散使用，找不到项目等于白说。只种粮食作物，其价值不在土地集中与否。20 年前，我们湾大家都种柑橘苗，全省、全县行政号召发展水果产业，恰好缺少苗子，我们有，就发了。说实在话，那时县长、专员找我要苗子的不少，你们都富了，我出了名。后来动员我入党，还挂上这个支部书记，甩都甩不掉。那时我们湾，土地并未集中，统一技术，统一买卖，都经营苗木，那也算规模经营。那时如果允许土地转让，可能谁也不会同意。如果我们现在能找到代替粮食作物的项目，需要土地集中使用，就集中。上面有了好的政策，办法是人想的。比如当年，种植计划是死任务，但国家实际要的就是粮食和棉花的上缴任务。我们种果苗发了，虽然违背了国家种植计划，但我们买粮、买棉花照样也完成了国家的任务。后来上面就没有话说。后来果树多了，没钱赚了，我们才停业了。说到这里，还得感谢当时乡上的温书记。大家都知道，那时村里的蒋正理书记骂我，割我的资本主义尾巴，他也是好心，怕我又挨整。温书记出面说了句‘看一看’，才解了围。”

他不快不慢的发言，可能这些老头听进去了，引起他们有的自惭，有的同情，只有董书记是听不懂的。要说他才是给董书记上了一课，这是理论和实际相结合的一课。要说他，在 20 世纪 50 年代黄家湾畈牛村里，还是唯一读过两年初中的“秀才”。

在座的很难听到过去沉默寡言、言语不多的他，今天落地有声地不要稿子，不快不慢，讲这么长一席话。

这席讲话，第一个问题是他深谋远虑，为其埋藏心结，不愿出来提领口找个借口。其实，谁提领口不是问题，如果把土地与他儿子的企业套在一起，可以找到更年轻的人，来经营管理这一湾土地。项目不好找，农业收益有亏，企业可以填补，土地不会荒废。如果土地荒废了，若干年都没法弥补。如果要改良田土，需要大量投入，对他而言也不是问题。因为改良田土虽然要大量的投入，但风险不大，其收益是长期的、稳定的，会经营土地的人，谁都知道。新中国成立前，有钱的人都会把钱押在土地上，作长久之计。那时工商业兼地主才是牢固的，办企业风险大，倒闭了有土地养身。土地是立足之本，进可攻，退可守，农民要过日子，它是一道防火墙。土地管它是集体的、私人的，反正都在黄家湾，不能撂荒，一湾的人过日子离不开它，这才是他的心愿。

问题在于土地所有权是国家的、集体的，要农民把钱大量投入到不是自己所有的土地上，明眼人谁也不会做这个傻事，唯有他如今不这样看。虽说政策几十年不变，但后来生产搞不好，大家饿肚子了，才又调整、整顿、改革，都是政府改自己过去定的政策，所以，不理解的农民给了个“屙尿变”的结论。虽然土地是公家的，但黄家湾几十口人毕竟守着它过日子。他又担心这一湾土地撂荒，出钱投入土地，他不吝惜，要他个人出钱买地的使用权，集中经营，他就难了。

其实黄正梦心里掂量着，土地使用权可流转，与新中国成立前土地所有权流转，仅差一步。在他心里，地盘是国家的，土地是劳动的汗水换来的，这个老祖宗的观念，他始终固守在心。他父亲就是用汗水换来土地所有权和地盘使用权，集中几十年，也才几亩，就命丧黄泉。他如今来集中土地使用权，比他父亲的规模还大，虽然也说几十年不变，但后果怎样，难说。做了多年党支部书记，他学会了用辩证法看问题，事物是发展的，变是必然的，不变是相对的。改革，就是改政策；创新，就是探索，是有风险的。风险究竟有多大，作为毫无权力的农民，谁能预料？所以，他不主张土地集中在一人手里，才有“耕者有其田”的说法。他不能提这个领口，才有提议队长黄卫兵提领口的想法。像生产队时统一起来经营，他曾在报纸上看到华西村，由集体统一经营土地，农民富了。但他不好用这话来顶董书记，因镇党委已经决定了将土地集中在少数人手里搞规模经营的试点，所以他只能这样应付董书记。

这席讲话，第二个问题是实在的，是黄家湾的人亲眼见到的、体验到的，他阐述的理由是充分的，作为过日子的农民是理解的。要想在土地里刨钱，关键是项目、市场，靠种粮是发不起财的。但农民要过日子，还是靠地里种粮食，农民都去买粮吃，国家的粮食从哪里来？1958 年搞伙食团时，干部蒙老百姓，自己没有粮了，公社会调粮来的，结果如何？所以农民只有自己种地，手中有粮，心里才不慌，这是千真万确的真理，动摇不得的。

做了二十几年队长的黄卫兵，因黄书记点名要他提领口，不得不接着发言：“二爸说的是对的，董书记把上面的政策也说清了。要我来提领口，大家都知道我的家底，我哪有本钱来接手几十亩地的转让费？过去集体统一时，我未当过队长，没那个手艺管理近百亩地。”其实他并未听懂黄正梦“耕者有其田”的意思。

70多岁的中农曲仁海大爷，他的父辈在新中国成立前就是黄正梦的大爷黄理富的佃户。他家一直住在黄家湾，他对黄家湾的事太熟悉了，他微颤的手抖着烟灰，袖子揩着口水，声音洪亮地说：“你家在我爷辈就是我家的东家，我看还是你最有资格来提领口，你们说的那些政策，我不懂。这30年来你白手起家，我们都沾了你的光，这两排楼房就是见证。我家没有劳力了，要有劳力，租二三十亩地种也没问题，转让费，就是相当于租金嘛。梦老弟你没憋气，大量些，反正由你定。”

“我就是老头一个，守房子，管你们哪个搞，我的田土转让费随便你们定，我听黄二哥的。”曾元盛甩掉烟头，口水四溅地说。

“生产队都垮了，又要集中，行不行？”曾经当过生产队队长的王正元摇着头问。

刘代祥接着说：“娃娃平时不回来种地，我留一亩地自己种来吃，其余我家的地，都还给集体，不要转让费。”

黄正兴结结巴巴地说：“还是各人守着自己的责任地好，农民不种地干啥？离开土地吃啥？”

“黄队长，你来提，我这把老骨头陪着你。种粮食，赔本生意，还要转让费干啥，有人提领口就不错了。”老会计蒋士元以打气的口吻说。

黄正成也说：“老弟说的有道理，关键是地里种什么？仍种粮食，产值不高，集中与分散差不多，我看不要强求。”

黄正才也说：“我们队梦老弟最有头脑，他说咋办就咋办。外头再好的经验，也不能照搬，整拐了，谁负责？”

曾经当过队长的黄世朋气喘吁吁地说：“规模经营，还不如那时评工分的集体经营，风险大家担。规模经营者付土地转让费、发工资，风险一人担，与新中国成立前地主买地，请长年种，缴国税差不多。土地是国家的，各家都种点儿，那几年黄正梦带领大家，家家种柑橘苗，利益大家有，风险各人担，那不是规模经营呀？梦侄子，干不得。”

大家你一句，我一句，有赞同的、反对的、无所谓的、看风向的、怀疑的，扯不出个头绪。其实，对这些人的心理，黄正梦明镜似的。有的人觉得种地搞头不大，巴不得把土地甩了，靠手里有几个钱，儿子打工也能挣钱，图个清闲。要不是他儿子黄兴立的企业，按他的规定，凡是撂荒的，一律不准在他的企业打工，那些祖辈就不珍惜土地，靠打工过日子的人，早就把土地丢了。有的确实是想把土地种好，无奈缺乏劳力，不如挂在集体有个依靠。有的是祖祖辈辈靠种地过日子的，种地不在赚多少，就图个自给自足，稳当。

董书记并未听出个名堂，死守他的土地使用权有偿转让经说："看来多数没啥意见，就好办了。转让费定多少标的，可以招标，种什么，接标人会想办法，标的大家可以商量。"

没等他说完，黄正梦起身出门左拐，像是出去小便。大家就望着董书记，听他夸夸其谈。半个钟头不见黄书记回来，队长才出门去看个究竟，回来说，他走了，不见人。看来黄书记不接茬，董书记没趣地停止了说话，僵持了一会儿，不欢而去，会议就散了。

话说黄正梦出门左拐去小解，厕所是原来办饲料厂时利用过去的老屋基为工人搭的临时厕所。小解后，他犹豫了一阵子，再左拐，顺着睏牛石后的小道，上坡登上二台土，去看地里的小春作物。20 世纪 80 年代，动员他入党，他是为了争口气。推他做支部书记，又是原来的蒋书记一再推荐。上任以来，他处事小心，从不与上面顶嘴，不得罪乡亲，为乡亲致富也未少费脑筋。哪家缺种少肥，对困难者往往解囊相助。打工撂荒者，上面要求征收荒芜费，他为乡亲们担待。上缴款收不起来，为完成任务，有时他私下用自己的钱暂时垫着，只有确实困难者、老钉子户，由村里的资金长期垫着。村里召开党员会，中午的伙食费自己掏钱埋单。只有计划生育罚款，他不能担待。钱对他来说是身外之物，只要邻里乡亲和睦相处，比什么都重要。董书记其实事先就动员他出面将黄家湾土地统一起来集中经营，本山湾有老哥子、晚辈们，虽然也与董书记说到一起了，但各自的想法不一样。黄正梦当了十多年村支书，镇党委安排他的任务，他都是想方设法完成，唯独这件事不能接受。二爸，黄世朋的那几句话道出了他的心里话。没生过儿的，不晓得屁痛，说得轻巧，拿根灯草，说啥规模经营？年轻没有经验的董书记，又是上级，让他太为难了。

浓浓的春意，罩着黄家湾二台土油绿的麦地，催放着沟里两季田里的油菜花，泼染着苍黛的柏树林，淡抹着成片嫩绿的青冈林，点缀着山里飘香的花簇。居住楼前一片片老柑橘林又焕发生机了。自从当了书记，后来又办饲料场，没有精力照顾这片柑橘林，多年来没有更新品种，湾里人在它身上发了小财，冷落了它好长一段时间。他站在土埂上，望着沟上沟下，山上山下，思绪万千，耳顺之年，方觉人生如梦。做了许多噩梦，如今好似美梦，这噩梦的惊吓，仍伴着他的暮年，纠缠不清。一向表面逆来顺受，心里总有个打米碗的他，眼前这碗米，让他始终掂不出个分量来。他坐在责任地外的青石板上，抽着旱烟，慢慢吐着烟雾，恍惚云里雾里做梦一般，望着沟口小河出神。

这条无名小河流入环溪河处，有一个小镇，以水取名，叫环溪镇。这个镇是本县最偏远的小镇，说小，它是方圆30里的一个大镇。新中国成立前周边几十里地的农民都到这里赶场，连临近外县几个乡的农民都将这个镇作为首场。随着劳动产品的交换，移民有了社会分工，有了从事商业、手工业的移民，于是镇上茶馆、酒店、杂货铺、各类作坊，次第排满临街铺面，它们与乡民有着千丝万缕的联系。簸箕形的街市占据小河两岸，上场口与下场口有两座桥楼连接。进场有四座牢固的场镇山门，据说土匪都难以攻进场里。各地移民家族修的会馆、宫祠不少，有南华宫、万寿宫、禹王宫、川黔宫、杨花宫、晋家祠，建筑雄伟，飞檐阁廊，把小镇装点得十分古朴。无论是宫嗣、会馆、庙宇和桥楼的正梁，还是抬头可望的文字记载，多是清朝年间修造。

无数百年的黄桷树，次第立在小河两岸，几人围抱的古柏屹立在各处大院里，散落在周围的小山脚，荫护着小镇的沧桑。出场口环溪河边的小山上，斗大的古柏、黄凌树、黄桷树、皂角树和树上缠绕的老葛藤，荫护着不见飞檐的老庙子，引来无数赶庙会的香客。本镇的川剧团长年不衰，为山民传播着中华民族千年的历史和文化。每到逢场天，背篼箩筐，拥挤不通，农副产品、牲口家畜、禽蛋山货，应有尽有。劳累的乡民们买卖过后都要去几大宫的戏台下，花几个小钱看一场戏，驱散疲劳，充实空虚的大脑。不说逢场天，就是闲天，游手好闲的人布满酒楼茶馆，打牌执骰、吸烟嫖娼及品茶清听道筒、评书的，也热闹非凡。每到逢年过节、庙会，无论贫富，人们都要赶几十里地来看热闹，求福。特别是端午节抢鸭子；观音节抢童子，常有踩死人的时候。这偏远的山镇多是移民，经历了200多年的封建王朝、民国政府的统治和各姓氏的家族约束、民间会道门码头的骚扰，继承着中原的文化，创造融合为本地的习俗。

民国时，环溪镇叫环溪乡，晒牛沟为一保，黄家湾为二甲。新中国成立后，原来的一保，改称为第一农会，后来称为晒牛村，红旗高级农业合作社，公社时称睏牛大队，如今又称为睏牛村。黄家湾先后称二排、二队、第二村民小组。

环溪镇原古朴的建筑，先被公有化，破除迷信，打菩萨，砸香炉。后来改制，又私有化，拆老房，重修一些不伦不类的小洋楼。几经折腾，古朴的老建筑先后毁灭了；千百年的古树，早被“大跃进”了。古佛、老子、孔子的泥像和外域传来的圣母像，早被破除迷信破了。封资修的剧团早就被强制撤了，有名气的演员早去省川剧团了，县川剧团的。古镇只留下一个地盘，被无规划的小洋楼拥挤着，供农民赶场交易的街道，由石板街变成了泥土路，下雨时成了泥泞的“水泥路”。去年才由国家补贴，居民集资，筑成了真正的水泥街道。过去供赶场人遮雨、遮太阳的沿街的廊檐也早不复存在了。赶场人只有在烈日照耀下、风雨吹打下匆匆交易而归。不再有茶铺等听评书的休闲交流信息之所。除了一个官办的文化站，闲天有几个人喝茶、打麻将外，逢场天已拥挤不堪，再无赶场人稍加休息的立足之处。幸好有现代不断翻新的收音机、电视机、手机，供人们听到外地的信息。过去的痕迹早已荡然无存，如今搞旅游产业，人们才后悔了。

从黄家湾去镇上，据说过去沿小河是一条石板路，不到3里地，如今是一条3米多宽的水泥路，通向睏牛沟的尽头。四五公里的水泥路，是上面村村通的政策，国家补贴，农民集资（其实是黄正梦一人出资）修的。加上10年前农民集资安的输电线路、广播电视线网路，使封闭的山沟沾染着现代化的气息。如今黄家湾一片繁荣景象，用湾里老农的话说，现在，才真正像做梦一样，日子比过去地主还过得好。

但有许多痕迹，仍然掩盖不了沧桑变化的事实，它常常提醒人们要珍惜眼前来之不易的好时光。还有些古朴的痕迹是黄氏家族祖辈遗留的血汗见证，一再说明它为何叫黄家湾。

这把老天用紫土、红岩做成的椅子，其右扶手名青冈坡，如今茶杯口大的青冈树，遍布山坡，春天的嫩芽染着浓浓的春意，郁郁葱葱的树冠顶着夏天的烈日，秋日的红叶可与北京香山的媲美。走进树林，水桶大的树蔸，支撑着年轻的一代树木，长满青冈杂菌，它是大炼钢铁、“农业学大寨”时，成为人类牺牲品的见证。

左扶手是睏牛坡，山顶手把大的柏树，已覆盖了多年造就的“和尚头”，长年苍苍。百年的老树兜已回归自然，偶尔可见的烂木渣，证明它留恋着这片沃土，将自己变成腐殖质，滋养着自己的下一代。

靠背的山，名为杂木坡，过去梧桐树、马桑树、柏树和各类杂木被七里莿藤缠着，浓春时奇花异木飘香山外，把小山头打扮成一顶皇冠模样。都说这里风水好，就是从未出过贵人，新中国成立前出过三户富有人家，有两户旧社会破产，土改时只一户地主，他们都姓黄。后来“一大二公”了，“皇冠”被摘，成了“和尚坡”，黄家湾的农民都平等地过着苦日子。如今老天爷不计前嫌，慢慢地又施舍个顶戴，才有一个腰缠万贯的农民，他就是那个地主的后生黄正梦。

湾里原来两旁的土已扩大为屋基地，次第立着20世纪80年代修的砖石结构的小洋楼。原来地主黄世善的四合院大瓦房，孤零零地残留着正堂两间土墙瓦盖的房屋，集体时先后做过村办公室和生产队的保管室。依附大院周边的茅草房也不复存在。翻身农民分住过的正房、厢房、门厅房都被拆去一空，留下的屋基与青石板铺的四合院中的大坝，成了公用的打粮、晒粮场所。眼下四合院的基石尚存，不需考古学者，常人都可推测当年地主家住宅的规模，占地也不过五六亩。唯一未动的，是左边的睏牛石还纹丝不动地躺着，供孩子们爬上爬下玩耍。侧面的牛舍不见了，新中国成立前后同样多田土，牛犁、人挖还忙不开，机械化在丘陵地很难推展开，但现在说有一种免耕法，人们说是种“懒庄稼”，仍可高产，所以千年来与人相依为命的牛在黄家湾不见了。青年一代，只听到外地搞规模经营的，像养猪一样，供人们取其奶的，叫奶牛，食其肉的叫肉牛，很少有耕牛了。四合院大瓦房门前的堰塘，原是一塘荷叶，鹅鸭成群，也调节着冬水田的蓄水，给湾里储存着希望。如今淤泥满塘，几只鸭鹅在一塘浑水中嬉戏，犹如泥鸭。堰塘两角，两棵荫护黄家湾的风水树——百年老柏，也为大炼钢铁做了贡献。如今人们也不需在塘里洗衣、洗淘猪菜和红苕，家家都安装了自来水。祖先的劳动成果，牢固的堰堤还未变样，只是堤柳已迁往他乡。听老一辈说，过去是三五年挑沙，掏挖一次堰塘，如今已十多年未掏过了。上次还是20世纪90年代初，队长用卖保管室的钱，发动群众掏挖过。因为掏挖一次不是一家一户干得了的，加上所有权是公家的，公家的主人忙大事去了，谁有心思去想黄家湾的堰塘？遇到天旱，人们不可能用自来水抗旱，还是要去堰塘挑水，或用小的电马达抽水。因供不应求，难免会有口角之争，给队长添了许多麻烦。

堰塘前到湾口的河边，是层层梯田，原是冬水田，一年一季的水稻。虽然现在有电力滴灌，改为两季，但原来的模样未变，只是冬天不蓄水了。用石头砌成的河堤，复苏的麻柳树，簇簇铁棱莿，帮助人们坚固河堤不会塌崩。泥石砌成的田埂，原来为人们坚固田埂的老柏，不复存在了。垮塌的田埂不少，要蓄水种水稻时，人们临时用泥土做个土埂挡水即可。现在有优良种子、化肥、农药，产量比过去高。农民并不在意去永久性地保护耕地，因为田土是公家的，应由所有者投入。尽管如此，层层梯田的模样未变，是黄家祖祖辈辈用汗水积累的劳动成果，如今人们仍然享受着先辈私有制时留下的遗产。

湾口的小河，几十年未疏通过，加上“大跃进”后，山林遭破坏，学大寨改梯土，植被也被破坏了，洪水季节，泥沙俱下，淤泥填高了河床，一遇洪水到来，犹如脱缰的野马，吞没山沟的良田；一遇干旱，犹如一条干河，有了电力提灌，可去大河提水，并未引起群众和干部的重视。

房屋后，是一个“U”字形的陡坡，过去除了百年老柏树挺立在二台土的埂上，其余多是黄荆、马桑之类的灌木和刺藤，常作为用柴林。耕地实行公有制后，“农业学大寨”时，曾几次改为小块梯土。将留蓄柴林的斜坡改为梯土后，反而破坏了植被，造成了水土流失，淤积了塘堰和小河，做的尽是无效而有害的劳动。后来被山洪冲毁，农民说是劳民伤“柴”。倒腾了几年，就再没人过问，幸好荒草、灌木生命力很强，不久又恢复原样。如今百年的老柏树不在了，后来无人折腾了，自然生长的柏树苗、灌木，倒是已经成林，树身不高，但它仍可为二台土的土埂效力，装点着黄家湾。

二台土也是一片“U”字形的平土，是黄家湾人的主要用地。每块土都有前沟和背沟，一是防止水土流失；二是防止草根、树根串入土里，与庄稼争肥；三是土沟连接着几个大沙凼，可以蓄水。每年冬季，农闲不闲，农家都得挑沙复土，当地叫打土沟。为改造土壤结构，祖先还要年年挑沟田的黏土上坡，才使得这片土全是油黑的土壤，祖祖辈辈把它培育成了一片沃土。如果土地有生命的话，其地力是强壮的，过去全用农家肥，种什么出什么。如今靠化肥，产量虽比过去高，但土质已逐渐瘦薄。实行责任制后，人们很难挑沙复土打理土沟，更不用说挑黏土了。泥沙已填满土沟和前沟的几个集沙凼，多余的泥沙只好去充填堰塘和小河。靠山边的土层很薄，有的已露出石骨，土地面积缩小。而今农民种地的积极性有了，但保护耕地的积极性还未调动起来。

而今黄家湾可以说与全国其他地方一样，生态已不平衡。近年国家推广退耕还林，所以黄家湾才又将二台部分好土，新种上了各类果树，享受国家的补贴政策。其实，退耕还林是为了保护水土不流失。保护水土不流失，也并非退耕还林、还草的一个措施。如果黄家湾祖辈培育的良田沃土都要退耕种树，那么四川丘陵地区就太多了。是国家养农民，还是农民养国家，这个千年的道理，黄家湾有头脑的农民，并未把它看成一件好事。是农民就得种地，才有饭吃，不可能吃木头，所以农民也有不买账的。

祖辈入川时，黄家湾肯定是荒山、荒滩、荒地一片，那时黄家湾是自然的生态平衡。经过辈辈辛勤劳作，培育了成片的田土、山林，与人类种的庄稼、修的房宅和谐相处，繁衍了近10代人，不管哪个朝代都缴纳了皇粮，并未破坏生态平衡。老一辈的人说，这里雨水充足，气候宜人，物产丰富。新中国刚成立时，山上山下树木成林，鸟类成群，野生动物不少。塘水、田水、河水清澈见底，鱼虾种类繁多。后来的变化，就是“大跃进”、人民公社、伙食团、“农业学大寨”搞些莫明其妙的事造成的。那几年的噩梦，黄家湾人至今心有余悸。

当年，黄家湾一百来亩肥田沃土，是黄家祖祖辈辈用汗水积累的劳动成果。虽然后辈各人占有田土有多寡之分，都是按祖辈遗训，在本族内靠劳动交换而形成。

他一生在风雨、夹缝中求生，养成了沉闷游神独自思考的习惯，当了十几年的村支书，办众人的事，才学会了有事同大家商量、向上级请示。如今党委一个规模经营，要他出面提领口，是自己的事，找谁商量，找上级又没有商量的余地，只有自己冥思苦想。

“二哥，回去吃午饭了，菜都凉了。”一声儿时就熟悉的呼唤，将他从云里雾里呼唤醒。

“妹儿，妈那么大年龄了，不要等我嘛。”他老两口从儿时就这样相互称呼着。他老婆姓杨，没有正式取过名，从小湾里人就呼她杨小妹，他就常呼她“小妹”。与黄正梦结婚后，除长辈外，湾里人都称呼她黄二嫂、黄二娘。她心地善良，勤劳、节俭、贤惠、能干，是料理家务的贤内助。

黄正梦家现在住的小楼房，是黄家原四合院右侧的第一楼，是在他岳父母新中国成立前住的三间茅草房的屋基上修的。岳父是他家长年，其产权是他黄家的，土改时将产权分给了杨家。20 世纪 80 年代拆了后，扩大了 100 多平方米，作为地基修建的。正房是一排五开间，一楼一底的结构，上层住人，底层做堂屋、客房、杂屋用。两侧各三开间平房，一边是猪舍，一边是厨房和柴房，房面是混凝土平面，作为晒场。前面是围墙，正中开一道大门。围着的院坝，是水泥地面。原来自留地种的柑橘树，仍留着两棵立在院内的大门两旁，长得十分茂盛，已不是图它果实的甘甜，而是作为常青的风景树，纪念着黄正梦壮年时的辛酸。特别是房前、堰塘两边，几棵粗壮的柏树傲然挺立，本是他的希望，却曾招来不少非议。房屋全是砖石加预制板结构，是黄家湾领头的第一楼，曾经享誉县内外。妻子陪着他走进堂屋，菜已凉了，老岳母正在厨房热菜。

三个两代老人，在堂屋围坐在一张八仙桌上。开饭时黄正梦对妹儿说："我想喝酒。"

"梦娃，你心里有啥事?"黄正梦的习惯是晚上喝酒，还常被其妻子限着量，岳母才这样问他。岳母是黄正梦的奶妈，从幼儿时，尿一帕屎一帕，把他拉扯着。在他人生最为苦难时，又招他入门做女婿，由呵护他到疼爱他，还要关照至今已近 70，曾经单身大半生的大哥黄正安。80 多岁高龄的岳母，比他亲生母亲还了解他。新中国成立前后，两家相依为命，岳母和妻子守着传统的妇人之道，给了他人生的温暖。大哥 50 来岁的时候，才与一个有女无子的寡妇结了婚，安了个家。因黄正梦在村里离不开身，才由他大哥与嫂子去县城，大哥为黄正梦的儿子黄兴立的企业看看大门，嫂子为他料理家务。

"妈，没啥事，他们又想我当地主，要我把这湾的田土集中起来种。"

"干不得，又不少钱用，种点自己的地，有粮吃就行。"

"二哥，你快 65 了，还嫌没累够呀!"

"我也是这个意思，但难推呀，弄不好得罪人，我今天肯定把镇上的董书记得罪了。"

"不要硬顶，干脆不见面，去城里帮立儿拿点主意，农忙时，叫他请两个帮工，你不露面。"

"妈，要去我们都去，留下你母女俩，我不放心。再回头 20 年差不多，现在都老了。"

“我已八十几的人了，哪天老天爷收了，说不定呢。进城一把火烧了，我才不去。”

“我还想进城呢，龙儿的孩子请人带，我不放心，他早就动员我们进城住。”

“不进城。我会想办法的，反正我不干。”黄正梦担忧老人家怄气说。不知不觉，一瓶自己泡的枸杞酒下去半斤了，早已超过了妻子平时定的限量。

“不喝了，快吃点东西，去睡觉。”妻子温柔地点醒他。

带着酒意，他沉睡着，又进入了梦乡。人老了，总爱梦游陈年往事，就难碰上什么美梦、新梦，往往是做的旧梦、噩梦。

苦楚人生多是痛，后生总把前人送。
千年点滴屋檐水，滴到身边复旧梦?

又有《忆旧游》：

入黄昏梦旧，苦楚人生，胜似泥鳅。身裹黄泥土，顶寒风乱雨，烈日当头。日月出没催晓，早晚耗灯油。争斗染人间，划分人种，让我魂丢。

幽幽。看窗外，绿茵历沧桑，曾是荒丘。勤劳为糊口，汗水浇泥土，泪水常流。旧巢屋基黄土，竹木护新楼。土地属何家，古今理论争不休。

第二章　噩梦

黄正梦趁着酒兴，梦游20世纪50年代初。

1952年春的一天中午，他在乡小学低年级读书，放学后，走出学校南华宫的大门，刚进街的下场口，他碰上读高年级的黄正才，听到街上闹哄哄的。过了石拱桥楼，路过正街道，人山人海，拥挤不通。敲锣打鼓声震耳欲聋，几个戴着高帽的人，被武装人员押着游街，有的人呼喊着口号，从上场口而来。这个场面不亚于去年清匪反霸，也是这种场面，那时不一会儿就将镇上长期横行霸道的袍哥杨大爷、土匪万杆子等十几人，押去学校外的河边枪毙了，其中陪杀场的也不少。黄正才比黄正梦大三岁，他牵着黄正梦的手，又返回学校外的河口，去小河与环溪河交汇处，说看枪毙人，因去年就是在河口枪毙人的。结果等了很久，并未枪毙人，看热闹的人便慢慢散了。时间来不及，好多同学午饭也未回家吃，就到教室上课去了。

下午放学回家，未到家门，路过奶奶的茅草屋门口，奶奶一把将梦娃拉进屋，叫他不忙回去。一个十来岁的娃娃还不懂大人的事，奶奶露出一脸愁容，抱着他，什么也不说。五六岁的杨小妹争宠，也哭喊着。他也哭着闹着问奶妈，究竟发生了什么事，奶妈才说："梦娃，你家被划成地主了。"是昨天农会开会，他杨叔晚上回家说的，今天要把他爸弄到街上去游街，现在未回。他家已由武装人员看守着，家里人都不准出门，奶妈要他今晚就住她家里。

黄正梦在奶妈家门缝探出头，看见自己家大门口，已有两个武装人员看守着，一个背着洋枪，他不认识，另一个手持古时杨家将的长矛枪的，曾是他家的长年（方言，长工）曾幺爸。一个穿着青色对襟烂衫，头缠一根分不清什么颜色的“环帕儿”，腿上穿条半截烂裤，布条随他腿的频率摆动着，打双赤脚，进出他家门口，显得十分忙碌。他问奶妈，那是谁，奶妈说是家住在沟上头的吴明礼，与他杨叔一样，是村农会的成员。

夜幕慢慢降临，奶妈叫：“梦娃，吃了饭，今晚就住我这里，听话。”原来街上游街的就有黄正梦他爸，他还在想，地主是什么，是不是与袍哥杨大爷一样，要枪毙？他不懂，只是哭。奶妈对他说：“听你杨叔说，不会枪毙。是你家土地多，过去请了长、短工帮助种地，说是剥削了他们的血汗，要把土地房屋财产分给穷人。你杨叔也在你家里，帮忙清点你家财产。”一听这话，他本能地顾不上奶妈叫他吃饭，冲出门口，直往他家大门奔去。奶妈站在门口，又不敢高声大喊，气得直跺脚。

黄正梦冲进大门，见许多人将他家的财物搬在院坝里，登记造册。他哭叫着，大喊着，她大姐黄正华才出门将他连忙拉进侧面的厨房和长工们用餐的屋里。他母亲黄杨氏流着泪，坐在凉椅上，望着房屋的瓦椽子发神，大哥黄正安正在这里吃饭，覃大嫂坐在门口。餐桌上碗筷狼藉，武装和工作队好像刚用过饭，大姐收拾着碗碟。唯独不见父亲，他扑到妈妈的怀里，叫喊着妈妈。他妈才抚摸着他的脸，捂着他的嘴，安慰他不哭。哥比他大四岁，大人呼之安娃，新中国成立前读了几年私塾，他自己不愿读书，就停学了，在家里玩耍着。姐姐已 16 岁了，常与奶妈一起帮妈妈料理家务。一家人互相望着，谁也不敢开腔。

眼看夜深了，黄正梦的母亲才对坐在门口看守着她们的覃成花求情，求她去正房抱两床棉絮，拿一床凉席，铺个地铺，莫让孩子冷着了。覃成花说要吴组长同意才行，她去请示一下。覃成花是黄世和的大儿媳妇，地主婆黄杨氏以为都是本家好说话，才敢向她求情。她出门后，只听见院坝里对着话：

“吴明礼，让黄杨氏在饭屋铺个地铺，让孩子好睡觉，行不?”

“不行，我们还在忙，他们还要享福睡觉?”

“有什么不行，大人有罪，孩子无罪嘛!”

不一会儿杨崇正才抱着两床棉被，拿着一床凉席进来，看了黄杨氏一眼，就交给她大女儿黄正华了。一家人在地铺上坐着，大儿子安娃躺在凉席上，搭着棉被，小儿子梦娃，倒在妈妈的怀里，大姐用棉被搭在妈妈的背后，靠着母亲，就一直坐到天亮。母亲叫覃成花也来地铺上坐，免得冷着了。覃成花不买她的账，就坐在门口，一直守到天亮。

天一亮，村农会的人，急急忙忙挂标语，搭台子，就像街上去年斗袍哥杨大爷一样，像是要开斗争会。正屋檐口挂了两幅标语，一幅是“打土豪，分田地”，一幅是“共产党万岁”，黄正梦已认得。一家人，别人不说，都知道要斗谁了。一家人还为昨晚熬夜的人煮好早餐，等他们吃了饭后，自己也喝了碗红苕稀饭，大姐和母亲就收拾碗碟。只见外面，本湾里的和本村沟上沟下的农民，各自提着小板凳，手拿小标语，有的牵着小孩，有的扶着老年人，陆续来到大院坝。好多妇女到饭屋门口，向里望一望，谁也不说话，是愤恨，是同情，是蔑视，是幸灾乐祸，是兴奋，都说不清。一家人低着头，让别人看，谁也不知突如其来的灾难要持续多久，犯难到什么程度。

不久，地主黄世善被五花大绑着，由两个武装人员押着，推进了大门。不像去年街上关帝庙斗袍哥大爷和土匪，上千人挤满了庙里的大坝，人头攒动，吼声、骂声、哭声不绝于耳。今天在黄家院坝里，不过一两百人，人们只是看着，只有组织会议的人忙忙碌碌，对着话。村农会主任蒋正理在台上招呼开会了，正房大门口的阶沿坐着几个人，听说是工作队的。黄世善被押在正房屋檐的台阶下，躬身跪着，脸已浮肿，吓得直打战。杨崇正叔叔立在侧面，不知是押解者，还是保护者。母亲带着三个孩子立在侧屋的檐口下，不敢乱动。

台上宣布今天开群众大会，是斗争地主黄世善，他剥削了你们的血汗，请大家有苦就诉，有冤就申。本湾里的人没有一个发言的，沟上沟下也没有一个来申诉喊冤的。只有积极分子吴明礼跳着骂了几句，不外乎是捡到一些新名词，剥削、压迫之类的，举不出具体的事例来控诉。其他就是打着哈哈，要地主老实交代自己的罪行。地主黄世善不厌其烦地点头，说着“我老实交代”。折腾了一大阵子，仍没斗出个所以然。然后就转入要地主黄世善交出家里的所有金银财宝，不然就要你永世不得翻身。只听黄世善颤抖地说，我的家，你们都抄了，房屋也摆在这里，剩下的就是田土、山林了。台上吼着，是叫你把隐藏的交出来。老实的黄世善回答：“家里有点存钱，不多，交给政府就是了。”

“快去拿出来。”台上台下吼着。

干部们跟在黄世善后面，走进正房大门，右拐进了卧室，他对干部们说：

“那个已造得乱翻翻的柜下，埋着个坛罐，里面有200多大洋，怕土匪来抢，你们去刨吧。其他就再没有了，我对政府是老实的。”

蒋正理叫吴明礼去刨，吴找了一把锄头，刨地不到三寸，见一个青花瓷罐，端出来，揭开盖，经清点，确实有200多块“袁大头”银圆。

“黄世善，你出去等着。”蒋正理对他这样说，同时请示工作队的王队长：“你看今天这个会，还开下去不?”王队长说：“看大家的意见如何?”

蒋正理接着说：“我看差不多了，这个人，民愤不大，态度也老实。”他一边说，同时望了杨崇正一眼。

杨崇正说：“我是黄家的老长年，他的为人我知道，是个胆小怕事的人。他是个独子，守着他老爸的产业，全靠请人种地，就是有个剥削，其他没什么罪恶。”

吴明礼说：“我看也差不多了，赶紧研究分他田土、房屋和财产，我正等着房子住。”

“这个人在沟上沟下不惹是生非，我们说不出个什么。”另外几个会员附和着。

王队长说：“大家的意见我同意，只要没有破坏行为，就不必押到乡上去，你们农会派两个人看守就行。一是清理的财产，登记好，不要弄丢了；二是他的家人不许出问题。分田地、房屋、财产，等乡上统一安排。”

农会主任蒋正理走出门向大家宣布散会。同时警告黄世善：“你就在家等着，要老实，不许乱说乱动，随时等候叫唤。”又叫杨崇正：“你把他的绳索解了。”半天的会就这样结束了，乡上的工作队，武装人员都走了，将黄世善交给了本村的农会。

母亲找到农会主任说：“蒋主任，你们走了，晚上我们怎么住，昨晚我们几个娘母住的地铺。”

“只要清出的东西你们不要去动，原来你们是怎么住，还是怎么住，有事可找执勤的问。”蒋主任不咸不淡地说了句就走了。

留下来执勤的民兵有黄世喜、曾幺爸，农会的吴明礼、杨崇正、覃成花。杨崇正的家就住在大院左手山边的茅草屋，黄世喜的家就住在大院右手边的茅草房，覃成花是黄世和的大儿媳妇，也住大院右手边的茅草房。曾幺爸因是黄家的长年，长年单身住大院的下手门厅小屋，其他两个长年，看到主人挨斗，都回家去了。大家轮流值班，只有家住山沟上头吴家湾的吴明礼，说是要回家处理一下家务，晚上来执勤。

黄世喜是黄世善远房的小兄弟，家住本湾里，在大院右边的山脚下两开间的茅草房，已破败不堪。黄家湾湖广填四川时是一家人，进川的祖辈留下两大房人，原来这座大院是祖辈修的黄家祠堂，两房人不仅房屋各占一半，而且田土、山林也各占一半。黄世喜的祖上是幺房，住祠堂的右边，黄世善的祖上是大房，住祠堂的左边，正堂供着几代祖先的灵位，属公用。除大院前的堰塘是公用外，田土、山林都是以黄家湾的中轴线划分，靠左边青冈山的田土、山林属大房，靠右边睏牛山的田土、山林属幺房。要说靠右边的田土更出种，因为日照长，属阳面。先祖进川才100多年，两房人贫富悬殊逐渐拉开，除了天灾人祸外，全靠各自勤劳节俭，培育经营各自的田土、山林。用政府给的地盘使用权，将汗水换来的剩余劳动，都积累在田土、山林、房屋上过日子。

黄世喜的曾祖辈，比大房更富有，不仅在本湾里有祖业，而且在外面也置买了不少的田土，至少有几百挑黄谷的规模。由于他曾祖父老来得子，过于溺爱，祖父长大后不学好，日嫖、夜赌，不务正业，沉迷于镇上的花楼酒店。当曾祖去世后，他祖父不仅把外面的祖业挥霍殆尽，黄家湾的祖业也不得保。为还赌债，才由他曾祖的兄弟，即黄世平的曾祖父出面，将他祖父在黄家湾祖业的大部分田土转让给黄世善的父亲黄理勤。本来黄理勤的家底也不雄厚，长辈看他为人忠厚，不辞劳苦，是种庄稼的一把好手，能守住祖业，好说歹说劝他买下，祖业不能流入外人之手。黄理勤的哥哥黄理富家业大，而且与黄世喜的祖父不相上下。因是长辈又出面找黄理勤的哥哥黄理富商量，借一部分钱给黄理勤，看长辈的情面，才负债买下来。从此黄家湾祖辈留下的近百亩田土，黄理勤就占有将近一半多。

土地占有悬殊大了，仍同住一个大院，外人看来悬殊也不大。20世纪30年代，一把大火把黄家祠烧成灰烬，重建家园时，有钱的重新修建瓦房，穷的只好临时修建茅草房，贫富悬殊就昭示外人了。

黄世平的祖父带着他父亲黄理才，在右边山脚边修了一座小四火头的瓦房，死守祖上传下来的十多亩田地，过着平淡的日子，这次黄世平被划为中农成分。

黄世喜的祖父破产后，因染上鸦片烟毒，又不会种地，经不住苦难的日子折磨，不久后去世，给两个儿子黄理茂、黄理和两兄弟留下不到10亩田地。火灾后，两弟兄分家，各在右边临近黄世平家修了两座三开间的茅草房留给后人艰难度日。到黄世喜这一辈，三弟兄，他占大，20世纪40年代末，早已安家，分出来修了两间茅草房，只有一亩多地，一家三口度日。两个弟弟，黄世朋、黄世友还未成家，由父亲黄理茂统理着，都是贫农。黄理和的后人黄世和一家五口人，守着祖辈留下的五亩田土和三间茅草屋，这次被划为自耕贫农。

大房传到黄正梦的祖父辈，是两弟兄。他父亲黄世善是独子，祖父虽然从小就溺爱他，但管得很严。请一个私塾先生到家里，把本湾里黄家的后生都叫来一起识字读书，不收他们的费用。因蒋正理的母亲与黄世善的母亲是远房亲戚，蒋家湾与黄家湾仅一个山嘴相隔，所以他也曾一起读私塾。读了几年的《三字经》、四书五经之类的古书。兵荒马乱的，将他关在家里，见世面少，劳动也少，所以长大后胆小怕事。也教他一些祖传的料理家务的经验和传统，常被祖父带到街上做些围绕种地的买卖。祖父黄理勤是个种地的好手，一是家底不厚，二是也无能力去外地置业，就老实守着这几十亩地。请些帮工，自己仍然参加劳动，督促帮工按他的种地习惯种地，年年收成都不错。掌握了他的种地习惯的，后来便成了他的固定长年。他从不克扣帮工的工钱，工钱不比周围的高，但小恩小惠不少，所以长工都比较稳定，打短工的都巴不得做他的长工。原祠堂被烧后，他与幺房的人商量，用地换了幺房的屋基，幺房的几家人都在右面山脚边重新修房。他在原屋基上修了现在住的四合院大瓦房，正房仍作为黄家供祖先灵位的堂屋。20世纪40年代他去世后，黄世善仍然请这些老人用的长年种地，自己管理经营，勉强守住了祖业。有点存钱，也没胆量去外面置点产业。因为田土多，房屋也大，自己不作体力劳动而获，这次被划为地主。

黄正梦祖父的哥哥黄理富，经营土地很有头脑，在黄家湾经营祖上的二十几亩田土，种得五花八门，且都会卖上好价钱，弄得黄家湾的人摸不着头脑，他又不外传。他有点文化，用现在的话说，懂得一些各种经济作物的种植技术，他不传，别人也学不会。十来年的时间就发了，在沟对面的凉塘湾又置了几十亩的田土，环溪河边晋家沟，也置买了几十亩地，还有一座大瓦房。他有两个儿子，由于他一心去经营田土，放松了管教，妻子又心善心软，大儿黄世章也不务正业，邀朋结友，也学会了日嫖、夜赌，给他摆了一摊烂事。他吸取前辈的教训，一气之下，请土匪将其杀了，教训了黄家湾一湾人。他的二儿子黄世华，从小爱读书，他将沟对面的产业和外地的产业变卖了，把大儿子摆的烂事摆平了，余下的钱就供老二读书，一直供到读了大学，新中国成立时已是成都某大学的教授了。老屋被烧后，在左面山脚边，修了一座小四合院瓦房住。他将20来亩田土租给曲仁海的父亲种，自己两口子搬回黄家湾，就守着二十来亩地的租金过日子。快老了，新中国快成立时，被他的二儿子黄世华接到成都去了，将土地与房屋都租给了曲家，到新中国成立时，都没有回来催收过租金。曲仁海家租着他的房屋和土地，由于自己勤劳，日子也过得不错，划成分时，被划为佃中农。

黄世善家的长年杨崇正，是黄正梦母亲娘家远房的弟弟，因家遭遇天灾瘟疫，父母双亡，十多岁成为孤儿，比黄世善小8岁。当黄家扩大了田亩，正需劳力时，经人介绍，收到黄家当放牛娃。长大后，黄世善主家，见其忠厚诚实，不怕吃苦，而且两人都是在黄家一起长大的，性格也合得来，说句心里话也不忌讳，就将其留下做了长年。后来黄正梦出生，母亲要料理这么大个家的家务，还要带三个孩子，自己照顾不过来，才托人请来一个奶妈子。这个奶妈子姓刘，人们叫她秀秀，并不知其书名，已15岁，个儿不高，像个小孩。家里贫穷，弟兄姊妹七八个，是黄世平老婆的娘家人，是她介绍来的，说是试用一下，不行退回去就是了，工钱随主人给，有口饭吃就行。结果秀秀聪明能干，不撒谎，能吃苦，照顾奶娃子还在行，除了喂奶抱给主人外，什么都不用操心。原来她在家里占大，常帮母亲带小弟妹。黄家一家人都喜欢她，有什么好吃的都不忘记她，两三年就成人了。黄世善觉得杨崇正近30的人了，还是单身一人，又离不开他，于是两口子撮合杨崇正与秀秀安个家。杨崇正顾虑自己比别人大十多岁，不合适，自己什么都没有，连房子都没有，有点凭劳力存的钱，也还无法置业，怎么敢说安家呢？黄世善看出其心理，说：“你想的都不是问题，关键是秀秀家父母的意见。”结果秀秀的父亲看了人，满心欢喜。黄世善就对杨崇正说：“你看左侧菜地靠山边修三间草房行不，一切费用老哥担了，修好后，老哥给你主婚。怎么修，请匠人，是你的事了。山上的竹木有的是，麦草也有的是。”如今杨崇正一家三口住的三开间茅草房就是那时修的。划成分时，他是雇贫农。黄家的一头耕牛，一直是杨崇正养着，除土地外，他没分地主任何其他财产，就把这头老牛分给他了。

散会后，黄世和的儿媳妇覃成花，主动帮着她大娘、大妹黄正华在里屋煮饭，因为还有两个执勤的也要吃饭。在屋檐下，杨崇正陪着黄世善坐着，谁也不开腔，从眼神中，杨向黄传递着无奈的神情，黄向杨传递着恐惧、求助的神色。曾幺爸守着院坝的财物，只有黄世喜过来时，二人都呼："老弟，请坐。"

黄世喜是一个直性的人，他说："大哥，不要怕，你又没在哪里带命债，最多把财产收了，总有让人过日子的路。"他卷了一支土烟，递给黄世善又说："抽口烟，解解闷，想开些。外姓人，好多都想进住黄家湾。这么多姓黄的，把你吃了不成，杨大哥，你说是不？"

杨崇正才接着说："老弟说得对，天没绝人的路，不烧火撒尿，也不会把你怎样的。"黄世善仍然闷不出声。

黄正梦慢慢过来靠在父亲的身边，望着大人沉闷的脸，听着两个叔辈安慰的话，已知道家里出了大事。黄世喜对黄正梦说："小侄子，努力读书，学你二爸，将来去外面混，有能耐不要施展在土地上。"又听他们说：

"帮人种地是受剥削，自己无地种，不吃饭啦？"

"别人的土地又不是抢来的，请人种地，给了饭吃，又给了工钱，又没强迫你来，怎么就叫剥削了，懂不起。"

"我一家才一亩多地，四口人吃饭，不帮人做点短工，喝西北风？"

"说要分田分地，你这下要进几亩地，就够你种了。"

"你不一样也要分地，你是农会的，要帮我们说几句话喏。"

"大哥不要愁，把你的地分了，总得给你留点生活用地，我们有饭吃，不会让你饿着。没有劳力，我照样会帮你的忙，再怎么变，人的良心不会变的。"

"杨大哥，你是对的，我们从来就没把你当外姓人。那年我儿掉进塘里，幸亏你会水，救了他一命。"黄世喜激动地说。

"老弟你也知道，我一个孤儿来到黄家湾，不是黄大哥的帮衬，我安得起家呀？"

"是呀，前几年不是你帮衬了我，我怎么熬过来呀？我刚分家独立，不是你叫我去随便砍你山上的竹木，草房还修不起呢。黄家湾祖辈就没有讨口叫花的，哪家遇到天灾人祸，穷了，好过的帮衬点就过去了。"

"谢谢老弟，杨老弟，有你们的话，我心里好受点，钱财是身外物，分了就分了。我只能从手上的活开始做起，慢慢磨炼自己。大儿子安娃已 14 岁，过几年就好了。”黄世善终于开口了。

这席对话，让黄正梦蒙眬地知道，为人总得做点好事，为难时也有人帮你的忙，老师讲的互相帮助算是理解了。大人都讲不清的剥削，对一个孩子，那是天书。对他来说，只是：

懵懂人之初，为人善字出。

难时见分晓，报应有何无。

吴明礼半下午就过来了，黄家大院的对话平息了，又陷入了沉寂。他将院坝里堆的财产扫视一圈，没说话。其实这些财产就是黄家的一些家庭用品，大的家具放在坝里，等待分配。他对杨崇正说：“你回去休息会儿，昨晚你也未睡觉。黄世喜、覃成花，你们晚上回去睡觉，今晚我与杨崇正值夜班。”杨崇正起身就回家睡觉去了。

第二天一大早，蒋正理就来了，带了全村农会的农会员，不一会儿，乡工作队的组长也来了。在正堂屋开会员会，研究对全村三户地主的财产分配。只有黄世喜与蒋家湾的一个人执勤守着黄世善。黄正梦守着妈妈，哥与大姐除了去菜地拔菜、抬水外，一家人都不准外出。

听蒋家湾的人问：“覃成花咋没来？”

黄世喜说：“他家不知为什么，老哥子与儿媳吵嘴了，我那哥也是，儿子不在家，你跟媳妇儿发哪门子火嘛！”

话刚结束，覃成花哭哭啼啼来开会了。

原来她男人黄正月，新中国成立前家里也困难。新中国成立的前两年，他爸黄世和本来家就穷，靠种自己几亩地，还得打点小工度日，就给他接了个不到16岁的童养媳。儿媳妇的老家住阴山县盼水乡，家很穷，就像秀嫂子娘家一样，家里养不起几个孩子，经亲戚两边劝说，黄世和因家里也不富裕，儿子快成人了，要正式接个女人，又花不起那笔开销，就同意了。这样家里就更困难了，黄正月没法，才到远离家乡近200里的成都打工，说是挣钱比当地帮地主当长年还多些，当时还不到20岁，趁蒋天友春节回老家探亲，就随他去成都打工。蒋天友已安了家，有自己的黄包车挣钱，经蒋天友的哥介绍，就去资本家办的砖瓦厂做苦工，当工人。新中国刚成立，兵荒马乱的，一个人就不敢单独回家，已两三年了，家里仍不见他人影。

他的媳妇覃成花，土改时已近20来岁了，生了一个不到3岁的女孩。因她是童养媳，受苦当然就最深，工作队进村，她自然成了积极分子。她与吴明礼斗地主最积极，在家里常与公公、婆婆吵架，骂公公想包庇本家地主。斗了黄世善，第二天中午吃饭时，公公黄世和轻言细语地对她说："成花，没跳那么高，没做缺德的事，别人过去也帮过我们，做人忘本，要遭报应的。"

成花就高声顶嘴说："我们为他做小工，帮他收粮食、播种，那是剥削，还说帮了我们，你是啥立场？"

黄世和也来了高腔，骂她说："你一个女人家，懂个屁。你不在家好好做活，男人不在家，成天在外面跑，像个啥话？都像你，一家人不吃饭啦？碗里的米跑就跑出来啦？"

过去看起来一向很温顺的覃成花，从未在老的面前顶过嘴，今天撒泼了，哭着、闹着，走出门外，站在小坝里骂着："如今妇女解放了，你们还要欺负我，我十几岁到你家，做牛做马地侍候你们，解放了，你还不给我自由？"

黄世和的老婆李大嫂急来劝架，说他："你就少说两句，有工作队给她撑起，你惹不起了。"她又牵着、哄着哭喊"妈妈"的小孙女，走出门来劝媳妇："莫说了，一家人吵架，让外人看着不好。你原来多好的脾气，今天咋了？"

覃成花一把将女儿拉在手里，根本不买婆婆的账，反而更来了气，骂着说："有啥不好，只许你们说，就不许我说。你那龟儿子有本事为啥不回来，要分土地了，就成个缩头乌龟，死了么，也该带个信回来嘛。老娘在外面跑，是工作队安排的，你有本事，就去找工作队说。"她越骂越起劲，黄世和气得吹胡子瞪眼，又不敢答话，怕收不了场，拉着十多岁的老二黄正成，就出门拐上后山去了，坐在土埂上生闷气。这头惊动了黄世平的老婆刘大嫂、黄世喜的老婆都大嫂，才来劝住了覃成花。

第二天，王队长与农会的蒋正理找黄世和谈话，说他消极，作为贫苦农民要跟共产党走，土改是共产党帮助贫苦农民翻身得解放，把地主打倒了，还要分他的田土给贫苦农民。妇女要解放，他媳妇儿工作很积极，要他支持她的工作。工作队只好用大话压他，因他也是贫农，不好对他怎么样。黄世和哭笑不得，他对工作队和农会的人，又不敢顶撞，因工作队来势很凶，才几天就把黄世善弄到乡上，回不来了，以后还要做些什么事，谁也料不到。

从此与儿媳的关系越闹越僵，覃成花像勾了魂似的，在家里说话不知轻重，没老没少的，黄世和两口子又不敢与她顶撞。每到吃饭了，她还没回家，也不等她，给她留着就是了。一家人的家务活全落在了黄世和的妻子李嫂子的头上，覃成花成天在外面跑，与几个农会武装的单身汉，常说一些打臊的话，特别是吴明礼。于是李嫂子碰到黄世喜的老婆都嫂子、黄世平的老婆刘嫂子、杨崇正的老婆秀嫂子，就流泪诉苦说："黄世善一家人的田土、家什要分了，我的家好像是着了魔似的，也碰上灾星了，咋活啊？"

半个月后，农会通知黄世善一家搬到院子右侧睏牛石旁边他家的灰粪房——当地堆干肥的茅草房去住。他家的灰粪房与他家的牛圈并排相邻。经农会同意，一家老小全体动员，将家里的竹篾晒垫用了两三床，和一些竹篾巴，把灰粪房的四周围起来做墙挡风。幸好这几个月斗地主，没请人积干杂肥。少许点搬去牛圈一角堆放，又重新搬些新土，平整后，就成了他们的住房。将过去长工用的床分了两架给他们用，他们过去的旧衣、旧棉被，两个旧柜子，也分给他们。用石头和泥土砌个灶，架一口三水锅，十几个粗碗，几个土钵，便是他们的家当。之所以叫分配，是因为地主的家产是你剥削来的，所以由政府全部没收，分一点破烂给你过日子。这些不是你的劳动所获，你还得感谢政府和劳动人民。他们现在的家与杨崇正的家隔着一个堰塘，对门相望，家里有什么难处，秀嫂，即黄正梦的奶妈，常暗地过来帮忙。有时拉着杨小妹打掩护，带点他们家急需的小东西。

他们搬出后，原来的大院被七家外来的贫农户分住。

为人忠厚的曾幺爸，原是黄家的长年，也从吴家湾搬来了，住的门厅左边。长年王善勤、刘本经也从外村老家搬过来了，住左边厢房。

有四家都是从蒋家湾搬过来的，都住在大院的正房和右侧厢房。姓蒋的祖上也是湖广填四川的移民，也是国家将这个湾的地盘划给蒋家的。蒋氏家族，祖祖辈辈为人忠厚老实，勤苦耐劳，死守着这湾里的土地，又没一家人有能耐去外地发展。因后人人丁兴旺，迁出的又少，就人多地少了。又紧邻黄家湾，所以蒋家的常到黄家打短工的人不少。蒋正理也常到黄世善家打工，因他是木匠，多是做木工活。因为沾亲带故，黄世善的母亲与蒋正理的母亲是远房亲戚，从小一起读了几年私塾，常有往来。有时做些木具卖，黄世善常将山林的柏木便宜卖给他。

吴明礼想住大院的正房，不知什么原因，没住成，将佃中农曲仁海租住的黄理富的四合院小瓦房，分了三间给他。后来听杨崇正说，工作队队长批评吴正礼，他是组长，不能与百姓争，他才没住成。其实是蒋正理照顾本家，蒋家湾搬来的都住的好房子。

吴明礼家住在沟上头的吴家湾，其实吴家湾只有两户姓吴，湾里也有一家地主姓李，其他多数是杂姓。吴家也是湖广填四川的移民，国家也将这一湾的地盘划给吴家，因吴家祖辈不会经营耕种土地，不知哪一代卖了20多亩田土和一片山林给李家，李家先辈几代人不辞劳苦，开荒、筑土埂、平整，扩大到三四十亩耕地。吴家是丢失了土地的农民，便成了李家的帮工。据说还有一户姓曾的也同样通过买吴家的地，扩大到三四十亩耕地。因为帮工的都是本湾里的吴家人，种地都不认真，常常与东家发生争执，一气之下，又将耕地廉价卖给了李家。曾幺爸，就是那家的后人。李家就不买吴家那一套，辞退吴家帮工的，都从外乡、外村招收帮工种地，有的携家带口，李家就修些茅草房，不要租金，送给长工住。所以吴家湾外姓的就多了，吴家无奈，有的只好奔走他乡求生。吴明礼祖上有少许耕地，完全可以自耕自食，他祖父不学好，偷情，被人逮个正着，打得死去活来。为了活命，卖了大部分耕地疗伤，等他死去时，留了一亩多地给儿孙。因家里穷，他父亲在街上找到一个叫花婆，安了家，除了能出点劳力，什么也不会，叫花婆连自己的出生地、姓什么、父母兄妹是谁都不知道。他父亲为了维持一家人生活，常去当大土匪万杆子的喽啰。万杆子家住睏牛沟相邻的万家沟，属邻县山阴盼水地盘。他虽腰缠万贯，但兔儿不吃窝边草，从来不骚扰邻里，所以吴明礼父亲的行为，大家都睁只眼闭只眼。国民党政府也几次派兵围剿，都只是抓了几个喽啰，枪毙了回去交差。他父亲运气不好，就断命了。他母亲当然培育不出一个好儿子，草房漏了，懒惰的儿子长年不维修，不堪风雨。二十几岁的人了，母子二人的穿着常是好心人送的。不久一亩多耕地，也被他“耍”掉了。凭点劳力，东家西家做点零活度日。要长久地帮工哪一家，过个稳定的日子，都无人要。工作队进村，见他穷困潦倒，自然是土地革命依靠的中坚，于是他便成了工作队的红人。黄家湾本来有好几个雇农可作为骨干，吴明礼对工作队说，黄家的长年早就被黄世善收买了，工作队就派他掺点沙子，正中他的下怀。如果他有点文化，肯定就发了。他母子能分到黄理富的三间瓦房，已经很不错了，比其他人多一点的，算是富足了，他还贪心不足。

只有中农黄世平家的小四合院瓦房，没被分给外人。本湾里贫穷的黄氏人家住草房的，仍住自己的草房，只分得黄世善的一些家具、生活用品之类的。

黄家湾外地搬来 8 户人家，原黄家湾姓黄的 5 户，打工的、租地的 2 户人家，共 15 户人家，不到 70 口人。从此黄家湾不全姓黄了。100 来亩田地，按人口平均调配。黄世善的好田好土都被分了，他家 5 口人，分得 7 亩边角余料的田土，都很贫瘠。

土改时，黄正月没回来，分地时，因无法判定他在外的死活，按人口算，他就没份儿了。一家人没进到一分地，还是新中国成立前自己的地，称为自耕贫农。覃成花虽然是农会的妇女委员，却没得到好处，就有些泄气了。一个还不明事理的农村年轻妇女，被革命的热情鼓动着，家里闹了矛盾，也没人指点一下，本来向公公、婆婆赔个不是，也就算了。她只听工作队的，不识人间烟火的工作队，只用革命的口号激励她，也没去调和一下家庭矛盾，反而认为这是与封建意识的斗争。黄世和气不过，想按老风俗把她嫁了，就等儿子回来再说，哪知如今又宣传妇女解放，怕惹不起，就提出分家。覃成花这时就显得无奈了，她知道这个矛盾无法调解，就顺其自然，同意了。虽然嘴上说，但还没说好条件，就搁着。

说是斗地主分田地，黄理富家就不是地主。他人虽不在本湾，土地也不多，未划成分。但房屋、土地、山林，未经本人同意，都当地主的没收了，也分给了贫苦农民和佃户。

翻天覆地慨而慷，总有人间泪两行。
小小童心受惊吓，翻身百姓住瓦房。

这一切结束后，黄正梦耽误了两个星期，又去上学了。从此背着地主崽子的身份，接触同学，接触社会，都说有读书天分的他，不再有笑谈，天真烂漫的童心泯灭了。沉默寡言伴随他大半生，别人还说他少年老成。

原来上学、放学，总有两三个不同年级的本湾里的同学，一路打打闹闹，有说有笑地进学校、回家。如今回家往往走在后面，上学往往迟到，总是一人独行。原来除了上课，对身边万物不经意的他现在不同了，不到三里地的石板路，他都数了无数遍，反复证实，是 1405 块，哪一段没石板了，哪块石板斜了，哪块断了、缺边了，他都心中有数。沿小河边，有多少棵大的麻柳树、桤木树、大柏树、黄陵树，多少簇铁岭刺、七里香，他一目了然。有时他站在石桥头，望着水桶口粗的黄陵树出神；有时坐在河边，看那清澈见底的水流发呆；有时坐在睏牛石上，盯着大瓦房流泪；有时蹲在塘堰边的百年老柏树下，投石塘里，瞧那激起的涟漪自娱。已受惊骇的大人，才没心情过问小孩的情绪变化。

一天中午放学，他路过老家门口，转过墙，就听见家里闹翻了。穿过一片竹林，父亲被绑着，几个武装吼着："你不老实，你家的金银财宝还未全交出来。"等他跑到家门口，吴明礼和几个武装拉着父亲就往外走。一家哭着，碗碟抛了一地，可能一家人正在吃午饭。她妈号啕，在地上躺着，大哥跟随跑出去，他也一转身，随其后，看他们将父亲往哪里拉。结果拉去老屋的堂屋，那里成了农会的办公室。哥俩被武装挡回去了。

小梦娃下午弃学在家，只听见隔壁大院闹哄哄的，时而有惨叫声，知道爸爸被打了，又不敢过去。一家人淌着眼泪，痛不欲生，声音也嘶哑了。晚饭叫家里人送过去，说是他不老实，今晚要在农会反省。大姐回来说，正堂两间屋的地面挖得乱翻翻的，好像其他那些迁来户的家里的地面，也被挖了，像是在找什么东西。妈说："找钱嘛，钱都老实交了，哪还有什么钱嘛。"

深夜了，一家人未睡，秀嫂才暗地过来，看望老东家一家人。她听杨崇正说的，沟上头李家地主交了500大洋，凉塘湾晋家也交了400大洋。吴明礼在农会说，他就不信黄家才200多大洋。他未分到大院，心里不安逸。蒋正理都说，黄世善为人老实，不会隐瞒。工作队队长说，再压一下看。今天下午在农会，就是吴明礼出手打人，被队长阻止了。然后，大姐抱了一床旧棉絮，送过去给父亲过夜用。

第二天，屋里没找到大洋，黄世善由吴明礼带队被几个民兵押着，说是他藏在亲戚家去了，去那里找。结果亲戚都是贫农，最富的也就是中农。又不敢去抄别人的家，折腾了一番，又被押回来就算了。

一家人望着不能动弹的父亲，家里无药，去请医生，一是无钱，就是有钱别人也不会来医治一个阶级敌人。街上有个表叔开了个药铺，又怕连累别人。不是吗？湾里人，老乡亲，看见你一家人，都怕与你搭话。母亲常被监视着，不敢出门，只有三个孩子，夜深了也不敢出门，只好等天亮了再说。母亲才叫黄正梦哥俩撒尿给父亲喝，凭她的经验，尿是打药，行血的。兄弟俩，好说歹说都不愿意，平时就听大人说，面对长辈撒尿，都是大不敬，要遭雷打的。父亲才制止了母亲，自已爬到尿桶去，喝尿桶里的尿。回到床上，一家人围着床哭泣。听父亲断断续续地说，正华早点找个人家，条件不要太高，能吃饭就行；正梦，世喜大爷说得对，你有天分，有条件，好好读书，学你二爸，不要留恋土地；正安，这家人就靠你了，等几年你就成人了，万一挣得到钱，千万不要买地，够吃就行。你爷爷与我，因地多了，怕遭人嫉妒，总是帮助遭难的人，大家过得去就行了。哪知轮到我，就过不下去了。母亲才说，你都说的疯话，哪个没个灾星，躲得过就躲，躲不过再说，往宽里想些。

孩子们并不知道，这是父亲在留遗言。

第二天一大早，一家人被母亲的惊叫吓醒了。父亲已死了，躺在床上，用自己的裤带套在颈上，两手还紧紧地抓着，眼睛鼓得圆圆的。一家人都惊叫着，哭喊着，不知是吓到了，还是极度悲哀。

他们的喊叫惊动了农会，杨崇正先到，母亲把父亲一身的伤痕翻给他看，恰好，蒋正理也到了。一向温和的母亲不知哪来的胆量，对着蒋正理吼了起来："蒋大哥，吴明礼为何昨天在路上背地里打人，有无王法?"恰好吴明礼也到了。母亲指着吴明礼："家有家法，国有国法，咋能可以随便打人!"

"你这个地主婆子，找死。"吴明礼吼着。

"我就是找死，不把我打死，你不是人。"母亲跑了过去，抓住吴明礼的烂衣服，吼着。还不等蒋正理、杨崇正去解架，吴明礼挣扎开了。但吴明礼的烂裤儿条条，被抓在母亲手里了，一个大男人，打着光叉叉跑了。蒋正理以好似失理的口气劝着，并安排杨崇正帮着处理后事。

第二天，杨崇正才找到原来几个长年，帮忙将地主安葬了，当然只有草率从事。按农村风俗，父亲还不到50岁，没有做棺木、老衣之类的东西，即使做了，也会被没收的。如今不仅山林被没收了，家里什么也没了，就是卖身、卖儿卖女葬夫，也无人买。用家人常用的篾席裹着，在屋后的竹林里挖个坑，就埋了。一家人跪在坟前哭得死去活来。没有一般农人葬礼的道场、旗幡、孝麻、祭品，有的只是放在坟前的一碗米饭、一个酒杯、一对蜡烛、一炷香、一盏破碗做的油灯和母子四人的眼泪、鼻涕，痛人心扉的哭号。袅袅的轻烟，被风一卷，散得那么快，去得那么急，没一点留恋。按农村风俗要在坟前点三晚的海灯，母亲带着孩子们在坟前，祭灵哭了三个大半夜晚。正华和安娃记得，爷爷去世时，母亲哭丧是出了名的，民间流传的歌例子，她哭了好几大篇。如今，只有号哭，没有内容，用泪水诉说着人间的辛酸。

吴明礼的组长被撤了，由杨崇正担任组长。

不几天，叫母亲去农会有事。一家人又慌了，母亲临走时，交代三姐弟都不要出门。不到一个时辰，母亲回来了。听母亲说，工作队队长批评了她，但语气和缓。说她说话出格，以后要好好接受改造，丈夫死了，情绪不好，这次原谅她，不追究。父亲是自杀，别人只承担打人的责任。吴明礼做得不对，已批评了他，撤销了他的组长职务。共产党也是给出路的，只要好好改造，靠自己劳动过日子，政府是欢迎的，就这样不了了之。蒋正理将她送回家，在短短的路上，安慰了几句，意思是不要再出事了，日子要慢慢熬。

这个情节，是黄正梦一生的噩梦。

真是说不明的理：

只因田土多，时变祸难脱。

是否能长久，光阴慢慢磨。

地主黄世善死了，贫农黄世和家里又闹得更凶了。黄世和要分家，只给覃成花单间茅草屋、一亩地。其理由是，他家的田土不是分来的，是自己祖上的，因有个孙女，他家的房和地该分给她一份，你覃成花是接进来的，就没你的份。覃成花闹革命，到头来还是一场空，地主的土地没分到，连家里也没她的份了。她才想到自己同新中国成立前差不多，甚至还不如新中国成立前，嫁鸡随鸡，嫁犬随犬，而今鸡犬都不在家，只有随女儿了。她才哭着，闹着，去找工作队。

土改工作已近尾声，房屋分了，土地也分光了，没法调整。经工作队强制性调解，分了近两亩田土给她，一间已住着的茅草房给她母女俩住。如果是土改前，或土改时分家，她可能还会多分一点地，分到一两间地主的瓦房，真是运气不好。她不埋怨工作队，只埋怨公公。公公黄世和也气，想按家族老规矩，工作队又批评他老封建。土改时偷鸡不着蚀把米，没有进，反而把祖上的家业丢了，自己种余下的四亩田土，住两间茅草房。常在老哥子、老弟面前吐点苦水。黄世平安慰他：“你气啥，世道变了，留住一条老命就不错了，你看黄世善哥子，财产没了，命也丢了。往宽处想，把小儿子带好，就是希望。大儿子没音信，就是一个孙女，长大了，也是别人的人，就当舍财免灾。”

黄世喜也说：“斗地主，把黄家都斗垮了，大家再不抱成团，这族人就完了。留得青山在，就不怕没柴烧，怄一身病，你那小儿子咋办?”

黄世和带着一生的遗憾，后悔当年不该好心把媳妇接进家，好心没好报。从此埋着头，带着小儿子默默种地，过日子。

地主的小儿子，十一二岁的黄正梦，开始做家务活了。按母亲的安排，他每天放学回家，要负责喂鸡鸭鹅，去塘堰淘洗猪草和红苕，洗菜，星期天要去山上捡柴。十来岁的他，分不清土改时划分山林、柴坡的界限，常去原来自己家的青冈山上青冈林里，捡枯枝落叶，也没有人介意。湾里人都不缺柴烧，除了庄稼的蒿秆，剔一些树木的丫枝，既培植了树，也有柴烧。因他家是地主，山林分在晒牛坡，还在山顶的嘴上，尽是露天的石骨，不说树木、乔木、刺藤，除几窝巴茅外，司毛草都不长，所以只有他家才缺柴烧。

一天他在青冈林里，捡到一根枯死的青冈木，有茶杯口粗，长不到一丈。他背着一大背篓枯枝落叶，肩上扛着这根枯木回家，已是汗流浃背。路过大院门口，被癞头蒋士才发现，硬说是他家的，就被抢去了。把他一大背篓枯枝落叶撒了一半在地上，他一边流泪，一边捡柴火。被蒋明士碰着，一问，在旁边看热闹的曾元盛才说了实情。黄正梦回家，眼泪未干，那根枯木，被蒋天正送过来了。还说他爸骂了蒋士才，叫他送过来的，母亲还一再谢他。这件事提醒了黄正梦，在黄家湾，他是抬不起头的，东方不亮西方亮，只有在学校好好念书。

当天晚上，老天刮风下雨，破茅屋挡不住风雨，加上本是夏天，晚上睡觉，疲倦的黄正梦没盖好被盖，感冒了，第二天一早就发烧。一家人也有点咳嗽，母亲着急了，才叫黄正安去山上扯草药。农村人伤风感冒都知道“山丹归，神沙草，今天吃了明天好”，所以母亲说：“你再摘点白树籽，抽点竹芯回来。”母亲又急忙用泡辣椒、泡生姜煮了一碗酸辣汤，叫黄正梦趁热喝了，加一床厚棉被，给他发汗。不到一顿饭的工夫，大姐来摸他的头，就说：“妈，梦弟的汗发出来了。”

母亲坐在灶门前发神，一听女儿喊，才回过神来答话：“快把他身上的汗擦了，把内衣换了，别敞风，被盖换薄一点，喝碗稀饭，让他睡。”大姐按母亲说的做了，问母亲：“妈，你咋了。”

“我在想，这间破房多久才能有钱维修啊？长此下去，这家人咋活得出来哟！”消瘦的母亲带着愁容说。

大哥找回来的草药熬好后，一家人都喝了。因没钱请大夫，如此折腾了两天，一家人总算熬过去了。

父亲没了，黄正梦天天放学不是走在后头，而是跑步走在前头，都是他一人先到家。放下书包，就背上背篓扯猪草，一边劳作，一边还默背课文，不经意在蒋天才的菜地边，割巴地草，就把别人牛皮菜苗也割了。恰好被蒋天才挑粪路过发现了，一个耳光打得他头昏目眩，还骂他："狗日的地主崽子，草和苗都分不清。"他没哭，捡起镰刀，背着背篓就走了。回家也没给大人说，怕母亲怄气，这确实是自己不对，做事不用心。这件事教育了他一辈子，他学会了忍耐，学会了做事要专一，不然要惹事。那是：

小小年龄受气多，人间岁月慢蹉跎。

出生人世还年少，面对乡邻没奈何。

第三章　渴望

土改后，地主黄世善死了，由于地主婆黄杨氏善于料理家务，带着儿女苦苦挣扎在土地里，也勉强糊口。她大女儿正当年华，人又能干，沟上沟下算是一朵花，翻了身的穷小子们，都想攀摘，常爱说些挑逗的话。因自己是地主女儿，骂也不是，笑也不是，常不理他们，免伤和气。家里有什么重活，不消请，都有人来帮助。

1953 年开春农忙耕地时，一天傍晚，杨崇正肩上扛着犁，手牵着牛路过黄杨氏门口，准备去拴牛，对地主婆黄杨氏说："嫂子，你二台土的麦地，我已给你犁成红苕埂子了，你地里的红苕苗催得肥了。"

"我们这几天忙着管理棉地，还没时间掏挖红苕埂子，就太谢你了。"黄杨氏激动地说。

杨崇正问安娃回来没有，说曹操，曹操到，安娃像个泥人一样回来了。安娃说他家水田的秧已插完了，幸好有刘代康他们几个来帮忙。其实杨崇正也准备第二天帮他家插秧，要安娃做些准备，一听到这话，就高兴地说："这不用我操心了。"

那时阶级斗争还不是纲，都不忌讳。也可能老长年自己不好出面，就支使儿子出面，大家都看到这家子缺劳力。黄杨氏的大儿子黄正安，天天长大，挑点轻担、下田栽秧等男人做的活，也不成问题了。这一年，地主家开始自己种地，重活、大活有人帮点忙，母亲和女儿成天在地里不分担子活、手脚活，勤劳苦做，曾经耳濡目染着祖辈种庄稼的技巧，所以地里的大春庄稼仍然长得很好，比有的不会种庄稼的贫农户的庄稼还好。比如吴明礼家，祖辈就不会种庄稼，到他这辈，仍然没有掌握种庄稼的技巧，加上游手好闲，吃不得苦，地里的草比禾苗高，收成当然不好。他从不喂牲口，不知道养牲畜积肥。

说人心黑，有钱人有心黑的，穷人也有心黑的，往往是从嫉妒开始。吴明礼还常抱怨："狗日的地主，硬整不倒，还是比我好过。"他就不懂：

土地家家一样多，灶前各自烤馍馍。

莫言剥削比多寡，料理勤劳换快活。

1953 年，供销社第一次推广化肥，给黄家湾供应了十多斤硫酸亚铁。谁也没用过，组长杨崇正考虑到吴明礼家少肥，就安排给他。结果好心成了驴肝肺，因杨崇正接替了他的组长，他以为杨崇正整他。

"这个肥料好不好，谁知道，好，你为啥不自己用?"

"我想到你家缺肥料，你不用就算了，何必冒火。"

"地主婆子黄杨氏，不也缺肥料？当真你们是亲戚，你就不给她?"

"你说给就给，我还怕你们说我包庇地主呢!"

他二人的吵闹，全湾里的人都听得清清楚楚。杨崇正才把化肥送到黄杨氏家，说："嫂子你用，万一出了问题，我负责赔。我本想安排给他与你家用，不然，以后又说我包庇你家。"

黄杨氏没法，只好接受，她相信杨老弟不会整他。平时他考虑到她家缺劳力，还主动用他养的耕牛，为她家耕地，他是组长，别人也不好说。她按杨崇正告诉她的用法，叫安娃用盆子端了几斤去水田里，均匀地抛撒了。剩下的几斤，给玉米施追肥时，每担粪都用手抓一把混在水肥里。结果不到半月，田里的秧苗、土里的玉米苗，都长得无比清秀壮实，比任何一家的庄稼都好。大春收获时，比往年多收近两成，湾里人都傻眼了。曾幺爸才有感慨地说："老天爷总是护佑善良人。不该你的，送到嘴里，你也吞不下去。"

"你龟孙子善良，你当时为啥不用?"吴明礼没气地回击他。

"老子不善良，我又没抢人。"被点到穴道，吴明礼只好斜歪着身子走了。

秋收时，虽然她家的田土比贫农的田土瘦薄些，而她家的庄稼比搬来的有的贫农户还好点。加上她会计划安排，无本钱喂大牲口，养一两头小猪，摊养成架子猪就卖。养的各类家禽可不少，既积了肥，又可换些零花钱，还增添了生活的乐趣。虽然相当于重新起家，其日子还是胜过了少数贫农家庭。比如阶级仇恨极深的吴明礼，现在一样多的土地，平等了，他家两口人，仍然是有上顿无下顿。从穿着上看，他仍然没有翻身，土改时分得的地主的衣物穿烂了，母亲不会缝补，仍如从前，布巾筋连着布疙瘩。穿了两年的鞋子，烂了又无新的再分给他，还是如往年打赤脚方便。他母亲，幸好湾里有好心的妇女，送点打补丁的旧衣遮体。而他常因嘴硬，男人们都不愿意送旧衣给他。学他父亲去抢，新社会又找不到土匪头子了。他不勤快，不愿吃点筋骨的苦，确实断了他的生路。说他懒，但互助组有什么跑腿的事，他仍然很积极。

除缴了公粮和农税，地主黄杨氏家有了一笔积余，首先考虑到改造住房。因这草房是过去自己的灰粪房，半截石墙，柱子和梁都很结实，而用竹篾晒席当作墙，加上屋架三花口敞着，根本挡不住风雨。再加上草房屋面年久失修，常漏雨。一家人常伤风感冒，草药罐很难休息。人生过日子，吃、穿、住都是基本的，改造维修住房，对农家人是大事。在这样的条件下，她还是带着孩子们，渴望过上平安日子，改善一点条件。要说地主分子还在挣扎，就是为了求生。是人都爱惜生命，何况还拖着一群孩子。

她对孩子们说："今年大家再俭省些，明年要维修房子，工钱不成问题了，就是缺材料，所以要勤快些，多捡些柴来烧，麦草要留着盖房子。山林没了，还得积点钱买竹木。两头架子猪卖了，换两头崽猪，赚的钱，可能不够。梦娃放学回家后，要照管好那几只鹅鸭，好换成钱，添凑着换材料。"一家人听着母亲筹划改造房屋的计划，无意间教育了孩子们长大后如何筹划家庭过日子的技能。穷人要过日子，就得不怕辛劳、吃苦，不要只顾眼前，得有计划筹措。

一天黄杨氏望着茅屋屋架的三花口发愣。黄正安问："妈，你咋了？"

"这个三花口敞着，去年冬季熬过了，今年过冬咋办哟？我想把收割的红苕藤背回来，不要挂在山林里，就挂在这三花口，既风干了，也可挡风雨，你看行不？"黄杨氏征求儿子的意见。

正当一家人忙着在屋架三花口处挂红苕藤时，蒋明士发现了，就问："黄嫂子，你这是干啥？"

"我挂在这里，是为了挡风雨。"

"亏你想得出来，红苕藤干了，也不行，你喂猪不用啦？用了也挡不住风雨。把你那麦草放着干啥，打成茅扇，挂上去才管用。"

“麦草我要留着，明年维修屋面用的。”

“唉，我的麦草当柴烧了。不要挂了，我明天来帮你打成茅扇，明年维修时再说，不然这个冬季咋过。”

黄杨氏高兴地回答：“那才好呢。”

第二天蒋明士就来了，并扛着几根自己的青竹。正摆开场面，划破竹子，划成蔑条，杨崇正也挑着两捆麦草来了，放下担子就说：“我怎么就没想到，蒋师傅，你太好了。”

蒋明士说：“我的麦草当柴烧了，有你的，就把草扇打厚实点，就更挡风雨了。”

黄杨氏出门看见，激动地说：“太感谢你们了。你们的竹子、麦草我都折成钱给你们。安娃，快去街上割两斤肉，打一斤酒回来，正华快把我们的麦草搬出来。”

蒋明士说：“几根竹子管啥钱，不必客气了。有我们两人，一天工夫就完了。”

杨崇正也说：“我的麦草也是留着翻盖草房用的，不然也烧了。这点东西，要啥钱嘛，中午就在你这里吃，好抓紧把活干完。”

蒋明士又说：“我看你这房，迟早要改造一下，这样做，只是解决一下临时问题。”

结果还不到天黑，就做完了。

一年辛苦，忍口饿肚，积攒着钱来维修茅草房。人算不如天算，临近年关的一天傍晚，村长朱正月敲着柴门来了，手持供销合作社的股票说：“黄杨氏，供销合作社的股票，家家都要认购，我们村里研究，你家认购20元。”

黄杨氏恳求说：“朱村长，可不可以少点，我这草房又漏，墙也挡不住寒风，我有点积蓄，是想明年维修房子用的。”

村文书解释说：“这是国家政策，买股票又不是白交，以后还要年年分红，供销社发展了，你要退，还会连本带息退你的。这都是上面讲清楚了的。”

黄杨氏犹豫了，看来不买不行，就开口说：“我认购10元行不？”

朱村长变着脸色说：“不行。那些贫农、中农都认购了，你一个地主还敢不买政府的账？”

黄杨氏无奈了，只好认了。文书将股票填好黄杨氏的姓名，一手交钱，一手交票，才走人。一家人望着愁眉苦脸的母亲，都没话说了。还是母亲自我安慰地说："算了，就当我们没用硫酸亚铁，没在地里增加收入。维修草房的打算，不能变，不然这日子咋过，大家再苦一点，我就不信熬不过去。"母亲的毅力，既让孩子们看到了盼头，也熏染了孩子们办事的能耐。维修草房的打算，只好暂时往后推了。

快过春节了，清静了一年的黄家湾又演了一出闹剧，黄世和的大儿子黄正月回来了。

覃成花分家后，一个女人要带着一个女儿过日子，家里、坡上都离不开她，幸好李嫂子常把孙女看着。凉塘湾的一个单身汉肖德富趁势常来帮她干些地里的重活，特别是水田的农活，她不仅不推辞，反而巴不得有人帮忙。干了活，常在家里吃饭，这本来在人情上也说得过去，问题是封建习俗很浓的乡村，人们就看不惯了。加上他与吴明礼一伙的单身汉，常与覃成花说骚话的。吴明礼没当组长，加上他本来就懒，就不好凑热闹了。黄世和看在眼里，怄在心里，常说些指桑骂槐的话，对着自家养的一条狗骂："刨骚么，去山上嘛，带些野狗来，秽气。"可怜覃成花，受着气，流着泪，常常躲在厨房里偷偷地哭，自己无奈，找不到理由回击公公。自己持家，过日子的逼迫，还是得靠自己动手，成天跑，也跑不出米来。从此哪里喊开会，她都不去了，成天在家忙里忙外的，没男人的日子，咋过？本来，尽管分了家，断了骨头还连着筋呢。覃成花如果明事理，向公婆和小叔子说点好话，地里有点重活，公公和小叔子也不会看着不管。

家里发生的事，本乡在成都打工的老乡，不知谁把话传到黄正月耳里了。1953 年，通过清匪反霸，"土改运动"后，社会治安好多了，春节时，厂里放假，他准备回趟家。一是多年没看父母了，二是想考验一下老婆对自己有无二心。

这天下午，他走进黄家湾口，人们看到他头戴一顶破毡帽，身穿一件破得开花开朵的烂棉袄，腿上穿一条破筋绺单裤，脚蹬一双烂草鞋，肩上挂一个近乎讨口（方言，讨饭）用的破麻袋，看起来比吴明礼还破烂。一进屋，只有他妈和自己的女儿在家，不说孩子认不出他，就连母亲也认不出他来。李嫂子看了好半天也没认出来，还问："你哥子找谁？"他开口叫："妈，我是黄正月。"听出声音了，他妈才骂他说："我以为你死到外面了，混不下去，就该早点回家，土改也过了，家里的地也少了。”

他跪在妈面前，诉苦说：“前两年，外面很乱，我一人哪敢回家嘛。孩儿不孝，这几年什么也没混到，就留了一条命。”

孩子毕竟是妈的心头肉，母亲将儿子扶起来说：“算了，活着回来就好。你媳妇已与我们分家了，你回来就好好统领她母女过日子，不要东想西想的了。”

覃成花的门锁着，他只好在他妈屋里与她东拉西扯地摆些闲话。他一身破烂，女儿也不亲热他，连抱也不要他抱，黄正月心就冷了半截。傍晚，覃成花回来了，正准备煮饭，李嫂子就喊他：“成花，你男人回来了，多煮一个人的饭。”

覃成花正要问人在哪里，黄正月就出门招呼她。覃成花一见他如此境况，就没回应他，两人在门外对视着。覃成花心里犯难了，几年不回来，死活不知道，想嫁人，那些干部说不合法，人活着，要先离婚，人死了，要有证人、证据，弄得我一个人好苦。盼你回来，从没一个音信，你把我拴得好苦。说吴明礼不是人，你一个大男人在外，连自己的生活都搞不好，弄成这个样子，你就回来了，还不如吴明礼。想到这些，就对男人撒泼了：“你咋个不死在外面嘛，没良心的。哪个男人在外面像你，混成这个屁样子，还有脸回来。”黄正月本来是装的，想考验她，当然就编不出正当的理由来回答，只有任她骂。

覃成花越骂越起劲，李嫂子看不过才说：“你少骂两句行不，能活着回来就好嘛，你让他说两句，究竟是咋回事。两口子总得过日子嘛，骂就解决问题了？”

“过去都是让你们说，就没我说的。如今妇女解放了，我就是要说，男人不对的，我就得骂。”覃成花毫不示弱地骂着。

黄正月不急，听着她们对骂，也不阻拦，心里掂量着。看来他不在家，这女人真的中邪了，在外面真的勾上男人了。原来过门后，他在家时，她不是这个样子，勤快，好商量，对父母从不放高腔说话。怎么当了几天妇女干部，就变成这个样了，还是我老婆吗？他已看出八九不离十了，这女人真的变心了。他在成都毕竟消息要灵通些，工人也翻了身，日子比农民好过。他原本这次回家，如果老婆还是原样，经得住他考验，就想把她母女接到成都安家，他在成都的五仙庙，已买了两间瓦房准备着。看到眼前这一切，心就凉了，火气冲过上丹田，直冒头顶，但语言平和而无奈地说：“你们女人翻身了，我不好，对不住你，那就离嘛。”

这句话恰好言中覃成花这两三年早就野了的心，毫不掩饰地说：“离就离，我怕你了，明天就去乡上办离婚手续，不去的是龟孙子。”

“好，明天去。”黄正月回答了，就进他母亲的屋了。母亲跟了进屋就骂他：“你这个没用的东西，离了，你咋个安家，想打一辈子光棍不成。”

黄正月心平气和地回答：“妈，你就少操心了。别人不要你了，赖着她，也没好日子过，光棍就光棍，光棍就不活啦？”

晚饭时，黄世和与十多岁的黄正成，从山上回来了，黄正月怕把戏再演下去，会弄得一家人都怄气，已近年关了。父亲一进门，不等招呼，看着一个穿着破烂的年轻人，手里拿着两百元钱说：“老爸，你辛苦了，儿子不孝，这钱是给你们过年用的。”

黄世和怔了，一会儿才奇怪地说：“月儿，老子好盼你哟。既然有这么多钱，就买不起一件新衣，你唱的哪门子戏？”母亲、弟弟也傻眼了，母亲说：“闹了半天了，你蒙我干啥？”黄正月努努嘴，示意小声点，怕隔壁听见了。黄正月才小声地把他这几年外出打工的经历说了，又把这次回来的想法说了，一家人才明白。

黄世和认为该把她嫁了，留着是个祸害，黄氏一门的家风被她糟蹋了。但母亲不同意，她说：“离了，就等于我们两亩地白送了，你要好好想想。”

黄正月说：“我是工人了，还要地干啥。我在那里一个月挣几十元，再安个家不成问题，不需你们操心，每年我还可以给你们寄钱回来，这日子就好过了。”

黄世和说：“如今的世道说不清楚，两亩地丢了就丢了，当给孙女长大了做嫁妆。月儿在那里好混，就在那里，留恋土地干啥，黄世善一辈子，有那么多地，还是丢了。”

第二天一早，黄正月仍按昨天的打扮，与覃成花一道去乡上，不到两个时辰，就把离婚手续办了。听黄正月对家里人说，乡上的干部还表扬覃成花，婚姻自由了，她敢于冲破封建家庭束缚，有胆量，好样的，要号召那些受封建家庭压迫的妇女们向她学习。覃成花拿到手续，如释重负，高兴地就走了。

中午，黄正月回到家，去掉一身旧打扮，头戴一顶呢子解放帽，身穿一套蓝色中山服呢子上下装，脚蹬一双透亮的大皮鞋，亮相在草屋门前的小院坝。恰好覃成花出门去菜地拔菜，在院坝的另一角看见，就傻眼了，像钉子钉在地上，望着刚离掉的男人，眼泪簌簌而下。黄正月看都不看她一眼，手背在后面，眼望着湾口，就像一个大干部视察一样。不是李嫂子喊月儿吃饭了，覃成花还拔不起腿，忘了去菜地拔菜，转身号啕着回了屋。

一个中午饭，破草房中的土壁隔着两间屋：一边碰杯频频，一边眼泪涟涟；一边悄声默语，一边悲痛欲绝。但都是心事重重，一边沉闷心底，一边暴露无遗；一边割痛，一边悔恨。心底都在流血，就是说不清缘由。贫穷本是缘，心花忘情牵，本是一家子，一边流泪一边欢。

更有《惜红衣》感叹：

走眼情牵，莫为苦命，弃巢亲眷。虽是贫穷，缘分不该断。新瓶换酒，解放了，红人相伴。还叹，自找苦源，有何人相劝。

包心叶散，花蕊必开，缘由水肥淡。勤劳辛苦靠汗。没心美。绿叶已开花早，土瘦少施肥灌。问甚缘由在，全靠做人心善。

开年后，等黄正月走了，覃成花就嫁给肖德富，搬到凉塘湾去了，女儿交给婆婆，房屋、田土又退给了黄世和，黄世和笑了。

1949新中国成立后，黄正月随工厂转为国营，就成了厂里的正式工人，也在成都安了家。他恰恰与蒋天友相反，把家里的老婆离了，在城里找了个居民的女儿成了家，听说还买了房子，把女儿也接到城里去了。

一天几个妇女在塘堰边洗衣，黄杨氏去淘猪草，听到她们叽叽喳喳地说话。

“覃成花没福气，进了口的肥肉，都掉了。”

“还不是她心不好，要当积极分子，连公婆、公公都不认了。”

“当积极分子就当饭吃啦，别人当积极分子，分田、分地还分房，她什么都没分到，球毛都没扯到一根。”

“这下对了，两口子都是积极分子，一天都去跑，就跑出粮了。”

“黄正月是陈世美，有钱了，就不认旧妻了。”

“我看不是，别人穿一身烂衣回来，就是考验她的，我听到他两口子骂架，别人不开腔，那花心老婆就骂个不停，是她逼的。”

“是嘛，她听别人讲话，吐点苦水嘛。她自己不同意，政府就逼她离啦？

还是她自己闹离婚的。”

“是她自己不是人，当着公公、婆婆把野男人喊到家里来，黄世和怎么受得了这个气嘛。”

黄杨氏没有答话，但对这件事，已推测出了八九分。急急起身回家，怕是非沾身，因覃成花是她招惹不起的。

开年不久，实行农业互助合作社，称为初级社。黄家湾成立生产小组。不到一年，睸牛村先由几个初级社并为高级农业合作社，名称不再称“睸牛”了，改为红旗高级农业生产合作社，简称红旗合作社。除地主、富农外，都加入了合作社。从此黄杨氏一家，不再有人来帮忙了，幸好黄正安已是十八九岁的人了，肩上的担子活可以应付。劳力差一点，担轻一点，多跑几趟就行。耕地虽然没有耕牛，黄嫂带着儿女用锄头挖，也不费力，毕竟就那么几亩地。农忙时，黄正梦在学校放了农忙假，也可做些手上的活，一家人种几亩田土，也不是问题。

最难的是每年栽秧季节的用水问题，黄家湾里只有黄嫂一家是单干户，堰塘的蓄水没她家的份。她家的田又靠河边，都是薄瘦田，还得让集体在河里用水车抽了水，把集体水田的水灌满了，才有地主家的份。等集体把水抽了，水车不是水箱破，就是水车的龙叶子缺损，河里的水也不多了。常是黄正安带着弟弟在自家田边河里挖个坑积水。多是杨崇正帮他们把水车修好，把水车安好，还要等水坑的水浸透满了，才去抽水。黄正梦白天要读书，往往是半夜三更两弟兄去踏水车抽水，为了防漏，还得在月光下抹田埂。当地习惯，女人都不下水田干活，挖田、插秧都是男人的活。未成年的黄正梦，也得陪着哥哥干田里的活。一亩多田，多是要半个来月，才把水灌满，插秧往往都比集体迟。

原来单干时，多是杨崇正带着黄正安，换工扣背，把水抽了。互助组时，杨崇正的水田抽水时，水路要经过黄正安的水田，他带着黄正安把两家人的水田灌得满满的。合作社了，集体的水路也得经黄正安的水田过，也碰上没良心的人，把你水田原来的水也放了去，你是地主，也不好说，把气忍了。

尽管如此，一年收成，除了公粮、农税，平时粗细搭配，多吃稀的少吃干的，吃饭也不成问题。黄杨氏还喂一头大肥猪，养些家禽家畜，既有充足的肥料，也有油分抹嘴，还可换些零花钱。家里的日子一天一天还算过得去。

杨崇正的耕牛也充公了，但牛仍然由他喂养着。有时他过来为牛上夜草，或晚上催牛撒尿，碰上黄家人，也到家里坐一坐。听他说，成立了高级合作社，组长就换人了。说是他与黄家的关系割不断，他说："管他妈的，组长也是凭劳力吃饭，农民就是搓黄泥巴。"

吴明礼想当组长，大家选举都没人提他。外姓推的是蒋家湾搬过来的蒋天才，黄家推的是杨崇正，说他与地主往来太多，黄家又推黄世喜的二弟黄世朋。选举结果，蒋天才得 8 票，黄世朋得 7 票。15 户人家投票，明显看得出，在合作社这个大家庭里，人们在情感上产生了裂痕。"土改"后，各家种自己的地，家与家之间缺少了点什么，互相都可调剂点种子，借用农具什么的，相处很和谐。如今并不是在生产、经营上的意见分歧，也不是你借了我的米，还给我的是糠之类的矛盾。而是在集体中，为了那个权，怕不公平，各人找自己的代言人的矛盾。如果再掺和什么理念，人与人之间那种莫名其妙的争斗就油然而生了。

这个消息传到黄家，黄杨氏无意识地觉得，今后说话做事要特别小心，哪家都得罪不起。一年几次的地、富、反、坏训话，都是强制他们规规矩矩，不准乱说乱动。湾里的人都是她的主人，谁都可以对她训话。黄杨氏才对杨崇正说："哪个我也得罪不起，感谢你这几年对我一家的关照啊！"

杨崇正说："有事你带个信，白天要参加集体劳动，收工后，就是我的时间了。再说，你也是我姐。"

黄杨氏说："安娃也大了，比前几年好多了，万不得已，我不会找你，免得给你增加麻烦。就是每年抽水难一点。"

维修草房的事，一直拖到 1955 年开春。农村年前的肥猪都杀了过年，开春后都得买架子猪装圈。黄杨氏将自己的两头架子猪，牵到市场卖了个好价钱，又买了两头仔猪，赚了四五十元钱。割了两斤肉，补偿孩子们过年没打牙祭，把一家人的过年推迟到正月十五，一家人过了个迟到的春节。

不几天黄正才登门来了，一进门就说："大娘，我劝你将卖猪的钱存到信用合作社，安全一点，放在你这个破房里不安全。"

黄杨氏说："大侄子，存在信用社稳不稳当？我不懂，你知道，我攒几个钱不容易，我是存着维修房用的。"

黄正才说："我是信用社的信贷员，你存在这里，随用随取，还有利息，你相信我。我看到蒋家那两个娃娃，常在你房前屋后转来转去的，小摸小拿像是他家祖传，你要当心点。”

黄正安说：“你说的就是蒋士才、蒋士理两弟兄，难怪那天扯我们地里的莴笋，被我看见，就丢在地里，还不认账，我咋惹得起他贫农嘛!”

黄正才说：“就是他俩。他妈就是爱占小便宜的，有其娘必有其子，你们要注意点。”

黄杨氏说：“那好，都是一家人，我就信你了。”于是将45元钱交给了黄正才。

黄正才开好存折，盖了他的私章，就递给黄杨氏，说：“以后你要用钱，就带上你的私章，随时找我，我给你取回来就是了，你尽管放心，我是为你好。”

小春收获后，原来很少抛头露面，也少与外人接触的黄杨氏，厚着脸去老房屋，找到蒋家湾搬来的蒋明士。他是盖匠师，特别是盖草房，几条沟是出了名的。一大早，天刚蒙蒙亮，地主婆黄杨氏，就敲着大院右厢房蒋师傅的门。宁大嫂开门，急忙让进屋问：

“黄大嫂，有什么事，这么早就出门了?”

“我想找蒋师傅说一件事。”

“喂，快起来，黄大嫂找你。”

不一会儿，睡眼迷蒙的蒋师傅出卧室客气地问：“什么事，那么着急?”

“我想请你帮我翻盖草房，把挡不住风雨的墙也换了，不知你有时间没有，工钱我不拖欠你的，行否?”

“黄大嫂，有什么不行，工钱不说了，你家这几年也不容易，我们住着这几间不是劳动换来的房，也不踏实。我看大春播完后就干，你那房子早就该改造了，雨季也要来了。还得找几个小工帮忙，你筹划一下伙食就行，其他的我帮你筹划安排。”

“材料需要多少，你告诉我，我好准备。”

“你有多少钱，家中有金银，隔壁有戥秤?才收了小麦，麦草不够，我家有。就是改造墙，我看你那房子，柱子和大梁都很结实，用编泥墙，就挡风了。如果用土墙，就得拆了重来，那一费神，二费钱财。编泥墙，就用竹子，碗口粗的木料就行，泥土和草筋不要钱，只是费点力气，你看行不?维修好了，住个十年八年不成问题。”

“谢谢你，蒋师傅，我一个妇道人家，哪里会想得这么周全，就按你的意思，我去筹划。”

原来蒋师傅在新中国成立前，为别人盖草房，不慎从房上栽下来，摔伤了腿。东家也很穷，赔不起医药费，大家都是穷人，无法计较。一家人全靠他做工度日，无钱医治，在家里躺着。蒋正理正在黄家做家具活，同黄世善摆起这件事。黄世善觉得，不把腿医好，这家人就完了，于是对蒋老弟说，你快回去，找几个人将他抬到镇上我老表开的医药店里，都是沾亲带故的，账记在我名下，以后再说，我马上去街上等你们。他老表是黄世善大姑的儿子，祖传的中医，在镇上小有名气。蒋师傅医治了近半年才康复，蒋师傅给不起医药费，黄世善从来未结账催收过。只是黄家翻盖瓦房时，蒋师傅做了活，一再不要工钱，黄也就算了。其实蒋师傅自己心里明白，工钱远远抵不了医药费，这个情，一直记在心里。如今别人有难，找上门来，算是看得起你，有什么理由不鼎力相助呢？前人栽树，后人乘凉，这是中国人信仰的因果报应。知恩不报，犹如猪。说书的常讲“路见不平旁人铲”，那是多事的人的理由。其实也用不着两肋插刀，因为不知情，路见就怎么知道不平。这是不愿惹是生非，过平淡日子的平民遵循的处事道理。作为平民的农民，不管贫与富，有困难互相拉扯一下，和谐相处，就是万福。三穷三富不到老，谁也难料自己一辈子不求人。

不几天，杨崇正、黄世喜几家，不约而同都在自己分的山林，砍了好几根碗口粗的柏木，靠立在自己的屋檐前，让阳光照晒。蒋正理因公路过，见了就问，这是怎么了？都砍些不大不小的树干什么？都不约而同地说，干了，想做点小家具。

大春播种后不到半月，蒋师傅主动上门找到黄杨氏说：“黄大嫂，开得工了，再拖，雨季来了就晚了。”

“快坐，蒋师傅，我给你倒水。”黄杨氏一边招呼，一边端来凳子。蒋师傅看到一个跛脚的凳子，心里不是滋味。

“我建议你，人不要请多了，就请杨崇正、黄世喜两兄弟就行了，到时，人不够再说。你不好说，我帮你请。后天就动工，我看了是个好日子。”

“我还是亲自去请他们，话要到家，不然不礼貌。”

“那好。”蒋师傅出门就走了。

其实，蒋师傅早就将话传给杨崇正、黄世喜他们了。他们都说，反正山林都是别人的，竹木我们大家出，麦草大家凑。按蒋师傅预计的树木，大家早就砍好准备着了。竹子用时再砍，不成问题。蒋师傅早就将自己家竹子砍好，化成篾条，备着了。

傍晚，黄杨氏走到杨崇正的门口，还未进门，秀嫂就招呼看座："嫂子，好久不来我家坐了，一定有事。"

"老弟在家，我想改造房子，请他帮忙。"

"他一会儿就回家，你家房子早就该翻盖了，他肯定没话说。"

拉了几句家常，秀嫂子恳切地说："盖房时，你那里不方便，煮饭就在我家办，我也好帮点忙，大家也不陌生，好久没在一起吃饭了。"

"那当然好啦，我正愁着在哪家借用锅灶呢。"

杨崇正担着粪桶回来，放在侧面猪圈后的粪坑旁，进屋见到嫂子，满脸堆笑地说："老姐子，你是来找我帮忙盖房是不？我早就知道了，后天是个好日子，蒋师傅已对我说了。这么大的事，你为什么不找我商量，觉得生疏了。"

"不是，蒋师傅才懂，不先找他，不好。"

"其他的，你就不用去请了，我与蒋师傅都商量好了，要找的人，我都帮你请了。我找黄世朋给他舅子蒋组长说了，他同意我们几人耽误几天社里的活。你看，砍在外面的树木，就是我给你准备的。材料不成问题，伙食就在我这里煮，打酒算你的。"

"老弟，你这样，我怎么说呢？"黄大嫂激动得止不住地眼泪簌簌而流。杨崇正夫妇见她除男人冤死流过泪，还是第二次见这个坚强、心善、乐施的女人掉泪。两夫妇也情不自禁地掉着泪，这个泪，是酸、是苦、是热、是悲、是痛，谁也说不清。十来岁的杨小妹，带着两岁的弟弟，不懂大人的事，见状也哭了。这纯真的哭，只是大人的情感牵动，人间的酸甜苦辣麻，就是被这种情感的牵动遗传给了后一代，不是什么理念、信仰、主义所能驱动的。人间的爱与恨，就是被这种原始的、淳朴的感情牵动黏附着。

开工了，因要破除迷信，没有什么仪式，不请神明、不烧纸钱、不点香蜡、不杀鸡敬神。由蒋师傅安排，各人干自己的活。不仅黄世喜、黄世朋两兄弟和曾幺爸来了，连曾经为黄家做过长年的刘本经、王善勤也来了。主人家只有安娃帮着做些不要紧的活，还由蒋师傅支使着跑路。

房屋在维修，黄杨氏一家四口，只好在杨家搭铺休息。杨家只有两架床，只好用门板铺一个地铺。杨叔与安娃、梦娃睡外屋的床，黄嫂与女儿正华睡里屋的床，秀嫂子带着两个娃娃，在里屋睡地铺。唯有梦娃不服从分配，又不说原因。母亲急了，揪着他的耳朵，他只是咧着嘴不哭。秀嫂子才说："与我睡，小妹与大娘睡。"小妹也叫："二哥，我把妈让你，我与大娘睡。"才收了场。原来梦娃未满十五岁，个儿不高，还像个小孩，被奶妈带到读书时才回家睡的。住在灰屋后，特别是父亲死后，他小，害怕，更是母亲带着睡，哥哥一直与黄世喜的小弟黄世友搭铺睡。

母亲笑了："原来你娃娃硬是被奶妈带家了，你老妈都不亲了。"两家人都笑了，梦娃也笑了。

杨叔说："梦娃乖，读书很行，长大了有出息。"

"干脆送给杨叔算了，免得当地主。"

"我倒巴不得呢，看你舍不舍得哟?"

"有啥舍不得，一个装饭的桶。"

"好啊，我好叫二哥教我认字。"

"我就少洗一个人的衣服了。"大姐亦乐着凑趣。

秀嫂子说："别逗他了，原来活蹦乱跳的娃娃，性格都变了。"

大哥白天帮着做活，早已进入梦乡，用他的鼻鼾声凑着热闹。

两家人都打趣，逗着梦娃，好乐，好多年没有这么亲热过了。黄杨氏见小妹乖巧玲珑，长大也是个料理家务的好料子，动了心思。只是年龄太小，况且自己的家不如从前，是地主，是个受气的家，长大了也不好开口，别人说不定瞧不起你。秀嫂子搂着幼儿诓睡，看着嫂子若有所思，盯着小妹的眼神，心里乐滋滋的。女人的心底，女人之间一摸就透，只是不言明而已。

不到十来天，维修一新的茅草房，总算像一个住家户的房了。将麦草剐去草衣后踩盖的屋面，比原来的灰屋整齐又厚实，至少可管10年不必翻盖。一间大灰屋，中间做了一壁墙，变成了两间，分为内屋和外屋。已成人的女儿有了更方便的住所，大儿也用不着去别人家搭铺了，这是黄大嫂没想到的。在屋外靠墙处搭了个偏偏，将厨房也搬出去了。与厨房紧挨着，用石头砌了个临时圈舍，用茅草苫盖着，养牲口也有地方了。原来养猪都是在隔壁牛圈一角，用绳子拴着喂的。地主婆黄杨氏过了几年不避风遮雨，让邻里都看不下去的日子，终于有了一个中国农村人起码的窝。邻里被驱使斗地主，时隔几年，良心又驱使他们为原来的主人造了个遮风挡雨的窝。“人之初，性本善，性相近，习相远。”这个千年的理念并未泯灭。

五味人生情感牵，艰辛度日性相连。
人间善恶非书论，也有良心布眼前。

有了像样的窝，一家人的日子才算是人过的日子。一晃就到了1956年，黄正梦考上了县城的中学，他已16岁了。缺少文化的山村农民，对此并不觉得稀罕，因现在讲的是阶级成分，城里、农村都实行公有制了，都是凭劳力吃饭。只有少数有点见识的老农，倒有些羡慕。这时单干户的地主家庭，勉强可以支撑他读书。能考上县城的中学不容易，乡完小2个毕业班，80多人，才考上5人。几年了，才第一次见到母亲的笑容，看得出母亲对他寄予了无限的希望。母亲叫他去读书，抽空去成都看看已80多岁的大老爷黄理富，好好听听他二爸黄世华的教诲，讨点见识。

阳河县城离成都仅百来里，而且已通火车，从县城去来回也方便。一个星期天，黄正梦到了成都，问有名的四川大学，再打听黄世华教授的住地，敲门迎接他的是个白胡子老头。

“你找谁？”

“我找大老爷。”

“你是谁家后生？”

“我是黄理勤的孙子，在县城读初中，妈托我来看大老爷。”

大奶奶做饭，一老一小从未见面，难免摆些家乡的事，听到黄世善壮年去世，老泪与童泪相对飞洒，更增添了亲情。二爸、二娘下班回来，听说来了个侄儿，多年未见家乡人，特别高兴。有一个哥和一个姐，都在读高中了，星期六都回来了，一家人大团圆。摆了丰盛的晚餐，大哥和姐姐特别喜欢听农村的新鲜事，问这问那，都听黄正梦说。二娘心疼地为从未见过面的侄子夹菜，餐桌上和睦的气氛让黄正梦终生难忘，从未享受过这么浓烈的亲情。二爸有句话，让他终生遵循：“学理莫学文。”当时他并未领悟其含义。晚上，大老爷要黄正梦与他同塌，当问到大姐黄正华时，大老爷说：“那么大的闺女，也该说人了。你回去对你妈和正华说，让正华到川西坝说个人家，就在四川大学附近找。我们好照看她，我也好有个伸脚的地方。他们读书的，教书的都出去了，就留我俩老的在家，太寂寞了。”

黄正梦第二天吃了中午饭，要回校。二爸找了一辆小车送他去火车站，并给他买好车票，还塞了他 50 元钱。在车上，司机对他说，黄教授是农学院有名的教授。

坐在火车上，他回味着二爸一家子的热情，品味着一家的装饰和摆设，比他家老房子还豪华。难怪大人教我读好书，要向二爸学习。

二爸给的钱，供他一学期的生活费绰绰有余。他春节才回家，将去二爸家的情况，向一家人说了。母亲和大姐心里好高兴，大姐终于将脱离苦海了。大姐已 20 多的人了，条件好的人家，又嫌她是地主女儿。来提亲的，都是条件一般的人家，把她当成嫁不出去的女人。

春节后，黄正梦带着大姐走 100 里路到县城。学校还未开学，黄正梦去学校放下行李，就出了校门。大姐说："好大的学校，我就没这命读书，你要好好学习，你看二爸多好啊。"

到了成都二爸家，一家人也十分高兴。二爸对大姐说："你来了就不回去了，老爷子说了他的想法，还未找到合适的人家，就在这里给我当保姆。"

"什么叫保姆呀?"从未听过这名词的黄正梦好奇地问。

"就是帮我们做家务、煮饭、买菜、洗衣之类的活。"大老爷高兴地回答。

"就是帮我照顾好大老爷、大奶奶，他们都 78 了，还自己做家务活。"二爸又进一步解释说。

"照顾大老爷，是晚辈应该的。"大姐高兴地回答。大奶奶说："你们家成分不好，找工人可能难些。学校附近的农村，我们常去逛，人熟。找好了，你妈不好来就不来了，我和老爷做主，就做娘家人，你二爸就当自己的亲生女嫁了。"

二爸还特别吩咐："梦娃回校报到后，抽时间回去一下，给你妈说一声，报个口信，免得她担心。"

留下姐，临走时，二爸又给了 50 元，这一学期的生活费又不愁了。这一学期，中学的老师们常常进行政治学习，帮共产党整风。中学生临放暑假时，大老爷来信说，大姐在川大后校门农村找到一户好人家，是独子，一家人为人很忠厚，是老实巴交的农民，托付终身过日子没问题。大老爷、大奶奶常去玩，有时还忘了回家呢！1957 年暑假回家，黄正梦将大老爷的话转给了母亲，并将来信的意思告诉母亲。一家三口都为大姐高兴，高兴之余，唯有大哥像心里有个疙瘩似的。黄正梦是不理解的，母亲是看得出的，无奈地说："就看正安的命喽，正梦只有读书才有出路。"大哥听到这话，就走出门去了。本已晚饭后了，黄正梦随之出去，只见他哥在塘边的一棵老柏树下坐着，望着天空，若有所思地出神。他走到他身旁，哥不知哪门子气来了，小声吼了句："滚回去，让我清静一会儿。"聪明的黄正梦马上意识到哥的心理，就慢慢离开了。

这个暑假，黄正梦协助哥收割田里的稻谷，给地里的玉米、红苕施追肥，哥挑粪，他撬窝、盖窝、除草，都是一些手上的活。让母亲做些家务，也算是休息。同年们，都在集体耕地做活，不说现在，自从他家被划成地主成分后，就很难往来了。只有黄世和的二儿子黄正成、黄世喜的小弟黄世友，因与他同龄，住家都在黄家湾右侧，顺着山边来去方便，不需从堰塘堤埂过湾。常在傍晚在儿时一起玩的睏牛石上，听他摆外面的事，或听他摆《三国》《水浒》的故事，有时比他小一点的黄正兴也来凑热闹。他也从他们那里听到黄家湾的一些龙门阵，也可将有些话传给母亲。大院的孩子都是"主人"们的娃，素质不高，口中不离脏话，话不对就会打人，家长不分青红皂白，都给娃娃撑腰，何况黄正梦是地主崽子，更不敢惹他们。左侧曲仁海的小兄弟曲仁礼、大院的曾幺爸的儿子曾元盛、刘本经的儿子刘代祥、王善勤的儿子王正元都是他的同年，儿时常在一起玩，自从他家被划地主后，就少有往来了。

听他们说，两三个月前，大院里好热闹，开了几天的会，发动大家提意见，说什么帮干部整风，与学校老师参加整风政治学习差不多。都提了许多意见，上面还有人来参加，文书还做了记录。提得最上靠的是刘本经，蒋天友也提了好几条。

刘本经主要是对统购统销政策提的意见。会计黄正才解释说，主要是非生产性的工分太多，劳动日值就少了。比如会议多，干部的误工就多，再加上义务工太多，都要摊入分配。

蒋天友说，他从成都回来分土地，结果刚种了三四年，就收归公家了，等于没分。合作社劳动还不如他以前在成都拉黄包车划算，后悔没听老哥的话，如今想走都走不脱了，遭套起了。

黄世喜说，他两口子参加劳动，供四张嘴，还不如以前，种自己一亩多地，打点短工的日子好过。

曾幺爸说，刘本经说得对，他就是四口人，一年累死累活，年终了还要倒补合作社。副业也发展不好，合作社的找补都没结清，又要强迫买供销合作社的股票，互助组时才买了，说分红，10 元钱才分了几角钱。农民的 10 元钱，要做好多事哟。

曲大爷说，其实合作社作为一个大家庭，相当于租政府的土地种，上缴的钱粮就是租金，说来也是对的。他新中国成立前租黄理富近 20 亩地种，缴的租金没有如今的多，不然，他没土地，怎么也成了中农？

黄正成、黄世友二人，你一句，我一句，就把两三个月前开会的热闹场面给黄正梦说了。涉及国家政策，黄正梦当然不敢品头论足，只是听他俩说。中心议题，翻身的贫苦农民，就渴望有个不饿肚子的安稳日子。这些大会，是不会让地主参加的，他在家里是听不到的。

一天，蒋天才通知黄世善的老婆黄杨氏，晚上社里开斗争大会，要地主分子去接受教育。黄家大院的正房，原是农会的办公室，现在是社里的办公室，社里开大会，与农会一样，都在这个大院召开。得到这个通知，一家人又觉得大祸临头。究竟为什么，都想不出个头绪。这几年一家人规规矩矩，也没说过"坏话"，也没拖欠国家的公粮和农税。合作社后，也没人为他家帮过忙。最后才想到，是不是大姐去成都未向社里报告，因为社里人这两三年走哪里，都得向社长、组长请假。原以为他们未入社，除母亲外走哪里不需请假。怎么办？一家人琢磨了一天，都想不出个办法，如何在会上交代。好不容易等到晚饭后仍想不出个办法，只好听天由命了。

黄正安与黄正梦陪着母亲，等开会的社员都去得差不多了，才去隔壁大院参加大会。走进大门，维持秩序的民兵安排他们在后面坐，一家三口才坐在自己带的条凳上，规矩地望着主席台。

乡上也来了干部，先发言说："有人忘了本，攻击党的统购统销政策。"还说了些什么，都不太明白。社长蒋正理就宣布把刘本经揪出来，像斗黄世善一样，组长蒋天才与两个民兵将刘本经推到主席台下的阶沿边，叫他跪下。他不跪，拉扯时，民兵用竹片抽他，他就叫打死人啃。蒋正理在台上招呼，不要打人。

黄杨氏母子三人才将跳动的心稳定了下来。黄家母子只晓得前段时间，隔壁大院老房子常开会，乱哄哄的，并不知道发生了什么事。今天只是听他们的对话、领导的讲话，才知道一点边角余料，从中接受教育。

“共产党让你翻了身，你还攻击党的统购统销是剥削，用心何在?”主席台上又追问着。

“你们开会叫我们向政府提意见，说言者无罪，我就把掏心窝子的话说了。”刘本经还是不服气地说。

“叫你提意见，不是叫你攻击党的政策。”

“土改后我积极卖余粮给国家，国家收购价比市场少不了多少。如今集体了，统购粮越来越多，价格比市场低得太多，居民买国家粮，也比市场廉价多了，我就认为这不公平。社里分粮，细粮一年比一年少，多是粗粮，老小咋过？你们还讲不讲理?”

这后一句话，又激怒了主席台上的人，乡上的干部吼着：“你敢说政府不讲理，简直忘本了，给我端正他的态度，打。”台下又是一阵篾片声。越喊就打得越凶，一直打到他不叫了，才歇手。

吴明礼为表现自己，穿着小孩式的叉叉裤，冲到前排，指着刘本经的鼻子骂：“你狗日的，不老实交代，与黄世善一样，没有好下场。”因他在社里做活，偷奸耍滑，常被刘本经捉住，奚落他。

喘过气后，刘本经又说：“你们不就是分了土地给我，这个本，又被你们收回去了，你们还有什么本在我手里？住的房子是不是我的，还说不定。劳动时我不偷奸耍滑，你们还打我，叫我怎么活。”不服气的刘本经仍叫着。中国农民有一朴实观念，凡不是凭劳动换来的，都不踏实，天上掉下的土地都收回去了，天上掉下来的房屋，“是不是我的，还不一定”，刘本经才产生了这个想法。

台上吼着：“你还要狡辩，给我再打。”

这话可能激起了众人的不满。竹片还未举起，有不睬事的人在台下吼起来了：“过去斗地主，现在贫雇农也要斗，还要打人了。”

“䀹牛沟从来未见在公开场合，开大会打人的。”

因为黄世善挨打，是押解人背地打的，所以才有这个说法。吴明礼至今还被社里人瞧不起，始终认为他是土匪——棒老二的种。

黄世喜站起来说：“他没做过坏事，就是两句话，你们就打人，还要不要我们贫农说话？他提的话，你们为什么不回答。还讲不讲理?”

有人附和说：“有人骂共产党，说欺骗了我们，土地分了又集中，分你妈个屁。这个人你们为什么不弄来斗?”这显然是黄家湾家族之间有矛盾了，将刘本经作为典型来斗，是欺负外姓少的人，干部有私心，已有人路见不平了。

台上蒋正理也激动了，吼着问：“是哪一个有这么大的胆，指出来。”台下又不知谁回答：“在这个大院坝当着众人骂的。”

“有胆量，就指出来。”

“是你蒋家屋的，还要我指吗?”

“就是蒋天友。”还有不睬事的补了一句。

这个说法，显然比刘本经的说法更严重。这时台上台下，除了刘本经的呻吟，都鸦雀无声了。不知主席台上的人交头接耳咕噜什么，乡上的干部才出面说话了。一是要刘本经好好反省，端正态度，才有出路，像是对地主说话的口气；二是解释了一番统购统销政策的大道理，不外乎支援国家建设，大河有水，小河才不会干之类的道理。大家说的那个骂共产党的人，核实后绝不轻饶，就宣布散会了。

中国农民，都是明哲保身的多。自己有地，就一心扑在地里，种庄稼度日，邻里之间相互往来，从不抠别人的疮疤。有什么困难，互相拉一拉，就过去了。做工当长年的，什么都是听东家的，只出力，做好手上的活，收多收少是东家的事。只认东家给我多少工钱，给的饭吃得饱不，打多少牙祭，有无酒喝。不满意，就另投东家。打土豪分田地时，鼓励贫苦农民要反剥削、反压迫。剥削农民懂了，至于压迫，不讲理打人就是压迫，三岁娃娃都懂。后来宣传民主，丢胡豆式的选举小干部，特别是集体化后，为生产的事常开会听大家的意见，过去不会说话的，也逐步学会如何表达几句心里话了。大家都公平了，涉及自身的利益，难免叽叽喳喳地说几句。有时说话难免粗鲁些，与文明的语言来比，就叫骂人。所以才有今天这个场面。

刘本经身材高大，用不完的一身力气，为人耿直，做事一丝不苟，平时很少言谈，不欺负人，但谁要惹他，凭力也好，凭理也好，都会输给他。所以人们给了他一个绰号——“牛绷筋”，土话的意思就是说一个人，对小事都非得争个道理。他家住小河对面的刘家扁，先到黄家打短工，因他劳力好，别人挑粪100斤一担，他非要用120斤的粪桶挑。做活还细心，获得主人欢心，主人也比其他帮工多给点工钱，他也很乐意，后来就留下做了长年。新中国成立前几年，国民党政府统治时物价飞涨，过去东家给工钱，长工都是按年初定好多少挑谷子折合成伪币，年终结算。先前涨得不凶时，主人常加点工钱，也就算了。后来一天一个价，他就找到黄世善说理，年初折算的工钱不行，要以年终折算结算工钱。黄世善先不同意，认为事先有口头约定，我给你们加了工钱，并未亏待你们。他就时常找黄世善说，你虽然加了工钱，但你加的不如涨的快，你地里的粮食没有少收，但我们拿回去的工钱，就买不到原来那么多米，供养家口了。黄世善也盘算了自己的收成，觉得他说的也有道理，一是自己心不要太重了，二是不然都不给你帮工了，谁来种这几十亩地呀？向来胆小怕事、息事宁人的黄世善找到刘本经说，年初说的不算可以，你们也要让我的收成能换回生产需要的东西和我一家人的开支，以多少结算合适，大家商量。最后年终以黄谷和小麦结算工钱，结算时，要钱的按当时的市价折算。黄世善说了一句话："反正我无劳力，我出土地，筹划，你们出力，大家过得去就行。"平时生活上，除了早餐他特殊有两个荷包蛋外，大人都与帮工们同餐、同饮、同卷叶子烟。小孩们才开单灶，煮点细粮多一点的伙食。所以他与帮工们常有话说，偶尔也与帮工们下地做点手上活，这都是刘本经的为人，也给了黄世善一点启发，使黄世善不愁找不到帮工种地。帮工们也很卖力，使黄世善的庄稼年年都有好收成，主仆关系也处得融洽。土改时工作队征求刘本经的意见，他就留在黄家湾分地分房，将家也搬过来了。

蒋天朋、蒋天友是两兄弟，蒋天朋是哥，蒋天友是弟。蒋天朋长年在成都打工，后来将未安家的弟弟也带着去成都打工挣钱，主要是拉黄包车。先是用他哥的黄包车挣钱，后来自己积累了汗水钱，自己买了一辆。并在成都安了家，租别人房屋住。女人姓张，帮人洗衣度日，经他哥托人撮合，才安了个家。成都消息当然要灵通些，听说要打土豪分田地，蒋天友就带着老婆回到蒋家湾，与嫂子同吃同住，等到斗地主，分田地，他哥一再劝他不要回去，他不听。他认为，安了家成天漂流在外，不是长久的事。土改时，他与嫂子两家，都在黄家湾分得两份土地，而且还分到地主的大瓦房住，心里很高兴。后来搞合作社，他心里就反感。有了孩子，分配的东西还不如自己种地时的多。想去成都挣点钱来补充家庭生活，可这时开始严格管理户口，别说迁户口去成都开不到证明，连出门都难。所以他骂娘："分你妈个屁，分了又收了，老子早晓得，才不该回来。"这是他在院子里乘凉，与邻里们摆闲龙门阵时，吐出了自己的心里话。他哥土改后从未回家，在成都又找了个老婆，安了家，听说日子过得很好，常悄悄给家里带点钱回来，他大嫂比他的日子过得好。他就后悔，当初不听哥的话，本来老婆就是成都人，自己找些虱子在头上爬，一遇到不开心的事就骂娘，这是同院住家户，无论老的、小的都听到的。

后来开社员大会，蒋天友在会上承认了一下错误，做了保证，也就算了。可能是蒋正理做了工作，讲明了后果，刘本经挨打，他是看到的。这样就把有意见的同院的住户的口就堵住了。后来刘本经被戴上坏分子的帽子，与黄嫂一样，定时接受训话，社里人才知道区别，一人当官，不说鸡犬升天，至少不会受气。所以选小组长投票时，难免有家族之争，夹杂到民主中去了，代替了上面的政策标准。

听杨崇正说，他与刘本经在一起挑粪时，安慰他宽心些，刘本经说："再他扣什么帽子，劳动只要不扣工分。叫化子贬了讨口子在。"

从此，社里开什么会，征求大家有无意见时，都不开口了，也不说干部说的对或是不对。干部也好领导得多了，一人说了就算，高度统一。上面还常讲，联系群众，有事要充分征求社员们的意见，要讲民主，都是说来好听的。干部在上面开会时，汇报情况，上面也得装模作样地问，征求了群众意见吗？下级只消回答征求了的。深入基层的上级领导去问群众，会听到"拥护党和政府的政策"，下文就谁也问不出个什么。在社里，干部一手遮天的局面，就慢慢形成了。

后来听说县里来了个大官，带了两个人，小孩看到，屁股后边还撇了只梆梆枪，在黄家大院与百姓摆龙门阵，有说有笑，平易近人地拉家常。当问道："你们对统购统销政策，有啥意见？"乡亲们还笑着说："没意见，党的政策好。"

刘本经在屋里听到这个回答，心里想，这些人怎么当着我的面，说的又不一样。后来这话，曲仁海听他说时，怕他又出事，劝他不要开腔，并说："这是你背上的篾片印把他们教乖了。"刘本经愤愤地说："老子几篾片没枉挨，保护了大家。"从此社里很难听到刘本经开腔了。

这个暑假，只有杨小妹晚上常到黄家来，说是找黄娘学习针线活，其他没人与他家往来。从小，黄正梦称呼杨小妹的妈为奶奶，杨小妹称呼黄正梦的母亲为黄娘，晚辈都以兄弟姐妹相称。"土改"前后都是这样称呼，没改变过，所以湾里才有杨崇正与地主家的关系剪不断的说法。从此，大人之间往来少了，但小孩之间常有往来，顺便也为大人带些话。杨小妹有时过来，碰上黄正梦，只招呼一声“二哥”就埋着头走了，黄正梦读小学时，她常叫二哥教他识字。

1957 年下学期，开学报名时，本乡的四五个同学常约同路，相互有个照应。大家有说有笑，唯有黄正梦少言语。一路只有一个女同学叫晋华香，常请黄正梦帮她捎一点东西。一是他成分不好，好说话，二就说不清楚了，他俩常被同学笑话。一年来，学校伙食要开得均匀些，个头一下就冒出来了，人也很帅。成分不好的，班上不止黄正梦一个，但他在班上成绩很好。晋同学常问黄正梦一些学习方法，黄正梦也不保留，不说同路，就是在学校碰着，也有言语往来。所以班上同学才常拿他俩开玩笑，晋同学也不反感，黄正梦总是一句话：“莫乱开玩笑。”

学校举行开学典礼，学校党支部书记在大会上宣布，本校有三个老师因攻击党的政策，被划为右派，其中一个是他们原来的校长。要同学们与他们划清界限，要听党的话，在学校，就是听党支部的话，做个又红又专的人。他这时才将农村刘本经挨斗，与校长、老师被划为右派统一起来，知道他们都是攻击党的政策。学了点现代史，不是说孙中山倡导“三民主义”吗？现在人民当家做主，刘本经是雇农，还说做主人，就是提了意见，还是你叫人家提的，怎么也是敌人了？他才深刻理解了二爸“学理莫学文”的含义。这时他才意识到，所谓红、听党的话，就是不开腔。难怪母亲说：“病从口入，祸从口出。”

黄正梦在班上成绩总是一二名，从此，他偏科了，数理化生的成绩更好，文科完全是应付了事。期末考试后，班主任找他谈话，在办公室耐心地教导他，要积极争取进步，只专不行。党是讲成分又不唯成分论的政策，不要背上家庭成分的包袱，耽误了自己的前程。老师的开导，使黄正梦领悟到，文科不搞上去，会带来非议，于是向老师保证，下学期一定把文科成绩冲上去。

人生渴望在书中，书本现时总不同。
成分并非开玩笑，脱胎换骨靠东风。

第四章　逃命

1958年，三面红旗席卷大地，高级合作社成立一年多，就跑步进入共产主义，成立人民公社。说是“共产主义是天堂，人民公社是桥梁”。过去的单干户，无论地主、富农、坏分子都成了人民公社的一员。田土、山林、房屋与贫下中农的一样，全部归公了。除了干部外，所有的农民都与地、富、反、坏一样，被军事化管理得规规矩矩的。地主与一般农民一样，享受着公平的待遇，同在一个锅里舀饭，同在激励的口号或皮鞭下劳动，同住在地主的大瓦房里。闹革命，求的就是个平等，这才天下平等了。

在学校上时事课，就讲三面红旗：大跃进、人民公社、建设社会主义总路线。农村成立了人民公社，必须实行四化，即思想革命化、组织军事化、行动战斗化、生活集体化。

等黄正梦暑假回家，一进门，锅头碗盏都不见了，想找一个碗去水缸里舀水喝，水缸也是干的。等到母亲回来，他问大哥呢？母亲说，一会儿就回来。给他找了一个碗、一双筷子，叫他去伙食团吃饭。走进黄家大院，摆了两个大的饭甑子，人们都围着甑子各自打饭，侧面是用栽秧的秧盆盛的两大盆菜，打了饭的人们各自去打菜。大院的四周放了四个水桶，都是装的米汤，吃饱了饭的人们，再喝一碗米汤，将吃进去的干饭送下胃里。个个吃得喜气洋洋，打着饱嗝。黄正梦等别人抢得差不多了，才去盛饭，煮的红苕干饭，一盆黄南瓜菜，一盆四季豆、豇豆杂和在一起的菜，还合口味。黄正梦一边吃饭，一边回答招呼他的邻里。

在与同龄人的摆谈中，他才知道，原来赒牛村、红旗高级农业生产合作社，是环溪人民公社的第一大队，又称第一连，原高级社的八个组分为四个大伙食团。一个设在第四组环溪镇的场口，多是住街坊场口附近的农户，与邝家坳的第一组为一个伙食团，都住在一座过去的水烟大作坊里。一个设在第八组吴家湾，与第七组刘家扁为一个伙食团，住李家地主的大院里。一个设在第六组凉塘湾，与第五组丁家嘴为一个伙食团，住晋家地主大院。一个伙食团为一个排，或称小队。场口是第一排，黄家湾是第二排，吴家湾是第三排，凉塘湾为第四排。第一连，由蒋正理任党支部书记兼大队长，连长是个从朝鲜战场上转业回来的军人朱正明，他家住在场口附近，新中国成立前拉壮丁当的兵，解放战争时解放过来的。第二排的排长当然是蒋天才了。

黄家湾第二排的伙食团就在黄世善的四合院的大瓦房里，蒋家湾的住户全都搬到黄家湾来了，原合作社的第二组与第三组集中食宿，统一管理，黄家湾成了营房。四合院最拥挤，其他的草房、瓦房，都增添了人口。农民与工人阶级一样，除了穿的、碗筷，一无所有，一家几口人挤在一间小屋，也无所谓。与领导不同的地方，就是不发给工资，在分配上，除了有口饭吃，其他一无所有。唯有黄杨氏家，因是地主，谁也不愿搬来与地主同住，都成了平等的社员了，都怕惹一身臊。那时黄正梦的妈仍戴着地主分子的帽儿。

一天中午在院坝开午饭，大家一边吃饭，一边听蒋队长传达上级精神。他说了一个中午都没说清楚，但大体意思说的是大炼钢铁，要超英赶美，全国钢铁总产量要达到 1800 万吨，要全民大炼钢铁。上面下达给队里的任务是要上缴 30 公斤硝，说是造炸药用。本地没矿山，就得支援造炸药的原料。农民听都没听说过，就问哪里去找硝。他说上面说老墙泥、千脚泥里就含有硝。先用水泡，然后将水过滤出来，再将水在大锅里熬，就会结晶，那就是硝。安排青年突击队队长蒋天正带领十几个青年，包括黄正梦，去蒋家湾打老墙。

蒋家湾共计近 30 户人家，多是草房，只有 3 家中农是小瓦房。贫农占多数，多是年久的草房，说要拆十来座。十来个年轻人刚按队长的意见拆了三家的屋面，打了一天的老墙。这三家都搬到黄家湾伙食团去住了，没遇到什么麻烦。

第二天，蒋天才要蒋天正暂时不拆草房，把中农蒋二哥的瓦房拆了，因它修的时间久些，墙土泥也多。黄正梦几个人在房上拆瓦，蒋正理书记来了，就喊：“蒋三娃、梦娃下来，谁叫你们拆的？”

“是大爸叫拆的。”蒋三娃回答说。

蒋天正跑过来说：“草房都拆了三座了，哥老倌说还不够，把这座瓦房拆了，墙土泥多，就少拆几座草房。”

“老辈子，莫做丧尽天良的事哟，蒋大哥还骂我，说留两间给我住就是，要修瓦房好难呀。”因伙食团住不下所有的人，老小们仍住自己的老房，所以这家 70 多岁的蒋婆婆流着泪，跪在蒋书记的面前求情。

蒋书记气得吹胡子瞪眼睛地喊：“蒋天正，去把蒋天才给叫来。”

因水田里刚打了谷子，地里的庄稼正待成熟，还不是秋忙季节，为在蒋家维修、扩建集体养猪场，蒋队长带领一帮主劳力正在山上开山，准备石料。

不一会儿，蒋天才从山上下来，就问：“你们都站着干啥？不干活？”

都说：“总老辈子找你有话说。”

蒋书记才从几堆废墟上过来，说：“我找你，你拆瓦房干啥？”

“我是想，瓦房大些，老墙泥多些，就少拆几间草房，以后要再用咋办？”

“你懂个屁，你愿意住瓦房，还是住草房？你想的是对的，万一要住人了，大家情愿挤瓦房也不愿挤草房嘛。”

“任务完不成咋办？”

“你就一根肠子通屁眼呀，别人完得成，我就完得成。房子不拆了，多挖千脚泥，把阴沟掏尽再说，房子能保多少保多少，上面有我顶着，你怕啥？”

房子都归公了，完全由干部们在那里安排着他们的命运。蒋书记在大队长会上只是传达了上面的精神，想不到蒋天才那么积极，就在自己的老窝里干开了。面对眼前这个局面，蒋正理毕竟老练些，他恍恍惚惚感到，万一将来要回来住，一湾姓蒋的人咋办？这不是自己凿自己的老窝吗？咋个给本家们交代？所以他骂蒋天才“一根肠子通屁眼”。

十几个小伙子，将有盐霜颗粒的老墙泥，挑到邝家坳大队熬硝的作坊，挑了十来天才挑完。后来就去铲千脚泥，把家家屋里的地面都铲了一层，又干了十来天。在邝家坳，人工砌了个大石槽，把泥土倒在里面用水泡，过滤后的泥土作干肥，倒是好的干泥肥。一口顶大的锅，砌了个挺深的大灶，成天烧着火，就叫熬硝了。水蒸发后，确实就是结晶体的盐，说那就是硝。第一排与第二排挑去老墙泥、千脚泥，堆成了一个小山头，也不知完成任务没有，不久就停了。

后来，又说要实现机械化，什么机械都没有，就要修机耕道了。全体劳力，不分男女老少齐出阵，从场口一直修到睏牛沟的尽头。花了十来天，修好了一条几公里的平整的机耕道，没有路基石，也没铺碎石，人走倒是方便。从公社到县都还没通公路，别说农民，就是不少的大、小队干部，连汽车也没见过，更别说拖拉机了。机耕道能否过汽车、拖拉机，谁也不知道，公社也无人来验收，就算大功告成了，还欢天喜地地开庆功会。

不久又说，上面的拖拉机还没造出来，要土法上马，造鸡公车、架架车。还说“三个臭皮匠，顶个诸葛亮”，公社组织了木器社，专门造鸡公车、架架车。公社下达通知给各大队送柏木到木器社，第二排就安排了50根的任务，越大越好。青年突击队砍树，把睏牛山的柏树砍了好大一片，去头切尾后，两个人抬一根，送到公社。

劳累了一个多月，想不到在三面红旗照耀下，黄正梦停学，美梦破灭了。快开学了，家里筹集不出一分钱供他念书。如果说父亲的死是场噩梦，母亲拖着儿女在噩梦中挣扎，渴望有个平安的日子，那么黄正梦考上县中应该是一场美梦了。梦太美了，一经破灭，惊吓就更惨。孩提时做噩梦，有大人挡着、护着。当即将成年，对人间辛酸已有体会时，自己经历噩梦，那已不仅是惊吓了。

因为原来地里种的、家里养的、山上长的，都无偿地归公了。比“土改”斗地主分财产时还公平，管你贫农、中农、富农、地主的财产，一律收为公有了。再加上人民公社除了吃饭，都不发工资，家里哪来的钱？用什么换钱供他读书呢？黄正梦和母亲始终想不出办法。最后黄正梦想到，可不可以将伙食团的粮换成钱，供他读书用，再去找二爸求助一点，也就可以维持学业了。母亲说，道理是说得过去的，就不知道社里别人同不同意。母亲是不能出面的，她一再鼓励黄正梦自己去找：

“你哥半天打不出个屁，成天闷着，我又不能出面。”

“我怎么去说嘛？”黄正梦赌气地回答。

“你都十七八岁了，还在城里读了两年书，就那么没出息?!”

看来要读书，就只得自己出面了。黄正梦一夜都未睡着，琢磨着怎么对蒋书记说，说不好，反而挨顿嚼。自出生以来，他还是第一次求外人，从小至今，背着个地主崽子的名，都是受人指唤，吃好吃差，都不在意。如今涉及自己将来吃饭问题了，非得自己出面求人了，怎么走出人生的这一步，确实是一个考验。一整晚上，没想出个结果。第二天一大早，母亲就对他说："自己大着胆子去找蒋书记，难道他把你吃了不成?"

自己心里没底，但他还是鼓着勇气往大院里大队办公室走去，只有听天由命了。伙食团还未开饭，蒋书记刚起床，他站在熟悉的门口轻轻地呼着："蒋书记，我想对你汇报一件事。"

"什么事，你说。"

"我读书的事。"

"你读书，我又未拦你，读你的书，还有什么问题吗?"

"我读书没钱，可不可以将我伙食团的口粮下给我，或者换成钱，作为我学校伙食费的添补。"

"我还不知道这个上面是怎么规定的，等我请示了公社，再回答你，行不?"

"谢谢。"黄正梦就去食堂吃饭，准备出工。第一次求人，未碰一鼻子灰，他心里特别高兴。蒋书记是那么谦和，他第一次求大人，而且是全大队最有面子的人，给他留下了人生的第一好印象。

人倒霉时，好事总不会掉到你头上。用农民的话说，冬瓜皮做衣领——霉到颈项了。吃晚饭时，蒋书记将他叫到办公室，也是蒋书记的住房，安慰似的对他说："你要想得开，公社杨社长不同意，我也没办法。"黄正梦听到这话，如晴天霹雳，饭也不吃，就跑回家去了。等母亲和哥吃了饭回来，他在床上号啕。过去长辈的鼓励，自己立下的志向，都成了泡影。都说人算不如天算，而他是天算不如人算，老天给了个读书的脑袋，还是无用。看来只得与母亲和哥一样，这辈子只能被捆在黄家湾的土地上了。被捆绑在毫无自由的山湾土地上，没有施展自己能耐的机会。跟历史课本上讲的奴隶社会差不多，除了劳动，什么也没了。母亲安慰着，哥说了句气话："哭个球，命该如此，哭也无用。"反而这句话，让他收起了眼泪。

哥早已到成家立业的年龄，与他同龄的黄世朋、黄正才早就找了媳妇安了家了。比他小的刘代康，父亲还挨斗，也安家了。谁家的女儿会嫁给一个地主崽子呢？地主帽子永远像紧箍咒一样，咒语时常在你耳边念着，孙悟空十八般武艺，还俯首帖耳。哥平时少言寡语，并不是他不善言辞，是压抑，是无声地面对现实。就是这句话，点醒了黄正梦。

后来蒋正理书记对杨崇正说，他打听了，公社另外几个不是地主子女的中学生，都是公社给生活费去读的书。杨社长说："地主子女还要公社出钱读书，不行。"他就不好说了。蒋书记对杨崇正说这话的目的，不外乎是想通过他转达给黄家听，不是他不同意，是公社杨社长那里通不过。至于上面的政策是什么，谁也不知道。即使你知道，一个地主子女，还敢与社长搬个道理不成？

不几天，大炼钢铁的号角吹响了，第二排抽了几个身强力壮的男劳力，去几百里远的矿山炼钢铁。黄家湾的杨崇正、黄正安、黄世朋、刘代康、蒋士才、曲仁礼和蒋家湾几个壮劳力，由杨崇正做班长带队，都随炼铁大军去了矿山。

哥哥走了，大姐也早就走了，留下母子俩相依为命。

大战秋耕的号角也吹响了，像修机耕道一样大兵团作战，深耕作业，热火朝天，不分昼夜地翻地。就是晚上，不分男女老少，都要出夜工，小孩用柴火打着火把，大人翻地。一连几天，黄正梦眼看母亲的身子骨不如从前，自己又没法代替，心乱如麻。他已接近主劳力，就被编在男人队里了。在地里，老农们议论纷纷，这样深耕，不减产减收才怪。深耕要达到一米，掏深沟式的轮翻，将生土翻在上面，熟土都翻在下面埋着。

"蒋木匠（指蒋书记）本身就不会种地，蒋排长是种地的料，他怎么也昏了？"王善勤对着刘本经，努着嘴，小声说。

"他这个小人，只会抱大腿，欺负弱小。"

"几十号人，翻了几天，才耕三亩地，耕牛闲着，何苦？"

"谁敢说？只有时节催他们。"

"老子从未见这么翻地的。过去开荒的生地，不种三五年，出不了好庄稼。"黄世喜也插嘴。

湾里公认的种地好手老佃农曲仁海说："我挖地就是一锄多深，不能把生土死泥翻出来了，如今赔不起。"

"老子不会种地，也未看到这样挖地的，累死不讨好。"蒋天友埋怨地骂。

"把地下的阎王翻出来斗死了，我们才好上天堂嘛！"刘本经的二儿子刘代祥也来帮腔。把大家逗笑了。

听见笑声，蒋天才大声地吼着：“不准磨洋工。怎么挖，按上级的要求不走样，不要说三道四的。”

几个人七嘴八舌地悄悄议论着。晚饭后，黄正梦对母亲说了他见到的、听到的。母亲对他说：“少开腔，快躺一会儿，又要出夜工了。”

教育也要“大跃进”，大队要办小学，教室、桌凳不成问题，就是教师难找，黄正梦是村里唯一读了两年初中的人，非他莫属。一天，当黄正梦正裸露着上身挖地时，身边的王正元叫他，说是蒋书记找。他抬起头看，蒋书记站在土埂上向他招手。他走到蒋书记跟前，书记说：“梦娃，给你一个任务，二排除了在完小读书的，还有七岁到十二三岁的孩子二十多个，交给你，办个小学班。”蒋书记说话那么亲切，还像他小时候那样，直呼他乳名。黄正梦二话没说，觉得蒋书记关心他，信任他，就乐意地接受了。说办学就在蒋家湾，利用空房做教室，各家的饭桌凳，都拿出来做课桌凳。叫他明天就去完小联系课本之类的事。

晚上，他对母亲说了，母亲并不感到高兴，拖着疲倦的身子，只是嘱咐着：“你要小心，我们的身份，惹不起别人的孩子。孩子调皮，耐心点，千万别出手打人。”第二天，他去完小联系，说是突然增加这么多学生，上面正在赶印课本，要等半月才到。完小决定课本到了村小才开课。他向蒋书记汇报后，又回排里参加深耕大战。

近半月了，不分白天黑夜的奋战，人人都搞得筋疲力尽。不说大人，就是夜晚打火把的儿童也支撑不住了。有的丢了火把，就在土埂上睡着了，大人也趁看不清，顺势坐一会儿。排长督促到这里，顾不到那里，没有连长的命令，谁也不敢收工。不像开头两天甩开膀子“大跃进”，男欢女笑，热火朝天，一股跑步进入共产主义的劲头。

一天，穆桂英队被抽去黄家湾，扯棉花秆，割红苕藤，腾地备耕。杨六郎队仍在蒋家湾翻地，干劲已不如前几天，唱歌声没了，打笑声也没了。公社的社长杨金刚，一手提着跃进棒，一手拿着跃进筒——用铁皮做的传话筒，翻着梁子各村、各队巡视。从青冈山梁上下来，站在垭口，就用传话筒吼起来了，谁也未听清他在说什么。只见他气冲冲地跑下垭口就问：“排长哪里去了？”蒋天才放下锄头，就跑过去，边跑边回答：“我是排长，蒋天才。”等他跑到跟前，杨社长的跃进棒就打在他身上了，并且吼着："你的进度这么慢，干活死气沉沉的，你这排长咋当的？"

"哎哟，我们加把劲就是了。"打得蒋天才遍地跑。

这边翻土的社员都站着、看着，有人悄悄地骂着："狗日的杨石匠，心太黑了，打人找致命的地方打。"

"幸好抱大腿的跑得快。"

杨社长看到大家站着、盯着他，就吼："站着看个球，缺打吗？"不知是什么力量在召唤，大家不约而同地回答："你娃娃，有胆量就过来打。"

杨社长才觉得众怒不可犯，提着他的跃进筒和跃进棒，傲慢地走了，才使蒋天才少挨了几棒。一个大男人坐在地里，眼泪汪汪，摸着自己的背，体会到了去年刘本经被打的味道。

为了赶进度，干部开始打人了，这给一辈子在土里做梦的农民，发出了一个信号，开始议论了。土改时，还控诉恶霸打人是压迫，如今，过去与我们同命运的干部打人，该算什么呢？土地、房屋归公了，眼看到手的收成也归公了，打老墙、修机耕道、深耕、砍树林，就把庄稼种好啦？地里不出，吃啥？眼前那么吃，吃完了，哪里来？谁也没议出一个结果。

第二天，黄正梦正在蒋家湾翻地，突然蒋家湾与黄家湾相间的山嘴头有人喊："黄正梦，你妈死了，快过来。"黄正梦正埋头挖地，身旁的曲仁礼喊他："黄正梦，山嘴有人叫你。"黄正梦丢了锄头，几个箭步冲出土块，沿着土埂，一路哭喊着，飞也似的跑到黄家湾的二台土。看见妈躺在红苕地边的土埂旁，嘴里流着血，睁着眼，他搂着妈时，已无气了。他哭着，喊着："是谁这么黑心呀？！"

曾幺娘才说："蒋天才那龟孙子。"

"那狗日的，哪里去了？"

奶妈、曾幺娘、都大娘、刘大婶、晋大嫂、杨大婶、宁大婶等一群妇女才劝他："先将你妈背回去，安顿好了再论理不迟。他这时已走了，你去哪里找他呀？"

爸早走了，姐悄悄嫁人了，哥哥走了，母亲又走了，在黄家湾，他家留下他孤零零一人。说是孤儿，他已接近十八岁了，说他鳏寡，又还刚成人。怎么安葬亡灵，他还一概不知。他在邻里的帮助下，背着母亲，一步一步顺坡下去。回到草屋，用两根条凳，放一块晒棉花的篾折子，将妈放在上面。他搂着妈，哭着："妈呀，儿子不孝，守在身边，都未送到终，一句话也没有，你就走了，我咋过呀?!"

婶娘、大嫂们将他与妈分开，他就跪在遗体前。她们有的翻出他妈生前几件破旧衣，有的去食堂打来热水，洗去他妈身上的泥土，将旧衣一件一件地穿在他妈身上，理得整整齐齐的。乡亲们劝黄正梦莫哭，准备后事要紧。大人们就又去上工了，不然棍棒说不定又会落到哪个身上。只有杨小妹陪着他跪在遗体前哭泣。

办后事得花钱。成立公社后，从未发过工资，本来原来地里的收成眼看就到手，除了吃的，就可换钱，如今又全部归公了。自己喂养的猪、家禽一股脑儿地归公了。包里毫无分文，翻箱倒柜，翻遍母亲贴身的衣兜也无分文。找人借，谁也无钱。可怜的母亲，辛苦一生，儿子连你去阴间的买路纸钱、照路的灯油也买不起，比父亲还走得可怜。想到这些，他只有号哭，用泪水，用号啕声，为母亲引路。为的是让母亲摸着黑暗，听到哭声，在黄泉路上走好。喉咙嘶哑了，泪水也哭干了，只好跪在遗体前发呆。

收工了，回家的人都在等着开饭，奶奶，老辈子黄世喜、黄世朋、黄世平、黄世和，刘本经大叔、曾幺爸、王善勤大叔，几个与黄正梦同龄的人和黄家的几个婶娘空着两手，陆续前来看望，在眼前的社会，也算是吊唁了。不像他老爸死的时候，除安排来安葬的人外，没一个人敢来看望。只听他们在说：

"吃屎的狗，总是吃屎的。昨天，他被杨石匠打了，把气出在别人身上。"

"昨天不是大家给他撑腰，他就要被那个无情的石匠打惨了。"

"老子哪天揍他狗日的一顿。"黄正才气愤地说。

"你屁娃懂个屁，君子报仇，十年不晚。"曾幺爸劝说着。

大家都劝黄正梦节哀顺变。有人提议，几个年轻的陪陪正梦，几个老点的商量如何处理后事，让亡灵得以安息。

开饭了，黄正梦就去门口等着，等待蒋天才的出现。人们已陆续地吃了饭，仍不见蒋天才出现。他终于在门口看着蒋天才偷偷在厨房吃饭。说时迟，那时快，他冲进去，朝其脑门就是一拳，饭碗打落在地，拉着他就往外走，找蒋书记、找大家评理。他力气虽不如蒋天才，但拼着命，劲就来了。蒋天才本来理亏，乖乖被拉到院坝中间，被他一边骂，一边打。幸好黄正梦手里没拿东西，只是用拳头，力气还不够的他，拳头伤不了别人的筋骨。

“老子今天让你，不与你计较，你在气头上。”蒋天才理亏地说。

蒋书记听见院坝在闹，就冲出门，吼着：“你们干啥?”

“他将我妈打死了。”黄正梦气愤地回答。

“梦娃，住手，好好说。”

对蒋天才，大家你一言我一语，蒋书记听出了名堂，才说：“我刚回来，才听说。你简直是恶棍，谁叫你随便打人？大家不说了，明天我向公社汇报了，再作处理。”

蒋书记是偏向本家的，是给蒋天才下个台阶。蒋天才这个蒙脑壳，反而不买账，还顶着蒋书记说：“死个地主婆，你那么心疼，我被杨社长打了，你也不帮着说几句。”

“你本来理亏，不服，老子把你捆起来。”蒋书记冒火了。

蒋天才又硬顶了回去：“我已向杨社长汇报了，他说地主分子是敌人，死了就死了。还说我们大队进度慢，他打我是打给大家看的。”

这话犹如一把火把人们惹怒了，都吼着：“要打你就打，不敢打的是龟孙子。”

蒋书记也被惹怒了：“国法不行，老子有家法，蒋天友、蒋明士，给老子捆起来。”蒋正理是蒋家湾辈分最高的，忘记了自己党支部书记的身份，捡起了蒋氏的家法。蒋家的人将蒋天才按在地上，蒋正理甩了一根大竹片过去，把蒋天才一顿好打，才把他镇住了。竹片打人，只伤皮肉，不伤筋骨，这是当地行使家法的一般做法。围观的黄姓人和其他外姓人也心服了，大家都帮着劝解黄正梦，事态才算平息。

第二天，几个长辈与同年们，帮黄正梦将母亲如同他父亲一样，用篾席裹着，在其父亲的坟旁，挖个坑埋了。大家走后，不知谁去街上买了纸钱、一炷香、一对蜡烛放在坟前。黄正梦将自己的一碗早饭放在坟前，就算是对亡灵的祭品了。自己点燃坟前的香、蜡烛、纸钱，就算是阴阳两界的心底交流，拜了三拜，没有了眼泪，没了哭号。

他看不透人间，父亲的死，母亲的死，他们并未与人结下什么冤仇，却都死于非命，他实在摸不透原因。蒋天才挨打，他是亲眼所见，而母亲又死于蒋天才之手，是什么“神力”在其中作祟？他想不透。一家人只剩他一人，在祖祖辈辈死守的黄家湾。他从竹林这头，望着竹林那头的睏牛石，那是他从孩提时到现在玩耍、静坐都离不开的石头。他留恋它，但又不留恋它，无论谁去坐它，要去、要留，都随你便。哥哥、大姐远走他乡，父亲、母亲去了另一个世界，不见它有任何情感流露。他慢慢移步到竹林的那头，爬上睏牛石，盘脚坐在其上发呆。望着曾是自己家的黄家大院，又望着自己家的灰粪房和相隔的牛舍。父母的坟和睏牛石，分别在灰粪房后面的两侧。这时，他才想到，父母的坟该不该埋在那里？父母的坟与睏牛石为何只能守着这座原来堆干杂肥的灰房，而不去守着祖辈和自己用汗水勤劳创造的四合院大瓦舍？他不懂风水，他父母是在性急懵懂时安葬的，这难道是天意，四合院本该就不属于他们和我们？他心里想：“我的祖祖辈辈难道就如牛，只有付出，而不能有所得？无福之人，得而复失，还搭上了自己的命。在黄家湾，大房的后人只有我一人了，我还有福气留在黄家湾吗？什么时候收了我的命，谁能告诉我呢？此处不留我，我又去什么地方求生呢。如今管制这么严，出门没有政府的证明手续，我又能去哪里立足呢？”一连串的问题，他找不到答案。

人们看见他坐在睏牛石上发呆，饭不吃，水不喝，奶妈送去的从伙食团打来的饭，仍摆在身旁，引来不少苍蝇、虫子。半下午，见出工的人们都陆续回到大院，公社的杨社长、党委书记刘天理，带着几个背枪的民兵也来了。黄正梦看在眼里，心想，打死人偿命，这是几千年的王法。看样子是来逮蒋天才的，母亲可以瞑目了。正在想时，黄正才走到睏牛石旁叫他：“公社要在院子里开大会，你不去看一看？”

他与黄正才走进院里，看见蒋书记哭丧着脸，蒋天才反而傲气十足，觉得势头不对。会议一开始，刘天理书记就宣布：“红旗大队生产进度慢，拖了全社的后腿，主要是领导不力。地主分子黄杨氏，解放前剥削压迫穷人，不好好接受改造，出工时磨洋工，死有余辜。蒋正理同志用封建社会的家法打人，违反了党纪国法，阶级立场有问题。经公社党委研究决定，撤销蒋正理同志红旗大队党支部书记、大队长的职务，观其后效，另作安排。派东风大队的李朝天同志接任红旗大队的党支部书记和大队长职务。”

会场有点骚动，心凉的黄正梦听到人们窃窃私语：

“乱套了，没天理了。”

“还要不要人活哟。他被人打，是违法，他打死人就不犯法呀。”

杨石匠又在大会上骂了一通人："有话说，就站出来。"

让黄正梦记得最清楚，而且是终生难忘的一句话是："偷奸耍滑的、磨洋工的，就是黄杨氏的下场。"

好久未抛头露面的吴明礼，模糊知道乱世出英雄，也走到前面的阶沿下说："我打了黄世善，把我的组长撤了，不合理。"

本乡本土出生的杨石匠骂道："你老子是土匪，你知道不？你狗日的不听话，照打不误。"吴明礼才没趣地走开了。他并不理会杨石匠骂那句话的含义，他已被划为另类了。土匪历来都是被人仇恨的，都是一些不务正业、好吃懒做的，才去抢人。但杨社长也没学透，吴明礼老爸虽然被国民党枪毙了，但他是穷人，吴明礼也是贫农，是他依靠的对象。

看来，阶级敌人，除了地、富外，磨洋工的也将成为阶级敌人了。打人历来是个惩戒的办法，磨洋工本来就没个标准，只凭着持棒人的好恶，就可打人了。做体力活，哪个没歇口气的时候，除了排长、连长、社长外，人人都是被打的对象。黄正梦想着，什么时候散会，他也不知道。回到自己的草屋，守着空房，是那么寂静？他躺在床上，闭着眼，多么想这就是地狱，能见到父母，诉说自己心里的痛苦。

终于他找到了答案，黄家湾已没他容身之地了。第二排，地主没了，只有他这个地主崽子，是最好欺负的对象，以后贫农不慎都会挨打，何况他？他只有冲出黄家湾这个关着他的牢笼，沟里死沟里埋，路边死路边埋，总比死在黄家湾丢人现眼好。先去哪里？哥哥去的地方，东西南北都分不清，只有去找大姐，大姐如今的处境究竟如何，他并不知道。没法了，去看了再说，至少应把母亲去世的噩耗告诉大姐。

他家除了自己的衣物，没有任何供他路上所需的东西，只有学校还有一口破篾箱，装着几本书和衣物。用床破床单包裹着过冬的旧棉衣，锁上草屋就走了。趁着伸手不见五指的黑夜赶路。黄家湾的土地、山水、林木、房屋，他所熟悉的一切，夜里看不见，无任何留恋了。

走出黄家湾，他才觉得自由，好比天上的麻雀，可以自由翱翔了。又联想到前年除"四害"时，全国消灭麻雀，他也参与了的。人们各处都敲着盆，拍着簸箕，摇着竹竿，捣毁其巢，灭其族。万物共生的地球，让人类独霸，没麻雀立足之处。惊恐的麻雀也有累了的时候，往往累死落地，做了人类的肥料，做了不怕脏的饥馋人的美食。觉得这一比，又不寒而栗。

一天多未进食了，一路的劳累，才觉得饥肠辘辘。无人处，在路边的地里，刨根红薯，在水沟里洗了，一路啃着。见人时，不好意思地藏着，还有点不劳而获的羞耻感。一路胆战，心酸，脑蒙，脚软，气急。真是：惶惶如丧家之犬，急急如漏网之鱼。

在学校时，他写过一篇作文《一路风光》，被学校评为优秀作文，贴在墙报上，受同学羡慕、老师夸奖。这篇作文取材就是这一路的所见所闻，而今所见所闻并不是那么美好，反而是那么凄凉。这一切似乎都与他无缘，显得那么陌生。

他回到学校去拿自己的篾箱，正好同寝室的同学下课了，他平时虽然不善结交，同学们还是问长问短，问为什么两个多月没来上学了。他哭笑不得，只是摆头，急急地提着箱子走了。望着一排排教室，路过宽敞的操场，这原是他寄托希望的地方，不敢想，也不愿去想它，匆匆离开了校门。未到校门口，就碰上晋华香，问他："你这是怎么了？提着箱子，不读书啦？"他流着泪，回答了一句："没钱。"就头也不回地走了。

家里无人管了，队里管不了他了，学校也不管了，他才想到文天祥的诗句"身似浮尘雨打萍"，他无立足之地，无依无靠，随时都会有雷雨的袭击、寒风的撕裂。说自由，这时他才体会到，没人管的自由，也并非一种解脱。孙中山还讲"三民主义"，有什么意义？他唯一的希望，是找到大姐，帮他找个落足之处，管一管自己。他好比麻雀，找个能藏身的地方，暂时躲一躲也行，反正有劳力了，凭劳动糊口，这是天理。他读了两年初中，课本讲的那些人类社会的道理，就找不到一条能够来指导自己的行为，哪怕能带来一线微弱的光亮。

没钱坐火车，便顺着铁轨，朝成都方向走。饥了，刨根红薯充饥；渴了，捧把溪水喝；累了，枕着包袱，望着天空，躺一躺。不分昼夜地走，到川大找二爸，听人说已调到雅安四川农学院，一家人都搬去了。他到何处去找大姐？一人坐在大门口发呆。经门卫指点，他才转到校门后的一片农田，向地里劳作的人打听，终于找到大姐。

在地里，两姐弟抱头痛哭一场。

姐夫姓田，是独子，为人老实、忠厚，父母都是五十多岁的人，添了个外甥，还是奶娃。住的三间瓦房，也是分的地主的房屋。这里也与黄家湾一样，大兵团，伙食团。一家四个大人，不分昼夜地参加集体劳动，晚上，一家人才能团聚。婆婆娘（方言，婆婆）背着奶娃，还要参加轻微劳动。晚上，一家人都回来了，互相认识后，主人都很热情，给了黄正梦一点安慰。幸好伙食团还有剩饭，大姐去伙食团打了一份客饭，就算是招待了。不可能像过去，农家来客，第一餐都得摆上几大碗，喝一台转转酒，表示主人的热情好客。姐夫言语很少，他父母都是新中国成立前帮人过日子，言语也不多，由于劳累，寒暄一会儿，都去睡了。姐姐抱着孩子，喂着奶，陪着弟有说不完的话。听姐说，开年后，农学院与川大分家，二爸搬到雅安去了。大老爷年初一场病，就去了，大奶奶身体还硬朗。哥与妹都考上外省的大学，走了。她在这里也无亲无靠，幸好姐夫一家对她很好，队里人也不把她当地主子女看，因她体力好，劳动积极，都很尊重她。她在这里，就只是牵挂家里，天高地远的，又无音信，常常在梦里流泪，多次惊醒。姐夫虽然话不多，但很会体贴人，安慰她。婆婆娘和公公对她从不说三道四的，一家人算是和睦。

黄正梦并未将自己的想法告诉姐姐，姐姐也没问起，还以为弟是来看她，报一个噩耗而已。两天了，黄正梦不见姐有留他的意思，才告诉姐姐，他想去看二爸，不知怎么去。姐姐也认为这是情理中的事，才与姐夫说了。姐夫幸好在未成立人民公社时，利用农闲去省汽车队当搬运工，挣钱补贴家用，在搬运队有几个要好的朋友。二爸搬家时，还是通过他找的车和搬运工帮的忙。于是姐夫对他说："小弟，别着急，待一两天，我找个车搭你去。"

"弟娃，我们这里与你们老家一样，立不起户口，照样没饭吃。你要想得开，莫怪我们不留你。如果是去年，你留在这里，虽然多一张嘴，但多了一个劳力，有劳力就有饭吃，成都好找活。现在工农分家了，你姐夫在城里也找不到活了，就是找到活，也无时间去，队里管得很严，不去出工，照样挨打。"田伯父不愧是饱经风霜的老人，说明他看出了黄正梦的心思，才断断续续地说了这番话。他的话都在情理之中，黄正梦毕竟有点文化，又有黄家湾的体验，完全理解田伯父的话。这时他姐才回过神来挽留弟弟，哭着对姐夫说："你能不能给他在城里找个体力活干，混口饭吃，至少他可住咱们家里，暂时立个脚。"

"只有慢慢看，不是一下就能找到的。"姐夫诚恳地说。

"还是先让他去看二爸，看他二爸那里有无办法，利用这段时间，田忠诚和我利用晚上，出去问一问，你看行不？都是一家人了，我心里也很难受。”田伯父的话打动了黄正梦，姐也没话说了，就这样定下了。田伯父还是不放心地说：“小侄娃，你虽有点文化，但你年轻，社会经历不多，做事要小心，多个心眼。年轻人，出门在外，千万不要意气用事，人到矮檐下，不得不低头。那几年成都兵荒马乱的，我受了不少气，才保了这条命，安了个家。新中国成立了，以为分了土地就安稳了，如今又给你收了，等于没分。新中国成立前我在城里帮人，只要你老实干活，没人打你，工钱少了，可另找东家。人穷了，受点气，是常有的事，有人欺负你，忍得过去就忍。一个虱子顶不起一床被盖，学着在受气中保护自己。不要去听鬼吹，个人心里要有个打米碗。”

黄正梦流泪了。他父亲去世早，还从未听大人给他讲这么浅显而又中听的人生哲理，为他以后的路开了副良方。

第三天，他把一个破旧的篾箱留在姐姐家里，带上简单的行李和姐姐买的杂糖，搭了一辆货车，坐在车厢的隐蔽处，出发了。

见了二爸，除了“眼泪会餐”外，二爸当然看出了黄正梦来的用意，毫不推辞地将他留下了。因无户口，当然没有计划的口粮。三个人的口粮，带一个人，也问题不大。老奶奶还特别疼爱黄正梦，他是黄家老二的根苗。二爸、二娘白天上课，领着科研课题，晚上看书到深夜，老奶奶找个说话的人也没有。幸好黄正梦来了，至少晚上可以陪她说说话。

二爸、二娘成天忙着，很少有与黄正梦坐下来拉拉家常的时间。常说的一句话就是叫他趁时看点书，找了一些中等读物给他，供他选择。他遵循着二爸对他的教诲——学理莫学文，对这些读物很感兴趣。一天晚上，大奶奶对儿子说：“老二，梦娃正是读书的年龄，没虚过了，我们俭省点，帮他一把，就撑过去了。看在这房人就这么两三个后生的份上。”

黄世华教授说：“我也想过，没有户口，没有转学证，办不到。转学证好办，找这里中学开个同意的证明不难，主要是户口不好办。如今户口管得严，他家成分不好，当地不会给他开户口迁移证明。就是成分好，没有正当理由，也不可能开给你。刚‘土改’时，国家还没严格的户口管理制度，好办，如今不行了。老妈，你莫怪我。”

二娘说：“如今户口比新中国成立前还管得死，城里的粮食都是计划供应，没户口就没粮吃。解放前外出读书，只要有钱，就是出国也不难。你看朱德、陈毅、邓小平他们去法国勤工俭学，都不难，难就难在钱。那时如果把户口也管这么严，他们也闹不起革命来。如今不说出国，就是在国内读书，都卡得太死，没有手续，哪里都读不到书。”

大奶奶说：“这是个啥世道哟，把人管得这么死。”

“这话，你才莫说呢，家里说，家里丢。”教授咋呼着母亲。

黄正梦在侧面都听到的，心里不是滋味。二爸叫他暂时就住他家里，将他安排在学校的实验基地协助守果园，一个月二十几元工资。果园是他二爸搞的专业，他特别喜爱看果树栽培的书。

其实果园有专职人员负责，吃住都在果园的小房里。他就是在专职人员指挥下，帮着干些为果树施肥、除草、松地之类的活。专职人员丁大爷看他勤快，不偷懒，并且减轻了自己的负担，也很喜欢他。几次丁大爷问他家里的情况，他都不敢实说，只说家里很好，是二爸要他来学点东西，就应付过去了。

好几十亩果园，品种很多，让他开了眼界，有的他从未见过，他常向丁大爷请教。地里的活，不像集体种庄稼瞎指挥，天天都有干不完的活。一有空闲，他就在丁大爷屋里看书。丁大爷还常送水到桌上说：“书香门第，就不一样。我那儿子就不爱看书，还顶我说那些右派就读书多，照样劳动。”黄正梦从不问他儿子在干什么，就一心看书。有时丁大爷又鼓励他：“好好学，你看你二爸，好有学问，领导、教师、学生都很崇拜他，还去全国各地讲学。”

他看书，理论上的东西无人辅导，想请教家里的大学者，看他很忙，也不好打扰。自己就常去琢磨方法，这是他可以看懂的，比如播种、移栽、嫁接、剪枝，如何掌握季节、施肥品类等，也常请教丁大爷。丁大爷见他虚心好学，把教授们早就教给的一些实际操作方法和他自己的经验，毫无保留地传授给他。

好景不长，1959 年开春不久，学校清理无户籍人员，他这只麻雀又无藏身之地了。二爸流着老泪对他说：“梦娃，不是二爸不留你，国家政策，我也无奈了。”黄正梦没流泪，他想起田伯父对他讲的“人到矮檐下，不得不低头”。他理解二爸，他也是“学理不学文”，当政治压来时，他也只有低头，这是田伯父讲的生存的法则。

二爸给了他 100 元钱，叫他回到姐姐那里去，那么大的城市，总有栖身处，找点零活做，暂时千万莫回黄家湾。并说：“没钱了，给二爸写封信，我寄到你姐姐那里。天下不会都是绝人之路。”

黄正梦推辞说：“我有钱，这半年的工资，我都存着没用，至少有 100 多元。”

“多一点总不是坏事，我也不缺钱用，也不想存着当地主，买财产，够用就行。”二爸坚持着。

他仍搭汽车，是学校去成都拉货的，他坐在司机台。年轻人都好奇，而他一路无心去领略沿途的风光，却沉思着。原以为自己像麻雀总有个藏身之地，眼下又被惊吓，扑飞着四处寻找，然而并没有自己落足之处。飞着太显眼了，人类总有办法让你无法落足。才想起田伯父的话：“虱子顶不起一床被盖，学着在受气中保护自己。”是呀，虱子在被盖上总有它生存的空隙。除“四害”，麻雀在阳光下，被吓走了，但老鼠打洞并未绝种，它们就离不开黄土。虱子藏在被盖里，开水一烫，也完了。黄土就不一样，看来作为人，生存的梦只能枕着黄土。虽然黄土都归公了，再严密，总有耗子、虫子、蚂蚁钻空子的地方，何况是黄土。要生存，吃是第一位的，吃的东西明摆着，藏好身子，总有机会捞到一点填肚的。万一被逮着，就是命一条，这就是它们的生活原则。他没了眼泪，没了痛苦，横了一条心，只有去闯严密管制的人间流浪生活，这是他唯一的选择。

他不愿去姐姐家，他想，去也无用，反而把灾难给她带去。二爸那么有地位也无法，何况一介平民的姐夫。自己身上的钱太多，怕丢了，或被人抢了，留了 100 多元钱，剩余的 100 元给姐姐。

到成都后，他拿定主意，给姐姐写了一张纸条。

大姐：

小弟又回成都了。我是一颗灾星，灾难始终罩着我，无法解除。我去什么地方落足，我也不知道。我在二爸处挣的工资，留下 100 元，聊表我对小外甥的爱。我是蚂蚁、虫子、耗子，自有我梦游的去处，不要挂念我。

小弟黄正梦

趁大白天院子的人都出工了，用纸条裹着 100 元钱，从姐姐家的门缝塞进去，就走了。他逃命半年多，无处安身立命，何处是归宿，他自己无法预料，也不知道这就是流浪生活。真是：

天荒荒，地茫茫，无处安身背太阳。

蚂蚁生存何处见，黄泥缝隙有泥郎。

《孤雁儿》：

离巢急急身心溃。展翅扑，啼声碎。天灾人祸鸟惊飞，黄土茫茫垂泪。求生何处，月儿云蔽，天赐生灵罪。

饥肠欲断身先坠。处处碰，神魂醉。黄泥肥沃躲虫儿，寻求生存滋味。萤光指引，爬行慢慢，何有旮旯睡？

第五章 流浪

黄正梦离开了姐姐家，从未在城里生活过的他，来到这个陌生的繁华之地，漫无目的地在街上游荡。看着熙熙攘攘的人流，青蓝色的穿着，带着很少笑容的面孔，忙忙碌碌地奔走着。自行车、公交车、货车、人力架车川流在大街上，偶尔一辆小卧车一晃而去。人往高处走，水往低处流，他读书时曾来找二爸，城市生活是他梦寐以求的。而今读书未就，他来到了城市流浪，这不是梦想的生活方式。面对现实，他又不得不在这里寻求一种生活方式。

他这条街走到那条街，东大街、西御街、东御街、人民路、解放路、红星路，并不知道东西南北。生命的第一需要，就是吃。饿了，这个食堂那个小店，花钱都买不到吃的。去柜台买票，首先就问你有无粮票，柜台服务员态度好的都说："我们都是凭粮票买餐。"态度不好的胖女人还臭骂你："无票还想吃饭，看你那个鬼样子。"他只好忍气吞声地走开。心里始终想不开，我的钱又不是抢来的，也是凭劳动挣来的，为什么就换不到一口饭呢？他并不知道，粮票是一种计划分配，是一种特权，特权是不需要劳动来换取的。

在大街上走着，四处都不是立足的去处，今晚在哪儿安身，还心中无底。在街沿石坐一会儿，常有警察驱赶。不说吃，渴了水都找不到一滴。还不如走山川，渴了，有泉水；饿了，可以啃上根生红苕；困了，管它石板、草地，随时可以躺一会儿。

他是个失去娘的孤儿，四处寻找着，看哪里有一点食物，还有栖身的地方。不经意中，在小街巷口的渣桶边，见几个衣着破烂的老人、妇女、小孩捡“朱门”丢下的残渣剩食，他尽管饥饿难忍，还是放不下做人的体面。他想着蚂蚁、虫子，但他并不知道，这就是虫子、蚂蚁过日子的一种方式。

他有意识地尾随着这几个人，走到北门火车站，这是他来过的地方。见候车室、车站外的露天大厅里，横七竖八地躺着很多候车的人，檐下地角、旮旯也躺着许多在渣桶边捡食的人群。他在露天坝的右角找到一个属于他可暂时安身的位置，放下饥饿的身躯，躺着，望着车站的灯光、天上的星星。

他刚闭上眼，突然有人吼起来了。一个十来岁、穿着破烂的小孩被人撵着，小孩边跑，边用手往嘴里塞东西。东西塞完后，干脆站着，等着挨打。打人者吼叫：“老子手上拿的饼，也给你抢了。”小孩站着，也不哭，任对方打。许多围观的人七嘴八舌的。有说该打的：“狗日的，就像土匪，长大了，还了得?”也有劝的：“就为一个饼，你打几下也该解气了，毕竟是个孩子。”这个穿着破烂像是从泥土里爬出来的孩子，从人群中消失了。黄正梦想着，这样找吃像狼抢，不是蚂蚁、虫子的生活方式。

他正在想着，突然那边有人喊逮贼，一个小子拼命逃窜，一群人在后边撵。等警察赶到，已无影无踪了。有人说他的钱包掉了，钱包里有 30 元钱，11 斤 2 两粮票。警察告诫失主“自己出门，要管好自己的钱包”也就尽责了。这又提醒黄正梦，摸包找吃像老鼠偷，也不是蚂蚁、虫子的生活方式。

一晚上，闹声此起彼伏。黄正梦在候车的人群中慢步走，观察发生的事情，想着自己的心事。在候车的人群中，混杂有卖水的、卖烟的、卖零食的。他去问卖零食的，要不要票，回答是：“不要，但价钱要贵些。”他花了几元钱买了一包猫食果糖，花了 5 分钱买了杯茶，一饮而尽，拿着猫食果糖，找个僻静处，慢慢享用。两眼扫视着周围，像做贼一样，其实他是怕那小孩来抢。

他在火车站转悠了几天，并未找到可以用劳动换取食物的方式。唯有水，不花钱，他找到了几个自来水龙头，渴了，去喝上一肚子，既解了渴，又缓解了肚子的饥饿。吃几元钱一包的猫食果糖，长此下去，也不是办法。他才发觉，与他在这儿过夜的几个熟悉一点的面孔，白天都不知去向。这天一大早，他尾随一个蓬头垢面、40 来岁的妇女，看她去何处找食。他不敢尾随男人，特别是小伙，害怕惹来麻烦。这个女人过了车站大坝，左拐，去了梁家巷、荷花池一带的背街小巷。见她走进一家大饭店，捡食剩饭剩菜剩汤。有好心的服务员，还将其他桌的剩饭端给她。客人多了，就吼她出去。管你骂也好、叫也好，她仍然埋着头“享用”她的。这样的人，一家饭店不下两三位。他才发觉，这也是一种找吃的方式。她不偷、不抢、不讨，是捡你不要了的。是你们不要的，应当由我来捡。捡就得受气，你骂也好、叫也好，当成耳边风，虽是低人一等，但能填塞肚子。就好比一群苍蝇，爬在腐烂的食物上觅食，你要赶，它飞开就是。

在这些小街小巷，有沿街乞讨的老婆婆，有坐在街头等人施舍的，特别是河南人居多，成群结队。小摊小贩也特别多，不仅有猫食果糖卖，还有小菜饼、瘟猪儿肉、小鱼虾卖，无奇不有，价钱无一不昂贵。也有穿着豪华的女人，花5元钱买一小汤匙瘟猪儿肉，边走边享用，就像成都过去的女人嗑瓜子的生活方式。他花一元钱买了两个小菜饼，缓解一下肚子的饥饿。这个小菜饼，是面粉拌着糠的，菜是牛皮菜叶、萝卜叶、芹菜叶、桑叶、榆树叶，都分不清，饥者吃起来倒是可口。

黄正梦仍在这几条小街小巷走过去走过来的，寻找用什么方式能用自己的劳动去换取食物。已接近黄昏，他去一家饭店，知道没粮票买不到吃的，但还是去了。已有两个捡剩饭菜的在门后等候着。他看见收拾碗筷的服务员忙着，就去帮着收拾碗筷、抹桌子。见落在桌上的剩饭剩菜，就往嘴里塞。服务员见他穿着并不破烂，也不十分讨人嫌，就没赶他。有一张桌上是公仆们用了餐，竟剩了许多饭菜，趁用餐的公仆还没离去，一个年龄大的服务员就忙去收拾碗筷。并将剩饭剩菜集中在一个大钵里，就回头叫黄正梦：“小伙子，快来帮我收。”黄正梦走过去，她才悄悄地对黄正梦说：“我端去窗口放着，等人少了，你去端来吃，把钵给我洗干净就行了。”有了晚饭，黄正梦干活更加起劲了。劳累了一天的服务员，偷闲坐着，看他做活。那两个穿着破烂的老头和妇女，也来帮着抹桌子，反而被服务员吼出门去了。当黄正梦端着那一钵的剩饭菜狼吞虎咽时，那位上了年龄的服务员才问他：“小伙子，你身强力壮的，穿着也不破烂，为何不回队里劳动，跑出来干啥？外面的日子也不好过呀。”

“大妈，我不是不想在队里劳动，是不敢。我爸和妈，先后被队长打死了，我一气之下，也打了队长，就跑出来，哪敢回去嘛。”他边吃边流着泪回答。

“我也听说，我老家农村搞大兵团，打人凶得很。”另一个服务员抢着说。

大妈又问：“你家里还有人吗？”

黄正梦哭着回答："我哥去300里外炼钢铁去了，我又找不到路去。有个姐，嫁到你们这里的郊区，我去了，无户口，也分不到饭吃，才出来的。"

大妈眼含泪花，同情地说："难怪，你可能刚出来的。你不嫌剩饭剩菜，这几天就来帮我们干活。晚上去你大姐家住，好吗？但这不是长久之计。"

黄正梦点着头，刚成人的他，不由自主地双膝跪在大妈面前，连声道谢。除小时候，每到逢年过节在大人驱使下跪拜神灵外，他还没向外人下过跪，这一跪，跪出了一线生机。大妈急忙扶他起来，说着："天黑了，快回你姐姐家去。"他才出了店门，回火车站，去找那属于他的家——冰冷的水泥地面。

一路上他才觉得今天有收获，好在那个蓬头垢面的大姐领路，让他学到了用自己的劳动换剩菜剩饭吃。这时他才想到，那些豪华的大街不是他的去处。与他在火车站同住的人，无论他们是耗子、虫子，还是蚂蚁，各人都有他们生活、吃饭的方式。他只能与他们为伍，才能找到自己的活路。什么面子、伦理，都不能当饭吃。他也只能在小街小巷，学那位大姐，不偷、不抢、不要，捡别人不要的。但不能学她那样等，要用劳动去换取捡的权利，这是他今天的最大收获。

他才想到小时的一首童谣：

黄身蚂蚂，来抬嘎嘎（肉），大官不来，小官来，吹吹嗒嗒路路来。

觉得自己不如蚂蚁，它们还是个群体，而他是个掉队的蚂蚁，才觉得自己是：

独身蚂蚂，寻找嘎嘎，大的不来，小的来，丁丁点点米米来。

人世间就那么怪，喊着公平的社会，用劳动换取别人不要的残羹剩菜，还得碰上好心人，背着当官的，才有这个权利。黄正梦在饭店用劳动的方式换取剩饭，吃了几天饱饭。

一天，大妈对他说："小伙子，你找到出路没有？你不能长久地待在这里，领导知道了，我也不好交代呀！"

黄正梦无奈地回答："我去哪里找呀？我走就是，麻烦你了，大妈。"

大妈反而心疼地为他想到一个办法："我看你不是一个懒人，力气也好。你去捡煤渣卖，还可谋生。"还说，好多居民，供应的煤都不够烧，都得买点煤渣凑合。火车站、无缝钢管厂，凡是有高烟囱的地方，那里都有煤渣可捡。

捡得多了，就来告诉她，她帮他找买主。

天下还是有好心人，并不是所有的人良心都泯灭了。这个大妈姓都，是他终生难忘的人，此后他真的靠捡煤渣、捡剩菜剩饭，还混了半年多日子。他毕竟读了几年书，历史故事也略知一些，韩信也受过胯下之辱。结合他对人间最底层社会的认识，他逐渐学会了在森严壁垒的夹缝里求生的本事。虽然全社会实行公有制，计划购销，但煤渣、废纸、潲水、剩菜、剩饭之类的，就没法计划。而又非得有人去处理，再多的淘粪工人、清洁工人也顾及不到。这些废品有人需要它，利用它，这就给黄正梦这类人留下了生存的缝隙。

他起初去火车站背后的锅炉房外，见几个小孩提着小筐，于是尾随在后，装着游手好闲的样子，坐在煤渣堆上，看着他们用双手在煤渣里刨，一粒、一块地捡未燃尽的小煤块。后来又来了两个老头，也是捡煤渣的。当一个工人推来一车新渣时，小孩蜂拥而上，你争我夺地抢着，不怕煤灰扑面，一会儿，个个灰尘满面，就如黑人儿。老头不去争，几个小孩争抢一会儿，像大有收获，笨重地提着小篮，叽叽呱呱地走了。这时他才去帮着老头捡，与他们攀谈起来。这两个老头都是居民。一个是家里缺煤，人口多，收入低，在家闲着。一个是孤老头，捡来换点零花钱。特别是这个孤老头，与田伯父差不多，新中国成立前在农村被逼得无奈，到成都混日子。在外面什么体力活都干过，就是无一技之长。后来在这车站外郊区帮一户东家打谷子，见其体力好，留下当长年。他一生未安家，新中国成立时已 50 来岁了。分得东家地主一间房，就在这里立脚了。公社化后，孤老头在伙食团吃饭，已 63 岁了，可以少参加劳动。但因吃不饱，就来捡煤渣，换点零花钱，买点零食充饥。当他听到黄正梦的遭遇时，非常同情。他告诉黄正梦：“你力气好，饿不死的。不要光捡煤渣，还有废纸、废铁、废玻璃之类的都可捡，国家有废品收购站，你去卖，还看你手续不成。我老了，无力气了，只能就近找点吃。我半生都是这样过的，想不到老了还得如此过。”黄正梦一连几天都到这里帮老头捡煤渣，实际是来讨教的。人熟了，就无话不谈，孤老头这些掏心窝子的话就对他讲了。

有老头的指点，从此他从煤渣堆，又扩展到字纸筐旁、泔水桶边、各类废渣堆放处、自由市场，穿梭往来，像蚂蚁、像虫子寻找着自己的食物。候车室、火炉旁，在不打眼的地方躺着，驱散一天的疲劳。虽下贱，但没悲伤，过着一人得饱全家不饥的日子。

他不是知恩不报的人，都大妈家里有什么重活，他主动找上门帮忙，挑煤、挑水之类的重活他全包了。都大妈家还没安自来水，常常一回家，水缸都是满的，久了都大妈就知道了，说："这个娃，心肠就是好。"他常去都大妈店里挑潲水，店里有什么重活，他主动帮着干，店里人对他都很好。有好的剩菜剩饭，都给他留着，他当然不嫌弃，就饱吃一顿。把自己的小钱留着，等无法时才用。

后来他捡到的煤渣少时，就干脆给那个老头，那个老头才告诉他，他姓李，叫他无住处时，临时可到他那里立个脚，久了不行，因有时要查户口。万一被碰上时，就说是远房的外甥。其实这个老头老家是仁寿县，究竟老家还有无亲人，他也不知道。他外出时才 16 岁，是个远房的亲戚带他出来的。那个亲戚在郊区帮人打谷子，被当地拉去当壮丁充数，就失了联系。他也找不到路回家，就开始了流浪生活。黄正梦不辜负他的指点，常买点小东西去看他。老头还真的就把他当侄子，哪里的渣滓堆有什么废品，哪里有废品收购点，都告诉他，有时还为黄正梦带路，指点着他的流浪日子。

对于刚走进社会的黄正梦，结识了这些素不相识的陌生人，都是由人摆布的社会底层良民，善良人多的是。他想黄家湾，除了队长、干部，父亲和母亲死后，都是邻里帮他安顿父母的后事，他们与都大妈、李大爷都是那么善良。他想念着黄家湾，但又不能回黄家湾。

这时他才觉得，原来越是肥沃的地方，越有蚂蚁、虫子栖息、找吃之处。在这繁华的都市里，黄正梦慢慢适应了蚂蚁的生存方式。时间长了，他又体会到，自己不完全是蚂蚁、虫子，毕竟在人世间穿梭，不像虫子叮咬了人类，或吃了人种的庄稼就会被捏死。因他了解人类，是人，但又没有名分，在人世间立足，还是像蚂蚁一样，吃人类丢了的东西，只不过他比蚂蚁聪明一点，懂得用自己的劳动去换取他们丢了的东西，不使他们讨厌。比如最先用劳动换取丢了的剩饭剩菜，发展到后来，用劳动捡废纸、废铁、煤渣、废玻璃，换成钱，用钱又去换取粮票，换得饭吃。因没名分，只是受一点气，虽然不能换取房屋，有个像人一样固定的家，但要糊口不成问题，还有点结余。虽然不像蚂蚁筑窝筑巢，但在夜晚，也有别人顾不到的屋檐、候车室、破屋任他享用。偶尔被人发现，讨厌了，吼他几句，换个地方就是了。结果自己什么都不是，有时他又讨厌自己，为什么要有人一样的思维和情感，像蚂蚁、虫子不好吗？自作多情。但有《踏莎行》指路：

麻雀飞天，栖身没处。虫儿蚂蚁知何度？
阳光明媚又春寒，生灵自有求生术。
到了人间，生存更苦。谁知同类相欺笃。
肥泥缝隙也多多，老天不灭求生路。

一天，黄正梦去废品收购站卖了废铁，手上拿着一条烂麻布口袋，路过梁家巷，见一个人手指中夹着一张一斤的粮票。他靠拢去问粮票卖不卖，那人一边走一边说卖，2元钱一斤，问他要多少。黄正梦说要10斤，摸出一把零星的十多元钱，正从另一个衣袋再掏钱，那人把票递到他手上，抓起他手中的钱就跑了。黄正梦看票正好10斤，就喊："我还差你几元钱。"话音刚落，就被一个干部抓个正着。他被带到一间办公室，抓他的干部说："逮着一个换卖票证的。"坐在办公桌后的干部要他老实交代，是干什么的，买卖了多少票证。黄正梦站在办公桌前，第一次受到审问，六神无主，除了自己的地主崽子身份外，把什么都老实交代了。抓他的干部搜遍了他全身，搜出他身上还有40元钱，就问他的钱是从哪里来的？黄正梦也如实说："这些钱是我捡废品卖了换的钱，因要吃饭，为了方便，今天才想买点粮票在身上留着。"坐在桌后的干部问："你手上拿条麻布口袋干啥？"

"是我刚去卖废铁用的口袋，平时装废纸、烂玻璃、废铁用的，这个口袋也是在废堆里捡来的。"

那个干部向抓他的干部递了一个眼色，就说："粮票就由政府没收了，这是非法的，数量也不多，就算了。钱你带去，作为路费，劝你还是回到老家去，相信当地政府，会正确对你的。"于是开了收条，要黄止梦签字，就放他走了。

这是黄正梦第一次与政府打交道，没有经验，幸好他老实，工商干部看得出来，也可能有几分同情，才饶恕了他。不几天他又碰上那个卖粮票给他的人，个头不高，30来岁，穿一身旧的学生服，显得十分精明。他主动招呼黄正梦："老弟，那天把你抓着了，没挨打吗？"

黄正梦以为自己还差他几元钱，是来讨账的，就说："我还差你几元钱，我给你。没挨打，只是搜了我的身，把10斤粮票给没收了，就放我出来了。"

那个人说："哪个还要你的钱哟。我看你不懂，我在跑，你咋不跑嘛，还要喊我，不是我跑得快，也糟了。干这种事，要眼观六路，耳听八方，你数钱时，我就看着那个工商干部了。我答应卖给你，你就该随我不声不响地走，到静僻处再成交也不迟嘛，你怕我把你吃啦？你比我高，力气比我大，怕啥？”

“我从未做过这类买卖，就是换点来吃饭。”

“你靠什么来生活？”

“我主要是捡废旧品卖，有时去饭馆捡残羹剩饭。我是乡下跑出来的，就是混口饭吃。”

那个人看来今天无事，与他对着话，不知不觉就到了街口，在一块石头上坐着，在相互摆谈中，黄正梦才知道他的底细。他姓朱，让黄正梦叫他朱哥，就不告诉他真实姓名，他叫黄正梦老弟。他家也是地主，土地比黄正梦家多出好几倍，父母都是被管制分子。有个弟，与黄正梦一样，因伙食团，读了一年高中就停学在家。他以前是川大化学系的学生，因成绩好，还当了班长。1957年学校要学生给党组织提意见，帮助党整风。政治辅导员就动员他，说学生干部要带头，他觉得自己也没说什么，后来就被划为右派。还未毕业，就被分到一个乡区中学教书。学校响应党的号召，也要大炼钢铁，无知的地方干部和学校领导，土法上马，用木柴就想把钢炼出来。原料当地没有，就把老百姓的锅头和凡是姓铁的家具强行收了，用作原料。他是学化学的，有点基本常识，没有焦炭，怎么炼得出来嘛？因他没有社会经验，就说，“那样炼，炼出的还不是一块毛铁”。领导就说他不思悔改，还攻击“大跃进”，攻击党的号召，书也不要他教了，就送去劳教。因他瘦小，体力自然不行，在劳教场成天搬砖块，又吃不饱。在工场上扯谎解手，避开监管人员的视线就跑出来了。他先跑到西安，恰好碰上一个大学要好的同学，在交通大学教书，给了他几十元钱。他才有本钱，就长期跑成都与西安，做点票证买卖混日子。因同命相怜，他才告诉黄正梦一些做票证买卖的门路。他有一个姐，早年川师毕业，在成都一所中学教书。黄正梦估计，他立足处自然有他姐给他想法，就不好往下问了。从此，黄正梦就再也没碰上他了，也不知他的下落。

艰难的1960年，听说农村饿死的人越来越多。他们是种粮食的，好多人反而都跑到城里谋生来了，像黄正梦这类逃到城里谋生的人越来越多。虽然越是肥沃的地方，越有蚂蚁生存的空间，人类也是一样，但太多了，人类就得打扫卫生，消灭你。他们对同类也是一样，到城里寻食的农民多了，当然不会让他们来城里抢食，必须把他们赶回农村种粮，不然城里人也没粮了。于是城里又开始清理盲流人口，车站码头、街头巷尾，巡警不分昼夜巡逻。一见到污垢破烂者、无证件者，统统集中起来，送回原籍。黄正梦当然逃不脱这人间社会给他的命运。审查时他已有了教训，不敢实情告诉警方，将其家住地址说成是相邻的山阴县盼水。他知道晒牛沟翻山过去，就是盼水地盘了。警方听口音也确实是山阴人，就押着他上了去山阴的一辆装满盲流人的货车。到了山阴县城，公安局的人问了他家庭住址，见他老实就没再问。县城去盼水还无公路，公安局没那么多人手，不可能将每个人走着泥泞的小路押送几十里地送回家，就将他放了，叫他老实回去。

黄正梦没有胆量回家，在县城各处逛了一圈，一个小小的县城，一两个小时就走遍了。城里流浪了两年多的他，养成的习性驱使他在自由市场上逛荡。看到有人卖布票，一问价格，比成都便宜一半多。将自己身上的粮票拿了一斤夹在两指间，在人群中游走，终于有人用肩膀碰他，在耳边问："多少钱?"他不理，就往人稀处走，那人跟了来，他才说："你说。"那人用5根手指一扬，黄正梦两手食指交叉说："就这个数。"那人摸出50元，成交。结果粮票价格比城里贵一倍多，他又轻松地卖了30斤。

幸好这次公安局抓人，不搜身，他身上还有200多元钱，这是他一年多来，捡煤渣、挑潲水、卖废纸零星换来的。他就将卖粮票的钱凑起，先后买了几十丈布票。他去汽车站候车室，蒙头在地上睡了一晚上，准备第二天返回。第二天，他在地上捡到一张证明书，一看是一个人去成都出差的证明信。他急忙揣进怀里就出站了，怕别人回来找。出门再看，是一张买了车票的证明书，上角处，还盖了一个小戳。他便撕去上角，转身回去试一下。而自己穿着破烂，与身份又不相称。幸好不是玻璃窗口，他将身子紧靠墙面，用一只手将证明和钱从墙口子递进去。结果卖车票的人，并未认真考究这张证明书，就卖了一张到成都的车票给他。真是：人倒霉时关关卡，人来运处路路通。

仅这一笔生意，他就赚了三五百元，尝到了甜头。有了这张证明，在地摊上买一套旧衣，在李大爷家换了。短时间，他可以住少人问津的旅店，可以买到车票，自由往来于成都附近的县城，再走几十里路，到龙泉山边的乡镇去。城里卖布票、买粮票，乡下买布票、卖粮票。仅一个多月时间，几个来回，他就赚了2000多元钱，还留着100多斤粮票。这时，他才觉得钱多了，反而没藏钱之处了，还是得去找大姐。

一天晚上，他摸到大姐家，一家人都惊呆了。大姐说，她曾托人去二爸、老家处问，都说未见过他，还以为他饿死他乡了。他把这两年在外流浪的日子都告诉了大姐，大姐“嘤嘤”哭了。他将500元钱和100斤粮票交给大姐，叫她家里无钱时开支。另1000元钱请大姐帮他存着。当田伯父听到他在做票证生意时就告诫他：“这个生意莫做大了，政府在打击投机倒把，小一点，即使逮着，也不会出大事。”

姐姐说：“其实，城里居民也私下与我们队里社员互换粮票和布票。伙食团那点饭，哪里够吃，家有老小，总得自己熬点米汤，这就违法啦?”

很难开腔的田伯母也插话说：“听说我老家牛坡，前年不仅打人，家家的锅都被砸烂炼铁，想煮点野菜都没法。今年，得肿病的很多，死了不少，不知是啥世道哟。”

田伯父责备说：“在外面少开腔。”其实也是间接地告诫大姐。

黄正梦才回答：“我也是这么想的，所以随身只带一两百元钱，逮着了，没收了，就算了。逮不着，就是我的。所以，我才把多的钱放在你们这里。”

姐夫也说：“放心，我们不会乱用你的，你今后总得安个家，要小心点就是了。”姐夫这句话，倒是点醒了他。他已近20岁了，不想安家，不是他做人的本能。在哪里立脚?他的户籍在黄家湾，而黄家湾他又不能回去。如果能回去，有1000多元钱安个家绰绰有余。这个难题装在他心里，总是挥之不去。黄正梦才说：“户口管得严，我一个地主崽子，又不敢回原籍，命都难保，还安啥家嘛!”

“天无绝人的路。解放前，我因得罪了老家的袍哥大爷，逃命来到成都，也就像你现在一样，啥子没干过，后来给这里的李大爷当长年才稳定下来。后来碰上你大妈，李大爷帮我安了这个家。30多岁了才有你哥，我都快近60了，不也熬过来了?”田伯父鼓励说。

一家人并没有任何东西招待久别重逢的小弟。就这样，你一句，我一句，打了一晚上的话“平伙”。这对黄正梦来说，比一顿丰盛的酒宴更显得情深意浓。他很敬重田伯父，他在人间经历了千辛万苦的磨砺，老人的话对黄正梦很有分量。黄正梦正在经历田伯父年轻的历程，伯父的经验、体验是最宝贵的财富。一个流浪的人，除了自己的体验，哪有人会对你说这些掏心窝子的话来指点你？

第二天一大早，黄正梦就告辞了。临走时，他对大姐说："我无事，都不会来，不然会影响你们。你放心，我不会有事的。"姐夫说："拿一把钥匙给他，万一我们晚上都开会去了，他方便些。"他拿着钥匙就走了。

如今，黄正梦蚂蚁似的生活方式，提高了一层，要有胆量、心细、沉着，要动脑筋，才可获得比蚂蚁更多的生活资料。究竟将自己比喻成什么，他找不到可比喻的对象，风险有多大，他掂不出分量。这两年，他已有了爬行社会的经验，他已是成年人，胆量自然要大一点了。成年人的胆里，又装着另一面，就是求生的欲望，不再像不知天高地厚的少年。所以，他时常提醒自己，心细，再心细，保护自己。

当自由市场管得松时，他就去做票证生意。国家叫做票证生意为黑市交易，管得最严。一般都不敢公开做，想买、想卖，都用暗语，谈好后，都是去阴暗的角落，一手交钱一手交货，从不赊欠。这一套，他已烂熟于心，而且有了逃避工商、公安的一套办法。

一天在牛市口，黄正梦去一个茶馆喝盖碗茶。喝茶人都有个习惯，坐在竹椅上，跷着二郎腿，茶碗边都得摆上一点零钱。万一有三朋四友来，都得主动喊给茶钱。黄正梦不仅放了零钱，还留了几两粮票摆着，内行都知道，这人可能有粮票或布票交换。他坐在门口，正好有两个干部模样的人进来，去到里屋，就逮着两个人正在做票证交易。出来就问黄正梦干啥的，黄正梦回答："今天我休息，来喝茶，还没吃早餐，隔壁的面还没端过来。"那两个干部看了他一眼就带着那两个人走了。他又喝了一阵，同桌对面的人看到他并未喊隔壁面馆的人端面来，就问："你姓布的吗？"黄正梦点了下头，起身说："回去睡觉。"那人也跟了出来，那人用一根手指一比，黄正梦小声说："大行大市。"两人如一对朋友，有说有笑地在街面上走着。那人边走边用手做圈，摊手，黄正梦说："随便。"到了静僻处，黄正梦拿出10丈布票，那人就递了100斤粮票给他问："还有吗？"黄正梦本来还有，他不想一笔做大了，就说"没了"，转身就走了。

政府做事，都是运动式的。紧时，见着游手好闲的在自由市场闲逛，就会处理，甚至搜身。如果搜到你身上有许多票证，又拿不出证明，就给你没收了。如果逮着你正在交易，就得受老百姓都不懂的法律制裁，轻者，送去劳教，重者，就判刑。如果你被没收了一回，就得收手，说明政府在严打了。黄正梦赚了钱，都是悄悄放到姐姐那里，身上最多就是10丈布票，几十斤粮票，百多元钱。往往被逮着时，因数量不大没收了事。他从未在交易时被逮着过，因底层社会黑市交易，就像《地道战》里的游击队，正规军是无法对付的。那真是“野火烧不尽，春风吹又生”。

后来他学精明了，发现城里人需要的是布票，农村人需要的是粮票，分清了需求的大方向。他仍然去都大妈饭店挑潲水，通过店里的服务员，将布票换成粮票。那些服务员都是遵纪守法的人，想做件新衣，就是找不到布票，又不敢去黑市买，就是有胆量，不知黑市交易规矩也买不到。最初他听她们摆谈时一个年轻服务员说：“啥子都要票，想制件新衣，就是找不到布票。”

黄正梦就搭腔：“我去找我姐，看他们乡下有无人想用布票换粮票的。”

“那才好呢，粮票我家有的是。”两个服务员抢着回答。

刚开始他就用少许布票换给她们。人总是贪心的，有了门路，就想多换些，饭店服务员的粮票总是有的。于是，熟人托熟人，想换的人就多了。黄正梦还不敢多换给她们，就像挤牙膏似的，吊着她们的胃口。政府再怎么严打，黄正梦的小本生意照做不误，打得越严，他的价差越大，反而照顾了他。政府放松点，他为了维持与服务员们的关系，也照顾更多一点。

其实，他在那么困难的年代，为农村和城里调剂着需求，他卖给农民的粮票，不知救了多少人的命。他卖给城里人的布票，让多少人添置了新衣。远离城市的农村，再多的布票也换不到粮票，再有钱也买不到粮救命，饿死人就多些。

又经过近一年的磨砺，黄正梦就在政府打打闹闹、抓抓停停的行政手段下，被动地较量着，调剂着城市居民和农民的需求，间或捡些废旧品，过着随时被蹂躏的蚂蚁一样的生活。有都大妈这类怜惜生命的好心人护着，有田大伯、李大伯这类合法的“蚂蚁”指点着，有蓬头垢面的女人、小孩、老头、婆婆“蚂蚁”为伍，物以类聚，人以群分，他不再孤独，他用劳动换取食物的日子有走不完的门路。路虽然在狭窄的缝隙中，但路熟了，也就不难了。

那时，自由市场的物价飞涨，粮价飞涨，吃的东西有钱买不到，其他的东西都不值钱。大米五六元钱一斤，猪肉三四十元钱一斤。几十斤大米可换一间房。国家控制的物品，虽然价格是死的，又廉价，但百姓买不到。特别是粮食，城里人有的存着粮票，调节不出去。农村人为吊命，粮都没了，谁还去讲究穿的，存着的布票放在那里发霉。黄正梦赚了那么多的钱，其实按粮论价值来算也不多。如果按“土改”时家产论值，就高了，他至少可买一座比黄家大院更大的院落。他也不知那么多钱拿着做什么用，也不需买粮，他是一人吃饱，全家不饥。无土地可买，父亲买地都遭祸了。买房，安个家，户籍不在成都，买了也无用。唯一有用的是大姐家，因有了他，不缺粮吃。大姐那里他存了多少钱他也不知道，反正存着就存着。但他获得《卜算子》游击良方：

卜算子

巧算得天机，硬闯绝生路。
说是人间处处花，难得生活度。
度也讲方法，注意刮风处。
雷雨来时阵阵风，躲避旮旯住。

农村人在死亡线上挣扎的时候，他在城里过着流浪的生活，逃过了这一劫，也是命中注定。一直到1962年春节刚过，他在牛市口恰好碰上蒋天友二叔招呼他：“梦娃，我们还以为你死到外头了，想不到你已成人了，还长得牛高马大的。”

他回过头去，就认出来了：“这不是蒋二爸吗？你什么时候来成都的？走，喝茶去。”黄正梦拉着蒋天友，好久未见家乡人了，很想听听黄家湾的事。二人在茶馆叫了两碗盖碗茶，亲热地攀谈起来。

“我来给大哥拜年，近10年未到成都了，也想来看看。”蒋天友说明了来意。

黄正梦不好意思说他住在哪里，其实他现在早就不住车站了，长住不要证明的私人小旅店。他说：“我这几年住我姐家，在城里主要是挑潲水、捡煤渣、收废纸之类的，见哪样做哪样，混口饭吃。”

他说的这些，蒋天友当然很熟悉，新中国成立前他在成都也干过这些，他说：“我现在没法了，黄家湾有了家室，娃也那么大了，只好捏泥巴了。你该安家了吧？”

“哪有条件安家呀，城里没户口，没法。还不知黄家湾接不接纳我呢？”黄正梦此时道出了心里话。

“怎么不接纳你？你的户口又未迁出，我想没问题。蒋正理又当大队支书了，这个人心善，讲情理。我现在是生产队的副队长，你二爸黄世朋是队长，还不欢迎你回去？我们队就缺劳力。打死你母亲的蒋天才，年前已被抓去判刑了，1960年，他还打死了吴明礼，他带了两条人命案。”

“吴明礼是贫农，他也敢打呀？”

“1960年日子好苦哦，吃不饱，开始出现肿病。吴明礼也肿了，体力自然不行，你知道，他本是个偷奸耍滑的人。他与妇女一起劳动，可能体力不支了，就坐下不动，被蒋天才发觉，先用黄荆条抽他。他还嘴硬，蒋天才抽出挑粪的扁担，横扫过去，就把后脑勺打了，当场就没命了。”

“那真是无法无天哟。”

“那就是，上面就打人，社长杨石匠、大队长李朝天，也是打人打多了，才不管你死活呢。去年都被判刑了，大快人心。”

“我哥好吗？”

“你哥年前也回来了，身体好，劳力也好，生产上他打头杠。杨崇正去威远炼钢铁，挖矿石，塌方被压死了。”听说杨叔死了，黄正梦哭了。

蒋天友讲了很多话，把黄正梦走后黄家湾发生的事讲了个大概。黄正梦听了这些，心里既悲伤又激动，拉着蒋天友说：“走，我俩去喝台酒，侄子我办招待。”

“不，我哥在家里等我，咋办？”蒋天友推辞着。

“反正年饭都过了，已初五了，没问题，他知道你对成都熟，等你干啥？我好想听你摆黄家湾的龙门阵。”黄正梦劝着不松手。二人进了酒店。

黄正梦上酒店已不在话下了，有的是钱和粮票，烂红苕酿的酒，饭店有的是。他喊了一桌菜，要了一斤红苕酒。二人你一杯我一杯，话也就多了。

蒋天友哀叹着说：“妈哟，老子当初不听哥的话，分土地，把老婆都分死了。我哥现在过得多好，国家供给粮食，拉着黄包车，多自在。黄正月把老婆离了，在成都安个家，好过哟。你去见过他吗？”

“我一个流浪的人，没脸去给别人添麻烦。蒋二娘死啦？”黄正梦惊讶地问。

“你跑了，不知道。蒋天才那个没良心的，自己家的人都不认。前年伙食团没粮，都是喝菜汤，好多人得肿病，死了好多的人，至今还有好多人的肿病都没好。前年夏天，你二娘肿着身子在玉米地扯草，饿了就掰了包嫩苞谷啃着，被他看见，就像打你妈一样打她。幸好我挑粪路过看见了，哪个不心疼自己的老婆，我就过去与蒋天才对打了一架，你二娘才幸免。不久，你二娘就饿死了。”他一边说，一边泪流满面。

黄正梦也流着泪，气愤地说：“判个刑，才便宜了那龟孙子，该枪毙才解恨。”接着他又问：“你打了队长，待得下去呀？”

“我也想像你一样，跑出去，过一天算一天，何必留恋那两个人喝一碗的菜汤汤。就是丢不下我那儿子士元，他才十来岁，离了我，他活得出来呀？”

“菜汤也两个人喝一碗呀？”

“不是那个意思，是说菜汤清得照出人影子，不是两人同时喝一碗菜汤吗？”

“死了多少人啦？”

“不下二十人。老的有黄理和、黄理才，曲仁海家的老爸、老娘，吴明礼的妈；年壮的有曾幺爸两口子，都饿死了，剩下一儿一女，黄世喜、王善勤饿死了，刘本经的老婆、我的大嫂饿死了；两三岁的奶娃也饿死七八个；你妈和吴明礼被打死了。七八十人的队，就死了近二十人，过去兵荒马乱的，也未见死那么多人嘛！我大嫂饿死了，留下两个癞子儿，还要我时常招呼着。这次来，就是找他老汉想办法的。”

“我们二排，咋就才七八十人啦？”

“去年整社时，违法的干部被逮了，到夏天，伙食团就撤了，划小核算单位，黄家湾就成为第二队了，就初级社的规模。现在就像原来的合作社一样，按劳动评工分，实行按劳分配，自己煮饭吃了。地种得好，工分多，投肥多，就分得多。”

“你当了干部，打人不？”

“现在上面说了，打人犯法。不听话的，扣工分就行了。我才不敢打人呢，你懒，有我卵相干。”

“这还差不多，几千年前杀人就要偿命。我那时跑，因我是地主崽子，只有挨打的命，不跑就是等死。既然是死，还不如跑了，在外饿死，总比被打死好。”

“你说得对，幸好你跑了，当时蒋天才、李朝天还派人到处找你。你不跑，不打死你，也得饿死你。像我们能活下来的老小，那时哪个不偷地里的粮食生吃，你是地主崽子就不敢。你哥也幸好去炼铁了，有人饿肚子了，还说蒋正理书记包庇了他。”

“我在外面也不好过，说四海为家，其实就是候车室、地道，常常被撵得四处逃窜，没个落脚的地方。姐家里不敢久留，我二爸家也不敢久留，给别人添麻烦。”

“你现在可以回去了，蒋书记那年被撤职后，就去公社木器社当组长去了。去年整社时，睏牛沟的人有的提意见，才把他要回来了。这个人处事讲道理，从土改到成立人民公社，他从来没打过人，大家都服他。在我们蒋家，他是老辈子，对晚辈也谦和。那个大队民兵连连长朱正月就不打人，他还说，他在部队里就不准打士兵。你二爸、黄世朋，种庄稼是把好手，会计划，劳力也强，大家服。我种庄稼就不行，要我当副队长，就协助他管些副业，猪都喂不起，管个屁。现在黄家湾，就像互助组时一样，口角也少了。”

“我知道些，我姐姐那里，也是去年夏天，伙食下户的。”

“看来全国都是这样了。”

“服务员，再拿一斤酒来。”黄正梦从未这么高兴过，不知不觉，一斤酒就下肚了。蒋天友也不客气：“老子几年没喝醉了，今天就陪小侄醉一回。”

两人你一杯我一杯，倾吐着藏在心里多年的苦水，不觉天已黄昏了。黄正梦毕竟年轻些，他把蒋天友扶到他大哥门前，就离开了。

《长亭怨》

诉故里，酒催泪注。魂魄游离，多少门户。荡涤心怀，不须掐指，眼明睹。怨天灾害，谁料得，为天数。幸好苦离家，没埋黄土。

日出。望家乡眷恋，犬不嫌家穷苦。回归有意，又恐怕，遭鞭剁榾。酒已醉，忐忑心烦，罢不了，六神无主。神志昏昏，难断离愁千缕。

黄正梦并未回他的小旅店，而是醉醺醺地往姐姐的家里去。进门，一家人还未吃晚饭，伯母正在做饭。伯母招呼他，也未听到，就去小外甥睡的床上躺下了。伯母见他醉醺醺的，就没再理他，让他躺着，给他打了一碗开水放在床边的小桌上，就忙她的去了。当小外甥推他起来吃饭时，他才见一家人都回来了。他说他吃过了，要了碗米汤，放在饭桌上，陪着姐姐一家人吃饭，摆他见到蒋天友的事。姐姐听说大弟也回去了，而且身体很好，心里的疙瘩也解开了。田伯父就说："其实，你也可回去了，长期流浪在外也不是办法，人一生总得有个落脚的地方，你说是不?"

"我就怕他说的不实，骗我回去，是不是黄世朋二爸当队长，要证实。晒牛沟是蒋家掌权，就敢相信他们用黄家的人吗?"黄正梦在外流浪几年，学会了不轻易信人，教训太多了。

"伙食下户，这是不必怀疑的，要不是上面的政策变了，谁也不敢这么做。你可暗地回去，摸一下，看你哥在不，有话可问你哥嘛。如果你哥在，两弟兄也有个照应。"田伯父分析说。

"我看行。"姐夫也鼓励他。

黄正梦这才下决心回老家看一看。这一看，就结束了他的流浪生活。真是：

食堂解散见生机，四海茫茫总是谜。
注定人生黄土命，丧家之犬盼窝栖。

第六章　救命

1962年开春不久，一天深夜，黄正安劳累了一天，正睡得熟。先听到敲门声，惊醒了。仔细听，又无声响了，翻身又睡。刚闭眼，又在响，还有小声的呼唤。他想，多年从来没人敲他的门了，况且夜深人静，今天是谁？带着疑惑起床去开门。没点灯，一个人进门就叫哥。他听出声音了，才知道是弟弟回来了。两弟兄拥抱痛哭一场，哥哥才说："不是做梦吧？"

"是我，哥哥。不是做梦。"黄正梦嘶哑的声音回答。

哥哥才去点上灯，拉着弟弟看了又看，泪水止不住地流，黄正梦还是第一次看见哥哥一个大男人如此流泪，自己也止不住地流泪。兄弟俩站着，对视着，好久未说话，只是流泪。

泪眼双双相对流，哥哥劝弟快回头。

黄泥地里求生计，牵手谋生不要愁。

好一阵，哥哥才开口问："吃饭没有？"

黄正梦说："没有，我在山阴县城吃了午饭就走，又不敢坐车。不知道家的情况，只好绕一大圈，走几十里夜路，怕被熟人看倒了。"

哥哥说："怕啥？现在不是从前了。"

哥哥将两根红苕切成丝，在灶上煮着，两弟兄守着灶门，互谈离别之情。听哥哥说，蒋天友正月从成都回来，就告诉他在成都碰上弟弟了，并且说他劝弟弟回家来。哥哥才知道弟弟还活着，就一直盼望弟弟回家。黄正梦才觉得蒋天友对他未说假话。

弟弟讲了不少话，少言语的哥哥一再说：“只要活着就好。”鸡叫了，两兄弟才睡了一会儿。

第二天一早，哥哥不知什么时候就出工了。等黄正梦醒来，已是半上午了。他起床才发现他哥哥盖的是床破棉絮，被单已是补丁叠补丁，还裂了两个大口子。舀水洗脸的，还是妈留下的一条面巾和小木桶。去茅厕解手，圈舍空空，堆放着杂七杂八的茅柴。大便下坑，坑水溅了屁股。用篾片揩了屁股，扯一把草，把屁股的水擦了。他揭开锅盖，是哥哥给他留的牛皮菜煮的红苕汤。他的眼泪又流下来了。要说，三年前他刚流浪在外时，有床破棉絮、有口菜汤也不错了，如今见哥哥如此，反而心疼了。他喝了一碗红苕汤，就上街去了。

一出门，太阳已过青冈山顶，照着光秃秃的山坡，就像湾里劳作的男人，裸露着上身，任凭日晒雨淋。二台土的小春庄稼地与下面“U”字形的斜坡犹如一块破烂的遮羞布。斜坡地带既没庄稼，也没灌木林，荒草掩盖不住黄土，好似褪色的绿布。一湾的梯水田，在日光照射下，刺人双眼。路过黄世平大爸的小瓦屋和黄世和大爸、黄世喜大爸、黄世朋二爸的茅草屋，都关着门，去出工了。

走到湾口，踏上他熟悉的石板路，先人铺路的石板不见了，成了泥土小路。沿河岸上的麻柳树、杨柳树、桤木树、黄陵树和被成簇的七里香、铁菱刺掩映的小河，已暴露无遗，一眼就看清它蜿蜒地向镇上流去。再回头望湾里，山坡像三个和尚，盘坐在二台土上，低头望着湾里的睏牛石，似乎默默诵着他们诚信的经文。从湾口到湾里，除二台土一片片绿油油的麦地和一片片翠绿的豌豆、胡豆地外，看不到生气。田埂上、土埂上的柏树、桤木树，堰塘两旁两棵水桶粗的百年风水老柏，都不见踪迹。黄家大院和它两边两座小青瓦院舍、几座矮小的茅草房，现出了原形。屋后的几窝竹林，稀拉拉地随风摆头，不知要表达什么意思。层层冬水田，在阳光照耀下静如死水，没有鱼虾穿击的涟漪。在城里流浪三年，对草木感受不深的他，并未对这些凄凉景象引发什么遐想，他知道这是他未来必须扎根的地方。

来到镇上，街面、次第的铺面，面貌依旧是那么熟悉。久违的场镇，他从上场口走到下场口，寻找着自己的回忆。原来铺面的主人不见了，都挂着百货店、日杂店、饭店、采购站、废品收购站的招牌，沿街的小摊小贩不见了。原来的几家茶馆没有了，成了缝纫社、木器社、铁器社，口渴了，都找不到水喝。禹王宫成了粮站，门前的几棵百年老柏树不见踪影。他去买了几十斤米，背着路过川黔宫，这是他读小学时放学后常去看川剧的“么台戏”的地方，如今成了公社的农机站，什么机器也没有，听说是1958年造鸡公车的地方。他读初小的南华宫，临水岸的黄桷树还傲然挺立在学校门前，但树干上挂了不少红布条。原来站在街口就可望见的学校内的古柏也不见了，他读书时，常几个人牵着手围着它玩。原来环溪河与小河交汇处的小山上，被各种古树荫蔽得不见房屋的老庙子，已一目了然地坐落在半山腰，那是他读高小的学校。他转身回上场口，街上冷冷清清，去百货店买了两丈机制青布，售货小姐爱答不理地打她的毛衣。去日杂店买一些日用品，售货的男人半天算不清账，还发气。这些售货员都是吃公粮的，全公社一万多人饿着肚子，就他们不到100人吃公粮，在农民面前理所当然就该傲气。在社会早就受惯了气的黄正梦，已是习以为常，背着一背篓东西回家了。

中午收工的人们，见湾口一人背着一大背篓东西，往睏牛石方向走去，红光满面，穿着一新。谁也没想到是黄正梦，还以为是哪家的贵客来了。走黄世朋门口过，黄世朋最先认出来：“是梦娃，你还活着，好久回来的?”

“是昨晚上回来的，夜深了，不好打扰。”黄正梦笑着回答。

“正梦，你去哪里了，饭煮好了，快回来。”哥哥在家门口喊着。

“二爸，晚上来看望你。”黄正梦又对黄世朋说。

回到家，哥哥说：“你红光满面，身体也结实，长高了。”黄正梦看着自己的哥哥，身子骨虽还是那么壮实，但已面黄肌瘦，二十五六岁的人，已显得苍老了。他才笑着说：“我去街上买点东西。”

他买了50斤米，两丈布，还有些生活日用品，对哥哥说：“把生活开好点，身子骨要紧。这布，请奶妈帮忙做床被单。”哥哥把东西放到“土改”时留的破柜里，就开饭了。吃的还是牛皮菜红苕汤，哥还说，就是这样吃，红苕也接不到小春，队里已有人家闹春荒了。他对哥哥说：“这两月没问题，我有办法。队里如果接收我，到小春分配时，我就有份粮了，没有过不去的坎。”

“没说大话?”哥哥怀疑地说。

黄正梦才把身上的2000元钱、400多斤粮票、几丈布票给了大哥，说明来由，但他在大姐那里还有多少钱没告诉大哥。这对于当时的平民来说是个天文数字。哥哥拿着钱，还不知往哪里放。两弟兄商量了半天，学他老爸，才在破床下挖了个洞埋上。黄正安看着弟弟既高兴，又有几分担忧。高兴的是，这两个月的春荒不成问题了。担忧的是，家中有金银，隔壁有戥秤，当年父亲便因钱招来杀身之祸。黄正梦说：“这个年月，有钱总比无钱好，过了灾荒再说，总不能等着饿死。”这句话把哥哥的心安定了。真是：

一朝被蛇咬，十年怕井绳。

惊魂未锁定，屋里又藏银。

吃了饭，哥哥去出工了，黄正梦在家里睡着。

不一会儿，门外有人叫：“梦娃，说你回来啦?”

一听就是奶妈的声音，他翻身起床，打开门，见一个瘦骨嶙峋、伛偻着身子的婆婆，还是认出是奶妈。其实奶妈比他只大十五六岁，还不到四十岁。一个二十来岁的壮年男子，拥抱着奶妈就哭，哭得那么伤心，那么悲切。奶妈还是像当年孩提时那么哄他、安慰他：“莫哭，活着回来就好，奶妈就怕见不到你了。”

说实在话，母亲去世后，他从未得到过母爱，这个从小就拉扯着他的奶妈，其感情不亚于亲妈的亲情。真像一对母子，一下午有摆不完的龙门阵，说不完的话。

他对奶妈说：“今晚就在这里吃饭，热闹一下，小妹、小弟哪里去了，一起过来。”

奶妈说：“小弟走了……我是来叫你今晚去我那里吃顿饭，让我好好看看你。安娃午饭后出工，就过来对我说你回来了。”

黄正梦盯着奶妈，脸上十分消瘦，挂着一脸笑容也掩盖不了的愁眉，两手如柴。穿一件老蓝布棉袄，补丁不少，但还整洁。一双布鞋装不下一双脚，脚背已冒出鞋的绑面，鼓胀着。他蹲下要看奶妈的脚，卷起奶妈的裤脚，脚已浮肿了，就问：“妈，你的脚怎么了?”

奶妈脱下补丁袜子，用手按了一下自己的脚背，就凹下一个坑，若无其事地说：“肿了呗，这年月，得这病的多着呢，肿到头上就没指望了。我是泥土快埋到嘴的人了。你杨叔也去了，小弟也饿死了。我就担忧你杨小妹，也快18岁了，我又不能劳动，她咋办呢?”

黄正梦哭了，安慰奶妈说：“没事的，明天我就陪你去公社医院看医生，吃几服药，就好了。”

奶妈扶起黄正梦说：“算了吧，治不好的。这几年得这个病的，治好几个哟?”她还说，去年上年，外面传来的，不知哪个模范发明了个啥子蒸汽疗法，公社医院照此推广，一个也未治好。有的死了，队里不管，医院后面的山头上埋了好多人啊。

她说着，泪流满面地感叹说：“作孽啊，累一辈子死了，连草席都得不到一张。”

黄正梦安慰地说：“吃点药，慢慢生活好一点就过去了。”说着，他看天快黄昏了，又说：“妈，你做饭，我来烧火。今晚上就煮顿白米干饭吃，地里有什么菜，我去拔。”就去柜里打了两大碗白米，足有两三斤多。奶妈惊奇地问：“你哪来的米，现在哪家有白米呀?”

“哪里来的米，你别管，反正不是偷来的。”

“你去堰塘边我的自留地拔几根莴笋，我煮饭，你别管。”

黄正梦就往菜地去了。正在拔菜，又听见有人喊：“二哥，是你呀，我还以为哪个没良心的，白天到我们地里拔菜。”

他一抬头看，是杨小妹。本来面带黄色的小妹，经他一看，反而脸还红润了。已17岁的大妹子了，心里没病，也不会脸红，那几年两小无猜的感觉没了。黄正梦看着她，没说话，眼神使小妹低下了头，羞涩地说：“你拔嘛，我又不是不要你拔。”

黄正梦才不好意思地对她说：“你妈在帮我煮饭，今晚就去我家吃饭，好几年没在一起吃顿饭了。”

杨小妹也走到地里，抱着莴笋说：“你回去，我去堰塘洗干净了，就拿回去。”

一向俭省的奶妈，并未将两碗米煮完，留了半碗，加了几根红苕，成了红苕大米干饭，已是多年未享受的美餐了。四个人围着拌脚的四方桌，虽然没荤腥，但吃着香喷喷的素炒莴笋，端着热喷喷的红苕大米干饭，有说有笑地吃团圆饭。对黄正安、黄正梦来说，好几年没有感受家庭餐的亲情了。

黄正安激动地说：“好久未吃上奶妈煮的饭了，好香啊!”

杨小妹笑着说：“我天天吃她煮的饭，没米，也不香。”

黄正梦吃了一碗饭，说：“你们慢慢吃，我还要去看望一下二爸。”在柜里拿了一包糖、一瓶酒，就出门了。

天已黑了，他走到黄世朋的家门口，一家人正在吃饭。一家三口人，有二娘，幺爸。黄世朋已结婚四五年了，还无小孩，两口子带着已成人的小弟黄世友过日子。碗里端的仍是牛皮菜加几坨红苕，他就招呼："二爸，消夜了，我来看你。"

幺爸急忙放下碗，看座，一家人都放下碗，招呼他。黄世朋说："你活着回来就好，看你还长好了，就放心了。"

黄正梦说："不好意思，给你买了一包糖，打了一斤红苕酒，不成敬意了。"

黄世朋也不客气地说："让你破费了。你的情况，蒋天友回来都给我说了。你顾虑什么？你本是黄家湾的人，谁不接受你了？好好挣工分，小春就分你的粮。"

黄正梦万没想到，二爸早就想到他了，他想出口的话也收回去了。又急忙从口袋里摸出几斤粮票说："二爸，这里有几斤粮票，你上街赶场、开会，饿了，可去吃碗面，打个尖。"

黄世朋对这个就客气了，还说："现在家家就缺这个，种粮人无粮吃。你自己拿着，你哥也缺粮，队里就这么几个劳力，他垮了，队里又少个劳力，这庄稼咋个种啊？"

"二爸，这无论如何你得收了，我还有点，我晚辈俩今后还望二爸照看啦！"黄正梦一再劝着。

黄世朋手拿着，眼看着这粮票，沉思良久。这么一张小纸票，把农民卡得好死啊，种粮人吃不到粮。于是红着眼对黄正梦说："梦娃，你这是怎么得来的？"

黄正梦不理解二爸说的是啥意思，谨慎地说："是我在成都捡煤渣、废纸、挑潲水时，为了吃饭，在大姐乡下买的布票与城里人换的，还有点结余，就带回来了。"

黄世朋像是受到启发，紧接着又问："我们队里，家家都没把布票没当回事，搁在家里，命都难保，哪个还有心思去做新衣呀！你能不能帮他们都换成粮票？"

黄正梦才说："二爸，少点可以，多了，如果被逮着要犯法的。我原来身无证明，都是少少地换，能糊口就行。就是那么做，还被逮着了没收了几回呢!”

黄世朋队长激动地说：“梦娃，这是救命呀，你看这个队，五十几口人，家家缺粮，要熬过这春荒，难呐！只要熬过这春荒就好办了。去年大春收成就少，缴的公粮任务又不减，收了新谷，家家尝了个新就没了。人均仅有几百斤红苕、几十斤玉米，就是大半年的口粮，这咋活呀？我知道，好几家没计划的连红苕都没了。隔壁你大爸走了，大娘带着两个快成人的儿子，肚量又大，现已缺粮了。前几天我才给她家一筐红苕，能过几天呀？这两年，这个队就死了20人，这个灾难并未结束，只是伙食下户，大家有灶，可煮野菜充饥了，野菜、野草也不是无底洞呀。两年前，家家虽然在伙食团吊命，但个个身子骨还有存货，经得住拖。眼下个个身体虚弱，拖不起了呀！你看，杨大哥走了，你奶妈也肿了。曾幺爸两口子死了，留下两个儿子，自留地也种不好，用什么添凑呀，也肿了。蒋天友看着留下的两个肿得可怜的侄子，才去成都找他大哥算账，给侄子带了点救命粮。你看，你二娘的脚也有点浮肿了。弄不好，我这个队长就是罪人了。这个队长当不当，当个球。黄家湾几十号人要吃饭，这个大家的家长，总得有人当，我并未看成是上面给的队长。”说着说着，这个一队之长流泪了。一个长辈在晚辈面前，也顾不得尊严了，流着泪讲了这么多话，像是祷告。

听着，黄正梦也流泪了，闷着头不开腔。队长又说：“梦娃，你开腔呀，我找蒋书记，给你出证明，就说你去成都探亲。我给你记工分，万一被逮着了，我带着一队老小来保你。这是救命呀，二爸没这能耐，就算我求你了。”

天灾人祸两难分，锅里无粮急死人。

泪水家家流不尽，明知惹祸险滩奔。

黄正梦被感动了，这任务他接受了，就说：“二爸，你今晚就把布票收起来，我明天就出发。行不？”

“那好，你快回去好好休息，明天好赶路。”队长才带几分喜悦的心情说。

黄世朋找到蒋天友，将自己的想法告诉他，蒋天友满口同意：“黄二哥，我没意见，反正你有办法。我那两个侄儿，不是你出点子，他俩咋过哟？”几句话说完，二人分头行事，蒋天友就挨家挨户去收布票。黄世朋就立马去蒋家湾找蒋书记。

一进门就对蒋书记说："有个事，要你拿办法。"

蒋正理见状，不知出了什么事，就说："啥事那么着急坐下说，慢慢说。"

黄世朋接着说："我想将我们队里各家的布票换成粮票，就可救命了。"

蒋书记回答说："可以，农民拿着它反正无用。你队里将近百来丈布票，哪去换？"

黄世朋说："黄正梦回来了，我看他有办法。"

蒋书记正着脸说："他只有去黑市换，那是违法的。你不要害别人哟，那家人，不能再雪上加霜了。"

"他同意去成都换，大道的地方，就是小事了。我给他记工分，被逮着了，我就带着全队老小保他。就是要你出个证明，证明他是去成都探亲，顺便换点，风险就小点。"

"你说的屁话，出了事，你保得了他？"蒋书记沉思着。

黄世朋催着："蒋书记，你说话呀，全队的命就握在你手里啦！过了这个春荒，就不要他出去了，就是这一次。"

蒋正理心里琢磨着。他怎么不知道眼前的情况？何止二队，全大队哪个队不是一样的？他这个支部书记有啥法子让老百姓渡过这难关呢？过去不打人，被撤了这顶小帽，如今戴着这顶小帽，不能救这些抬头不见低头见的邻里，还算人吗？救不了，别人有门路，我却挡路，戴着这顶帽，又有啥意思呢？不然，祖宗八代都会被人唾骂。没有千年的皇帝，只有千年的百姓，我算什么官？还不是百姓，一样种地吃饭。如今种地的人饿肚子。共产党的宗旨就是解救穷苦的百姓，如今命在旦夕，还不解救吗？上面光是说生产自救、公粮不减，再怎么自救、再怎么生产，地里不出，这春荒咋过？全国是什么样，我咋知道？我眼前就是这一沟的人要活命。这个险冒不冒，我倒无所谓，最多就是丢了这个帽。又想起黄世善曾救蒋明士一命的事，别人慷慨解囊。而今的梦娃，他就冒不起这个险呀，我良心上已对不住这家人了。左思右想，他百思不得其解。

黄世朋火了，哭丧着脸说："你不同意算了，这队长我不当了，请你另选人。我与黄正梦一起去，救得了多少算多少，出事我去顶着，不要梦娃再受罪了。"

蒋书记终于开口了："可以，证明我出。你要对梦娃说，这事，天知、地知，就是我们三人知。去成都，叫他小心点。万一出了问题，我们给他顶着，我这个书记也当得不耐烦了。”马上拿出纸来，就写了一张证明书，盖上大队的公章，加盖上自己的私章。黄世朋也掏出私章盖了，拿着这张沉重的证明书走了。

“等一下。”蒋书记一再嘱托，“盖了公章，就是睏牛沟的土政策，与大政策对着干了，叫梦娃千万小心，不要对外说。”

“你放心。”黄世朋回答了一句就走了。

再说秀嫂子，在女儿的搀扶下，回了屋里。刚坐下，秀嫂子对女儿说：“妹儿，妈有句话想对你说，你快过来坐下，听我说。”

杨小妹端一只小凳，放在母亲面前坐下，两手放在母亲大腿上，望着母亲憔悴的面容说：“妈，有啥话，你就说，我听着呢。”

秀嫂子摸着女儿的头，搂在怀里说：“妹儿，你爸不幸，小弟也没命，都走了。我的病你也知道，这个队，哪个治好了的？我走了，你咋办哟？我想把你托付给你二哥，我就是走了，也就放心了。”

妹儿哭着说：“妈，你说啥呀？我还不到18岁呀！”

“十八岁也不小了，新中国成立前，十五六岁嫁人的多的是啦。有的小包媳妇，十来岁，甚至几岁就离娘了。二哥他家是地主，抬不起头，怪可怜的。你大哥安娃，去年伙食下户后，我看他一个单身，虽然劳力好，一个屋乱糟糟的，需要个女人。我帮他说了两门亲，都嫌他的成分高。有一个还是二婚，拖着两个娃，见其母子也可怜，她还不同意。安娃俩弟兄要成家，难呀，不就是成分高了点嘛！在农村就图过日子，人老实、勤快就行了，成分就把人定死啦？那又不能当饭吃。生产队里又不是看成分评工分，还是凭劳力记工分。只要不出风头，不惹是生非，埋头做活，也过得下去。人一辈子，不就图个有饭吃，拉扯着一家人过日子。我看梦娃脑子聪明，为人忠厚，身体也好，比你才大四岁，也合适。你俩从小一起长大，也合得来。”

女儿流着泪对妈说：“妈，你不说行不？这些道理我懂。现在伙食下户了，我就不信你好不了。”

母亲又劝说着：“不是信不信，我就是好了，我看你与梦娃也合适。妈是信因缘的，我们家过去欠人家太多了。就是你爸在，也会同意的。不去看成分，要是比人，沟上、沟下，哪个比得上梦娃？如果你同意，我们两家就合在一起过日子。外面有的是劳力，家里有的是人料理，日子就都好过了，这才像一家人。以后安娃能成家，就分开过，成不了家，就在一起过。我们不说，未必梦娃还有意见。我们两家解放前就很好，安娃他妈与你爸，还是隔房的姊弟，这也是亲上加亲。过去我们穷，他家就扶持我们，现在别人有了困难，我们不能负心呀！”

杨小妹从未听母亲说这样长的话，摆谈家里过去的事。其实，妹儿心里早就有了二哥，二哥是她崇拜的偶像，就怕自己攀不上。她才不管成分呢，什么成分不成分的，她本来就不懂。他家遭的难，她就认为是运气不好，人总有来运的时候，也有倒霉的时候。人总不会一辈子倒霉，她曾听爸说过：三穷三富不到老。她推着妈，撒娇地说：“不说了，听你的不就行了。”

母女俩正筹划着将来的日子，安娃与梦娃提着一袋米进屋了。黄正梦拉着奶妈的手说：“妈，这里有十多斤米，你们熬点米汤喝，好久没孝敬奶妈了。”

杨小妹急忙端凳子给两个哥哥坐，就进里屋了。又听妈对他们提起刚才说的话，还说：“我活不过，就把妹儿交给两个哥哥了，算是了我一个心愿。”

她在里屋耐心地等着，看二哥咋个表态。结果，大哥先表态：“现在好些了，你不会有事的。两家合在一起过日子，那才好呢，我没意见，听妈安排、支使，我就认到做我的活。”

好久了，二哥都不表态，妹儿在里屋心都凉了。二哥终于说话了：“我们成分高，我怕耽误了妹儿的好前程。”

妹儿在里屋流泪了，我有啥前程？还不是种地一辈子，你不同意就算了，何必转弯抹角的。我嫁不出去，守着妈就饿死了？我才不信呢。听母亲说：“她有什么前程，又无文化，还不是种庄稼一辈子。”

二哥回答：“如果妹儿不嫌我，就听妈的。我有啥条件挑剔？”

母亲高兴地说：“那好，你们三人去挣工分，我来料理家里，好吗？”大家都笑了。妹儿红着脸出来了，从厨房里端来两碗开水说：“大哥、二哥，喝水。”

黄正梦反而像女人一样，不好意思去看一眼妹儿。又听妈说：“从今开始，就是一家人了。这几天，你两弟兄回你们房住，过来吃饭。我准备一下，就让梦娃与小妹成亲，圆了房。今后安娃一人住你的老房子，梦娃就过来住这边。以后大家努力，条件好了，先改造安娃的住房，运气来了，你也好安个家。我们这辈人，就算我对得起你们的父母了。”

黄正梦就把二爸交代给他的事说了，一家人都说这是好事，阎王老子不会怪罪的。

第二天一大早，队长就敲门来了。黄正安正在煮早饭，黄正梦翻身起来就说：“二爸，你早。”

队长说：“你点一下数，你只认总的，回来后我与各家算账。”

黄正梦清点了说：“84 丈，对不？我刚回来时，成都的行情是一尺布票可换一斤粮票。我估计，这次我去也差不了多少。我绝不会从中捞取一点，因为你给我记了工分的。差旅费就算我自己认了。”

“对的。差旅费，回来后大家摊，不让你吃亏。”队长回答说。

“我说了算数，这么几年不在家，我也该为大家做点事，不摊了。”

“回来再说，你一路小心点。蒋书记说了，证明的事，你知道就行了。”队长咋呼着，又叫安娃去挖水田，说完拿着锄头就下地去了。

偷偷回来，住了两个晚上又急急返回。出门时，妹儿也过来了，说是要来送他，已向队长请了假的。其时，湾里人早在孩提时为磨呀巴就笑他俩了。妹儿去找队长请假，队长就笑着开她的玩笑：“你不来，我还要安排呢。”

黄正梦这次出行，不是逃跑，是负着任务，担着湾里人的希望出行。但又是违背国家的政策去冒风险。只不过这个风险对他来说，已是家常便饭。因他是沿着蚂蚁的足迹，轻车熟路地去搬粮，而区别在于他没同伴随行，是一个人去为同伴搬粮。他心里没压力，不像蒋书记，守着窝里为他担忧。万一被逮着，就算自己吃亏，也要为亲人自己垫着，我黄正梦在黄家湾也算个人，一路他是这样盘算的。妹儿紧跟其后，说：“你说句话呀？”这才点醒黄正梦自己身边还有个人。他侧过身子说：“不到 10 天我就回来，你不要着急。昨晚上妈才说破话题，你就舍不得啦？”

妹儿说：“滚你的。我是想问你，你走了，我在家要做些啥准备，你交代一下。”

“我怎么知道准备啥？妈说了，就由她办。唉，我忘了拿点钱给妈。差钱，你对我哥说一声。这次我去成都，给你买点啥，你说。”

“啥都不用买，多带点粮票回来救命。”

“那是自然，我会尽量想法。我还得去告诉大姐一声，你要什么，我好找大姐当参谋。”

“就买件衣服吧，不要太花哨了，做活的人，别让人笑话。”

快到场口了，妹儿要回去了，他说：“怕啥，大白天，别人笑就笑，哪个没这回事。你去街上给妈买点东西，我给你 100 元钱，剩下的，就由你做零用。”

“这么多呀，你带到路上用，出门宽使窄用。”妹儿推辞地说。

“没问题，到了姐姐那里，就没问题了。”黄正梦解释说。

好说歹说，妹儿拿了 30 元钱。这对她来说，已是天大的数字了，平时她身上，从未装过钱，要买什么，都是妈的事，她最多是跑跑路。她见过最大的票子就是一元的，哪里见过 10 元一张的票子。他俩从上场口进，妹儿把他送到下场口就告别了。妹儿站在场口，望着他朝着去县城的石板路去了，一转山嘴就不见人了。妹儿哭了，为啥子？他头也不回就走了，他还会回来吗？

哥哥此去几时还，妹妹话儿没说完。
外面春风还不暖，当心还有倒春寒。

妹儿回到家里，正开午饭。煮的红苕大米稀饭，大哥也过来吃饭了，一家人显得有生气了。奶妈给大哥舀了一碗干干的，大哥不好意思地说：“干的都舀给我了，你们喝稀的，要不得。”

奶妈说：“你一个大男人，不吃饱，成天干体力活，咋行？今后，你兄弟俩就是这个家的顶梁柱哟！”

大哥说：“这个家，还是靠妈，光靠劳力，也把家理不好。”

大哥从来没这么多话，今天话也多了，显得很亲热。奶妈也毫不客气地派活了。“下午收工后，安娃把这边的半桶尿兑着水，将两边自留地的四季豆灌了。妹儿收工后，把两个哥的衣服收过来洗了，该补的学着补了。新的包单，我未缝好前，把这边的包单拿过去换了。那床包单，再补一补用着做床单。”一个中午，奶妈唠叨着，就像队长派工一样，喊了一大堆活。一家人反而甜滋滋的。

大哥临出门时说：“妈，老二的事要做些准备，晚上我就把钱拿过来，由你老人家安排。”

奶妈说：“花啥钱？大家合拢就行了。有点钱留着花在节骨眼上，过日子不是一天两天的事。”

大哥笑着说：“反正给你掌握，你当家安排。我不抽烟、不喝酒，一天劳动，难得上街，花啥钱？我是你儿子，一切听妈的。”

“这个安娃，平时不说话，说起话来就那么顺耳。”奶妈也笑得合不拢嘴。

晚饭时，黄正安将黄正梦带回的钱和票证全拿出来，交给奶妈。奶妈将纸包打开一看，惊呆了。手颤抖着，好一阵子不说话。望着黄正安，才惊颤地开口说：“不义之财，用了要遭报应的。大家这么困难，你们哪来的？”

黄正安才将弟弟的话原原本本地对奶妈说了。奶妈又说：“我相信梦娃不会去做贼。不是自己挣来的，用着总不踏实呀。他怎么就跑去跑来，还找这么多钱啊！”

黄正安又说：“你不是也赞成他去成都换粮票，救这一湾人的命吗？他这钱和票就是这样得来的。”

奶妈还是担忧地说：“这一湾人都不会，他才行，这个政府允许吗？这个政府不允许，将来是有麻烦的哟！”一生就在黄家湾，种地、理家、吃饭过日子的秀嫂，从不知经营、交换也是一种劳动，可从中换取生活上吃的用的东西。只知道劳动地里就会有收获，就可理家过日子。她并不知道剥削是什么，黄家过去有钱，新中国成立了，就说是剥削，还招来杀身之祸。凭她对新中国成立十多年来耳濡目染所形成的直觉，这个钱反正不是地里出来的，给一家人带来的不会是福。她只有忧虑，不可能有理性的思考，也不可能有胆量在夹缝里去求生，她只有认命，被箍砸死了，那是前世作孽。梦娃这次出门，她才觉得凶多吉少。看到的一线希望，就像一盏微弱的菜油灯，经不起露天的微风吹拂。她又流着泪对安娃说：“好不容易回来了，我怎么脑壳晕了，又让他走了呢？”

妹儿收捡完碗筷，来抹桌时，见妈哭了，就问：“又怎么了，刚才还好好的？”

大哥努着嘴说：“你看嘛，就是那个。”

妹儿一看，也惊了，惊讶地问：“是哪来的？”

“是你二哥挣来的。”大哥以无奈的口吻说。

“你乳毛未干，知道啥。”奶妈悲哀地说。

一家人望着这个祸福难料的东西，久久不说话。还是奶妈开口说：“捡着。万一有事，你们都说不知道，就说是我捡来的。反正我这把老骨头，也没多大用了。”

“你一个老婆婆，又未出过门，你去哪里捡？谁信你的鬼话。”妹儿有气无力地说。一家人过着惊魂不定的日子。奶妈要女儿早、晚才煮加米的饭，中午还是煮红苕汤，让你大哥多吃点红苕，好干活。一家人表面和和气气，但心里始终不舒畅。

第二天一大早，秀嫂就去队长家，找队长说：“黄二哥，我有个想法，不知对不，想请二哥拿个主意。”

队长很客气地请嫂子坐下，并问：“啥事？这么早就登门了。”

“梦娃回来了，两弟兄都成人了，家里无人料理，也不像一个家。我们母女俩，没个主劳力，我又病了，能不能治得好，也难说，妹儿就可怜了。我想把我们两家合在一起过日子，梦娃与妹儿年龄也合适，你看对不?”秀嫂子诉苦地说着。

“那当然好，你两家的关系我知道。这样，我们黄家这一房就有救了，我高兴还来不及呢，你不说，我还想当这个月老呢。”队长高兴地说。

“那就请你做媒了。”秀嫂子也高兴地回答。

队长急切地说：“好久办酒席?”

“现在哪有条件办酒席，等小春收获再说吧。那时，一定请你当两人的主婚呀！眼前，我想先在一起生活，也好帮他兄弟俩料料理理家务，你看行不?”

“没问题，小春分配时，你们就算一家人了。”队长鼓励地说。

秀嫂一颗忧虑的心减少了一半的负担。在她眼里，队长就是政策，他的话一言九鼎。至少梦娃万一出事，有他顶着总会好些。因为梦娃这次出去，是你派的活，这门亲事也是你赞同的。一家人和和气气地过着日子，就盼望梦娃平平安安地早点回来。

一天，秀嫂子与几个妇女在红苕苗床里扯杂草。杨嫂说：“秀嫂，你的妹儿与梦娃耍朋友呀，倒是相配。”

邝嫂也来搭腔说：“就是成分高了点，今后说不清呢。”

刘嫂不客气地对答说：“农民讲那些干啥，只要勤快，为人心好，能过日子就行。”

蒋天容更不客气地说：“我那哥倒是好，贫农，还当队长，就是不听劝，结果如何嘛!”

邝嫂受了气，自家的姑姑点到了自己的痛处，就哭着回击她："你蒋家屋的，都是撇种，我解放前前穷，找不到男人嘛，才走到你蒋家来的。我就是眼睛瞎了，才向秀嫂提个醒。你嫁到黄家几年了，就维护着黄家，不认娘屋（方言，娘家）了，你那么能干，就给别人下个仔。"

这一句话，也把蒋天容点痛了。两姑嫂就在地里，你一言我一句花哨地吵起来了。

丁方容出面调解说："自己一家人，骂些难听的让别人笑话。干活，都不开腔了。"才勉强制止了。

都大嫂也劝说："他二嫂，你就少说两句。邝嫂也是好意，听不听，秀嫂自己会拿主意。不过，梦娃虽然成分高点，但人勤快善良，聪明，脾气好，过日子倒是蛮好的。"

李嫂子又说："覃成花就有眼光，小看我儿子，找了个积极分子，过了几年，困难了，两口子就打架。大兵团时各顾各了，睡都不在一起，还没一个仔。1961 年先后都饿死了。"

大家都附和着说，男女都要诚实过日子，才能活到老。不要只图眼前，关键要看人。那个"覃眼花"就是例子，图热闹，以为妇女解放了，就不诚心过日子，结果选到一个漏灯盏。大家都说梦娃是秀嫂子一手拉扯大的，她不会看错人。

不到一个星期，黄正梦平安地满载而归了，他还提着读书时用的篾箱。他将带回的粮票，总共 1000 斤在田埂上整数交给了队长后，就直奔奶妈家。

田里劳动的人都很高兴，有的说："队长，你回去，剩下的活，我们照样干完才收工。"

黄正梦从县城坐汽车到区里，走了 30 里路，才到黄家湾。进门奶妈正煮午饭，一见他，如释重负，给他打水洗脸、擦汗、倒开水。还问："梦娃，没遇上麻烦吗?"黄正梦爽快地回答："还顺利。"

队长回家，拿出各家出布票的花名册，正在等蒋天友来分发时，蒋正理带着一个上面来的干部就进屋了。进门就问："梦娃回来没有?"黄世朋高兴地笑着说："刚回来，未进自己的家就把东西交给我了。"

"你还笑，出问题了。"蒋书记严肃地说。

看见蒋书记带着一个不认识的干部，黄世朋一下把脸绷紧了。那个干部说："把他带回的东西，给我看，我要核实一下。"

黄世朋还来不及收捡，他二人就破门而入了。黄世朋火冒三丈地吼起来了："你们要抓人就抓我，是我派他干的。"话音未落，门外也吼起来了："还有我。"原来蒋天友看见蒋正理带着一个不认识的干部，与一帮在挖田的壮汉正走到门外，听见门里吼，第一反应就以为出事了。

这个干部才说，没吼。他既不是抓人的，也不是来没收东西的，是来核实的。听他说，昨天下午他们工商所接到县局一个电话，说是成都来电话，一个姓黄的小伙子在黑市交易票证，被工商人员逮着了，用布票换了好几百斤粮票。他持着一张证明，有大队公章，还有支书、队长的私章。他把队里家家缺粮闹春荒的情况介绍了，并说是队长派他来的。还哭着说他是换回去救命的。上面说了数量不小，让他们核实一下，情况属实就算了，下不为例。

最后说："现已核实，那小伙子没说假话。事情都没弄明白，你冒哪门子火嘛。上面说是800多斤，怎么这里是1000斤呢？看来那小子没欺瞒你们。"

队长才心平气和地说："我给他的布票是84丈，他说，一尺布料可换一斤粮票，800多斤，差不多。多100多斤，就不知道了。"

蒋书记才松了一口气说："把梦娃叫过来一问，不就明白了？"

不一会儿黄正梦来了。一进门，那个干部还与黄正梦握手说："小伙子，好样的。我虽是工商所的所长，我家也在农村。我们队就找不到你这样有胆量、有见识的小伙，邻里都干挨饿。"整个气氛就融和了。

黄世朋笑着说："你娃娃，我相信你不会吃一截，反而多了100多斤，是怎么回事？"

黄正梦犹豫了，当着工商所干部的面，不敢暴露自己过去做票证交换的事，正在想着怎么回答，工商所的干部才笑着说："没关系，直说。"

黄正梦心想，这时直说，等一会儿，你就会凶神恶煞的了。但他的话准备好了，就不快不慢地说："那年大兵团，母亲被干部打死了，我在气愤之下，也打了干部，怕活不成才出去的。投靠大姐也不行，天下都是伙食团。投靠二爸，没户口，也挂不上。我才流浪在外，露宿街头，舔盘子过日子。后来有好心的田大妈、孤老人李大爷指点我，全靠捡煤渣、废纸、废铁，挑潲水，节省了点钱，在黑市买点粮票吃饭。现在党的政策好了，我就安心回来种地。回来看到那么多人挨饿，要渡难关，就这两个月是关键。这100多斤粮票，是我原来换来吃饭用的，自己还未用完，就留点家用，多余的给大家，放在那里，不如拿出来救命。只要都能渡过这个难关就行了。我回来了，这样也表示我以后洗手不干了，决心好好种地。”

蒋书记感动了，心想，这娃还是他老子那个料——心善。望着他，眼里冒着泪花，说：“梦娃，没说了，我理解你。”

黄世朋也感动得流着泪说：“打死他母亲的，就是去年被判刑的蒋天才。”

蒋书记接口说：“昨天接到通知，他已死在劳改农场了，叫家属去领尸。还有杨石匠，也投井自杀了。”

“报应。他二嫂都要打。”蒋天友气愤地说。

全队的老少们，都盼望着梦娃回来，听到队长家门口吵起来了，都陆续聚集到黄世朋家门前的小坝，想看个究竟。听到那个干部一席话，才把心安定下了。几年没看见黄正梦了，有笑逐颜开的小孩、有流泪的大妈、有骂人的壮汉、有叹气的老头，围着黄正梦问这问那。望着一双双情浓的眼睛，黄正梦感受到了家乡的亲情、温暖，他流泪了。

人心善恶两分明，驱使良心露性情。

若是全都狗吃了，人间处处尽妖精。

正摆得浓时，妹儿到门口叫黄正梦回去吃饭了，才提醒大家已正午了。各自分手，蒋书记叫那个工商干部去他家吃饭，黄世朋也留他们吃饭。工商干部心里明白，如今哪家招待得了客人哟，都是情面上的一句话，于是说：“小伙子，放心，没问题。到区镇来赶场，不要忘了来看我哟。这里离街近，就不麻烦了。”

妹儿一路陪着二哥，试探地说：“我们在门口看到那个陌生的干部叫你去，妈好担忧呀。”

黄正梦笑着说：“没啥，你不是亲耳听到那个干部说的吗？”二人脚跟脚地回到家，奶妈和大哥看到无事，都露出笑容，拿碗开饭。吃的仍是红苕汤，黄正梦怀疑地问：“米放着干什么，不要命啦？”奶妈才把她的想法告诉了他。黄正梦接着说：“现在家家都会有点米吊命了，还怕啥？”一家人乐融融地喝着红苕汤。

第七章　立足

黄正梦终于有了立足安身之地，还是他祖辈栖息的黄家湾。

两家人合在一起，兄弟二人又感到了家庭的温暖。从小就吃着奶妈做的饭菜，穿着奶妈缝补的衣服，好比是被驱赶出巢的鸟儿，在外闯荡几年又回到老巢。虽然父母去世了，杨伯也走了，大姐嫁人了，仍小心谨慎地过日子，但没了当年孩提时的惊吓。是鸟就得筑巢，是人就得有窝，住着茅草房，让他们有了一线希望。正如当时一句童谣："大瓦房光框框，茅草房嘎嘎香。"

回生产队的第二天，队里安排他挑粪管理秧苗、红苕苗床。他去蒋明士家的茅坑舀粪，碰上曲仁海大哥正在舀粪，一边舀一边说："这么清的粪，当屋檐水样，怎么种得出好庄稼哟。"他不在意曲大哥说什么，也不好搭腔。在他印象里，高大壮实的曲大哥不到40岁，如今已弯腰驼背、瘦骨嶙峋的了，看着他挑着粪步履艰难，慢悠悠地走去。

等他走后，他也接着舀，一大瓜当舀起来，倒入粪桶里，用心一看，还不如堰塘的水浑，嗅不到一点臭味。他虽然种庄稼的时间不长，但生活在农村，这点常识也有。他挑着粪，没走多远就赶上了曲大哥，曲大哥才说："梦老弟，你体力好，我挡着你了，你快走前头去。"

"没关系，你慢慢走，我不追你。"

"不是，你们有劳力就多挑几担，不然进度就慢了。"

黄正梦才绕过曲大哥往前走，挑到地里一泼，犹如清水。他又问正在泼苗床的刘本经大伯："这粪为何这么清?"

才40多不到50岁就像老头的刘本经摇着头说："这几年，人命都难保，猪都喂死了，哪来的粪？用草泡粪，有的又扯来吃了，有的挖草根，挖来烧了。光靠点人粪尿，能不清吗?"

会计黄正才调皮地搭腔："人都光吃的草，屙的屎尿都不肥了。"

比黄正梦大一岁的蒋天正骂着说："妈哟，大腿是软的，粪清，担子就不轻。不是梦娃换点米，哪有劲挑粪，只有与婆儿客一起做活了，这地咋种嘛?"

副队长蒋天友笑着说："梦娃，你运气好，跑掉了，你要多担几挑补起啊，现在就看你们这批年轻的了。"

只读了个初小的记分员曲仁礼说："你多挑了，我不会少给你记一担，尽管放心。写不了的字，你要教我，你是我们村的老秀才。"

一亩多地红苕苗床，七八个主要劳力，干了半天才挑清粪水浇完。因体力不济，要么路上脚步慢，要么在土里站着慢慢浇，大家斗嘴消磨时间。谁不想多挑几担多挣点工分，体力不来劲，能磨着干活已算尽力了。队长也不催，能哄着大家出工就不错，已算你本事大了。有点劳力的，挨打、受骂，不是没见过，老子现在就是如此，打人的也遭报应了，看你把我怎样。

虽然土地公有了，大家被捆在一起了，要过日子，老一点的也在盘算，这样下去，也不是办法，庄稼种撇了，还不是自己吃亏？上面政策变了，土地给你湾里了，自留地给你了，吃的办法也给你了，种不好是你湾里自己的事，埋怨也怨不出粮来。

有种地、经营土地经验的曲仁海大哥对蒋天友说："蒋队长，你是管副业的，还是要想法，家家把猪儿喂起来，牲畜不养起来，现在光靠养鸡鸭鹅不行。不然肥料始终是个问题。庄稼全靠肥当家呀!"

刘本经也帮腔说："过去，我帮黄家，50来亩地，大小养了十多头猪，还加一头牛。还要用稿秆、青草泡肥，肥料还不够，还要用菜油渣下地。是农民都知道'有收无收在于水，多收少收在于肥'。"

如今的队长不打人了，这些老农才敢说句实话，提建议。不是前几年，对与不对，都是排长说了算。

曲仁海又接着说："杨石匠种庄稼球经不懂，还装正神，瞎糊弄老百姓。黄家湾就百来亩地，除了自留地，也就是80多亩地，几十号人，大家商量着，也不是大问题。”

蒋天友说：“反正我也是外行，我找黄队长说，开会时大家都讲一讲，黄队长是内行，听得进去的。我与队长商量几次，关键是猪的种源，目前要大家喂养，谁家也无钱起本，当前是要命，保人。等小春收了，才好好筹划。”这一席话，大家也听得进去。

这些话，对于善于思考的黄正梦是一个信号，都不养猪，队里的庄稼咋种？一湾人以后的日子咋过？自己有钱，敢不敢带头养猪，他想了几天。

他立足了，除了高兴外，也冷静地琢磨一些走过的路。最让他头疼的是，那么多钱咋用出去。他的流浪经历，因祸得福，不仅捡了一条命，还发了点财。国家计划那么严，仍没挡住他的生财之道。他父亲就是因钱多而命丧黄泉，哥哥和奶妈的担忧都是现实的，是祸是福难以预料。正因为如此，他才决心回黄家湾，不去挣大钱了。

说实话，他是腰缠几千，在当时算是天文数字，又不敢存银行。按当时民间价格，买米值不了多少，但买财产，他比他父亲更富有。土地已公有，没价格，但要把黄家湾的房屋买完，都绰绰有余。不说买房改善居住，就是自己修，也怕露富。因政府本来就是穷人的政府，恨的就是有钱人。“土改”时划分阶级就是按贫、富划的，有钱者就是敌人，不可饶恕。新中国成立前，确实有的有钱人是靠偷、抢、霸而来，这是他读书知道的。但他所见的就不完全是这样，比如他父亲，就是靠祖辈辛勤劳动、经营来的。有的人穷，确有各种因素造成的原因。但有的人穷，就是好吃懒做、愚钝造成的，后来被逼得没法，才去抢、去偷。比如吴明礼父子就是这样，他妈愚钝才有人同情，送吃的、穿的给她。为什么不用懒惰、勤劳来划分人类，要用钱来划分？钱，除罪恶外，多是勤劳的标志，为什么如今的人就那么恨钱呢？其实，农民并不恨钱，是上面要农民恨钱，他就想不通。

但他又从另一个角度想，冒风险去换粮票，就是为了救一湾人的命，只能救短暂的一时。庄稼种不好，就是长远的事。况且自己要长期在这里过日子，队里庄稼种不好，这日子也难过。好事做到底，反正自己的钱不是抢来的，也是劳动换来的。

他心里认识的劳动，除单纯的体力劳动外，体力加智慧的劳动更有价值。比如他做票证交易，跑路不少，但换取了比单纯体力劳动所得的东西更多。从他知事到流浪结束，他牢固地明白了一个路人皆知的道理，就是人要活命，不能靠偷、抢、要、等，要靠劳动，才会换来吃的，这是人活着的基本要求。再进一步，就是穿、住，直到安家、生儿育女、养老送终，走完人生的路程。吸取父亲血的教训，劳动换取生存，是他终生固守的一条原则。

但他心目中的劳动并不是当时政府给劳动下的定义。

他虽然读了两年初中，并不懂得他所固守的智慧的劳动也是政府定义的一种剥削。他所领悟的剥削，仍是他父亲请人种地，用命换取的那个含义。他以为只要用自己的体力加智慧的劳动，就不是剥削了。虽然知道政府不允许票证交换，但道理上，政府是穷人的政府，如今穷人都快饿死了，还不准交换，他是想不明白的。他并不知道，计划经济的分配，对个人，掌权者给多少就是多少，用不完就给政府节约了，只有家里可以调剂。掌权者给你的，不够用，你就只得干瞪眼，不能私下交换，这就是国家计划。他的行为不仅是剥削，还是违法的，其罪名是投机倒把罪。幸好蒋书记出了一张证明，不然，他至少要被劳教。他是冒着风险，心中就是一条——救命，豁出命干的，不然不会这么短的时间、这么远的路程，就打了个来回。要不是他性急，出手太快，仗着身上有证明，也不会被逮着。

照理说他理解的劳动含义是科学的，正因为他按他的理解，他才有胆量来冒这个皮皮。

正因为他脑子里有个他自己的劳动观念，在饭桌上，他才对哥和妈说："我们的圈舍空着不是办法，喂上猪，对家对集体都有好处。你们看行不?"

妈说："当然可以，又不要学。就是喂食不好办。"

大哥说："队里只有曲仁海、黄世平两家喂了两条瘟猪，都是队里折算给他的，到决算时扣除。他两家喂猪有经验，没粮，在那里摊养着。我们去买，怕别人说你钱是哪来的。等大多数都喂养了，我们再喂养。"

"花一两百元起本，数量不大，怕什么？我的钱又不是偷来的。前几天，蒋队长还愁着没人有本钱喂养，鼓励大家喂养。我们买，他会支持的。"黄正梦解释说。

大哥说："反正我难得出门，你见识多些，听你的。"

"看妈咋说，你当这个家。"黄正梦把话题推到妈那里。

妈说："我倒是想喂，没喂食，可先摊两根小猪，潲水也消了，加些老菜叶，少许点粮，问题也不大。”

黄正梦说：“现在缺猪源，我想买一头母猪，下了崽子，也可帮湾里想喂猪的提供猪源，两三年内都不愁猪崽卖不脱。再喂一根小猪，或一头青猪。我算了一下，喂一头大猪，投的肥相当于半个副劳力的工分。把青猪喂肥了，也改善一家人的生活。不能光从赚钱上去考虑，买肉吃好难啊!”

妈说：“饲料好难啊，还喂大猪。”

“我想找蒋队长商量一下，现在好多家都喂不起猪，他们的老菜叶，比如红萝卜、白萝卜老叶，当着青肥用了就可惜了，由我们收起来喂猪，变成猪粪，我们给他们记个账，按投青草肥记账，我折合给钱，或折合扣我们的猪粪投入也行。这样也支持了队里发展生猪，他和各家商量，也不会不同意。这样就把青饲料解决了。精饲料，拖上一个多月，小春收获了，问题就不大了。”

妹儿激动地说：“你这样算账，还有啥说的。那就找队里说说。”妈妈高兴地说：“这个家，还是由梦娃来当好，你会计划。”

黄正梦说：“我管外，你管内，钱由你保管。你的病，吃几天大米稀饭就好多了。以后，你仍然不必去队里参加劳动，把家里料理好就行了。喂猪的事，妹儿除了参加劳动外，就多操点心。”

一顿晚饭，就商量定了。

第二天，恰好安排黄正梦与蒋天友下田给秧苗撒草木灰，防虫子侵害。黄正梦就对蒋队长说了。蒋队长正愁想不到办法，听了很高兴，全力支持。

当晚，召开全队社员大会，安排大春计划，听大家的意见。在黄家老屋的院坝里，黄世朋队长讲今年大春种植计划。全队 30 来亩水田，种水稻不用说了。50 多亩土，今年小春，麦子 30 亩，收割后，大春安排种红苕套玉米 25 亩，调剂 5 亩种棉花。10 亩油菜和 10 亩豌豆、胡豆及杂粮地，收割后，都种棉花。今年棉花种植计划比去年增加了 5 亩，就是这 5 亩麦地，调哪一块种棉花合适，看大家的意见。余下两亩地，是种小宗经济作物，红花和青木香，就不说了。全年上缴的粮油任务是：小春，小麦 5000 斤；大春，黄谷 6000 斤、玉米 1000 斤。合计 12000 斤。这是死任务，不用讨论。余下的除种子外，按工分与投肥分配。

大家听了，心中都有个打米碗。除了国家的，人均算，小春大约小麦 100 斤、杂粮 20 斤；大春大约黄谷 100 斤、玉米 50 斤、红苕七八百斤。粗折合细，共计就400来斤，如果还要喂牲畜就不够了。上缴粮的任务不减，还减少粮食面积，就等于增加了上缴任务。不过比伙食团、大兵团好多了，也无人开腔。只有曲仁海建议，将增加的5亩棉花地调到青冈土，不要占睏牛土那片向阳地。大家附和着叫好，队长当面同意。

副队长蒋天友说："小春收获后，家家要养点牲口，都不养，队里的肥料无法解决，对改善生活也无好处。猪源问题，现有人提议，他想买头成年母猪来喂，为大家解决猪源，就愁没青饲料。如果各家的菜皮、老菜叶交给他，记账，按向社里投青草肥计算，分配时，在他的投肥中扣除，看大家有无意见。"其实大家心里明白，买头成年母猪不花100多元是不行的。全队只有黄正梦那小子才有那本事，换粮票这次就看出来了。全队哪家凑得起100多元？他在外面几年，谁也摸不清他的底细。大家不约而同地赞同，有的说，有猪崽了，赊一根给我喂，绝不赖账。黄正梦本来是不想开腔的，抑制不住激动的心情说："可以。"

这个队，好几年没开过这样欢畅的会了。

第三天，环溪镇逢场，黄正梦就请黄世平大爸帮他去猪儿市场买成年母猪。黄世平是沟上沟下有名的"猪编儿，牛编儿"——中介人，好多人过去买卖大的牲口，都找他。

原来好大一个猪儿市场，人猪混杂，拥挤不通，猪羊屎尿遍地，泥泞地上，给牲口看相，头脚摸捏，按背垫肚，指手画脚，明言暗语，你夸我贬，喊价还价，袖口拉手，眼色传递，交头接耳，拉锯往来，成交者喜笑颜开，不成交者来去自由。不懂的就如侧边看戏。如今，零星几头牲口，皮包骨头，躺在地上有气无力。稀拉拉的买卖者，看不出市场的气氛，卖者望眼欲穿，购者摇头叹气。有两头成年母猪，比较一下择其优，说好价，160元成交。听卖者说，这头母猪是伙食团散伙时，队里折价给他的，想不到老婆刚死，人命难保，只好卖了。黄世平说："这头猪可喂养，从牙口看，年龄不大。没大病，就是缺喂食，犹如而今缺食的人一样。稍微喂好一点就可起架。但品种不是很优良。只能说马夫。"

黄世平还建议："买小猪，莫忙。把这条母猪养起来后，我帮你找一条好的公猪配种，留自己的奶猪好些。"

黄正梦约大爸喝酒，黄世平谢绝了。黄正梦给了5斤粮票20元钱作为酬谢，慢慢地赶着猪回家。

路上遇着黄正兴拿着一根木棍，黄正梦问他赶场做啥，他说：“我的锄把断了，去买根锄把。”

“一根锄把，何必去街上买？”黄正梦说。

“黄家湾大炼钢铁，造鸡公车，伙食团烧柴，把黄家湾的树都砍光了，找根锄把、扁担的木料都难了，不买，去哪里找？”

黄正梦拿着木料一看，这根木料油疙瘩不少，作锄把显然不行，就问：“这根木料，行吗？”

“不行也将就用吧，要找根好的锄头木把材料难啦。”黄正兴回答。两弟兄一路摆谈着树木被毁灭的事。先是大炼钢铁，熬硝，山上的各类树木都被砍去当柴烧了。后来造鸡公车，把好的柏木都砍了，就是堰塘两边的风水树，百年老柏树也砍了。伙食团缺柴烧，为了维持烟火，不分大小、品类都砍来烧了。前两年困难时，树皮没了，只有草根，比红军长征时还困难。如今都找不到一根做锄把、扁担的材料。

等黄正梦将猪赶回家时，奶妈与妹儿已把圈舍打扫干净了。红萝卜缨加红苕皮煮的猪食，正等“客人”享用。三个人高兴地围着这头猪品头论足时，右侧大院闹哄哄的。妹儿才说：“你早晨走得早，蒋队长就通知了，上面要来收购鸡鸭鹅蛋，要各家做好准备，争取完成任务。”奶妈说：“我已准备了几个鹅蛋，加十来个寡鸡蛋，混着一起，也就差不多了。”

黄正梦说：“寡鸡蛋怕过不了关哟。”

“我们都吃得，又不毒人，城里人就吃不得呀！”奶妈生气地说。黄正梦就拿着这些蛋去大院完成任务。

刚进大门口，就清晰地听到里面在吵架。

“伙食下户才半年，鸡鸭还是娃娃，哪来的蛋？”

“没蛋，就交只鸡或鸭也可以。”

“日妈的，鸡都没长大你们就馋了，没鸡了哪来的蛋？以后，你收个球。”

“我们也是执行任务，没法。”

又一个出来骂人：“我人都快饿死了，什么也没喂，没交的。只有跨裆下有个球，你要不要？”

“你要骂吗？”

“骂了又咋个，你们要不要我们活?”

“你敢骂政府，弄你狗日的到公社去，你不知道厉害!”

“去就去，反正老子无法活了。老子想去坐班房，还有二两米吃。”

“你们城里人，啃我们的肩膀皮还没啃够呀?你们的肚子寡了，我们就不寡呀，老子还在饿肚子，你们就嫌没油荤抹嘴了。”

“蒋士才，规矩点，骂人就解决问题啦，回去。蒋天正，少说两句，你的牙吧要痒呀?”蒋天友吼着，同时又对收购人员说着好话：“他母亲死了，父亲也不在家了，家里确实没喂副业，别与他一般见识，我们队算总账，行不?”其实，没队长出面，他供销社的收购人员也没权把人弄走，只是说句气话。蒋天友吸取了过去的教训，开始学着息事宁人了。

黄正梦才把蛋拿去过秤，收购人也分不清寡蛋与生蛋，就收了。收购人员一查花名册，报了两家人，共四人，不分老少每人应交半斤的任务，实际是二斤三两。蒋士才在旁边说：“多了的拿出来。”

黄正梦说：“算了。”

“算了，市上要卖十几元钱一斤，他们收购才给七毛一斤，交够就不错了。”蒋士才说。

黄正梦说出口的话，又不好收回。

收购人员就马上说：“你的觉悟高，理解国家的困难，好样的，小伙子。”

“梦娃对的，全队有交不够的，互相调节一下，保证全队完成任务。”蒋天友打着圆场。

结果，全队还是未完成任务，只完成三成。眼前农民都饿着肚子，哪有粮食来喂鸡，好几家都没喂鸡鸭鹅家禽，更别说喂猪这样的大牲畜了。幸好家禽不吃粮食，可以自己去山上找虫子野草吃，维系着生命，生蛋就很少。有几家有点计划的才忍着口，喂点家禽，自己也舍不得杀来吃，为以后发展副业垫一点底子。正是荒月，想不到城里搞瞎指挥的人，就竭泽而渔了，所以农民很气愤。

蒋天友对收购人员说：“我们队就只有这么大的能耐了，以后我们队发动群众多养些家禽，下次来收，多交些，保证完成全年任务。”

农村人养成了用“有钱，钱打发，无钱，话打发”来调剂人际关系。有蒋天友从中周旋，收购人员就满意而归了。

眼看麦子已抽穗了，自留地里虽然红萝卜、白萝卜、牛皮菜也收尽了，南瓜、黄瓜、四季豆、茄子等瓜菜也接着了。但黄正梦换的粮家家都吃尽了。要熬过近半月才能收小春粮的豌豆、胡豆，只靠这些瓜菜度日，显然是难熬的。社员只能分点嫩豌豆、嫩胡豆掺和吃。但队里不可能将地里的嫩豌豆和嫩胡豆全部收来保大家的命，还得想以后的日子，多数留着收干豌豆和干胡豆。况且，嫩豌豆、嫩胡豆，比起收干豌豆、干胡豆，不划算。

恰在这时，队里又发生了想象不到的事。

曲仁海在田里架着一头老牛耙犁水田，准备栽秧。老牛刚下田就不走了，即使鞭抽、吆喝，也不动。养牛有经验的他，知道牛老了，有病了。这头牛还是地主黄世善家的，土改时分给放牛娃杨崇正，公社化时就归公了。杨崇正去炼钢铁时，就交给曲仁礼饲养。曲家原也有一头牛，被平调到外大队去了。曲仁海慢慢将牛牵出水田，赶回牛圈，用嫩草喂它，也不开口，就在圈里躺着，不起来了。他才去向队长汇报，队长安排蒋天友与曲仁礼马上去公社畜牧站请牛医生来看。畜牧人员来看后，说这头牛确实老了，又感伤寒，把伤寒医好，可能也抽不起来了。开了一副草药就走了。第二天一早，队长黄世朋去公社开会，据说是参加大春播种培训。蒋天友带领全队男女老少正在插秧。曲仁礼就到田头来汇报，老牛连水、药都灌不进去了。蒋天友焦头烂额，想不到主意，全队就这一头牛了，咋办?

田里有人就说："它辛苦一辈子了，吊它的命，活受罪。"于是七嘴八舌，你一言我一语地说开了。

"杀了，它也干脆，免得活受罪。"

"杀了，就这么头牛了，以后你代它犁田吗?"

"我看可以，反正人也在吊命，让它最后做点贡献，多救两个人，还不如一头牛划算?"

"我也认为可以。将它杀了分来吃了，我们有劲了，跑快点不就行了。"

"一个队没头牛也不行。大家吃了，把账记在各人头上，年终分配时，扣出来，劳动日再少算点，少分点，凑合再买一头仔牛，不就行了。"

"这个点子好，牛与人一样，总不能一辈子不死。让它早点死了，它为我们做了那么多贡献，下辈子好早点投个富有人家，变回人。"

看来把这头病了的老牛杀了的意见十分统一。蒋天友集中大家的意见表态了：“大家的意见对。等队长回来商量一下，就定了。”

“还有啥商量的，等你们商量了，牛也拖瘦了。”

沉不住气的蒋天友经这一激立马表态：“好，下午找几个有力气的小伙，杀牛。其他的照样栽秧，不得磨洋工。”

“这才是我们的蒋队长。”

“放心，保证把秧栽好，绝不落了进度。”

水田里插秧的、埂上挑秧苗的、秧田里打秧苗铲的高兴地吼着。蒋天友就安排曲仁礼回去磨刀，准备家伙。曲仁礼不愿意，下不了手，蒋天友才动员刘代康、王正元去准备家伙。

下午收工后，大家正围着分牛肉时，黄世朋队长回来了，蒋正理书记回家也路过这里。看见分牛肉，不分青红皂白就骂人了：“杀耕牛是破坏生产，是犯罪的。哪个这么大的胆子，不经批准就杀了？”

“是我们大家的意见，生产队的牛，还要哪个批准？”

“是我表的态，我是集中大家的意见。水、药都灌不进了，杀了，下半年买一头仔牛不就行了？”

蒋书记听了蒋天友的话，气冲冲地走了。大家都望着黄队长，等他骂人出气。

“看着我咬球，杀都杀了，还把牛肉丢到粪坑不成？”队长生气地走回家去了。大家仍围着分牛肉，唯有蒋天友一肚子闷气找不到地方出，坐在人墙外的石头上闷着。

第二天在田里，人人都自觉干活，谁也不开腔，都在心里琢磨着自己昨天讲了什么话。蒋书记说了，是犯罪行为。蒋天友气得工也不出了，特别是昨天参与杀牛的，就像大祸临头，都埋着头干活，等待灾难的到来。整个一天，黄家湾除了牛肉的香味，没一点生气。

果不其然，第三天一大早，区公安带着公社治安到黄家湾来了。进了黄家大院，不久队长通知开会。等人到齐，公安宣布：“蒋天友，不经批准，私自宰杀耕牛，破坏生产，根据国家有关法律规定，触犯国家法律，现予逮捕。”马上就戴上手铐。黄家湾的人还从未见过这样的阵仗，黄队长无奈地问蒋书记，有无指示。蒋书记摇摇头，表示无话可说。

其实蒋正理昨天上午就去公社治安汇报了情况，又为此说情，讲明耕牛病的情况，应该情有可原。下午治安说，他们去公社畜牧站核实了，牛有病，属实，但并不是医治不好。蒋书记又去问了畜牧站的站长，站长对他说，那个兽医龟儿子邝老头，怕祸事掉到他头上，不敢承担责任。如果他就说治不好，只是来不及办手续，一句话不就完事了。如今要去做工作，叫他改口，不好来得。蒋正理心里也明白，这头牛是十几年的老牛了，生病死亡，是预料中的事。现在的人，就那么没良心，干部还是那么不实事求是，不就是个手续嘛，弄得他也没法了。他还有什么话当着众乡亲可以说呢？他揪心的是，蒋天友的儿子蒋士元才十四五岁，母亲饿死了，父亲抓走了，咋办啊，毕竟是蒋家的后人，咋个安顿，他琢磨着。

蒋天友被逮走了，大院的人都哭了，他是为了大伙呀，让他一人去受罪。农民正在熬这荒月，几天前才来强制收了禽蛋，为了度日子，牲畜养不起，全队有几户养的看家狗也被狠心打来吃了，还有什么糊口的？妇女们哭着，男人们冲出大门口骂着。

“日你老祖先人，要不要人活哟。死头病牛，就犯罪了？”

“饿死那么多人，就不犯罪呀？”

公安转过身来，凶神恶煞地问：“是哪个骂人？有胆的就过来，看我敢不敢铐你走。”

“你娃娃有胆量就把大家都铐去，老子们就是活得不耐烦了，想去你那里吃不要钱的饭。”小伙子们都大踏步朝前走，公安才急急走了。蒋书记流着泪，牵着蒋士元的手说：“你就到我家去，与我一起生活，等你爸回来。”

“我不，是你带公安来把我爸逮走的。”

黄队长才说：“你没乱说，你小，还不懂大人的事。”

蒋天正激愤地说：“老爷，我理解你，士元就让我带着过，你放心，二哥没有罪，他是为我们大家。”

蒋天正的父亲蒋明士也说：“老辈子，正娃说得对，我也同意。都是蒋家后人，有难，互相支撑一下，就过去了。”

黄世朋也说：“蒋书记，相信我们队，绝对不让士元吃亏。”

“黄世朋，教训呀，以后大事要请示，该办手续的，不能少呀。这次如果晚一点，把手续办齐全了，就没事啦。你我这样的官，只能跑腿。你不干，给你派个人来，弄不好，大家更受气呀！”蒋书记激动地警示黄队长。说完后，大家望着蒋书记拖着沉重的步伐去了。

耕牛病死罪罚人，人死根由何处寻。

只怪苍天没长眼，是非天理地浑浑。

生产队无牛了，公社很关心无牛队。一天黄世朋正带领一批人在二台土栽棉花，蒋书记路过黄家湾口喊他，他回应后马上从二台土下来，蒋书记对他说：“公社通知说，翻身大队有一头仔牛快隔奶了，公社出面调剂给你们队。”

黄世朋问：“队里哪来钱买呀，至少得五六百元，咋办呢?”

蒋书记说：“是呀，现在牛源特别紧张，还是我找公社要的。没现钱，是不好牵回来的。”

黄世朋想了很久，才套着口气问：“你们大队办公室搬到场口去了，生产队作保管室用，可不可以卖了，凑一部分钱。不够的部分，找公社做点工作，拖到年终结算时再付。”

蒋书记也想不出更好的办法，就说：“暂时只好这样想，你可征求一下社员的意见。”

晚上，队里就开社员大会。黄世朋把蒋书记带的口信向大家说了，最后提出一个问题：“就是钱不好办，看大家的意见。”蒋天友为牛的事被逮走了，大家的余气未消，又为牛的事，都不发言。

“买，还是不买，大家打个屁呀!”黄世朋发气地说。

曲仁海第一个先发言：“这么大个队，上百亩地，没头牛，这庄稼咋种?照理，也应有两头牛，才调配得过来。”

很少开腔的刘本经也说：“过去就一头老牛，田里、地里就靠着它，能不把它累死吗?这么大个队，除了田地，有个什么家当?我看勒紧裤带，也要买。”

会计黄世才说：“二哥说了，关键是钱咋办。我看，杀牛时大家都说了，年终分配时扣肉钱，再不够，劳动日少算点，不就解决了?”

黄世朋说：“蒋书记说了，牛源这么紧张，没现钱是牵不回来的，少许点欠账，公社可以做工作。”

记分员曲仁礼也说：“队里没钱，各家都穷，荒月里，哪里去找呀?我看，队里唯有的家当就是两间保管室了，不如卖了。困难关过了，有的是劳力，再修保管室。”

心直口快的蒋天正说："卖保管室，还不如把吴明礼那三间房卖了，那家人反正绝了，搁在那里装灰尘吗？"

黄世朋被这句话提醒了，他说："我看可以，不过要请示一下。"

最终讨论出个结果，黄世朋心里有底了。散会时，黄世朋对黄正梦说："我忘了一件事对你说，蒋书记还对我说了，你有件包裹，在公社邮政员那里，等你去取。"那时，好多农村人还不知道啥是"包裹"，就有人好奇地问。蒋天朋的大儿子蒋士才说："就是外面的人给你寄的东西，不只是信件。我爸就给我寄过。"在这种困难的时候，有人寄东西来，大家都带着羡慕的眼光看着黄正梦。

第二天一大早还未出工，蒋书记就来找黄世朋，问主意拿定没有。黄世朋汇报说："群众一致同意买，有人提议，将吴明礼那三间房卖了，就可凑齐现款。我拿不准，向你请示。"

蒋书记回答："无人房，不是公家财产，有无权利卖，我也拿不准。我去公社开会时，请示一下，晚上回答你。"傍晚，他告诉黄世朋，无人房可以收归队里，可以卖。

黄世朋挨家挨户征求意见，都没钱买，几天了还没个结果。唯独不去征求黄正安和黄正梦两弟兄的意见。要说他家可能买得起，梦娃他这几年不知在外挣了多少钱，从他回来的行为可以看出。况且，梦娃他要结婚，也用得着。队长一是怕上级、队里多嘴的人，说他维护地主。二是这房子是他大老爷的房，大老爷又不是地主，土改时也给没收，本来分了，道理就说不过去。黄家人背着黄正安、黄正梦还议论过，不是自己的，既无权，又不懂上面的政策，议议也就算了。虽然他家不开腔，但要去动员他买，别人还不一定愿意。

黄世朋将征求意见的情况向蒋书记说了，都为难了，命都难保，有钱买房来干啥？外队的，不是你队的人，他买来做啥？只有本队的才会买，而今本队的又无人买得起。大家肚儿都装不饱，就是有钱也不会拿来买房，况且都没钱。两人磨去磨来，磨了好几天，也没办法。最后还是蒋书记下决心了，只有动员梦娃来买，叫黄世朋去征求他的意见。

黄正梦一家人也犹豫了。他们倒没想到，大爷的房产该不该没收这一层。想的是，如果买了，别人会怀疑你哪有那么多的钱，弄不好招来灾难。眼下刚买了猪，算是支持了队里，如今又要你买房子支持队里买牛。况且大家都穷，就你有钱，就不遭人记恨呀！而今，虽然地主分子的老爸、老妈去世了，但地主成分没去掉，始终让你抬不起头。住着草房，过点平静的日子，何乐而不为？

他们看到蒋天友被不明不白地逮走，他还是贫农，又是副队长，他犯了哪一条规矩了？以自己的家庭成分，一句“只准规规矩矩，不准乱说乱动”常惩戒他父母的话，总在他耳边萦绕，这无意中已成了他做人固守的第二条道理。他读书的憧憬破灭了，要想正当地带着户口离开黄家湾，只有当兵保卫祖国，而他背着地主崽子的名分，没资格，报效无门了。他的梦，只有在受着各种限制的黄家湾，规规矩矩，凭劳动过日子，走完漫长的人生路。再花钱买房，还不知要犯到哪一条呢，父母的房都被没收了，又买来显耀呀？就是为做好事，帮队里解难，把自己套起来咋办？正如大哥说的：“原来斗争你，他们搞拐了，如今又来求你，你好过了，又来斗你，说不清楚，还是住茅草房心安。”

后来不仅黄世朋几次找黄正安、黄正梦磨，蒋书记也找他们做工作。还是禁不住情面的磨，队长是他们二爸，蒋书记虽是他家的远亲，但他对他们处于无奈时也有关照，比如安排黄正安去炼钢铁。况且二爸、蒋书记一再说是请示了公社的。中国的农民，别人给了一点好处，总会碍于情面。一家人就犹豫了。

最后还是黄正梦想到一个办法，说：“我想，买就买，二爸、蒋书记，人大面大的，不买也不好。队上确实需要有一头牛，当做件好事。已说了，只要500元。怕别人乱说，我们就说我们也没那么多钱，只好找二爸、大姐他们借，你们看行不行？”

“弟娃的意见，我看可以。怕，要整你是要整你。不怕，你要整就整，我去住，我就是一个人。反正也安不起个家，住舒服点，也不枉变一辈子人。”

黄正梦想不到大哥有如此气魄，就问：“你不怕被斗吗？”

“蒋书记都出面了，就说是我个人借钱买的，要他们给个契约，写在我名下，与你们无关。要斗就由我顶着，所以我就不怕了。”

奶妈也说：“就在侧面几步路，比对面方便多了，一家人好过日子。安娃的想法对，对面的灰屋以后就用不着改造了。”

妹儿也表态了：“我不懂，哥哥们拿主意。”

黄正梦立即就给大姐去信，请她汇500元回来。来去不到10天，大姐的汇款就到了。汇款单上收款人写的是黄正安，黄正安拿到汇款单，还未回家就去交给队长，约好时间一起去取款。这样全队都知道，黄正安是没钱的，他是借的钱，这个房是黄正安买的。他们还对黄世朋说，大姐的信上说，她借了200元，找二爸也借了300元，凑合的。取款后，黄正安对队长说：“二爸，我交了钱，你们应该给我个契约，名字就写我的。”

队长黄世朋完全理解他的意图，他一家人挨整是挨怕了，队里应该把手续办齐才对得起这家人。于是说：“没问题，办不好，钱我退给你。”

他找到黄正才商量，黄正才说：“他们出面买，是要谨慎，不知吴明礼土改时的房契在不，找一下，找不到，就参考那时的房契写一个，由队里、大队、公社给别人监个章，才合法。”

黄世朋完全同意，于是两人去吴家翻了个遍，终于找到了当时人民政府发给吴明礼的房契。黄世才就说：“有了契约就好办，干脆由生产队写个请示报告，附上这张契约，由大队、公社盖章，就合法了。他们拿到共产党政府的红印，以后再有啥事，是你共产党盖了章的，我们队上也不承担啥责任。”

黄世朋高兴地说：“大侄子想得周到，就这么办。”不到三天，手续就办下来了。

终于，由公家没收了的房屋，又由本家花钱买下，物归原主，牛儿也牵回来了。

买卖成交后，黄正梦与大哥去清理吴明礼的住房，除了几件破烂不堪的衣物，几个破的土碗外，就是几件大的家具，都是黄家的。一张黄正梦父母用的大花床，一个他们大姐用过的大衣柜，一个他家原来装杂物的柜子，一张小方桌，是比较值钱的。其他还有几个细碗，连一个泡菜坛，都是他们过去用的。黄正安问弟弟黄正梦咋办，买房时并未说包括家什。黄正梦也拿不定主意，但对大花床他十分留恋，那是他三姊弟出生的地方，是他们的根。于是说：“不张扬，土改这么多年了，主人们不会来清理这些东西了。反正是我家的，蒙得过去就算了。”

大哥说：“要不得。那么多双眼睛，总有日怪人，还是给二爸说一声好。我们是地主，惹不起别人贫农。”

“东西我要定了。我找二爸，如果折钱，我给钱就是了，这是父母的东西，做个纪念嘛。”

“你有多少钱？不怕惹事呀？”

“我欠账总可以了。这么大架床，除了两家中农，哪家有那么宽的屋安得下，就留在这里你用，睡着父母的床，温暖点。”

“我才巴不得呢，你要想好。”

黄正梦转身就出门找队长，天已黑了。他找到黄世朋，就说：“二爸，向你汇报一件事。”

黄世朋吃了晚饭，刚丢下碗，就叫黄正梦坐，并问：“这么晚了，有啥事你说就是了。”

黄正梦就直截了当地说：“我去打扫吴明礼的房时，有几件家什，是我们家原来的，包不包括在房价里？”

黄世朋也毫不犹豫地说：“当然包括在里面。当时卖房是蒋书记的意见，还不嘴里说了算。虽然契约没立上这些，就当是我说的。别人问，就说是我说的，我想蒋书记不会有二话。”不等黄正梦再接话头，老辈子就把责任担了，这显然是维护着黄家说话。其实后来，谁也没为这事咂舌头。

黄正梦激动地说：“那就谢谢二爸。”

“谢啥。我才得谢你呢，你不枉去外面跑了几年，不仅保住了自己的命，回来才一个多月，为全队解了困，大家都谢你呢。”黄世朋说出了心里话。

黄家两弟兄将原灰粪房的两架床、两个柜子搬了过去。将吴明礼母亲睡的用两根木棒捆的床拆了，安了一架床、两个柜子，黄正梦住这间屋。两弟兄都觉得吴明礼不是个“东西”，他自己睡高级床，母亲睡木架。另一张床放在吴明礼的厨房，堆放一些杂物。原吴明礼曾住过的屋，大花床、大衣柜、柜子不变，由黄正安住。大哥要弟弟住，黄正梦推辞说，反正他结婚后都要过去住，不然妈妈要怄气的，黄正安就没话说了。其实黄正梦心里想的是，如果大哥安了家，就让哥住这三间房，他心里才踏实。

黄正梦回来一个多月，不管是本家姓黄的，还是外姓迁进来的，因在苦难的折磨中，他就为队里做了三件好事，为队里解了难，虽然他是地主崽子，贫下中农们已经另眼看待他们一家了。由无名的仇恨，变成了尊重、羡慕。这种在灾难中产生的邻里情感，是牢固不破的，淡化了人们心中说不清的剥削、阶级概念，让他在祖辈栖息的黄家湾有了立足的根基。

第八章　成家

过了几天，黄正梦打开包裹，是二爸给他寄的一大包书。都是一些普及读物，有果技、畜牧、水产、农作物等基本常识的书，特别是他在果园里读过的书，都寄回来了。二爸写了一封长长的信，多是告诉他学习的方法。特别是知道他要安家了，二爸很高兴，祝福他平安就是福。土地管他的、你的、公家的，守着过日子总有出路。让他不理解的是，原来父母、长辈都教他学习二爸，有能耐，离开黄家湾的黄土地。而他现在，是因无奈才守着这一片黄土地。不过他相信二爸，二爸一语重如山，他是有学识的。

小春收获了，黄家湾的户户农人才算真正逃过了“困难时期”那一劫数。管它是麦面粥粥、麻豌豆粥粥，反正肚里有了粮食，得肿病的人也慢慢好了。连大腿也有劲了，黄家湾才真正有了生气。

黄正梦与妹儿的婚事也该办了，令一家人为难的事就是请客。按农村的风俗，请几桌客是常事。黄正梦不是请不起客。矛盾就在婚姻大事不热闹一下，别人会瞧不起你。自己是地主子女，去请别人，也不会瞧得起你，就是外姓的几个同龄人，小时青梅竹马，被划为地主后，也少有往来了。一家人酝酿了几天，最后还是奶奶说：“梦娃，我们本来就是穷家小户，用不着讲排场。我与你叔，就是你二爸主持。就请黄家的几个长辈见证一下就行了。看请不请妹儿她两个舅舅、你的舅舅。娘亲舅大嘛!”

“我们舅舅、姨爹十多年都未往来了，不知还在世不?”黄正安摇着头说。

妹儿搭腔说："我舅舅也就不请了，办完婚事，我与二哥去走一下亲，不就行了。"

黄正梦才勉强说："那就简单点，按妈说的办。大姐、二爸那里，以后写封信就行了。"这时，黄正梦才真正感觉到自己在黄家湾地位低微，原想做个人样，是不可能的。他才说："请客，就有劳妈了，你老人家经历过。"

傍晚，秀嫂子去找黄世朋，一是请他主持婚礼，二是请他开个证明，好去公社领取婚姻登记证。她小心地对黄世朋说："他二爸，你原答应的，为梦娃主持婚事，我想趁小春已收获了，把他们的事办了。妹儿还差两三个月才满十八岁，办手续不知行不?"

黄世朋很爽快地说："没问题，自己屋的事，该我做的。差两三个月，开证明时，把出生时间提前几个月不就行了。我去找蒋书记盖章，明天早晨你来拿。"

秀嫂子又问："请不请蒋书记？你知道，他是他家远房的亲戚。"

黄队长迟疑地回答："我找他盖章时，征求一下他的意见，行，我就帮你请了。"

"那才好呢。"秀嫂子高兴地回答后就走了。

秀嫂就挨家把黄世和、黄世平、黄世朋、黄世友四个老辈子，几个婶娘，黄世喜的老婆都大嫂、黄世和的老婆李大嫂、黄世平的老婆刘大嫂都请了。黄家的晚辈都没请，完全按她当年的规格请的客。

她又暗地里找黄世平择一个黄道吉日，因他是猪、牛编儿，见识多，对阴阳之道也懂一点。黄世平说："我也是个半罐水，懵懂大吉利，自己觉得哪天合适，就定在哪天。"说农民迷信，也不尽然。

这天下午收工后，请的长辈们一个不缺的来了。没有洞房花烛，没有黄氏祖先牌位，更谈不上唢呐花轿、鞭炮红盖头。秀嫂子的家，堂屋正面墙上挂的毛主席和朱总司令的半身头像，还是20世纪50年代贴的。虽然纸色已橙黄了，但还无缺损。黄正梦与妹儿收工回来换了一套新衣服。临开宴前，黄世朋代表黄氏长辈司礼。亏他想得出，一拜天地，一对新人朝着墙上的领袖像三鞠躬，领袖代表天，因唱的是"东方红"嘛，香火祖宗没了牌位，先人的魂魄游离在门外，接受儿孙的拜礼；二拜高堂，朝着奶妈三鞠躬；三是夫妻对拜，就结束了。算是一个俭朴的、革命化的婚礼。那是：

司礼拜堂无祖宗，油灯代烛照样红。

唢呐花轿藏何处，一对新人相股肱。

宴席不满两桌，六个男人围坐一张四方桌，黄世和、黄世平年长，上首座。黄世朋、黄世友两弟兄下首座。黄正安、黄正梦两弟兄，晚辈的打横座。五个女人在小方桌，就不讲究座位的礼数了。桌上的菜肴主要是一大钵青辣椒烧的瘟猪儿肉，显然是在自由市场买的。炒鹅蛋、炒花生米，几盘新鲜蔬菜作配。一盆黄瓜鸡蛋汤下饭。秀嫂子说，花生米是去年分的，一直留着的。男人桌上几瓶红苕酒，可尽兴享用。男人们喝着大碗的转转酒，先是礼让客气，摆着龙门阵。后来酒兴上来了，干脆各人一大碗，尽兴地喝。

黄正梦双手端碗，举过头说："承蒙老辈子们的关爱，我黄正梦才安得起这个家，首先敬各位长辈。"

黄世朋也端碗起身："两位大哥，老三，我们一起祝贺梦娃，也祝安娃早日有个好日子。"

大家又吃菜叙话。年近六旬的黄世和语重心长地说："我们黄家湾人不穷，就是不大发人。现在黄家在这湾立户的就五户人，不容易哟！梦娃安个家，应是我们黄家之幸。都要感谢秀嫂，不然，黄世善一门就难啦！"于是大家都转过头去，黄世朋说："秀嫂，黄家绝不把你当外人，谢你了。"

秀嫂子高兴地说："还不是好得你，不然咋个办得成。你要多喝碗噢。"于是大家都举碗敬黄世朋的酒。

黄世平说："姓蒋的，就看蒋天友为人心善，就是命不好。那几家外姓，都是忠厚老实的庄稼人，老哥说得好，姓黄的这几家人，要团结就不吃亏。"

黄世朋说："要说，梦娃来当这个队的家最合适，有劳力，有心计，会盘算。我只是在庄稼上懂得些，当好一个队的家，光有这些不行呀。可惜你就是成分不好。黄家湾的人没这个福分，换粮、买牛，不是梦娃，这个难关咋过吗?"

黄世平说："还有买母猪、起猪本。梦娃，这头一窝猪仔，先满足黄家的，你要抽姓黄的一把。"

黄正梦说："没问题，都大娘家，就是赊，我也给她一只。"

都嫂子起身说："梦娃就是好，就像你爸。给我喂一只，大了，你的本钱，我不会少你的。"

黄世朋问黄世平："你看，这窝能下几只?"

黄世平回答："我摸了几回了，我估计，不下七八根，黄家的都有猪源了。"

"好，外姓的就等下窝吧。平哥说得对。"黄世朋激动地说，又补充一句，"不过，蒋天友也是有功劳的，不是他，老菜叶子收不起来呀。"

黄正梦说："等他回来了，我送他一头小猪。"

大家都说对，做人就要记情。一场喜宴，就把话题扯到猪头上去了。可见农家人把猪看得多么重要，是他们过日子种庄稼不可缺少的一部分。

春风拂面农家欢，一对新人十五圆。

老少筹谋新日子，猪儿繁衍盼来年。

今年的小春收获，是公社化以来最好的年景。去年伙食下户后，人们拼着老命抱着希望种的，终于不负有心人。虽然上缴任务未减，家家柜里都装上粮了，俭省点，接大春收获不是问题。大春播种栽插正忙，种植计划仍是国家层层下达任务指标，农民无权过问，他们唯一能做的，就是曲大爷建议的，在背阳土种那五亩增加的棉花。

而自留地的种植计划，就是农民自己的事。说实话，人均两分地，种菜只需很少部分就行了。黄正梦一家八分自留地的种植安排，摆在众人面前就大不一样了，让好多社员傻了眼。

为着种植八分自留地，一家人争论了几天。生产队是粮、经的矛盾，饿怕了的农民都想多种粮食作物，少种经济作物。但无奈于国家计划，只好不开腔。而自留地不是粮、经矛盾，围绕着猪，转化为菜（包括饲料）、粮矛盾。特别是黄正梦家，上有妈和大哥，下有妹儿，都有发言权，谁的正确，哪个下决断呢？他与哥一样，是身强力壮的主要劳动力，除生产队里安排的重体力劳动外，早晚就按规矩在自己的自留地里劳作，家里事务由妈妈与妹儿操持。一家人总得有个主心骨，黄正梦成家了，他自己觉得挑这个担子是他推卸不了的。

他不得不去面对一家四口人，筹划一家人长久过日子的事。

除了参加集体劳动，面对八分自留地、三处房屋、三处圈舍、两处没一根树木的荒坡，种什么、栽什么、养什么，都不受国家计划限制。在这个政府给的规矩里，他可以动手动脑。如今房屋、圈舍、自留地、山坡是自己的，在这个规矩内，搞好了也有利可图。

他是个聪明而又善思考的人，他可以做到对外不说话，过去母亲常说“祸从口出，病从口入”，自从母亲去世后，他就认真守着。但不要他动脑，他办不到，否则，他流浪中就不会在城市夹缝中生活，留着这条命。如今政府政策变了，有自留地、有住房、有圈舍、有山林，这个规矩内，已不再是夹缝，他不再是蚂蚁，可以正大光明地在这个规矩内动脑了。其实在他脑子里，他与一般农民一样，是以公社化大兵团时的打人，伙食团里饿肚子、瞎指挥、搞生产的年代为标尺，看待从伙食下户一直到改革开放，政府的政策都是一天一天松动。调整也好，后来的改革也好，尽管当中有反复，但他心里明镜似的高兴。政府过去错了，但只要改，就是在纠正自己的错误。农民才不计较你口头上咋个说呢，只面对现实，好了就行。

首先看到三处圈舍有两处空着，照理养猪不仅自己有收益，也有利于集体种庄稼。要养好猪、多养猪，得解决饲料问题，集体分的粮和副作物有限，只有在自留地里想法、做文章。

黄正梦只好按自己的思维，反复算账给一家人听。他说：“自留地种粮不划算。生产队种那么宽粮食面积，我们要争取多分粮。分粮靠的就是工分和投肥。我们四口之家，两个主要劳力，一个附带劳力，已是强劳力户了。如果再喂两头大猪，它对生产队的投肥又可当一个主要劳力，分的粮完全不成问题。”

大哥说：“喂大猪不要粮呀，猪吃了，人吃什么?”

“猪吃的多是粗粮，喂猪投肥也要分粮，又没说猪投的肥只分粗粮不分细粮。人就可多吃细、少吃粗。猪的肥料不仅分粮，年终决算，还可分钱呀。”黄正梦解释说。

“劳动日那么少，也分不到什么钱。”大哥又提出问题。

“劳动日算得少，是对人的劳动说的。那是个变数，而猪的肥料，是上面定的价，是个不变的数。”黄正梦又耐心地解释说。

“喂一头肥猪，能赚多少钱，你算个细账?”大哥又提出个问题。

“过去农民喂猪，种自己的地，图的是肥料，并没想在猪身上赚钱，再有个图的是零星积累存钱，不要把潲水、苕藤及菜叶抛撒了。如今卖头肥猪，国家是个定价，以这个为准，我算了一下，猪吃的粮和自留地产的青饲料，也按国家的牌价算，赚不到钱。但从另一个角度算，就有赚头。猪拉的粪，投的也是钱，分的粮是它自己赚了一部分，人就是投劳。但卖了它，得到的几十斤肉票，在自由市场的价是多少，这就是我们净赚的了，何况国家还要返销部分饲料粮。有了它，一家人的油荤多了，身体好了，日子才有奔头。一家人全靠黑市肉票打牙祭，不要钱吗?”黄正梦又解释。

妈妈、妹儿，只在侧边听他俩兄弟争，搭不上腔。总觉得黄正梦的算盘打得细，有道理，自己又不好表达。原来杨崇正在世时，20 世纪 50 年代自己种地，操持家务，从未这样算过账。大哥说不过了，才把话题转到妈身上：“我说不过你，听妈的。”

妈看着两兄弟，就像看到希望，各人心里都会盘算，就觉得家里有了主心骨。黄正安的盘算，与黄家湾农户的观念差不多。黄正梦说的都是道理，算的细账，无可挑剔。犹豫了很久，才说：“梦娃说的有道理，我不会算账，你读那么多书，相信你没算错，就按梦娃说的试着做嘛。”

黄正梦才又说：“八分地，留一分地种人吃的精细一点的蔬菜。其余的地，以种猪饲料为主，兼种一些粮食作物。我想马上再买一头青猪，到年终，就可出肥，过年就不愁没肉吃了。本钱就不说了。分的豌豆，人就不必与猪争食，用来摊养即将下的奶猪。把队里分的种红苕头，全栽种在自留地里，再发些红苕藤作为猪的青饲料，没想在自留地里收红苕。余下的地，全种一季玉米，它的生长期比红苕短。玉米可以两用，人粮不够可人吃，人粮充足，就是猪的最好的精饲料。收获后，一半种牛皮菜，一半种红萝卜，就保证下年的青饲料了。如果充裕，可再买一头青猪，反正不能让圈舍空着。”

大哥也没二话了，就表态：“想来也是，只要政策不变，人不会饿肚子，就是吃得好点、差点。按弟娃说的办，种自留地以我为主，喂猪就看妹儿你了。”

妹儿兴头也来了，就说：“没问题，妈管人吃，我管猪吃。不对的，还是要妈来指点，你是老饲养员。但集体的猪你没喂好。”

妈打着妹儿说：“死丫头，集体时人都饿死了，猪不被饿死呀?”

一家人终于达成统一的意见。

队里的人看到这家人，把队里剪了红苕藤后分种的红苕头，全部重新栽在自留地里，各家都是用来掺在粥里吃了的。懂不起的，就问秀嫂，她回答：“你看我家那头母猪，怀生大气的，缺青饲料。”小麦收后全种的玉米，各家都是与队里一样，红苕套玉米，因玉米产量不高，红苕产量高。在四川农村，红苕要当半年粮。这一步也未引起人们的注意。问题是，下年收了玉米后，全种的早牛皮菜和红萝卜。而家家都是挖了红苕后，像队里一样多数种的小麦。他家的猪崽都卖给黄家的了，也未收回几个钱，还买了一头七八十斤的架子猪来喂。到了年终分配时，劳动日才投一毛五分钱，好多家里都未分到现金。而黄正梦一家，钱没分多少，但粮食数他家人分得最多。新年要到了，全队就他一家人卖了肥猪，换来几十斤肉票，才像过年的样子。卖了一头肥猪，马上又买了两头青猪，三个圈舍都不空了。全队由政府照顾困难队，发了半斤肉票过年，供应的都是盐肉，不知是从哪里调来的，都哈喉了。

黄世平与曲仁海喂的队里折价猪，始终抽不起架子。黄世平懂得起，他的早就得瘟病死了。趁时，在黄正梦那里逮了两根仔猪，付了一半的钱。到春节已喂成架子猪了，算他有经验。曲仁海去问黄世平，黄世平才告诉他："就像人一样，小时受损了，始终长不高，你再喂它也长不高，未必你要当老人养它。"曲仁海才懂得了，想杀了，又怕遭私宰生猪罪。无法，悄悄地推到粪坑淹死了，对外说晚上那瘟猪掉到粪坑淹死了。一家人劳累一年，也算有猪肉过年了。

决算时，会计黄正才终于明白了，劳动日那么可怜，挣工分，不是图钱，而是挣粮，养猪投肥，也是挣粮。猪肥了就可换钱，两全其美。他对其父说："看来梦兄弟有脑壳，会盘算，多读点书是不一样。"

他父亲说："你说得对，他种自留地我就看出来了，他是在生猪身上做文章。我家底子薄，明年把这两头催肥了就有本钱了，也要买头母猪喂，再喂一两头架子猪。摊仔猪不划算，那是小户人家干的，你说对不?"

做会计的儿子说："开年后，我们也好生计划一下一亩多的自留地，把猪养好。"这一家典型的自给自足的中国农民，对农村种地、经营、过日子，有的是一套。所以"土改"时被划为中农，真是名副其实。黄正才比安娃大，20世纪50年代，一心想考初中，就是老子不同意。18岁，他父亲就找人说了门亲事，把家给他一安，就拴住了。

黄世平家几辈人独子，就是靠守着祖上十多亩地，过安稳的日子。虽然困难，但他保住了两个孙子，这是最开心的事。这是他的本事，他能说会道，就是军事化年月，哪个大队买耕牛，还是迷信他，要他当说客，得到好处。哪怕外面得到一点猫食果糖，一包瘟猪儿肉，都带回家给两个几岁的孙子。当他听到儿子懂得了盘家养口的门路时高兴，自己已五十几的人了，这个家有望了，祖辈的单传到这一辈，有两个孙子，死也瞑目了。他回答儿子说："你该学着了，你还未当过自有田土的家。你要与梦娃多接触，向他讨教。那个娃儿，比他老子强，他老子有心计、善良，但处事的胆量不如儿子。这是他在外流浪被逼出来的，不是如今讲成分，那个娃儿肯定有出息。如果有读书的命，不亚于他二爸。"

两父子商量着，筹划着明年自留地的种植计划，家禽家畜的养殖。

年关将近，秀嫂子用芭蕉叶子包了两斤肉，用围腰统在面前，趁下午未收工，去到蒋明士盖匠师家。恰好他年老未去出工，就给他。蒋明士感激地说："你们太客气了，我怎么受得起哟！"秀嫂子接过话说："蒋师傅，不是客气，士元他爸，好人啦，蒋天正刚去当兵，就留下你一老一少，也得过个好年，我只是一点小意思，算个啥？以后有啥事，就说一声。"

蒋明士说："我没啥回报的，妹儿快坐月子了吧，我就祝她母子平安，空口给你家拜个早年。"

秀嫂子高兴地回答："谢了，还早呢，才 6 个月。"

蒋明士又说："我相信，好心人总有福的。"

秀嫂子一出门，恰好碰上蒋天才的老婆邝嫂，她阴沉着脸，招呼她也爱答不理的，秀嫂子就出大院门了。蒋天才被判刑死后，邝嫂带着 16 岁的蒋士茂，日子过得十分艰难。家无主心骨，工分也挣得不多，自留地也种得不好，家庭副业也发展不起来，队里人也没把她放在眼里，就像黄家湾没这家人一样。这也是前人造的"福"，后人来乘"凉"。

1963 年，开春不久，杨小妹坐月子，生了一个儿子。黄正梦家的母猪下第二窝仔了，一窝 9 只，真是双喜临门。黄氏家的都来朝喜，多是送十来个鸡蛋，在当时已算不错了。黄正梦的婶娘都大嫂对黄正梦说："梦弟娃，我家欠你的猪儿款，我要拖一段时间，你大弟黄正兴说了一门亲，过了礼，手中就紧了。"

秀嫂子在侧面听说，就抢口说："这是好事，没问题。我家的事，他世喜叔过去帮了好多忙呀！"

黄正梦也补充着说："妈说得对，你有什么困难，说一声，侄子办得到的，一定尽力。"

都大婶抱着奶娃，高兴得合不拢嘴，问：“取的啥名儿，给大奶奶说，真乖，像她妈。”

黄正梦就回答：“我立个门户，好难哦，取的立娃，就叫黄兴立。”

都大婶说：“取得好听，不愧你爸是个读了几年书的人。”她又对秀嫂子说：“把你累得，要照顾月母子（俗话，坐月子的女人），又要照顾一窝猪仔，有啥事需要出力的，就说一声，叫正兴、正荣跑跑路嘛！都是一家人，莫见外。我家二嫂子蒋天容生农娃，常是我代劳。”

秀嫂子说：“你也不容易，太麻烦了。正才媳妇晚上常过来帮一会儿，就过了。”

说曹操，曹操就到了。正才媳妇晋良秀，人未到声音就到了：“立娃乖不乖，怎么没哭呢？”一进门，又叫：“姨娘，立娃洗屁股没有，我来迟了。”晋良秀娘家的妈也姓刘，与她的公婆刘大嫂、秀嫂子是远房的姊妹。

妹儿在里屋说：“妈已把水热起了，还未洗呢。”晋良秀抱着立娃进里屋去了，都婶也走了，秀嫂子就去照顾一群猪仔。天都快黑了，黄正梦和黄正安还在自留地里忙着。

第二窝猪仔出窝了，生产队的几户外姓，先后都来逮了猪仔，蒋明士爷孙俩，无钱，秀嫂子还主动要他来逮一只，钱以后再说。唯独邝嫂不来。因他男人打死了黄正梦的母亲，不好意思来逮。才由黄世朋出面，因黄世朋的媳妇蒋天容是蒋天才的妹。队长黄世朋晚饭后就到黄正梦家，他们正在吃晚饭。一进门，秀嫂子就请他坐，黄正梦递上一把叶子烟，请二爸自己裹烟。黄世朋抽着烟，心想等他们一家吃完饭再说。黄正梦已猜到八九分了，就说：“二爸，你有事？”

黄世朋才开口说：“当然，无事不登三宝殿。梦娃，我知道你是大人有大量。邝嫂家母子俩日子也不好过，不喂点副业，劳动力又弱，这日子就难了。我叫她来逮根猪儿回去喂，她就不好意思来。只好我来，不知我这个二爸面子如何？”

气氛沉闷了，后来还是秀嫂开口了：“他二爸，没啥子，我想，前世的冤家，今世也不宜结，还有三根，她要，就逮一根嘛。”

黄正梦才说：“就看二爸你的面子，你帮我那么多，你都出面了，我还有啥说的呢？”

对外很少开腔的黄正安也说：“就看二爸的，人与人之间，我就看不透。当做善事。”

黄世朋高兴地说：“我代表她感谢你们。明天早晨，我就叫她自己来逮，行不？”

秀嫂子说：“没问题，她不好意思，我给她送去也行。”

等黄世朋走后，她又对家里人说：“那个天收的，已遭报应了，就不记在心了。那娘儿俩也造孽，就当做好事。”

第二天一大早，邝嫂兜着10个鸡蛋，说来看妹儿母子俩。秀嫂子将她让进门说：“你破费了，你都那么困难，何必客气呀。”

邝嫂激动地说：“我那死鬼男人造孽，让我母子不好见人了。你们大人不计小人过，我只表示点心意，不好意思。”

秀嫂子宽慰地说：“莫说那些了，三亲当不得一邻，还有三根猪仔，你看起哪根，就逮哪一根。”

邝嫂又说：“我东拼西凑，才凑合30元钱，不知够不够？”

秀嫂子接过钱，说：“不说那些，逮就是了。”她心里明白，先逮的那几根，都是过秤，在40元左右。剩下的三根，吃亏也不大。邝嫂高兴地搂着猪仔走时，她还叮咛邝嫂，对外就不要说你才给30元钱。邝嫂当然懂得她的意思，就说：“有空就到我家坐坐。”

她刚出门，就碰到黄正安和黄正梦从自留地回来吃早饭，不好意思地招呼他俩早。黄正梦和气地说：“好好喂着，有什么问题，多问世平大爸。”望着她离去的身影，黄正梦心里咕噜着：“我才不跟你那男人一般见识。”

1963年，是黄家湾最有生气的一年。

经过灾难年代折磨、去年救命、恢复生产、相互扶持、蒋天友的冤屈后，黄家湾的人际关系又恢复到20世纪50年代中期。不为哪个当队长去施展心劲。要过日子，还是靠邻里的和睦相处，相互支撑，才会渡过难关。为人总往善处想，这个传统理念，又调节着人际关系。

从1961年下半年起，伙食下户，恢复按劳分配，经1962年一年的垫底，1963年家家都喂了生猪，副业也得到发展，农业生产也有好的收成。不仅柜里有粮，窖里的红苕都满满的。虽然劳动日才三角，决算时找补的户也少了。加上副业发展了，家家有粮有钱，虽然多少有悬殊，但过日子有盼头。修补房屋的、置新家具的，就有好几户。二十几岁的小伙，结婚的，就有黄正兴、黄正成、曾元盛、刘代祥，谈亲订婚的有蒋天正、王正元。黄世友去当兵，临走时说亲的也上门了。这些都是好兆头。与黄正安同龄的，有几个结了婚，都是新中国后翻身的贫苦农民子弟，过上了好日子。唯有黄正安仍然单身，心里着急也无办法，就因成分太高，无缘。

而今与黄正梦同年的，还有蒋士才无人提亲。因母亲困难时期饿死了，就留下他与弟蒋士理两弟兄过日子，家里无人料理，副业也发展不起来，就凭劳力，队里分多少，就吃多少。前两年，不是父亲带点粮，也会饿死。如今好点了，其远在成都的父亲也就管不了那么多了。再加上亲老辈子蒋天友又被劳改去了，更无人呵护，一头的癞疮，无人帮忙医治。从小养成一些不良习惯，比如，不对就骂人，而且不分青红皂白。

与其同样情况的曾元盛、曾元云两弟兄，父母饿死了，也是两弟兄过日子，大的曾元盛结婚了。虽然媳妇不强，但总有一个女人在家煮饭、洗衣、简单料理，还可养子，总算还像一家人。这都靠他老子、老娘，新中国成立前后住在黄家湾，虽是外姓人，黄家的长年，但为人忠厚，与人和睦相处，难免有些好处往来。他两老虽然去世了，但活着的人往往会记得他们在世时的好处与情谊，总会报答他后人。这就是秀嫂、王善勤的老婆杨嫂，还有都大嫂、刘大婶，这些好心人平常料理家务的常识，常常提醒他们，为人处事，不对时呵护他们。衣服烂了，常给他们缝缝补补，虽是旧点补丁多一点，穿出来也像个人样。加上他俩弟兄也像他老子，为人忠厚诚实，肯帮忙，哪一家有点事，要出点力，从不吝惜。今年就是几个老少女人，我串你，你串她，亲串亲，就给他说到一个女人。大家出东西的、划策的、跑路的、请客的，就把婚事办了。

刘本经两个儿子安家也是一样。他虽然 1957 年挨斗，大儿子安家时，也是由他老婆与几个女人就把婚事说成了。这次老二安家也是一样，老交道的几个女人，并未忘旧情，老嫂子虽走了，几个女人更是把老二的事当成自己的事操办了。让刘本经心里乐得在几个老嫂子面前点头哈腰，失去了他年轻时的阳刚之气，把几个女人笑得合不拢嘴，还常打趣他：“你这个牛绷筋，莫忘本哟!”刘本经点着头说：“那是，那是。”

在农村，人们常说没女人就没家。天工造物，就是阴阳平衡的。有男人，就有女人。不说繁衍后代，就是过日子，没女人的男人，没有男人的女人，这日子是没法过的。在农民心里，千百年来，女人和男人的地位就是平等的。女人在家里地位不平等，是那些大户人家的事。女人和男人，不论美与丑、笨拙与聪慧，对农民来说，要互为配偶，才会有日子。地里种庄稼，家禽家畜饲养，日常生活的料理，总是配套在一起的。再阳刚的男人，再乖巧的女人，单身一人，不仅庄稼种不好，日子也是过不好的。在农村，男女相配，既不是靠暗送秋波、书信往来、心心相印、自由恋爱，也不是全靠父母之命所能实现的，都是靠那些成熟的女人，按门户相对，各人条件相当，撮合而成的。由于男女比例失调，没有嫁不出的女人，只有接不到女人的男人。男人只有两种情况容易单身，一种是得不到成熟女人同情的男人，比如蒋士才这类男人，一种是社会对他们的不公，比如黄正安。

黄正安，要说人才是人才，劳力是壮汉，为人忠厚，脑袋也不笨，就是因为出身地主，那么多女人为其撮合，就是不成。黄正梦，不是秀嫂记着前人的情，不懂人间政治，也与其哥一样，配不到一个女人。黄正安虽然没安家，但生活在有女人的家里，重体力劳动后，有口现成饭吃，衣脏了有人洗，破了有人补。比起无娘、无老汉的曾元盛、曾元云两弟兄，蒋士才、蒋士理两弟兄，还是好多了。虽然生活中的那个人没有，但过日子也不错了。为此事，秀嫂子暗地里找了几个算命先生，为其问祸福吉祥。都说他前半生无灾无福，后半生有福。她就常用这句话安慰他，让他宽心点。

人生苦短有人牵，相配阴阳前世缘。

汉子单身谁说定，当今不问问神仙。

黄正兴结婚时，黄正梦一家人都被邀请了。没有花轿，但鞭炮声、唢呐声，把气氛搞得很热烈，与黄正梦结婚相比，就是天渊之别了。婶娘特别把黄正梦安在与长辈同坐正席，黄正梦一再推辞：“大婶，我与晚辈一桌才合适。”

“来，梦娃，同老辈子们，摆摆龙门阵。”黄世平、黄世和都同时招呼他过去坐，黄正梦才去正席打横座入席。

婶娘都大嫂拉着他的手对几个老辈子说：“大嫂子辛苦把灰屋修整好了，没享受到。如今秀嫂又让给我的正兴做新房，不然找不到生根的，这婚还结不成呢！”

黄世和接口说：“就是嘛，梦娃与世善哥一样，一生仁厚，这个家家风好呀！”

黄世平也说：“你家两代人，都受到大房的关照，我心有余而力不足，都嫂子莫怄气哟！”

大家喝着转转酒，拉起了家常。黄世和又说：“一家族人，总得有两个叫鸡公，解放前，我们这房叫了几年就咽气了。后来，大房的两弟兄顶上了，撑着一个姓的人过日子。如今就看二弟黄世朋和梦娃了，还有正才你呀。”

与梦娃同打横座的黄正才说：“过去是大瓦房撑着茅草房，如今大瓦房不行了，就得靠我们茅草房自己了。”

“有福的人坐富宅，没福的人，坐着也没福。”黄世平接口说。

黄世朋说：“你那是封建。我看还是各人的家风。我那舅子见利忘义，那年，他打了人，蒋书记作为老辈子教训了他，还去公社告状。不是蒋书记，他当得到队长？后来把蒋书记撤了，他也没当上大队干部。最后还把自己的命也丢了。”

“二爸说得对，他是罪有应得，共产党没收他的命，老天爷也不饶。我观察他那儿子茂娃，也与老子差不多，你要多帮着管教啊，快成人了，我看邝嫂管不住嘞。”黄正才接口说。

“你这话，蒋书记也对我说过。我只有动口，他不听也没法，快成人了，我还敢打他不成？”黄世朋摆着头说。

黄世和又说：“现在家法不力了，国法又不管。二弟说的也是，蒋木匠是他蒋家的总老辈子，都没法，你把他怎样？家有不幸，大爸黄理富就有能耐。他吸取我爷的教训，硬是把大哥黄世章给丢翻了，教育了整个黄家人。”

黄世平又接口说：“解放前，蒋木匠在蒋家也说不起话，解放后，当农会主任后才说得起话的。主火的是蒋天才的爸，靠的是霸道。那一姓人，就看蒋木匠、蒋盖匠有手艺，常在外学到些人情世故，不然求不到吃。”

黄世朋接过话笑着说：“哥老倌，做猪、牛编儿，不是也学到不少吗？小弟还得你多指点。”

“去你的，我只是自己养猪、养牛，摸到点经路。别人客气地找你，不好推辞，久了，就轻车熟道了，这行又没师傅传教，算什么手艺？”黄世平笑着解释说。

黄世朋说：“我不是那意思，今年我们队，快春节了，就看你家、曲仁海家送了两根大肥猪。梦娃家就不说了，送了三根大肥猪，还养了一根母猪。有几家送了一根肥猪，比如我。还有几家没肥猪送，都摊养梦娃第二窝小猪儿，已是青猪了。我是说这方面，你得多指点。”

黄世平说：“那些是你队长的事，我管他干啥？关着门是一家人，你也是四个人的自留地，与梦娃家里原来的一样多。想多喂猪，你看梦娃家里的自留地的布局就知道了。我还在向他学呢！”

黄正才接着说：“我是算账的，懂了梦老弟的板眼，凭劳力和养猪投肥，去集体地里挣粮，自留地里养猪。你看是不，老弟？”

黄正梦点头说：“养猪积肥分粮，是双收，何必在自留地里种粮。集体的肥料多，粮食产量就高，大家多分粮，与自留地种粮也差不多。”

外戚、黄正兴的丈人都大爷，是都大嫂远房的哥，听了好久，也搭腔说：“有道理，我们队那几年家家饿昏了，都把自留地种粮，就没想到多种猪饲料，不重视养生猪。自留地的粮，比集体地里的好几成，肚子饱了，包儿没钱，没油荤抹嘴皮。”

黄世和说：“怪事，天天把主要精力都绑在集体地里，其产量就不如自留地。二弟，你是队长，这是咋回事？”

“简单得很。种和收两头计划是国家下的，谁也不敢动。中间的种植技术，上面仍是行政指导，上面当官的懂完了，不照办，开会就是骂人，我有啥法？不是划拨点自留地，我看比伙食团也好不到哪里去。没有自留地，生猪、副业发展不起来，缺肥，庄稼仍然种不好。比如去年，各家就一点粮，不够，也是野菜代。只是比集体吃大锅饭好一点。不是吗？”

“是呀，你这个队长也不好当哟！”都异口同声地说。

黄正梦陪着喝酒、斟酒。一是自己是晚辈，不好插话，二是已养成少开腔的习惯，绝少发言，听着，心里琢磨着。一桌正席，因东拉西扯，慢慢喝着酒，话就多了，越扯越长，一直喝到傍晚。黄正梦从不凑热闹，也不去闹新房，就带几分酒意回家了。妹儿带着奶娃，他回的是他哥住的、买的吴明礼的房。等他进屋时，哥已躺在床上了。他知道哥的心情，就没叫他，去自己那间临时铺的床上躺下。

红楼梦里泪涟涟，花季钗环笔下怜。

谁晓山湾卧壮汉，种粮辛苦冷床眠。

本有几分酒意，仍是睁着眼，回味着今天的对话，久久不能入睡。凭着他流浪后，养成在夹缝里过日子、爱动脑的习惯思考着。他已是个有孩子的父亲了，这个家迟早要他来撑着，不再是流浪时一人吃饱全家不饥的景况。他要对全家负责，不可能去增加大哥负担。大哥能领着饭吃，有衣穿，全心在家里付出劳动，他已太难为情了。

首先他想到的是，大哥的一生咋过，关键是老了咋过。快30出头了，要想安个家，老弟是无能为力，妈和小妹也尽了力了。为了让大哥过日子有盼头，他才想到将立娃过继给大哥，有了妹儿，自己以后还会有孩子的。就不知妈与妹儿同意不？翻来覆去地睡不着，他终于想到一个办法，让立娃拜大哥为干爹，妈与妹儿都不会有意见，大哥肯定高兴。

其次是，将来有老有小，一大家子人，这日子咋过？靠集体就是一点粮，大量的家庭日用开支，哪里来？他不可能再操旧行当，不说自己出事牵连一家人，就是眼下，还得谨慎做人。自留地就那么多，圈舍就那么两处了，原吴明礼那处还是大老爷的三间圈舍，曲家分了两间，吴家分得一间。要改造一下，还得征求曲家的意见才能改为两间。就是如此，喂食的限制，也不可能有好大规模。于是他想到在规矩内，还有划的柴山林可动脑筋。特别是竹林，竹子卖也卖不到几个钱，自己编点竹篾家什也用不了多少，占那么多地盘。他想到灰屋，虽然借给黄正兴用了，但屋后的几窝竹林是自己的，留着，日常用也就够了。妈这边屋后一大片竹林，占那么多地就太可惜了。而且茂盛的竹林遮着草房，见不到阳光，屋面反而阴暗潮湿，不利于保护屋面。把竹林砍了，虽然不能种庄稼，可换树木品种，这是政策许可的。只有种经济林木才有收益。他想到种果树，这又是他懂得一点的事情。种什么果树，按当地老习惯，果树成熟的时间太长。桃三、李四、柑八年，农家人都知道，所以在本地，新中国成立前后，种果树的很少。田边地角？屋前屋后，都是自生自灭。想到这里，才觉得翻书后再说。一个虚幻的梦，又开始了。

为啥人生常做梦，求生总得难中碰。

桑麻土里发新芽，一梦要圆难捉弄。

土地虽然不再私有，但在集体所有的土地里，农民过着按劳分配的日子，重新调剂着人际关系，开始有了一线生机。各自在人与土地的新的关系中，盘算着做自己过日子的梦。黄正梦也是肉体凡身，他也与黄家湾的人一样，盘算着自己过日子的梦。

第九章　风波

人过日子，有两种说法：度日如年；似水流年。月亮绕地球转，地球绕太阳转，是不变的。何以有两种说法？当日子苦难时，就觉得度日如年，太慢了；当日子甜蜜时，就觉得似水流年，太快了。1963 年，修整房屋的，结婚办喜事的，唯独没有办丧事的，所以，一年的时间一晃就过去了。到 1964 年，就不一样了。黄正梦虚幻的美梦还未开始，一场噩梦就猛烈地闯入了他的梦境。

黄家湾人喜悦地收割小春，播种大春，盼着在眼前稳定的社会关系下，会有更好的日子到来。谁知社会主义教育运动来了，又叫四清运动，重新挑起小小黄家湾人与人之间的社会关系，平静的生活再次波荡起来。

工作队进村，大小队干部都挂起来了，叫“下楼洗澡”。队长黄世朋、会计黄正才、大队书记蒋正理、大队长朱正明都集中到公社学习，交代自己的四不清问题。好像吃供给的公社以上的干部，都不存在四不清的问题。用农民的话说，解放了，国民党的大官都没事，还特赦了战犯，挨整的都是保甲长。就是常言说的“神仙打仗，凡人遭殃”。而今也是一样，不知神仙又要打什么仗了。经过“土改”、合作化、人民公社的折腾，农民已不是那么好发动了。农民还私下说：“小干部才换了两年，又挨整，那几年饿死那么多人，就不弄几个大官来整一下。”

“日他妈哟，刚刚好一点，又是啥屁过场来了。还嫌前几年饿死的人少了，就不让农二哥安稳几天。”

“农二哥又没烧火滥尿，就按倒我们教育。”

“听说反对‘三自一包，四大自由’，是不是要收自留地哟？怕你几爷子不服，才要对你进行社会主义教育。”

“包产到户，有啥不好？你看，自留地就比集体耕地种得好。”

湾里的农民忧虑地揣测着，前几年干部打人，胡乱来，瞎指挥，整社时该撤的撤、该判的判了，罪有应得。未必就是他们才有罪呀，管他们的干部、出馊主意的干部才是祸根。如今的大队干部、小队干部，才领导两三年，日子刚好点，又挂起来了，是何苦哟？

四清工作队进村时，大队的工作队队长姓罗，农民都称呼他罗队长。黄家湾第二生产队的工作队队员姓余，是女的，农民都称呼她余同志。她刚进湾时，农民说她像个黄毛丫头，是由罗队长与蒋书记带着来的。在生产队的保管室，与队委会开碰面会。首先落实一个问题，工作队要与最贫苦的贫下中农同吃同住同劳动，选哪一家最合适，由队委会提供情况。队委会三个人，黄世朋先说：“这个大院的都是贫农，都是住的瓦房，都是土改时迁进来的，住房条件好些。院外的几户贫农都是住的草房，都是原本湾的老住户，都姓黄，条件差一些。看你们选哪一家？”

会计黄正才说：“目前贫农最苦的，就是蒋士才、蒋士理两弟兄了，其次就是邝大嫂家。”

蒋书记说：“不是说目前，是说解放前苦大仇深的贫农。”

副队长被判刑了，一直空缺，队委还有个妇女队长、刘代康的媳妇丁方容，她说：“解放都十几年了，还说那干啥，要说苦，两三年前就是最苦的了。”余同志说她不懂，觉悟低，她就不开腔了。

经过反复研究，选了杨嫂家，她家老雇农，就一儿一女，儿子王正元刚订婚，女儿王正芬才 17 岁。其实最符合条件的是蒋明士家，因为他既是贫农，又是军属。因他一老一少，都是男性，余同志不方便。贫农蒋士才，只两兄弟，也不方便。邝嫂又是劳改犯家属，刘本经家两对儿媳，住房紧，加上反对过统购统销。曾元盛刚安家，还有一牛高马大的单身弟弟。这几家都不适合。大院外的都姓黄，工作队队长心里有数，要摸你队长的问题，当然不能住你姓黄的人家。

罗队长又提出要与社员开个见面会，黄世朋、黄正才、丁方容分头去通知社员开会。见面会上，余同志像背书一样，给大家说这次社会主义教育的目的意义，要坚定走社会主义道路，不能走资本主义道路，不搞“三自一包”，即自留地、自负盈亏、自由市场、包产到户。四清，是对干部清政治、清思想、清经济、清组织。这次运动要依靠贫下中农，防止阶级敌人反攻倒算，希望翻了身的广大贫下中农要积极行动起来，千万不要忘记阶级斗争，搞好生产，参加运动，接受教育。其实她自己也弄不清楚，她前两年初中毕业，成绩不是很好，未考上学校，回家参加了一年多劳动，作为积极分子被抽出来参加工作队的。这次工作队的人全部是从邻县山阴县调来的，她的家就是那个县农村的，这次能抽出来，工作搞好了，她就有可能离开农村当脱产干部，吃公粮、领工资，所以工作就有积极性。由于罗队长没对她的讲话加以补充，因都是上面文件说的，他也不一定吃得透。他是个农民出身的干部，文化程度不高，能识几个斗大的字，与蒋书记差不多，只因运气好，如今已是一个区的副区长了。他们并不知道，这几句话反而把农家人的思想搅乱了。社员们对自负盈亏、自由市场倒不感兴趣，或不懂，对自留地就敏感了。四清中，关于清经济，就知道是看干部有无贪污，占小便宜，对那三清，既不感兴趣也不懂，只对眼前在生产队里日子咋过才感兴趣。

第二天，一伙男人们在田里栽秧，余同志是女的，不可能与男的一同劳动，是听不到的。队长安排了活路，就去公社集中学习去了。大家你一言我一语议论开了：

“看来自留地保不住了，弄不好又要搞伙食团、大兵团。”

“怕不会哟，最多把自留地收了，伙食团饿死那么多人，当官的不会那么傻呀!”

“伙食团、大兵团就叫社会主义呀？老子就不信。”

“难说，不是仍在喊三面红旗么，伙食团、大兵团，不就是在三面红旗照耀下搞的吗?”

“才搞了两年多，队里底子那么薄，队长要吃也吃不到哪里去。工分是月月清，年终分配，会计也是公布了账的。队里买肥料不多，是大家看到的。队里提留多少，也是公布了的。”

“只要保住自留地，队里的经济有什么清头?”

“农民从来就是自负盈亏，伙食团饿死人了，哪个来管？如今生产队为核算单位，不也是自负盈亏，你上面管了个球。”

“如今以队为核算，还不是包产到队，也是包呀。过去包产到公社，还是没整对。”

“历来都说公平买卖，自由市场都不要，都是上头估买估卖，人还有什么自由？那些龟儿子文人，不知道他们要的什么自由，农二哥不换点柴、油、酱、醋，这日子咋过？”

“曲二哥，看不出你还懂得深呢？”

对防止阶级敌人反攻倒算，千万不要忘记阶级斗争，因黄正梦、黄正安两兄也在一块田里栽秧，就他俩的成分高，大家就不好议论。

这一天，黄正梦一家人都沉闷了。没有笑语，没有言谈。傍晚和第二天早晨，常是人们在自留地里忙的时候，不见人影了。只有黄正梦和黄正安两弟兄，仍照常在自留地里忙着，该做什么仍做什么。

队长和会计回来，拿着被盖和碗筷，又去公社开会。听家属透露，要吃住在公社，下楼洗澡，把问题说清了才回家。余同志在杨嫂家吃了早饭，准备与妇女同去劳动，见杨嫂与儿子都不动身，才问：“你们还不出工呀？”

杨嫂才说：“今天做什么没人安排。”

王正元也说：“往天，头天收工时，队长就把第二天的活喊明了的，该干什么的，各人就自动去了。”

余同志可难倒了，就出门看，好几家人都坐在门口等。再出大院的大门，两边茅草房的门口和两座瓦房的门口也一样，她才急急忙忙地去公社汇报。结果，像这个队的情况不止一个。公社分团长回答她研究请示一下再回答，她才去找黄世朋问：“黄世朋，你队里今天干什么，社员都不出工？”

黄世朋愁眉苦脸地回答：“我怎么知道是为什么？我又没把他们的脚杆拴着。”

余同志才说：“我是问，今天的农活做什么？社员都在等。”

“继续栽秧吧，还有十几亩田没栽。叫他们这几天，各人做什么照样做什么。你去看一下红苕苗床，如果干旱了，就抽几个主劳力去灌一遍。其他小活，你就看着办吧。”黄正朋态度端正地回答。

余同志不等公社工作团长回答，就回生产队了。她还算负责，她的另一项工作，访贫问苦还未开始，这项工作就把她这个不懂农业生产的姑娘套住了。她虽不懂，但农民靠种地吃饭，季节不饶人，这一点，她还是懂的。当她找到妇女队长丁方容，按黄队长的安排，正在喊出工时，会计黄正才汗流浃背地回来了。他向余同志汇报："公社安排我与队长轮流'洗澡'，这几天的农活，我与黄队长商量了，我来安排。有什么问题向你请示。"

"那好，你就大胆地安排，我没什么，我也不懂。"余同志心里像放下一块石头，微笑地回答。这下，她可以放心大胆地做另一项工作了，就是访贫问苦，摸清阶级阵线，好开展对敌斗争，对95%的贫下中农进行社会主义教育。不抓紧，公社的工作队分团，大队工作队队长要收集情况时，还找不到汇报的。

她通过走访老贫农蒋明士、刘本经、黄世和、杨大嫂、都大嫂这些无疤无迹的人，掌握阶级阵线情况。

蒋明士问余同志："如今走的是不是社会主义？"

"当然是。"余回答。

"我老婆是三年前饿死的，那时的大兵团、伙食团是不是社会主义？"蒋明士又问。

其实余同志也不懂，回答不上来，就只好说："不会再搞大兵团、伙食团了。"

"既然眼前走的是社会主义，就比前几年好多了，我们是内心拥护的。还搞啥教育嘛，干部都一心想着如何把生产搞好，不让大家饿肚子。"蒋明士说出了内心的话。

"干部没问题就好，是要教育我们贫下中农坚定走社会主义道路，不要忘了新中国成立前的苦。我知道你新中国成立前就是受苦受难的贫农，如今翻身了，就不能忘记过去，不要上地富阶级人的当，一心跟党走。"

蒋明士说了他新中国成立前的苦难经历，并说："走什么路还不是上面说了算，未必我们搬得翻，怎么就没一心跟党走了？1958年那么搞，也不是地主搞的，他们都被打死了。我们队的地主黄世善被斗死了，老婆1958年也被打死了。我们队没阶级敌人了，就按如今好好搞就对了，我们没意见。"

余同志家住农村，前几年的日子也有体会，对蒋明士的说法也表同意。她去走访刘本经，刘本经什么话也不说。当她走访黄世和时，黄世和与蒋明士说的差不多，说的不同的是："我们队还有两个劳改犯，一个是蒋天才，虽是贫农，当队长时打死了两个人，被判了刑，死在劳改农场。一个是蒋天友，也是贫农，因杀了耕牛也被判了刑，他是冤枉的，他为的是大家。"

当她访问到都大嫂、杨大嫂时，都是眼泪涟涟、鼻涕不断，诉说男人如何在伙食团辛苦劳动，还被饿死了，留下孤儿寡母，如何吃野菜、草根度过那灾难的年月。余同志也搭着流泪，什么也没问出。她既没搞清，也无法表述对这次运动的目的。

她走访到曾元盛时，因人老实，问了半天，屁都没放一个。

走访蒋士才、蒋士理两弟兄，家里乱七八糟的，一头癞疤，快入夏了，光着头，看了就很恶心。牛高马大了，没一个安家，作为工作队访贫问苦，难免又产生一点怜悯之心。她一开口，两弟兄就骂人。蒋天才说："搞你妈个屁，反对'三自一包'，要收自留地，还想饿死人呀？"

蒋士理抠抠头皮说："如今生产好了，日他妈的，还不如办伙食团，老子免得煮饭吃，犁上改到耙上，回来煮饭，湿柴阴火，熏死人。"

蒋士才骂他："你懂个屁，伙食团饿死那么多人，没把你饿死。"

余同志不好插话，对方一堆粗话，弄得她的一点怜悯之心也没了。

又走访了中农黄世平、曲仁海、曲仁礼，加以印证。这个队，地主分子夫妇都死了，留下两个儿子，已成人，其中老二已结婚，女人是贫农。还有两个服刑的反革命坏分子，一个已畏罪自杀，死在劳改农场，一个正在服刑期。两个都是贫农出身，还是先后的正、副队长。原来副队长蒋天友的儿子，还被老贫农军属蒋明士带养着。这样，该队在家的人，没一个阶级敌人，只有一个在劳改农场。四个阶级敌人的子女，两个地主儿子，虽已成人，都是老实劳动。蒋天才的儿子，蒋士茂，刚 18 岁；蒋天友的儿子还未成人。如今的队长黄世朋是贫农，会计黄正才是中农，群众对他们的工作并未反映出什么问题，而且多数群众都满意。就看经济上有无问题，群众没什么反映，只要查账查不出问题，这个队的工作就好搞了。这些情况，已几次向上面做了汇报。

不几天，可能工作队没收到群众反映队长的什么问题，黄队长也回队抓工作了。会计又回公社，接受集中审查账目。就是两年多的账本，两三天就过关了。余同志很高兴，队上的工作又恢复正常。通过访贫问苦、走访、群众反映，收不收自留地，经她解释，上面没这个政策，群众心里的疙瘩也解开了，劳动的积极性并未受到影响。第一阶段的工作眼看就结束了。下一阶段，除了抓好生产，就是对群众进行社会主义教育，宣传党的政策，坚定走社会主义的信心，就好搞了。

余同志高兴地与妇女社员们一起参加劳动，同时解释一些群众不理解的问题，比如收不收自留地、还办不办伙食团、搞不搞大兵团等问题。社员们又摆些大兵团的笑话龙门阵，比如李朝天当书记时，为了放卫星，把挂着他的姓名的高产试验田牌子，插在当时苗势长得最好的竹山田，被人偷偷地取下，插在最撇的河边田。公社开现场会时，认为他的试验田种得那么撇，他就被杨石匠臭骂一顿。会后他气得骂人，又查不出谁干的，也就罢了。刘本经老婆扯野菜，夹杂扯到了法夏，吃了，一家人都张口说不出话，被刘本经打了一顿。

余同志也说不清这次社会主义教育目的，还凑合摆了她老家队大兵团时的一些笑话。她家住地大队长为放卫星，把其他田里快成熟的稻子，发动社员移栽到一块田里，让上面来参观。领导问其他田里的哪里去了？队长回答，收割了。领导问稻草哪里去了？队长回答不出来，参观的人只是笑。地里劳动的妇女都被逗笑了，大家感情很融洽。

余同志正在高兴地准备迎接下一阶段工作时，麻烦来了。

一天晚饭后，蒋士茂去杨嫂家找到余同志说："余同志，我有个情况向你反映，不知好不好说。"

余同志说："有什么不好说的？你说。"蒋士茂看了王正元一眼，不开腔，余同志意会了，就说："去保管室说嘛。"

保管室原是大队办公室，现是生产队保管室。一间里屋，多是队里放的种子、杂物，这原是地主黄世仁的卧室。外间是原来的堂屋，放的多是队里的化肥，有十来平方米的空处，放着一张原地主的八仙桌，是干部们开会的地方，如今就是余同志的办公桌。来到保管室，就他俩，一男一女，又不好关门，一个大院子的住家户，都看到他俩在说话。余同志就问蒋士茂："这下你可放心大胆地说，不要怕。"

蒋士茂畏缩地说："这个队都是他们姓黄的说了算，我们这大院的几户贫农，都不敢说话，你要为我保密。说得对，你就听，说得不对，就当我没说。"

"你尽管说，言者无罪嘛。"余同志鼓励他说。

"队长、会计都姓黄。他们包庇黄家地主，你说反对'三自一包'，前几年，黄正梦去外面不知做什么，跑了三年多，前年才回来。刚回家，第二天，又去成都用布票换粮票，给队里换了好几百斤，我家都分了20来斤。他前脚回来，刚进屋，区里的干部就追来了。在黄队长家不知他们做了些什么手脚，就算了。你说的自由市场，他就是在自由市场换的，我想，他做得对不对我也说不清楚，向你反映一下。”

余同志听到这一情况，觉得问题严重，在她学的文件里，这叫投机倒把，是政府严厉打击的，而且数量不小。她又问：“你说具体一点，比如，他回来那么两天，怎么就收到那么多布票呢？”

“我不知道，只是晓得，我家的是那个劳改犯，原来的副队长蒋天友到我家来收的。”蒋士茂如实说。

“你还想到什么，随时可向我反映，有什么新情况你也要及时反映。”余同志鼓励地说。听到这一情况，余同志这个经世不多的年轻人，心里激动了。看来农村阶级斗争正如文件说的，复杂、隐蔽，他们人还在，心不死，这件事太典型了，应马上向工作团反映，抓准了，领导对她就要另眼相看了。

蒋士茂回到家里，邝嫂就问：“你去找余同志干吗？你吃多了。”

“你懂个屁，老子抬不起头就是要说，现在不说何时说？”蒋士茂气冲冲地回答。

母亲气愤地说：“我不懂，你老子就是教训。你想学，没门。你老子是反革命，你就是反革命儿子，与地主儿子一样。你看梦娃，不像你，老老实实过日子，从不惹是生非。他就抬得起头呀，别人照样过日子。你咋就这样不争气呀，我不知前世造的啥子孽哟，养你这么个报应。”母亲的数落，使他无言以对了。

这个蒋士茂刚成人，读了四年小学，就留级两次，因父亲被判刑，就停学在家。他看到工作队的余同志都找了大院的住家户谈话，唯独没到他家，心里就不平衡。这个涉世不深的农村青年，看到队长被挂起来‘洗澡’，就异想天开，自己如果当个队长多神气。听大人说，“土改”时工作队进村，积极的后来就当了村长、组长的，运气好的，还当了乡上的干部。

听母亲一说，学习黄正梦他倒没听进去，说到他的身份，倒是听进去了，他懊悔了。怎么就没想到自己是反革命的儿子？农民分不清反革命分子与坏分子、犯罪分子的界限，反正政府打击的都是反革命分子。这时他才觉得，地主分子没被劳改，自己的父亲是被判了劳改的，自己还不如黄正梦。想到这里，他后怕了。黄正梦去换粮票，大队书记、队长是支持的，万一我说的不完全是事实，还说我捣乱，咋个脱得了手呀？这时他才对母亲说：“我只是对余同志说了那年黄正梦换粮票的事。说都说了，咋办吗？”

妈更气了，一巴掌朝儿子脸上打去，低声骂着：“你这没良心的，别人换的是救命粮呀，你也吃了的。你爸把别人的妈打死了，没记你的仇。还赊一条仔猪给我们喂，你对得起人呀？自己吐出去的口水，自己去舔回来。”

“要去，你去嘛。”蒋士茂赌气地说。邝嫂不由分说，拉着儿子就往门外走。去隔壁的保管室看，门已锁了。又去大院的左厢房杨大嫂家叫门。正好余同志还没睡，杨大嫂开了门，邝嫂拉着儿子，迈进门就叫：“余同志，我这疯儿子是乱说的，你莫信他的。”

杨大嫂摸不着头脑，叫她娘儿俩坐，余同志才从里屋出来。看样子还没睡，在写什么，手里还拿着钢笔。见她娘儿俩，儿子像犯了罪似的，娘还怒气未消。余同志就问：“啥事，心平气和地说。”

邝嫂袖头揩着眼泪擤着鼻涕说：“我这疯儿子乱说的，你别信他。”

余同志安慰地说：“没什么，我们会调查的，共产党讲实事求是。”

“那年换粮票，家家都换了的，不是黄正梦的事，是队里叫他去的。要不是他，要饿死好多人呀。”不懂政策的邝嫂这么一说，反而把话说来套起了，偷鸡不到蚀把米。恰好让余同志印证了蒋士茂说的是事实，只是具体情况还有待进一步查清。

杨嫂这才听出个头绪来，也帮着邝嫂说：“那是梦娃做的一件好事呀，你这个傻子，这有什么了不起，你说对不？余同志。”

余同志接着说：“是，没啥子，你们快回去休息，明天还要出工。”邝嫂娘儿俩，好像是受到安慰，就走了。杨嫂的心也平静了，还对余同志说：“这娘儿俩也遭罪，老子因打死了两个人，被判劳改，死在劳改农场了。”余同志也说：“这我知道。”一晚相安无事，大家就睡了。

第二天一大早，余同志对黄队长说是有事，就去公社了。因昨天下了一泼雨，多数社员都在二台土栽红苕。王正元在地里当着蒋正茂就骂他：“你龟孙子，余同志并未找你，你就把那年换粮票的事对她说，讨什么好吗？吃饱了撑的。”社员们听到了，都你一言我一语说了蒋士茂，并未当回事。黄队长听到了，想到那是工商部门来处理了的，也没当回事。可黄正梦就把它当回事了，他知道，在成都他了解的人，就因投机倒把被判了刑的。他一边栽红苕，一边想着自己的事。

中午饭后，大哥也一声不响地过去休息了，妹儿和妈收拾了碗筷，又忙着去喂猪，他带着立娃又在想他的心事。立娃活蹦乱跳地没完，让他始终理不出个头绪，在屁股上就是两下，立娃就哭叫起来。妹儿放下潲桶，哄着立娃，说："大人有气，没在娃儿身上发嘛!"

他就转身出门，走到屋檐下的磨子旁，继续推着磨子，把昨晚未磨完的豌豆磨完。推着磨，静静地又想他的心事。

常人说，"没做亏心事，半夜敲门心不惊"。而他，没做亏心事，旁人敲门心也惊。余同志大早去公社，肯定是去反映那件事。万一工作队找来，怎么对答？大队当时开的证明，幸好他还保留着，可以证明他不是为私。如果拿出来解脱了自己，蒋书记、二爸，他俩会有多大责任，他估计不到。他担心的是蒋书记和二爸，对得起自己，万一他俩被撤了，一是自己良心过不去，二是以后谁来关照这一家人。他自己好办，万一不对，也像 1958 年，一走了之。而今不行，这一家人离不开他。他毕竟读了两年初中，有点文化，学了初中的社会发展简史，最后的两章，他还自学了的。共产党革命的目的，就是搞公有制，大家平等劳动，公平分配。"土改"分地不是目的，合作社、公社化、城里工商业社会主义改造，把生产资料公有化才是目的。农村因公社化死了那么多人，政府虽然又恢复到合作社时，并未承认自己搞错了。这次社会主义教育运动，喊的还是三面红旗，虽然余同志说不收自留地，但恢复公社化是大势所趋，可能恢复的方式不比 1958 年。而老百姓对军事化、食堂化、三高五风，怨气未消，所以才拿大小队干部给他们出气，大干部都没事，挨整的都是跑腿将。过去手无寸地的贫农，斗地主分了田地给你，你们不是感谢共产党吗？现在公有化了，是你们大家所有，如今激起你的阶级仇恨，你就会原谅政府大兵团的做法了，所以要把地主重新拿来斗。黄家湾地主都死了，其儿子如有不守规矩的行为，那就是斗争的对象了。他这样推理，觉得自己躲不过这一劫。他预测了自己的结果，如果把责任承担下来，有两种可能，一是按他常看的法院布告，投机倒把罪，粮票转卖在几百斤的，也不过就是被判一年的劳教。他走了，家里还有大哥顶着。二是，这件事那年工商部门已处理了的，这次也不过就是挨批斗而已。但不会打人，因蒋天才打死他母亲还是作为了一条罪的。说明政府对过去打人是做了纠正的。经过这一番分析，他决心把责任揽下来。

出工的哨子又响了，他反而心情轻松了，放下磨扁，就出工去了。

晚饭时，他话多了，原来沉闷的气氛解散了。但他的想法不敢告诉家人，怕他们不理解。多数话题都扯到家庭副业和自留地上。他说："余同志既然说自留地不收，是国家政策，我们还是照样管好。上面没说不准喂猪，也要喂好。原准备再买一根架子猪，还是去买，年底卖了，好过年。"

大哥说："自留地的玉米已抽苗了，该施肥了，家里尿桶的人粪尿，不要抛洒了，等几天集中给玉米施肥用。"

妹儿说："我都不准立娃乱撒，我们立娃乖，听话。"

立娃一听到表扬，就撒娇地说："好久没吃肉了，我要吃肉。"

外婆拍着他的头说："好，明天外婆就煮肉给你吃。"

一家人都乐了。好几天没有过这样的气氛了。

晚饭后，一家人还沉浸在欢乐中，当特别爱干儿子的大哥被立娃骑着马马肩打转转时，大院跑出一个人，后面有人喊："你给我回来。"喊话的人好像是余同志。不知发生了什么事，一家人才静下来，听到底发生了什么事。接着又听余同志在叫队长，喊了几声才听队长回答，啥事？余同志说："蒋士茂跑了，快派人找回来。"后面邝嫂也跑出门发着泼："你逼他干啥吗？我母子又未干坏事，你要怎么样就冲我来，他还不懂事呀。"邝嫂又哭又闹。

几句话的工夫，黄队长就到大门口了，院子的人都围在大门口。突然有人在喊："有人跳水了。"刘代康才带着几个大汉直奔堰塘跳下水，把人救起来。只听蒋士茂喊着："我不是人，让我死了算了，左右都是崖。"原来曲仁礼在塘边一块石头上洗脚，见一个人跳进塘里，先以为是洗澡的，好久不见人浮出水面，才猛醒喊叫。这也是蒋士茂劫数未到，选的不是时候，这也让余同志松了口气，上面有规定，死了人，工作队队员要负责，这是她才知道的。这时有劝人的，也有朝着"阳眼人"骂花边的，闹成一团。

"你娃娃，这么年轻，有啥想不开？以后的日子长着呢。"

"邝嫂，别着急，人救起来就好。"

"这世上，有人的心就不是肉长的。"后句话，显然是蒋士才、蒋士理两弟兄骂的。两弟兄虽然牛高马大了还未安家，但这两年的日子比前两年好过多了。他们都对饿死人有切肤之痛，在队里常见不平的事，就没那点忍性。对损害集体的事从不奉情面，因他们副业发展不起来，就靠集体的收成分配过日子。

涉世不深的余同志这时傻眼了，一句话不说。幸好黄队长招呼得住，叫大家少开腔，没出事就是好事。余同志并不认为这是给她剪了脚趾，还认为这个队复杂，因为这事与她有牵连，做过场给她看的。这件事，她是去公社做了汇报的。分团领导分析了这个队，两个劳改犯，两个地主分子，虽然死了三个，还有一个在服刑，但大小队干部有无包庇，说不清，要认真调查。安排余同志首先将知道的情况形成文字材料，抓住证据。所以她才一回队，就叫蒋士茂写成材料，摁上手迹，完成上级交给的任务。谁知，蒋士茂不仅不写，反而翻供，说他没有说，连找了余同志他都不承认。余队长批评他，他就气冲冲地跑了，演出这一场闹剧。人还未散完，余同志就气愤地往公社去了。黄队长就问她："余同志，你去哪里？这么晚了。"

她气愤地说："你管不着。"

黄队长估计她要去公社汇报发生的事。一个花季少女，半夜三更，路又不熟，万一出事，他们又不好交代，于是说："夜深了，你人生地不熟的，叫王正元陪你去，行不?"余同志没开腔，队长就叫王正元跟去了。

黄正梦一家在自己家门口，一直在看这出戏。他心里有了准备，就等着看你工作队咋个处理自己了。在家人面前，并未表现出特别的情绪。大哥才问他："你换粮票，究竟犯了哪一条，我不懂，看阵势，你要有所准备哟!"黄正梦随口就答："没什么，反正是队里安排的。"在家里，他只能这样说，怕他们担心，弄得一家人不得安宁。

第二天一早，余同志与大队的罗队长来了。先通知黄世朋去公社有事，接着就把黄正梦叫到生产队保管室。黄正梦一家就紧张了，妹儿在流泪，只有妈对他说："梦娃，没怕，叫你说，你就如实说了吧，精灵人不吃眼前亏。"妈是怕他像父亲那样挨打。

黄正梦看了妈一眼，就去了。一进保管室，罗队长就叫他坐。他就坐在八仙桌的下方，罗队长坐在上首方，余同志坐在侧座，面前放着记录本和一支钢笔。罗队长首先向他交代政策："黄正梦，你有点文化，党的政策，我一说你就懂。你出身不好，党是有成分又不唯成分的政策。坦白从宽，抗拒从严，这是党的一贯政策。你做了对不起党的事，只要你如实交代，我们会从宽对待的。”

黄正梦一直闷着头，看他们究竟要什么，装着在想、在回忆。僵持了好一段时间，余同志开口了，说：“想好没有？我们的等待是有限的。”

黄正梦才开口说：“我没有做过对不起党和政府的事，小时读书，大了在生产队劳动，既没乱说什么，也没做坏事，你要我说什么？”

罗队长严肃地说：“你除了劳动，跑出去做了些什么？”

黄正梦这时理解了他们要问的是什么，才慢慢地说：“1958 年下半年，我还未成人，蒋天才打死我母亲，我当时气愤，也打了队长，在队里立不住脚了，才跑了的。就是后来政府判了他的刑；死了的那个队长。1962 年在成都，刚开春，碰到蒋天友，他对我说蒋天才被判了刑，政府给我们申了冤，他动员我回家，我就回来，再也没出去了。我在外面没做任何坏事，先舔盘子，后来靠捡煤渣、废纸、废铁，挑潲水挣点小钱过日。你们也知道，没粮票是吃不到饭的，有时就在自由市场，断续地买几斤粮票，用来买饭吃。我住的是车站候车室，后来就住防空洞、地道。没个立足的地方，哪里黑就在哪里歇。穿的都是捡来的破衣，管他男人穿的女人穿的，遮得到丑就行。”他把在外流浪的许多事都慢慢地说了。罗队长是个络腮胡，看样子不是个好脾气，反而听得入神了，只有余同志听得不耐烦，有时干脆笔记也不做了。黄正梦看得出，说不定罗队长也过过这种日子。他就越说越起劲，队长不开口，做记录的怎好开口，这个余同志如坐针毡，一会儿去上厕所，一会儿去倒开水。实在忍不住的余同志才说：“接触正题说。”

黄正梦就说：“我怎么知道你的正题是什么？”

被提醒的罗队长才说：“你回来后，又去成都是咋回事？”

这下黄正梦算是掌握了他们的意图，幸好他早有准备，不快不慢地说：“我回来，当然把我平时节约的粮票，有一两百斤也带回来了。我看家家缺粮，不少的肿病人，就是我岳母也肿了。有邻居说他家的布票放在那里无用，我说可以换粮票，不知怎么就传出去了，都找我帮他们换粮票。看到那么多人饿着，我总不能见死不救，都是看着我长大的。我已回来了，要走就得请假。我才去找到黄队长，说明意图，他就同意了。我要他开张证明，证明我是去成都探亲，因我姐姐嫁到成都郊区，都是知道的，他就同意了。我从没换这么多布票，胆小就出事，结果就被工商人员逮个正着。我哭诉着我们队的情况，并将那张证明给了他们。他们就把我放了，还不没收我的粮票。我回生产队，粮票都没来得及发给大家，区工商所的人就来了。我就把票全交给他了，他查看了数量，就交给队长了。还说他们是接到成都来的电话，要他们来核实一下。我把经过说了，他就说没我的事了。不信，你们可去问区工商所的。”他以为这样说，就把责任全担了。

余同志插话问：“是队长安排的，还是你主动去的？”她这一点，反而流露了工作队的意图，是想把黄队长套起，这正是黄正梦的推测。

他毫不犹豫地说：“是我主动的。”但没有预料到的是，黄正梦并未推测到工作队要的并不是倒卖票证是谁干的，关键想要套的是黄队长“包庇”二字。如果黄队长与他的口径一样，黄队长没多大责任，黄正梦就可担责任了；如果黄队长的口径是如实的，黄正梦也如实，队长承担了支使责任，也不是大问题，黄正梦也没事；如果两个口径不一样，黄队长承认支使责任，黄正梦又承认是自己主动的，恰好就上了运动中“包庇”的圈套。四清中的清政治、清思想、清组织，就是说的农村阶级阵线不清。干部包庇地主子女违法犯罪就成了典型，余同志就可邀功请赏了。

黄世朋在公社分团的交代，也恰好如实交待地承担了支使的责任，罗队长与余同志去公社印证，一个包庇案的第一手材料形成了。两个好心人都上圈套了。

情况传到蒋书记耳里，可把他气坏了。他找到工作队分团，找到公社党委，如实汇报。讲了当时的情况，是他出的证明，而且他和黄世朋都加盖了私章的，是他们安排的。黄正梦说的不实，不是他要去，要说包庇，他也有份，这可把工作队难倒了。听公社党委介绍说，蒋正理工作不错，为人正派，其他没大问题，对组织忠心耿耿。还是罗队长站出来说，关键是那张证明在不？如果在，证明上还有两人的私章，就可说明问题是大队与小队要他去的。

黄队长留在公社，已两三天没回家了，因回队后怕他与黄正梦碰头。余同志在生产队已几次要黄正梦交出证明，他要么说掉了，要么说在成都被没收了。在保管室坐了一天，余同志有事时，就安排王正元、曾元云守着，余同志怕他寻短路，出了事她有责任。晚上黄正梦回家住，万一出事，就是家里的事了。第四天，罗队长又出面了，在保管室，余同志也在，罗队长对黄正梦说：

“你那天对我说了些假话，牛头不对马嘴。不是队长安排，你没那么大的胆。”

黄正梦说：“我不敢欺骗你，都是实话。”

“证明肯定在你手里，你那么聪明的人，没证明，你哪个时候都说不清楚。”罗队长以肯定的口气说。

这下把黄正梦镇住了，毕竟说假话，心是虚的。他从来未经历这种审讯式的问话，怎么队长就这么肯定呢？他难住了。虽然他口上说没了，但表情难免流露，被罗队长看穿了，他沉闷了。余同志出去了，说有点事。这时就剩下他两人，罗队长轻言细语地说：“小伙子，你还年轻，不要为一张证明害一堆人。你想承担责任，反而把别人害了。”罗队长说得太明白了，黄正梦并未完全懂得，但他觉得罗队长心眼不坏，他们内部的事，他怎么了解呢？他才说：“我记不清了，要回去找一下。”

罗队长就说：“还不快去。”

“你和我一道去吗？”

“不用，我在这里等你。”

罗队长对人宽厚，不像余同志，他走一步都要一个人跟着。不到一个钟头，他拿着那张证明就回保管室了，交给罗队长。罗队长看了后就说：“对了，这就没事了。你可以走了。”黄正梦如获重释，刚出门，罗队长又叫他：“小伙子，留步，我问你一句话。”

黄正梦又回去坐下，罗队长说：“你说实话，你为什么要把责任往自己头上揽。”

黄正梦才说了实话：“我想自己做的事，自己不承火，对不起人。队长和蒋书记，公道正派，队里这么大家人，离不开他们。”

罗队长点着头，好像在思考什么，并谦和地说：“你去吧，好好做人，你不会有事的，你们队长和书记也不会有事的。”罗队长的“好好做人”这句话，让黄正梦记了一辈子。

蒋正茂闹出的事，又遇上一个不明事理的余同志，把势态扩大了的事，最终算是结束了。黄队长背着沉重的思想包袱回来了，黄正梦也没人再找他的麻烦了。但二人并不明白，为什么折腾一番，又没事了，都不知道是怎么回事。其实：

良心相碰免天灾，不怕神仙布阵来。

不是人间多善处，无端争斗很难排。

第十章　忆苦

社会主义教育的第一阶段摸底调查，分清阶级阵线，第二阶段的干部下楼‘洗澡’，算是过去了。睏牛大队第二生产队的干部都重新开始工作。第三阶段的群众接受社会主义的教育，增强走社会主义的信心，迎着大春的收获季节，也开始了。

黄世朋两次去公社‘洗澡’，心里就不舒服。虽然组织给他放了包袱，他就想不明白，我支持了梦娃，救了那么多人的命，非得说我包庇地主子女违法，良心何在？狗抠来吃了。事情的发端恰恰是自己的妻舅侄子，想教训他，又有工作队扎起。于是他找工作队，以不说清楚他以后咋个工作为由，想甩掉队长这个苦差事。他几次找余同志，余同志给他说不清楚，但他始终要余同志去请示上级也要说清楚，在群众大会上有个交代。队长，他是不想当的，暂时无人接替，他还是照样干着，因为几十口人要吃饭。他只好等待第四阶段组织整顿时来解决。

由于这两年把基础打好了，喂猪的多了，肥料很充足，大春丰收不在话下，蒋士茂闹的事也平息了，农民有盼头了。首先，谷子打完了，交了公粮，人均就比去年多分了好几十斤，都露出了笑容。唯一让人们忧心的是，黄队长成天沉着脸。他是黄家湾的主心骨，就怕他出事，蒋天友的事还在大家心里结着一个疙瘩。不说社员们不知道，就连与他相关联的黄正梦，也不知他二爸有一个啥心病。可能只有蒋书记和罗队长才知道，余同志当然知道是怎么回事，但她认为是黄队长跟她过不去。

黄家大院从来没放过电影，今晚要放电影了。邻近的一队、三队的都要来看电影，原来一起吃伙食团大锅的乡亲，又要在一起看电影了。说是结合社会主义教育，公社统一安排的，今晚轮流到这里来放。各家早就把高矮板凳、大小椅子都搬出来，那两个队的人来也好坐。放映人员早就拉起了荧幕，孩子们在院里打闹着。大人们还是各人该做什么做什么。收工后，煮饭的、种自留地的、赶鸭鹅回家的、唤鸡的、淘猪草的、洗菜的、挑水的、堰塘洗澡的、舂米的、推磨的、牵牛饮水的，显得那么平淡、有序，看得出日子过得平静而充实。

放的电影是《箭杆河边的故事》，写的是一个地主婆如何勾引一个大队党支部何书记，给人们印象最深的是那个妖娆的地主婆，娇滴滴地喊："何书记，吃汤圆哟!"它说明了一个主题，共产党的基层干部有的经不住地主阶级的糖衣炮弹的袭击，堕落成了阶级敌人的代言人。

没文化，对政治不懂的农民，多数当作一个笑龙门阵就过去了。那不是我们大队、小队的事，地主婆被打死了，地主的女娃子也早就嫁人了。黄队长看明白了，难怪后三四天去公社给他开单份，不要他回家，轮番逼他，要他表态，是他支使黄正梦去换票，还是黄正梦自己要去的。他一再实事求是地说，就是不相信他。一再要他回答，为什么要包庇地主儿子搞投机倒把行为，得到什么好处。就不相信他是为救大家的命，好心肠当成了驴肝肺。原来是想把他当作何书记来收拾他。越想，他的心越淡、越冷，老子给你们跑腿，还不把我当人，我又得到你们什么好处？哪个想当这个累死不讨好的跑腿将，就让他去当。蒋天才、蒋天友的下场，难道就是我的下场？电影未完，他就回家睡了。

余同志看了那张证明，黄正梦对她不说老实话，罗队长面前他才说了实话，认为黄正梦扫了她的面子。她认为这个人城府太深，并不认为这是良心的驱使。其实她那么长的时间访贫问苦，因她年轻，还不食人间烟火，真话、假话她是分不清的，她是按上面的精神来判别真假。蒋士茂向她说的事，就在她吃住户，问一下杨嫂、王正元，再访问老贫农，就清楚了。她拿着鸡毛当令箭，就向上反映，上面有的领导就当真了。幸好有经验，新中国成立前也在成都流浪过的罗队长看出其中蹊跷，激起了做人的良心，把事态平息了。而她还不吸取教训，反而认为黄队长与黄正梦都是本家，合起来跟她过不去，这是阶级斗争在第二队的反映。黄世朋退场时，电影还有最后一卷拷贝，她就要插话了，拿着麦克风，把电影的政治意义向群众阐述了一遍，就影射第二队的现实说："我们二队也很复杂，大家要谨防地主、坏分子的代言人，腐蚀拉拢我们的干部。"二队的社员就议论开了，又接着放最后一卷拷贝，才把人们的议论平息下来。

第二天，第一、三队的社员都议论开了，都认为二队要出事，幸好我们队没地主，没劳改犯。第二队的社员心里就紧张了，出工时再没往天的闲语、笑声、打臊的热闹场面了。余同志与任何人搭腔，都不与她对话。中午饭后，余同志正准备午休，听到黄队长叫她："余同志，我找你，我在保管室等你。"

余同志一进保管室门就问："啥事？这么急。"

黄世朋也不急，轻言细语地说："余同志，这个队长我不当了，我无法当下去。"

余同志急了，严肃地说："组织并未撤你的队长，你啥意思？还没到组织整顿阶段，就想给组织过不去。"

黄世朋也来气了，就大声地说："我不想当就不当，管你组织整顿不整顿，那是你们的事，有我球相干？"

"你是不是党员，要不要服从组织？"余同志知道他不是党员，急中词穷，也把书上的话背出来了。

"我不是党员，不服从，不违法吧？"黄队长这句话，把余同志问哑了。这时余同志才把口气缓和下来说："你有啥想法，就说嘛？我也做不了主，得请示上面。"

"有想法不对你说，请示不请示那是你的事，与我无关。从明天起，队里的事，我不管了，我就人到做活。"黄队长说完就走了。这时整个大院的人听到吵架，都站在门口看。大家目送队长出了大门，蒋士理摇着头说："这个队完了，并未防到阶级敌人，不知是哪个龟儿子在搞破坏。"

蒋明士才说："你就少说两句，不说别人不会说你是哑巴。"

蒋士茂怕大家说他，始终不敢出门面对大家。邝嫂才说："都怪我那不争气的娃娃。"

刘本经接口说："没怪了，他小，不懂事，息事就好了。"

几个壮汉各站在自己门口，没开腔。疑惑的、丧气的、怒目的、无所谓的，就像几尊雕塑，站在那里。丁方容才对他的男人说：“站着咬球。”才提醒人们各自干自己的事去了。看热闹的大小孩子被大人赶进屋里，剩下余同志一人，呆呆立在保管室的大门口不知所措。她也是：

天天端米饭，不懂种田人。

学舌售天理，公平何处分？

下午没人安排，有的未去出工，有的仍按上午做的活，照样在地里干活。黄正安、黄正梦、曲仁海、黄正华、蒋士茂、曾元云、王正元，还有几位妇女，都在地里掏红苕埂子。中途，大家正工间休息，会计黄正才来通知大家回去，到大院开会。

原来余同志下不了台，就哭着鼻子去找罗队长汇报说：“黄世朋马上要撂担子了，咋办？”

罗队长问：“为什么？”

“他纠缠我，要我回答他为什么说他包庇黄正梦。我回答不清，他就不当队长。先还说，眼前大忙，你们没考虑好，他暂时干着，几十号人要吃饭，不能误了农时。昨晚看电影，我向大家说了要从中受到教育，引导大家谨防阶级敌人腐蚀拉拢我们的干部。我没说错，怎么就冒犯他了？”

罗队长带着批评的口吻说：“小余，你知道组织已做了结论，那件事不是问题，你怎么能把电影的事联系到二队？黄世朋他还背着包袱，你就不多长个脑子，那么书生气！换是你也会背包袱，怎么就不设身处地去理解别人？当队长那么辛苦，上面给了别人什么好处？没点觉悟，谁愿当。年轻人，要学政治，也要学点社会实践的东西，懂得点人情事理。当然，这个责任也不全怪你，我也有责任，想到你文化高，我把精力多放到那几个队去了。你看是不？”余同志点着头，擦干泪，像是听懂了。“人情事理”这个话，她在家里，从小父母就在教她。这时她才懂得政治理论与实践相结合，面对中国的农村，不把农民的人情事理与政治理论结合起来，是不可能与中国的农村实践结合起来的，就办不好事，完不成任务。

罗队长又说：“没关系，他要说清楚，我找他谈，就给他点明。农民就喜欢直来直去。为了给他创造工作条件，开个社员大会，我来讲，我就不信他会撂担子。”

罗队长就陪着余同志来到二队，去黄世朋家找到黄世朋。一进门刚坐下，黄世朋就先开口了："罗队长、余同志，你们做什么我知道，不必费口舌了，队长，我是不当的。"

有着农村工作经验的罗队长，才不怕你的闭门羹，笑着说："先不说这个，你当不当，是你的自由。你不是要我们说清楚吗，你脑子那根虫，先拈了再说，你以为我不知道。黄正梦换粮票，是投机倒把行为，但在那时是为了救一个队的命，是好心，虽违反了政策，但党的政策也有灵活性嘛。既然当时当地工商做了处理，下了结论，就不是问题了。问题不是我们工作队翻老账，我们不了解情况，问题反映出来了，我们了解一下，没错嘛！问题是你和黄正梦都是好心，把问题搞复杂化了。黄正梦说是他主动干的，你说是你支使他干的。你叫我们听谁的？认定黄正梦说的，你说是你支使的，这不是包庇是什么？认定你说的，黄正梦不交出证明，没证据，谁信你的？黄正梦不说实话，我找他，才说了实话，把证明交出来了。我问他为什么不如实说，他才说，他想把责任揽下来，怕把你和蒋书记套起。我们一拿到证明，真相大白，就算了，原来又没给你下结论，还要给你平个反呀，那不是把问题搞得更复杂了吗？我是不是说的实话，你去掂量。"

黄世朋没话说了。心里想，这罗队长说话实在。原来他的舅侄儿蒋士茂惹出的事，那梦娃像个男人，但把问题搞复杂了，工作队并未轻易下结论，是对的，还有啥话说呢？但又想，你余同志昨晚当着众人的面，说的话又是啥意思呢？于是他又问："那昨晚放电影，余同志说二队复杂，还说谨防阶级敌人拉拢干部是啥意思吗？"

罗队长转过头问："有这回事吗？"

余同志红着脸回答："是有这回事。是我说话有误，我是按电影对我们的启示说的。说到二队复杂，这几天确实把我搞昏了。我道歉，请黄队长原谅。"

罗队长说："给大家讲解电影的启示是对的，不要轻易联系实际嘛。老黄，小余才18岁，虽然有中学文化，但社会经验还要靠锻炼。论年龄，你是大哥，他是小妹。大哥当然要让小妹一点，都是贫下中农兄妹，一家人啦。"

这个罗队长，共产党的干部都像他就对了，几句话，把黄世朋、余同志都说笑了。他的第二步棋该下子子了，他抓住这个气氛就说："是非都是烦恼的，不说了。老黄，你说，这生产咋办？几十口人要吃饭呀！你不干，我没话说，当队长辛苦，有个啥贪图的。另找人，你得让老哥有个思考余地呀。我也是为党工作，在你这里搞社会主义教育，选队长，恐怕你得给我一个征求群众意见的时间吧！把生产耽误了，我走不了路，没关系。我也是农民出身，留下来当几个月的队长，不在话下。大家再像前几年饿肚子，骂我也没关系，反正我不是本地人，走了就是。骂你，你就走不了哟。你看咋办?”

这个罗队长，就是棋高一着，把黄世朋的棋路都堵死了，这一军将住了。黄世朋终于松口了，才无奈地说：“人都是懂理的，我还有啥话说呢？就是我咋个面对几十口人呢?”

罗队长笑起来了，说：“老黄，你还要将我呀？是我的工作没做好，开个社员大会，我来说，这下没将的了吧?”

黄世朋终于点头了，罗队长就叫小余去通知社员开会。黄世朋就叫余同志去给会计说一声，叫他去通知，他人熟。

今天的会，人到得特别齐，男女老少都来了，连抱着的奶娃都到会了，恐怕是有史以来的第一次。人们望着，盼着领头人的去向、更换结果。除了新中国成立初，领头人要大家丢胡豆选举，后来都是上面指定的。先指定一个二杆子吴明礼，先被撤了，后来被打死了。选的杨崇正，死了。先选、后指定的蒋天才，打人狂，也罪有应得地去了。指定的副队长蒋天友，为民办了几件好事，冤枉着，被逮走了。指定的黄世朋，众望所归，也莫名其妙地出事了。就十多户人家，才多少年，就换了那么多队长，眼下黄队长也不保了。这个队离了他，还有谁来顶着，领起这个头呢?

大会一开始，余同志主持会议，说了几句开场白，下面就议论开了。罗队长不等她把话说完，就接过话头说：“老乡们，不议论了，我知道大家说的什么。”就这一句话，会场就静下了。他才接着说：“大家说的就是黄正梦那年换粮票的事，他涉及你们的黄队长、蒋书记，对不对?”罗队长说话不啰嗦，直奔主题。大家的注意力就集中了，都认真地听他说。

“那是一场误会。蒋士茂人小不懂事，有情况向工作队反映是对的，我们不怪他。”他就把对黄世朋讲的那番话也公开了，接着说，“黄队长有想法，心里有疙瘩解不开，是我没把话给挑明，是我工作有误，对不起父老乡亲了，我赔个不是。昨晚小余同志讲的是大道理，没错。大家不要误解，二队原来的地主都死了，坏分子蒋天才也死了，只有坏分子蒋天友，又不在家，队里哪还有敌人呢？他们的子女，党有政策，不以成分看表现嘛，我们不能歧视他们。小余同志年轻，望大家把她当作小妹、姐姐、侄女，支持她把工作搞好。我们的队长，还是黄世朋，他同意继续搞好工作，不辜负大家。让我们用掌声鼓励他，对不对?”

会场一阵热烈的掌声，不知是对黄队长的鼓励，还是对罗队长的赞赏，可能二者皆有。掌声刚息，有人要发言，大家都把头转向站起来的蒋士才。罗队长发话：“有什么，你就说。”蒋士才就大胆地说：“你刚才讲的坏分子蒋天友，他是冤枉的。那年杀病牛，是在土里劳动时大家讨论的，黄队长不在家，就杀了。病牛是经过公社畜牧站的人看了的，可以证实。你罗队长，可不可以帮我们查一下。”

又是一石激起千层浪，所有的社员都附和着。这是罗队长没想到的，据他知道，那年整社，有的后来都做了甄别，这次工作队没这项任务。罗队长只好说：“这类事，我们工作队，上面没给这个任务。不过，都是党的工作，我会向上反映，如果允许，我就负责核实。”

大家没话说了。罗队长要黄队长表一个态，黄队长说，没什么说的，就把明天各人做的活喊明，就散会了。这件事终于被罗队长半天就摆平了。后来罗队长真还把蒋天友的事查清了，四清还未结束，蒋天友就回了家。

经过这件事的磨砺，余同志确实长了不少见识。后来她拿出在家劳动时为人处事的习性，放下架子，与社员的关系就融洽了。她真的感谢罗队长的言传身教，有什么事，都不直接向公社分团汇报，都是找罗队长拿主意。

黄正梦一家、邝嫂一家、蒋明士两爷孙心里一块石头都搬掉了，让二队的社员又看到了希望，过日子又有了奔头，黄家湾又恢复了生气。小春播种的进度明显加快，大春的收获接近扫尾，只有地里的红苕还未大面积地挖。

为了做到生产、教育两不误，黄队长积极配合余同志安排对社员进行社会主义教育。余同志要找几个年轻的小伙、姑娘教学唱《社会主义好》的歌，黄队长都同意，三天腾出半天给她，而且还给他们记工分。余同志很快就组织起来了，都是十六七岁的，有曾元云、蒋士元、黄正荣、曲大贵、王正芬、黄正花。让他们先学会，就可带领大家唱《社会主义好》的歌。歌曲《社会主义好》当然是首先要学的，为配合进行忆苦思甜教育，也学了《忆苦》歌。余同志唱歌确实好听，她读初中时还是学校宣传队的。学了歌的，回家都说余同志的歌唱得好听。一天晚饭后，劳累了一天的人们在大院里乘凉，就要余同志唱

《忆苦》歌。余同志毫不推辞，拉开嗓门就唱：

“天上布满星，月呀亮晶晶。生产队里开大会，诉苦把冤申。万恶的旧社会……地主逼债，地主逼债，拉去了我的娘，可怜我的爹爹呀，把命丧。”

她的歌声婉转悠扬，唱到后头，悲切透心，凄凉感人。让好几个大嫂还流了眼泪。听了余同志唱后，大家都喜欢唱这首歌。于是由几个年轻人领唱，一连唱几遍。大院外的住户，听到院里唱得热闹，大人、孩子都来凑热闹唱歌，这才让余同志尝到了工作成果的甜头。

按上面的安排，要组织社员进行忆苦思甜的自我教育，提高阶级觉悟，为下一步组织整顿打好基础。各队要找新中国成立前苦大仇深的老贫农，向全队讲述解放前自己受苦的经历，帮助大家回忆过去，唤醒阶级觉悟。余同志主动找黄队长商量，找谁最合适。黄队长将队里的几个老年人的情况如实向她介绍，中农除外，黄家就一个黄世和，是自耕贫农，帮人不多，就只有在刘本经、蒋明士中选择。刘本经倒是最适合的人选，一辈子帮人打工，当长年，但1957年反对统购统销，受到批判，还戴了一年帽子。只有蒋明士了，他是盖匠，以手艺帮人为生，土改时分了田地、房屋，现在又是军属。杨大嫂、都大嫂过去也苦，但可能讲不出来。秀嫂子过去是个地道的苦命人，但她已把地主的儿子招为女婿，当然不行。余同志说：“就定蒋明士，我请示一下罗队长。你要先给蒋大爷做点工作，我再给他交代怎么讲，行不?”黄队长点头同意。余同志有长进，她学会了做事与队长沟通，大小事请示汇报，得到指点，又不违背原则。蒋明士的工作也很顺利地做好了。一切预备工作都准备好了，按上面的要求，花一天的时间，充分让贫苦农民忆苦思甜，苦诉万恶的旧社会，体会新社会的甜，坚信社会主义的好。

这天全队的男女老少都到黄家大院来参加忆苦思甜大会，学校都放了假，参会人员特别整齐。黄正梦找到余同志问：“我和我大哥，参不参加?”余同志和气地说，要他们正确对待，接受教育嘛，当然要参加。这样，全队就没一人缺席。

会前，余同志要大家唱《忆苦歌》，烘托一下气氛。她起音，几个骨干带头，在歌声中，一种悲切的气氛就形成了。蒋明士，受着气氛的感染，未开口就老泪纵横。袖口揩着眼泪，颤着嘴唇，开口说：“今天是工作队要我忆苦思甜，都知道，我一生是个苦命人。老了，一个人过日子，幸好有个士元伴着我。我在解放前就是苦命人，家无半分地，靠个不打眼的手艺，东奔西跑挣点口粮，有上顿无下顿的。”他是手艺人，跑江湖，听了不少龙门阵，自己也学会点摆龙门阵的小本事，虽然东扯南山西扯海，但总是能找话说。如何围绕主题选材，他是不懂的，反正有话说。不像成天埋头在地里干活的人，三句话都搞不明白，还脸红，平时与人搭话，总是干帮硬撑，粗话连篇的。

他讲了一些新中国成立前他帮人打工的事，哪家主人好，哪家主人逗，哪家主人扣他的工钱，他买不到粮，一家饿肚子。摆到他大哥蒋明金，就是蒋天友的父亲，他说：“我大哥去川西坝帮人打谷子，挣了好些钱回来，盘家养口。有一年，谷子收完了，带着钱回来，走到龙泉山的大山里，翻牙雀山口时，被帮老二抢了。还挨了一顿打，恰好伤在腰上，一路讨饭回家。家里等着他回来，才有钱买粮。哪知钱没了，还带一身腰伤，无钱治，不久也死了。你说旧社会黑不黑？就是把土匪、帮老二整不绝，无能。”

也摆到他受伤的事：“世上好心人还是有，那年我给丁家盖草房，不慎从梁上掉下来，腿摔断了。是自己的责任，别人也穷，不可能给治疗费。这下完了，一家人就靠我挣钱度日子。我老辈子（指蒋正理）给黄大哥做木活，把这事给毫不相干的黄大哥讲了，别人垫钱给我治好。救了我一家人的命。”这些话，除余同志外，都知道他说的黄大哥是指的谁。他东扯西扯，按时间顺序，就扯到“大跃进”、伙食团的事。

“那时打人，从来没见过，过去帮黄大哥，你们哪个挨过打？待你不好，你还走人。杨石匠，他是帮人出生，打起人来，也不手软。打蒋天才，大家都是看到的。蒋天才也不是人，他挨了打，就找黄大嫂出气，硬是把别人打死。后来又打死了吴明礼，我们队里，挨他打的人不少。你被打了，还找不到地方申冤，打人犯法，历朝历代如此，那时就没王法。解放前，吴家湾的李大爷打了姓吴的长年，还吃官司，花了几十个大洋才摆平。当官的想打哪个，就打哪个，有理无理都挨打。你想跑，天下都一样，你跑到哪里去？那个梦娃，就不知他咋个活出来了的。吃的是比过去的猪食都不如，都喝菜汤汤，说吃树叶，树都砍光了。野菜扯来吃完，吃观音土，拉不出屎。得肿病的，一肿到头就没命。死了好多人，老的不说，可怜那些小的，未成人就死了。如今就是十多岁的娃娃还有几个，他们不是去土里偷生粮吃，也活不下来。曾幺爸两口子饿得在床上呻唤，我去看他，叫我给他一碗水喝，饿得受不了……”

讲到这里，全场泣不成声，想到歌词里的“可怜我的爹爹，把命丧”，有的放声哭了。余同志被哭声惊动了，也在揉眼睛，可能是她这几天疲倦了，装着做笔记，实际在打瞌睡，没听清蒋大爷说到哪里去了。黄队长也听入神了，没想到忆苦的主题。

蒋大爷泪流满面，用袖子揩了，喝口水，又说：“‘土改’时，都分了田地、房屋，就应好好种地，过日子。又来个一切归公，大跃进、大兵团、伙食团，就搞歪了。饿死那么多人，才把伙食团撤销了，不然还不知要饿死多少人。这下好了，不仅伙食下户，还划了自留地，这日子就好多了，要珍惜呀。”

会计黄正才怕他又说漏嘴，就在黄世朋的耳边提醒说：“二爸，他讲伙食团的苦，不对哟，余同志怎么就没听出来？”

黄世朋这才清醒过来，余同志掌握会场，他才去台上对她说：“你看，太阳已当顶了。”余同志才宣布说：“蒋大爷，不说了，已中午了。会就开到这里，让我们以热烈的掌声感谢蒋大爷。”

散会后，余同志与黄世朋、黄正才三人站在院坝中间，商量下午怎么安排。余同志高兴地说：“今天这个忆苦会开得好，把那么多人都感动得流泪了。”

“流泪，是蒋大爷讲到伙食团饿死人的事，才流泪了。”黄正才把话点明了。余同志惊得呆了，黄世朋摆着头说：“我也没注意，不是他提醒，我还没回过神来呢。”

三人互对眼神，站了好一会儿，无言以对。还是黄世朋开口说：“我看，这事就我三人心里有数就行了，不对别人说。正才，你我分别给各家大人扎个口缝，有事我负责，不要让余同志为难。”

余同志激动地说：“谢你二位了。那下午咋办？”

黄世朋说：“你组织大家学习文件，讲些社会主义好的大道理。正才把一年的决算草案公布一下，各家也好核对一下自己的工分。红苕一挖，全年的粮食分配就完了，年终只是现金找补。最后，我安排当前生产。”

余同志之所以激动，因是她主持会议，忆苦，忆伙食团的苦，是个政治问题，如果上面知道了，她要负政治责任。黄队长不仅不计前嫌，反而为她打掩护。她只知道黄队长好，但她并不了解黄队长心底。黄世朋是懂得的，小余姑娘撑不起这个责任，否则踢回农村。他不怕，最多不要他当这个队长，也没什么当头。万一这风吹到分团，不知又要掀起多大的风波，二队再也经受不住了。这是黄家祖传的家风，为人心善，息事宁人。政治上的是非解决不了黄家湾的吃饭问题，那是上面的事。

下午开会前罗队长来了。在保管室，三人碰面，罗队长问上午开会的情况，余同志眼看黄队长，黄队长会意地说：“开得很好，蒋大爷会说，一讲就是半天，还把大家打动得流泪了。”问到下午安排时，余同志把他们的想法说了。罗队长没什么意见，就说他要去三队看一看就走了。

这件事没有教育到农民，反而教育了小余。做人，除了大的道理，真还得学点人情事理，不然，就有过不去的坎。丫头有感：

钗头凤

甜和苦。黄泥土。一波掀起涛翻覆。人非恶。真情说。几人愁绪，善心难脱。莫、莫、莫。

亲身处。都敲鼓。二波涛己心头怵。良心落。收成薄。梦游虽在，肚儿常饿。错、错、错。

黄正梦听了蒋大爷的诉苦也流泪了。新中国成立前的事他不知道，三年困难时期，他妈被打死后的事，在农村他也未经历过。他流泪，是他亲身经历了母亲被打死的事，还有大兵团、伙食团，那么多人挨打，饿死那么多人，没树叶吃，草根吃完，要说比红军过草地还苦，哪个听了都心酸。何况那些亲身体验过的老少们，怎么不流泪？

中午饭桌上，他看到妹儿和妈泪痕未干，眼球红丝未散，鼻翼红肿，让他联想寻味。他流浪苦，哪有她母女俩留守苦呀。他舔盘子，总比没树叶、没草根吃好。虽然是残羹剩饭，毕竟吃的是粮食、油荤。他们新中国成立前苦，翻身了还是苦，苦命人一个。他开腔了：“妈，妹儿，你们要给我和哥做新衣，我想算了。有钱做新衣，还不如吃。把生活开好点，身体好才是大事。穿的，旧一点烂一点，补好不冷就行。哥哥难得出门，我也少出门，穿得再好，还不是磨扁担。穿好了，还要惹是非，螺蛳有肉在心头。”

大哥马上接口说：“老二说得有理，我同意。”

妈说：“那不行，男人家在外，总得有个脸面，不然哪像一家人？”妹儿也赞同。

黄正梦又说：“上面喜欢的是穷人，不喜欢有钱人。装也要装成穷人，少惹是非。这次教育，我懂了。你看电影，喊何书记吃汤圆，不就是那个地主又有钱了，不然怎么吃得起汤圆？大家树叶都没吃的，他还有汤圆吃，完全是胡扯，你们说是不?”

大哥说：“拿给书记吃，不如我吃。”

“就是，拿给他吃，就给你多划一分自留地呀，地里不出，哪来的汤圆?你划多少，我就种多少，种好了就自己吃。有了好身体，好挣工分。”黄正梦进一步说他的理由。

妈接口说：“就是，愿人穷，恨人富，就是这个理。”

黄正梦说：“把妈的旧包单换了，家里盖着暖和点。外面新衣装，肚里一包糠，我们要反过来。”

这顿中午饭吃得热闹，把老皇历翻过来了。妈与妹儿带着农家人的传统料理家务，要破除这种观念，实在困难。在家里有了两种生活方式，两种生活理念，这就是社会主义教育的结果。当时就有民谣一首：

忆苦思甜一股风，乡村百姓有筒筒。

心中打米莫须问，是是非非印脑中。

更有《一剪梅》来说蒋大爷的忆苦思甜：

恩怨重重泪水浇。台上苦聊，台下哭号，叔叔忆苦乱唠叨。竹影摇摇，细雨毛毛。误把今朝话旧朝。主义来教，激起洪涛，人间善性未全抛。旗子飘飘，泪湿围腰。

下午开会了，余同志重新把这次社会主义教育运动的目的意义口述了一遍，按她在书本上学的，把只有共产党才能救中国、只有社会主义才能发展中国的大道理说了一番。同时，也指出前几年困难时期的原因是三年自然灾害和苏联背信弃义、逼债。要大家相信党，相信社会主义，困难是暂时的，要体谅国家。

讲的大道理，社员都不懂，听了就听了，不像学生读书，听不懂也要背。困难时期，说是苏联逼债，大家不知道，说是自然灾害，大家心里就犯嘀咕了。沉不住气的小伙们在下面就议论起来。蒋士才看了他一眼，没开腔。黄正梦坐在他们后面，提着凳子，马上换个地方坐。刚一坐下，黄世朋发话了：“不要开小差，各家大人把自己的娃招呼着。”会场平静了。

红苕挖完，已是深秋。社会主义教育进入最后阶段，生产队的干部原班人马都未动，增补了个副队长。有工作队做主，蒋书记也不好插手。在他心里，既然蒋天友的事已查清，材料也上报了，迟早是要回来的，这个副队长还是给他留着，做点安慰。工作队不可能等到他回来，完不成组织整顿阶段的任务。经过余同志的培养，王正元是发展党员的对象，这个副队长非他莫属。这个队“土改”时发展的党员就蒋天才一人，蒋天才出事后就成了空白队。在罗队长心中，黄世朋是个最好的人选，30多岁，成熟，威信也高，懂生产，不自私，为人厚道，又是一队之长。征求蒋书记的意见，也不谋而合。

余同志、罗队长几次动员黄世朋入党，他就是不同意。其实他们只认识黄世朋的表面，并不了解他的内心，罗队长那么有经验，也拿他没法。如果不搞四清，蒋书记出面，动员他，还有可能。黄世朋以传统的观念看问题，他不是党员，还没有掌握无产阶级世界观。这场社会主义教育运动后，他不仅没学到无产阶级世界观，反而许多问题让他看穿了。他的舅子蒋天才就是党员，他先打人时，他劝他，两郎舅还吵了一架。他记得最深的一句话：“进度上不去，我也要挨打呀。”这次社会主义教育，对象又是下面做贼的，幸好我没打人，没贪占集体的，也未吃社员的好处，就是得了黄正梦的几斤粮票，幸好梦娃他是个男人。我当队长与舅子一样，什么事我都是按上边的办，哪天上面不认账了，说不定我与舅子同样下场，这两家人就完了。这次社会主义教育是过关了，迟早这个队长是不能当的。眼前，看在几十号人要过日子，等他们发展别人入党，成熟了，我就让位。蒋书记也不了解他的心理，配合工作队几次做工作，动员他入党，都未成功。

结果搞了大半年的轰轰烈烈的社会主义教育运动，本来在蒋书记的带领下，全心全意为大家服务的队长，变成迟早都想甩掉这个队长帽子，给蒋书记留下后患而结束。没有提高农民的阶级觉悟，也没挑起土改式的阶级仇恨。无论是教育者，还是受教育者，更以一种说不清的人间情感调剂着人与人之间的关系。这是发起社会主义教育运动者并不知道，也没想到的。事与愿违，可用一首打油诗来描述社会主义教育的结果：

匆匆一夜上天堂，落地回神痛断肠。

社教招魂敲战鼓，三魂七魄早回乡。

后来，余同志回老家，在与环溪镇相邻的盼水乡做妇女工作。时隔一年后来赶场，还专门买了糖来看黄大哥。蒋天友听说余同志来了，也来到黄世朋家，向余同志问好。黄世朋已不是队长了，余同志问：“好久不见大哥了，真还想你。你为何不当队长了？”

黄世朋说：“谢谢你还想得起我这个哥。我家庭负担重，已有三个孩子，带不了头了。顾到队上，顾不到家里。现在王正元也成熟了，也有能力。”

蒋天友也说：“不当好。他还与我的老辈子蒋书记吵了一架，才甩掉的。你看‘文化大革命’又来了，城里闹得乱翻翻的，农村也不知哪天要闹哟，当啥队长嘛。”

原来，黄世朋在广播里听到批判海瑞罢官、三家村、四家店时，虽然不懂，但觉得比四清运动的来势还猛，有山雨欲来的感觉。趁还没波及农村，就提出不当生产队长了。去年冬天的一天，在公社开会，各大队分组讨论，他就提出辞职。蒋书记问他：“为什么？哪个得罪了你吗？”

黄世朋回答他说：“不是，我最近老是觉得身体不舒服。王正元是党员，工作不错，又有积极性。他做了一年多的副队长，好多事我都交他办，也锻炼出来了，完全可以胜任。”

蒋书记劝他：“还是你干，多带他几年，他才20多一点，还不成熟。你是不是对他有看法？你不好说，我转达。”

“你莫把问题说复杂了，对他我真的没意见。我现在家里负担重，三个孩子，爱人劳力也不强，全靠我一人挣工分，副业也发展不起来。顾得到队上，顾不到家里，你就做件好事。”黄世朋哀求着。

蒋书记仍然坚持不同意：“不行，我不做这件好事。”

黄世朋冒火了：“管你同不同意，明天我就搁了。还是那句话，再你咋个说，我就是个农民，不想给你的组织卖命了。四清时我就不干了，非要我干，又干了两年，算对得起你了。”

黄世朋原来对蒋书记是言听计从，突然这么一来，就让蒋书记丈二和尚摸不着头脑。在他心里，这个队，两个自己的本家都不争气，这个有点亲情的也来这一套，以后这个队我说话还算数呀？在农村，当一个面对农民的干部，要把公务做好，不讲点这些，光靠政策、原则是行不通的。遇到个别蛮不讲理的，就靠你的威信哪怕超出政策、原则一点，也可把事摆平。事先不通气，非得当着几个队长的面提出来让他难堪。今天，非倒一下他的威风不可，不然今后这个书记咋当呀？他出高腔了：“你娃子想干啥？非得给我过不去，今天布置讨论的啥，你非得插这一竿子来。你不干，就爬。”

黄世朋趁势就离开会场走了。第二天，蒋书记又做黄世朋的工作，并向他道歉，昨天他的态度过火了，黄世朋不买他的账。他就到二队宣布，黄世朋有病，由王正元代理队长。王正元他了解老队长，知道他家里困难，于是他找到黄世朋问：“黄队长，是啥原因叫我代理队长？”

黄世朋就对他说：“你知道，我家困难，我早就说交给你。昨天我与蒋书记吵了一架。你当，有什么不了解的我会给你说。几十个人要吃饭，大家都得撑起嘛。”从此他的队长就甩脱了。

余同志比当年老成多了，她说：“社会主义教育运动才搞了近两年，‘文革’又来了，不知上面为了啥，懂不起。如今城里到处闹夺权，还搞武斗，我们乡公所也被造反派夺了权。工作瘫痪了，我们这些打二娃也不知做什么，我就趁势回家带奶娃。”

蒋天友又说：“我们村，那些读小学的娃娃，被人支使着闹着要揪工作队的回来斗，被大人吼着，孩子们供出来，原是吴家湾李地主的孙子作怪。他老子把他打了一顿，就太平了。”

黄世朋也说：“农民不种地，吃啥？再闹，还是个农民。你要斗书记、斗队长，别人巴不得把队长的帽儿丢了。谁要就拿去吧。”

余同志说：“黄正梦不错，可惜就是成分高，不知他现在怎样？”

黄世朋说：“他一天除了出工，就是经营他的自留地，搞家庭副业，无事就赶场。不交朋结友，很少有话说，连我们这些老辈子老哥子，都难听到他一句话。他不上各家的门，各家也不上他家的门。穿着还不如有的社员，实际他家在这个队是最好过的。他把竹林也砍了，种上几十棵果树，还用铁栅栏围着。这个人就是有头脑，也不知他念哪本经，都不好问他。”

余同志说：“他就是念的过日子的经。管你牛打死马、马打死牛，不烧火撒尿，过他的日子，确实聪明。”

黄世朋想到了罗队长，就问：“罗队长好不？你碰到时，代我问候一下。”

余同志说：“回去后不久，他调到县里农业局当局长，刚任副县长就‘文化大革命’了。成了走资派，不知弄到哪里劳动去了。”

黄世朋说：“这是个好人，不是他，你蒋天友还回不来呢。”

蒋天友说：“我听说余同志来了，就是想谢谢你们。我穷，就是一句话，余同志不要说我小气哟!”

“说到哪里去了，罗队长不是那种人，我还受了他不少的教育，他对人好，我们县好多人都知道。”

蒋二嫂把中午饭煮好了，就留余同志、蒋天友一道吃饭。蒋天友因家里还有一老一少，推辞要回去帮着做饭，就走了。

第十一章　喘息

四清结束后，黄正梦就按他的计划，先后近半年，把竹林的竹子砍了，陆续拿到街上卖了。先砍草屋后面的，队里社员们看到都理解，因它扫着屋顶，是应该砍的。后来砍多了，黄正才与他一起挑粪，就问：“梦老弟，你把竹子都要砍完了，是啥意思?”

他知道黄正才是一个不多惹事的人，就对他实说了：“那些竹子不值钱，还不如栽点树木，同时栽几棵果树，收益还大点。”

黄正才又问：“林权虽然明确的，以后政策变了，咋办?”

黄正梦说：“政策是揣摸不到的，变了还是黄家湾的树，当做了好事。黄家湾多几根树，总比没有好。长大了，政策不变，我就得到了。”黄正才就没再问了。

他与大哥不分早晚把竹林地翻了，又把他早就在自留地育的柑橘苗，按他在农学院学的，一共栽了二三十株。也学着农学院的果园方式，在周围栽上铁栅栏，还用竹篾块夹绑着。在靠山坡边栽了一排柏树苗，这可惊动了全队社员。好久不上门的黄队长问上门来了。他站在草屋后面，看到刚收工回家的黄正安，就喊：“梦娃哪里去了？叫他来，我有话问。”话音未落，黄正梦挑着粪桶也收工回来。放下粪桶就跑去，回应说：“二爸，我在。什么事?”

黄世朋面无笑容地问：“你把竹林都砍了，栽些啥子？想种庄稼不成?”

黄正梦不慌不忙地说：“不是种庄稼，都是栽的树木。国家政策不准乱砍伐树木，没说不准砍竹子。竹子不值钱，又荫草房，我砍了用来栽树，不好吗?”

黄正梦抬出的是国家政策，把黄世朋的嘴堵上了，才把脸皮松缓下来，又问：“栽的啥树？我可以看一看吗?”

黄正梦说：“当然可以，你是二爸，当侄子的还要瞒你呀!”于是带着队长从猪舍的后门进了园子。

黄世朋看了没话说了，确实栽的树木。看着刚栽的柑橘幼苗，笑着问：“你哪里找来这么多柑橘苗、柏树苗?”

“柑橘苗，是曲家那棵老柑橘树，他们摘柑儿时，我要了几个。将种子播在地里培育出来的。柏树苗是我去山坡上的崖边零星找来的，虽然小，管好，一两年就抽条了。现在我们湾里，柏树可金贵呀！我们再不栽，以后怕要绝种哟!”黄正梦耐心地解释。

黄世朋又问：“你知道不，桃三、李四、柑八年。你要哪年才有收成哟！何必花那么多精力，还不如栽点来得快的树苗，比如上面推广的泡桐树。”

“泡桐树队里种那么多了，我种来干啥？我相信柑橘要不到八年，两三年见成效。”黄世朋听了这话，心想，你不是说梦话吗？但他又知道，梦娃是个从来不泡起说话的，就不开腔走了。

可能黄队长把黄正梦的做法当龙门阵给人摆了。生产队好几户都在自己的田边地角、房前屋后，栽了不少的树苗。品种繁多，柏树苗特多，因农家人离不开，大到盖房，小到找根锄把、扁担的。也有种经济木的，比如杜仲、春芽树，种果树的特少，有两三家栽李子树的，除黄正梦外，没一户种柑橘树的。

黄正梦又有时间看书了。二爸给他寄来的书，每晚点着煤油灯看一两个钟头。果树技术的书，他原来看过，眼前不是很急需。他就集中看生猪养殖，因他家养的生猪规模已不能再扩了。只有那点自留地，人口也就六口人，饲料没法解决。圈舍也无条件再扩，屋基就限制了。原他家的旧圈舍养着一头母猪，原吴明礼的那间老圈舍改造后养了两头大架子猪。只有在防病治病、科学饲养方面努力，减少损失。他边看书边观察，先找黄世平请教，后又找下乡的兽防人员请教。他就常备一些兽药、注射器，自己试着干。后来，他养的猪和家禽，很少遭瘟疫。他家三头大猪，再加猪仔，都喂熟食，柴火又紧缺。他就带头尝试上面推广的糖化饲料，比其他社员都搞得好。糖化饲料多是青饲料，糖化后生喂，他常给猪打虫。许多家庭不知道这一点，即使知道，也不知道如何办，往往去找兽防人员。官办的畜牧站不是集体行动搞兽防，单独找，一般农家就难了。社员们只知道他家养猪顺、有猪运，就不知究底。一次妹儿去喂那两头架子猪，曲仁礼的媳妇晋嫂问：“妹儿，你家的猪为何不掉架，我与你家圈舍相隔，我家的猪为何不起膘？”

妹儿说：“你怕是没给它打虫哟！人吃了生红苕都会生蛔虫，何况是猪。”

晋嫂又问：“你们又咋知道的？”

妹儿说：“是二哥说的，我家常备有这些药！”

“他不喂猪，他咋知道？”

“他说是书上说的。他常看书。”

“读过书的人就是不一样。难怪我还看到他给猪打针。”

过后，就有两三家，如曲家的、黄正才、黄世朋，有时就悄悄来找黄正梦要打虫的猪药。有的猪病了来找他打针，黄正梦就宛转谢绝地说：“病，我不敢治，我自己的是试着干的，万一治不好，我负不起责。就是你们不说，上面追究起来，给我戴个破坏生猪生产罪帽子，抹都抹不掉。”大家也就理解了。

一天晚饭后，黄正梦正想看书，妹儿带着兴龙吃奶，兴立赖着看老爸书中的插图，大哥裹着叶子烟，妈在厨房收拾碗筷。黄正梦对妹儿说：“你在外面说什么了？这几天好几家人来找我给猪看病，惹些麻烦。”

妹儿说：“我没说什么呀，就给你惹了麻烦？”

黄正梦有点气了，就说：“没人对外说，谁知道咱家有打猪虫的药，猪吃了，还对外说了不成？”

妹儿才想起了，回答说：“我想起了，那天我去喂那两根架子猪，恰好晋嫂也在喂猪，就说她家的猪喂了那么多粮了，就是不长膘。我才说可能有虫。”

黄正梦已知道是怎么回事了，就讲道理给她听：“药倒不值几个钱，问题是别人拿去喂了，出了事咋办？我的成分高，别人不说，上面理起来就不得了，蒋天友的事，你是清楚的。”

妹儿不服气地回答：“就那么严重呀，我才不信呢！”

黄正梦也气着说：“头发长，见识短。别人说女人的岔肠子多，你就不多长根岔肠子，让我省点心。”

妹儿听了这话更不服气，给他顶了回去，提高嗓门说：“我要是多了岔肠子，就不会找到你，嫁不脱了。”抱着龙儿就进里屋去。

大哥责备老二说：“你少说两句行不？立儿，走，睡觉去。”就牵着立儿出了门。

妈听见屋里难得有的高声，就跟进堂屋来，见黄正梦一人在那里闷坐着，就问：“啥事发那么大的火？”

黄正梦也觉得自己是过火了一点，就把刚才的事对妈说了。

她妈才说：“没事，你的想法是对的，人心隔肚皮，小心点好。那丫头就不懂事，床前教子，枕边教妻，好生说，没事的。”

黄正梦说：“我不该生气，这几天我就琢磨这件事，心里烦。”

妹儿在里屋听他这么一说，气就消了一半。听妈在叫她：“妹儿，你都是两个娃娃的妈了，还不懂事，冲哪门子气呀？”

妹儿抱着龙儿出来说：“我哪里生气嘛？二哥说得对，我以后在外面说话小心就是了嘛！”把已睡的龙儿交给妈，就筛米去了。

妈又说：“大哥饭前舂米后，我已用簸箕泼了糠，又筛了。你把几件衣洗了嘛。”

妹儿洗衣，妈带外孙，黄正梦看书，一家人又相安无事。

农村社会主义教育运动，提高了贫下中农的阶级觉悟，阶级斗争这根弦就绷紧了。只是工作队走后，黄世朋辞职，王正元当队长，黄家湾就是这么一个变化。他辞职的理由黄家湾人都理解，他家确实困难，况且他辞职后，仍然积极帮王正元筹划。

不久后，无产阶级“文化大革命”又开始了，把阶级斗争推进城里了，不仅折腾了城里人，还折腾了许多大官。城里搞阶级斗争，闹“文化大革命”，弄得乌烟瘴气，斗得死去活来，一发不可收拾。反而这几年，农村倒过着平和的日子。起初农民不理解，还认为搞得好，该把那些大官拿来斗斗了，不然光斗虾米。虽然有点微风刮来，老实的农民都不买账。黄正才的儿子黄兴松，常带领黄家湾的初中生、小学生在黄家大院跳忠字舞，唱忠字歌，闹得大院的人没法休息。一天，队长王正元才出面招呼：“你几个吃饱了，跳你妈的屁，闹得大家没法休息。”

曲仁礼的儿子曲大富在队伍后头听得很清楚，就喊：“黄卫兵，王队长骂我们跳忠字舞。”黄兴松为赶热潮，老师给他取名叫黄卫兵。

黄卫兵就去拉着王队长骂："你骂我们跳忠字舞，就是对毛主席不忠，你还是队长，大家说咋办?"

一群娃娃就起哄，有的喊"打倒王正元""打倒'走资派'"。

王正元也不示弱骂着："狗日的，吃饱了。老子才不稀罕这个队长，叫你们老汉来当。"这时在大院里住的各户人家，打的打、拖的拖、骂的骂，把自己的孩子拉回屋了。

这时黄正才也赶来了，一耳光把黄卫兵打在地板上，嘴里骂着："老子看你娃娃跳，明天就不准去上学了。"同时向王正元道歉说："对不起，你大人不计小人过，我没教好。"

王正元说："没啥，闹久了影响别人休息。我是打个招呼，想不到这些娃娃就哄起来了。"

黄正才也说："城里人都疯了，把娃娃也染上了，农村搞阶级斗争搞不起来，城里就搞起来了，狗日的，没饿着的过。"

难得说话的刘本经也搭腔说："不忠于土地菩萨，当个球。"

从此，唱"忠"字歌、跳"忠"字舞，就是那些读小学、公社初中的娃娃当娱乐，在黄家湾折腾一番就"咽气"了。抓"走资派"，农民才不买账，加上队长、大队支部书记、大队长，丁儿大个权，造反派也瞧不起。公社以上的官都挂起了，他们权力很大，才让两派造反派争去争来。城里的工厂不冒烟，农村就没有农民不种地，因要吃饭。所以农民常骂："那些龟儿子吃饱了没事干。饿他狗日的三天，看他有没有劲跳。"

城里人搞阶级斗争、路线斗争、派性斗争，那些大"走资派"被挂起了，没精力摆弄农村政策，农村政策相对稳定，反而给农民一个喘息的机会。

对生产队，国家计划逼得不是那么紧了，不瞎指挥了。反正，按往年的任务，完成上缴的粮油任务就是了。种植计划，队里可以偷偷地作些小调整，怎么种，农民传统的种植技术有用了。那时的农村，只要吃饱饭，钱少点、紧一点就过去了。粮、经的矛盾始终是国家计划与农民的矛盾，棉花只有强行的计划面积，没有硬性的上缴任务，粮食既有计划面积，又有硬性的上缴任务。王队长是个无主见的人，经社员建议，就把山坡瘦土用来种棉花，好土都用来种粮。吃公粮的"走资派"都遭挂起了，蒋书记路过二队，看在眼里也不开腔。二队劳动日值虽不高，但分的粮很多，让各家吃了几年饱饭。

农民对自留地可以放心大胆地经营了，还可在自留地里搞点经济作物，换点零花钱。队里的劳动日虽然价值不高，但农民在自由市场交换，得的实惠也不少，比1962年以前的日子好过多了。

在政策的规矩内，黄正梦的家庭经济又有了发展。他的办法，不是邻居学不到，在那样的环境里，贫下中农与他鸡犬之声相闻，不愿与他往来。那些忠厚老实的贫农，享受着虚荣的名分，怕沾上污点；那些靠着集体无所事事、想沾阶级斗争的光的人，也不想学。只有两户中农暗地模仿，偶尔在田边地角讨教，弄得一知半解，也比其他农户好过点。

“文化大革命”两年多了，黄正梦的柑橘苗已有食指粗了，按黄正梦所了解的知识，早该嫁接了，要找优良的柑橘支条，只有在川农的二爸那里才有。好多年了，也该去看二爸、大奶奶了。黄世朋未当队长，不知王正元那里好不好请假。

他晚饭后去大院找到王正元家，杨婶正在门口铡猪草，见他就招呼他坐。知道他找王正元，就叫：“正元，梦哥找你。”王正元抱着心爱的奶娃子，递给杨嫂，就叫他进屋里坐。黄正梦就开口说：“王队长，农忙已过了，我好久未去看我大姐、二爸，我想请几天假。”

王队长犹豫后说：“小春播种都完了，你要去，可以。外面很乱，城里闹得很凶，你要注意哟！”

黄正梦真没想到，王正元二话没说就同意了。他说：“谢谢，我知道。我这样的人，只能吃补药，吃不得下药。那么大家人，要靠我呀。”

黄正梦做了些准备，这次去不比前几次去都是两手空空。如今时值深秋，家有收获，准备了许多土特产。特别是肉类品，城里奇缺，杀了几只大公鸡，割了20多斤肥猪肉，用盐腌着，用一个大的竹篾板背篼背着就出发了。公社去县城已通了公路，没有公交车，托人找了个货车，给司机一点好处就搭到县城。一上火车，还碰上许多造反派，拥挤不堪，都在议论着：

“重庆是‘八一五’的天下，很难攻下。这次隆昌一仗，我们吃亏了。”

“我们‘八二六’控制了成都，这是省的首府，只要‘红成’翻不了天，就不怕。”

“别人‘八一五’在成都有‘红成’配合，我们‘八二六’在重庆就没配合，我看难分胜负。”

“我们最大的优势，就是省革筹有刘结挺、张西挺两口子作后盾，怕啥?”

这些议论，黄正梦就如听天书一般，但觉得这节车厢多是“八二六”的造反派。别人一看他，就是一个土里土气的农民，靠着一个农民的竹篾板背，没人与他搭腔，他当然更不敢搭话。

到了大姐家，大姐已是三个娃娃的母亲了。一家人都好，听姐夫说去雅安公交车的票也好买了，他拿了一只大公鸡和几斤肉给大姐，就想继续赶路。大姐流着泪，才把他留宿一夜。他看到田大伯咳嗽不已，体质不如从前，其他的都没大病，但一家人日子过得紧巴巴的。城郊平原上，人均耕地少，除了一点细粮，粗杂粮很少，也无啥经济作物。一家七口人就靠姐夫和大姐挣工分，去城里找活也难了，家里副业也发展得不顺。田伯父已不能出工了，下午就陪他去茶铺喝盖碗茶，他不抽烟了，还是拿了一小把什邡产的烟叶，叫黄正梦自己裹。黄正梦将自己回家后的经历摆了后，田伯父说：“你姐夫与我一样，人老实，就知道埋头做活，又无文化，斗大的字认不到一箩筐，不会划算。”

“我也是逼出来的，不动脑子，一大家人咋活？我看你们这里喂猪很有条件。离城近，有的是潲水，但尽喂潲水不行，把猪喂腻了也不长。要多喂青饲料，自留地不要种粮，要算价值，粮不值几个钱。都种蔬菜，离城近，好换钱，老叶、粗叶就好喂猪了。用换来的钱再去买粮，不就划算吗？我一年出巢四头肥猪，两窝猪仔，除去成本，赚六七百不成问题。队里劳动日才投三毛，我们三个人挣工分，收不到300元，刚好把队里的粮分回来。几头大猪投的肥也要分粮，一年决算，基本不需找补。家里的开支就靠喂猪。喂的家禽都是一家人的营养。”他这一账，算得田伯父点头称是。田大伯说：“今晚你把这话给你姐夫和你大姐算一算。我没出工，以后就少坐茶铺，也可帮着他们做点手上活。”同时又问：“你看你二爸，就不办其他事呀?”

“我把竹林砍了，栽了30多根柑橘苗，已手指母粗了，该嫁接了，想去他那里找点优质果条。”黄正梦回答。

“听说大学里好多教授、学者、专家被打成牛鬼蛇神，关在牛棚里。大学比中学闹得凶，也不知是个啥世道，比农村搞社教还凶。”田老伯摇着头提醒他。让黄正梦去看二爸的心更迫切了。

晚饭时，大姐才问：“你还有钱存在这里，明天你带去，好用。你要多少?”

“这些钱，你留着干啥，你们该用就用，还分你我。我现在比你们宽敞些，用不着这个钱，你以为我来看你们是要钱的？太生分了嘛。”其实黄正梦有多少钱放在大姐这里，他也心中无数，只是那年买房、添猪源，才写信要了几百元。原来在成都流浪时，自己身带两三百，余下的三五百都放在姐家，自己也不知积攒了多少。想不到田伯父、姐夫还那么认真。

姐夫说：“我们实在没法时，拿了几百元用了，可能还有千把元钱吧。”

黄正梦惊奇地说：“放钱在你这里，我从未记在心里。那你们就留下用吧，我也没大的花销，现在家里还过得去。你们花一部分，剩下的起个本，把副业发展起来，今天我已对伯父说了，余下的就急时用，这么大家人不花钱呀？姊妹间，没分你我。”

大外甥给黄正梦夹一块菜，说：“二舅，我们好久没吃肉了，你吃。”一家人都笑了。

黄正梦来到农学院，他二爸、二娘都在家，大奶奶还健在，已 80 多了。看到黄正梦来了，三人都很高兴。问农村、问家里、问黄姓的人，问了不少。二爸从来没对黄正梦讲这么多话。二爸、二娘都快 60 了，人老了，总爱回忆过去的事。当听到黄正梦不仅安了家，还过得不错，就高兴地说：“梦娃，你成人了，社会把你磨砺成熟了。你的处事理念我很欣赏，做人就是过日子，平安才是福，别听那些大道理，害人。人与人之间，何苦要斗去斗来，争强好胜哟！他们斗，你就在缝隙里当你的小人，过安稳日子。”

这话，恰是黄正梦这几年通过磨难得到的体验。黄正梦也反过去问：“我在成都大姐处，听田伯父说大学里的教授都被打成牛鬼蛇神了，你们好吗？”

他二娘说：“没事。前几个月，我与你二爸都是”牛鬼蛇神“，关了一两个月的牛棚。就是苦了你奶奶，没人照顾，幸好果园丁大爷的女人丁大嫂，常偷偷地帮我们照顾。如今毛主席接见了红卫兵，炮打司令部，造反有理，学校工作队撤了，学生成立了造反组织，打倒‘走资派’，当官的乱了阵脚，就把我们搁起了。就是你二爸说的，我们在缝隙里规规矩矩过日子，管他们咋个斗。”

黄正梦不懂地问：“你们又不是地主成分，怎么也规规矩矩了？”

他二爸黄世华说：“成了反动学术权威，就得规矩点嘛！你来不只是看二爸的吧？我听你说了，经营家里自留地、养副业过日子的事，肯定有事求二爸。”

黄正梦心想，他怎么就看出我的心事了？他就不客气了：“我栽了三十几株柑橘苗，该嫁接了。就是想来找优良的枝条，不知行不行？”

黄世华问：“你会嫁接呀？”

“还是那年在丁大爷那里学的，就不知行不行。那时我学着嫁接几棵，走后，就不知是否成功。”

黄世华高兴地说：“我就不知你那么爱学。唉！梦娃，时代不给你机会呀！没问题，明天我带你去果园，实地再给你讲一讲，一听就懂，一学就会。枝条有的是，就快要剪枝了。都闹革命去了，无人管也无人要。再这样闹下去，如果我引进新品种，他们不搞，你帮我试验，反正都在中国的土地上。”

黄正梦高兴地笑着说：“好哇，二爸，你们回去看看。我的住房也宽，灰屋我还借给别人住，你与大哥住你的老房子，我就在隔壁的草房，吃用都方便。农村只要不是地、富分子，大小队干部才不管呢！农民都好，我看现在就是农村清静。”

黄世华教授沉默了，叹着气说：“我早就想回老家看看，就看有无这个机会。”

第二天，黄世华教授带着黄正梦去果园，说了些简单道理，指了嫁接的一些关键地方，就剪了几支温州蜜橘枝条、几支鹅蛋柑橘枝条给他。也不留他，叫他赶紧回去，免得枝条脱了水分。

第二年，即1968年开春不久，城里两派文斗转化为武斗，闹着夺权。不仅是大学生，中学生、工人阶级也参加了。农村常有亲戚去城里探亲的，回来传闻，成都的晚上常听到枪声响。县城也轰轰烈烈组织“援内支隆”，据说成都的“八二六”与重庆的“八一五”，在隆昌摆起战场了。县武装部的枪被造反派抢了。黄家湾的农民庆幸着，幸好没在我们这里摆战场，新中国成立前，也只有胡宗南的部队路过这里，没听到过枪响，新中国就成立了。黄正梦担心二爸、大姐两家人。

正准备去接两家的人回来躲一躲时，黄世华教授回来了。

一天，两个年轻人背着两个大包袱，被一个老头领着直奔曲家住的瓦房去。无人接待，老头就转到隔壁的草房寻问。正好秀嫂子在家里埋着头宰猪草，听有人问：“嫂子，黄正梦在家吗？”

秀嫂从未见过二哥黄世华，因他一直在外读书做事。她抬头见一个老头和两个年轻人，都是城里人的模样。心想，是不是梦娃又出什么事了？带着胆怯的口气回答：“不在，你们有什么事？”

老头笑着说：“你是秀嫂子吗？我是梦娃他二爸。”

秀嫂子听这口气，他又知道自己的姓氏，断定是黄世华，就兴奋地回答：“你是黄二哥，不好意思，我还从未见过你，快请屋里坐。”马上把客人让进里屋，抹桌、抹凳，请客人坐。嘴上说：“请坐，我给你们烧开水。梦娃还说去接你回来，城里闹得乱翻翻的。”就进厨房去了。

教授说：“嫂子，不客气，我要搬回来与你们一起过日子，麻烦你的事还多着呢。”

秀嫂在厨房里回着话：“那才好呢，梦娃常提起你。我们条件撇，只要你不嫌弃，麻烦啥哟，都是一家人。”不一会工夫，三碗荷包蛋就送上桌了，还热情地说：“你们慢用，我去坡上把梦娃两弟兄、妹儿叫回来。”就出门去了。

两个年轻人把包袱放下，陪着教授摆着龙门阵。他们看到这个忠厚、朴实的农村妇女，把老师放在这里就觉得放心。坦诚的老师把这一家的情况与自己的关系都对学生说了。虽然两个侄子的父母是地主，但都去世了，两弟兄都老实地在队里劳动。并且指着那座大四合院说：“那就是他们老子的，隔壁的小瓦房在解放前就是我家的。‘土改’时，我家无人，土地、房屋就当作无人的收来分了。”

不一会儿，全家大人都回来了。一一作了介绍，一家人就忙开了，黄正梦招呼后就上街去，当然是打酒割肉。妹儿、秀嫂子在厨房忙着，黄正安陪客人讲话、递烟、倒水。听他们说，他们学校武斗不凶，保守派垮了，造反派要掌权。造反派也是两派，正在搞大联合。学校早就停课了，都没精力管“牛鬼蛇神”，就要把专家教授下放劳动，改造世界观，多数“牛鬼蛇神”由学校指定地方去劳动改造。造反派的头目中，有个黄教授很赏识的学生，就征求他的意见，教授愿回老家接受贫下中农的教育，好好改造，就特许了。那些家庭出身是地主的，都不愿回老家，怕贫下中农像“土改”时斗他的老汉一样。唯独黄教授不怕，因他不是地主成分。他家的佃农也才是个中农，他家原来那十多亩地，要不是教授他爸被他接走，留在本地也不过是个中农，黄教授心里有数。回来，有两个亲侄子照顾他，加上梦娃那么会处事，肯定比农场好过。

两个年轻人说：“我们老师就交给你们了，既然是你的二爸，要好好照顾哟！我们还要给队长交代一下。”

午饭后，黄正安带着他们去王队长家。两位年轻人把介绍信给队长，说明来意：“这是我们学校的黄教授，学校已经停课，专家、教授都要一边参加点力所能及的劳动，一边搞农业调查、研究。黄教授是我国有名的教授，你们要多关照。”

黄教授接着说：“我是来体验生活的，改造世界观。为不给队里添麻烦，我就吃住在我侄子家，望多关照。”

农民一听是教授，就敬仰三分。想不到自己湾里就有个教授，而且是全国有名的。王队长敬畏而谦虚地说：“黄教授请放心，照理，我也该叫你老辈子。有啥事，你只要招呼一声，一家人，没客气。”

两个年轻人最后说：“我们还得赶回去，大队那里就请队长汇报一下，我们就不再去了。”说完就出门要走了。

黄正安才说：“去公社恐怕找不到车了，就住一宿再走。”

二位说：“不必，我们带了车来的。”就告个别走了。

等二爸、黄正安回家时，两个孩子已上学去了，家里一个人都不见，包袱也不见了。他们估计是在隔壁，就去瓦房了。正好妈、妹儿、黄正梦正在为二爸打扫房间、整理床铺。这座小瓦房，正房五间，两边侧房各两间，下首大门两边是猪舍和牛圈，加一间放杂物的厅房。土改时，吴明礼分得左边正房两间、侧房一间、猪舍一间。厅房共用，其余的是曲家分得。黄正梦买下吴明礼的房后，一间正房是他大哥住，左角正房是吴明礼用作厨房加饭厅，侧房一间是吴明礼的妈住过的。他大哥的住房就腾出来让给黄教授住，自己住侧房。恰好他大哥现住的那间正房，是黄世华年轻时的住房。黄教授看了，思绪万千，激动地说：“这间正是我当年的住房，你们想得太周到了。我正好做一下我童年的梦。”

秀嫂子说：“我们都不知道你过去住的这间房，只知道这座瓦房是你家的。”

正在说话时，曲仁海也过来了，在门口就问：“听说我们的老东家回来了，我还不认识。”黄正梦、黄正安、教授都出门来招呼，黄正梦介绍说：“这是我二爸，这是曲大哥。”

曲仁海说："我很小，你出去读书，都不认识了。"

黄世华教授就问："曲老哥子、大嫂子，还健在吗？"

"1960年前先后就去世了，在生时还常念着你们呢。"

正值小春收获大春播种季节，年轻人该出工了，黄正梦叫妹儿留在家里，继续整理两间住房。黄教授在小院里，看整个房屋原貌基本未变，小院门外的几株柏树没了，院后的竹林旧貌依然。站在门口，人们正忙碌地栽秧，山湾里的房屋仍是他记忆里的模样，房屋前自留地里的各类蔬菜惹人喜爱。记忆深刻的堰塘边的两棵苍茂的百年老柏不见了，被老柏茂林掩隐的睏牛石，像一头老牛，在太阳坝里悠闲地躺着。二台土已成熟的小麦，在阳光照射下毫无遮掩，耀人眼目，妇女们正在收割。三个小山坡，高大的树木不见了，成了黄色的馒头。掩不住的伤痕，黄教授心里自然明白。

他又转到隔壁的草房，原是杨崇正的住房，他走时这是一片菜地，如今是他吃饭的地方，这时他才认真观察，房前屋后虽然不如他住地的水泥地，但打扫得干净。柴火、蒿秆都成捆地放得那么整齐。一群鸡仔在屋前被母鸡带着，戏玩、寻食。右侧厨房外紧邻的猪舍里，一头大母猪躺着，一群猪仔在妈妈的肚下拱着，争抢奶吃。房前的早玉米，长得嫩绿惹人悦目，已抽天花，这肯定是梦娃家的自留地，比其他户就胜出一筹。推门进去，堂屋中间一张四方桌，是农家人常用的饭桌。两边各一个大木柜，一个装有半柜子的稻谷，一个还装有半柜子杂粮。左右两边是卧房，家什整齐，地面干净，被子顺叠，显得十分整齐，与他平时下乡所看到的农家就大不一样，这是一个会过日子的家庭。在他印象里，杨嫂子就会操持家务，能干贤惠，很爱整洁，这个家风怎么也传下来了？教授就是教授，他终于找到了答案，原来秀嫂就是她家的奶奶，可能是她调教出来的。

他又转到屋后，发现了黄正梦种的柑橘树。有30来株，嫁接成功。他知道父本是鹅蛋柑、温州蜜橘，新芽长得十分娇嫩，有的已开花，有的花落后已露出小果。他一株一株地将其全部摘掉。他唯一遗憾的是，两边的竹林荫着，缺少日照。千年道理难违哟，有《千秋岁》表述他的心情：

久违老屋。总有牵情处。青黛去，黄泥土。亲情割不断，土灶杂粮煮。城里乱，山湾寂静心神驻。责问人间赌。争斗缘何故。常雷雨，风云雾。禾苗欠日照，唯有农家苦。千秋岁，咋能饿肚精神鼓？

当他返回屋前时，秀嫂子已经过来了，正忙着准备喂猪，见他就招呼他：“他二爸，茶我已沏好了，放在里屋的桌上。不知你抽烟不？烟叶在柜上的竹兜里。”黄世华道声谢，走进屋里，揭开自己的盅盖，香喷喷的茶扑面而来。外面又听秀嫂子说：“他二爸，那边的铺已理好了，你去休息会儿嘛。”让这个教授，真有回家的感触，他的想法、学生的关照，真让他在缝隙里有个安稳、平静的空间了。

晚饭时，青香的大米菜稀饭，加上闷的炒胡豆、家常四川泡菜、醇香的陈年豆瓣酱，教授吃得那么香甜。还说：“几十年没吃闷的炒胡豆了，趁牙巴还行多吃点，这个营养好。我知道过去的耕牛，农忙时还要喂这个东西，对不？”

黄正安笑着说：“二爸，这些你都知道。”

立儿也来斗嘴说：“二爷爷是教授，啥不知道？二爷爷，教授是个啥？我问老师，她说是很有学问的人。”

妹儿说：“就是书读得多，你爸还常看书呢！你要跟二爷爷学，长大了才有学问。”

教授又说：“梦娃，你嫁接的都成功了，新芽开的花我都给你摘了。前一两年都不要，让它集中营养长枝条，没着急结果实。我建议，移栽几棵到屋前的自留地旁和小院坝边，日照长些，后面的日照太短。施肥剪枝，你是懂的，要常观察。”

黄正梦说：“二爸说得对，占点自己的院坝，荫到的是自己的自留地，队里没话说。冬至后，开春前就移。王队长说他不给你派活，你愿意干什么，就力所能及干一点，不想干你就好好休息。”

教授感慨地说：“乡亲们太好了，明天我要挨家挨户去问候一下，特别是我们黄家的，多年不见，真还想看看他们的后人。如果去农场劳动，就不得闲了。”

黄正安说：“二爸，你该把二娘、奶奶接来住一段时间就好了，我还未见过二娘呢。”

“你奶奶已 80 多了，行走不方便，欢迎你们去看他。”他不便多作解释。

第二天吃过早饭，黄世华想去黄世平家、黄世和家看看，路过黄家大院大门口，碰上刘本经招呼他：“黄二哥，你还认得我不？”

黄世华盯着刘本经发愣，一时想不起来，就说：“不好意思，久了，我一时真还想不起。”

刘本经才说：“你贵人多忘事，你去县城读书，我还帮你挑过行李呀，过渡城边的阳河江，你差点掉进江里，就忘了呀？”

“你是刘大哥，怎么变得我不认得了。真是‘少小离家老大回，笑问客从何处来’了，你看我这记性。”黄世华才不好意思地说。

刘本经说：“那几年是把人折腾够了，不是这几年好点，你就见不到我喽。请到我屋里坐坐。”

黄世华也客气地说：“不用请，看看倒是应该的。”

他随刘本经进了大门，右拐便是刘本经的家。他家六七口人，两个儿媳，就挤在两间瓦房，后面搭了两间偏偏的茅草房。正面一间瓦房，既是堂屋也是饭厅，还安了一架床，是刘本经用的，一间瓦屋住的大儿媳，后面一间草屋住的二儿媳，一间草屋既是厨房，又是喂猪的圈舍。刘本经在廊檐下安了凳子，请黄世华坐，并说：“这两间瓦屋还是土改时分的你哥的，儿子大了，在后面才搭两偏偏，想另修几间草屋，竹木没有、钱也没有，只好将就了。他妈 1960 年饿死了，留我一个老头维持这个家，苦啊！”

黄世华没进里屋，坐在廊檐下，还是他家人进出的过道。两边堆了不少柴火，锄头、扁担、箩框、背篓、篼兜，杂七杂八地放在鸡笼上。抬头一望整个大院，老屋四周的廊檐都有两米宽，原宽敞的廊檐都是人的过道，如今都像刘本经一样，堆放着各类杂物。院坝中央堆放着刚收割的带穗的麦秆，准备打场。四周糠壳铺满地面，风车的风口处一大堆糠壳还来不及收拾。黄世华因常跑农村，也不觉得奇怪。刚坐下，王队长就站在他家门口喊当天的工了，妇女们打扫院坝、晒麦秆，下午打麦子。男劳力今天灌红苕苗床，老头们给棉地除草。他只好安慰说：“过日子总得慢慢来，相信会一天一天好起来，你能看到儿孙满堂，算是福气了。”同时告诉他，有时间聊，今天不耽搁他出工，就告别出门了。因已喊出工了，他又站在门口犹豫，抬头左望，黄世和、黄世喜几家的茅草屋和黄世平的小瓦屋，面貌依旧，但没有大院拥挤。从屋前屋后可看得出，他们的日子还是比大院的过得舒展（方言，舒服）点。人们从自留地里回家，各自拿着农具准备出工了。于是他调头朝黄正梦家去了，队长没安排他的活，自己做什么还拿不定主意。他问秀嫂子家里还有锄头吗，秀嫂子回答还有，急忙找来女儿用的锄头说：“这把轻些，他俩弟兄用的都挺重的，这把好使，我那丫头用的。”

他拿着锄头回到自己的歇房，换了衣服，穿了一双解放鞋就出门了。上了二台土，也只有三个老头，在刚收了豌豆、胡豆的土里，为刚出土的棉苗锄草、松地。还未进二台土就有人招呼了：“二弟，你住在城里不好，到农村来受罪呀？”刘本经他已认识了，招呼的人他疑惑了一下，就认出来了，回答说：“你是世平大哥吧，他是世和老哥吧，都老了，见一次就算一次喏。不是学校折腾，我还没机会见你们呢！”

刘本经说：“我还没见你做过农活，你行吗？”黄世华一进土，就要起了锄头，三个老头站着看他的手脚行如流水，都感慨地说，想不到教书先生还会地里的活。教书先生毕竟是教书先生，不一会儿就汗水满面了，用毛巾揩了汗水，站着说：“这是共产党改造知识分子的成效嘛！我们常在学校的农场与学生一起劳动，我们学校的林园，也不比黄家湾的土地少。”

黄世平说：“不过，你的动作太快了，你干不了一会儿就累翻了。农民长年在地里干活，就得磨，慢慢来，气要匀，才能持久。”

黄世和说：“那年大兵团，队长干活动作快，累了就扯朵子去检查，社员没朵子扯，就只有挨打。”

刘本经说：“也不知那是什么世道，如今不打人了，活路照样干起走了，进度比那时还快。”

黄世华就放慢了进度，汗水就少了，他才体会到面向黄土背朝天的农民是怎样磨过来的。人的体力是有限的，过了，反而欲速不达的道理，他明白了。四个老头攀谈着，不快不慢地磨着，半上午，六分地的棉苗就锄完草、松完地。刘本经说该烧烟了，因没大树，就找不到一片阴凉地，穿过一片地，在山边的岩腔下，各人找一块石头坐下裹叶子烟。黄世华主动拿出纸烟请大家抽，黄世和说：“我抽了你那个要上火，你抽我这个不上火。”黄世华也学着裹了一支叶子烟，擦了几根火柴，仍未点燃。

黄世平说：“这有个手艺，一要裹得松，二要烟杆通，三要明火点，四要喝得凶。”于是裹了一支，栽在汉烟杆上，递给了黄世华。黄世华刚浓浓地抽了一口，就呛着了，把大家逗笑了。

黄世华说：“真是蛇有蛇路、拐有拐路，我还是先抽支纸烟解解闷，慢慢学。你们还是尝尝我这个，烟撇了才上火，好烟就不上火。”大家抽了觉得不错，黄世和问：“你这个烟我没抽过，要多少钱一包?”黄世华回答：“金沙江烟，三毛钱一包，在学校抽的还贵一点，一般是五毛钱一包。”

“难怪，我抽过跃进烟，才五分钱一包。你一月拿多少工资，抽这么贵的烟。”黄世和问。

“不好意思，一个月工资100多元。我一个月的烟钱要二三十元。”黄世华回答。三个老头都傻眼了，刘本金说：“比我们县的书记还拿得高，难怪人们一说教授，还懂不起啥教授，只听说中学教师高的也是七八十元一个月，教大学就更不简单了。还是你命好，读书有学问就不一样。你一个月的工资，我们一年都挣不回来。可惜梦娃没读书的命，那个娃娃要是读出来了，也不错。”

黄世平说：“不是伙食团，他就读出来了。我才是旧脑筋，早知如此，50年代我不该把才娃拴在家里。”

黄世和说：“读书还是得讲天分，我那些娃就没这个天分，只有捏泥巴。我看你那孙子黄卫兵有天分，如今学校又不上课，成天闹，咋得了啊!”

黄世华说：“娃娃还是要自己教育，培养他读书的习性，知识不是靠打打闹闹就学到手了。”

动工了，黄世平将自己的草帽给黄世华说：“你戴，你少有晒太阳。”两人正在推让，秀嫂子已把草帽送上山来了。

她走后，刘本经说：“秀嫂子不错，为人谦和，心也好，不亚于原来的杨嫂子，黄正梦看来还是有福气。就可惜黄正安，人也好，身强力壮的，30多岁了，就安不起个家。”

黄世平说：“人一辈子说不清，黄世喜是个干事的，就命不长。那家人就看黄世朋，又有病了，这个队没那福分。他当队长，会计划、有头脑，为人也好，1961和1962年，不是他与梦娃，不知要多死好几个人哟。”

黄世和说：“就是蒋木匠，手杆往里弯。不说黄世朋任队长，就是刘哥子当队长也行。就是你刘哥子心太耿直了，为我们说了几句心里话，还挨整。可惜杨崇正，好人一个，也命不长，他当组长时也不错。一搞合作社，就说别人与黄家划不清界限，硬把组长换成蒋家的了。结果如何？打死了别人，自己也把命丢了，报应。”

刘本金说：“王队长也不错，能力差一点，但没坏心眼。这下对了，城里人吃饱了闹起来，农村清静了，也该让我们喘口气了。懂不起，1957年整了知识分子，如今又来了。大学老师不教书，来搞劳动，有辱斯文。拿钱养闲人，你黄教授说，对不对?”

黄世华说：“我是搞理工科的，还好一点，那些搞文科的、社会科学的，挨得更惨。”

黄世平问：“什么理科、文科，我们不懂。”

“理工科就是讲科学技术，文科就是讲人间的道理的。比如我，就是专门搞林木的，包括果树，从栽培到挂果，这当中就有很多名堂。当然种庄稼也懂得一些，都是同门嘛。”黄教授也不可能说得太深。

几个老头边攀谈边做活，不觉就中午了。黄教授已体验到了这十多年，老家经历了什么磨难。

黄教授因平时除了上课，多数时间跑农村，晒得油黑，加上他穿着朴素，与农民差不多，身子骨也结实。他在黄家湾住了半年多，与社员都摆得来。有社员开他的玩笑：“黄二哥，黄家湾不出大人物，出个教授都像个农民。”

他有时与妇女、老头一起参加点劳动，有时男人劳动，他就在土边与大家攀谈，农民说他都是问的些“怪眉日眼”的问题，多数是与树木有关的。有时见他拿着笔记本，在田埂上、土埂上看那些过去砍了树留下的树蔸；在山坡上未成林的小树林里，穿来穿去的。由于背山的杂木多，他最爱去那里。

后来，说是学校已经大联合了，要复课闹革命，黄教授被学生用小车接回去了。走时，日常生活用品都没带，就带了他的书和笔记本之类的，说是有时间，他还要回来。

黄教授走出门口，站在小院中间，伫立在那里，久久不肯离步，望着这座小瓦房，看着一家人依恋不舍的表情，思绪万千。这里生活了半年，犹如家里，觉得开心、舒适。倒不是因为这家人的日子比其他农户好一点，他感觉的是，一家人的和睦、勤劳、计划、料理，传承了前辈传统，无论在什么条件下，这是农家人过日子的基础。他看到秀嫂子厚道的笑容，听到侄媳妇朴实无华的言语，想到乖巧的两个后孙，他觉得黄正梦的这个家有望。他童蒙时，就在这里读的《三字经》：“人之初，性本善。习相近，性相远。苟不教，性乃迁。教之道，贵以专。”他本知道，一个人的骨肉、聪慧可以遗传，一个人的性格表象、接人待物、勤劳俭朴，即农民说的习性，是靠几辈人的言传身教得来的。这个习性，就是人们常说的人的本性。所谓“江山易改，本性难移”，这种本性一经形成，是难改的。所以农民说“结坏一门亲，坏掉九代根”。他觉得梦娃有这么个好媳妇、岳母，是他的福分，是黄家的福分。

走时还特地对妹儿说：“等立儿要读初中时，送到我那里去读，我也有个小的供我使唤，混混眼睛，你们舍得不?”

妹儿开口就回答：“不是舍不得，是巴不得，有二爷爷管教他，才是他的福哟!”

黄正梦高兴地笑着说：“等他小学毕业，我就给你送去。”

黄教授还叮咛他们，现在学校教学秩序不正常，只要有空，就得盯着孩子学习，不要去凑热闹。

教授此行感慨太多，有《踏莎行》可见证：

草屋飘摇，瓦房破老，湾湾流水坡坡小。山村人善静悄悄，都城争斗人心搅。不断情愁，流连不少，人间善恶谁知晓。临行寄语谢亲情，前程暗淡恋芳草。

他走后妹儿去理他的床，发现枕边一个纸包，打开一看，是200元钱，纸上还写有字。她交给黄正梦，问写的什么。黄正梦打开一看，写道：

“秀嫂：打扰你半年多，感谢对我的照顾。我更要感谢的是，你对黄家一门所做的付出。留下200元，略表心意。世华。”

黄正梦看了，眼泪直淌。妹儿莫明其妙地问：“写的啥，你就哭了?”

“快去叫妈来，他是写给妈的。”黄正梦支使妹儿去叫妈。妈来了，他就念一遍。

妈妈才说：“感谢啥嘛，不就是大家开开心心地过了半年日子。还留那么多钱，就见外了。”

第十二章　瑞雪

黄家湾从1962年到1972年，农村大的政策相对稳定。虽然四清运动有点小的波折，在人与人之间搞阶级阵线，在农民群体中，对多数不懂、不问政治的农民来说，影响不大。就是城里搞“文化大革命”，为政治斗得死去活来，对农民过日子影响也不大。这10年，虽然不是官方说的年年增产，但劳动日普遍不高，高的四五毛，低的不到一毛。低水平的生活，让农民过得较稳定，贫富的差距也不大。有点悬殊，也就是种植自留地、经营家庭副业的悬殊。至少没饿死人，即使有少数困难、缺粮户，在农户之间赊借，也就过去了。即使街上有个别讨饭的，也有人施舍。不像1960年左右，讨饭都找不到门，家家都如此。像黄正梦这样，会经营自留地，搞家庭副业的农户，除了逢年过节，都是红苕稀饭、菜稀饭当家，日子还是温暖的。无节制的人口增加，因1960年前后的筛选，留下的多数是身体素质好点的，就是病死的人也少，这就是一个证明。

城里人也闹烦了，又有精力来折腾农民了。才有20世纪70年代的“农业学大寨”，一声号令，刮遍全国山河。陈永贵还当了副总理，好像是农民的地位提高了，恰好农村又遭到不应该的袭击。给黄家湾农民的感受就是，“农业学大寨”就是改梯土。公社党委书记老远地去参观学习，回来就层层下任务，与1958年和1959年的三高五风差不多的阵势，但没刮起来。

1973年，秋收大忙季节后，生产队开会了。全队的社员都集中到黄家大院开会，因会议重要，蒋书记也来到会场。王队长清点了人数，就由蒋书记讲话：

“父老乡亲们，今天会议的主题就是学大寨人艰苦奋斗、自力更生的精神，把荒山、荒坡改为梯田梯土，增加粮食产量，增加集体收入，这是党中央、毛主席的号召。”他开门见山地把话说开了。介绍了大寨人如何在党支部书记的带领下，经过几年的艰苦努力，把七沟八梁改为梯土，增加了粮食收成，为国家做贡献。还介绍了铁姑娘队的郭凤莲如何组织妇女也参加改梯田。他没去参观，也不知道那七沟八梁是什么地质状况，气候条件如何，适不适合黄家的情况。都是听党委书记参观回来传达的。

听了传达，群众就议论开了。城里人斗了走资派，余波未消，蒋书记也没了当年的气魄，面对群众的议论也不好说什么。

农人除了吃饱肚子，要生存，还要筑窝，要筑窝，就得靠植树、培养树，这是千真万确、路人皆知的真理。十几年前那场暴风雨，林毁无迹了，新的树苗还未成林，又刮来一场瑞雪，他们又无奈地抗争着。

虽然黄家湾的人并不知树木、草皮可以保持水土、调节气候这些科学名词，但亲身体验是有的，就不知道如何表达。

首先开腔的是黄世平：“我反正是六十好几的人了，说几句，你们听就听，不听就当我放屁。要说改梯土，我们老祖先人就干了若干代了。那二台土，那么平、那么大一坝，不是梯土呀。湾里、沟里那些水田，不是层层梯田呀。要改，就是二台土以下那一湾陡坡烧柴林地了，改了，用什么喂灶王菩萨？再有，就是二台土以上的崖石，山顶的牛钢石（指的是叶岩），巴茅都不长，那些岩缝是树木住的地方。”大跃进“时都被灭族了，有的老青冈树蔸才发了嫩芽。有的地方，柏树的老先人留了几颗籽，刚长出幼苗，又想去灭它们的族啦。如今，不说修房、打家什，就是找根锄把、扁担都没材料了，地咋种啊？”

刘代康也拿出他老子当年的脾气说：“是呀，农民种庄稼、过日子，离了山林，这日子咋过？我家七八口人，三间房，两弟兄各住一间，老爸住饭厅，厨房在屋后搭个偏偏，猪圈还找不到地方。不保护山林，咋行呀？”

黄世和也说：“铁姑娘队，我们 1958 年也有穆桂英队，又要搞大兵团呀，还要人活不？前几年把山上的树砍了、草扯了、土刨松了，河里、堰塘里淤了那么多泥沙，还不嫌多呀？掏挖费不费力气？”

黄正成急着说：“爸，你少开腔。”

黄正兴也像他老爸黄世喜，也心直口快地说：“说什么艰苦奋斗精神，黄家湾的农民，哪个不是在艰苦奋斗过日子？为啥就不艰苦奋斗植树，我房子都没住的，还是住的安哥的破草房。老子们不是自力更生呀？我从没白吃哪个的。”

蒋士茂又冒皮皮了，他说：“城里人那么打走资派，就没把他们打醒，没生过儿，不晓得屁痛。需要栽树，他要改土。”

黄世朋急了，吼着：“你吃饱了牙巴痒。”把蒋士茂震住了。

大家集中一点，就是要保护山林，给树木留一片地。人类靠着黄土过日子，庄稼和山林缺一不可，偏废任何一个都没法过日子，就看人们如何安排它们的栖息之处。这么简单的道理，农民都懂得。

王队长是个拿不定主意的人，听大家的意见后，觉得有道理，说：“大家不说了，上面给了改梯土的指标任务，改是要改的。改哪个地方可以商量，反正要冬季农闲时进行。蒋书记，你说是不?”蒋书记表示同意，就散会了。

黄正梦预料山顶不可能改土，改了也没用。只有二台土以下，有几片斜坡是改土的地方。靠青冈山、二台土下那片山嘴，是黄家的坟地，大树虽然没了，但乔木、黄荆、刺藤很多，黄家的人会坚决反对。大院后面太陡，也不可能。只有两侧的斜坡地最有可能。他的小果园后面就是斜坡，幸好听了二爸的话，移栽了十来棵到屋前。靠后屋檐荫处的几棵可能留得下来，其余的可能保不住了。他最心疼的是靠山边的十来棵柏树，正在斜坡边沿上。原手指粗的小苗，经过六七年精心管理，已有茶杯口粗了。等儿子长大了，做点家什是不成问题的。

他的鹅蛋柑、温州蜜橘，在屋前的已有碗口粗了，这两三年，经他精心管理，已是硕果累累，惹人眼目。一年除送一点给乡亲们尝鲜，还可收入近200元钱。屋后面的20来棵，因日照少，收获不多。一直找不到地方移栽，年年有点收入，比竹林划算，也就算了。

立冬后，改土一事，队里多次讨论，经请示大队同意，恰符合黄正梦的预料。这时，黄正才、曲仁礼就来编他，想买他屋后的鹅蛋柑树，又怕移栽不活。黄正梦想，自己又找不到移栽地，反正都要毁掉，还不如送个顺水人情。他是个不忘旧情的人，就主动找到黄世朋说：“二爸，要改土了，我屋后柑橘树留不住，你愿栽几棵吗？”

黄世朋激动地说：“那才好哟，栽得活不？”

黄正梦说：“我保证给你栽活，就栽在你的屋前，你们这边日照好，今后结果更多。”

“我眼前没钱，要欠你哟。”

“说到哪里去了，不要钱，反正是要毁的。”

三家人各家移栽了五六棵，都未要钱。后来都移栽活了，都是黄正梦帮他们年年剪枝、指导管理，一年比一年挂果多。

柑橘树的问题解决了，就是那几棵柏树难办。他想将其移栽到塘边原来那两棵老柏树处，两边都是他的自留地，不影响别人，长大了只是荫到自己的自留地。问题是会不会有杂言闲语，自己成分高，受不起。他才去问黄世朋，一边给黄世朋栽柑橘树，一边问：“二爸，有个问题，我想听听你的意见，你当过队长，有见识。”

“啥事，你尽管说。”

“我屋后那几棵柏树，已茶杯口粗了，毁了太可惜。我想移栽到我自留地外的堰塘边，不知行不？”

“那有什么不行？是你的自留地边。”

“那是原老柏树的地方，怕别人说三道四的。有无必要请示一下队长？”

“只要政策不变，怕他咬球。给队长说一声，你不好说，我帮你说。”

第二年洪水季节，几次瓢泼大雨，山洪来临，把黄正梦草房后斜坡、队里改的梯土都冲毁了。泥沙俱下，一直漫延到屋后，幸好未冲垮房屋。屋后的柑橘树、岩坡边的柏树幸好移栽了，草房的后墙被浸湿半截。去冬改土，在他家和曲家的屋后斜坡，一个冬季花费了几百个劳动日，改了不到半亩地。几块溜长的地，最宽的也不过两米，最窄的可放粪桶。一共四梯，用乱石砌成，没土埂、土沟，没想到排洪。老祖先人改的二台土，都有坚实的石土埂，前沟、背沟，既可排洪，又可挡沙，今人就没想到。还是公社参观了大寨的人亲临指导的。弄得黄正安、黄正梦两弟兄不敢找队长说理，更不用说赔偿了。只是找队长来看了一下，请求他想一个梯土排洪的办法，队长想不出办法，就算了。还是几年后两弟兄先后又栽上各类杂树，才避免了后来类似的事发生，那是后话。两弟兄利用早晚空闲，花了近两个月的时间，在屋后挖了一条深沟排湿，又在隔壁瓦房后挖一条深沟，连在一起，从两房屋间再掏一条沟，将水引到屋前的田里，才保住草房的安稳。

曲家找队长吵了一架，也无济于事。曲仁礼在屋后挖沟骂人：“安哥你说，改梯土，把老子的墙要冲毁了，就算了。那个大寨书记是他妈一个啥龟儿子，没名堂。”

曲仁海才来挡他的话说：“老二，少开腔，不要忘了刘本经挨打，哪里说了哪里丢。”

曲仁礼还不服气地又说：“大人物我不敢说，那王小子就得有个说法。”

“他也没法，梦老弟，你说是不是?”

黄正梦才说了一句：“那是，他也顶不住上面的政策。没关系，就是自己掏点神。”

曲仁礼又笑着说：“梦老弟想得开、沉得住气，佩服你。你给我栽的鹅蛋柑，花没摘干净的，结的几个小果都有小茶杯大了。”

黄正梦说：“今年只保它成活，没想吃果子。”

曲仁海也说：“梦老弟，还想得到办法不？我也想栽几棵。”

“以后再说，眼前培植的幼苗还未嫁接。”黄正梦回答。

黄家湾的“农业学大寨”、改梯土，以黄、曲两家的损失为代价，从此结束，没有再刮起旋风，因为农民反对。

一波未平，更大的第二波又来了。

掀起这场波浪的，就是下乡知青。他们在城里打一阵走资派，啥好处都没捞到，城里人的工人老大哥管不了他们，转交给农二哥——贫下中农对他们再教育。他们从小吃公粮，就不知天高地厚，来到农村才知道艰苦。原来的豪气壮志没了，董家耕的榜样不是那么好学的，这里虽是广阔的天地，但并没有他们心目中的作为。想脱掉农皮也不是那么容易，于是就异想天开，找个足凳垫一垫，好脱掉农皮。“文化大革命”虽然对农村波及不大，他们就不知道这广阔而平静的水有多深，抓到一根稻草，就想在黄家湾掀起波浪。

社员听广播上说，“宁要社会主义的草，不要资本主义的苗”，都当成笑话，有的说是播音员说错了，应该是社会主义的苗，资本主义的草。有点文化的人，又说没错。社员们在地里劳动时，就这个问题争论了半天。

恰好不是笑话，沟上头有两个知青已下乡五六年了，还没机会回城，就八方想找个出头的机会，争个表现。他们有点文化，在城里参加了“文化大革命”，政治敏感性强，城里没闹够，又把他们的阶级觉悟拿到农村来发泄。一个叫巫忠理，一个叫苟明堂，都是高中 1966 届的学生，是江阳下乡来的。巫忠理是学校造反派的副司令，苟明堂是造反派的中队长。比他们下乡迟的都先后走了，主要原因就是他俩的身份——造反派头头。发动他们的人已讨厌他们了，才把他们放到农村交给贫下中农，他们还不知趣。城里在批林批孔批周公，反击右倾翻案风，以为造反派的运气又来了。于是他俩在农村，就只有八方找资本主义的苗，来呼应城里，又做当英雄的梦。闹了笑话一场：

猫儿尚可分公母，难辨青苗性别处。

笑话人间怪事多，名人论理狂言吐。

黄正梦屋前栽的鹅蛋柑，这几年结得特别好，到收获季节，黄澄澄的，特别惹人眼目。本地种果树的很少，都是少许自然生长的桃、李之类的，很少有柑橘。这个品种好多老人都未见过，想买一个来品鲜也很难。沟上赶场的人，路过湾口，一眼就可看见，难免带着羡慕的目光议论。

“那两个地主崽子，有办法。”

“你过去斗别人，别人就有办法活。”

“听说他家的猪也喂得很顺，日子过得比队里哪家都好。”

“那个梦娃，听说 1958 年跑出去，荡了几年，搞投机倒把赚了不少钱，有底子。”

“你们看，那堰塘边的弯弯柏树，又要长伸了。”

这些议论，当然会被嗅觉灵敏的两个知青听到。一天下午，被本队刚下队的女知青徐明华带着一群知青七八个人，在她住地保管室玩了一会儿，就出大门去塘里洗澡、洗手纳凉，有的去摇动那几棵柏树，有的就去摘刚要成熟的鹅蛋柑，有的干脆去扯黄正梦在柏树边自留地育的柑橘幼苗。

想栽鹅蛋柑的不止曲仁海一家，黄正梦想把这批柑橘苗嫁接后，让明年家家都栽几棵。所以，全队的社员都望着。几个知青正在动手时，恰好遇到担粪路过的蒋士茂。他先以为这些知青不懂事，很客气地招呼：“你们干啥？吃了饭没事干呀！”

苟明堂就大声说：“这是地主崽子想走资本主义栽的苗，留着它干啥？”边说边扯柑橘苗，有两个知青还拔柏树，给蒋士茂示威。蒋士茂说时迟，那时快，放下粪桶，抽下扁担，几个箭步，蹿过黄正梦的自留地，冲到塘边，端着扁担向知青直冲而去。几个知青见此阵仗，吓得后退。参加过武斗的苟明堂，抽出匕首，迎了上去，被蒋士茂一扁担砍在右手腕上，匕首落地。蒋士茂舞起扁担，勇往直前，把几个知青逼进塘里去了。幸好久未淘沙的堰塘水只有齐腰深，有的呛了几口水，也在水里站起来。水里、岸上，相互对骂。

巫忠理说："广播说的，要割资本主义尾巴，你敢对抗，老子到公社告你。"

"老子不懂，你告个球。"

"你与地主是啥关系？你要护着他？"

"你狗日的造反司令，要造贫下中农的反了。"

"他就是劳改犯的儿子，一丘之貉。"被徐明华点明了。

"不怕你嫩，老子也不嫌。"蒋士茂这句脏话，徐明华被骂哭了。这时挑粪路过的也停下来参与了，山上做活的也赶到了，与水里的知青吵成一团。知青站在水里不敢上来，倒了威风，听由大家骂。

"地里才长苗，都是资本主义了？你吃锤子。"

"你要社会主义的草，你是吃草的，不是人。"

"你狗日的，在城里啃老子的肩膀皮，吃饱了。"

"狗日的，是人养的就上来，不是人养的就没上来，看你狗日的要干啥。"

王队长劝大家散去，各人去干活，莫把势态惹得大了。骂得正起劲的、帮腔的、看热闹的，就是不愿离去。王队长才去大队、公社找人来解围。两顿饭的工夫，蒋书记陪着公社的武装部部长来了。蒋士茂把事情的经过说了，并带着他们去看被拔了的柑橘苗、被摇动的柏树和丢了一地的鹅蛋柑果实。

蒋书记才招呼说："骂不解决问题，要坐下来，讲理才解决问题，等我们调查清了，自有是非。知青们，都上来说话。"

巫忠理理直气壮地说："我们听说二队阶级斗争很复杂，地主崽子不一心走社会主义，想的是个人发家致富，在自留地里种柑橘苗，我认为就是资本主义的苗。所以我们就是要扯、要铲。"

武装部部长发话了："混账，即使要铲，也要在党委、革委会的领导下有序地进行。谁叫你自作主张的？"

社员们并未听懂那个武装部部长说的话，还以为他给自己撑腰，当时的武装部部长最有权威，大家就慢慢散了。只有一直不开腔的黄正梦是听懂了的，下一步的祸事，就该自己了。

第二天，公社党委副书记晋华香带着三个人来队里调查，一个是革委会副主任刘徽平，原是管农业的公社副社长，现在也管农业，另外两个是一般干部。刘副主任是新中国成立前帮人出身，“土改”时的村干部，因他懂生产，社教时提拔为副社长，是秀嫂子的远房哥，为人朴实，办事有罗队长的风格，但作风简单粗暴。他带一个人找社员座谈，晋华香带一个人专门找黄正梦谈话。晋华香是黄正梦的初中同学，出生中农，读书时常找黄正梦解答疑难。未升上高一级学校，在家搞了几年劳动就结婚了，爱人至今是个农民。四清时，被抽去外县搞社会主义教育，回来安排在公社做妇女主任。1972 年被提拔为公社副书记，管政工。

她一到黄正梦的家，就看到这一家人虽然是草房，但家里干净整洁，还真有点让她羡慕。黄正梦出门招呼她：“请坐，我去给你倒茶，家里脏，莫见笑。”

“老同学，莫客气了，逢场很难见到你。”晋书记很和气地说。这一开口，就让黄正梦紧张的心情放松了。

都坐下后，晋书记毫不客气地单刀直入主题，就严肃地问：“你自留地里栽柑橘苗，是怎么回事？你要如实对我说。我代表党委找你谈，同学关系就放到一边，这是原则。不要自找麻烦。”

黄正梦收敛了笑容，老实交代说：“那几棵大的鹅蛋柑树，是 60 年代利用竹林地栽的，因背阳，听我二爸建议，移了几棵到靠自留地的院坝边。”

“我问你自留地里的幼苗。”

“那是我育的，嫁接后不是我要栽，我也没地方栽了。是队里家家都想栽，我是为他们明年栽准备的。一家有几棵果树，一年也可收入一两百元钱。都是邻居，光是我一家有也不行。一是每年收成时，各家尝点鲜，所剩无几。二是大家都有了，都有点收入，也是好事。我答应了各家的，不信，你可去问他们。如果你们要铲了，我没意见，大家也不会怪我，我也少麻烦。”

“原来前面是否有两根百年老柏树，说是你们黄家的风水树，如今你又栽几棵柏树，是啥意思？”

“没啥意思。过去是有两棵百年老柏树。政府本来就号召栽树，如今那几棵树本来在我屋后的山边，还是我60年代栽的，近10年了。我当农民，现在找根锄把、扁担的材料都难。儿子一天天长大了，长大后总得添置点家什，都要柏木，我就是想早点做准备。因为你们号召”学大寨“、改梯土，队里就把我屋后的属于政府划给我的山林地首先改了。我才把它移到堰塘边的，我当年栽时，老队长是看见的。你不信，马上就到我屋后去看，改的土已被今年山洪冲垮了。我这间草屋差点被冲毁了，痕迹尚存，还要不要我们活？风水，那是封建思想，日子都这么困难，我去相信那些干啥？别人要相信，我没法。你们一级组织，总不能用风水的观点来看吧。我是相信党的，未必当年砍它，就是为了破除迷信呀？”

这后一句话，把晋书记问得无话可说了。在座的另外一个人，做好了记录，交给晋书记，她看后就问：“黄正梦，你刚才说的，敢搭迹吗?”

“敢!”黄正梦很干脆地回答，就用手按了个红印。

晋书记出门，由黄正梦带到屋后她一看，屋后土墙下半截湿痕明显，用手一抠，土已松了。一米深的后檐沟，明显是刚挖的，这条沟一直延伸到竹林那边的瓦屋后檐。屋后的空地布满了泥石，泥石流把相邻的竹林毁得东倒西歪。斜坡上不是水路的地方，改土的痕迹尚存，水过处，石骨显露。整个地段，犹如山体滑坡，受害最惨的是黄正梦家，曲家幸好屋后是一片竹林，挡了不少泥石。有文化、有政治观念，又有农村生存磨砺的晋书记心里明白，这明显是欺负别人成分高，才首先选了这个地段开刀，大小队干部也是被逼得无奈，要完成上面的任务。在班子里、在群众面前，谁也不敢冒皮皮，这是上面的号召，弄不好，饭碗会“跳舞”。她在各大小队也听了不少群众的呼声，要做好群众的工作，不能当群众的尾巴，这是党内多年的原则。爱人在农村赡养着两个老人，自己拖着两个孩子，日子也过得紧巴巴的。她同情黄正梦，当年班上成绩常是一二名的他，后来停学了，落得如此地步。

再进屋时，她看了黄正梦猪圈舍，一窝猪仔，长得油光水滑的，这窝猪仔卖了，顶得上她半年工资。一大群鸡鸭鹅正在柑橘树下乘凉。才觉得，这家人的日子不比自己差多少。这时进屋，气氛又不一样了，不仅缓和，还拉起了家常。懂政策的晋书记知道，他虽然成分是地主，但毕竟是子女，不是阶级敌人。她先开口说：“老同学，你真能干，哪里都难不倒你，看来你家日子不错吧?”

“都是党的政策好，集体分的就是那么多，只有在副业上想点办法，这么大家人，要开支嘛！”

“我嫂子肯定很能干，你一个大男人，揽得完呀？”

“让你见笑了，农村人，不勤快，吃啥？”

“我家就养不好副业，老母60多，又有病，能煮饭就不错了。我那男人只有认到在队里干活，连鸡鸭都喂不起来，还靠我给点油盐钱。我拖着两个娃，除了买三个人的口粮，还要负责一家人穿的。”

“不像你们国家干部，我们农村人，穿的就不讲究了，只要不冷就行。农村人，男的要挣工分，家里要会计划安排，女的要配合，就没过不去的坎。你那家人，再能干，没女人在家配合，当然只有多挣工分。”

“看来一家人，两头扯起，不是办法，顾到家顾不到工作。我还真羡慕你。”

“我一个农民，哪敢与你国家干部比哟！”

正谈得浓时，那边带信，说座谈完了，叫晋书记过大院去。晋书记才说：“你别背包袱，我看问题不大，没啥。”就告辞走了。

保管室被知青住着，今天一大早锁了门就走了。据王队长说，徐明华请假，说是要回江阳。公社一行人就在王队长家交换两组座谈的情况。刘副主任说：“我们问了十多家人，都说黄正梦自留地育的柑橘苗，是为他们准备的，家家都想学习他，栽几棵果树苗。”

王队长说：“我也给他说过，我也想栽几棵。我还不知道家家都向他要了。我刚才去数了，3排苗子，不到100株。”

刘副主任又说：“我看这是好事一桩。国家年年号召栽树，没说不准栽果树，符合国家政策。国家叫发展多种经营，这也是一条路子。不说全公社，我看全县都难找这个品种，一两年就挂果的柑橘树我还没见过，这些苗子要保护。”

晋书记也说：“与黄正梦说的对得起口径，他说的实话，他说他当着做好事。这个问题就不谈了。柏树的事，简直没名堂，只要不在熟地，哪里栽不一样？”

刘副主任说：“年年植树造林，只栽不管，就是造不起来。别人栽好，东说西说，有的人，就爱磨牙巴。改土，要与造林结合起来，林没了，土地越种越瘦，这哪是搞农业?”

晋书记又说：“王队长，黄正梦屋后的梯土被洪水冲毁了，殃及别人的房屋，后面那一坝泥沙，队里是否帮别人清理一下，地主子女也是人嘛，也是社员。”

王队长说：“是否征求一下他的意见？再说那是他的竹林地，泥层厚了，看他作何打算。”

从交换的情况看，黄正梦可能无事了。问题是蒋士茂打了人，知青已回江阳去了，也不知苟明堂的手伤势如何？按农村一般民事纠纷，伤势不重，双方劝一劝也就算了。问题是知青与社员发生打斗，会反映到上面去，就不知上面如何裁决。

刘副主任说：“是知青先破坏林木，引起蒋士茂出面干涉。不应用扁担威胁，但苟明堂抽出匕首，这是凶器，也是违规的。知青的出发点是好的，但不问事实真相，不懂政策。蒋士茂父亲是劳改犯，本人要接受教育，队里提出批评，态度好的话，可不追究。”

晋书记表态：“我没意见，就按刘副主任说的口径向党委汇报。”整个事情，基本有了一个结论。晋书记要求王队长抓好当前工作，党委讨论同意后，开个社员大会，向群众说明，同时在会上对蒋士茂提出批评。会前做好蒋士茂的思想工作，吸取教训。

事情都过了十来天了，社员大会等着公社党委的意见，还未开成。据王队长透露的风声，问题不是那么简单，社员们看着黄正梦、蒋士茂，心里有些忐忑。徐明华回来了，晚上去王队长家要点泡菜下饭，王队长的爱人陈世容不给，还说：“没有，你们是吃草的，山上有的是。”徐明华流着眼泪走了。

第二天一大早，晋书记、蒋书记带着六七个人，据说是县里的人，江阳专署的人也来了。社员们看出徐明华家所在的电机厂的人也在其中。先由王队长带着看了现场，社员们都在各自的门口看王队长指手画脚地说什么。然后就在大院的院坝中，坐了一大圈人开会。在大院里住的社员，都在家门口望着，王队长才想到该喊出工了，就叫大家出工，但谁也不动。不一会儿，院坝中的人吵起来了，只听得：

“是地主崽子与劳改犯的崽子，串通破坏党的知青政策。”

“没有串通的证据，不可轻易下结论。”

“自留地里栽柑橘苗，是个人发家的苗头。”

“国家对自留地，没有只准种什么不准种什么的政策。请你们定个具体政策，我们才好执行。”

扯了一阵，没个头绪，王队长起身要走，蒋书记招呼他坐下，他赌气地说：“没生过儿，不晓得屁痛。你们政策都没搞清楚就指手画脚的，我听哪个的？这个队长，我不当了。”就出大门去了。

大家都瞪眼了。冷了好一阵，还是晋书记开口说话了：“你们都是上级，有两级知青办的，有两级党委办公室的，有知青家长所在厂矿的，说职务，你们都是上级领导。知青是来接受贫下中农再教育的，你们是教育贫下中农的，对公社党委的意见，还有什么看法，是不是听一听贫下中农的意见？看他们对黄正梦、蒋士茂如何看，不对，你们可以教育贫下中农，如同教育你们的子女。蒋士茂的爸是劳改犯。据我所知，苟明堂的父亲也是厂里的管制分子，你们咋看？我是坚持党委集体的意见。要纠正，也只能上级党委来纠正。”

蒋书记也说：“我这个为农民办事、为上级跑腿的人，就直来直去。农民与知青的纠纷，就是纠纷，不要扯到苗上去。你们回去扯清楚了，欢迎你们再来。有本事的，马上就去把黄家湾集体的地、自留地分一下，哪些是资本主义的苗，我发动社员去铲。”

看来上级的领导与基层干部产生了情绪对立。电机厂的同志才说：“我同意晋书记、蒋书记的意见，纠纷就是纠纷。我们开车床的、搞铸工的，哪个分得清这个胚子是社会主义的还是资本主义的。我们的娃娃没教育好，给农民兄弟添麻烦了，对不起了。以后该教育的，你们还是要教育。”

各家门口的人像看戏一样，抑制不住情绪的蒋士理吼了一句：“这个同志说的才像人话。”

蒋书记转过头去，凶了他一句：“吃饱了。”

农民眼中最大的一个官说：“实地也看了，都发表了意见，我看要尊重基层的意见。就按纠纷处理，请公社党委将你们的意见如实上报。请公社、大小队多做点贫下中农的工作，做好对知青的再教育。各子女单位，做好子女的教育，苟明堂的医疗费由单位解决。大家要吸取教训。”

散会后，电机厂的同志找到徐明华，不知说了些什么，就带她找到王队长说：“队长，娃娃不懂事，你莫见怪。队里需要的钢钎我带来了。你们‘学大寨'，我们也帮不上忙，只能做点这些。"

徐明华哭着说："队长，我错了。今后，我再也不与他们伙群了，好好劳动。"

王队长看到这个才16岁的女娃娃离开了父母，见她流泪，难免也心酸。就说："同志，你放心，我们会把小徐照顾好的。"电机厂的这个同志也姓王，为安置小徐的事，他们已打过多次交道。

风波算是平息了。王队长虽然赌气走了，但听大院的人说了开会的情况，气早就消了。第二天一大早，蒋书记路过二队，找到王正元说："你的气赌得好，你开个会说一下就行了。"

等蒋书记走了，王正元就喊出工："出工了，没事了。"他的会就开完了。

在地里给棉花施追肥，主要劳力赤着上身，穿一条短腰裤，捆一根汗巾，打着赤脚，你追我赶地挑粪。蒋士茂已是二十好几的小伙，今天特别卖力气，从后面赶上王队长。王队长对他说："茂娃，以后脾气收到点，好找一个好媳妇。"茂娃冲到前面回答："听队长的。"这也算是队长给他个别谈话了。蒋士茂一进，接过黄正梦的瓜档，又高兴地说："梦哥，柑橘苗，我要栽5棵，行不?"

黄正梦回答他："没问题。不是你，就遭殃了。收了苞谷，你的猪得加精粮了。"

蒋士茂憨厚地笑着说："谢谢梦哥，有啥事叫一声。"

地里撬窝的、盖窝的、松地的妇女，听他俩的答话，笑着叽叽喳喳地说开了。

"梦老弟，没忘了我哟。"

"茂娃，这回像个男人。"

"我二天给你说个婆娘，你莫打人哟。"

把个蒋士茂逗得脸红红的。王队长进后，放下粪桶伸着腰，十多天来，社员们第一次看到他笑。

"队长，要奖励茂娃。"

"最好的办法，给他找个老婆。"

农村的人就是这样，只要嫂子、婶子们笑你，说明你不会打单身了。所以邝嫂也搭腔了："就靠嫂子、婶娘们喏。"一年后，嫂子、婶娘们真还给他撮合了一个女人，人不很强，总算安了家。

眼看睏牛山脚下的棉花追肥就要完了，学生也背着书包回家吃午饭了。黄兴龙路过土边，就兴奋地喊：“爸爸，有你封信。”黄正梦叫他带回去，快收工了。

黄正梦拆开看，是二爸的来信，叫他学校放暑假时，把立儿送他那里去。大奶奶已去世了，大哥黄正明的儿子已读高中，去年就送回西安去了。家里请了个保姆，生活没问题，就想有个小孙在膝下，图个乐趣。把立儿高兴得中午饭都未吃好。龙儿一再说：“我也两年就小学毕业了，到时我也要去。”

婆婆哄着他说：“哥哥去了，弟弟当然要去，快吃饭。”

妹儿拍着小女儿：“还有我们娟儿，也要去看爷爷。”

大哥黄正安说：“立儿走了，龙儿就该我带了。”

龙儿笑着说：“哥走了，当然该我占他的窝，我走了，就由小妹占这个窝。”

娟儿赌气说：“我才不干，我是女的，大爸是男的。”

把一家人逗笑了。黄正梦心想，我小时大人也是教育我向二爸学习，我的梦破灭了，就看我的儿女们有无这个福分。让他想不到的是，这么小的孩子，就都做着他小时的梦，想离开黄家湾。

黄正梦利用今年盛夏农事短暂的松闲，把三个娃娃带上，一是送立儿去读书，二是顺便把两个小的也带上，看看大娘、爷爷、奶奶，见识点世面，激发他们的学习兴趣，不要因“文化大革命”耽误了。他还有一个难题，要听二爸的意见，就是二队家家都栽了柑橘树，其他队的，有私下的，有大小队干部，还有公社干部，来要苗子。有私人要的，有以集体名义要的。自留地只有那么宽，咋办？

他出这个难题，二爸轻易就给他解答了。一是，种子直播育苗，发芽率低，可先发芽后，再移栽到大土里。种子好办，告诉了买的地方，在成都罐筒厂的下脚料就有柑橘米籽，就是本地收集土柑橘米子也行。嫁接的枝条不够，他可想办法。二是要的多了，不该白忙，可以收费，按他们对外卖的，接好的幼苗是一元多钱一棵嫁。除去种子、芽子枝条，一棵苗可赚一元，劳力，技术是自己的，就不算了。发芽的技术，二爸告诉了他，还带他去参观了农学院的苗床。有了这些指点，黄正梦心里盘算了一下，八分自留地，用四分地，家屋后那片泥沙空地，就可培育近万棵成熟的幼苗，与种猪饲料比，那算是个天文数字，划算多了。与他贩卖票证比，那是违法的，就不知政府对种果苗卖的政策如何，现在是一大家人了，他经不住打击。这是二爸没法回答的问题，因他对农村政策不了解，但二爸要求他多征求干部的意见，不要莽撞。

前后不到10天，他就带着一对儿女回家了。还未进门，就听到大院那边唢呐声，以为谁家办婚嫁喜事。妈妈才说："刘代康死了。"原来，公社在环溪河修一道拦河堤，说是要搞电力提灌，造福人民。这件事老百姓都高兴，有了它，就可旱涝保收了。还说有了它，冬水田可变成干板田，由一季可变成种两季，可多收粮。各队都抽了两个劳力，刘代康就是其中一个。已修了一年了，大坝修好，正修通往各大队的水渠。他在开山的工地上打石料，山上一个碗口大的石头滚下来，正击中他的头颅，当场没命了，这是昨天的事。他就问妈："赶礼没有?"妈妈说："已赶了礼了，说是明天上山。"

黄正梦放下包袱就过去了。走进大门，在他家门口的廊檐下，停放着死者的遗体。丁方容与女儿刘万分戴着孝帕，正在上香、烧纸钱，刘本经大叔有气无力地坐在旁边。他招呼了刘大爷节哀，去遗体旁进了香，唢呐声又吹响了，催人泪下。磕了三个头，就问后事还有什么需要帮忙的，丁方容流着眼泪说："谢了，梦老弟。他走了，我母女俩咋活哟?"

刘大爷请黄正梦坐。"没关系，邻里都帮衬着，没有过不了的坎。"黄正梦坐下说。

刘本经说："不是公社给个火匣子（方言，棺材，下同），还没法安葬呀。你栽几棵柏树，还说是啥资本主义，乱弹琴。你看，刘万分出嫁时，连个嫁妆都办不起。今后这日子咋过哟，我反正老了，日子也不长了，你们这些后人，要努力哟!"

黄正梦给刘叔10元钱说："你生病，我未来看你，你就买点糖，算我做侄儿的一点心意。明天有什么事要出力的，就叫一声。"

刘本经说："你妈已赶礼了，你收回吧。"

黄正梦起身说："那是一回事，这是我孝敬你的。"就告辞回家了。走出大院，一眼就望见堰塘两边的几棵柏树，回味着刘叔刚才的话，太有感触了，老树也有罪，儿孙也不得安宁，自己就好比这几棵还未成材的柏树，总那么遭人践踏。真是心意难表。

风入松

狂风暴雨袭山庄。林木总遭殃。天生万物和谐处，满坡树，总是刀伤。难得残根芽发，挣扎拔节难扬。

惊弓之鸟恋巢香。筑屋叶枝荒。人心就盼春天到，复苏了，总有麻桑。又遇刮风夹雨，惊心未定惶惶。

第十三章　开春

1976年，畑牛沟黄家湾传来不少惊人的信息，但黄家湾显得很平静。所说的平静，是指农家的生活并未引起波折。队里按常规，队长在上午、下午两次喊出工、两次喊收工，日出而作、日没而息。所说的惊人，是人们的心里，表现在口头上，无论地里劳作，还是在屋前、院坝，有了不少话题。

先是周总理去世，听说公社的大礼堂搭了灵堂，好气派哟！吃公粮的人、学生，都戴着小白花，有的还戴了黑袖套。整天放着哀乐，让赶场的人都觉得心酸。农民看着那些干部和居民，比死了自己的老人还悲伤。农民说，他们是担心他们的铁饭碗——公粮还能端得到多久。黄家湾的农人照样种地，天天由队长吆喝着出工。早晚仍在自留地里，精心管理着属于自己的各类作物。只是相互碰着，或集体劳作时，多了话题，有哀叹的、不言语的、无所谓的，也有逗笑的。不问政治的农民，没人来评哪个的态度如何。对于他们来说，只要不是饿死、病死的，是寿数已满，红白都是喜事。

后来朱德也去世了，连街上、公社都没多大惊动，农村就不用说了。农民说，我们四川出了四个大元帅，就朱德坐得稳当。

唐山地震离那么远，农民只听广播里说唐山地震了。因没电视，农民没看到具体场景，只说"鳌鱼眨眼睛"，我们这里不是没经历过。黄世平提着竹篼兜在山坡悠闲地捡粪，与在柴坡里捡柴的曲仁海和持着手杖看羊的蒋明士碰在一起，摆着闲龙门阵。他说："才几个月，毛主席身边死了两个帮手，又是地震，街上有电视的人说，毛主席身体也不佳，吉兆不祥啊。社会动荡，天人合一，老天总有预兆。”

蒋明士在新中国成立前帮人盖房，跑了东家跑西家，听了不少说不圆的龙门阵，他接过话头说：“这说不清楚。听我们老一辈说，推翻清朝，召花、广源就闹地震，我们这里的房屋都在摇，田里的水在荡，人立不住脚。后来闹童子军，杀了赵尔丰，又来刘存厚、刘湘、杨森、田颂尧这些人打来打去的，广源又闹红军。再后来日本人飞机炸成都，从我们这里天上过，我是亲眼看到的。日本投降了，共产党打国民党，胡宗南的败兵还路过我们街上，见啥抢啥。你看动荡了好多年，还是朱德毛泽东一来就摆平了。”

曲仁海担忧地说：“几十年没闹兵荒了。邓小平打下去了，又出来了，以为该安定了，哪知又被整下去了，麻烦。”

黄世平无所谓地说：“何必为古人担忧。管他哪个当皇上，你我老百姓都没法，”神仙“打仗，百姓遭殃。1960 年”神仙“没打仗，百姓也遭殃。这几年”神仙“在城里打仗，我们农民过了几年安定日子。老天自有安排，老百姓自有过日子的路。还是多拾点狗粪，把自留地做好点，多收几根红苕，把肚儿窥圆点，才有劲跑路。”

几个老头的话，就好像黄家湾里的指导思想。天高皇帝远，管你山外咋个动荡，只要湾里平静，和睦相处，不在吃好吃撇，只要不饿肚子，大家都过得去。山外的事，只当作龙门阵摆。比如闹童子军到“刮民党”倒台，湾里农民照样种地，管他帮人、租地也好，在集体劳动也好，只要有饭吃。除非山外人，要人为地到湾里来掀起点波浪，比如“土改”、伙食团、四清激起的波浪，打乱了旧有的一点秩序，很快又重新平静下来，和睦相处，过日子。说世上有这样神、那样神，但又不完全信神，有时又信一点，有时当龙门阵摆，有依他们自己的生活习性，所以平静。

九月九日，毛主席去世，倒是把黄家湾震动了。

当天下午，蒋士才、蒋士理两弟兄，利用收工时天还未黑，去挑街上居民私人的人粪尿回来种自留地用。听那个居民说，毛主席去世了。吃晚饭时，二人端着饭碗蹲在门口吃，就对院里的人说：“毛大爷死了。”

王队长问：“哪个毛大爷死了？”

“还有哪个，就是毛主席嘛。”蒋士才用肯定的语气说。

王队长火了，就骂：“你吃了豹子胆了。毛主席万寿无疆，怎么会死？上级又没通知我，你道听途说，乱传谣言，咒毛主席死，是反革命。不枪毙你也判你的劳改，跑得脱？”

蒋士理也来帮腔：“我都听到的，是卖粪的那个大娘说的。”

王队长又提高了嗓门：“你还要嘴硬，老子马上把你捆起来。”

两弟兄才不开腔，端着饭碗进屋去了。

第二天一大早，蒋士理哭喊着冲出大门，山上山下，一路哭、一路喊：“反革命，我哥死了。毛主席死了。”

大院里几个有胆量的男人，才进蒋士才家的门，一看，蒋士才已吊在梁上，用手一摸，人都僵了。他被王队长的话吓死了。

王队长赶来，叫人将其放下来，用队里晒棉花的竹篾席，用两根长凳搭着，把尸体放好。想到处理后事时，才想到他的弟蒋士理。又叫蒋士茂、刘代祥去把他找回来。蒋天友哭丧着脸说：“我咋向我哥交代哟？”蒋明士持着手杖，叫蒋天友快准备后事：“你是长辈，后事就靠你来料理了，着急有啥用？”

蒋士茂与刘代祥扶着蒋士理回来时说：“我们在山上时，听到街上的高音喇叭在放哀乐。”大家才确认，可能毛主席真的死了。

王队长这时才觉得，昨晚自己的话说重了。平时社员都知道，反对毛主席就是反革命，不枪毙也是要判刑的。他也想不到，毛主席真的就去世了。蒋家的人肯定要找他还道理，蒋书记又是他的本家，这咋办？他只有先去向蒋书记汇报，主动承担错误。他回屋拿了钱，交给蒋士元，叫他去街上买些香、蜡、钱纸，自己就去蒋家湾找蒋书记。

蒋书记正在用早餐，王队长一进门，就流着泪说：“蒋书记，昨晚蒋天才当众说毛主席死了，我批评重了，想不到他就想不开，吊死了。我错了，你看咋办？”

蒋书记惊讶地说：“他敢攻击毛主席，罪有应得，你没错。”

王队长又补充说：“早晨，我派蒋士茂去山上找蒋士理，听到街上在放哀乐。”

“真有这回事？”蒋书记问了这句话，丢掉饭碗，就叫走。

他二人回到二队，全队的人都围在院坝里。蒋士理嘴里不停地念：“反革命，我哥死了。毛主席死了。”显然是精神失常了。蒋书记也默默地站在那里，拿不定主意。公社的口信来了，叫蒋书记马上去公社开会。他转身就出大门，向街上走去。他一出门，蒋士元也两手空空地回来了。向队长说："街上的草纸，一大早就被抢购一空了。"

"香、蜡呢?"

"哦，我想到纸都没了，还买它干啥?"

"再去买回来。"

蒋士元听了吩咐，马上回头又跑出去了。好几位大嫂才说，她们家还有点，月半节用剩的。这时，几个小伙子用热水给他抹身，找来他平时穿的衣物给他穿上。头上的癞子像鸡屎堆一样，有人用他生前的面巾搭上。几个妇女，点燃香、蜡的，烧纸的，撒米的，才把香案摆在遗体前，几个小时了，才算烧了断气的纸钱。按当地风俗，有后人的要守几天灵。找阴阳先生推算安葬时日，才举行安葬仪式，所以其他人就慢慢散去了。蒋士才单身一人，哪有后人守灵，长辈是不能守灵的，只有平辈的了。平辈的，蒋士元又跑路去了，蒋士理又疯了，只有蒋士茂了。蒋士茂才说："队长，我一人咋行?"

"外姓的找谁来嘛，我想去公社找蒋书记想点办法，找几块木板，做个火匣，不然咋办?"王队长心里难的就是这件事，就两弟兄，一个死了一个疯了，谁愿来料理这花钱最多的事？这事是自己惹来的，像 1960 年，尸体埋了，要遭人骂。只有自己垫出来，年终决算时，从他家扣就行了。

蒋天友觉得王队长说得对，他心里也知道是个难题，才说："队长说得对，我在家门口帮着看，只要蒋士理不出大门就行。香、蜡燃完了，也不必守着。"

王队长走了，可怜两弟兄，一个躺着，一个疯人说着胡话，为哥祷告着。这能怪谁呢?

中午了，王正元这个拿不定主意的人去找老队长黄世朋拿个主意。黄世朋建议他把队委找到，把他老辈子找到，大家一起想个办法，今后才没二话说。王队长一再要求请老队长也参加，黄世朋同意了，他就去通知开会。

一会儿，黄世朋、王正元、黄正才、丁方容、蒋明士、蒋天友、蒋士茂都来了，坐在院坝中间，周围也有不少的男女老少，站着看他们开会。王队长讲明了主题，就等大家发言。冷了好一阵场，蒋明士才说："人都死了，也不怪谁，怪他自己，嘴不稳，又想不开。一家人就剩个疯儿了，家也穷，看谁来料理后事，入土为安嘛。"

他这一说，就把队长的心事解了大半了。听蒋天友接着说："老辈子先叫我来提头，料理后事，我作为蒋士才的老辈子，理所当然。不过，我家里也紧绷绷的，都是知道的。"

老练的黄世朋，一听蒋家的口气，只要不找队长还点点，问题就不难解决，王正元不好开口的话，他就来代了："我看，人一辈子，活到30来岁也不容易，死了，不可像1960年，尸体埋了就了事了。想法找几块板板，做个火匣子。费用就由队里解决，在生时也是个强劳力，虽然他分了粮，还有道不明的付出，群众不会有意见。"

王正元说："上午我去街上找到蒋书记，他同意将大队农机站用剩的几块木板拿出来，要花20来块钱。"

黄世才说："那问题就解决了。钱就在公益金中提就是了，眼前账上没有，年终决算时兑现，没问题。"

"钱我先垫着。明天就请公社木器社做。"王队长一口承担下来。

黄世朋马上说："木板拿回来，队里那么多土木匠，一个火匣子，都出点力就做好了，何必去花钱。钉好后就埋，大家好做活。"

站在后面围观的人都同意，帮着中间一伙人拍板了。这时才看出黄家湾的农民是如此宽容、厚道、善良，不为那些说不清的是非花费口舌，不像城里人，为那些道不明说不清的路线打打闹闹。还未散场，蒋书记来了，证实毛主席确实去世了，这是官方的正式通知。

蒋书记说，明天上午10点，全国统一，公社开追悼会。队长代表全队社员参加，9点准时到公社搭的灵堂报到。王队长把蒋士才的后事办理情况，向书记做了汇报，他没意见，看都不看一眼死者就走了。王队长才安排哪些人去拿木板，哪些人钉匣子，哪些人打坑，哪些人抬丧，地点由蒋家的人定，就不办伙食了，队里评工分，请曲仁礼记好，参加的，一人评两天的工分。

蒋天友说："干脆，也明天入土，应是个好日子。"大家都说好，何必去请阴阳。王队长说，他不在家，就请会计招呼一下。

黄正才说，没问题。所有的事，就算放平了。

第二天上午，两个人在蒋士才母亲坟的左侧挖了个坑，不到正午就挖好了。抬丧的人抬着火匣子就到了。放下去，刚埋好垒好坟头，街上的高音喇叭放着哀乐，不知多少汽车的喇叭声齐鸣。把在场的人都惊了。蒋士元读过公社的初中，毕竟有点见识，他说：“这是给毛主席致哀，全国的火车、轮船都会同时鸣笛致哀，我们这里只有汽车。”其实毛主席并不是这天安葬的，公社不是开追悼会，是要所有的干部代表农民向毛主席致哀，是蒋书记误传了。

大家才回过神来。黄兴松也就是黄卫兵说：“蒋哥有福气，享受这么高的待遇。”

蒋士茂接着说：“就是。毛主席管那么多人，我哥一个人都管不了。这回与毛主席一同去闹革命，来世一定是个大将军。”

蒋天友说：“少开腔。谢大家了，没事了，就请大家回吧。”

黄正才摆着头说：“蒋老弟在生干脆，死了也这么干脆，奇人一个。走吧，大家都干脆。”

大家就往回走了，留下一个蒋士理，拉也拉不走。他一个人，头上顶着像“孝帕”一样的鸡屎堆，跪在他哥和母亲的坟前，口里反复地念着：“反革命，哥死了，毛主席死了。”半路上，蒋天友回过头去，见此情景，流泪了。大家停下脚步，有的眼圈也红了。

黄正才、黄正兴、蒋士茂、刘代祥等路过黄正梦的自留地时，砍了玉米秆后，土里露出的柑橘苗又苏醒过来，在日光的照射下，自由自在地长着。刘代祥说：“几天没路过这里，梦哥又栽了这么多苗子了。”

住家在灰粪屋的黄正兴说：“玉米苗刚出土时，我就看到他先后栽的，也不知他在哪里育的苗。”

刘代祥说：“这块地不知有好几千株哟。”

黄正才说：“找他要柑橘苗的人多着呢。这一两年，公社、大小队干部，来检查生产的，路过时都想要，不说找他，找王队长的人都不少。”

蒋士茂说：“都送人，花那么多精力，不划算。”

“本队各家栽几棵不要钱，外面的来要，怎么不收钱？他没那么傻。这几分地，你们看要收入多少？”黄正才回答说。

不几天，蒋书记来到二队，对蒋士才的死，看社员有什么反映，他内心是想找王正元给他一个说法，蒋士才毕竟是蒋家的人，咋向族人交代？没料到，社员对王队长并没什么看法。王队长那几句话，要在平时，也是对他好。他听到蒋士才攻击毛主席的话，并未立即去报案，说明他没坏心眼，只是碰巧了。如果他马上向蒋书记报案，蒋书记下不了台，也会像王队长那样，臭骂他一顿。他才反过来，想去安慰王队长，还未找到人，路过黄正梦自留地边时，看到一遍的柑橘苗，犯傻了。他想，我虽然找你帮忙育几棵苗子，你怎么就打着我的招牌，栽这么多呀？这个梦娃，还不吸取前两年铲资本主义苗的教训，把事情搞大了，咋个收场？这时的蒋书记心里烦透了。找到王队长，安慰了几句，就叫他把黄正梦找来。知青小徐早已回城了，保管室收回队里。黄正梦一进门，坐在保管室的蒋书记不由分说就是一顿臭骂："你娃娃，胆子越来越大，铲资本主义的苗，惹那么大个事，算你运气好。才几年，你又来了，而且还公开种那么大一片，你家挨整，还没挨够？硬是本性呀，你就不想规矩点。自己给老子铲了，是不是要我来帮你铲？"

黄正梦被骂傻了，站在那里，低着头不敢回话，他还是第一次见蒋书记冒那么大的火。僵持了一会儿，王队长才说："这两年，特别是今年，外面看到我队家家栽的柑橘，才两年多，树干还不到一米就挂果了，都来要苗子。其他不说，公社晋书记也要我带口信，刘副社长检查生产路过，还问我为何不扩大规模。队里要按上面的种植计划，又腾不出地来。"

王队长这番话，间接为黄正梦承担了一点责任，把蒋书记的口堵住了。蒋书记起身说："你没想我要栽，我不要了。"就气冲冲地走了。

黄正梦已不是当年的黄正梦了，毕竟有文化，这几年，除了看他的科技书，还常常有意了解一些政府的农村政策。铲资本主义的苗，只是口头、笔下的争论，好比批林批孔批周公一样，政府并没有具体执行的政策。哪些苗是资本主义的，哪些草是社会主义的，要分清了，下面才会执行。二爸要他注意干部的态度，眼下大干部没什么，恰恰是关照他很多的蒋书记，这个小干部那么强硬，让他犯难。要铲，是全铲掉，还是铲掉一部分？全铲，晋书记、刘主任那里咋交代？铲掉一部分给蒋书记看，要留一部分，留多少？他一直犹豫着。

一二十天，他觉睡不好，饭也无口味。又不好对家人说，说了他们也帮不了忙。大哥因未安家，一家人都把他看成主心骨，听到他被蒋书记骂了一顿，看见他这样，心里都不好受，又不好问。当大人收工回来，大哥照常在自留地里消磨时间，妈和妻子料理家务，只有不懂事的小女儿在他膝下玩，迁移他的思维，可能是他妈的支使。老二一放学，就去他大爸的房间，看他的书，做他的作业，想去二爷爷那里读书。

正在苦苦琢磨的时候，国家又出大事了，"四人帮"被抓起来了，黄正梦不得不调整他的思维。他虽然不懂历史，但读初中时也学过，也看过《三国演义》《杨家将》《说唐》《东周列国》等这些故事，涉及的野史，他也略知一二。“四人帮”中，江青是毛主席的老婆，不说改朝换代，至少新人上台会有新政。于是他想，万一新政策允许，蒋书记错了，他不会去揭蒋书记的底。万一不允许，铲了就是，晋书记、刘主任那里也好交代。他知道，如今的小官，都是上面一个屁，下面跑断气，无论哪种情况，对他波及都不会大。自留地里种什么，上面并没政策限制，最多再遭一顿臭骂。于是他的心情好多了，晚饭时，他叫妹儿多做几个菜，他要喝酒。

他与大哥对饮，大哥问：“二弟，啥心情要喝酒？”

黄正梦并无笑容，平和地回答：“来干一杯。江青都遭抓了，我想，新的领导会有新政。凭我的直觉，政策会好些，至少要让老百姓高兴，历来如此。”

大哥说：“你敢肯定，没乱说？”

“我是在家里说说，历史上这类事多。我是想，我栽的柑橘苗暂时不铲了，看一看。”黄正梦说。

妹儿惊讶地说：“谁叫你铲了？栽得好好的。”

黄正梦说：“蒋书记嘛，还有谁？”

“那次他骂你，就是为这事呀？”妈问着。

“是的。他也是好心，因前两年要铲资本主义的苗，惹的那件事，他是提醒我。”黄正梦回答。他与大哥从来没这么喝过酒，你一杯我一杯，装“二二三”农药的瓶子，一瓶酒就喝光了。妹儿、妈妈看他沉闷了这么久，今天这么高兴，就没阻止他兄弟俩。两个孩子早下桌去了，妹儿抱着女儿娟儿就守着他们喝，不时给他们热菜、热汤。一家人难得这么心情舒畅，两兄弟喝完酒各自睡了。

自从蒋书记骂他后，黄正梦很难见到蒋书记。他除了赶场买东西，从不出队，蒋书记不找他，他很难见到蒋书记。1977 年，他第一批苗快要出土时，他想到的首先是蒋书记。一天中午收工后，带着 10 株苗，去蒋家湾找蒋书记。蒋书记不在家，蒋大娘接待了他，他就说：“婆婆，我带了 10 株柑橘苗，给你们栽。”

因蒋书记在蒋家辈分最高，按蒋家与黄家的姻亲关系，所以他称蒋大娘为婆婆。婆婆说：“那才好呢。梦娃，你还从未登过我的门，快坐。”

不一会儿，她的幺儿收工回来了。她的两个大儿子，安家后都分家了。她幺儿叫蒋明阳，看到柑橘苗子就很高兴，黄正梦说帮他们栽。蒋明阳拿把锄头，黄正梦提着苗子就出门。婆婆说："梦娃，今天中午，就在我家吃饭。"

中午时，蒋书记回来了，看到黄正梦笑着说："梦娃，你来拉拢我呀?"蒋书记从来未给晚辈开玩笑，黄正梦算是第一个享受。

蒋书记拿出酒来，斟上酒，端起第一杯就说："梦娃，你就像你爸，为人总是那么宽厚，来干一杯。"

黄正梦感激地说："蒋书记，你是我的长辈，你骂我，我知道你是为我好，几十年来，你都关照我，关照我一家，我心里明白，我哪里有对不住你的，你老人家要原谅。"

蒋书记又说："哪个看得清哟，我当时确实怕你出事。幸好你没听我的，不然，你要受多少损失呀！你后来又是咋想的?"

黄正梦就把他当时的思想斗争前后，给蒋书记原原本本地说了。

蒋书记感慨地说："明阳，你要向梦娃学习，你看，他就有头脑，爱动脑筋。读过几天书的人，就不一样。"

第二天，苗子出土的消息不胫而走。下午，睏牛沟沟上沟下、临近村的、原来带口信的、亲口预约的、没有预约的，纷纷来找黄正梦要苗子。黄正梦按二爸曾给他说的价，开口一元钱一株，也没人讨价还价，结果，都带了钱来，一手交货，一手交钱，没赊欠。眼看小小一块自留地，几千株就要完了。本队有亲戚要的，急忙来把着几行，不准出土。黄卫兵数了一行的一小段，50 株，说是他的舅父、姑姑家要，马上就递钱给黄正梦说："二爸，50 元，对不。"陈世容也要十株，给了 10 元。晋嫂、田嫂、李君素各人也要了 10 多株不等，都说是娘屋里的人要的。公社有两个干部，见此阵势，各人要了十来株，也自觉地把钱给了。

全队才占了两行，其余的眼看就卖完了，有的还要空手而返，黄正梦才找本队的说好话，请大家让让，他会有办法。等外队的走了，他才说他草房后面还种有 2000 多株，除本队要的外，还得给晋书记、刘副社长及其干部留着。

眼看黄正梦一把一把的票子往怀里揣，本队的社员都乐了，他们并未得红眼病。会算账的，今天他收的一万元是有的，在当时算是天文数字了。他们知道，黄正梦有了，不会忘记他们的，灾荒年换粮票，1962 年、1963 年发展生猪，都是关键时刻把他们支撑过来了。大家都捆着，谁也莫想有钱。

黄卫兵说："二爸，你发大财了。"

李君素抢口就说："别人还不是靠汗水，辛苦换来的。"

这时收工的人们陆续地来了，在自留地里，围着黄正梦说开了。

"梦哥，我也想种苗子，你要帮我哟。"

"梦老弟，没忘了我哟。"

"梦娃，明天我找你商量一下。"

"二爸，我跟你学，一个芽子绑在那里，就活了。"

黄正梦应接不暇，只好说："慢慢来，我有熬锅肉吃，绝不让你们啃骨头。"把大家都笑得合不拢嘴。

晚饭时，一家人都乐了，唯有黄正梦脸上没笑容。不像 1962 年，一家人看到钱就愁，今天是靠劳动，光天化日下收的。特别是大哥，一生都没见过这样大堆的钱，就是父亲在时，家有多少钱从不对家人说，可能母亲在外。他高兴地说："弟娃，今天你还不高兴呀?"

黄正梦没法回答，只是勉强地回答："高兴不在脸上。"

"来，我俩兄弟今晚喝一杯。"

"早就准备好了，龙儿，快去拿酒杯来。"妈妈高兴地说。

今晚喝酒，始终喝不出刚打倒"四人帮"时的气氛。但毕竟还是在庆幸中喝的，一家人都很高兴。不抽烟的黄正梦要大哥给他裹一支烟抽。从小就惯宠小弟的黄正安，拿一把叶子烟，选去选来，好不易选了两皮，慢慢裹着，点燃后，抽了两口，递给弟娃，说："小口点，别呛着。"

黄正梦双手拿着烟杆，两眼盯着烟斗，轻轻抽了一口，吐出青烟说："还行，难怪你们要抽烟。"从此他染上了烟瘾。

晚上都睡了，妹儿催他睡，他说："你先睡嘛，今天那么多人也想栽苗子，我就想不出一个应付的办法。"

"难怪，我看你心里一定有事。要不要我给泡杯茶?"

"好，泡好了，你就先睡。"

妹儿知道他，往往心中有事都是这样。泡好茶，给他加了一件衣披着，就去睡了。

想到那么多户要栽苗子，他闷着头抽烟，在乱头绪中，理出了几个层次的问题。一个是帮不帮，他的结论是要帮。原因是这么多年来，邻居们也帮了他不少，虽然有些矛盾，要生存，还得和睦相处，蒋士茂就是一例。他爸打死母亲，已遭报应，何必把恩怨结到下一代。割资本主义的尾巴，他是舍死亡命地护着。要过安乐的好日子，吃穿花不了多少，不在钱多，在一个和睦的人际环境中，斗来斗去，到头来大家都不好过。

二是咋个帮。人有勤奋与懒惰之分，对懒惰的，你就是把他的吃穿包下来，也不是办法。人有灾难，施舍一点也可以。他的结论是，从技术上、种源上帮助，由他们自己勤奋去换钱，改善自己的日子，这才帮到了根本。

三是这么多户，不可能一哄而上。原因有两个：人有愚钝与聪慧之分，光凭劳力，不爱学习、不会筹划也不行；如今的需求究竟多大，可持续多久，拿不准。前两年他们栽的都是他无偿送给他们的，他也是去二爸那里找的，他们并不知道。栽培苗子多了，前期投入也大，种子、枝条都得花钱买，而本地资源很少。万一卖不出去，就不值钱了，就得亏本，多数是亏不起的。弄不好，还得遭人骂。于是，他想先找两户家底好点的，商量一下，讲明利弊。这一批苗子，原收各家的枝条，一律给钱，让他们懂得成本，也懂得珍惜这些枝条。

第二天一早，他就先进大院，一进门就碰上了曾元盛，翻出他本子上的记录，按枝条的多少，给了他 5 元钱。曾元盛笑着说：“那几根枝条管几个钱，你不要，我还是当柴烧了。你都是免费送给我栽的，我怎好意思要你的钱?”

黄正梦说：“话不能这么说，你管理，也靠劳动，不知道，当然不管钱，知道了，就是钱，你一定要收了，今后不要把枝条抛撒了。”

他弟曾元云、儿子曾中和帮着曾元盛搭腔：“梦二爸，我就懂不起了，我以后还想跟你学呢。”

黄正梦回答说：“没问题，但账要这么算，不能含糊，这你就要学啦!”

说话时，大院的好几户都来了。大院里各户都是第二批栽的小苗，果树才一米多高，枝条都很少，家家都勉强收了各自的 5 元钱。

他出大门，顺着灰屋前，就到了黄世朋的家。黄世友当兵，早就提干了，在部队安了家。他一家五口人，仍住着他老爸留下的三间草屋，大儿子黄正农快 20 岁了，按农村风俗，都该接媳妇了，就是修不起房。两老住一间，女儿黄正惠住一间，两个儿子在屋檐下搭个偏偏，挤在一起。自留山上的树，经改土又折腾，树木未成材，想再修间茅草房也没材料，去买，又没那笔开支，把两个老的弄得愁眉苦脸的。黄正梦一进屋就喊："二爸在家吗？我要找你。"

蒋天容从厨房出来招呼："正梦，快坐。正惠快去自留地叫你爸回来。"

黄正惠站在门口，拉开嗓门就长声地喊："爸爸，梦哥找你。"听到地里的回声，不一会儿他就回来了。他还未进门，黄正梦手里拿着50元钱，开口就说："二爸，这是你50元的枝条钱。"

把黄世朋弄蒙了，问："梦娃，你是啥意思？"

黄正梦把刚在大院说的话说了，又加了一句："你们第一批栽的，与我的树一样，枝条多，你们三家都一样。"

黄世朋激动地把钱收了。黄正梦又说："二爸，我想给你商量一件事。昨天正农不是说想栽苗子吗？我看现在需求量大，我就把自留地全种上也不够需求。太多了，又怕不好卖，反而蚀本。我想你们三家第一批的，可试搞一下。将就你们自己的枝条，就可搞上一两千株。枝条不够，我再去农学院找二爸。技术关键是嫁接，我可教你们。你认为行，就把那两家找来商量一下。其余户也想搞，多了要亏钱，就让他们后一步，看销量再说。你没本钱，我先给你垫上，万一亏了，我的本钱就算了。你是我二爸，过去你关照我那么多，这点，做侄子的也是应该的。"

黄世朋满口答应说："我看行，由这三家先走一步，那两家本钱是不成问题的。如果行情好，再发展几家，行情由你掌握，就让你劳心了。我存着点买木料的钱，花出去。"

黄正梦被他提醒了，就说："你知道，我这次收了好几千元，你再修两间草房，木料钱由我给，要不了几个钱。我知道，二十几年前，我整修灰屋，要不你们几家支持，我家日子才难过啊！"

黄世朋老泪横流，激动地说："梦娃，就你会把人的心看透。老辈子就不客气，欠你的情，他三姊妹会记得的。"他马上就叫正农去把正才哥、曲仁礼请来。

他叫黄正梦顺便就在这里吃早饭，在饭桌上蒋天容说："你哥与丁方容应该是一对，我找她，她说你们成分高，怕影响了她女儿万分，她要看看再说。这话你妈知道，就没外传了。"

黄世朋说："她女儿也快成人了，等她女儿嫁了再说也不迟。我看女方还是有意思的。"

黄正梦说："这事就要感谢二娘了。"

当黄正梦喝了两碗稀饭，那二人就过来了。

三人一碰头，二话没说就同意了。黄正梦说："过去我一人搞，要两年才出一批苗子。眼前看来，需求量大，我准备把自留地都种柑橘苗子，也达不到需求。你们三家，都先花点本钱，种上三四分地，以后我们套起来，争取年年出苗子。种子、枝条不够，我想办法去外地买。我们几家往来，把账记好，进行核算。"不等黄正梦说完，已喊出工了。

黄正梦这段时间的磨脑（方言，琢磨），终于形成了一个计划。事实上，黄正梦自己也不知道，他是在对邻居进行商品意识的启蒙，理论家们总是认为中国农民都是小农意识，就没想到人均两分自留地，怎么会形成大农意识呢？黄正梦如果掌握了几十亩地，那会是什么样呢？

这两年，黄正梦可以像正常人一样，与黄家湾的所有人来往了。黄家湾的人，有什么不懂的都爱问他。因这两年，他特别爱看队里订的《四川日报》，让他兴奋，看到了春光。

粉碎"四人帮"后的70年代末，农村没大的政策变化，农民的生产生活也没大的变化，社会算是真正稳定。唯有黄正梦一家，生产、生活发生了巨大变化。他不仅那四分地的柑橘苗赚了大钱，一株苗卖到五毛至一元，比他最初做投机倒把还赚得多。后来八分自留地，留一分地种菜，其余七分地又栽上第二轮苗子，又有更大的收入，猪也少喂了。

其原因有二：

一是虽然农村政策没大的变化，但社会政治环境变了。城里为老干部平反昭雪，比如刘少奇那么大的"走资派"都平反了，那些资本主义的苗，自然站不住脚了。后来右派又全部平反，还落实政策，有的还被启用了，开始倡导尊重知识、尊重人才。党的十一届三中全会召开不久，在农村还给地、富摘帽，虽然地主、富农分子大多死了，但其子女不再受歧视。黄家湾里找黄正梦、黄正安搭话的人也多了。他的自留地种什么，不说社员、队长，就是蒋书记也没话说了。看到他家发了，都想淘点经验。人到中年的黄正梦更老成了，并未因此头脑发热，为人还是那么诚实，那么心善，他经历那么多的曲折，还是邻里、乡亲帮他渡过了一道道难关。黄家湾里，人们碰到黄正梦，言必谈苗子。家里特困难的，花点小钱支撑一下。一般的，他在技术上给予支持，让他们靠自己，慢慢起本，所以他的人际环境好了。

二是那时不懂市场，但黄家湾家家栽的柑橘树，虽然各家数量不多，凑合起来就见其规模了。多数是成年树了，都在自留地边的土埂上，凑合起来就惹人眼目。特别是挂果季节，赶场的、走亲的、干部下乡检查生产的，路过黄家湾都羡慕不已，无形地给他打开了市场。他不愁果子、苗子的销路，都是到地里来买，加上他的服务态度好，供不应求。

这时，他才真正觉得春天来了。

1979 年，叶剑英在国庆节发表讲话，他把报纸拿回家认真看了，这个讲话否定了“大跃进”，不提三面红旗了，这对深有感受又有点文化的农人来说，是敏感的。特别是人民公社成立后，推行“大跃进”的做法，与“土改”后的各户种地到合作社相比，多了好多绳索捆在农民身上，后来饿死人了，伙食下户，可分散居住，划了自留地，平公记分，农民才有了分配的发言权，想分多点，就得多挣工分，查记分的账、会计的账。可以改造房屋，才有了居住的选择权。有了自留地，在这个范围内，有了部分自主经营的早晚劳动自主权。眼前又部分放开自由市场，才有了农副产品的交换权。他对改革、开放的理解，显得很现实。改革，就是会把这些绳索慢慢松开一点。开放，他看到的不是国门的打开，而是公社的门要开一些，让农民与外界联系。如今，有事请假，证明就好开得多了。联想到十一届三中全会说的，要以经济建设为中心，要让百姓生活好起来，他相信，既然否定“大跃进”、人民公社，这就是个信号，要具体落实，就是解绳索、开大门。种庄稼，不与外界联系，怎么种得好？比如他自己，如果不是流浪时去二爸那里，他就学不到嫁接技术。所以，他这简单的推理，让他看到了希望。自然，他按他的计划很顺利地推进着。

沁园春

黄土霜凌，终遇春光，瑞雪已消。曾噩梦惊醒，挣扎缝隙，滚爬黄土，风雨飘摇。说是公平，为何争斗，难道生存全靠刀。开新历，要解脱困苦，仍靠勤劳。

霜寒雷雨苗梢。可知道天伦不可饶。说人间正道，沧桑变化，六爻八卦，英雄折腰。立命安身，只图温饱，只要平安不在富豪。都欢喜，看小湾景象，也有风骚。

第十四章　春寒

1979年，17岁的黄兴立考上了大学，也是四川农学院，学的是畜牧专业。他从小就陪着他妈妈、婆婆喂猪、养鸡鸭，帮着做些轻活。无事时常爱逗小猪仔、小鸡玩，选志愿时，在二老爷的指导下，就爱上了这一行。开学时，黄正梦要送他去，顺便看二爸。想不到，这次又有大的收获。二爸又给他推荐了两个新品种，一个是脐橙，一个是血橙，是当时还未全面推广的品种。当时农村还是严格的计划经济，国家在种植面积上列不上计划，集体栽种就很难。就如鹅蛋柑橘一样，小小的水果，编制计划的人根本就看不上眼。粮、棉、油、丝、茶、菜、糖、果、药、杂，是严格有排列顺序的。闭塞的农民，要在自留地栽种，花那么多精力去管理，是不易推广开的。靠水果是饱不了肚子的。只有后来生活好了，不缺粮了，才想到吃水果，增加营养，恰好黄正梦赶上了运气。做教授的二爸，要他准备好母本苗子，枝条没问题。就问他："你可以培植多少苗子?"

黄正梦说："多多益善。"

"你好大的口气，你就是几分自留地。"二爸说他。

黄正梦说："我已动员几家，想种的农户多的是。你们的枝条，我付钱，不要穷了专家，我不想偷偷摸摸地搞。"

"你这娃，我们还是单位协作、支援。你给钱，可把我难住了。"看着黄正梦摇头的二爸，可乐了。

这一年，1976 年卖出去的苗子都挂果了。本公社的，挨临县的山阴县，盼水乡的农民和干部，来环溪镇赶场，路过黄家湾见了，都傻眼了。桃三、李四、柑八年，怎么这东西，还在窝里就挂果了？私下来找苗子的、集体来预订的、干部带队参观取经的，络绎不绝，比本县本乡的还多。

一天，山阴县的副县长，原四清工作队的罗队长、现在的罗副县长带着他县里多经办的两个工作员，还特地约了当时的余同志来到黄家湾。说是检查生产，顺便绕道来看他曾经工作过的地方，向群众问个好，并未惊动地方领导。他的到来，正是鹅蛋橘、蜜橘的收获季节。他直接找到老队长黄世朋，要找黄正梦。黄正梦正挑着红苕去黄正兴家的窖坑，集体挖红苕，都是边挖边分，分到哪一家，都帮着挑。他担着空箩筐，刚到黄世朋屋前的小坝，见是罗队长、余同志，就高兴地招呼："你们好，罗队长、余同志，啥子仙风把你们吹来啊。"

不等黄正梦放下扁担，罗副县长就握着他的手说："小伙子，你好，好精神呀！"余同志也跟上来握手问好。不一会儿，王队长也来了。

原来他们是来预约苗子的。黄正梦说："你们看嘛，二爸的、我的今年已出土了，就看正才哥的、曲二哥的，明年开春出土，找他们商量。早已预约的多，余地不大。"

罗副县长说："老黄刚才已说了，就是因为如此，才求你这尊神。无论如何，你得想法给我三五千株。我们县的老百姓穷，就因经济作物少，不像你们县，种的棉花面积大，我们只好在多种经营上做点文章。我下乡到盼水公社，发现他们有好几户，栽的柑橘树才一米高就挂果了，听说只栽了两三年。这个品种见效快，不占耕地，太好了，可以大力发展。一问，好多户都靠与黄家湾有亲戚关系，东串西串搞来的，原来是你这个神仙在"超度"他们。你们还有那么多亲戚在我县，该要让他们找点油盐钱嘛！你出苗子，我给土政策，还想请你当技术顾问，常过去指点，今天算是一顾茅庐了。"

王队长说："我们队里还忙着呢，他怎么抽得出身？"

刘副县长说："你给他记工分，我给你生产队钱，一年买他几天工，行不？"

正在这时，蒋天友来了，老远就喊起来了："罗队长，大恩人呀！我好想你呀！"

罗副县长弄得莫名其妙，余同志才说："这就是那个因宰病牛被判了刑的蒋天友。"

不是罗副县长上前拉着他的手，蒋天友差点跪下，流着泪说："你是罗队长吧，谢你了，好人啊!"

这个场面勾起了当年的回忆，"好好做人"这句话，又在黄正梦耳边回旋。当年不是他敢当敢为，又要冤屈好几个人，包括自己。

坐下来后，黄正梦说："罗队长，不说了，5000 株我不敢说，3000 株没问题，我做工作。不看僧面看佛面，算是我们队报答你的。技术问题不用说，实际上我常去妹儿舅舅家走亲。"

黄世朋也说："梦娃就是个有情有肉的人。罗队长你放心，他在那么困难的年代，为这个队暗地做了好多好事啊！他是个说一不二的人。"

在场的人好感动啊！黄正梦说："快中午了，今天我请客。二爸，请你的正民跑趟路，帮我去街上打三斤酒，割几斤肉。"

他摸出钱，递给黄世朋。黄世朋说："用不着，今年我也有钱了，我请客，都不走。"

罗队长、余同志反复推辞。黄正梦又说："现在都摘帽了，你们还要忌讳，就是看不起我。我一生还没正式请个客，就让我操回面子，我求你们了。"这几句话，把大家都震住了，都没话说，就高兴地同意了。他又说："请二爸、王队长陪客人看看各家的果树，我回去招呼一下，就来。"

当他走后，蒋天友接着说："梦侄子好人啦，我走后，他对我儿子也关照不少呀，可能好多人不知道。我那死哥，打死他妈，他还不记仇，不信你去问茂娃。他就不是官，要是官，才是黄家湾的福啊!"

黄世朋感慨地说："可惜就是成分太高了，老天没眼呀!"

黄正梦回去，对妹儿、妈妈说了要请客后，走到黄家坟山嘴下时，蒋书记正好从大队回来往家走，黄正梦就招呼他："蒋书记，别回去了，今天我请客，你来陪陪。"

"啥子贵客，要我来陪?"蒋书记问。

"四清时的罗队长、余同志来了。你看，就在前面。"

蒋书记高兴地同意了。中午，罗副县长一行四人、两任队长、蒋书记、他大哥，刚好一桌，黄正梦搭角。感慨、激动、欢笑、言谈、敬酒、对杯，算是黄正梦有生以来，第一次举办的欢宴。客人、主人都笑得合不拢嘴。宴席上最引人注目的是几盘对破的鹅蛋柑。罗副县长品尝后，口里不断地说："好口味，好口味。解酒，解酒。"

临走时，罗副县长对余同志说："明天你去县多经办借5000元，我签字，把定金给了。小郑，你负责办理。"

黄正梦说："用不着，你还不信我呀?"

"这样稳当点。不是不信，你们要多培植点，也要投入呀，算我异地支持你，都有好处，是吧?"罗副县长太有工作经验了，他确实支持了，但他的东西也更稳当了。

等罗副县长走后，黄正梦悄悄地对蒋书记说："蒋书记，你该搞点吧，你看，罗队长要的不是小数，今天来死活要编3000株，明年、后年，还不知他要多少呢!"

蒋书记点头说："可以试一下，但不要太多，我娃娃们都不懂。"

"没问题，有我嘛，外人我都在帮，何况是你?我们要搞的多着呢，明年基础好的，再发展几户，因要本钱，逐步扶持他们。"黄正梦进一步解释说。

蒋书记不咸不淡地说了一句"看嘛"就走了。后来蒋明阳才来找黄正梦，他家也在自留地里培育了一分地的母本苗，要黄正梦偶尔闲逛去帮他看看，指点一下。

改革的春风，一天天唤醒了中国大地，黄家湾家家都在自留地栽上了柑橘苗，有了黄正梦在技术上的指点，他又培养了几个年轻人。后来这个并不复杂的技术，就是老头婆婆也学会了。加上黄正梦在市场上的操作一天天成熟。黄家湾没一家人说自己家没钱用的。苗子经营得很红火，仍是供不应求。各家就是把自留地全部种上，还是如此。

20世纪80年代开始，中央接连几个"一号文件"，土地承包责任制遍布全国。用农民的话说，回到了"土改"后，单干。责任制不断完善，农民想发家致富的愿望越来越浓烈。人均就一两亩地，种植上还受着国家计划的严格控制，上缴任务没少一两一分。要想发家很难，只有在副业上、自留地的种植经营上做文章。技术的落后、条件的限制、信息闭塞，找不到发财的门路。偷偷跑到城里打工的不少，不是名正言顺，也很难找到活。蒋士理的病好一点后，才由他父亲在成都给他找了一个拉粪到郊区卖的活。

早已出名的黄家湾柑橘苗，成了热门话题，加上黄正梦的新品种脐橙、血橙又在黄家湾挂果了，更是让人们求之不得，需求量不断扩大。不说黄家湾，就是畑牛沟，60%的农户都在自留地里经营苗木。发了小财的不少，几百上千元收入的户，唾手可得。

问题出来了。经营户多了，难免有作假的冲乱了市场，政府当时又没明确可行的法规。受骗的需求户只认购黄正梦的苗子，假苗卖不脱了，经营户都找黄正梦挂钩。还没有经营理念的黄正梦为难了，都是乡里乡亲的，咋办？他可以接受经营户的请求，以他的名义帮他们卖，万一遇上不自觉的农户，把自己的招牌也要打烂。眼见可挣钱的机会没了，机不可失呀！逼着他想出一个解决的办法，他得先把本队各家各户找来商量，他虽不是队长，要开个会找大家商量，他还从未主持开个会。他把想法告诉王队长，请他召集人开会商量。

王队长对他的想法有看法，但又不明说，心里觉得，你胆子太大了，国家政策你吃透没？我召集，就是我来担风险，我不召集，看你咋办？于是他说："我不敢，要请示蒋书记。"

黄正梦说："有啥嘛？找大家商量嘛，都不同意就算了。我的想法，不对大家说，搞糟了都会怪我。"

王队长赌气说："要开，你开嘛，我不挡你。"

黄正梦又不好发火，就难住了。他有生以来，从未邀朋结伙，接触的人，除亲戚外就是队里的邻里。这二十几年，他难得求人，都是别人找他，一个对一个，有事说完就了事。只有流浪时他才去求别人，都是暗地求人。他所接触的最大的官，就是蒋书记、队长。大队其他干部，他知道，也从未接触过。接触了几个更大的官，比如成都穿制服的、罗队长、余同志，都是审问他的。也从未在公众场合说过话，自己求队长开个会，也不是为我自己，也是为大家好。你不开就算了，干脆各搞各的。回头又想，买苗子的那么多，把招牌打乱了，大家遭殃，太可惜了。还是找二爸、正才哥商量，万一不行，我尽到心，只要大家理解，不干就算了。你王队长，我帮了你，现在才有点小钱就傲气起来了。于是他找到黄世朋、黄正才一说，他们都同意。黄世朋叫黄正才去各家各户说，愿意来的，晚饭后到他家里商量一个事，务必家家走到。结果十几户人家到得特别齐整。

黄世朋先说："今天请大家来，黄正梦有个想法，想听一听大家的意见，他找王队长开个会，王队长不同意。事情又很重要，只有我请大家来，私下商量。”

黄正梦就有条有理地说：“如今搞假的多了，外地买苗子的，都指名点姓要我的苗子，我哪有那么多？就那么宽的自留地。本队的，我看着的没问题，外队的我不敢保证。外队的别人找到了，我不帮也不对，帮他们，把我们队的招牌打烂了，大家遭殃。我想到一个办法，我一个人监管不到那么多，我们队有几个年轻人，已基本掌握了一些技术，只有借你们的手，帮我看管，搞假的我们一概不帮忙搭手，管你卖不卖得脱。关键嫁接的技术和父本枝条必须是真资格的。这几个年轻人也不能白干，我发工资。钱从哪里来？羊毛出在羊身上，本队的算了，外队的，凡是经我们的手卖出的，一株苗按五分钱提成，作为技术指导费，这样才能保证品种质量。今天就是找大家商量。”

黄正才首先发言：“我赞同，大家找点钱不容易，搞乱了，断了大家的财路。帮忙，也不能白干，少点可以，多了，别人也要吃饭。我那两个娃娃，你不嫌弃，都来。”

蒋士茂说：“我相信梦哥，我的娃小，等两年，梦哥你要教哟！”

黄世朋说：“我看，提成少一点，苗子价格是变的，就按10%提成，本队的也一样，对外才好说。本队的也不在乎那几个钱，家家都出点人手，不又挣回来了。除了工资，梦娃赚点也是在理的，他那么辛苦、费神，都是看到的。”

刘代祥也说：“在理，老队长看问题，八九不离十。只有这样，我们才和气生财。”

蒋天友也说：“我没意见，发工资按监管的户数，不搞平均。出了问题，还应有个责罚的办法。”

黄正梦说：“都同意，还是请会计正才哥记个账。”

黄正才说：“记啥账啊，都是你在操作，就你赌包包烧，大家还不相信你？这样你可放开手脚干。各家自己算好自己的账，不划算，退出就是了，这样干脆。”

这个会，被计划捆绑了这么几十年的农民，把整个管理办法就凑合完善了，比黄正梦想的还周全。这实际上把黄正梦推上了小老板的位置，不说在场的人，就连黄正梦也未意识到这一点。这就是中国农民的创造，好多大的官员，并未看到、发现这一点。

这一手确实见效。有一次公社一个农技干部，带着一个农民，问路找到黄正梦，说他卖了假苗子给他，为什么两年了，还没挂果。他花了30元，买了40株，要黄正梦赔他。这个人家里也很穷，就哭着数落他。黄正梦问："你是不是买的我的？"

那个人说："经手的不是你，但收条是你的名字，你卖那么多，不一定都是你亲手经办。"

那个农技干部火了，说："你这个地主儿子，解放这么多年了，你还要愚弄百姓。赔了就算了，要赖账，我请你去公社说理。"农技干部本是个农技员，素质不高，一个小学文化，凭老子是县里的干部，说话才这么傲气。

黄正梦接过收条，一看，写的是"黄正梦收"几个字，但不是他的笔迹，而且是白纸条。黄正梦就理直气壮地说："这个字，不是我的笔迹，有的虽然不是我经办，我的收据都是正规收据，不是白条。"

农技干部又说："你敢保证你的手下不开白条、不冒你的名字？"

"我敢保证，我的收据都是双联，连了号的，他们交款，我是凭条收的。"黄正梦回答得有理有据。见那个可怜的农民，他反问："老乡，你在哪里买的？"

那个人回答："就在沟上头，我去了几次，他家都没人，邻居说他去成都打工去了。"

恰好黄正才的老二黄兴柏过来看热闹，他负责吴家湾五队那几户的技术指导，他才说："肯定是张元火那龟孙子，他的母本苗没嫁接，不愿给枝条费、人工费，就卖了。害了好多外来的人。"

黄正梦就说："这下明了，与我们不相干，你回吧。"

那个农技干部无话可说，穿着一条日本素尿肥包装袋做的一条裤儿，飘然转身就走了。农民有一首歌谣形容这类人："乡上大干部，穿条抖抖裤。裆前涂日本，裆后贴尿素。"

那个农民哭着，正要无奈离去，被黄正梦叫住问："老乡，你的树苗扯没有？"

他说还在地里没动。黄正梦就说："你没动它，管理好，下半年，我派人来给你嫁接，你要给点人工费、枝条钱，只是迟两年挂果。你的损失会小些，本钱只是迟一点收回，你看行不？"

那个农民激动地说："那才好呢！"留了姓名、地址就满意地走了。

这些事一连处理了好几件，在民间的传闻不胫而走。逐渐在民间、在周围的农村，用经济学家的说法，形成了柑橘苗的垄断行为。凡不是黄正梦派人嫁接的苗子都卖不掉。

随着改革开放的步伐，政府对农村只是不断地巩固联产承包责任制，对农贸市场逐步开放，对农村计划相关的政策，并没多大改变。另外，各级官员又在口头上鼓励农民发家致富，还教育农民解放思想，克服小农意识。

黄正梦的柑橘，已有三四个品种在本地，包括相邻的山阴县的盼水乡，蔓延开来，在当时的条件下，确实增加了农民的收入。听说江阳地区一个专署的副专员看了盼水乡的橘子，启发很大，就在盼水乡开现场会，当着阳河县的副县长，专员就问山阴县的罗副县长："你们的品种是从哪里引进的？"

罗副县长知道黄正梦有个二爸，在川农当教授，怕捡了阳河县的面子，就说："我们是从川农引进的。"参观走过场，就没一人问农民你的是哪里引进的。结果，专员在大会上表扬山阴县，思想解放，走出去，与大专院校联姻，发展本地经济，让农民富起来，要各县向他们学习。武断的专员，像大跃进一样，给各县压任务，还要报工作进度。

阳河县历年是种棉花的县，管农业的领导，花了一半的精力抓棉花生产，也是这个专员常压的任务。这几年要发展乡镇企业，县上又修个棉纺厂，又不是国家计划内的，本县只好加大棉花种植计划面积，定个土政策，不种够的农户要罚款。弄得基层干部叫苦不迭，让阳河县管农业的副县长伤透了脑筋，哪有精力像罗副县长去管小宗经济作物。回县后，他才派多经办的人，带着礼品去拜访川农。访到林学系，系主任正与黄教授在研究果树的科研项目。一经交谈，黄教授哈哈大笑，说："你们要柑橘的优良品种，你们早在60年代末已引进了。我就是阳河人，环溪公社黄家湾是我的老家。据我侄子来信说，已经有上万株挂果了。你们怎么就不知道？不用请，家乡嘛，我会支持的。"

两个多经办的人回来后，立即就向副县长汇报："蒙县长，川农的黄教授是我县人，他说我县早就引进了，而且是最优良的品种，他知道，我县挂果的不下一万株。"把这个蒙副县长蒙得回不过神来。

第二天就驱车去环溪乡，还未到该乡境内，沿途茂盛的棉地并未引起他的注意，就像他检查棉花生产一样，其他的都挂不上他的眼。终于在房前、自留地边，看到农户已挂果的柑橘。一问，都是黄家湾黄正梦那里买的苗子。到了环溪公社境内，越看越多，把他乐得，踏破铁鞋无觅处，得来全不费功夫。

一到乡政府，迎接的人马站了一排，他顾不得打招呼就叫人带路去黄家湾。把公社的书记、乡长们弄得摸不着头脑，还以为是棉花生产出了纰漏，才由书记温良盛陪着他去黄家湾。

一到黄家湾，看到家家自留地多数种的都是柑橘苗的母本，他高兴了，脸上才露出了笑容。他马上叫人喊黄正梦，他要见这个神秘人物。陪同的温书记，还以为他看到这个队的棉花长得好，心才放下了。因蒙县长骂人是从不留情面的。为什么不叫王队长，叫一个他都不熟悉的黄正梦，让他疑惑了。

黄正梦正在挑粪给棉花施追肥，一听叫他下山去见一群陌生的干部，不知道啥事又发了。他挑着粪桶，漫不经心地回到家，放下粪桶，去见围着他自留地的人们。他只认识温书记，就叫："温书记，你找我？"

温书记说："你叫黄正梦？蒙县长找你。"

蒙县长不等介绍，就来抓住黄正梦的手，对这个壮实的农民汉子说："你就叫黄正梦？你老辈子是川农的教授，我代表全县人民感谢你，你们做了件大好事。我官僚了，你做这么大件事，我这个管农业的都不知道，他们也不向我汇报。"

黄正梦知道是怎么回事了，心情一下就放开了。温书记本来已做好了挨骂的准备，柑橘这个小宗经济作物的全面情况，他也不了解。黄正梦把目前柑橘苗培育，成年柑橘的分布、市场行情等情况，有条有理地做了汇报。蒙县长一听到山阴县那边分布略大于阳河县时，劲就来了。霸道地说："今后我们阳河要超过山阴，首先要把好苗子关，不得外流，我发动全县都栽。苗子的责任就交温书记，你是一把手，要多支持黄同志把好苗子质量关。"他算了全县40多万农户，家家在房前屋后、田边地角栽几十株，一共就是1000多万株，最后算到全县要增加多少产值。

黄正梦第二次见这么大的官，与罗队长比就差远了。听说还是机构改革新上的大学生，满脸的络腮胡，不像一个文人。蒙副县长是工农兵学员，老子是个老干部，他是天然的接班人。少年得志，傲气十足，瞧不起文化不高的基层干部。他的作风可能是少年时看战争片看多了，听老子讲打仗的故事多了，也学着两手叉腰，大话连篇，好像他是天生的大官。黄正梦听了他的指示，没作任何表态，他们就“凯旋”了。

问题又出来了，需求量成倍地增加，想经营苗子的人也越来越多，面宽了，害怕保证不了质量。要扩大苗子栽培面积，就只有两种途径：一是利用自留地，扩大经营户，担心质量问题；二是冲破责任地种植计划，担心政策问题。这是蒙副县长给他出的难题，蒙副县长是屙尿擤鼻涕，两头都逮到的。报纸上刊有深圳特区改革的信息，计划早迟要改，农民人均一亩多地，种什么？都管得那么死，不是农民富裕的办法。苗子买卖你要管，任务那么大，我满足了这头，满足不了那头，反正是你喊的。他始终向前看，公社都撤了，改为乡，说明原来公社那套办法早迟要改。所以，他最终选择的是闯计划，保苗子质量和数量。

1982 年秋，他的责任地、自留地，除了种水稻的干坂田外，所有土都播柑橘种子。隔几行预留一行栽棉花苗，二者套种。这个队的社员种植责任地，都向黄正梦看齐。不懂的都问他，在生产管理上，他成了不是队长的队长。王队长成了催上缴的队长，会计成了手持算盘的管家。

一天，黄正梦一家人正在地里忙着干活时，曲仁海扛着锄头下地，路过时，一看黄正安地里的种法与往年不同，就问：“安老弟，你种的啥？几沟又预留空行？”

黄正安说：“就是这样的，你眼花啦，认不出？”

“不是点小麦，不想收呀？你中间预留那么宽，干啥？”

“你看妹儿那边，丢的啥种子？”

曲仁海就下土，走到妹儿跟前蹲着看，发现是催的柑橘种子，有种植经验的老农，一看就懂。他又问：“安老弟，你这样，预留的干啥呀？”

“我们的土，包括自留地，都这么种，预留的是明年栽棉花。”

“你们不种粮啦，吃什么？”

“买吧，你怕没钱呀？”

“啊，我懂起了，不说吃的，哪怕是差点公粮，也可买来上缴，这样划算。你们就是脑子灵，我家也这样干。干橘种子，哪来那么多呀？”

“买吧，有门路的。”

“唉，就是棉花面积卡得那么死，不是市场把棉花卡得死，也可买来上缴。你要罚款，也就几十百把块钱。”这个新中国成立前后善于经营土地的佃中农，一眼就看穿。他俩正在攀谈时，下地的农民，近一点的，都靠拢来听他们说话，也来看黄正安他们的种法。不几天，全队就推开了。唯有王队长家的地仍按集体时的老办法种的。家家仿效，种子成了问题，黄正梦按他二爸告诉他的，又去成都水果罐头厂，买了上千斤的柑橘种子回来。除了本队用的，外队由他监管的农户都得到满足。

1983 年春的一天，乡上的刘副乡长带着各村的干部十多人，走路检查生产，还是几十年培养的干部作风。正是棉花栽种的最佳季节，他们担忧分户种地后，农民不会种植技术，一路检查、一路指导，真是辛苦。走到黄家湾，都傻眼了。完全不按统一的宽窄行距、窝距栽种，就把王队长叫来臭骂一顿。王正元受气了，给他顶了回去："现在各家种地，我说了，别人不听，我有啥法？都说你要罚款，他们认缴。"

刘副乡长又说："这是国家计划，谁有这么大的胆？蒙县长说的，完不成任务的，撤职。"

"老子巴不得，你这个队长，锤子大爷当。你拿回去，老子不当了，多挣钱要紧。"王正元流着泪走了。

这时，刘副乡长觉得自己的话重了，不说如今，就是过去，谁愿来当这个吃苦不讨好的队长？自己不是因一月有几十元钱，当这副乡长有啥意思？都是听上面说的，整对了，别人的功劳，搞错了，挨骂受气的就是你。他才对蒋书记说："老蒋，你过问一下是怎么回事。代我向王队长道歉，我话说重了。"检查的队伍就走了。

蒋书记当然知道这是怎么回事，只要把黄正梦找来一问就清楚。第二天，蒋书记来到二队，先找到王正元，把刘副乡长的意思说了，王正元说："就是道歉，我也不干了，这个队我管不了，你去找黄正梦。"蒋书记了解这个队的情况，是黄正梦把大家带得有钱了，都爱听黄正梦的，王正元是个挂名的队长。他安慰了几句，就去找黄正梦。他来到二台土，黄正梦正在挑清水粪，给刚栽的棉花苗灌溉定根的水粪。他俩在土埂上蹲着，裹着叶子烟，抽了几口，蒋书记发话了："梦娃，今年你地里的棉花为何这么个栽法，你说说。"黄正梦已 40 多了，蒋书记还呼其"梦娃"，可见其亲切程度。

黄正梦慢慢说："蒋书记，那次蒙县长来，你、刘副乡长是知道的。要那么多柑橘苗子，任务是压给你们的。全村的自留地就那么点，除了无条件的户，要扩大，只有扩到外村，我的人手、精力顾不过来，保证不了质量。要扩大面积，为了不让你们过不去，除了自留地，只有责任地不种粮，全套种棉花、橘苗。既不影响你们的棉花面积，又保证了出土的柑橘苗子数量。国家的粮食市场放开了，没粮吃、没上缴的粮，可以买来吃、买来上缴。”

蒋书记听后觉得有道理，这两项都是你刘副乡长管的，都满足了你，你不应该有话说了。这个娃真行，要是他名正言顺地当队长就好了。新中国成立几十年来，说翻身，他这个队才叫翻身了。心里这么想，但还是不放心，又问：“今年这样可以，你明年咋办？棉花是一年一季，柑橘苗是两年才出土，明年你的棉花又咋种呢。”

黄正梦说：“就是这个问题我还没想好，想好了季节又过了。因棉花要轮作产量才高，万一不行，明年就不轮作。产量低点就低点，其价值比不上苗子。”这句话算是把蒋书记敷衍过去了。

1983 年年底，政府允许自留棉在国家收购后，上市交易。这给了黄正梦一个信息，棉花市场放开是迟早的事。

1984 年，政府严格的生产计划管制与农民致富的愿望发生了尖锐的矛盾冲突。党委发动农民发家致富的声调越唱越高，确实顺应了贫穷了几十年的农民的心声。政府仍用传统的计划管制手段管着农民的种植计划，各级干部又使出了传统的“司刀令牌”，五花八门。弄得各级党委和政府十分尴尬，都已按原则成了衡量工作的标准。黄家湾成了这个矛盾冲突的典型。

又到了该栽棉花的季节了。县里的棉纺厂要投产了，没争取到国家调拨棉花的计划，只有在农民头上起膏，全县自己扩大棉花种植面积，层层加码。完不成任务的，不说罚款，去年就是在棉地间种了玉米的，有的地方基层干部还铲掉农民间种的玉米苗，发生斗殴事件，最终吃亏的是无权的农民。今年来势更猛，黄正梦撞到枪口上了，这是必然的事。

黄正梦的地里，除干板田外，没种粮食作物了。去年种了棉花的行子，不仅没种棉花，反而种上第二轮柑橘苗，已出苗了。全队社员也照此仿效，只有王正元按计划种了棉花，余下的地也不种粮了，栽上柑橘苗。

正在栽种时，蒋书记首先来到二队，除了王正元外，没一家栽棉花的，问到有的社员，都说要栽。这几天是关键，辛苦的蒋书记天天各队奔跑，看栽种进度，完成计划，乡上天天都要报生产进度。两三天了，二队仍然没栽棉花的动向。蒋书记来到黄正兴家的土边，一看，不仅没栽棉花苗，反而都是柑橘苗子，就发火了。大声说："谁叫你干的，不栽棉花苗？"

黄正兴也不甘示弱地说："自己干的，要哪个喊。不栽就不栽，哪样赚钱就栽哪样，要球你管。"

这个不知高低的话把蒋书记顶火了，很难出口骂人的蒋书记也骂："老子就要管，你娃娃，要翻天了。"走进土就要扯柑橘苗。

黄正兴见势就跑，连二杆毕竟犟不过大把腿，口里回击说："你扯，今天扯，我明天栽，明天扯，我后天栽，看你一个人扯得到好久。"把个蒋书记扯了一株，站在那里吹胡子瞪眼睛。他知道，岂止一家，肯定黄正梦家的地里也一样，其他地里也不用看。要扯，王正元又没威信，喊得动谁？他站了一会儿，只好去乡上汇报，走了。

这事传到黄正梦耳里，他知道这是迟早要发生的事。他冷静地掂量着，我是个社员，没犯法，最多罚款。你要强行扯了，栽棉花也不迟，以后你政府要柑橘苗，我就有借口了，你没想控制我，我就是不栽一棵柑橘苗也可过日子了，钱赚那么多干啥？你想发展柑橘，就没想扯，现在是看你政府站哪头，不是我选择，是你政府选择。不一会儿，好几家都来找他，要他拿主意。他不敢明说，只好说："听政府的，我还想不出好的办法。我们种的柑橘苗，也是政府要的。"这最后一句话，倒是把大家的心稳了一下。

下午，蒋书记带着刘副乡长一行人到了黄家湾，不找队长，直接找到黄正梦，还道理来了。看阵势来头不小，十来个人，其中还有乡公安。在黄正梦草房外的小坝里，还不等黄正梦一家安好凳子让客人坐，刘副乡长就发话了："黄正梦，你家责任地，为何不种棉花？"

黄正梦恭敬地回答："各位领导请坐。栽柑橘苗，不是我想栽那么多，也是你们下的任务，还不准我往外县卖。我完不成这个任务，只好不栽棉花，腾出来完成这个任务。完成了这个任务，就完不成棉花任务。要完成棉花任务，我看去年国家允许自留棉上市，我可以买来完成。"

蒋书记说："国家收购时是不允许上市的，你哪里去买？"

黄正梦回答："你们把完成的时间推迟一下，不就成了。"

刘乡长说："你一派胡言，你必须把责任地的柑橘苗拔了，该栽棉花的栽棉花，该种粮的种粮，这是国家的种植计划，这就是法，你敢违抗？"

黄正梦耐心地说："只要你给个条子，以后由政府下的柑橘苗计划，这个法不管数了，我马上就连自留地的都扯了。"

刘乡长说："哪个政府下的柑橘苗计划。"

"是蒙县长、温书记都在场下的，要千万株。外地要的，也上千万株，我就不说了。"黄正梦理直气壮地说，他以为用大官可压小官，并不知道什么是计划，也不知道官爷们为了鼓动群众信口开河的事，是常有的事，要红头文件才算数。

"今年县下达我乡的种植计划，红头文件就没柑橘计划，县农业生产计划会，也是蒙县长开的，他会上说了的，完不成计划的，特别是棉花计划，要处罚。"这句把黄正梦卡住了。

"好嘛，我把责任地的全铲了。"

"其他户的呢？"

"我管不着，那是你们的事。"黄正梦回答。

围观的社员吼起来了：

"老子的就不扯。"

"哪个敢扯老子的，老子就给他拼了。"

"狗日的，吃饱了饭，没球事干。"

弄得刘乡长镇不住堂子了，穿着公安服的人喊着："谁敢乱动，我把他铐起来。"

围观的人越来越多，男女老少几十号人，都看着。有不睬事的人喊着："公安要逮人哟。"

"老子站在这里，你就把人吃了不成？"

"这个队你们逮的人少了，有的后来放了，又没把锤子咬了。"

正解不开时，温书记到了。他从县里开会回来，听说刘副乡长带人到二队来，就怕出事。他想的事，是担忧把柑橘苗子铲了。县委书记在乡党委书记会上说了，地委很重视柑橘的发展，据说川农早就把优良品种引到阳河县了，批评阳河县官僚主义，已发展那么大的规模了，县上还不知道，规模还不如山阴县，搞的啥名堂。他要求环溪乡党委要高度重视，关心黄正梦的栽培经营情况，以后，县里要作为大的产业发展。所以温书记一听到刘副乡长带人到二队，就很着急，放下行李包就赶来了。

一到现场，不听哪个汇报，就开口说："乡亲们，不说了，听我说。二队的、睏牛村的柑橘苗要保护好，这是县委王书记下的话。"

全场一阵掌声，把温书记的讲话打断了。刘副乡长对温书记说，责任地的柑橘苗咋办？他们不种棉花咋办？温书记说："看看再说，再请示一下县上。"这句话在场的都听到了。

温书记要其他的人回去，留下了刘副乡长和蒋书记，要和黄正梦单独谈谈。黄正梦把他的想法原原本本地再次做了汇报，把刚才的事也说了，表明了他的态度。温书记说："刘副乡长也是执行上面的任务，你莫怄气。对你们队、睏牛村，这个计划咋执行，我也表不了这个态，我们可以请示县上。我认为，既然行署、县委都那么重视，改革年代，他们会特事特办的。你们该咋办就按你的办，至少已栽的不要毁了。"

他们走后，黄正梦对"特事特办"这句话反复琢磨。觉得希望很大。全县几十万亩棉花，少种二三十亩也不影响大局，但这二三十亩柑橘苗，对社会的效益就远远大于这二三十亩棉花。对黄家湾就不是一笔小的收入，一两年后，家家就是几万到十多万的收入。简直不敢想象，周围农民种的责任地，家庭副业发展得再好，也不过几百，好的也不过上千的收入。

围观的群众又回到黄正梦的屋前询问结果。黄世朋问："梦侄子，他们说咋办？"

"温书记说了，我们该咋办就咋办。计划的事，他相信上面会特事特办的，县委王书记发话了，还不算数？"黄正梦回答。

黄正才说："计划捆了几十年了，我们还是穷。那些当官的，吃饱了没事干，该管的不管，对农业生产又不懂，总爱指手画脚的。"

曲仁海说："你既然把地承包给别人了，你只管收你的上缴，别人怎么种，你管个球。"

蒋士茂说："我对种庄稼不熟，反正梦哥咋种，我就跟着，相信会整对。"

黄兴平、曾中和、刘万华、蒋士元、黄正明、黄兴柏等问："二爸，我们负责的其他队的苗子，他们也在责任地里栽咋办？"

黄正梦说："计划的事我们不管，那是当官的事。管他自留地、责任地，你们只负责技术、质量、推销的事。"

这场风险过后，他才放心大胆地经营他的柑橘苗子，逐渐名声更大了，钱如流水般滚进他的腰包。黄家湾农户的腰包也一天一天鼓胀了，不说黄家湾，瞓牛沟的农户都笑逐颜开。就是大小队干部和党员，因要带头严格执行计划，腰包羞涩，开始眼红了，把致富的机会错过了，让那些不睬事的农户整对了。

春风拂面暖山湾，地里青苗又见天。

不说人间多怪事，农夫耐性度春寒。

第十五章　楼房

1984 年立夏后，县委召开农村万元户表彰大会。公社点名推荐黄正梦作为全乡代表之一，只有他才是经营种植业发家的，另两个都是经商、办企业致富的。一个是经营饭店，是住在场口的农民，自有铺面，1962 年精简城镇户口到农村时，开放了又重操旧业，发富了。一个是原镇上的老铁匠，家住在场口的农村，因“土改”时在农村分了田地，工商业社会主义改造时就回农村种地了。老汉老了，精强力壮的儿子在老子的指教下也重操旧业，加上做点废钢铁生意，也发了。

自从倒春寒那场纠纷后，王正元不想当队长了，工作放下了。各家各户种地，也未影响生产。小春上缴的公粮，各家在会计那里看了任务，都自觉地缴了。只有蒋士理不在家，地里的粮还是蒋天友找几家姓蒋的帮忙收的，还没缴公粮。

要通知黄正梦去县上开会，只有蒋书记亲自通知了。

他已两个多月没去二队了，是因那场纠纷，也可能是赌气，他传统的计划观念、老的工作方式，与黄正梦看书、读报萌生的新观念冲突了，还未从自己角度想问题。按他的老观念，也是为黄正梦好，怕他出事。已是两次了，黄正梦都未买他的账，结果黄正梦整对了。不仅理上他站住了脚，钱也赚到了，岂止万元，说 10 万元也不过分。因他不仅自己卖苗子，别人卖他还抽成，与过去剥削有什么差别？这个梦娃就是见钱眼开，忘了老子的教训。也可能是碍于面子，他当干部，从“土改”到如今已30多年了，自己已60多岁了，除了1958年因不打人被蒋天才那小子出卖，被贬了三四年外，本村没哪个不听他的，敢于不买他账的，就是黄正梦有两次。那年黄正梦还主动来找他缓和关系，这次他还傲起，等我去找他，这话怎么说出口呢？其实黄正梦本想找他，怕他还在气头上，挨臭骂。1976年那次，黄正梦挨骂是蒋书记自己处理的，上面的人不知道。这次是当着公社那么多干部，黄正梦占了上风，蒋书记肯定气到心底了。所以黄正梦想等他气消一点，再去向他道歉赔不是。

开会的时间一天天逼近了，蒋书记只好揣着脸面去找黄正梦。来到黄正梦家，只有他岳母秀嫂子在家收拾家务，其他人都上山干活去了。秀嫂子又端凳子，又递烟倒水，请蒋书记坐。秀嫂子还说：“蒋书记，你莫怄梦娃的气，你老人家大人大量。你就把他当自己的娃，该说的还是要说，这家人，没你，哪有今天？”几句话就把蒋书记的心说缓和了。

蒋书记开口说：“你说哪里去了？打断骨头还连着筋呢。我今天就是找他的，通知他去县里开会。”

秀嫂子说：“他们在山上做活，我去喊。他一个百姓，还到县里开会呀？”

“是参加表彰会。那我去山上找他。”

“不，你休息一会儿，我去门外大声喊，他就听到了。”

秀嫂子拉开喉，站在门口长声幺幺地吼：“黄正梦，蒋书记找你。”

不一会儿，回来的黄正梦还在小坝外就喊：“蒋书记，你好。”

蒋书记看他面带笑容，没半点装腔作势之态，他的顾虑就打消了。他也随和地开口说：“梦娃，你的好事来了，乡上通知你，后天去县上参加万元户表彰大会。党号召农民要发家致富，你们是先进，今后都要向你们学习。我们乡有三个，只有你才是种庄稼致富的。”

黄正梦高兴地回答：“这肯定是你抬举我，我让你怄气了，你还是想着我。我不知咋感谢你呀！”

蒋书记只是笑，并未说明是乡上点的。就把话题转了说：“梦娃，你们队，王正元一直把担子搁起，让我为难。我也老了，又找不到人接手。你干脆把队长这个担子担起，行不？”其实蒋书记还未与黄正梦起冲突前，老早就有这个想法，二队就他有头脑，会处事，有办法、有威信，还记情，就是成分高了。不是因成分高，就是接他的班，他也满意、放心。今天就直接把话题抬出来了，因找个队长不过是他一句话，乡上只需通个气就行了。

黄正梦对这突如其来的话题，不知如何回答是好，一副笑脸望着蒋书记，想了一会儿就说："我成分高不说了，全村几十家经营苗子的，全乡加起来上百户，我的精力都照顾不过来，哪有精力当队长？再说，种植计划我就带不起这个头。"

蒋书记又说："啊，我忘了，县里说，对你们队特事特办，就是䀚牛村已在责任地栽了的就算了，不要强求。乡上对我们村的计划也就放松了。"

黄正梦听了这话，心里好高兴，就说："你看这样行不，现在队长也没多少活，就是催上缴，王正元不干就算了，这个队，他家困难点。另找一个，我反正帮他把墙子扎好，都听你蒋书记的。你看行不？"

蒋书记听了，心里乐了。他说的也是，确实抽不出精力来。自己当这么多年书记，就没把这个村富起来，要不是黄正梦这几年找到这发财的路子，这个村就找不到万元户。全乡几千户，就这个村至少有二三十户万元户。干脆叫他把精力集中到本村来，搞好了，我这个担子好压给他。于是说："可以，你看这个队找谁合适？"

"具体的人不好说，我建议找个年轻的，没生产经验没关系，我们可以出主意。只要会处事，这个队的上缴，哪家缴不起？也不费力。你最好找二爸，征求他的意见，他当过队长，有经验。"黄正梦建议说。

这句话正中蒋书记下怀，笑着说："好，你娃娃有脑子。你以后把精力多放在本村，多扶持一些苗子专业户，不要光是你们队的富了，把其他队也搞起来就好了。我也没枉自当几十年书记，老了也对全村乡亲有个交代。"

黄正梦爽快地回答："好，蒋书记说了，我有啥话说？不过，你作为书记要带头，要率先致富，才有话说哟！"

蒋书记更乐了，黄正梦从来没看到蒋书记笑得这么开心。笑后就说："那要看你噻。"

"没问题，下年我帮你做些准备，我看这个行情，还有两三年的搞头，不说全县，全省也有好几个地区找川农要种苗，这是二爸给我说的。"黄正梦说。

改革的春风督促蒋书记改变观念，两人的冲突就这么平和了。秀嫂子看他俩谈得那么惬意，要留蒋书记吃中午饭。蒋书记起身说："不，还早。梦娃，你后天要早点，乡上用车送你们去，还要戴大红花哟！"说完，就高兴地走了。

县上的万元户表彰大会，其隆重程度前所未有，代表进会场前，戴着大红花先游大街，各单位都在门口欢迎，川剧锣鼓、少先队的队鼓开路，几幅横标写着："致富光荣，劳动光荣""贫穷不是社会主义"。进会场时，县委书记带领几大班子在门口，同万元户代表们一一握手。县委书记亲自做大报告，这些对黄正梦来说，觉得自己的路终于走出来了。

唯一让他感兴趣的是参观县城郊区的谢家坝村，看一家私人办的预制厂，城边那一排排的小楼房。他询问了当地的农民，据说是 1981 年发大洪水，冲毁了原来的旧平房，政府救灾时补助农民修的。他们从内心都感谢党和政府，确实让黄正梦内心也很感动。对黄正梦来说，最有收获的还不是这些，他脱离了参观的队伍，一人去看了好几家的房屋结构，除了门窗用的木料，其他都是砖和预制结构。使他想到黄家湾，新中国成立 30 多年了，没盖一间新房，别说瓦房，就是草房也难有人修。只是黄世朋在他的支持下，搭了两间茅屋偏偏，解决了临时问题。自己住的草房，还是岳父在 20 世纪 50 年代翻盖过。住瓦房的，瓦破碎了没添新的，也常漏。都因为没木料，没柴火烧瓦。如果自己也能盖这类砖石混凝土预制结构的小洋楼就好了，不需那么多木料。他又走访了好几家农民，了解造价，当时的砖一匹不到一毛钱，如果是一一墙，一万匹砖，够三间屋用。二四墙，加一半也够了。预制板，当时卖价六七十元钱一个，加人工费，用石头作地基，一般三开间一楼一底的小楼，两三万元就可修成。不仅他不成问题，就是黄家湾有好几户也不成问题了。这个村有好几个私人预制场，他一问，随便买，不要手续，随买随有。买多了，包联系送货。这一趟，他是大有收获，下决心秋收后就干，修楼房。

他一回到家，就在吃饭时，把自己的想法给家里人说了。他又要喝酒，妈妈看他很高兴，就把酒拿出来，还说："你俩弟兄先喝着，我再加点菜。"

妹儿也说："把过年剩的那块老腊肉煮了，高兴一下。"

妈妈说："你先去捧几把花生，给他们先下酒，我去先炒碗胡豆，用盐水结着。你们慢慢喝，不要喝醉了。"

大儿子黄兴立大学毕业，已分到省畜牧研究所工作，老二黄兴龙正在读西南财经大学，女儿娟娟在县城读高中，家里就他们四个大人，个个都很高兴。妈妈对黄正安说，昨天丁方容同意与他成亲。她女儿去年嫁了，一人就孤单了，好几个人给她介绍对象，都被她一口拒绝，蒋二娘又旧话重提，她就高兴地点了头。就等约个时间，把话当着两人点破，就成。所以黄正梦要喝酒，恰好正中大哥的下怀。黄正安急忙去拿酒杯、筷子，帮着拿花生，端来事先炒好的下饭菜。黄正梦好久未见大哥这样高兴，才知是这个原因。两弟兄碰第一杯酒，黄正梦就开口说："大哥，我想把这草房推了，重新修一座小洋楼。"

黄正安惊讶地说："弟娃，你疯啦。"

黄正梦说："没疯，总不能辈辈住这破草房嘛!"他把他考察的情况、预计的开销向大哥说了，接着说："我就不修三开间一楼一底的，要修就修个转角楼的，加两三倍多，准备花十来万元修。扩大地基，中间要个小院坝，前方用围墙，开个大门。地基，我想找黄正兴商量，灰屋的房子送给他，他用自留地换给我，我就用自己这屋前的自留地作地基。"

黄正安一听，就说："修那么宽干啥？想挨斗呀。"

黄正梦说："县城边农民修的也有这么宽的，别人靠在官府边都不怕，我怕啥？我们两弟兄，你总得安个家，才够用呀!"

妈妈端来盐水渍的胡豆，这是四川农家人喝酒常用的。她听说要修小洋楼，就觉得奇了。妹儿进来了也问。黄正安也说不清楚，他三人除了去镇上，还从未出过远门。黄正梦说来说去，还是表达不清楚。为着这个小洋楼，拌嘴皮好一阵了，妈妈才说："怎么有焦味?"妹儿才说："糟了，腊肉煮糊了。"幸好只煮糊了点边，等妹儿端来腊肉，又说开了。

最后还是妈妈做总结："不说了，夜深了。这个草房迟早要改造，修就修。我看把安娃的婚事早办了，反正丁方容不会再生小孩了，大家住在一起，好计划。"

黄正梦高兴地问："说好啦，我怎么不知道?"

妹儿说："你男人家过问啥？昨天二娘回话，丁方容同意了。"

黄正梦好高兴，就像自己找到了女人，就笑他大哥说："好，我有嫂子了。"

把个黄正安脸都红了，只是憨笑。黄正梦又笑着说："我办婚事时冷冷清清，大哥办婚事一定要热闹一场，我来操办。"

妹儿说："对。只是先办，修房子时住房不好安排。"

确实，要修房，一家人只好一起挤到黄正安住的那边去。黄正梦说："没问题，我去那边猪圈楼上安个铺，就几个月。"

妈妈说：“不，那间灶屋大，我就在那儿安个铺，我一个老婆婆，有个啥？”

黄正安说：“等了这么多年了，也不在几个月。等新房修好了再办也不迟，就双喜临门了。人倒霉，冲一冲也好。”为这事，扯了又一个时辰，还是没个结果。

还是妈妈做了总结，她说：“等与丁方容见了面，听一听她的意见，她也是家里一员啦。”光顾说话，酒也未喝多少，腊肉冷了，还没动一下筷子。妹儿收拾后就休息了。

第二天一早，丁方容从黄世朋家门口路过，顺便进屋，问蒋天容：“二娘，听说梦老弟回来了。”原来叫二嫂，称呼都改了。

蒋天容在厨房洗碗，笑着回答：“没听说。就叫我二娘了。”

“我是听我弟媳李素君说的。”丁方容红着脸，不好意思地说。

“那我们过去看看。”

“你去嘛，我不去。”

“走，早迟要见公婆的，当着他一家人的面，就把话说开。又不是第一回，怕羞呀。”蒋天容拉着丁方容的手就往堰塘埂走去，过了堰塘埂，几步就到了黄家住的草房。进门蒋天容就喊：“秀嫂子，我给你们带一个人来了。”

杨小妹迎出来，就急忙端凳请坐，就呼：“妈，客人来了。”

秀嫂子从厨房出来，一见她二人，就高兴地说：“丁队长，好久未进我的门了。妹儿，快去叫你哥，他俩刚出门，在地里除草。”

秀嫂子的荷包蛋刚煮好，黄正安就回来了。他已快50的人了，还第一次正式与女人谈这些事，显得很不自然，自己端一根小凳坐在门口边。丁方容毕竟是二婚，又当了几天妇女队长，显得大方自然。秀嫂子、妹儿在桌上陪着她二人喝开水。蒋天容说：“刚吃了早饭，还客气，肚子装不了。”

秀嫂子说：“丁队长好久没来我家了，礼数还是要的。”

蒋天容就直接进入主题说：“正安和丁队长的事，你们双方我都征求了意见，都表示同意。今天当着双方的面，就把话挑明了，我的工作就完了。大家都熟人熟事的，今后咋办，就是你们自己的事，我就等到喝喜酒了。”

丁方容这时镇静地说：“我没什么，就听安哥的安排，早迟都是你的人了。”她把目光投向黄正安，他像个害羞的大姑娘似的。其实她心里早就有了他，她男人死后，好多人给她介绍对象，她都拿安哥比，就找不到合适的。他家成分虽然高，看到妹儿一生过得那么幸福，就很羡慕。要不是怕影响女儿，早就嫁给他了。而今女儿也嫁人了，政策也好了，都是近50岁的人了，有个依靠，这一生该有个好的晚年。身强力壮的安哥，单身20多年，言语少，从不与女人开玩笑，做农活样样都能干，她还有什么不满足的呢？

黄正安听对方把话题转向他了，才抬起头红着脸望着丁方容说："我听妈的，由妈安排。"

三个女人都笑了，蒋天容逗趣地说："又不是妈找老婆，听妈的。"

正在笑时，黄正梦回来了。他一进门，蒋天容就说："梦娃，我给你把大嫂带来了，要感谢我哟！"

黄正梦笑着说："那是自然，红包少不了的，鞋子少不了你的。"就挨着妹儿坐下，看着丁方容说："大哥，你坐那么远干啥？"

丁方容才把一根长凳让了半截出来，黄正安才不好意思地来围着方桌坐下。蒋天容又笑了说："秀嫂子，你好福气，两对儿媳了，大家人，三个孙，大的大学，小的高中，你享不完的福哟！"

秀嫂子也说："你的幺儿不也读大学了？你将来也是三对呀，你的福气才好呢！"

蒋天容说："女儿好办，嫁女不舍本，烧起锅儿等。两个儿，要修两座房，材料哪里找？焦死人（农村方言，愁死人的意思）了。"

黄正梦说："不焦。我想修楼房，用不了多少木料。要不，我们两家一起修，保证明年，你的大儿媳妇进门有楼房住，把别人羡慕死了。"

"你在说梦话，哪有那么多的钱？我见都没见过农民住楼房，像乡上那个办公楼是吧。"蒋天容怀疑地说。

黄正梦将他参观、考察的和自己预算的情况说了，又说："这几年你家的收入我知道，修个三开间，一楼一底的，也不过近两三万元钱。农民生就是住土墙房子呀？那又牢固，又划算。"

黄正安说："我先也没想通，经老弟一算，我也认为可以。人一辈子，除了吃穿，就是把窝修好，又不存钱买土地，挣钱干啥？"

妹儿说："我们就准备把这个草房推了，在这里修。他们俩弟兄，修三开间的肯定不够住。你家可分两轮修，把大的解决了，后头再修，解决小的。"

秀嫂子说："修房前，把他俩的婚事办了，我们都暂时搬到安娃那边挤几个月，我住灶屋，这些都安排好了。"

丁方容转头看一眼黄正安说："妈妈住灶屋怎么行。安哥不忌讳，就到我那边住几个月，刘家弟弟不会有意见。"

蒋天容又逗笑地说："还未进门，就是我们黄家的媳妇了，就帮黄家说话了。这件事，我做不了主，回去给当家的商量。"

丁方容说："你是二娘了，不要拿晚辈开玩笑呀！"

蒋天容就问："今天才说开，就说办喜事了，看把你们着急的。好久办，要准备好哟！"

黄正梦说："时间由嫂子定，我想要大办一下，不能像我，冷冷清清地就办了，那时条件不许可，现在不一样了。"

丁方容说："我是二婚了，讲那些派场干啥？"

妹儿说："你是二婚，我哥可是童子娃呀！"一句话把大家逗笑了。

黄正安心里有数，他知道，丁方容男人死后，早就对他有意思了，偶尔两人碰面，丁方容总是问这问那，常说的一句话就是叫他保重身体。既然今天把话挑明了，他就直言不讳地说："我想等房子修好了再办，就是双喜临门，不好吗？"

蒋天容说："我看行。你们先去登记，正安就可名正言顺地过去住，就给大家说，喜酒推迟到搬新房子办，就没闲话了。修房时，也需人手，大媳妇也可名正言顺地帮忙把家务顶起。我看秀嫂子也老了，妹儿一人也忙不开。"

秀嫂子也说："我看也行。我给丁方容把话挑明，这家人今后永远不分家。安娃他不可能有后了，丁方容的女儿也走了，这就是她的娘屋，安娃就当自己亲生的。从小立儿就过继给安娃了，你也当亲生的，安心过日子。刘家的，我们就当亲戚走。"

妹儿也表态说："我没意见，长哥当父，长嫂当母，我会尊重嫂子的。大家在生产队几十年，都了解，从未拌过嘴，现在一家人了，减轻了我的负担，巴不得呢！"

黄正安、丁方容二人心里甜滋滋的，这么和气一个家，他俩就是老了，也有靠了。让蒋天容好羡慕，秀嫂子真会处理家务，家里三个娃儿，今后自己还得好好向她学着点。于是感慨地说："大媳妇，你好福气，还未进家门，妈妈就把你安排得这么好。老嫂子，我三个娃儿，将来结媳妇，结齐了，你要好好教我当好公婆哟!”

大家你一言我一语，就说了大半个上午。蒋天容就要走了，说：“我回去了，要准备中午饭了，你们聊吧。你们既然没意见，就早点把手续办了。”

丁方容也要走了，秀嫂子就留人了，说：“你就不走了，一个人也要烧锅烧灶的，麻烦。”

丁方容不好意思，蒋天容帮主人留客，说：“你不走了，早迟都要公开的，今天就公开，怕啥又不是见不得人的事。”说完她就走了，丁方容就留下了。那真是《好事近》：

破屋久生寒，终有一轮圆月。运到深秋气爽，老桩新芽接。

孤男寡妇有缘分，婚嫁晚年得。孤苦双方没怨，鬓角都飞雪。

黄家的楼房还在筹划中，黄正安的婚事就这么快达成了。农民办事就这么简单、朴实、实在，没有口头的表露，没有山盟海誓，不是柔情胜似柔情，没有缠绵悱恻，也能白头偕老。

中午，黄世朋一家人也热闹了。在饭桌上，蒋天容把话说开了，她说：“正安的事说好了，上午在他家把话挑明了，双方都高兴，一家人乐得好开心哟!”

黄世朋说：“可怜安娃一辈子，就背个成分，耽误了几十年。人那么忠厚诚实，又勤快，就命不好。命好的都该抱孙子了。算你做了件好事，积了一个阴功，下辈子好变男人。”

把儿子和女儿笑得都呛到了，老爸很难开玩笑，今天终于当着儿女面开妈的玩笑。蒋天容笑着说：“老不正经的。他们家要修楼房，黄正梦动员我家也修，他把账都算好了的。什么修个三开间的，上面再加一层，只要近两三万元。修好了，不说正农明年结婚，就是正文以后说亲也好办。老头子，你说呢?”

“木料哪里来，现在有钱都买不到，要好多木料啊!”黄世朋说。

“他说只是门窗要木料，其他都是砖墙，什么板做楼板，那是不要木料的。”蒋天容说不清预制板件。

“你说的是钢筋预制板，哪里去买钢筋、水泥?不是点把点就行的，捏泥巴房子，那么简单?”黄世朋不信地说。

“他说在县城边就可买到，不要手续随便买。他开会时专门去问了的。”蒋天容解释说。

大儿子黄正农插话说：“我信梦哥的，这几年他办哪件事不成功？你看栽苗子，蒋书记都没拗过他。”

女儿黄正惠说：“未必我家就是住草房的命呀！修好了，我也不出黄家湾，我侍候你两老一辈子。”

黄世朋也觉得正农说得有道理，就接着女儿的话说：“你说蒙话。要修多大的房子？”

蒋天容说：“他们当然不会是三开间。他与安娃说明了永不分家的，两弟兄要合作过一辈子，丁方容也很高兴。”

黄世朋思考后，说：“这两弟兄真好。正农，你是大哥，以后要好好向别人学习。你也是个初中生，你看梦娃，别人就喜欢看报，了解党的政策变化，他才斗得过蒋书记。”

“我算啥呀，‘文化大革命’的初中，学了个啥？向他学不了，跟着走就不会错。所以我就不犹豫。”黄正农回答。

“你娃娃说得对，我们也修，趁他修，买材料他有门路，对我们就方便多了。这个草房总不能住四代人，我今后的孙子一定要住楼房。两三万元是有的，一次完不成，可分两次，明年再出土苗子，有了钱再修，手上就不紧了。”黄世朋简单作了计划。

这一消息很快就在黄家湾传开了。先后各家都找黄正梦了解情况，分析自己的家底。有能力修的、栽柑橘苗早的，要观望，就是中农曲家两弟兄、黄正才两弟兄，他们都住的小瓦房，还勉强可以过日子。黄家还有三家住草房的，黄正兴、黄世和的两个儿子，修的心情很迫切，因经营苗子的时间晚一点，资金不足，但等明年苗子出土，也打算修。黄家大院的，一是资金不足，二是住的瓦房，虽然也想修，但心里不是那么迫切。蒋士理去靠着他爸打工去了。蒋明士的儿子蒋天正当兵，1970 年代转业安在渡口的煤矿，前几年举家迁去入了城市户口。大院里唯一迫切想修的是曾元盛两弟兄，挤在门厅的两间房，都安了家，一家人挤一间房确实可怜。蒋士理的房想卖，那时他俩弟兄又买不起，如今买得起了，蒋士理好久都没回家，一直锁着。

让黄正梦想不到的是，曲仁海两弟兄找他商量，想用他家草房与瓦房间的那块自留地，换安哥住的那三间房的地基。既方便他们，以后曲家要拆瓦房修楼房，也方便了。黄正梦想，这片自留地比三间房的屋基宽，一次性修，也好规划使用，就不用找黄正兴商量用自留地换灰粪屋地基的事了，毕竟是本家。黄正梦才对曲家说：“好。你未拆时我要用，你拆时也不用赔，反正有木料，我好打家具。”

对占地修房的事，队长又不管事，新的队长又没产生，曲仁海说：“占地的事，只有给蒋书记说一下。是你去说，还是我去说?”

那时土地还管得不是那么严，占点自留地，只要给大小队干部说一下就行了。况且这两分多地，又是鸡口地。黄正梦说：“你不好说，我去说，就两分多地，问题不大。我三处屋基，还换不到两分多地? 黄正兴住的旧灰屋就算了，未必我还去住灰屋。”

曲仁海说：“老弟就好说话，你修房要劳力，我家有的是劳力，你就说一声。”

黄正梦说：“谢谢。现在我想的问题是，从街上到沟上头的大队机耕道不成问题，就是湾口到湾里有一里地，近 500 米，是老的土埂子，要修就得花劳力，不然砖和预制板就得人工挑或抬，就费事了。”

曲仁礼说：“管你挑也好、抬也好，有我家的一份，你尽管喊。”

曲仁海说：“既然大家都要修楼房，是早迟的事，还不如发动大家修路，几百米，也花不了多少劳力。”

“我也想过，这是造福子孙的事，大家不会有意见。就是没人组织，难就难在这里。我想国庆前后把苗子嫁接后就动工修房。嫁接苗子前，洪水季节后就想安地基。那时少不了请邻里帮忙打石头、抬石头的，我们湾里石头有的是，也方便。”黄正梦说。

曲仁礼说：“不成问题，安地基，掌墨算我的。只管伙食、烧酒，工钱就不说了，这是我们队的老习惯。”

曲仁海想去想来，说：“我看黄世朋有威信，请他出面讲一下修路的事，大家就动起来了。公家不办，我们民间办，这又不是坏事。解放前修桥补路，还不是民间办的?”

黄正梦说：“问题是他也想要修房，别人会不会有说法。”

曲仁海说：“要不你与蒋书记反映一下，看他咋说。”

黄正梦说："看来只有如此了。"

农民之间，传统的你去我来，就把屋基地的事商量好了。

这天，黄正梦去蒋家湾看了几户自留地的苗子，也去看蒋书记栽的那几株温州蜜橘、几株鹅蛋柑。树冠很好，挂果也不错，正好碰上蒋书记的幺儿蒋明阳在自留地灌蔬菜，四季豆、黄瓜、南瓜、茄子、辣椒都长得不错。蒋明阳就招呼他："正梦，你早，那几株成年果树挂果不错，但就是卖不到几个钱。哪有你们的苗子来钱，我老爸就是死脑筋，为这事我父子俩常拌嘴。"

黄正梦说："你爸不是同意了吗？我去开会前，他还同意我帮你们规划呢。"

"他回来没说呀。"

"我今天就是来帮你规划的，看看你家种多宽，用哪几块地，我好为你家准备种子呢。"

"真的，哪股风把他的脑子吹清醒了。"

正说着，蒋书记从家里出来了，一看见黄正梦就招呼："梦娃，你来啦，快去屋里坐。"

坐下后，明阳媳妇倒好茶，蒋书记还递烟，十分热情。黄正梦就开口了："蒋书记，我来有两件事。一是你家的，看你家种苗子计划多宽，我好准备种子。我想秋季嫁接时，让明阳来学会嫁接技术，我包教会，他会了，你也可学，适合老年人做。二是我想修房子，你知道，我那草房几十年了，也该改造了。曲仁海用我草屋边那块他的自留地，同意换我哥住的那三间屋的地基，让我两弟兄修在一起，丁方容与我哥的事已说好了。队长又不管事，我只好向你汇报一声。"

蒋书记爽快地回答："没问题，那是块鸡口地，又是阴山地，不出种。安娃办喜事，没把我忘了哟。"

黄正梦说："那是自然。你想搞多宽的苗子？"

蒋明阳说："自留地留一部分种菜，责任地多数都可以。"

蒋书记说："你懂啥，本钱哪里来？我作为书记，不种点棉花，咋好交代？"

黄正梦说："没问题，种子花不了多少，主要是枝条钱、嫁接人工费。今年让明阳弟来学会，明年我的哥嫂和老婆他们都来帮忙，不要工钱，其他费用我帮你垫着，就解决了。大家都富了，不能让书记过穷日子呀！你为全村做那么多事，我们不能忘呀！”

蒋书记又问：“今年播种，可不可以套种一季小春？”

“可以，等它明年发芽时，小春都快收了。苗子长起来后，就不能再套种粮食了。你怕影响，干脆用孬地种棉花，不就行了？上面不是让我们特事特办吗？这个政策，你要带头用啊！”黄正梦说。

蒋书记说：“好，我也要解放一下思想。”

黄正梦又说：“蒋书记，我们队的队长人选物色好没？我有一件事，不好办。”

“啥事？你说。”

“我想修一条可通车的道路到湾里，我修房，木料缺，只有用砖、石、预制板修成楼房，就少占地。没路，这些东西咋个运得进去？二爸黄世朋也想与我同时修，其他的好几户都想明年修。如果发动大家出力，可能都愿意，就没人提领口。”

“我支持，我去外面参观，就见有农民修楼房的。我们大队能出现几家，那才光彩呢。干脆，就找黄世朋暂时当几天，我对他说。”

党支部书记的思想解放了，黄正梦的问题就迎刃而解了。这时蒋书记又问黄正梦：“前天晋书记才开了会，十多年没发展党员了，这次要在带头致富的农民积极分子中发展一批，今后好带动社员都富起来。如今又不讲成分了，我首先想到的就是你，你看如何？”

黄正梦对这突如其来的问题，想都没想过，只好说：“让我想想。”

蒋书记找黄世朋商量，黄世朋不愿当队长。但他推荐了两个人，让蒋书记高兴。队长由黄正才的儿子黄卫兵担任，黄正才的会计让给蒋天友的儿子蒋士元担任。两个都是“文化大革命”中的初中生，都是20多岁的小伙，黄卫兵处事有魄力，又不晃。蒋士元做事心细，现在的会计，又不搞分配的预决算，简单多了，就是按人头分配上缴任务，下点计划指标。

黄卫兵走马上任的第一件事就是修路。他一讲，全队男女老少都出动了，几天就修好了。

一切条件具备，年底一座小洋楼就建成了，粉白的墙，老远惹人眼目，都称是黄家湾的第一楼。黄世朋的小洋楼与之遥遥相对，就显得小气了。黄世朋后悔了，该拉点账也该比起修，就好了。当时家家都有钱，借一点也不难，谁都知道是还得起的。后来家里人口多的、资金厚的，都比着黄正梦的修，比如两家中农的后人。不到三年，黄家湾就家家修了小洋楼。黄世朋在原来的楼房边又修了几间，与原来的就显得不十分协调。黄家大院不复存在了，留了两间正房，是生产队的公房，院子大坝仍是公用的晒场。在 1980 年代中期，全队家家楼房，整齐地摆在黄家湾的两旁，让人羡慕。畘牛沟上下，也星罗棋布地点缀着不少小洋楼，从此声名远播。引来大小官员参观的络绎不绝，那是后话。眼前一绝云：

山湾幢幢小楼房，吸引穷民开眼光。

说是春风来得早，春光处处罩山岗。

第十六章　入党

当时从蒋书记那里回来，黄正梦不是激动，而是沉思。他做梦都不曾想的事，“入党”这个词汇进入了他的思维。他仅仅知道的是共产党解放穷人，打倒富人，平均就是公平。为什么会这样？因为他没资格接受党的理论教育。他想的是，如今我有钱了，黄家湾不止我一家，不再挨批斗，就是万福。我除了房子，也是一无所有，只是日子好过点。只是我与所有的农民一样多的土地，我在土地上经营，没违背政府的政策，我还是有钱了。对其他不会经营土地的人，别说剥削他们，我还给他们数不清的帮助。我之所以要帮助他们，是当做好事，大家都有个奔头。如今，其他地方还有那么多穷人，为何不去发展他们入党？

报纸上说共产党是为共产主义奋斗，共产主义是个什么，他不理解，说是马克思的理论，他没读过。1950 年代，合作化说是搞社会主义，1958 年说跑步进入共产主义，那时的共产主义，就是大兵团、伙食团。如今改革开放，政策还在逐步松动，确实很好，给农村带来了生机，给农民带来了过日子的希望，这个也叫社会主义。如今这个社会主义，就是好，都一样多的土地，没有剥削，都凭劳力、智慧种各人的地。黄家湾虽有悬殊，但大家都有饭吃，没一家穷人，都和睦相处。我帮助了他们，都是邻居，也是应该的，他们在那困难年代也帮了我不少，远亲不如近邻，就是这个道理。为了过日子嘛，就得把邻里关系处好，低头不见抬头见。蒋书记要我入党，好带头把贫穷了几十年的乡亲富起来，有好日子过，不像他过去看到的，都是战火中的英雄、搞阶级斗争的积极分子才能入党。从党员要带头富起来这个角度看，也可以。王正元是四清时入的党，如今政策这么好，他就是不会用，你作为队长，就应该帮大家想办法。黄家湾里没一户人家对王队长有意见，需要他了他不干了。蒋书记几十年为大家奔波，处在那个年代的社会主义，保护了好多人，大家穷，他也无能为力。这几年政策好了，但干部作风未变，只讲改革，不改政策，还要加地方的土政策，不给农民松绑，叫啥开放？不吃公粮的蒋书记已醒悟了，也想栽柑橘苗了，他家的日子并不宽松。如今老了，他想发展我入党，目的还是惦记着全村百姓。

经过反复的思考琢磨，黄正梦觉得不应辜负蒋书记的一片苦心。我就是入党，做个一般党员，也不影响扶持其他队的农户，搞我的苗子经营。从行情看，还有三五年的市场，到那时，全村多数农户就不穷了。以后如何，谁也看不清，政府自有政策。

小洋楼落成后，以大哥的婚事为名，请了全队的男女老少，也不过十多桌客。猪肉市场已放开了，把自家养的大肥猪杀了一头，也不违反上面的规定了。他一律不收红礼，只要乡亲们赏脸就行。

他去请蒋书记："蒋书记，我哥要办喜事了，我来请你，后天中午，你要赏光哟！"

蒋书记也思想解放了，说："我得赶个礼哟，你请了多少人？"

黄正梦说："我们一律不收红礼，感谢乡里乡亲多年的关照。全队老少都请，不过坐十来桌人。我杀了一头肥猪，就够了。"

蒋书记高兴地又说："梦娃，我给你说的事，想通没有？我是第三次给你提了哟！你这个聪明人，怎么就那么固执呢？"

黄正梦才稳重地说："为什么要入党，大道理我不懂。就听你蒋书记的一句话，我认了。我相信你是为我好，是为全村的人好。"

蒋书记也严肃地说："大道理没问题，入了党还可以学，你文化高，比我理解得会快些。我的理解也简单，就是为大家办点实事、好事，不做那些对不起老百姓的事，就尽到党员的责任了。"

黄正梦又说："共产党员的理想，我搞不大明白。"

蒋书记也说：“共产党员是为人民谋幸福的，对我们这些农民党员来说，就是为身边的百姓做些好事，这才是具体的、实在的。你说呢?”

黄正梦说：“好。你家的地膜盖好没有？气温一天不如一天了。”

蒋书记高兴地说：“盖好的。我这里有份表，你要填一下。成分栏，你就填农民，其他的你如实填就行了。”

黄正梦拿着表就告辞了。

到婚礼这一天，宴席摆在黄家大院，住家的都将自己的饭桌搬到院坝里，不需黄正梦请求。黄正安又到院外的住家户借了几张饭桌，一说，各家都自己搬去，不需主人家动手。全队总人口又超过1950年代的人口了，全队老小，加上黄正安、丁方容的几家外地亲戚，共计百来个人，摆了13桌。黄正梦家里蒸着红苕干饭，做菜就在大院里，借了几家的锅灶，家家出力，理菜的、洗菜的、切肉的、掌灶的、烧火的、安桌凳的、摆碗筷的、端菜上桌的，亲戚邻里们忙得不亦乐乎，黄正安去干活，都不要他做，还取笑他：“安老弟，今天你是新人了，该休息。”

“安哥，不要把身子弄脏了，看嫂子今晚不要你上床。”

“安大爷，今天你要把架子摆起，才像个老辈子。”

“刘大嫂，快去陪安哥坐坐，我们来。”

“你乱喊，该叫黄大嫂了，或安大嫂了。”

“秀嫂子，你好福气哟！快歇着，慢慢享你的清福哟!”

一个大院，说说笑笑，年老的拉拉家常；年轻的忙里忙外；年幼的打打闹闹。几十年来，除了“七改”斗地主、公社伙食团，从没有这么热闹过。就是1950～1970年代结婚的，也没这么热闹。

开宴了，黄世朋以黄家长辈的身份主婚。他说：“今天是黄正安、丁方容的婚礼，新社会、新办法。没有八抬大轿，也没请吹鼓手，就简便了。礼炮是要放的，表示喜庆，放鞭炮!”几挂鞭炮齐鸣，响彻整个山湾，犹如开春的惊雷，更增添了几分喜气。

在烟雾中，主婚人发话了：“现在不信神，祖宗却是不能忘的，一拜祖宗。”一对新人朝着生产队的保管室，也是黄氏家族原来祖先牌位存放处，三鞠躬。二拜高堂，秀嫂子接受了三拜。三是夫妻对拜，完了就开宴了。

《虞美人》一词可说透黄正安的心底：

梅花报晓春来了。往事知多少？
东房昨日被分光。老宅旧颜不弃进新郎。
酒杯土碗莫嫌小，老朽新人找。
箩筐扁担旧行头。苦辣酸甜度日没奢求。

蒋书记与黄世朋在首席上位坐，黄正梦下位作陪。请蒋书记讲几句，因他推辞，就没勉强，来了就是最大的面子了。黄正安、丁方容各席敬酒。第一杯当然是首席，蒋书记才说了几句祝词："你俩能走到一起，不容易，祝你们幸福。"黄正安流着热泪说："蒋书记、二爸，我有今天，都感谢你们对我的关照。"他说的话是有根据的，1958年，要不是蒋书记把他送去炼钢铁，他绝对躲不过那一劫，一家人常念着这件事。

队长黄卫兵发话了："我作为晚辈，提议一杯酒，今天不仅是大爸的喜事，还有他家修的楼房已落成几天了，算是双喜临门，为表示祝贺，我们都干一杯。"

蒋士茂也来凑热闹说："为我后年修楼房，也干一杯。"

这一下把场面搞热闹了，不是主人去敬客人的酒，都反客为主，拿着杯子去敬主人的酒了。特别是刘代祥，走到黄正安面前，恭敬地给他俩行个礼说："嫂子，你以后还是我嫂子。安哥，你以后就是我大哥，祝你们健康长寿。"全场鼓起掌了。

首席也围着不少的小伙子，端着酒杯，一要敬长辈，二要敬黄正梦。祝词、笑语不断。修楼房的事成了主题，黄正梦才端着酒杯说："我修楼房，要感谢大家，无偿付出劳力。以后各家修，跑路的事算我的，应该我敬各位一杯。"

"梦哥，你要保证我的苗先卖出去，我才有钱修楼房哟。"

"二爸，我嫁接的父本上了当，明年我一定用你联系的父本枝条，你没怄气哈！"

"如今住的房，是你家原来的，我修好楼房就还给你。"蒋士茂说。

这句话出格了，蒋书记严肃地批评说："茂娃，你又胡来了。"黄世朋才说："这个娃，心眼不坏，就是一根肠子通屁眼，藏不住话。搞得好，他明年就要修房。"

蒋书记又说："只要不像他老子就好。"

今天的宴席话多，龙门阵长，一直到半下午才散场。留大家吃晚饭，都说不必了，大家都帮着收拾。秀嫂子将剩菜请各家收拾点，没抛撒了。

蒋书记临走时，黄正梦把他填的入党志愿书交了：“我今天是不是不该在大院摆宴席？那是过去我老爸的房子。我想过去的党员都是经过战争的烟火考验的，新中国成立了，入党的都是经过阶级斗争考验的，用啥来考验我呢？”

这可把蒋书记难倒了。蒋书记想了一会儿说：“这是上面要求的，要带头致富，你已经带头了，还考验啥？”

临近春节的前一天，王正元找到黄正梦，通知他去大队参加党员支部会，说是讨论他入党的事。他与王正元一道往镇上去，路上问王正元：“我还不是党员，就叫我参加会啦？”

王正元说：“梦哥，你还不懂，讨论你入党，要本人去提出申请，介绍人介绍情况，支部大会通过，报上面批准了，才算是党员。”

黄正梦说：“那么复杂。我的介绍人是谁，我还不知道呢？”

“蒋书记安排的是我，还有他。这你别管，我们一起长大的，我还不了解你呀？你只管念你的申请就了事。”

“我真没想到，我这个地主崽子还能入党！”

“我当年也没想到我会入党，我又没干个什么，余同志就动员我入党了，后来套个屁队长当，我也不知是怎么回事。我这个人没文化，只晓得做活，哪当得好队长嘛？不是黄二爸说给我扎起，我才不干呢！当到就甩不脱，就拿党员来压你，要服从组织安排。”

“你成分好嘛，我与你不一样。”

“现在好几年不讲成分了，不像‘文化大革命’前，一天就讲党员要有阶级觉悟，完成国家任务，经常开会。这几年会都难得开一次，开会就是要带头致富，咋致富嘛？责任地种什么，党员又要带头执行国家计划。你看我们村，八个党员，就看我还好点，在我们队，你知道，我算老几？不是你的影响，我与他们差不多。”

“你是起步慢了点，没关系，也是差不多的。你知道，我出身不好，看到那些不会计划安排的，又不好说别人，只是问到我了，我才谈我的想法。那几年，就是找到我，也不敢说，怕出了篓子，我担不起。”

“这我知道，你看我就难找你帮我策划，这一年多才跟你学，只找你帮忙买种子、枝条，我早不当队长，就是另一个样了。入了党就好了，你是个热心人，就可大胆帮人出点子了，你的话，真的，大家都爱听。你读书多、爱学习、有头脑、爱做好事。这几十年，我是亲眼看到的，你哪一件事没整对？在周围帮了好多人哟！好多人私下议论，不说我们队，就是我们村，如果你成分好，当十几年支部书记，全村早就整对了。”

“你别尽说我的好话，你是老党员了，我还得向你学习。你知道，自从我父母死后，就怕自己出事，对不起家人。要过日子，逼得非动脑子不可，又怕撞到国家政策，还非得看点报不可，感谢你的支持。”

“我支持你啥了？”

“就是你知道我爱看报，报纸拿回来，就给我先看了。”

从小一起长大的二人，还从来没有这样知根知底地摆过。不知不觉就到了大队办公室，几十年他路过都不敢随便看的地方。背后是他经常来打米磨面的大队农机站。农机站原来是一家姓晋的地主的铺面，面貌依旧，只是场口跨街的山门，早被破四旧时打了。

大队办公室不需进场，在农机站后面正中开了个后门，占了三间屋。后门外一个大坝，是开村民大会的地方，如今堆放着农机站的杂物，两台早已不用的手扶式拖拉机，日晒雨淋，没人过问。屋前有个小天井，说明这三间屋是原房东的卧室。中间一间是大队小会议室，中间摆一张八仙桌，还是黄正梦家的财物。因是柏木做的，几十年了，还没被损毁，桌面的土漆还光彩照人。几根配套的长凳，只是长凳面的土漆已磨得不见了，板面和长凳足还是那么牢实。另外添置的几根杉木凳，蹩脚缺损，混杂其间。灰尘铺面，不知多久没用过了。两侧，一间是支部书记、村长共用的办公室，除一张杉木办公桌、两把木椅，空空的。其中一张椅子是黄家的，还是蒋书记的手艺，几十年了，没一点破损，只是有的漆剥落了。正墙上贴着马恩列斯毛的标准像，进门面对的侧墙上贴着邓小平视察深圳的油画像，下面，即蒋书记座椅背后，墙上一排钉子，挂着各类红头文件和表册。一间是大队会计的办公室，除一张杉木办公桌、和蒋书记一样的一把木椅外，多了两个大衣柜，占了正面一堵墙。一看就是黄正梦家的旧柜，偷油婆色的土漆依旧，没多大损伤，两把大洋锁挂着。里面装的可能是全村的档案，比如户口簿、历年的决算账簿、各类报表。侧墙边有几张小桌，上面摆放着一些书籍和杂物，倒不显得空旷。

小天井再往前过一个大厅，又是一个大天井，一边的厅房摆放着大队农机站的打米机、磨面机、粉碎机，供群众打米磨面。一边是几间房，堆放着各类农机器具。再往前就是临街的几间铺面，两间供农机手临时居住和办公用，一间是大队合作医疗室，另外几间是承包给私人经营种子、肥料用的铺面。

黄正梦到时，人未到齐，只有村会计兼文书的丁大全端着一盆水，用一条烂毛巾抹蒋书记的办公桌，又把几条长凳端进蒋书记的办公室，可能在这间办公室开会。

丁大全与黄正梦是小学同学，因自己成分不好，虽是一个村，很少打交道。黄正梦一进屋，他就主动招呼："老同学，请坐。"

二人摆了些客套话，从丁大全嘴里听得出，黄正梦的入党，不全是蒋书记抬举他，据说来头不小。是晋书记来参加村的支委会传达的，县委组织部一个副部长转达县委的意见，发展党员，要解放思想。在新时期，要使基层党组织充满活力，才能适应以经济建设为中心的要求，要把农村发展经济的能人吸收到党内来。我们党历来是有成分论但不唯成分。比如环溪乡黄正梦那样的地主子女，帮助那么多的农户致富了，应该吸收到党内来。他们支委都研究了几次了，乡上也催了几次了，他们才把三个老党员的工作做通。那三个老党员，都是"土改"时入党的。看丁大全的态度，是讨好老同学，还后悔过去与老同学打交道少了，要他原谅。

黄正梦说："这哪能怪老同学，那个年代，我都怕沾染别人，一堆臭狗屎，怕给别人添麻烦。以后你要多指点呢！"

丁大全说："我才要向你学习。"

王正元也帮腔："就是，我守在身边就没学好，这两年要不是他，我还是过紧日子。"

龙门阵都摆到半上午了，蒋书记和其他党员才陆续到齐。全村才 8 个党员，主要是"土改"和四清时发展的两批党员。特别是"土改"时发展的，去掉病死的、饿死的、判刑的，只剩下 4 个了，还包括蒋书记。四清时发展的党员，除去当兵的上调参加工作的，也只剩下 3 个了。只一个是"文化大革命"突击入党的。全村 10 个队，好几个队还无党员。除村的书记、村长、会计、治安、民兵连长、妇女外，只有两个党员，另一个还是吴家湾的队长。余下王正元一人，才是普通党员。村长朱正月，是个不管事的人，都是蒋书记一个人说了算，所以村的班子很团结。

开会时，蒋书记主持会议，讲明会议的议题，由黄正梦念了申请，蒋书记与王正元介绍了情况，前后不到20分钟，就叫黄正梦退会了，因表决时他要回避。

黄正梦退出会场，看着八仙桌，依依不舍，心里有说不出的味道。真是沧桑变化，难以预料，是梦还是现实，自己也说不清楚，就回家了，连顺便去街上买点年货也忘了。回到家里，妹儿就问他："你买的黄花、木耳、花椒呢？"

黄正梦才回过神来，出口大气说："忘了。"

嫂子看弟弟回来了，就说："没关系，下午找人再跑一趟就得了。三个娃娃都回来了，在楼上。"

黄正梦上楼，孩子们都在客厅陪婆婆看电视，看到黄正梦心情不太好，老大就问："老爸，你咋了？心里不高兴？"

小女儿娟娟调皮地说："可能是我们回来早了嘛！"

黄正梦才笑了："就你话多。"

老二才起身让出单人沙发，叫老爸坐。娟娟推开大哥，要老爸去坐三人沙发，挨着她和婆婆。老二给老爸沏好茶，与大哥各坐一只单人沙发。婆婆才问："你那脑袋就该歇一歇，又遇到啥不顺心的了？"

黄正梦说："他们要我入党，今天党支部讨论我的入党问题。"

老二问："没通过，你不高兴？"

娟娟说："通不过算了，几十岁了还入党，你才有上进心呢！"

已是党员的老大说："有啥不可以？老爸没问题，没有通不过的，只是形式罢了。"

娟娟摇着老爸的肩膀说："你看，党员就是不一样，会做工作。"

把大家都逗笑了。"你们笑啥？"大爷黄正安也进来了。婆婆叫老大："立儿，快给大爷端椅子来。"

老大起身让大爷坐，自己端一把独凳，靠着大爷身旁坐下说："老爸要入党了。"

黄正安说："好事。"

黄正梦把话题转开说："兴龙，你最后一期了，打算找个什么工作，找不到，就回来种地，你看楼房都给你修好了。"

老二说："我们财大生，不愁找不到工作，各单位想要还要不到呢，你别担心。”

黄正梦笑着说：“幺女回来挨着老爸，你一个专科生，毕业了就回家，如何？”

娟娟捶着老爸的背说：“专科怎么了？我是学医的，还愁找不到饭吃？今后我在城里买一座楼房，比你这土楼房还洋气，请你们都来挨着我。婆婆，你说好不好？”

婆婆搂着娟娟笑得合不拢嘴说：“好，就我的乖孙女嘴甜。”

老大插话了，说：“老爸，我看你们搞苗子经营，早迟要饱和。你喂猪很在行，我们研究所今年去深圳参观，我看到那里有搞生猪饲料生产的外资企业，生意好得很。内地还未醒悟过来，人类要提高生活质量，离不了猪肉，生猪发展前途无量，饲料要先行。我这次带了配方，与你过去搞糖化饲料一样，现在的配方比那时先进多了。你可不可以花点精力，探索一下？办个饲料场，我们研究所做你的后盾。”

黄正梦一听，有道理。就回答说：“可以。我也认为柑橘苗子不会长久，人的生活还是靠粮食、副食品打头杠。你这个思路行，让我筹划一下再说。”

老二说：“现在粮食市场已逐步放开，糠麸、粗粮不成问题，要核算一下成本，研究一下市场和赢利的空间。”

黄正梦说：“本钱哪里来？先自己试验一下，看你那配方的效果。如果好，就小打小闹，推得开就是市场。推不开，舍了本就算了，我还有这点家底。”

黄正安、婆婆听得入神，不知道他们唱的哪本经。反正觉得这一家人有希望了，三个大学生，就像他们二老爷有学问，带来几根枝条，就把黄家湾及周围都搞富了。黄正安说：“开了年，就再买几根猪，把圈舍充实起来，有你们大娘和你们妈，养几根猪，不成问题。”

黄正梦说：“对。喂好这几根猪，大哥就多操点心，苗子的事就我承担主要的。自己试验好了，我再抽精力来。”

三个娃娃看着老爸对事物的判断，做事这么果断，好像是学到点什么。娟娟说：“我的老爸就是我的老爸，做事就是不一样。”

黄正梦搂着女儿笑着说：“就我女儿会裁判。”

流浪生活磨砺出来的黄正梦，犹如蚂蚁，天生马不停蹄的寻觅精神，形成了灵敏的嗅觉，这是孩子们在书本上学不到的。

蚂蚁觅食脚不停，天生本事土中行。

天晴日朗和风雨，崽子成群又筑厅。

楼下喊吃饭了，三个孩子扶着婆婆下楼。这个春节，当然是黄家最喜庆的一年。

开春后，黄家湾山上山下，土里去年嫁接的柑橘父本，整齐地吐出嫩芽，各地要买苗子的信息，如和风般吹来，湾里男女老少们心里乐开了花。蒋书记满面春风地来找黄正梦，他的入党问题，县委组织部已批准了。黄正梦以平淡的口语说："谢谢蒋书记。"

蒋书记说："明天正式开个支部大会，大家见个面，晋书记要来参加。"

黄正梦听了晋书记要来参加，心里一热，笑着说："好嘛，我明天早点去。"

第二天，他去村办公地，丁大全的家就在农机站的对面，又在打扫蒋书记的办公室。黄正梦帮着他扫地，说着话。晋书记在乡上住，离这里隔着几个铺面，也到了。进门就握着黄正梦的手，久久不肯松开，说些祝贺的话，弄得黄正梦不好意思。丁大全与他们都是小学同学，请晋书记坐，他们的手才松开，三个同学开始寒暄。晋书记因负担重，老不进步，当了十多年的副书记了，算是老革命，也没想再升迁了。幸好她有一官半职，大儿子 18 岁时就参加工作了，在另一个乡做一般干部，小女儿推荐读了高中，没考上大学，前年又安排在乡信用社做临时工。她很羡慕黄正梦的三个儿女都是大学生，她笑黄正梦说："真是龙生龙，凤生凤，老鼠生儿打地洞。"

黄正梦也笑她说："我出身不好，老汉没本事给他们创造条件，只有自己努力。感谢党的政策好了，恢复了高考。"

丁大全叹气地说："我三个儿女读书不行，老汉又没权，只好捏泥巴。还望黄伯伯扶持他们一下。"

晋书记还叹气说："我两个娃虽有工作，挣点工资还不够他们自己花，男人又老实，一身病，还靠我的工资养他，哪比得上老同学。"

人早到中年了，儿女也成人了，在人生的路上，都有一本难念的经。三个同学拉着家常，摆不完的龙门阵。

终于等到人齐了，开会。会议不外乎是对黄正梦的祝贺，说一些希望的官话，黄正梦做个表态的发言。不到一个钟头就完了，按老习惯，该去馆子吃一顿。晋书记表示不去，显示清贫廉洁。黄正梦才开口说：“今天该我办招待，满请。”晋书记才留下了。

丁大全家隔壁的一家饭店，就是那个受表彰的万元户，这是睏牛村的干部常吃公务饭的地方。10 个人去饭店，在里间用两张方桌拼在一起，围坐四周。店主见老客人到，还有晋书记，显得非常热情。因是老客人，不消报菜单，他也知道如何安排。黄正梦难得下馆子，就说：“今天是我办招待，把你拿手好菜弄几个来。拿四瓶泸州特曲来，难得伺候你。”

“没问题，你们先剥瓜子，摆龙门阵候着。幺师，快摆碗筷、酒杯，把瓜子多端点来。”店主丁大贵，是丁大全的堂哥，热情地招呼着，安顿客人。

这一顿，黄正梦花了近 200 元，大家没有酒令划拳，多是农家的一些闲话。一个时辰，杯碗狼藉，个个喝得脸上挂着红彩，就散席了。

随着仲春的到来，嫁接的幼芽一片片新叶迎着朝阳舒展开来，来订购苗子的、参观的、二者兼顾的，络绎不绝，黄正梦应接不暇。他找到黄卫兵，将他在黄家湾里培养的几个骨干找来商量，要他们挡一下子。除了去外地打工的，有黄正兴的儿女黄兴平、黄兴玉，黄世朋的幺儿黄正民，黄正成的儿子黄兴土，黄正才的幺儿黄兴柏，黄正华的儿子黄兴盛，曾元盛的幺儿曾中平，王正元的儿女王明火、王明方，刘代祥的女儿刘万容，蒋士元的女儿蒋恩惠，蒋士茂的大儿蒋恩土，这些人大的 30 多岁，小的才十六七岁。

黄卫兵把人召集起来，黄正梦说：“我脱不了身不行，下年的种子和枝条的事，我非得亲自出去一趟。本队的请队长接待一下，其他各队、各村的，由负责联系的人接待一下。大家要热情，涉及下半年苗子的销售问题。这段时间正是长苗的时候，要告诉大家灌好清粪水。下半年卖好了，在座的都有工资提成，不要马虎。有来订购苗子的，请黄正才大哥帮我记个账，定金交给我大哥。”

黄卫兵也说：“都等下年有收入了，好修楼房，搞不懂的不要擅自主张，回来商量。”

黄正梦将家中内外的事丢给大哥，就出发了。其实他心里还装着另一件事，就是春节儿女们提的那件事，他要考察一下。

他走后，县委宣传部干部和县广播电台记者来睏牛村、黄家湾采访。村上是蒋书记接待的，队里是黄卫兵接待的。后来，黄正梦被评为带领群众致富的优秀党员，县里召开共产党员致富能手表彰大会，要他发言，因他不在家，就缺席了。他入党才三四个月，就成了优秀党员，那几天，广播里天天播放他的先进事迹。在全县，他小有名气了，等于帮他和睏牛村打了广告，订购苗子的就更多了。蒋书记和睏牛村的农民天天脸上挂着笑容。

这些，外出的黄正梦都不知道。他去成都先找到大姐，只有大姐和姐夫在家，种着几分责任地，多是种的蔬菜，日子过得不错。大外甥已安家另立门户了，小外甥也成人了，因城市用地，都转为城市户口了，并且都安排了工作。

姐夫田忠诚在馆子要了一桌酒菜，把儿媳们都叫了回来，为二舅接风，一家人乐融融的，不在话下。当黄正梦谈到他大儿子提出办饲料场的事时，田忠诚说："我看可以，你经营苗木赚了钱，有钱起本。我们郊区办小作坊多的是，莫看小，还赚钱。"

因大姐两个儿子都被招工进了国营厂工作，她的大儿媳妇说："我就在一个私人办的小饲料场打工，办饲料场也简单。他就租了那么几间房，买个粉碎机，将粮食、各种配料打细，按配方拌匀就成了，虽然没什么牌子，农民喂了猪，效果也不错，就好卖了。你们那里养猪的更多，需求量会很大。"

姐夫田忠诚说："明天我带你去转一转，看一看我家附近办的几家小企业。"

第二天，田忠诚带着黄正梦看了他家住地周边的几家小作坊，皮鞋加工坊、鞋底加工坊、塑料制品加工坊，特别去看了那家饲料加工作坊。设备之简陋、工序之简单，是他没想到的，关键是配方，他不好打听，但心里有数了。

他单独去城里逛了几天，一是去成都罐头厂联系厂里的废料、柑橘米子、买回去作苗子母本的种子；二是想去看看他流浪时的几个恩人。首先想到的是都大妈，去到她的住地，旧房已拆了，几经询问，在一栋楼房的二楼找到了。敲门，开门的是一个白发苍苍的婆婆，问他找谁，他回答："我找都大妈。"

"你敲错了门，我不认识你。"

"我是1958年在梁家巷饭店找剩饭吃的黄正梦，她救了我一条命呀，我来看看她。"

婆婆琢磨了许久，终于想起了，惊讶地说："是你呀，我就姓都，在那里工作过。"

黄正梦一下就跪在婆婆面前，泪流满面地说："你是我再生父母，孩子不孝，这么多年没来看你。"

婆婆扶他起来，让进屋里。在摆谈中，黄正梦才说出了他当年的真实身份，是地主儿子。并把他这些年的情况向大妈说了，婆婆不咸不淡地说：“那几年不知咋搞的，如今好了就对了，好好过日子。”

黄正梦摸出1000元钱，无论如何要大妈收下，略表感谢之意。之前，都大吗因一人在家，怕碰上骗子，所以不冷不热。现在婆婆才解除顾虑，留他吃饭。黄正梦说是有事，留下钱就走了。

20多年来，他有过两三次到成都，都是看大姐、看二爸，来去匆匆，这次吃住大姐家，又有钱了，想起20多年前的事，就想故地重游。看了都大妈，就想到李大爷。成都新立了不少高楼，快形成的一环路以外的大片良田，基建一片繁忙，城市在膨胀。李大爷的住地不复存在，询问了好几处，音信全无。他比田伯父、田伯母的年龄都大，这二老都相继去世了，何况他还是个孤人。他带着几分凄楚，不进高楼大厦和豪华的商店酒楼，还像当年一样各处大街小巷游走。当年穿着破烂的抢手中饼的、捡食残羹剩饭的人群，已不见了。偶尔碰上要东西的，要的都是钱，还不要你的剩菜剩饭。进城的农民比当年还多，苦活、重活、脏活都是他们谋生的工作。他当年捡废旧物品的生计，接班人倒是多了，废旧的品种也多了，国家的废品收购站没了，多数是私人办的，又多数是农民办的。票证黑市随着国家取消票证，也找不到了。他慢悠地走着，寻找什么，他自己也说不清楚。唯有饲料加工，在他脑袋里萦绕着，但城里又找不到它的踪迹。在城市底层的人群中，都是来去匆忙，好像各人都有干不完的活，像他这样游手好闲的人，很少见。他才想到自己的生活、自己的日子还是在黄土地。

1985年7月底，黄正梦在外考察了三个多月后回来了。带着两辆大卡车，成都一家水果罐头厂的车拉着种子和其他杂物。黄卫兵一声招呼，十几个小伙儿，不到一顿饭的工夫，就把种子和杂物卸到保管室了。

晚上，黄正梦找到黄卫兵，收集了近几个月来订购苗子的信息，经黄卫兵统计，需要近千万多株。黄正梦担忧那千万多株苗子的销量，算是有望了。他对黄卫兵说：“看来用不着担忧销不出去了，离出土的时间还有几个月，可能还不够需要量，说明明年还有大的搞头。”

黄卫兵说：“看来两年后，家家修楼房，不成问题了。”

黄正梦建议说：“我看最好家家今年就修，今年差点资金的，可相互调节一下，反正明年还有市场，家家都出得起。一起修，砖、预制板、水泥等，购买量大点，包括运输、联系、说价都好办些。单家独户的办麻烦多些，统一采购，价钱公开，核算到户。就是劳力要逗工，紧张一点，各家可去外村请点工，求亲朋帮点工。你这个队长，就应当为大家办点事，统筹一下。你说对不？”

黄卫兵说：“老辈子说的是对的，我听你的，服从党的领导。你出主意，我出面，没问题。”

黄正梦笑着说：“你娃娃就晓得贫嘴，老辈子就是老辈子，啥子党的领导。就算不是领导，做好事，我还是要出主意。”

黄卫兵又说：“不是我说的，广播里号召，全县党员都要向你学习呢。”

黄正梦听到这话觉得诧异，就说：“你乱说，我怎么不知道？”

“奖状都送到你家里了。”黄卫兵认真地说。

黄正梦又说：“今年将要出那么多苗子，我一人可能经手不下来，不知你爸愿意搭个手不？”

黄卫兵说：“恐怕不行，我爸一心在筹划修楼房，精力可能不行。”

“那算了，如果家家要修房，按我们刚才的想法，他应该花点精力帮大家在账目上协助蒋士元统筹一下，因大家都相信他。我这事，干脆找我的老同学，村文书帮个忙。”黄正梦回答他说。

刚说着，黄正才进屋了，儿子把刚才商量的事给老爸一说，黄正才满口答应，还说这个主意好，并说：“二爸要不是与梦老弟搭着修，他是修不起来的，不说如今，过去修房造屋，好麻烦哟！这样合伙，你跑这样、他跑那样，就俭省多了。”

黄正梦说：“卫兵可先找有点见识的人商量一下，比如二爸、蒋天友、王正元，毕竟当过队长，办集体的事有经验。”

三人都说对，就各自回去休息了。

他为何要找村文书帮忙？丁大全上小学时算术成绩很好，1956 年，不是因他妈去世，影响他的学习，考上初中是没问题的。原先他俩很要好，因他家被划成地主后，黄正梦自己不愿接触同学，才慢慢疏远的。他爸新中国成立前是街上一家水烟作坊的算账先生，作坊旧址就是如今的农机站。“土改”时，他家是中农，合作社时，他就是小队会计。四清时，因他的账目是全大队最清楚的，而且一手好字，才入党当大队会计。多年来，肯定有经验，找他，能力不说，更重要的是互相信任。这次如果合作得好，以后办饲料加工作坊，他既可当会计，也可帮他管理。特别是资金，不像搞苗木经营，搞饲料天天有资金进出。改革开放以前，黄正梦自己四门不出，历史把他捆绑着，好多同学、亲朋都疏远了。随着苗子经营的扩大，才逐步有所接触。与苗子无关的同学、亲朋，仍然少有接触。通过与丁大全的几次接触，才知道他生活也很清苦，为人还是他少年时的模样，所以有心帮他一把。入党后，黄正梦上街办事，常去他家或办公室坐一坐，聊聊天。

一天，黄正梦去村办公室，正好丁大全一人在办公室填报表。一进门他就问："老同学，你在忙啥？"

"快请坐。"丁大全招呼他坐后，就去给他泡茶。

已经霉臭的茶叶，开水一冲，仍闻不到茶香，一股霉气冲鼻。黄正梦说："老同学，这茶你还喝呀？"

丁大全摇着头说："没法，村里常是入不敷出。乡上干部来办事，开队长会、党员会，都得办伙食。不办，会都开不起来。大队就一个农机站，打米磨面，现在私人也可办了，生意就做不成了。另外就是点计划生育罚款提成，多的都给上面提走了。你看咋办吗？蒋书记只管开口，有时赊账也得吃，他又不抓收入。两金两费又收不全，多的也被乡上统筹了，除了给大小队干部发点津贴、买点纸笔墨，所剩无几了。东拉西扯，只好滚起走，如今欠账已一万多元了。管他妈的，我也无法。这茶叶，还是我私人的，不是你来，我是白开水都难得打发，去茶坊打一瓶开水，还得花两分钱。"

黄正梦还是第一次听到这些，公家哪些是收、哪些是支，他都听不懂，比如"两金两费""津贴"，他都不懂。寅吃卯粮他是懂的，反正村上吃来摆起了。他才说："你这个家不好当呢！"

"不是我当家，我只是个记账先生，蒋书记在当家。"

"当家的都不算这个账，咋当家呀？"

"公家的家，有啥不好当？又不要他私人掏腰包，只要有权，摆起了就摆起吧。"

"那不负责任呀，摆起，以后咋办？"

"不贪、不拉，只是吃，有啥责任？看来你不懂。"

黄正梦不好再问了，很多事他确实不懂。原来共产党的小官就是这个样子，要是大官，他就更懂不起了。他才问自己的事说："老同学，我想请你办件事，不知你有没兴趣，有没这个精力？"

"啥事？你说，我能办的，我一定办。"

黄正梦把他经营苗子的事和办法都详细地说了，又说："今年不比往年，进出是几百万元，我一人赌包包捎，要收、要发出去，怕管不好，请你帮我当会计，记账、收钱、发钱。就是那么两三个月，我给你工资，三千、五千，看结余再说。"

"看来你对账务不懂，一般记账的不管钱，管钱的凭收、支发票报账，才清楚，也好互相监督。你原来那么多钱是咋管的？"

"我只记哪个买了我多少苗子，收了多少钱，欠我多少记个账。哪家给了我多少苗子，按该付给别人多少，就记个账付钱，欠我种子、枝条钱的就扣除。提成的总数里，哪个娃娃管了几家人，数量多大，我该付他多少工资，也记个账好付给他钱，余下的就是我的辛苦钱。要记三本账，反正不要对不起别人。三本账我常常对不起，反正就在我的包儿里进出，一年完了，我的账本也不要了，所以叫赌包包捎。"

"我懂了。你的账是一年的生意完了，账就不要了。按政策，你不上缴，不完税，就很简单。你要把单据建起来，收了钱开双联的收据，一张给交款人，一张自己留着记账。钱多的，可信用社转账，你凭转账单发货，开收据，我可帮你去信用社对账。你支出的，都叫他们开收条给你，欠你的，要他们开欠条。这些所有的票据，你交给我，我给你记账，就不怕久了、多了就忘了。我不可能成天跟着你。一年完了，我就把账本给你，过久了，你凭账本，该收的收、该付的付，收了、付了，你自己消了就是。这等于是你自己做账。"

"好，你真是个算账先生。原来我只是怕有人搞假，才买了双联收据，交给那些娃娃收钱时用，怎么做账就不懂。我知道你也很困难，我想扶你一把，都是老同学。你今年大种一年苗子，我来帮你，我看还有一两年市场。"

"那才好呢。我看今年要换届了，蒋书记人也老了，好多事他不开窍。他心好，不害人，但到点了。这个村，看乡上的意图，可能给你套起，不知你咋想？"

"我才不想呢，我不懂。"

"你入党了，组织安排你，你也不好说呀！"

这个信息，让黄正梦进退为难了。

第十七章　光环

黄正梦入党不到一年，各种光环接踵而来，他无法像过去那样整理自己的思路。

1985年苗木出土时，买苗子的、采访的、参观的，各类应酬，黄正梦简直脱不了身。今年下来，在他统筹下经营苗子的农户，60%的是睏牛村的农户，10%的是邻村农户。因“特事特办”的政策，在责任地里，凡是种了柑橘苗的都是万元户。加上全村各家的房前屋后、田边地角，好几个品种的柑橘硕果累累，沟上沟下一片丰收景象。买苗子的、贩运柑橘的各类车辆，往返于睏牛沟，两三万元收入的农户较为普遍。面对兴旺的景象，蒋书记笑得开心，他知道自己年事已高，当了几十年的支部书记，即将离任之时，总算对村民有了一个交代。

黄正梦在全村的威望自不必说了，都把他看成是村里的财神。幸好有丁大全帮他管理资金、记账，黄正才帮他收款、付款，他负责技术、统筹，这桩事算是圆满完成。虽然苗子价格降到几毛钱一株，但他的10%提成共计近50万元，扣去技术员一年一人近万元的辛苦费，还剩20多万元。他与丁大全、黄正才结算时，就问：“这余下的怎么办?”

丁大全说：“税收上我拿不稳，农税是按地亩算，各家每年是交了的。只有一个特产税，比如生猪的屠宰税，有无果苗这一项我不清楚。要缴，照理也该各户交。税务部门对小摊小贩都是‘砣砣税’。收的钱，扣除管理、技术、经营的提成和种子、枝条成本，各家都拿去了，我也没想到，税务部门也没想到。不过明年，请示乡上，如果有这一项，给各家各户讲清楚，主动缴，或者由我们代扣。种植户收了余下的，扣除你的种子、枝条成本，再余下的就是你的管理、技术、经营费用。再扣除你发给大家的工资，最后余下的这个钱，按理应是你的。”

黄正才说：“我懂不起，农民就是缴农税。该你得就该得，提成的事，是我们大家讨论了的，我可以见证。你那么辛苦，得的只是零头。你得的多，大家才高兴，你不要，大家还会有看法，都还望着来年。不是你就没黄家湾的今天。如今喊你富，得的是劳苦费，怕啥子？”

黄正梦说：“好多东西我不懂，就怕犯到国家政策。既然你们都说没啥问题，我也不能独吞。才哥，我给你两万元，一个我培养出来的技术员，一年都是一万多元。老同学，我给你三万元，今后在政策上，你要帮我把关。不知你二位如何，少了再商量。”

丁大全没想到，原来说的三五千，变成了三万元，他做梦也没想到，才两三个月时间，自己就成了万元户。他激动地说：“那怎么行？我不能要那么多，我当了几十年会计，还没这么多收入呢。”

黄正才也说：“我也觉得多了，你花了近10年工夫，吃了那么多苦，受了不少冤枉气，我才给你干了几天。”

黄正梦又说：“以后的日子还长，还望你二位多帮忙，有的事年轻人不懂，你二位有经验，才能把稳行事。那就不说了，就是那个数。原来我一个人，就怕万一出事，我自作自受。今年有你二人，我就觉得轻松多了。大家找钱大家用，这次我就算得多了。以后还有好事，我们合伙来，咋样？”

丁大全、黄正才二人就没说的了，他二人都愿意以后帮他的忙。

黄正梦又说：“老同学，我们队今年家家都要修楼房，你要帮忙哟！比如屋基地问题，会有变动，大院外的好办，就是大院的住户，不可能挤在一起修。”

丁大全说：“好嘛，我早点给乡上汇报，你要给蒋书记说一下。我想没问题，这是乡上、村里的面子活，会同意的。你修一座楼房影响好远哟，给乡上增了光彩。”

黄正才说：“我摸了下底，只有蒋士茂和王正元家差点资金，其他家都准备好了。”

黄正梦说：“没问题，我借点给他们。过了这回，这两家要以后修，就难了。一起修，有困难，大家帮着就克服了。”

丁大全笑着说：“老同学，我好羡慕你们队哟，你把队长都当起来了，以后要当好我们村的大家哟!”

黄正才也高兴地问：“老会计，真的呀？那才是我们全村的福啊，老弟栽的柏树又长伸了。”

黄正梦沉思一会儿，不咸不淡地说：“别乱说，不说八字还没一撇，我还没想通呢。”

二人不好再说什么，就散了。

修房开始前，蒋书记、丁文书先后都向乡上汇报过，乡党委温书记觉得这是一件好事，也是本乡的面子。他在县上开会，也向县委做了汇报，引起县里的重视，安排城建局调查一下，于是温书记带着县城建局规划办公室的两个人，帮二队农户规划屋基用地。按照他们的规划，大院只有拆了，作为公用的晒坝，就不动了。在湾里两旁靠山脚处，垦一点荒坡，占少许一点熟地作为各家屋基地。

开大会时，温书记说：“县委很关心二队整体修楼房，要搞成全县的样板。各户要服从规划，要向黄正梦看齐，政府支持你们。”

全场一阵热烈的掌声，他又接着说：“湾里规划了一条路，从各家门口过，你们已经修了一截，余下的要继续修，占了少许自留地，队里调节一下，一共占了多少，向乡里报个数。”还讲了一些要团结、共同致富、都是党的好政策之类的话。

散会后，温书记陪着他，他拉着黄正梦的手说：“老黄，你不简单，把全村都带富了，暍牛村已被评为全地区的先进村，听说省里要来调查你的先进事迹。老蒋，你要接待好，出了漏子，我找你拿话来说。”

蒋书记回答说：“温书记的安排，肯定做好。梦娃你功劳不小，以后要继续努力啊！温书记，我的接班人该有眉目了吧？”

蒋书记是有意把话说给黄正梦听的，温书记说：“那是党委集体讨论的事，会解决好的。一天没定，你不得搁担子。”说完带着县里的同志回去了。

第二天，性急的黄卫兵就喊全队的男女老少修路了。按规划，从湾口的下方，顺着各家预定的门口，一直到大院的门口，再延伸到黄正梦家门口，接上去年修的路，总长一公里多。黄正梦家除他妈外都参加修路。各自拿着工具，不需队长分配，各占一段。挖方的、挑土的、搬石头的，干得热火朝天，五六天就把路坯修好了。锤碎石、铺碎石、压路基、铺泥沙，也五六天就结束。

去年黄正梦修房，挖地基、安基石，都是大家帮忙，倒不费力。今年各家挖地基、安基石，就得各自想办法，家家都请来了不少亲戚帮忙，整个黄家湾就显得特别热闹。

黄正梦要还去年的情，只有帮大家跑路、联系材料。他本想找黄正农一路，因他家想再修一点房，走不开。于是他找到丁大全，请老同学帮忙，老同学满口答应。丁大全当了几十年小干部，有经验、懂门路，出发时说：“你等一下我，去乡上开个手续。”

黄正梦说：“我去年修房，买材料都没手续。”

“你不懂。”老同学说了，就去乡上。

从乡里回来，丁大全说：“我去开证明，碰到晋书记，她说县上既然很重视，要我去县里时可找县委管党务的刘书记汇报，说不定可以弄点计划内的材料，比如水泥、钢材之类的。”

黄正梦说：“这点我就不懂，你不愧当了几十年干部。”

丁大全说：“我也没想到。原想数量大，社会上万一有的买不到的，有个手续，可去水泥厂联系，方便些。”

他二人去了县里，黄正梦从来没进过县衙门，好森严哟！丁大全也少来，问到县委办公室，丁大全递上红塔山纸烟，工作人员爱答不理地问：“你们找谁?”

“我们找刘书记。”

“有事去信访办联系，他们会安排。”

丁大全摸出证明信，那人看了，态度一下就变了。一边倒水一边说：“你们就是那个万元村的，黄正梦生产队的?”

丁大全说：“他就是黄正梦。”

那人看着黄正梦，上下打量了一说：“你们坐一会儿，我去看刘书记在办公室没有。”就出门去了。

黄正梦对丁大全说：“我就没想到买烟，你真行。”

丁大全笑着说：“你不知道，大官好见，狗难吆。”

那人很快回来说：“刘书记在，请你们去。”把二人带到刘书记办公室。一进办公室，刘书记就问：“哪个是黄正梦?”，拉着黄正梦的手说，“你好难找啊！那次请你介绍经验，去哪里了?”

黄正梦说：“对不起，季节不饶人，我去给大家买种子、联系优良枝条去了。”

他二人汇报了来意，黄正梦说：“今年 15 家人要修楼房，规划办来人帮我们做了规划，路修好了，各家正在打地基。不像去年我一家人修，今年材料需求大了，怕买不到，就来找刘书记帮个忙，想点办法。”

刘书记说：“没问题，县委要作为重点来抓。你们报个计划来，我批了就是。”

丁大全才说：“我们出来是先联系一下，还没作详细的计划。我们农民还不懂，有的材料我们还算不出来，去年黄正梦自己修，就浪费了不少材料。”

刘书记说：“这样，你们回去，我派人来帮你们测算，需要多少，由他们联系给你们送来，你们只管出钱。还得派两个技术员来指导你们，要保证质量。你们看行不?”

黄正梦不愧是跑过社会的，他说：“太好了，感谢刘书记。以后我们和谁联系？我们不可能经常来找刘书记，你又很忙。”

刘书记想了一会儿，说：“有事，就找你们乡的晋书记，干脆就叫她牵头，我给她派两个人下去。”

事后刘书记又说了几句鼓励的话，他们就告辞走了。回去的路上，丁大全开玩笑说：“你的名气好大哟，二队的人沾你的光了。今后我也要沾点你的光，看脱得了贫不?”

黄正梦说：“别说那些，那天我不是说了。我看大规模的苗子经营不会很久。水果不能当饭，人要生活，还是靠粮食、副食品，才养人。我儿子要我搞饲料，他给的配方我已试验了，七八十斤的架子猪，三个月就催肥了，今年我都卖了四根肥猪了。如果推得开，就可以规模地生产饲料，这个长久。如何筹划我还没想好，你也可以想一想，如果搞得起来，我就请你当算账先生。”

丁大全说：“读书时你的脑袋就比我高一筹，我相信你。我再兼一下企业会计，帮你核算一下，好吗?”

黄正梦笑着说："好，你思考那一头，我负责搞试验，由小到大地摸索一下。"

回到镇上，黄正梦要回家，丁大全要他去乡上汇报一下情况，他说："这也要汇报？找不到话说哟！"

丁大全说："你是真不懂还是装不懂？刘书记已说了，要晋书记牵头，先给晋书记通个气，她好有个准备。只要书记重视，没办不好的事。他们真的帮你联系，费用、价格，要捡好多便宜哟！"

于是二人去找晋书记，汇报了找到刘书记的情况。晋书记说："我说嘛，当官的一个电话，顶你几个人跑断气。刘书记刚才来了电话，要我牵头，等几天他在计委和城建各抽一人下来，专门为你们办这件事。要他们住在乡上，房子未修好，不准回去。"

丁大全拍着黄正梦的背说："如何，老同学？"

晋书记问："啥事，还瞒着我。"

丁大全笑着说："官场的事，好多他都不懂。我叫他进来给晋书记汇报，他还说用不着。他就不知道，好多事要向领导请示汇报。"

黄正梦憨厚地笑了，说："确实不懂。"

晋书记又说："老同学，你的名气好大哟！我原想开个手续，好去找刘书记，他可给你点指标，就对了。想不到，他把材料的事都给你全包了，你省了好多事啊！丁老同学，你作为村文书，帮二队跑跑路，那两个人来了，我不在时你就帮我陪陪他们，带带路。他们的生活，我晓得安排。"

丁大全笑着说："好嘛！老同学的事，老同学安排。我这个老同学，还有啥话说？"

黄正梦说："不是我的事，是二队的事，你要搞清楚。"

"今天不是，以后是。"丁大全接口就说。

晋书记留他二人吃饭，他二人说晚了该回去了，就走了。

欠情还情欠钱还钱、公平交易、一手交钱一手交货、一个愿打一个愿挨的平民交往原则，对于长期形成这样的习惯的黄正梦来说，一经踏上官场的边沿，才觉得世上还有不花钱的便宜。刘书记、晋书记、丁大全，他们打的一个电话，不大不小的一句话，小的跑点路，他们为的啥？丁大全、晋书记或许是欠老同学的情，刘书记为啥他就不懂了。琢磨去琢磨来，他才觉得，他们或许是代表一个组织，就是共产党。难怪他把消息传给邻里们，都说感谢政府，感谢党。那么我欠邻里的情，党帮我还了，我就欠了党的。这个情要记着，早迟要还的，人一辈子没欠情，不能留着下世还。

不几天，县上派的人来了，晋书记和丁大全带着来到二队与队长见面。挨家挨户核对面积规模，需要多少材料，核算后登记造册。晋书记没事，就想找黄正梦聊天，去到他家没人。黄正梦正在黄正成家帮忙挖地基，妹儿才去叫他回来。

黄正梦一进大门，妈妈正陪着晋书记说话。进了饭厅，晋书记就招呼他：“快去洗把脸，看你一身汗。”

妈妈说：“你陪晋书记说话，我给你打水。”

晋书记打量着堂屋说：“你还封建呢，把香火也立起了。”

这间堂屋也是饭厅，楼房修好后，妈妈坚持要立个香火，不要忘了祖宗，为了顺着老人的心，就立了。几不像，既不像原来的神龛，也不像现代的会议室。中间是“天地君亲师位”几个大字，两边紧挨着贴的毛泽东和邓小平的画像。下面一个龛台，放着一个香炉，插了许多已燃烧过的香棍。既没忘老祖先人，也没忘当今领袖，这就是中国农民传统观念的体现。黄正梦才回答说：“没法，老人要坚持立一个，只好古今结合，调和两代人的情感。”

晋书记笑了：“亏你想得出。不过，现在思想解放了，‘左’的东西渐渐过去了。现在也讲继承传统文化，农民有农民的观念，也不能像过去那样强迫。我家妈妈也一样，我也难回家，管她怎么搞，只要她心情舒畅。”

妈妈打来水，叫黄正梦洗脸，洗了脸后，要他们去二楼阳台坐。黄正梦洗脸时，妈妈把上面的桌椅安好了，他二人就去上面坐，摆龙门阵。

晋书记说：“不枉你辛苦一辈子，楼房修起了，儿女也那么争气，该享福哟！我家还是老草房，单位就一间老庙房，煮点吃的还在阶沿上搭个灶，苦啊。解放那么多年了，乡上拆了关帝旧庙的戏楼，就修了一座办公楼。”

黄正梦笑着，想到初中学的政治课的话，就说：“无产阶级只有解放全人类，才能最后解放自己，我是自己先解放自己。我相信以后会好的，国家的政策一天比一天好。”

“你取笑我。别人给你说实在话，你看我笑话了。”

“不敢。我是说你们也会逐步好的。百姓好了，国家更会好的。”

“说到这里，我给你透露一下，蒋正理老了，乡上多数的意见，是要你接替他，你要有个思想准备。”

“我不干行不？我才入党几天，好多规矩都不懂。你们要我入党，不就是好带头致富吗？这个我做得到。当官就不行呀，我也四十好几的人了，找个年轻的吧！”

“你们村你看哪个党员年轻？你就算年轻了。”

“你们可以发展呀，那么多小伙子。”

“现在农村的小伙哪个愿意入党？有条件的都想往外跑，想的是钱，哪个想进步？”

“照你这么说，我才不该入党呢！”

“话不能这么说，你这把年纪，过去成分高，如今能入党，应是对你过去的补偿，该高兴才对。”

“老同学倒是说的实话，我就是这么想的。我这个人心里痒，见到别人有困难，就想做好事、修阴功。有了这个名分，就可大胆地去帮别人。过去，只有别人来问到了，我才敢告诉他怎么做。你帮我把这事说脱行不？”

“既然入了党，就得服从组织。不会可以学，你那么聪明，会干好的，和尚都是人学的嘛！有的话我不好说，是上面有这个意图，我搬不翻。”

这句话把黄正梦镇住了，上面是哪一级，说不清。他也曾想过顶着不当，看你把我怎样。又想，自己就是背了一辈子的黑包袱，能换个红包袱，给儿女们造点福，至少不会受气。老大还比我先入党，不能给他丢脸呀。想到这一层，就觉得当就当。况且自己名声这么大，县委书记都知道我，顶着不当，惹火了上面，臭名也远扬了，影响孩子咋办？两人对视了好一会儿，黄正梦只好说：“连二杆哪犟得过大腿？”

晋书记好像有对不住老同学的情调，说：“没关系，慢慢学，学会了，就老了。”其实她心里觉得，黄正梦这把年龄了，才走入官场，不划算，一个官场最不起眼的官、受气的官。不过，眼看省委的人也要下来了，他的名气会越来越大，以后还能施展多大的拳脚？她相信这个聪明的老同学，自己会处理好的。

黄正梦品味着老同学这句话，无奈地说：“走到这一步了，只望老同学常常提醒我。”

妈妈上楼来，请晋书记就在家吃午饭，晋书记推辞。妈妈说四人的米，她都下锅了，他大嫂已去给丁会计说了，晋书记才同意了。二人又继续前面的话题。

晋书记说：“我俩同年，是不？作为女人，官场混这么多年，算是夕阳黄昏了。如今才懂得啥叫过日子，也晚了。你知道，我男人是上门女婿，比我大几岁，还有点小毛病，妈妈也健在。我盘大了儿女，老了还要拉着两个老人。因我是书记，他什么都不敢做，只有老实地在生产队干活挣工分，也难为他，拖身病，还守着两人的责任地。他也不是笨人，常被我吼着，这才叫自作自受。”

他俩几十年了，少有接触，她还是像当年，说点内心话，吐点苦水。黄正梦说：“记得我们都是 1940 年生的。你何必悲观？只要政策不变，会好起来的。我帮不了你的忙，如果开支上有啥困难，你说一声。”

“不必，我总比好多农民好过得多，只是心烦。想到工作、想到家事，找不到人吐，吐一下，总觉得有人理解我就行了。”

“我过去遇到烦恼的事，都是自解，向谁吐？向同命人吐，别人也帮不了你。退后一步自然宽嘛，老天爷安排的路程，你还得慢慢走。”

“就你会宽人心。想来也是，都四十好几的人了，儿女成人，都快安家了，就让他们自己去混吧！”

丁大全带着两人来吃午饭了，他们才结束了谈话。

楼房在党和政府的关怀下拔地而起，眼看进入扫尾阶段了。省里来了三个人，前十来天，沟上沟下找了好多农户问黄正梦的情况。听被找去谈过话的人传出来的话，一是问他们如何致富的，二是问黄正梦的过去。有的话难免传到黄正梦耳里，第二个问题，让黄正梦百思不得其解，我的过去又没犯法，问这做什么？

三人中，一个老点的，听人们称呼他部长，好大的官，肯定比县里的书记大。花那么大的精力调查一个小百姓，不说黄正梦，就是全沟的人都不理解。“土改”时、四清时，常遇到这些搞调查的，都是一些“轻沟子”工作员。农户心里有数，黄正梦从未干过坏事，说他坏话的没有，说他好话的倒是不少。

可黄正梦心里就忐忑了。他想去想来，就两个问题说不清，一是投机倒把的事，不过现在投机倒把不仅不提，还说是有经济意识；二是丁大全说的税收的事情，反正我不懂，该补缴的我缴了就是，最多罚款，给了就是。

半月后，三人正式找黄正梦碰面了。

一天半晌午，黄正安夫妇在修房工地没事做，回家正在小院坝里铡猪草，三人一进大门，就异口同声地赞叹说："啊，好漂亮的楼房哟！"

其中一个年轻小伙说："汪部长，你的房能比不?"

汪部长并未回答，就问黄正安："老哥子，你叫黄正梦吗?"

"我不是，他是我弟。你们找他，他在帮别人修房的工地上，要不要我去喊?"

"谢谢你。"汪部长谦和地说。

丁方容急忙端来凳椅、倒开水，请客人堂屋坐。汪部长问丁嫂子家里的情况，说了一家八口人，三个娃，两个大学毕业了，一个分在畜牧研究所，一个刚毕业，分在省里政策研究室，还有一个在泸州医专读书。家里就一个老人，四个大人。

正说着，黄正梦和大哥回来了。黄正梦洗了脸，就进堂屋，甩了一包红塔山纸烟，请大家抽烟，自己裹着土烟，等他们问话。

一个年轻人说："这是省委宣传部的汪副部长，我们都是宣传部的。今天来拜访你，就想听一听你是咋致富的，你是怎么想到帮助他人也致富的。"

一听"拜访"二字，黄正梦就觉得不像四清时罗队长、"文化大革命"中的晋书记找他谈话的气氛。他才把自己赶上了党的好政策，遇到了农家想富的机遇，他从几根枝条找到了门路就先富了，说了一遍。他的邻里都很好，他该帮帮他们。加上自己责任地就那么宽，想不到社会需求量那么大，只有扩大到邻里让他们也富了，说了一遍，就把问题回答了。

汪部长问："你作为共产党员，心里是咋想的?"

黄正梦回答："我入党才半年多，未入党前，我当着做好事，看到大家都穷，邻里帮一帮是应该的。入党后，我就主动帮他们了。因我过去成分不好，主动去，怕惹是非，讨个没趣。如今我是党员了，我可动员他们干，不通的，我还可说他们几句，讲道理。大家都挣到钱了，就没话说了。"

这个回答，显然没达到问者的意图。汪部长又进一步问："你原来才入党。你就没想到共产党员的责任是什么，你看过《中国共产党党章》没有?"

"最近看过，有的还看不懂。比如，什么是共产主义我就不懂，我想你们会清楚。农民就讲实在的，《中国共产党党章》说了，要全心全意为人民服务。我想只要把大家都带富了，我就尽责任了。”黄正梦说。

汪部长笑了，就没法回答黄正梦提的问题。他回避了这个提问，说：“对了，你把做好事与为人民服务联系起来，就对了。”

黄正梦又说：“我小时读过《三字经》，‘人之初，性本善’嘛，我祖祖辈辈就是这么做人的。”

汪部长摆着头，说：“不扯远了。你说说，你过去做布票生意的事，我想听听。”

黄正梦忆苦思甜了。把他那段经历又叙述了一遍，讲到激情处，还流泪了。

汪部长安慰他说：“那是‘左’的路线错误造成的，现在都为投机倒把正名了。你没错，你能想到全队的人，可说明你的为人。”又把而今党的政策宣传了一番。

“我就是想到现在党的政策好，做什么事都有劲了。”

“你儿子不是在省委政策研究室吗，他会告诉你更多的信息。他是不是叫黄兴龙？”另一个年轻人说。

“就是他，是我的老二。”

“哎呀，我们是同班同学。真想不到，你是大伯。我俩特别要好。”

谈话结束，黄正梦要留着他们吃午饭，他们推说乡里还有事，就告辞走了。

黄家湾家家搬进了小洋楼，按乡上的要求，把卫生打扫了，迎接专署召开的现场会。黄家湾各家的柑橘树，虽然不见了果子，仍然长得茂盛青黛，遍布楼前楼后、湾里的田边地角。衬托着座座白色的小洋楼，让人赏心悦目，虽冬至已过，仍有春天的气息。迎接各级领导，虽用不着张灯结彩、打扮梳妆，也可让客人刮目相看。

这天，很早蒋书记就到二队等候了，给各家打招呼，准备好开水，迎接客人。半上午，温书记带着客人，堆着满脸笑容，迈着矫健的步伐来了。从湾口的下方，七八十人的队伍，挨家挨户参观，赞不绝口。

当队伍走到黄正梦家时，刘书记一眼就认出黄正梦了。他拉着黄正梦的手说：“江书记，这就是黄正梦。”

地委江书记看着黄正梦，点点头，过来拉着他的手说："感谢你，你做了件好事，不得了哟！大家看，这就是我们中国的农民，一人带富了一片，这就是我们的普通党员，有这么大的襟怀。"全场鼓掌，表达他们的敬意。

蒋书记满面春风地领着客人看了曲家两座楼房，顺着湾口的上方，去蒋家湾参观，把个睏牛沟上下看遍才回乡上。听说在街上的场头场尾挂满了标语，欢迎各级领导指导工作。在供销社的馆子里吃午饭时，温书记桌桌敬酒，喝得满脸通红。下午在乡会议室，蒋书记和温书记还介绍了经验，谈如何发动党员带头致富，自己如何做工作的，全场掌声热烈。地委的江书记做了重要指示，号召全地区都要向睏牛沟村党支部学习，党员要向黄正梦学习。这个会，说是两级管党务的副书记及组、纪、宣各部门领导开的党务工作会，专门研究如何发挥农村党员的先锋模范作用。本来乡上该晋书记发言，她谦逊地推辞了一下，温书记就不客气地拿去稿子。凭他年轻有文化，再加油添醋地把功劳都往自己头上抹。江书记还在最后总结时表扬他，党委一把手，就要向温书记学习，两手抓，一手抓经济不放松，一手抓党建，通过抓党建促经济，统筹好全局。不久温书记就调到地委组织部的党员教育处当处长去了，专门研究党员如何带头致富这个新时期的课题。

不到半个月，新上任的环溪乡党委王书记到任了。他到任抓的第一件事，就是抓村这一级领导班子的调整。这个书记与黄正立岁数差不多，20 多岁。大学毕业，作为"优大生"分到县委组织部，几年后又作为预备干部下放锻炼。事有巧遇，他到任几天，省电视台记者到环溪乡，要拍黄正梦的先进事迹专题报道。他路不熟，当然抓着晋书记一道，来到睏牛村二组。一进黄家湾，王书记和记者就赞叹不已。一路来到黄正梦家，只有老妈妈在家，进门晋书记就招呼："伯母，黄正梦在家吗？"

"快坐，晋书记，他们都在山上，我去给你们喊。"

晋书记说："不用你老人家操劳了，那么大的岁数了，我找人去，你忙你的。"

提摄像机的记者，屋前屋后果树林、小楼照了个遍。王书记端着老妈妈递的开水，坐在凳上等黄正梦的到来，其架子比温书记还大。找不到话与老妈妈说，还是那手持笔记本的记者有问不完的话。老妈妈回答最多的话是："我不懂，还是等梦娃回来说。"

晋书记与黄正梦进门后，晋书记介绍：“这是新来的王书记，这是杨记者、方记者。”

王书记握着黄正梦的手说：“久闻大名，不如一见。”久久不松手，说些官话、不沾边的话，记者无奈，放下镜头等。晋书记走到一边坐着，与伯母聊天，记者马上抓拍了这个镜头，晋书记还不知道。

黄正梦请大家屋里坐，记者说，就在这小院里，我们采访方便些。记者还主动去端凳子，黄正梦也急忙端凳、端茶水。一切就绪，记者才不管你王书记不王书记，请黄正梦正位坐，晋书记与老妈妈靠着，王书记与文字记者同一根凳子坐在他们对面。文字记者手里早有了宣传的一份材料，主要是拍摄镜头、录音的，按着材料的内容问话。黄正梦随便说，说得不对的，他们将其删去就是。所以场面气氛很轻松，黄正梦说的一些土语，常引得大家笑。拍摄完后，记者很高兴，说效果不错。老妈妈悄悄留他们吃中午饭，晋书记说他们还要采访其他农户，全沟都要去。王书记又握着黄正梦的手说了告辞的话，就走了。晋书记走在最后，回头看着黄正梦笑了笑，摆摆头，也跟着出去了。

三天后，蒋书记高兴地通知黄正梦，乡上王书记找他谈话。二人都心照不宣，蒋书记如愿以偿，近 70 岁的人了，退下后，名利都有了，继任者是他多年看上的。

黄正梦到王书记办公室，王书记、晋书记早在等候他了。一进门，他们好像还扯着什么，等黄正梦敲门，就停止了。不等王书记开口，晋书记就履行她管党务的职责说：“今天找你来，是征求你对你们村的支部班子的看法，蒋书记早就到点了。”

黄正梦摸不透晋书记的说法，不就是要我当书记嘛，怎么话又变了。他又怎么说得出看法呢，他一时答不上来。王书记说：“如果让你来当这个村的支部书记，如何？”

早有这个思想准备的黄正梦说：“我就怕搞不好，入党的时间不长，好多党内的事，我不懂。”

晋书记问：“你今年多少岁了？”

黄正梦觉得，你明明知道我与你同年还问？只好说：“开年就满 46 了，吃 47 的饭了。”

王书记说：“党内的事不熟没关系，以后多请示晋书记，我对党务还不熟呢，还要向老书记晋华香同志学习嘛！党的工作主要是抓经济，你就很熟，比我还内行呢！”

黄正梦没话说了，谈话就简单地结束了。王书记要去县里开会，就走了。黄正梦随晋书记到她办公室坐一会儿。他问晋书记：“你怎么那么问我呢？老同学。”

晋书记不好发气地说：“你不是不想干吗？几十岁了，干着有啥意思？你那么聪明，就说年龄大了、有病，不就得了？余下的事，我会想办法。”

“你事前该把话给我点明，这下咋办？”

“我早就把风给你透了，就是让你心里有数，自己好找一个说辞。那次到你家，我还要怎么点明？我非得说‘你不要干’才明呀！答都答应了，必须干了。”

“唉，我真懂不起。”

晋书记把黄正梦送出办公楼，安慰了他几句，就分手了。

半月后，省电台、电视台播放了专访“带领群众共同致富的共产党员黄正梦”。不说睏牛村的农民，就是环溪乡境内，认识黄正梦的人，都成了热门话题，恭维的、叫好的、感激的、想找黄正梦打听行踪的，不绝于耳。在这样的气氛里，睏牛村党支部开党员大会了。

晋书记带着乡党委的红头文件，早就在村办公室等候了。人到齐了，就是黄正梦未到，把晋书记急了，他是不想干了，真要老同学下不了台。她焦急地问蒋书记：“你咋通知的黄正梦，为何还不到？”

蒋书记也焦头烂额地回答：“昨天我亲口通知他的，他还说一定到。他没说其他什么呀！”

正在相互埋怨时，黄正梦气喘吁吁地到了。进门就说：“对不起，我迟到了。家里猪生病了，我打了针就出门，碰到一个外村的，纠缠着要买苗子。苗子早就没了，叫他明年来，就是不听。”

晋书记、蒋书记终于松了口气。蒋书记主持会议说：“今天召开支部会，应到九人，全部到齐。议题就一个，改选党支部书记，都知道，我老了，早就到点了。这次的候选人，乡党委已下文了，大家都熟悉，而且众望所归，就是黄正梦。请晋书记宣读乡党委的批文。”

晋书记读了批文：“按《中国共产党党章》规定，候选人提交支部大会无记名投票通过后，再按组织程序，乡党委下发正式任命书。”

经大家协商，选老村长朱正月做监票员，丁大全做记票员。经过投票选举，八票同意，一票弃权，这一票显然是黄正梦的。

选举结束后，蒋书记做了一番讲话，不外乎是回忆他几十年的经历，大家三言两语说了些恭维话。

新中国成立几十年，公社、乡上的书记不知换了几轮，蒋书记就做了几十年的村支书。在那阶级斗争的年代，算是个抹稀泥的书记，抹了几十年。真的，他抹稀泥还让全村老百姓都很感谢他，从不整人，都说他心眼不坏。他接近农民、了解农民，对乡里乡亲总是用情感工作。在上级党委和政府与农民之间，靠的就是抹稀泥。除 1958 年他被贬职那段时间，他在任时从不打人，也不乱骂群众。上面有给哪个农民过不去的，能挡就挡。不能挡的，他就骂人，被骂者都知道，蒋书记骂人，说明是过不了这个坎了，还认为蒋书记是为他好。上级领导来了，他都说好的让领导高兴。万一领导发现什么问题，要么自己承担点责任，要么跑路，找解决问题的办法。比如蒋天友的事，没办好，他当着那么多的人流泪。几十年来乡上换了那么多书记，一到睏牛村看一看，这个村真还离不开他，队长们都听他的话。不理解的还认为这是他的窝子班底，其实有两个原因，一是队长都是他培养的，几十年了，在那个体制下，一个队总得有人提领口过日子，经历那么多风风雨雨，总有阶级感情，都佩服他的为人和能耐。队长们常在耳边挂着他一句话——“做事别昧良心”。二是他除了随社会风气同队长们开会吃会议伙食，或陪上级吃点、喝点，但从不贪，他的家境村民都知道。平常在丁大全堂哥的馆子里吃喝，常被本村的村民碰着，也显得无所谓，都理解。几十年来，因村民都贫困，村里也没什么企业，他从不伸手，伸手也没他拿的，所以队长也好、村民也好，都认为他清贫。特别是眼前，他家的经济状况不说与黄正梦比，就是他住家队里经营了柑橘苗的农户都比他富裕。他除了办公事、开会，也常在家里劳动，这是村民看到的。

蒋书记做了几十年的支部书记，还有一个原因。不要看一个小小的村，找个支部书记，比找个乡党委书记甚至县委书记还难。因为，一是上面千条线，到农民那里，都得靠这根针去穿农民。二是这个跑腿干部十分辛苦，要贴近农民，不是哪个都能干好，也不是哪个都愿干的。大官不对，二指宽一张纸条，就换了，不须老百姓同意不同意。再加上权力大，争的人很多，都想上进。村支书虽然不经老百姓同意，但上任后许多事情摆不平，不需上面免你，自己都会甩掉这个累死不讨好、待遇低微的官。比如村长到点，早就下了，如今仍空着，就是找不到合适的人选，有合适的人，本人又不愿干，因有蒋书记顶着，也无所谓。

蒋书记能有这个本事，与他在新中国成立前后长期做木匠有关。无论大户人家、小户人家，让他学会了普通人的接人待物，了解普通农民的心理，能找到活做，挣得一口饭钱。木工活，不仅要劳力，还要心灵手巧、言语拿顺，别人才买你的账。只是改革开放这几年，他长期履行职责的观念，跟不上来，这两年改变了，所以他把希望寄托在黄正梦身上。要不是黄正梦出身成分不好，他可能早就把担子给他了。

这次要不是冒出个黄正梦，还真找不到合适的人选，弄不好，他的担子就卸不下来呢！晋书记为了给黄正梦解围，建议从乡上派个农电员挂睏牛村的支部书记，谁知黄正梦认了，她才没法。所以才有晋书记说黄正梦那句掏心窝子的话："慢慢学，学会了，也就老了。"

做了近20年乡党委副书记的晋华香，是最清楚的。一把手换了几届，她仍稳坐钓鱼台，就常在这些支部书记中为组织说好话、做工作。哪个支书有困难，包括家里的，她总是帮着跑路，尽点责任。作为女人，没架子，各村支书都爱与她拉家常，说点掏心窝子的话，哪怕过分点，她不轻易批评人，所以支书们都信任她。管你哪个来当一把手，她都不得罪你，你离了她，还就摆不平，这就是官场说的老资格。还有一个老资格，就是刘副乡长，1960年代当副社长，管农业，到如今二十几年了，对村组干部熟，管计划经济的农业很有一套，要提拔，又老了，要换他，年轻的还接不上手。有了他们两个老资格，谁来当一把手，只要调动了这两个不争名、不争利的老资格的工作积极性，就稳坐钓鱼台。他俩经历了好几届的年轻一把手，他们椅子未坐热，球经都没摸清，就获得了基层工作的经验，过路式地提拔走了。

几十年贴近农民的村干部相继卸任了，贴近村干部的乡干部也相继卸任了，干部年轻化，晋书记、刘副乡长的时日也不会多了。即将上任的村干部黄正梦，面对改革开放后的农民，面对思想观念更新的乡干部，要抹稀泥，已不是蒋书记那套待人接物的方式所能搞好的，这一点他没想到。

支部大会通过了，乡上的正式任职批文自然没问题。这个曾经把自己比作蚂蚁寻食，后来在农民中夹着尾巴做人的黄正梦，一经踏入官场，最下层，面对的是全村 1000 多口人，就不仅是帮农民致富、出些点子那么简单了，好多事都等他这个泥水匠去抹。对他来说真是：

浑浑懵懂入官场，已近黄昏何必尝。

不解其中多苦味，情怀无奈去登场。

第十八章　村官

1986年开春，黄正梦走马上任了，去年成都考察后，将大儿子的建议束之高阁了。

村长还是暂缺，听晋书记说，原来曾做丁大全的工作，整死他不当村长。就那么几个党员，年轻人又不成熟，好多有能力的，都去外地找活做去了。原来集体时，把所有劳力困在土地上，还是做不完的农活，产量也不高。如今还是那么多土地，生产比过去好，反而余下那么多劳力。年轻点的都开始利用农闲往外跑找活做，找到活的，就是农忙也不回来，农活照样做起走了。农村已开始出现像黄正梦这个年纪的，或再老一点没文化的人留守农村。在他们下一代年轻点的人中，要培养一个党员、找个村长，就更难了。加上“文化大革命”中忘了在农村发展党员，如今政策又开放，要以组织的名义套一个在家培养为村长，就难了。像黄卫兵这样的年轻人，不是家里老观念，加上家里日子还好过，在农村也是留不住的。所以黄正梦虽然不是村长，因为什么工作都要加强党的领导，他也像蒋书记一样，只好把村长的职责包揽了，这又是黄正梦没想到的。

各级领导发展黄正梦入党，选他任支书，初衷都是有利于帮助农民致富，既有本事，又给他权力，在道理上是个两全其美的事。但是，党和政府要管好睏牛村的农民，事无巨细，都要村支书出面，大半生未涉足官场的黄正梦，才觉得套起了。印证了晋书记的话：“慢慢学，学会了，也就老了。”黄正梦无奈了，只好慢慢学，连去看二爸的时间也挤不出来了。

黄正梦第一天去村的办公室，坐在蒋书记的座椅上，这是他儿时常在上面玩的地方。他抚着把手，靠着后背，闭目养神，犹如做梦一般，说不出个滋味。他父亲去世，本应是他与大哥共享的，历史变迁，蒋书记谢任了，仍回到了他的座下。父亲管着几个长工共同过日子，如今他是带着千人过日子，难啦！

“黄书记，全村的账本在这里，你过目。”丁大全把他叫醒了。

“不要那么称呼，都是老同学了，何必呢！”黄正梦张开眼，盯着丁大全，毫无表情地说。

“这是组织原则，要下级服从上级。”

“何苦，都是老同学。”

“好。以后我就称老同学。”

两人都笑了。丁大全翻开账本，一笔一笔给黄正梦说明着。从未涉及账务的黄正梦，头都搅晕了。他说：“不说那么复杂，就是收支相抵，是盈余还是亏欠多少。你说一下不就行了。”

“收支相抵，亏欠 15250 元。”

“如何亏欠的呢?”

“过去两金两费由村收支平衡，多有结余。如今是乡上统筹，村干部和小组长的补贴都由乡里发。亏欠的原因，一是村里开个党员会、小组长会都得开伙食，上面的来检查工作，有时也得开伙食，这样积累起来一些。村上就一个农机站，入不敷出，村上无法提留补充。二是上面计划生育收取的罚款，算是个大数，都是乡上收的。干了活的，比如收罚款、查早孕，给点劳苦费，都是他们直接发。收各类上缴，包括两金两费、农税、防疫费、水费、电费、农技服务费、电影费、报刊费、广播费等，村上都无权提留。上面的任务必须完成，那些拖欠的费用，历年积累起来一部分。我们村这几年农户都富一点了，拖欠的还算是很少的了。三是各类建设，比如修路、整治水渠、农田基本建设，都是农民投义务工，上面给点诸如炸药、钢钎费用的补贴，都是专款专用，管好了，有点结余，弄不好，村里也得贴一点，这个不多。”老同学把村的家底算是给他交了。亏的钱，一万多元，在黄正梦心里倒不算什么。

这一摊活路，还不包括社会治安、民事纠纷、评选“五好家庭户”、普法等这类社会活动。幸好这个村离场近，村小改造危房那一大笔资金还没算上。真让黄正梦恼了，他说：“老同学，你怕还是把村长的活揽下吧！我不懂，累死都早哟！”

“村长我是不干的，要干早就干了。看在老同学的面子，有的活我可帮手，比如收各类上缴提留。有的我帮不了忙，我心软，下不了手，就是蒋书记也没请动我。做村文书，算是我的贡献了，要是年轻10岁，我都出去帮工了。”

“那蒋书记是咋搞的呢?”

“我们村许多工作都跟不上。幸好有你的贡献，他老了，还评到了致富的先进村，受到地区表彰，算是功德圆满了。一些工作弄不好，他就去乡上叫苦，等乡上派工作队来抓落后村，他带路，宣传党的政策。老百姓并不怨他，都知道他也是无奈。这就是蒋书记领导落后村的手艺。”当政者迷，旁观者清，丁大全面对老同学，说话也就不顾忌，把掏心窝子的话说了。

黄正梦听得是那么认真，老同学评价的蒋书记，他是有切身体会的，他挨了蒋书记两次最严厉的批评，他也觉得蒋书记是好心。真的，要学会蒋书记那一套，不容易哟！蒋书记虽然在上面受了不少“落后村”的气，但他赢得的是在䀚牛村的威望，又还让上面觉得这个村离不开他。而自己一生也是在受气中走出来的，有什么面子可图呢?

过了小春收获季节，收上半年各类上缴的任务又来了。全年的收获主要是大春，上面上半年要收全年上缴的60%，又搞得鸡叫鸭鸣的。

村上开队长会，丁大全在会上将各队全年的各类上缴任务做了核算，也将上半年各队应收的上缴做了宣布。并做了说明：“农税是历年没变的死任务，各队心里有数。各类有偿服务费都是上面的红头文件规定的，没扯头。只有两金、两费，即公积金、公益金、管理费、统筹费这几项，是按农民人均纯收入的5%计算的。农民的纯收入，是按上面统一口径，按增加200元来匡算的。都与各队的会计核对了，并核算到了户。就请队长们按此数收缴，10天内收齐，我们好与乡上结账。”

队长们发言了。

“多数搞了苗子的，别说200元，就再多点也说得过去。没搞苗子的，倒减200元都不过分。我们队有好几户就不好收了。”

“纯收入加200元，他们好表功，农民又多上缴，他们是一举两得，这不是套我们呀?”

“这几年，农税没增加，就是地方的杂费增加太多了。”

“如今的费多，都是养着乡上那几十个不做事，又球经都不懂的几大员。”

“年年不缴的就是那几户，我们队那个烂滚龙，50岁，就想当五保户，一个人做一个人吃，还上顿不接下顿的，你去收嘛!”

“你那个还好点，我们队那个单身汉，57岁了，想到要当五保户，如今把‘土改’分的房屋都卖来吃了，等政府照顾，没法管。私房，你有啥权管他，群众有意见，都说要他们出五保粮，就不给。”

黄正梦最后发话说:“不扯远了。你们说的那些，我也无法解决。都按上面的任务尽量完成，老问题，说也无用。我有个基本看法，我们只帮助勤快人，懒汉，你再帮他也不解决问题。历朝历代都有，集体时，大家绑在一起走，集体上缴，就不需做工作。单家独户了，只有教育他，其他有啥法?给群众讲清楚，要与富裕人家比，不要与懒汉比，莫把自己比贱了。还是按老办法收，我就不说了。”

第四天，黄正梦到各队去看一看收上缴的情况。想不到各队催收的进度比他预想得快，这两三年栽了柑橘苗子的户，很快就缴了，也不在乎一家人增加了几十元钱。没栽苗子的少数户，叫点苦做点工作，多数也缴了。没缴的还是那些老钉子户，就无所谓了。

他走到五队丁家嘴丁大爷家。丁大爷在草房屋檐下清理麦草上未打干净的麦穗，见黄正梦来，就招呼坐。不等黄正梦开口，他就叫苦了:“黄书记，你不用说，我知道你是来催上缴的。国家的”皇粮“是该缴的，我家这几年走厄运，不怕你笑话，这草屋早就该翻盖了，千疮百孔。我是风湿病，还长期住着这潮湿烂屋。家里无钱，医治了孙子，就没我的份。都知道黄书记是个善良人，你们就宽限一下我家，就当你积点阴德。”

弄得黄正梦不知说什么好。知道他一家4口人，丁大爷近60了，原来集体时长期下水田犁牛架耕，得了严重的风湿病，行走困难，只能在家做点手上的活。他儿子丁大光，虽是精强力壮，地里的庄稼种得不错，就不会计划，经济作物不会种，靠粮食也换不到几个钱。媳妇老实，不会料理家务，副业也发展不起来。加上8岁的孙子患慢性支气管炎，长期吃药，体质十分虚弱。想生个二胎，又怕缴不起罚款。他只好改口说:“丁大爷，我是来看你的，你说到哪里去了。你的病是集体造成的，我知道。”

丁大爷流着泪说：“就你这么了解人。集体时我老实，凡是下水田犁耙的事，都让我包了。如今病了，我完不成上缴，有人还来抵我的黄，良心狗吃了。我知道那个想当五保户的人，他不缴，也没人把锤子给他咬了。50 年代，我交粮、缴款比哪个跑得慢？前几年我也没欠公家一分钱。我病了、困难了，缴不起了，队长还三天两头拿气话来说我，他就一辈子走红运啦？”

黄正梦什么话也没说，临走时说了句：“明天叫你儿子带你到村办公室来找我，还是要去医院把病看了，钱的事你别管。”

他又转过山嘴，去到六队凉塘湾。还未进晋家大院，就见大院转角处，一间靠在瓦房外墙搭的草扇棚，正冒着炊烟。推开篾笆门，50 多岁的王正才坐在小凳上，弯着腰用一根竹筒在吹火，他没发现有人进屋来，好像他这里从来没人光顾似的。黄正梦扫视了一下整个屋子，几块草扇挂在瓦屋檐口上，三面墙是用竹竿将芭茅捆扎着当的墙。靠土墙，用几根杂木扎的一张床，面对荆门。床上铺的稻草，上面铺一张烂篾席，床上堆的是一堆烂棉花还是棉絮，分不清。左手边放个尿桶，是方便用的。靠芭茅墙放了个破柜，也当饭桌，上面还放着几个狼藉的写着“为人民服务”的粗碗，柜前有一条缺足的长凳。右手边几个石头架一口缺边的五水锅，盖着竹篾编的锅盖，灶门前放着一捆麦草。这就是他的家当了。

锅里的蒸汽、灶里的柴烟混在一起，没有烟囱，悠然地徐徐散到屋外。王大爷身穿一件破棉袄，没了领口，两手肘处露出了棉花，下身穿一条统腰破单裤，腰间扎一条草绳，既是裤带，又当没有纽扣的上衣的纽扣。

黄正梦招呼他：“王大爷，都半晌午了，还没吃早饭呀。”

王正才一抬头，望着黄正梦，满脸的络腮胡，一脸烟灰，还未开口，就擤鼻涕，手一甩，在右脚趿的破鞋上一抹，破袖口揩着鼻子，同时也擦着眼，歪着头走近黄正梦跟前说：“原来是黄书记，我以为是谁呢，瞧得起寒舍。请坐。”用手指了一下那条凳。

黄正梦问：“你的瓦房呢？”

王正才不好意思地回答：“卖了。我也是被逼得没法，欠那么多债。反正我活一天算一天，快满 60 了，也活不到几天的。死了还是别人的，我无牵无挂一个人，留着干啥？”

"你咋欠的账?"

"病了吃药,饿了吃饭嘛,欠下的。"

"满了60后,还不死咋办?"

"乡上不是还有个敬老院吗?你们把我送去不就完事了。"

黄正梦知道,新中国成立时,他一家三口人,父母靠帮人过日子,才分了田土和房屋。"土改"后,年轻力壮时没学会自己经营土地,勉强度日,就说不到一个女人。合作社后,一直靠挣工分吃饭。伙食团那几年,父母饿死后,就留下他一人。在集体生活久了,他养成油头滑舌、好吃懒做的毛病,自己一张嘴都管不饱,就一直安不起个家。后来政府常照顾他,冬季给他一床新棉絮,开春后他就卖了,换吃的喝的。连续几年,大小队干部就不理他了。

黄正梦见此凄楚的生活,蓦然想起自己"土改"时的家,虽是一间灰粪屋,经父母收拾后,也不像他这样。一家人穿着虽然破旧,缝补着,也很整洁。吃得不好,也从未断过炊。他才觉得,人过日子的差别,不完全在有无土地,也有各人对人生的态度,既要吃得劳苦,也有个如何持家的理念。如今一样多的土地,有人解决了温饱,仍有人饥肠辘辘、衣不蔽体。想批评他几句,老马不死旧性在,说也无益。他告别话也不说一句就走了。

第二天一早,黄正梦上街去村办公室,绕山路走到一队邝家坳,恰好碰上邝受才家吵架。邝受才的媳妇蒋士芳在草屋外撒泼:"你要吃粮,找你儿子去,有我球相干,我又不是你生的,我的娘、老汉还挨饿呢!"

"儿子不在家,不找你,我找谁?屋檐水点点滴,你就不老啦?你嫁过来,你娘屋家(娘家),我哪给少啦?"在一间偏屋里的婆婆哭诉着叫骂。

黄正梦止着脸子说:"蒋士芳,你在泼啥?有话好好说。"

"黄书记,你评评理,小春收成后,我小春收获时称了50斤小麦、10斤豌豆给她,才两个多月,她就叫没粮了。她儿子外出打工几个月了,不带一分钱回来,我拖着两个娃娃,咋过吗?我一个人种四个人的地,忙里忙外的,她还这样逼我。不是看到两个娃娃,我都不想活了。"蒋士芳哭诉着。

"是黄书记呀,你说说,我六十几的人了,与他们分灶吃饭,就几十斤粮,又没钱,只好卖点来换油盐钱,哪够吃嘛?儿子出去没回来,死活都不知道,我不找她找谁?"婆婆在屋里哭诉着。

"你儿子不在就找我,我又找谁去?"

“跑得动，我自然去找他，跑不动了，不找你找谁。你是不是他娃儿的妈?”

“那娃娃是野种，不是他的，他没那本事。有本事的，就回来把娃娃养到。”

“你这个不要屁脸的，亏你说得出口。”

“有啥说不出口，这是你家祖传的嘛!”

婆媳俩越骂越起劲，听起来各都有点道理，批评哪一个都不好说。婆婆为人苛刻是有名的，儿子在家一锅吃饭时，嫌吃撇孬了，死活闹着要分灶吃。分灶了，儿子还是什么都将就她，儿子走了，媳妇就不好说了。但她毕竟是老人，媳妇在道理上应让着点。媳妇很勤劳，就是理家差一手，不会计划。就收那么点粮，照理给婆婆的粮也是够数的，自己手都紧，哪有零花钱给婆婆，本来零花钱就没个标准，农民都是多有多用，钱少就俭省点。儿子不在家，媳妇一人负担也确实辛苦，在理上，婆婆应当理解。邝受才是个石匠，在外面找到活了，三五个月不回家也是常事。他挣点钱回来，问题就解决了，也不是揭不开锅，只是暂时困难点。幸好媳妇最后一句话，当着外人骂的，婆婆才没了话说。因她年轻时就风骚，老实的男人 1958 年被李朝天打死后，不到三个月，她就生了邝受才，都传闻他是李朝天的野种。幸好两母子常受李朝天的关照，才度过了那困难年月。

黄正梦没法评理，就说：“你们骂这些话，外人听到，好听呀？不就是缺点钱吗？邝受才回来不就解决了。我这里借给你们 20 元钱，一家 10 元，暂时用着，好好过日子。”说完递了 20 元给蒋士芳，就走了。

等走到村办公室，丁大爷两父子已等候着了。黄正梦拿 30 元给丁大爷说：“你去医院把病看看，长期拖着不是办法。”

他儿子说：“黄书记，谢谢，以后我有办法了，一定还你。”

正说着话，丁大全来了，进门就招呼：“大爷，你来做啥?”

丁大爷是丁大全的远房长辈，丁大爷说：“让侄子你见笑了。我这风湿病患了好久了，没钱治。是黄书记叫我们来的，要我去医院看看医生。”

等丁大爷走了，丁大全才说：“老同学，村上没这笔开支。”

黄正梦说：“我又没说在村里报账。”

丁大全没话说了，就把收上缴的账目做了汇报。按往年的进度，全村基本完成了任务。几户钉子户的账，仍然挂在村账上。

腊月二十三深夜，是灶王菩萨上天的日子，按当地风俗，该打扫卫生准备过年了。黄正梦劳累了一天，刚睡下，有人号啕着敲他大门。等他披好外衣开门，刘徽才幺爸跪在他的门前，扶也扶不起来，听了半天，才听出他说什么。原来他两个儿子为给老子的口粮钱吵起来了，还打架，老汉拆也拆不开，幸好队长把架拆开了，与他们理论，谁也不服，队长才叫老汉请黄书记去评理。两兄弟因关系不和，就分家，谁也不愿与老汉一起过，老汉就单独过日子。分家时说好的，土地由两兄弟分了，每个人一年给老爸200斤粮，每人每月5元钱给老爸作零花钱。老大一家6口人，每年是如数给了的。就是老二只给粮不给钱，说他自己日子也不好过。老爸都说算了，就是老大不服气，找老二算账，老大说："老爸，你要算了，那么我也困难，也不交了。"一家人就扯不清了。刘徽才原是刘本经的兄弟，新中国成立前，因刘本经占大，先安家，因土地少，自己才被分出来自立门户，外出打工帮人过日子的。黄正梦听清楚后，才叫大嫂丁方容，过去把刘代祥叫来，陪他一起去调解这个家庭纠纷。

刘代祥打着电筒，三人过了河，从凉塘湾口爬上七队二台土刘家扁时，老远就听到吵架声。他们一到，吵架声才停下来。李队长把事情的经过和缘由说了，两兄弟都承认是那么回事，只是弟弟刘代清说家里确实困难，给不起老爸的养老钱。他一家四口人，爱人又长年生病，两个孩子还在读书，费用也高，地里就是种点粮食，副业也发展不起来，凑点上缴都困难。想种点苗木，又没本钱，怕种了苗木又没粮吃。我要老爸记个账，我有了再给也不迟，就是大哥不同意。大哥刘代富说，困难都是有的，我家也一样，六口人吃饭，老大已到安家年龄了，还愁着凑不起钱呢，都不给，老人吃啥？谁都要老的。

刘代祥说："我先说两句，都是我们家务事，把队长、书记都惊动了。看来就是一个穷，大哥和弟对老人还是有孝心的，这就对了。弟也确实困难，钱我帮你给了，今后你有了就还，没有就算了，总该过个清静年吧。幺爸，你拿着。"说着就掏了100元给幺爸，刘徽才又推辞着。

刘代清激动地说："二哥，我谢你了，今后有了，我一定还你。"这时大哥刘代富没话说了，刘徽才把钱接过手。

黄正梦对一切都看清楚了，才开口说："关到门都是一家人，你们的大嫂，如今又是我的大嫂。代祥说得对，你们吵架的原因就是穷了。既然是一家人，明年你两家，留够种粮的地，其余的地都种上苗子，种子、枝条等本钱由我垫着，两年后就对了。技术问题就由刘代祥操点心，你们看如何？弟兄间要团结，互相帮撑点，大家帮着想办法，不要有酒是兄弟，没钱就扯筋。不是我批评你两兄弟，哪个一辈子不遇到困难？一个男人，遇到困难要想办法，看别人怎么过日子，就得学着点。不要万事不求人，你不说，谁知道？别人不会找上门来帮你，求人就矮一截啦？”

一席话，就把因60元钱的赡养费引起的纠纷摆平了。

黄正梦上任以来，总有做不完的工作。基本路线教育工作队又来了，说是两手抓，一手抓经济建设这个中心，一手抓精神文明建设。邓小平说了不搞运动，所以这次教育不像四清时的社会主义教育运动，不搞阶级斗争，只是普遍向农民宣讲党的十一届三中全会制定的基本路线，即“一个中心两个基本点”。一个中心是以经济建设为中心，两个基本点是坚持四项基本原则，坚持改革开放。四项基本原则是：毛泽东思想；共产党的领导；社会主义道路；无产阶级专政。工作队成员都是从县上、区乡干部中抽的，时间一个月。派到环溪乡的工作队由县劳动局的一个局长带队，从各部门抽了十来个工作员。派到睏牛村的是人事局的一个干事小王。

一天，由晋书记带路来村办公室与村里人见面，黄正梦事前通知了村里的干部丁大全，大队妇女计生专干朱天华、大队治安曾中雷，在村等候着。叫村支部会，还是叫村委会，分不清，因村里就这么几个干部。见面会有个难题，扯了好久，就是召开村民大会，人员难到齐。好久没开过村民大会了，都是各家种地，要动员大家参会，很难。按上面的要求，要面对面向村民宣讲基本路线，必须召开村民大会，统一宣讲，才能保证质量。

黄正梦说：“可不可以到各队去宣讲，容易喊齐人。我当书记以来还没开过村民大会，就是蒋书记也好多年没开过村民大会了。”

丁大全也说：“就是四清运动，都是各队开会，也没召开过全大队社员会。”

小王说：“我们都是县上先培训了，材料都发给你们了，那么厚一本，念都要念半天，还念不完呢。我还得抽要紧的讲，也得花两三个小时。我还得花几天时间，去各队跑一跑，收集一点群众的活思想，才好联系实际。讲完了，又得去各队跑一跑，收集反映，上面要情况，才好写总结。就一个月时间，怎么安排得过来嘛?”

晋书记说:“上面说了要搞得轰轰烈烈,有点声势,开村民大会,是上面统一安排的。别村都开得起来了,你们村就开不起来啦?”

黄正梦说:“既然是上面的安排,就不说了,怎么把人召集起来,得想个办法。”

经验老到的丁大全说:“别人不来,你不可能把别人捆起来。干脆一户来一个人,全村就有近200多人,后面的坝子就坐满了,凡是参加村民大会的,一人发两元钱,干部去乡上开会,还得吃伙食嘛!羊毛出在羊身上,年终在两金、两费提取时,加点就是了。过去开社员会、开干部会,都得记工分,还不是摊到年终分配里去了。”

朱天华说:“要得。大家的事当然应由大家负担,我开计生会就没想到这一点,喊人喊得恼火。”

黄正梦说:“可以,就看晋书记、小王的意见。”

晋书记说:“我也表不了态,要党委研究一下,全乡得有个统一口径才好说。今晚回乡上碰个头,明天回答。一家来个当家的,我看可以,农民都有做不完的农活,这样也不影响生产,以经济建设为中心嘛!”

于是决定,由黄正梦召集主持大会,曾中雷与朱天华负责会场秩序,丁大全负责安排会场。明天开队长会,把话早点喊出去,什么时候开由小王定,看他准备的情况。

第二天晋书记告诉㖞牛村,全乡都按他们的办法,参会人员发两元钱。一个星期后,大会很顺利地开了。会后,黄正梦每天陪着小王去各队收集群众的反映。来到二队,黄卫兵叫了几个村民在老黄家院坝开座谈会,听听大家的反映。

黄正梦把当前生产上需要注意的事项说了几点后,又说:“前几天大家听了小王同志的宣讲,不知都听懂没有,大道理我也说不清,有不懂的,可以谈谈、问问,小王可给我们回答。”

王正元作为党员带头说:“中心,我们懂。搞好生产就是中心,我们农民天天都在搞中心,不种好庄稼,就没吃的。改革开放,对我们说没用,那是你们上面的事。你们不对我们放松点,我们也没法。四个原则,我看就是共产党领导。不知我理解对不,好多道理,不应该教育我们农民,应该教育你们上面，过去瞎指挥、下死计划、下任务，都是你们上面的人干的。比如前两年，我们队种的柑橘苗子，要铲、要留都是你们上头说了算，我当时作为队长，也不知听哪个的。”

蒋正元说：“我们农民种庄稼改什么、放什么，就是怎么种才有收成。你们喊要集体种，包产到户种，都是上面说的，不过现在好。有的你们不改，我们也没法，比如，都一家一户种地了还要缴公积金、公益金，收来干啥了我们都不知道，农民的负担一天比一天重，你们就不改一下？”

黄卫兵也说：“说我们农二哥思想不解放，小农意识重，我们队经营柑橘苗子，就不是小农意识，比上面当官的还解放，原来刘乡长要给我们铲了，幸好温书记来得快。农民好比笼子里的鸟，改革开放，你敢把笼门打开，你看鸟飞得出去不？小王讲得好，给上面的干部讲就对了，他们才应好好学习基本路线，中央出了好政策，就是一些小官思想不解放。”

曲仁礼说：“包产到户这个政策好，农民愿种庄稼了，生产队时天天劳动，农活还是做不走。如今自己种几亩地，轻松得多，农闲了还没事做。发身份证这个政策也好，农民外出找活，不用开证明了，这个门也算打开了。我儿子外出学泥水匠，有的是活做，他不回来种庄稼，挣的钱也不少，家里活照样做起走了。就是怎么种庄稼，上面指手画脚的作风应改一改。”

刘代祥闷着叶子烟说：“农民一心搞生产，就是以经济建设为中心了，这是对的。问题是我们种庄稼，上面少来点框框条条的。农民一辈子种庄稼，还要上面教？对税收、上缴、缴什么品种，我们也没意见，我们种什么，你就别管，我们自己会筹划，你只管收你的。王队长说那件事，我们不是突破上面的计划，这湾里的楼房就修不起来。修起来了，又是榜样了，又是上面的功劳了。文章都是你们在做，我本不想说，又怕像我老子1957年提意见一样，今天就当我没说话。”

因是心平气和地座谈，这几个发言多一点，三言两语说逗逗句的多，对眼前的政策都很满意，气氛和谐。小王说：“老乡们说得对，你们本来就在经济建设这个中心第一线，最有发言权。坚持基本路线的关键在上面当领导的，应该是他们要先受教育，我一个小小工作员，哪敢给他们上课，都是他们给我上课。我只是向你们宣传，不是教育。你们提的有些意见，我可以带回去，写在汇报材料里。”

小王说得对，耗时一个月的基本路线教育，只是宣传，效果如何，也正如小王说的，他也只好把农民的意见写在材料里，领导看不看，他也无奈。反正是教育农民，不是教育领导。

后来普法，农民也是主要对象，宣讲员多是结合刑事案件讲刑法，结合民事案件讲民法，走村串户，农民倒是听得进去，因杀人放火犯法，是千年的规矩，赡养父母也是千年的伦理。有法可依、违法必究、执法必严，黄家湾的农民最有感慨，蒋天友当年犯了哪一条法，要判劳改？蒋天才活生生打死两人，为啥不枪毙？农民就欢迎这几句话。蒋天友感慨地说："这下对了，什么都讲法，干部不敢出口就是法了。被告人还可辩护，自己不会说，还可请律师，这条好。"

催粮催款倒给村组干部添了麻烦，用老办法，农民也知道用法律条款来顶上几句。干部不敢打人，也不敢牵猪牵羊、翻箱倒柜挑粮了。虽然多数农户遵循"皇粮"、国税是千古的法规，缴了，但钉子户多了。

普法没给瞓牛村带来多少麻烦，但本乡的翻身村，农民拿着法律武器把乡政府告了。原来因乡上算农民纯收入，农民说算高了，就把负担也算高了，农民没有组织，也不知上面的算法，拿不出具体依据，法院不受理。农民以此为理由，拒绝缴乡上的统筹款。乡上也用法律武器申请法院执行，把老百姓吓退了，这倒是帮了其他村的忙。

精神文明建设，要"五讲四美三热爱"，农民说，编些莫名其妙的条条，记都记不下。只晓得老祖先就教育我们，说话和气，多做善事，尊老爱幼，别造孽，民不与官斗，皇上一言九鼎，这些受父辈熏染的传统习俗。接着又是走过场式的评"文明户""文明村组"，后来改为评"五好家庭"，村组干部不知开了多少会，花了多少精力。开始各家各户还有兴趣，担心评不上"五好家庭户"，儿子不好说媳妇，女儿不好找对象。久了也无所谓，只要有钱，评不上"五好家庭户"照样接媳妇，评上了还得花几元钱买那个牌牌。

虽然搞了几年的基本路线教育、普法宣传、"五好家庭"评选，其实农民家庭纠纷，多是家里因经济困难造成的，户与户之间的纠纷，多是争田边地角，多数还是靠村组干部从中调解就解决了。真正违法的，与城里一样是极少数。

如此两三年来，还是计划生育和催收上缴这两项活，把村组干部的嘴皮都磨烂了。黄正梦多数精力就是忙催粮催款、计划生育，顺便指导点生产、调解点民事纠纷，这是他日常的事。加上那些务虚的事，就把他的精力全占了。用农民的话说，他好比磨心，上面一扇石磨，常转不歇，下面一扇磨盘，固定不动，全靠他在中心顶着磨面，慢慢磨。将《少年游》改为《老来游》还符合黄正梦的当时境况：

> 村官苦涩也难当。大腿不停忙。村民穷困，扯筋割孽，处处要人帮。上方磨扇常常转，两扇磨中央。善性心良，腰包舍了，不在远名扬。

黄正梦眼看柑橘苗子的市场日趋下落，如何找到土地里新的作物项目，除了上面开会，很难出村，他没精力外出考察、探索。他又一直在想，催收上缴、邻里纠纷，这些事常有发生，常让他头疼。这是为什么？想来想去，就是农民太穷。

睏牛沟这几年因经营柑橘苗子发了点小财，百分之八十几的农家改造了房屋，过着比过去好一点的日子。眼看苗子逐步饱和了，睏牛村再靠着这个过日子，已不长久了。大家仍然靠种粮食、发展副业、收获果实、外出找活挣钱过日子。特别是农闲时，外出找活的就更多。进城找活也得凭点关系，好多人就找不到活做。这几年有了袁隆平的水稻优良品种，再加上推广的玉米、小麦优良品种，不仅解决了温饱，也改变了农家人以粗粮红苕为主的饮食结构。但要靠在土地里发点财，再上一层楼，难办。经营苗子，只是遇到了机遇，小部分地方发了，多数地方仍然富不起来。睏牛村，要找到像经营苗子的项目，而且是长远的项目就更难了。眼下，农民的负担越来越重，上面“人民事情人民办”的好事一起接一起，矛盾也越来越多了。

如何继续致富，黄正梦有时冷静地思索着。乡上常号召办乡镇企业，他才想到两三年前大儿子提的那件事，试办饲料厂。一是种植上找不到好的项目，可在养殖上做文章；二是让找不到活做的农民，不必外出，也有活做，增加收入。这两三年，他的事太多，把这件事给搁着了。守着自己家里这几年用那个配方养的猪，效果确实不错，队里其他户用了，也不错，自己还外出考察过，怎么就给忘了？

一天中午饭，他开家庭会。他说：“大哥，这两年你喂的猪，效果很好。那年立娃说的事被我忘了。我想现在可以办了，不知你的想法如何？”

大哥说：“效果是不错，你现在哪有精力来办？现在日子不错了，你去费那个神干啥？我反正不懂，没能力办。”

妹儿也说：“你都快50了，累了大半生，该好好过点清闲日子了。村里事，都操不完的心，你还有精力呀？”

妈妈也说：“梦娃，别想那么多，心是操不完的。三个娃娃都工作了，你是何苦呀！”

黄正梦说：“如今全村年轻点的都想外出打工，就是找不到活做，办起来，不愁找不到人干活。眼看种苗子一天天不行了，全村都把猪儿养好点、养多点，也可增加点收入。我想村上办，让全村的人多一条出路，但不好集资，乡上办砖厂、县办棉纺厂集资，眼看要打水漂。”

大嫂也说：“我看可以试一下，弟弟想的是全村的事，为乡亲们办点事，不是自己要有个啥图头。”

大哥说：“你为大家着想，我不干涉你。要办那么大个事，推不推得开，原料哪里来，这些我就不懂，你要谨慎。”

黄正梦说：“只要效果好，就是好事。推广的办法，就用我们推广苗子的办法，循序渐进，先不大搞，小搞小闹。原料的事，我这几年没精力出去考察，就给兴立去封信，看他那里有无信息，好办就办，不好办就算了。问题是承办人不好找，确实要我花精力。”

大嫂说：“既然不好集资，不可能自己出钱办集体企业，承办人也不好找，就不办。”

黄正梦说：“我想私人办，出点钱起个本，先试办一下，成功了就办下去。不成功亏了本也不多，我们亏得起，钱存着也不会下崽儿。我想试办一下，把自己的精力抽一半来做这件事，那些乱七八糟的工作搞不好就算了，我也不想干了。这两年我自己都说不清干了些啥，太累了。万一丢不脱，企业办好了，就找个年轻的来当村长，把那些事给我挡了，我再给他补发工资，也划算。”大家无话说了，都知道黄正梦要办的事，是挡不住的，他过去办的哪件事没成功过？这家人就是靠他会办事，爱动脑筋，才有今天。

第二天，他去找老书记蒋正理，想听听前辈的意见，毕竟当了几十年的村书记。这两年多，自己上任后与上任前差不多，还是上任前搞的柑橘苗子，让全村的经济上了个台阶，就再没新的发展。他去到老书记家，蒋书记躺在床上，婆婆招呼她坐，递上开水说：“他不知怎么了，一个感冒就睡了几天了。”

黄正梦说：“老书记病了，也不给我说一声。看医生没有？”

蒋书记说：“一个感冒何必大惊小怪的。中西医都看了，就是一身没劲，想不到人真的老了。”

黄正梦把这两年的工作感受给老书记说了，同时把办饲料厂的事也说了，看老书记有什么好的建议。蒋书记咳嗽不止，听完才气喘吁吁地说：“不要集体办，你看村的农机站，办了好多年了，还是亏。乡办的砖厂，也是亏。你的心是好的，我了解你。不要去图啥功劳，没给老百姓背上一个包袱就是好事了。你要私人试一下，可以，你有那个本钱，亏了，也不伤害老百姓，自己认了就是。我相信你会办好，你看准的，差不了多少。比如柑橘苗子的事，我既没能耐，思想也跟不上。我的楼房是去年修的，要不是你帮扶，想都不敢想。我干了几十年的书记活，有一点，宁可得罪上面，不可得罪邻里，这是你祖祖辈辈、子子孙孙要过日子的地方，你当不了一辈子，别给儿孙造孽，你要记住。你像你老爸，心善，有了钱也没忘了邻里。你老爸虽然不幸，那是当时大势所趋，不要埋怨邻里，他好心，还是报答在你们后人身上了，我就是这样看的。如果你办好了，精力不行，花钱找一个年轻的把那些杂事挡了也行。人要找好哟，不要有歪心眼。”

黄正梦还第一次听蒋书记对晚辈说掏心窝子的话，他流泪了，激动地说：“蒋书记，你是我的长辈，我听你的。你把全睏牛沟交给我，我绝不会对不起一沟的人。”

蒋书记说：“有了你这句话，我就放心了。一个村要找一个心好、又有能耐的人难，找好了就是一村的福，找不好，就是一村的灾难。管他哪个当政，一村总得有人提领口，既要会应付上头，也要为本村的人着想。解放前的保长也一样，不是所有的保长都是坏人，如今也不是所有的村长、村支书都是好人。我就是怕找不到合适的人，给村里带来灾难，才干到快 70 了。不是你，还脱不了身。”

黄正梦想不到蒋书记体会如此深刻，难怪全村的人，不管他在不在任，都很尊重他。难怪父亲去世、母亲去世，他把大哥安排去炼钢，救了大哥一条命。难怪蒋天友被抓，他流泪。难怪两次骂他，是为让他不出事。看着病在床上的蒋书记，犹如自己的老人，觉得自己该尽点什么，于是说：“你要去县医院查一查，不能就这样躺着，我知道你去年刚修了房，钱的问题我会想法。”

蒋书记也流泪了，说：“不费心了，会好的，感谢了。”

黄正梦出门找到婆婆说：“你们一定要将老书记送去县医院查个结果，我马上去准备钱、找车子，明天我在村办公室等你们，由我与蒋明阳一起送去。”

后来查出蒋书记患的是肺癌，手术后基本康复，费用都是黄正梦私人付的。

办饲料厂的事，给兴立的信不到一个星期就回了。信中说，早就该办了，原料的事没问题，他负责联系。而且还说，他们所里又有了更新的配方，不过现在讲知识产权，要花少许点钱。还要求对配方保密，这是企业的生命。我们买了这个配方，所里就不给任何人了。他已给所里说了，我们自己要买。所长还说优惠，因是自己所里的人要。黄正梦虽然第一次接触知识产权这个词，但他很理解，知识分子的工作也是劳动，也应有回报嘛！于是他开始运作了。

《水调歌头》

无奈日月久，还是怪贫穷。惜民寒苦，上方决策说兴农。几棵小苗得富，带动一村葱绿，行善挂心中。换得家家富，不是想邀功。

谁知道，挂个符，找苦衷。策新旧政，文件个个是头红。税赋年年加重，百姓村官噘嘴，又引产刮宫。不如抽精力，趁势赶东风。

第十九章　追梦

黄正梦拿着大儿子黄兴立的信，约好丁大全来商量，已是 1989 年年初的事了。仍在村办公室，没有外人，二人关着门。黄正梦开口说："有件事想与你私下商量，你有什么看法，大胆说。我想办饲料厂，好多事，包括如今的政策，你干了那么多年，比我熟悉。我大儿子有封信，你先看了再说。"

丁大全看了信，就说："按当前的形势，上面是鼓励的，办乡镇企业，还号召集体、私人都可上，政策上应该没问题。"

黄正梦说："我想，办饲料厂的目的有两个：一是苗子看来日子不长，全村要找新的致富门路，长远看养猪还是个门路；二是外出打工找不到门路的，可就地打工、种地两不误。问题是我私人办，还是村办。私人办，开始试办，投入少，栽了跟斗就算了。如果办好了，要更大的投入，市场风险我不怕，就怕政策风险，共产党是不允许资本家存在的。村上办，你是知道的，村里公家不说本钱，还欠那么多账。找群众集资，我可多出点，政策是允许的，我无所谓，但群众的工作不好做不说，还有很大的风险。乡上办的砖厂，也是群众集资，信用社贷了那么多款，还是亏损，群众意见大，我看乡上不好收场。我虽然有点钱，我们村办要是垮了，我的无所谓，群众的总不能都充公，来赔偿公家的损失。到那时，我私人也赔不起，偷鸡不着蚀把米，还是罪人。"

丁大全说："你的思路我赞同，但我不主张集体办。如果村里有资本可以，没资本，群众集资，一是难度大，二是办垮了，工作难做，不是无事找事做吗？乡镇企业不是允许集体、个人一起上吗？已是几年前的政策了。如果你要办，我建议还是私人办，如果办好了，需要更大的投入、扩大规模，再看那时的政策再说。私人办的也属乡镇企业，不过企业局收点管理费，他可帮你说点话。如今农民在街上摆个小摊，都纳入了乡镇企业统计，收点管理费也不多。”

黄正梦说：“这个意见对，私人先办起来再说，顾虑多了，一事无成。你愿意合伙吗?”

丁大全说：“我哪来的本钱？如果大了，人手不够，我可以帮你打工，我的家底你是知道的。”

黄正梦只好说：“还是那年那句话，请你当算账先生。那就麻烦你帮我办个申办手续，需要什么你就开口。我拿五万元赌一下，亏了就算了。”

黄正梦家原来自己喂的饲料，都是就地取材，比如骨粉，都是自家积存的猪骨、鸡骨之类的，不够时都是街上饭店收集的。有的成分比如鱼粉、蚕蛹之类的，收不齐就算了，但效果都不错。队里其他户也是参照做的，效果也不错。他想严格按配方，将原料配齐，比例搭配好，肯定效果会更好。

回家后，黄正梦马上给儿子去了信，要他按配方运点原料回来，先试办。他先找到黄卫兵，商量将保管室腾出来，租给他作为原料的堆放处。近 10 年了，保管室一直空着，队里已无任何集体财产需要保管了。黄卫兵说：“二爸，你干脆买去算了，队里拿着也无用。队里可将这笔钱，发动群众把堰塘淘挖一次，对大家有益。”

黄正梦想了好久，觉得这小子有办法，说得有道理，就说：“你这个办法是好，价钱我不好说，能不能卖，政策我拿不稳。先租给我用着再说，租金你可找大家商量，多少我都好说。”

不到半个月，儿子黄兴立押着一大卡车的原料回家来了。

晚上，在饭桌上儿子说：“这些原料，我是按配方配好的，托人加的工，你们只消按比例搭配好粗细粮，打好包，各家拿回去配上青饲料就可喂，看看效果。推开了，就不再配粗细粮了，只消打成小包，各家按比例自配粗细粮，我们就可运作市场了。省内已有两三家农民办起来了，你们在电视里看到龙泉刘氏饲料的广告了吧。”

黄正梦说：“要像他那样搞，我就没法搞了，什么我都得学，不过像前几年我在你大姑爹那里看的，也不复杂。”

兴立说："想不到老爸几年前就在考察了，那些土法搞的，配方五花八门，经不住考验，我们不学，要搞就正儿八经地搞，配方不仅要科学，而且要注册，才立得住脚。"

黄正梦说："你说的是对的，科学配方就靠你了。不过别人土法上马，这个精神我们得学，我们才起步嘛。"

黄正安说："我看了广告，我们这里就没见他那个饲料。"

兴立说："正因为这里没有，就好办，有了，你就没法与他竞争。大爸，我拉回来的原料是按各种比例配的，我是混合好了的，不用掺和粮食就可卖，其实就是添加剂。你只要按大猪、小猪、肥猪，将我给你的比例掺和粗细粮就是了。"

"你这么说，我办得到，没问题。"黄正安说。

"你们推开了，要办大的饲料厂，我就辞职回来办厂，接替你们，让你们安度晚年，享清福。"兴立说。

他这话把黄正梦与黄正安惊呆了。好不易找到个铁饭碗，你都不要了，不是白搭。妹儿发气了，说："就你心多，办啥厂吗？把娃娃的头都搅昏了。"

黄正梦才说："我也没想到他会这样。你娃娃干你的工作，我只是让你帮我出些点子，找点原料，你就以为捡金元宝了？"

"老爸、老妈，不是你们想的。我是说厂办大了、稳当了，我才辞职。我几十元一个月的工资重要，还是几十万元重要？这点账，你们算不来账呀？厂办好了，你们老了，不是我来继承，你们未必丢到河里喂鱼呀！你们办不好，我就端我那铁饭碗。"

黄正安说："这么说还差不多，娃娃读的书多，就会算账，我赞同，进退都有路。"

一家人都笑了。黄正梦也笑着说："我就是拿几万元打个水漂，立娃就没说了。整对了，几十万元不成问题，几百万上千万元，你娃娃别把梦做早了。"

"梦都不敢做，别想办大事。如今的年轻人，不比你们当年了。"兴立笑着回答。

又过了半月，丁大全在办手续过程中，乡上知道了，表态要全力支持。刘副乡长找到黄正梦说："听说你要办个饲料厂，投产没有？"

"手续还没办齐，就不敢投产，不过原料已拉回来一部分了。"

“办起来再说，等到手续齐，不要猴年马月呀？上面不是说‘先上车后买票’吗？你的场地在哪里？”

“就在我们队的保管室，先小打小闹试行一下，怕推不开。”

“等个球，关键是你那饲料效果如何？”

“效果不错，我家已用两三年了，我家队用了的，效果也不错。不信你可去看看。”

“我明天就去看。”急性的刘副乡长高兴地说。

刘副乡长差两年就要退休了，长期在基层跑，练就了一个硬朗的身体，看不出是要退休的人。第二天一大早，他就当真来到曾经让他下不来台的睏牛村二队。黄正梦刚吃了早饭，他就登门了。首先看了黄正梦家养的五头大肥猪，肥溜溜的。黄正安介绍了，一年送两朝肥猪，一共十头，都是两三百斤一头。自己蓄的小猪，一年保证出槽。除去成本，捡个三五千元不成问题。

黄正梦又带他看了黄正才、曲仁海、曲仁礼等十来家养的猪，说的口径与黄正安说的差不多。刘副乡长的兴趣来了，他高兴地说：“黄正梦，你太有头脑了，我管农业几十年，除了上面说的，我就钻不到门路。你把饲料厂办起来，既发展了我们的乡镇企业，又促进了养猪业的发展，一箭双雕呀！能让我看看你的饲料厂吗？”

“可以。”黄正梦带着他，打开保管室，里面堆了四五吨原料。黄正梦简单告诉他如何配搭、使用的方法，价格要看销售的效果再定，反正保持不亏本就行。刘副乡长说：“推开了，你的原料来源能否保证？价格我不管，只要农民能接受就行。”

黄正梦说：“原料不成问题，我儿子说的。”

刘副乡激动地说：“那好，你这几天就投产，一个星期后，我要在这里开个现场会，把各村的村长叫来，看一看，宣传宣传，我不信推不开。”

黄正梦第二天就去街上的粮食市场卖了两千多斤玉米杂粮，在村农机站打成粉，在队里找了十来个小伙子，挑回保管室。也买了些塑料口袋准备着。在丁大全家门口，碰着丁大全，丁大全说，县上乡镇企业局的批文下来了，就差个工商登记了，就是看取个啥名称。丁大全说：“就参照刘氏饲料的名，取个黄氏饲料。”

黄正梦说：“要不得，以地名更好。”

“黄家湾饲料。”

“不要把我的姓和名搭上，万一垮了，我的名字也要忌讳了。”

“就以你们湾里那块石头，如何？”

“好，就叫睏牛石饲料。”

“牛是耕地的，但它困着了，就是猪了，石与‘实’同音，取其实在的含义。”

“你是个测字先生呀。”二人对笑，就定下了。

现场会如期召开了，黄正梦把睏牛村各队长也请来参加大会。想不到这个会，刘乡长帮了大忙，他也未意识到。会后要买的人就陆续来了，两三个月后，就供不应求。

黄兴立专程回来了。他告诉老爸，原来他拉回来的原料，都是委托别人代加工，自己配的。需要量大了，再委托别人就不行了，久了配方无法保密。必须自己干，就得自买一些设备，比如粉碎机、磨面机、搅拌机之类的大一点的设备。既然要大量投放市场，还得包装，要定做包装的塑料袋。需要投入，不是一笔小钱，看老爸的胆量了。

黄正梦说：“你要预算一下，究竟要多大投入？”

兴立按他参观外省的饲料厂标准，就预算了近两百万元，包括设备和厂房以及流动资金。这可把老爸难住了，要说二三十万元，紧紧绷绷的差不多，虽然这几年经营苗子积累了点钱，总不能把全部家底抛出去。就是能贷款，长期养成农民传统观念的黄正梦也不接受。找钱的目的就是过日子，万一亏完了，这家人不活啦？他与儿子的新观念相碰撞了，咋办？但有一点他是清醒的，就是市场。这几年他经营果苗，也是如此逐步推开的，市场来了，自己只有几亩地不够用，才帮助邻居们扩种，让他们也发财了。如果自己有老父亲那么宽的地，就大发了，就不是几十万元的事了。人要吃猪肉，猪要吃饲料，只要有人存在，就会养猪，就有饲料的空间，它不比苗子本钱小。于是他说：“我去哪里找两百万元呀？”

“可以贷款嘛，没有投入，就没收入。投入就有风险。”

“你娃娃想得轻松，不当家不知油盐贵。一家人不吃饭啦？”

“市场来了，你怕啥？我不信就亏完了？”

“市场是来了，但需要量的增加也有个过程，压那么多钱干啥？等赚了钱逐步投入行吗？风险就小点。”

“你的逐步投入是啥意思？”

“眼前就是环溪乡的范围，比如磨面机、粉碎机，村农机站就有，如果他加工规模达不到，还有乡农机站，租也行，代加工也行。厂房也用不着修，本钱太大，也用不着占地，在院坝周围的旧屋基上，搭几间临时棚就行了。近两年在附近几个乡推开，我看都可解决问题。赚了钱，市场又扩大了，再买大设备，我的加工规模随市场走行不？搅拌，先用人工，发工资，总比买设备投入少，人工都不行了，说明市场大了，再买也不迟。这不影响你的发展思路吧？反正再往前走，走到哪一步，不行了，损失也不大，我们用的是自己的钱。不比公家的钱，用公家的钱，丢了就丢了，经办者撤职、开除、判刑就是了，不影响他一家人生活。你看乡办的砖厂，换了几个厂长了，花着公家的钱不心痛，这种没良心的事，我办不到。就是可以贷款，毕竟是欠账，何况不一定给你，谁愿贷给你私人？老子办事，就是滚雪球，滚不动就算了。借钱做雪球，是私人承担风险，滚不动了咋办？”

黄兴立心服了，老爸就是老爸，他做事怎么这么稳当？他还是第一次听老爸谈生意经，比起书上的、报刊上介绍的，实在得多。只知道老爸做票证生意的艰辛，邻里称赞他经营苗子、养猪有头脑有办法。他要干的事，从未失败过，原来有那么多学问。他才心服口服地说：“那就按老爸的想法办，我就按你们告诉我需要的数量，适当增加原料采购量。我不可能每次都押运回来，以后运来了，你们验货后才付款。我花一万元给你买了个大哥大，好电话联系，我在单位、城里，到处都有电话，方便些，你不骂我吧？”

“你娃娃操心 ·万元，你挣了几个钱？好容易赚一万元。给我退了，我不用。”

“外面做生意的，都是电话上联系。少跑路，来去就不用车旅费？我不敢耽误工作，你有精力去外面跑呀？这不就节约回来了？有了它，你坐在家里就把事办了，还有精力当你的官。有了它，信息来得快，没有它，等你跑累了，信息都被别人拿走了，你不是白跑了路。”这几句话把老头说服了。

黄正梦笑了，才改口说：“我就没想到，好，你把我教会。”

儿子刚走，刘副乡长带着工商所的两个人到二队来，丁大全陪着，说是来考察场地，核实注册资本，黄正梦、黄卫兵接待了他们。

工商所的干部恰是那年来理黄正梦换粮票的陈同志的儿子陈兴俊，“文化大革命”中的高中生，他老爸退休后，顶班的。他曾听老爸摆过那件感人的故事，黄正梦在他脑子里留下了深刻的印象，加上黄正梦现今的名声，早就仰慕其名、未见其人。所以他开口就说：“久仰了黄书记，我是例行公事，你不介意吧?”

黄正梦说：“哪里会？办企业，政策我不懂，望你多指导我。”

陈兴俊说：“你办饲料厂是个好事，你投入了多少资本?”

“大约五六万元吧?”

“你有依据吗?。”

“买的原料还有一部分，加工的玉米粉、杂粮粉，都在那间保管室里，价值还不止五六万元。大哥快把门打开。”

“其他还有什么?”

“没了。就是这些。”黄正梦回答着。

小陈就笑他确实不懂，又问他：“你说的只是流动资金，注册资本包括固定资产，比如加工的作坊、机器设备，流动资产，比如银行存款依据，也包括原料，综合起来，经我们审定后，都可作为注册资金。你一共有多少?”

黄正梦对这些确实不懂，有的名词还是第一次听说，觉得自己孤陋寡闻，要办个企业真不容易，犯了规矩可能都不知道。如实把自己的想法、现状说了。反问说：“存折我有，不知要多少？没私人的场地、设备，都是租用的，搭棚子花了两三千元，就这些，请你给我拿个主意。”

刘副乡长说：“黄队长，生产队拿到保管室有球用，卖给黄书记，不就有场地了?”

黄卫兵说：“我也是这个想法，二爸他不同意。我想用这个钱，发动群众把堰塘淘挖一次，增加蓄水量。”

“好事一桩，两间屋，就两千元卖给他，手续到乡上来办。”处事干净利落的刘副乡长就自作主张了。

陈兴俊发话了：“这样也好。黄书记私人办企业，他的思路是对的，逐步来。起步时注册资本先不搞那么大，注册资本用你的存折加作坊和原料，搞个十万元，已符合你现在的经营规模了。黄书记，你看行不?”

黄正梦还是不懂地问：“经营规模是变化的，缩小了好办，扩大了咋办?”

陈兴俊说："没问题，就搞到几百上千万元都没事。你规模大了，买了设备，增添了固定资产，那时重新注册就是了。你要知道，你搞的是农资加工项目，国家在税收上有许多优惠政策，刘副乡长是管农业的，又是管乡镇企业的，应该知道。"

黄正梦笑了，说："感谢你们，就按小陈同志说的办。就请丁大全帮我去办，行不?"

陈兴俊说："当然可以，你们的手续都是齐的，等一个星期，我送到县局审核了，盖了章，你们来拿执照就是了。"

黄正梦把村的农机站的房屋作为成品库房，用三间铺面作为对外销售的窗口，包括设备全租赁过手。设备全搬到过去的黄家大院，用已被拆了房的屋基，搭了几间临时草棚，作为加工的作坊。在本队请了十来个帮工，由丁大全为其做账，黄正才当出纳，黄正安为其负责原料、成品的进出。正当市场日渐旺盛，干得火热之时，北京出事了。

1990 年后那场社会主义和资本主义的争论，让他忧虑了好长一段时间。这些理论上的问题，他不懂。但党内理论学习，大点的干部透露了个信息，私营企业雇工不能超过 8 个，超过了，就算是剥削了。在党内通讯刊物上，也看到"傻子瓜子"雇工 12 人的争论。这样荒唐的理论虽没变成法规，对有文化的、沿海更开放的私营老板，只是嗤之一笑了之，但对内地一个偏远的山乡、文化根底不高的黄正梦来说，就不是嘲笑的事了。既然如此，何必当初？过自己的安稳日子，管你上头牛打死马，还是马打死牛。如今他用工已远远超过 10 人了，已达到 30 多人了，还不算跑外销的年轻人，咋办？他头痛了。近两年来，企业如发胀的馒头，一发不可收拾。

正在解不开心里的疙瘩时，这天他在村办公室闷着看文件、找资料，想理出个头绪来，已退二线的晋书记来了，进门就招呼："老同学，闷着干啥？老板当大了，反而静不下来了。我垮杆了，看都不来看我?"

黄正梦抬头焦虑地说："哪是我没来看你吗？几次去乡上，你办公室都关着。现在这个老板甩都甩不掉，你还笑我。"

"你有啥想不开，能不能说来老同学听听？我反正没事，来看看你，不嫌我是穷光蛋嘛!"晋书记幽默地说。

"党内刊物有个说法，说是私人企业用工超过 10 人就是剥削，我如今已超过30多人了，弄不好要走我老爸的路了，你说我忧不忧嘛？我想不出压缩的办法，在这里着急呢！”

“亏你读书时那么聪明！那是北京一些部门的理论家，吃饱了不晓得肚子饿，讨论的资料，又不是正式文件，就把你吓着了。不说全国，就是全县比你搞得大的私人老板多的是，你怕啥？再说，今天说了明天就作废的事多的是，上面放个屁，就把你吓倒了。”

丁大全听到这边有人讲话，也过来凑热闹，还在门外就说：“我原来以为是谁，原来是你们黄昏恋呢！”

“去你的，就你屁嘴多。我下台了，你就乱说了。”晋书记笑骂他说。

黄正梦说：“说正事，虽然是个资料，但毕竟透露了一个信息，就怕政策变，早点想个办法，就想请你们二位参谋参谋。”

“要参谋，你得把你的想法说说嘛！”晋书记说。

黄正梦把目前的经营情况说了，最后说：“我想，一是慢慢压缩规模，首先把县城的窗口收回来，不要招摇了。二是干脆停了，赚了一笔就算了。”

“你不是最先有个初衷，村上办。那时怕群众集资，办垮了，对不起群众吗？已经办到这么大的规模，停了太可惜了，过了此渡，要想再办时，可就没好舟了。”丁大全想起两年前的事说。

黄正梦说：“我没意见，问题是村里哪有资金接手这些设备，村里原来欠的账，收的房租和设备租赁费都还没抵完。我新添的设备也不下十多万元，即使我租给村里，我儿子不可能再来搞原料，能否做得好工作，我没把握。说句实话，这个企业名义是我在办，实际是我儿子在操作，他才是经理。”

晋书记想了一会儿说：“依我看可以通融，都不变，村上挂个名，多提点管理费。我所知道的，这类似的情况多。你村里没资本投入，就投个名，好应付上头，就不怕你用工多了。政策不变，这叫解放思想。政策变了，再做实质的改变也不迟，最多再来一个‘工商业社会主义改造’，你也没啥责任，我办私人企业是共产党的政府批的，你的政策变了，我也跟着变，始终跟党走，你怕啥？不需经过工商、税务部门，就是丁大全年终报表时，更换一下性质就可以，暂时应付一下，看政策有无变化。”

丁大全说：“书记就是书记，棋高一着。我看行。”

黄正梦说：“好。我看这样村也不挂虚名，就把村的旧设备折个价，农机站的房屋也折个价，作为股份投入，不再作租赁。村上按投入比例分红。干脆晋书记来挂名，我与丁大全做具体活，你政策熟，名气大，好办事。”

晋书记说：“你又不懂了，你才是法人，谁也代替不了。要将租改为投，你最好还是开个村委会，大家通一下气，做好记录。大家还是理解的，租改为投，村里还多分成，村上钱多了，可多办事情。”

丁大全说：“我看，你花钱请我做会计，也花钱请个法律政策顾问，是可以的，眼前不是有现成的吗？”

黄正梦说：“那太好了，就请你书记当顾问，我放心。对外不说，你就在公事上争取联系我们村，我就可常找你了。”

晋书记为难地说：“不行哟，我领了国家工资，又来领一份外水，不好说。”

丁大全说：“老同学了，还装正神。乡砖厂还是集体办的，搞得垮兮兮的，亏损那么多，欠信用社那么多贷款。老书记，刘乡长还挂了个顾问呢。这是私人办的，又红火，你怕啥？”

黄正梦说：“要不然，把刘乡长也请到，开办时，他的支持也是不能忘的。请两个顾问，你就不会忌讳了。”

丁大全说：“他大老粗一个，办企业不是靠骂人、高压解决问题的。要学政策，要有预见性才行，砖厂都让他们办得垮兮兮的，你这个企业名义是集体的，实质是你私人的，经不住他那套折腾。我们三个老同学，啥子过筋过脉的话都好说，我反正是说的内心话，看你老板咋说。”

黄正梦说：“丁同学说得对，就请晋同学一人。你不好说，我找王书记要，安排你联系我们村。”

黄正梦马上拿出大哥大，拨通王书记办公室电话，说：“王书记，我们村我花了许多精力在企业上，村的工作就忙不开了。我想向你要个人协助我，就是晋书记，她对我们村熟悉，又退二线了，就让她联系我们村。乡上有什么事，也不影响她，行不？”他放下电话，就说：“王书记同意了，你没话说了吧？工资给一个月 3000 元，我把你买定了，与丁大全一样，终身制。”

不说钱，就是当顾问，晋华香也会同意。如今退二线，一线的就怕你参政，巴不得你离远点。坐在办公室受冷落，扦别人的眼睛，还不如到下面走走，聊一聊，图个开心。她今天来，就是无聊，来找黄正梦或丁大全聊天的。

于是她笑着说："既然领导安排了，党员只有服从，我还有啥意见？不过工资高了点，我如今的工资才一个月100多元，在你这里，就那么值钱啦？"

黄正梦说："今天没外人，就三个老同学。你家的困难我知道，你过去帮我那么多，我找不到机会还你的情。前几年想帮你家栽柑橘苗子，又离那么远，突然去你家，你男人还会有想法呢！生不带来死不带去的东西，大家找，大家用。不信你问丁同学。"

丁大全说："老同学就肯帮忙，不是他，我家里不会过得这么轻松。人老了，外出打工也没人要，就近打工挣大钱，何乐而不为？"

黄正梦说："那就请丁大全将村农机站我租赁的设备和房屋折个价，请乡农机站核实一下，在村委会报个账，征求一下大家的意见，同意就照此办，不行就挂虚名，照旧。"

晋书记说："大家肯定会同意，分红比收租赁费多得多，有啥不好？这个账谁也会算。"

有了这天的讨论，黄正梦的心暂时稳定了。

黄正梦因企业的崛起，常守着每天的《晚间新闻》，观看"神仙"打仗，揣测哪一方的有道理，就怕眼前的政策有变化，好采取自己的应对办法。他没海外关系，抽不走资金，没有避风的港湾，盼望的是再一个春天的到来，准备的是等待暴风雨的袭击。他吃不好睡不好，又不好对家人说，与他一生遇到难题时一样，都是磨自己的老壳。让他最为脑疼的是，大儿子不听话，还在全省好几个县利用同学关系，设了窗口，经营得都很火爆，使他没法控制规模。他常打电话找老二兴龙，谈点对形势的看法，总是一句话把他打发了："天不会变，别怕。"不知他俩弟兄头脑里装的啥膏药。

1990年春节，三个娃娃都回家了。让黄正梦全家高兴的是，老大黄兴立带了一个未婚媳妇回来。她是儿子大学的同学，分在一个县畜牧局，已是副局长了。

那天黄正梦一家正在吃午饭，一对年轻人进大门来了，兴立在院坝就喊："妈妈，吃饭还有我们俩人哟！"一家人抬头一望，黄兴立回来了。婆婆还未到桌，就先出堂屋门了，高兴得合不拢嘴说："立儿，回来啦？这是谁？"

"婆婆，这是你未来的孙媳妇，叫小李就是了。"

婆婆拉着小李的手，只是笑。妹儿出来帮小李取下行李，请她屋里坐。进了屋，大家都停下碗筷，黄兴立一一做了介绍。丁方容说去加几个菜，就与妹儿下厨房去了。一家人都看着这个一表人才的新媳妇问长问短的。大方的小李就像一家人似的。香喷喷的饭菜，温情的对话，一家人乐融融的。下午，黄兴龙、黄娟娟也回来了。一家人的争论，在楼上的客厅里展开了。

黄正梦单刀直入地说："今天人齐，小李也在这里，将是一家人了。关到门直说，我想把睏牛石饲料厂要么停了，要么缩小规模，把外县的窗口都关了。我怕像你爷爷，当不了地主当资本家。我是党员，不能剥削别人，听听你们的意见。"

第一个发言的是黄兴龙，他惊奇地说："老爸，我不同意，而且饲料厂还要发展。我知道你怕的是政策会变，那个姓社姓资的争论，是理论界的事，国家并未说改变政策。党的十一届三中全会制定的方针不会变，即使小政策有调整，发展经济的总方针不会变。沿海开放区私营经济是大头，别人都不怕，你怕啥？我没想到，你才几个钱就怕了，这是过去'左'的东西把你整怕的。"

"你娃娃懂个啥，共产党取的名字就是'共产'，你说共产是啥意思？"黄正梦反问。

"共产，不等于把所有的社会资产都公有化。你的理解绝对化了，我们讲公有制是指牵涉国家经济命脉的资产要公有制，早迟要公有制与私有制共存。在小的方面还要放开，你那点饲料左右得了国民经济？不说别的，如果再把土地集中经营，我不用问农民了，你同意不？"兴龙也反问。

"我不是说土地，土地仍然是公有的。我说的是企业，虽然挂的集体，但我占了80%的份额，还不等于我私人办的？"黄正梦回答。

"法律上，前两年就承认了私有制企业，就现实讲，街上的小摊小贩、个体商店、饭店就是私有，都取消了，都像过去由供销社凭票经营，不说经营者，你作为消费者，同不同意？"黄兴龙再反问。黄正梦回答不上来了。

黄兴立说："老爸，好不容易搞到这么个规模，我们的汗水就白流啦？目前四川饲料发展的空间还大得很，四川是农业大省，除了猪饲料，将来还会有更多的鸡、鸭、鱼饲料。凡是人工养殖的，都会生产出饲料，就像庄稼的肥料一样。"

黄正梦又说："就是规模大了，才是我的心病，所以挂了村的招牌。小商小贩规模小，请的帮工不多。农民就是人均一亩多地，虽是私人经营的，但土地还是公有。我何必去冒那个大规模的风险？想过点太平日子。”

黄兴龙说：“你有多大的规模？国家开放，专门制定政策，还引进外资，你比他们算什么？外国资本可引进来，自己的资本就不行呀？你怕啥？”

“我不算什么，别人是外国人，你政策变了，他把资金抽走就是了，我有啥法？我抽不走，说不定还挨整。我挨整，没你们的好日子过，我就是教训。”黄正梦固执地说。

黄兴龙又说：“你不是挂的集体的招牌吗？政策万一变了，你照样可以抽回资本，抽不回，交给集体，你不当法人不就行了？交给集体，自己没赚钱，总有个好名声。再变，也不会像”土改“那样。我发财，是你共产党的政策造成的，不是国民党的政策。政策没变，你照样经营就是了。随便哪种情况，规模大了，无论对自己、对国家、对集体都是好事。规模小了、停了，无论对自己、对全村百姓都没好处。养殖户用你的饲料尝到了甜头，没饲料了，你还得挨骂呢！”

黄娟娟说：“二哥这句话说对了，你还想不通呀？”

黄正安也说：“这句话我听懂了。眼前我们也是按政策走的，你变了，不是我们的责任，你要收，收了就是，我还是按你变了的政策走，反正是跟党走嘛！”

小李也插话说：“我们县局按上面的要求，生猪要发展到一年人均一头肥猪，四川是粮猪安天下。我们那里比你们这里更闭塞，发展生猪，关键就是饲料革命没搞起来，仍是传统养殖。你们这个饲料受欢迎，就是太少了，我们还不敢大面积推开。你要是能满足我们的需求，也是造福我们那一方的百姓呀！如果你怕，就到我们县去办，我可保证县委欢迎你去，并给你许多优惠条件。”

兴龙说：“你看嘛，都是共产党的天下，别人都不怕，你怕啥？你还是党的支部书记呀！”

妈妈说：“听了半天，我都没听懂，娃娃们都说行，就行嘛！”

婆婆说：“我听不懂，但心里听着高兴。”

黄正梦笑了，说：“我少数服从多数，对了不？”

家庭会算是胜利地圆满结束，自小黄正梦爱一人磨脑壳，现在有文化高的儿女们帮他磨脑壳，他觉得儿女们长大了。

饲料厂因春节停工了，第二天黄正梦一早走出大门，昨晚下了一场小雨，门外柑橘树叶铺满的灰尘并没冲洗掉，绿叶变成了黑叶；机耕道虽已整治若干次，留下的车轮痕迹，仍使道路泥泞，难以下步；老屋的大坝堆满了原料，用塑料布搭着，脚边仍被雨水浸湿了；老屋基上搭的临时草棚，几台租来的旧设备，像老牛一样布满了尘埃，在那里躺着；两间保管室经过翻盖，仍显得那么稳固，比起临时草棚，看不出是七八十岁的老屋。这一切告诉主人，要产出更多的产品，已是不堪重负了。就像蒋天友杀死的那头老牛，它该咽气了。他站在保管室的屋檐下，黄家湾尽收眼底，山林开始复苏，两排单家独户的小楼，茂盛的片片柑橘林，干坂田里嫩绿的油菜，二台土行行的麦苗，与北方相比，看不出这里是冬天，一片生机盎然。祖辈在这里，流下了多少汗水，流下多少辛酸的眼泪，埋着多少坦然的、含冤的尸骨。天工造物，常言说，顺天者昌，逆天者亡，昌逆者，皆人所为哟！人为什么要争斗？黄正梦活到50了，就没悟出个道理来，他一生就是在争斗中求生的，唯一让他坚守的一条，就是祖训的为人多做点善事，让他躲过了不少灾难。灾和福，常常伴随他的人生，眼前的事又来了，过去都是他一人磨脑壳。娃娃们都已成人，该他们动脑筋了，娃娃们都与他传统的观念相悖，咋办？俗话说，儿孙自有儿孙福，莫为儿孙作马牛，就按他们的办嘛！他既感到无奈，也感到安慰。

“老爸，想不到你这么简陋的设备，还干出那么大番事来。”黄兴立与小李，已经走在黄正梦的面前招呼他了，他才回过神来。

“万事开头难，资本小，就得慢慢来嘛！”黄正梦回答。

黄兴龙拉着小妹黄娟娟也来了。黄正梦带着几个孩子，一处一处地看，边看边说。黄兴龙说：“要发展，这个场地不行了，不说场地小，就是运输都不行，信息就更不用说了。”

“你要搬到哪里那么好找的场地去？”黄正梦反问。

“如今我也不好说，但要有个思想准备。”兴龙回答。

几人边走边说，中心议题就是一个——发展。

1991年，随着东欧剧变、苏联解体，姓资姓社的争论越来越激烈。电视广播、报刊、领导的报告，教育老百姓坚信社会主义好的形势教育。加上经济上的治理整顿，过去整套的农村计划经济还没完全解套，一些农村干部，仍把计划经济和公有制看成是社会主义经济，有的是用老传统、老作风、老手段来管理农业。其实老百姓，特别是农民对共产党这几年的政策，打心眼儿里高兴。

看眼前，党的农村政策一天比一天好，就很感谢了。农村的农民才不管你上面咋争论，只要你的政策不变，整到一年算一年，照样种地，照样喂猪发展副业。这两年上面和群众的步伐，显得是那么不协调。

1992 年开年后不久，第一个春雷来得那么早，邓小平巡视南方，发话了。姓资姓社不要争，100 年不争，200 年也没争，发展才是硬道理，就是要让一部分人先富起来了，支持贫困的，达到共同富裕。党内传达后，黄正梦激动得睡不着觉，一是邓大爷的“猫论”，那才是颠扑不破的真理，那么浅显，三岁细娃一听就懂的道理，怎么不得人心嘛！它压倒好多让老百姓听都听不懂的鬼道理。二是孩子们读了书，眼光就比自己看得远，让他满足。

正当黄正梦在思考发展，跑乡上，跑县上门都摸不着，还没个着落时，黄兴龙来电话了。说是阳河县要搞工业开发区，争取省里的政策，报告都到他们研究室了。他要老爸准备好资金，在工业开发区，政府保证水、电、路、通信等设施，办饲料厂就方便了。他已告诉大哥，测算一下，要多大一片地，其他事，他莫管，只是筹备资金，他会帮大哥办好这些事。这让黄正梦一件喜事接一件喜事，看来儿子要抢班了，他还有啥不放心的。他盘算着，要筹备一两百万元不成问题，决定把家底全部抽出去，就让儿子去操作吧！但他想到另一件事，用工问题，就是本村的劳力愿不愿离开山沟去那里做工，多了，农业生产咋办？他找来晋书记、丁大全商量。

在村办公室，如今也是他的企业办公室，他将自己的想法说了，丁大全说：“这件事，你忧虑啥？好多人外出打工都找不到门路。”

黄正梦说：“我想的是，去的人多了，村里的农业生产咋办？政府又不准土地撂荒，还要收荒芜费呀！”

晋书记说：“你自己在操作企业，农忙时停工放几天假，不就解决了？凡是撂荒的，你就不收他进厂，不就得了？”

“那里将来可能是我儿子操作，我的钱要抽到儿子那里去。村里还办不办这个企业，我拿不稳，我也没那精力了，把村里的农业生产抓好就行了。”黄正梦说。

晋书记说：“如今政策这么好，让儿子办就让儿子办。村办，我看你确实很累，你不出面办，谁来办得好？”

“我还想到把黄卫兵安排来当村长，减少我一点精力。他的工资除了政府补贴，我私人给他加一点，让他不吃亏，请晋书记给乡上做点工作。”黄正梦说。

丁大全说：“村里这几年有了企业的分红，不仅不亏欠，还盈余了20来万元呢，就让村里补贴，何必要你私人掏腰包。”

晋书记说：“你两个都没在村里补贴工资，不好。我看让企业补贴好，村上少提留点，还不是一样的。他把队长一起兼，就少补点了，又不少他的收入。乡上的工作问题不大，要通过选举，先叫他代村长。”

黄正梦说：“这个办法对，请老丁向乡上打个报告。”

晋书记说：“你想找个村长来，是不是来办企业？”

黄正梦说：“说不准，不知别人干不干。这几年村里的事、企业的事，我确实感到吃力。”

丁大全说：“村上没人提头办企业，就散伙算了。”

黄家湾进出的车辆络绎不绝，壮牛拉破车，就是供不应求。村办公室比乡办公楼还热闹，黄正梦、黄正才、丁大全、晋书记等应接不暇，黄正梦已感觉头昏脑胀了。

大儿子黄兴立回来了，是来转款的。一进村办公室就问：“老爸，你账上有多少钱？”

黄正梦说：“你来个电话就行了，何必跑一趟。”

黄兴立说；“我已来县上一个多月了，在开发区我买下50亩地，政府很优惠，一共160万元，只给政府50万元定金，鼓励我们早开工。我要100万元，给施工队5万元定金，其余就是买建材、买设备。你能否找个人去工地帮我监管一下。主要是监管材料。”

黄正梦说：“你们来得那么快呀？”

“二弟出面去要的，我们是第一家。县里领导可热情啦，一个副县长天天陪着我们签协议、办手续，我们打的是外地的名义，看到二弟又是省里的干部，可积极啦，他们引到了外资，到处宣传他们的工业区开门红。政府已进场修路了，我们的施工队也进场打地基了。我把买原料的钱已给施工队了，政府的钱还没兑现，说好明天兑现。”

“账上有，就转100万元，你要多一点也行，监工的人，我要想一下。你喝口水，坐一会儿，你与丁伯伯去办。”

晋书记说："找乡上那个老会计邱有富，乡上修办公楼就是他一手办的，有经验、身体好，又退休了。行，我就去帮你请。"

"那就谢谢晋娘娘了。"黄正梦高兴地说。

兴立说："好。修厂房、库房、办公房、职工单身楼、食堂。我专门请了个工程师，是我一个同学的老爸，他才看得懂图纸，做工程监管。他年龄大了，就监管材料，记一点流水账不成问题。"话一说完，就各自去办事了。

两个月后，老大兴立来电话，要招30个工人，问是在本村招，还是在外地公开招聘。他知道老爸的情结，要睏牛村的人挣钱，肥水不流外人田，要不然他就在外面招了，用不着老爸操心。黄正梦当然不准在外面招，睏牛村就是个集体，睏牛村办厂，当然该在睏牛村招。于是他召开队长会，招工了。全村哪个娃的情况，他都了如指掌，除了个别的是照顾村干部、队长的娃外，都是他点的。他把黄家湾的熟练工换了20个出来，配上新招的，30个20岁左右的年轻人，个个金刚马悍的，由他亲自带去工地，因他还没去那里看过。

一到工地，他傻眼了。开发区处在离县城四公里的杨家坝，靠近阳河江边，一片平地，好肥沃的土呀，太可惜了。成渝公路横穿而过，不远处，还在修一条成渝高速公路，路基好宽哟。一条几十米宽的水泥路，安的水泥管道、高压电线杆，进入开发区，有的还忙着施工。已有两三家企业工地也忙碌着，好几家用围墙圈着地。来到自家的工地，好大一片平整的地，用围墙圈着。工地门口挂着"黄氏饲料"招牌，工地上堆放着好多的砖块、钢架、水泥袋、塑料板子，施工队正在下基脚、砌砖柱、搭钢架、盖塑料板，很忙碌。邱有富从工棚出来迎接黄正梦，就说："黄书记，来得正及时，工地正等着用劳力，你的老大去城里办事去了。陈副县长催得紧，天天都要来工地检查，解决问题。"

黄正梦就请邱会计先把劳工安顿好。邱会计对劳工们说："你们是第一批招的工人，还未投产前，就帮工地平整地面，挖排水沟，工资从今天算起，不少你们一分。眼前的活是要辛苦点，生活也艰苦一点，投产了全部长久留在这里，都是乡里乡亲的。老板说的，吃不了眼前苦的，可以回去，以后就别来这里干活了。我与你们一样的住工棚，吃住都在这里。上下班听我的，干什么活听我安排。都认识我，不听从安排的就走人，这也是老板说的。"邱会计把人领去工棚安顿，黄正梦就去施工处顺便看看。

有两处他没想通，一是怎么把名称改为黄氏饲料，我包装上明明写好的睏牛石饲料。二是儿子成了老板，老子是个啥，还是老子出的钱，这点倒无所谓。正在思考时，一辆黑色小卧车停在门口外。黄兴立陪着一个当官的来了，正当黄兴立介绍这是他的老板时，当官的一把抓住黄正梦的手说：“原来老板是你呀！老朋友，你把我忘啦？”

黄正梦一下惊了，说：“刘书记，是你呀！我一个老百姓，一辈子也忘不掉你呀！你还记得我？”

黄兴立站在这边，傻眼了，原来他们认识，这么好的关系，哪有办不好的事。他才说：“刘书记，老爸，你们原来认识？”

刘书记说：“这是你公子呀，不错，会办事，一代比一代强，你好福气哟！”

黄正梦说：“是的，他是老大，老二在省委政策研究室工作，叫黄兴龙。老三是个女儿，叫黄娟娟，在县医院内科。”

刘书记感慨地说：“你的娃娃比我的强，都成才。老二我也认识，就没把他与你挂上号，能干。”他又转过头问黄兴立：“你就是本县人，为啥要打个外资的招牌呀？”

黄兴立不好意思地说：“二弟先私下暗地里来找县招商办，听说是本县的，就爱答不理的。他才以我的名义，他作为引资人，找县政策研究室引荐，抬出他的身份，书记、县长还亲自接待，事情就一路顺风地办了。本来，管他外资、内资，都是发展本地经济嘛！就该一个政策才对嘛！”

刘书记笑作说：“外资就外资，不说我们县，上头都一样，一说外资，啥子政策都敢出，一口政策都有，总不相信自己的百姓，说不清呀！我老了，那年把你那件事办了，就退二线了，如今安排我协助陈县长，跑跑开发上的事。以后有啥事，陈县长不在，就尽管来找我，我也来联系你这个外资，好吗？”

黄正梦什么都明白了，就说：“好，我就当个外资老板，就感谢老书记关照了。”

黄兴立领路查看工地，一边看一边说：“我第一期工程先修厂房、库房，再一个月就完工了，设备我也定好了。厂房完工，就安设备，先投产，满足市场需求。然后边生产边修职工宿舍、食堂、办公房，逐步完善。”不说刘书记点头，就是黄正梦也心满意足了，儿子办事真行。当刘书记问到什么时候投产时，儿子保证再有两个月就投产。黄正梦的心里计算着，从娃娃谈起这件事，到投产，不到半年时间。黄兴立还说："就是企业注册，还要刘书记说句话。"

刘书记说："没问题。你原来的企业没注册呀？"

黄兴立说："原来的不规范，一时说是个体户，一时说是村办企业。现在我是以外资身份来的，我就想在县上注册个独资企业，好对外打出四川去，占领市场。"

"好，我支持你。"刘书记答应说。刘书记要看那两个工地，就告辞走了。

黄兴立对老爸说："爸，企业注册，法人还是你，你做董事长，我当总经理，给你办具体事务，大事由你把握，管理由我说了算，免得人多嘴杂，办不好事。我已把工作辞了，是停薪留职。"

"你为啥把工作辞了，好不容易找个工作。"黄正梦生气地说。

"就是公职留着，不领单位工资，不去单位上班。不是我不相信你，一是你老了，要跑很多路，二是好多外面的事你不熟悉，自己私人投那么多钱，我不出来帮你跑，三兄妹哪个来？老二也说我最适合，我懂饲料专业。单位就一两百元工资，这里是上百万元呀！哪头重，哪头轻，你说呢？"儿子解释说。

"好嘛！就由你办，我交给你了，我守老家那个摊子，跑外面是你年轻人的事，啥子董事长哟，我不懂。"黄正梦说。

"这里走上正轨后，老家那个摊子就算了。一是地处偏僻，增加了运输成本，二是把一个湾污染得不像话，你成天在那里生活呀！我不知村上投入了多少，村上该分多少就给村里。我们的投到这里来，留一部分就存着你们老了用。你也辛苦一辈子了，该留几个你自己找的钱。"儿子劝老子说。

"那董事长是怎么回事？"老子又问。

"就是老板，我这个总经理是为你打工的，我自己任命的。这里的本钱是你的，该你当董事长。赚的钱也不是我一人的，是我们全家人的，也该由你掌握。如果要按股份注册，我想按五股，我们三兄妹各一股，你与大爷各一股，也该由你掌管。你只负责大钱的进出，固定资产投入、流动资金、管理费我每年给你报预算，按你的要求我掌管开支。"儿子解释说。

"这点我懂了，你多久学到这些的？"

"老二是专门学这个的，他推荐了几本书给我看。我说的这些，在法律法规上都是站得住脚的。还有，小李也想辞职来协助，我想由她来帮我把质量关。企业大了，也需要个技术总工程师。"

黄正梦去县城，住在女儿那里，白天跑工地，有时陪儿子跑县上各部门，弄得他头昏脑涨。耽搁了近一个月的时间，领略了办正规企业的味道。他原来在村里办个小作坊，是丁大全帮他跑的路，他才领略到老同学帮他好大一个忙哟！如今无论从知识上、观念上，他已没法跟上时代的步伐。儿女们都算高学历，知识和观念都超过了老一辈，他们办事一步一个脚印的德行，让他放心。50 多岁，不说学科学技术，就是政府的政策也是几大本，让他看了就头疼。还有管理上，不怕他当了几年支部书记，学了那么多文件，带领着 1000 多位村民过日子，儿子念的新名词，听都听不懂，更不用说理念了。自己一天揣着几个笔记本办事，儿女们却玩着他望尘莫及的电脑，大小事都储存在电脑里，找信息、学新知识，好方便哟！他像看西洋镜，摸都不敢摸，在侧边看着儿女们像弹琴一样。他认输了，但他输得满足，他回村了，觉得自己的天地还是离不开那块黄土地。

黄正梦这时才觉得自己不懂的事太多了，要办个正规的企业不容易呢，不是种庄稼那么简单，现在只能听儿子的了。原来觉得拿到钱咋用，儿子们会用了，而且他们是用钱办事，不是乱用，不像黄世章，还有啥不放心呢？从此，黄正梦没能耐花更多的精力过问企业的经营情况，是场美梦还是噩梦，只能让儿子们去闯了。其心境可凑合用《声声慢》词表白：

年年月月。走走奔奔，昏昏荡荡怯怯。喜遇严冬过去，急迎春切。禾苗茁壮拔节，又春寒，不该弹舌。瞬息过，暖人心，靠汗水翻新页。

都有脱贫情结。良策布，民心鼓动创业。祖辈勤劳，一代后生已接。经营有谋耐苦，看儿孙，急急烈烈。这情景，且一个富字了得。

他回到村里就立即找晋书记、丁大全、黄卫兵商量。黄正梦说："县里的企业要投产了，我在那里跑了一个多月，要办个正规企业，我也不懂。儿子在县上注册的是独资企业，那么大的规模，我更没法操作了，只有交给儿子去办了。这里的土办法办企业不行了，我也没那精力了，两个企业搅在一起不好办。"

晋华香说："你既是大股东，又是村的领头人，你没精力办，谁来办？如果村里能找到人来办，就好了。"

丁大全说："我反正也老了，就看黄卫兵有无这个胆量？"

黄卫兵说："办企业我也不懂，我私人又没股份，老爸又是出纳，不合适。"

"不在你私人有没有股份，你代表村里的20%股份，也是合法的，关键是你有没有胆量。"晋华香进一步说。

丁大全说："我还是那句话，村上没人领头办企业，停了算了，大家都省心。"

眼看除了黄正梦，村里确实找不到人代表集体参与经营，他才说："如果我代表，还是我一家人经营，不说当我老了，就是如今，都是儿子一手在操办，我不想给儿子留后患，摆些说不清的问题，让儿子放手干。"他一再表明，万一企业发了，村里要办什么事，出钱就是了。开村委会时，都理解他的情节，就通过了。因原来租用村的设备改为投入，没经过工商登记，如今改过来，也用不着经过工商行政部门，何况《中华人民共和国合同法》还没公布。开了村委会，把企业做了核算，把所有的赢利按村占20%提留。在他县上的企业还未投产前，农机站的房屋、设备又改为租用，变为私人企业暂时经营。

从此，睸牛石饲料由私人起家，挂集体牌子，又合法转为私有企业了，后来县上的正式投产，村里的就停了。不几年，村里修组组通水泥路，就是他私人企业无偿出资200万元修的。

第二十章　较劲

睏牛石饲料在县城正式投产，董事长黄正梦参加了剪彩仪式回来，刚回村办公室，黄卫兵和丁大全正在办公议论合作基金会的事。丁大全向他汇报说："昨天乡上召开了支部书记、村长和文书会，压任务，吸收合作基金会存款，说我们村的农民都很富裕，要完成30万元。你不在家，我这里正在给黄卫兵商量，咋办？正好你回来了，就听你的了。"

黄正梦说："我们村已有十多万元的规模，农民生产上临时小额借贷完全可以应付了，乡里集那么多钱干啥？"

丁大全说："说是要发展乡镇企业，需要资金，如今信用社的钱贷不到，国家银行就更难了。要发展农村经济，只有壮大合作基金会，才能解决资金困难。"

黄正梦说："农村信用合作社，当年也是农民办的，如今也变成国家的了，农民要贷点款也难。本来合作基金会就是重复的，我知道还是中央农业部发了文的，懂不起上面是咋个搞的。"

黄卫兵说："县里修棉纺厂集资，说是要分红，几年了，哪个分了红？乡上办砖厂也是农民集资，本钱快要打水漂了，农民意见大着呢！合作基金会又来压任务，我看上缴就很难受了。今年收上缴，农民有的就拿集资款抵，你不要，还真收不起来。"

丁大全说："就是，这两年，村上垫的上缴，已有三万多元了，其中收的集资款抵上缴已有二万五千多元了，村上为农民拖欠的上缴款已垫了一万多元。再这样搞几年，镇上不认集资款抵缴，全村两项款，十来万元就全部由村上垫了，企业的收入就垫光了。农民承担的各类上缴负担，1980年代初人平均才几十元，如今已达近200元了，幸好我们村农民有点钱，做点工作也不难，都看你黄书记的面子。”

黄卫兵说：“那天我第一次参加乡上的会，就是催收上缴，有的村已提出用集资款抵上缴了，乡上不同意。”

黄正梦听他们说，心里琢磨着，两个人望着他，停止了说话。好一会儿他才说：“我们村办这么大个企业，一月进出上百万元，我们没向银行、基金会贷一分钱，还给乡上争了面子。我看这样，我们企业也向合作基金会贷40万元，就说我们流动资金差款，看乡上咋说，都是乡镇企业。如果乡上同意，我就去信用社取30万元，存入合作基金会，就完成任务了。丁大全，你说行不？”

丁大全说：“万一乡合作基金会不同意咋办？”

黄正梦说：“你去找乡基金会做工作，做不好，我去找肖乡长、王书记。明砍，既然乡上不支持，我的企业产值就不报乡上，他乡上的产值就少上千万元，看他几爷子有啥面子。不然，这个月村里企业产值你就不报了，说要搬家了。”

丁大全说：“行，蒙他们一回。反正企业在这里还在运转，村上抽股的事还没公开，要烧搞，都烧搞，你有政策、尚方宝剑，我也不违法，反正不能伤了全村百姓。就是你的企业要吃点利息差的亏。”

黄正梦说：“为老百姓，我的亏算啥子？”

第二天，丁大全找到黄正梦说，基金会没意见，说是要有肖乡长签字才行。黄正梦就直奔肖乡长办公室，找肖乡长说：“肖乡长，我的企业发展很快，眼前就差几十万元流动资金，我从未找银行贷过款，企业也不亏损。找银行手续太烦琐，我想找基金会贷40万元以应急需，我周转几个月就还。”

肖乡长说：“你知道砖厂也正等米下锅，各村吸收基金会存款的任务才刚布置下去。你们村条件那么好，要带个头哟！我要看吸收存款的情况再回答你。”

黄正梦说：“万一不行，我也不麻烦乡长。你知道，我儿子在县上工业区正在修的饲料厂，是县长抓的工程，不是那里需要资金，我的周转资金也不会这么紧张。弄不好，我把村的饲料厂停了就是，损失也不会很大，‘堤内损失，堤外补’就是了。”

肖乡长急了，说：“那怎么行？你停了，全乡企业产值要少上千万元，你不是抽我的吊台？你莫着急，等几天，我看进展情况，给你一个说法，好吗？”

黄正梦说：“我看砖厂垮不起，那是乡上办的集体企业，老百姓还有 100 多万元集资款，你咋交代？我们村的企业，说是村的，实际是我私人本钱，垮了就我一人吃亏，我不会怪乡上的。我保了村的，就保不了县上的。县上那个我投进去都是固定资产，将来效益更好，我是舍命也要保的。村里这个垮了，我固定资产不大，你知道设备多数是租赁的，我损失不大。最大损失，就停产几个月，减少几个月收入。”

肖乡长说：“村上这个也不能垮，设备陈旧了，要更新，乡上会支持你的，就 40 万元流动资金嘛，你就小看我啦？”

不到一个星期，丁大全就把事情办下来了，这个谜底就村上三人知道。睏牛村吸收合作基金会存款，还得到乡上的表扬，这可让黄正梦受气了，乡上就拿睏牛村来压各村，别人村都能完成任务，你们就完不成，弄得各村苦不堪言。无论逢场碰上他，或乡上开会闲聊时，各村的干部都笑骂他。“就你显屁眼白，能干”，“就你有几个臭钱，不得了”，“五十几岁了，还想往上爬呀”，“你有本事，你们村富了，我们无能，我们村农民穷”，常弄得黄正梦哭笑不得。原来开计划生育会，常得到各村干部的同情，有的还帮他出点子。唯独在上缴收钱的问题上，特别是因这几年农民负担逐年加重，常遭到各村干部的白眼，让他难受。

1993 年小春收获不久，乡上召开各村支部书记和村长会议，肖乡长通报了各村上缴完成的进度情况。而且点名批评睏牛村，农民经济条件那么好，也未完成任务，要黄正梦表态度。全场都望着他，看他咋个说。黄正梦不快不慢地说：“往年我们都是先由企业把上缴垫着，慢慢收的，让农民有个喘息的机会。今年不行了，村企业周转也很紧，逐渐把生产经营交给县上那个企业了。县上企业都是正规化管理，不像原来村里自己办，土办法管理，可以拆东墙补西墙。我们只有慢慢做好工作，绝不拉乡上的后腿。”有好几个村的书记、村长转头向他投来友好的目光，这次你没冒皮皮了。

各村反映，近两年农民负担太重，意见越来越大，工作不好做。特别是农民不知从哪里弄来的全国人大常委制定的农民负担管理条例，说不超过纯收入的5%，骂干部谎报农民纯收入。翻身村李书记说：“我们村土地多数种的粮食，外出打工的也不多，再咋个算，人均纯收入也达不到1000多元。除农税外，两金两费人均近百元，远远超过5%了。加上各种服务费，人均上缴250元，我们算不过农民，工作不好做。”他是刚上任的书记，就实话实说了。

肖乡长在会上给他顶了回去，说：“都按你那么算，乡上几十号人，加村组干部，近200人喝西北风呀。我这个家也不好当，上头是财政包干，都收不起来，咋过?”

最后王书记讲话了，他显得无奈地说：“任务还是要想法完成，按肖乡长的安排办。”同时通报了县委的指示，要抓好稳定工作，“稳定压倒一切”，一刻也不放松。通报了高寿县因负担问题，引起农民闹事，把警车都烧了几辆。有少数不法分子暗中串联，主要方式就是非法散发农民负担管理条例和中央文件，激起农民对政府的不满。高寿县已抓了几个为首者，我们乡村干部要提高警惕。既要完成任务，也要做好工作，不能让矛盾激化。他把矛盾交给各村，就散会了。

这天恰好逢场，散会后，都去供销社饭店吃工作餐，饭店门口围了好大一堆人，黄卫兵挤进人群，花五分钱买了一本农民负担管理条例的小册子，黄正梦才知道会上说的是真的。他才叫黄卫兵把册子揣好，别让领导看着了，招惹是非。不一会儿，来了两个公安和工商干部，将卖书的人扭起走了。围观的农民吼起来了，“别人宣传中央文件也有罪”，“如今党中央文件都怕与老百姓见面，我们乡还是不是共产党领导”，“环溪乡搞独立王国了，翻天了”。不是各村干部把自己认识的村民叫开，当即就下不了场。今天干部会餐，不像往回，喝得脸上红霞飞，各人吃几口饭就各自散了，显得有些狼狈。

黄正梦与黄卫兵两叔子，吃了饭就去村办公室喝茶休息，思考如何贯彻乡上的会议精神。不一会儿，丁大全也来了，联系村的乡干部晋书记也来了。黄正梦就吩咐丁大全，找熟人代口信，通知村计生专干和村治安，下午开个村委会，传达乡上的会议精神。

人未到齐，四人喝着茶，一肚子怨气就散发开了。

晋书记上午也参加了会，当然了解精神。她说：“乡上也无奈，上面财政包干，只能保编制干部的工资，几大员的工资都是靠收服务费。‘人民事情人民办’就太多了，总想把农民的家当完，上面都是只发文、压任务，不考虑农民承受能力。如今有的地方农民闹事了，又怕了，抓人也不是办法。”

黄正梦说：“依我看，如今国家改革开放的大政策逐步完善，市场进一步放开了，除涉及国计民生的粮食外，其他农作物都进入市场调节，很好呀！农民对国家粮食收购计划都理解，没话说。就是钱，眼下农民并不富裕，中央三令五申减负，下面总给农民过不去。这反映了市场调节与我们陈旧行政管理手段和干部陈旧的领导观念发生了冲突，负担日趋严重，农民就与我们基层干部较劲了。我们这个磨心就难，”公婆“得罪不起，”媳妇“又不听招呼，”公婆“有武警、公安，我们又怕”媳妇“吃亏，两难哟！”

黄卫兵说：“‘文化大革命’时，读毛主席语录，哪个反对，就是反革命。如今也歪得来不叫话了，群众宣传中央政策，地方政府还抓人。究竟谁对谁不对，都搞不清了。说普法，他们依的哪一条法律？”

丁大全也说：“地方军要对抗中央军，吃亏的还是老百姓。我们村人均负担比任何村都重，因人均纯收入就高。多数问题不大，还是那几户老困难户。即使其他村闹事，我们村也闹不起的，绝大多数年轻人都不在家。”

黄正梦说：“就是‘公婆’今天批评我们村进度慢了。要快，其他村压力就更大了，不好说。这个农民负担越来越重，中央又喊减轻农民负担，我就想不明白，为啥就解决不了？”

丁大全说：“我当了几十年的会计，就清楚，农民负担重不只是今天，要说合作化时还重些。那时上面要收税和各类杂费，直接在大队、小队就提走了，有好多费用摊在工分里参与分配了，农民并不知道。比如大小队干部都是按务工记工分，参与分配，如今是发补贴，当然要农民出钱了。过去劳役似的民工建勤，都是社员做活，队里评工分，如今都是变成了交钱。过去的负担是隐性的，很多非生产性的工分参与了分配；加上农副产品都是国家低价收购，生产资料又是国家高价卖给农业社，这两者加起来，所以劳动日值很低，农民并不知道。有的一年劳动下来，还要找倒账，就是这个原因。如今由隐性变成了公开收费，要农民交现钱了，加上农民自己核算收与支，才知道自己负担重了。1980 年代，农业产量并不比集体时增了多少产，农副产品的价格逐步放开了，农民才得了点实惠，那时乡上的机构也没膨胀，干部务工补贴也不高，农民负担得起。农村改革，就是搞了个联产承包责任制，其他农村政策没多大变化，都是旧的管理办法，机构又无限膨胀，农民就只得叫苦了。中央光是喊减，不压缩机构，也等于零。国民党时，一个乡公所，就一个乡长、一个财粮、几个乡丁。解放初，一个乡政府，还不到10个人，照样斗地主、分田地。如今一个乡还有几大班子，几十个办公室，那些人员就更分不清了。你以为乡长那个家就好当呀！”

黄卫兵也说：“你说得对。那时劳动日值低，如今种地自己算账，可能劳动日值更低。单就种粮，人均耕地一亩多，就以两季田算账，一季收稻谷，1000多斤，按国家定购价，议价综合就算4毛5一斤，价值就算500元。扣除种子20元，化肥150元、水费40元，农药10元、农技服务费10元，共计230元。冬季种油菜，一亩地收200斤，也不过200元，扣除种子、肥料、农药、服务费，净收入达不到100元。一年两季共计就300元多一点，再扣除人均上缴200多元，剩下几十元才是自己的，还买不回自己种的粮。365天，一天投几毛钱。农民之所以有粮吃，完全是靠副业、打工收入补贴了。如今的政策好就好在劳动自由了，不完全在责任制。不是允许外出打工，允许发展副业、林果业，我也不想种地。本来价格逐渐放开了，粮食涨点价，城里人就闹翻了，国家又来合同定购，又变成死任务，合同就不平等了。国家的化肥、农药、粮种为什么不与农民订合同？随便涨价，农民买不到，说没了就没了，又不来个任务。只知道卡农二哥，就怕惹城里人。”

黄正梦说：“老同学真不愧当了几十年会计，把农民的穷根找到了。卫兵算的细账也是对的，明白了也无奈，就是我们这个磨心不好当，稀泥不好抹。”

晋书记说：“你们说的，不说乡政府，就是县里也没法。我看，基层政府压力最大的是稳定。农民不交，你总不会把农民都抓起来，眼前，政府也不敢强逼，真正农民闹起来，领导也不好说。缓一下交，乡政府就是拖欠几大员的工资，政府与农民的矛盾不能激化，谁去闯风头谁遭殃。”

黄正梦说：“大书记看问题是不一样。按晋书记的意思，我想就按正常工作做，收得起来多少就收多少、交多少，余下的年终与乡上扎账。请丁大全把凡是有人在我儿子企业打工的户，该上缴多少，造成册交我儿子去执行，我们的工作量就少了。我们就只做20多户的工作，就不难了。老困难户按老办法，能收多少就收多少，你们看行不？”

大家都认可，但黄正梦又想到，要儿子把问题给职工讲明白有点麻烦。于是他又说：“我想请晋书记抽时间，去县上企业帮我儿子管理本乡的农民工，你有经验，又懂政策，他们也认识你。我是抽不开身，你也不必长住哪里，你联系我们村，也包括那里嘛！来去的车费、生活费由他企业包了。就不知我请得动不？”

丁大全说：“这个办法好，凡是外面打工的，你是晒牛村的，走到哪里都该我们管。那里全村集中了200多人，如果管好了，我们村的工作就做了一大半了。晋同学是几重身份，既是书记联系我们村，又是我们村的顾问。”

晋书记说：“我当真没官帽了，谁都可以叫我了。原说无官一身轻，才不轻呢！我把村官当了，你们干啥？”

黄正梦说：“我就没想到这一层呢？种地如何与企业挂起，还是你晋书记的点子，怎么就没想到把其他工作也套在一起呢？对下一代的教育很重要，以后上面有什么精神要给农民讲的，在那里我们也要去传达，不要光是在家里管老头子、老婆婆。我们也要两头管，晋书记也两头联系，都名正言顺的。只是晋书记多花一点时间在那里，你看行不？”

晋书记没话说了。计生专干、治安来了，就把如何做好农户的工作，不要参与，不要乱传外地农民闹事的小道消息，外地有来串联的，要劝解他们，不要把事态扩大……等事情做好安排就散会了。

以后几年，按1993年商量的办法，晒牛村的农民不与政府较劲。晒牛村相安无事，一个重要原因就是黄正梦的企业承担了农民负担。晒牛村多数小伙都在他的企业做活，黄家湾的特别多，长大一个，不读书了，就去一个。每年收上缴，也不难了，多数农户都有年轻人在企业打工，企业象征性地扣点工资，多数由企业代交了。钉子户多是接近五保，无年轻人外出打工的，一时不交的，村里也有钱，暂时由村里垫着。有少数农税减免的份额，就抵一部分，只有上缴镇上的杂费没减免。农忙时，黄正梦只需打个电话，他儿子就按董事长的要求放农忙假，而且工资照发。凡是不回来帮家里种地的，还要扣发工资，严重的就辞退，儿子帮他管好了农民，全村没一户撂荒的。

村上的事，有黄卫兵跑路，工作过得去就行了。丁大全的儿子在为他的企业跑销售，收入颇丰，他也不为家里事焦心了。晋书记先去县里他的企业，帮忙管理企业用的本地农工，后来他儿子也辞去工作，参与企业经营，她就不长驻企业，没事就回来，有事就去，同时也帮儿子操持点家务。黄正梦除了去各村民小组调解点民事纠纷，找老哥子们摆点开心的龙门阵，或是乡上开会，多数时间常在村上固定的办公室，泡着茶，抽着旱烟，几个老同学摆摆龙门阵，为他的工作出些点子，他这个村支部书记就当得轻松。

每年春节就听儿子们向董事长汇报经营情况，享受他的天伦之乐。在家里，有大哥统领，安排家务，种点责任地，养点副业，过着安宁的田园生活。逢年过节，儿女们买些新鲜的东西，坐着小车回来与老人团聚，热闹几天，又如放飞的雄鹰，各自遨游。在家里，他也不为几亩责任地和柴、米、油、盐的事操心。

世纪之交的2000年冬，黄正梦的麻烦事来了，合作基金会出事了。乡上召开各村支部书记和村长会，县上还派了强大的工作组，乡上的领导们个个情绪低落。工作组的组长还是个县人大副主任，来头不小。工作组的一个同志在会上公布了环溪乡合作基金会的账目，他们几天前就来封账查账，基金会并不知道，怕农民群众挤兑。全乡吸收农民存款800多万元，贷出支付也是800多万元，乡砖厂贷款400多万元，乡政府贷款200多万元，其他私人贷款近200万元。

组长讲话说了两点：一是催收贷款回笼，不管他天王老子，必须限时归还，乡上要组织催收工作队，各村要支持；二是做好农民兄弟的工作，眼前基金会没钱，相信党和政府，连本带息不会少了农民一分钱。合作基金会清盘后就关门了，农民要存钱都去农业银行或信用社。希望各村党支部要发挥战斗堡垒作用，做好工作。

一天，黄正梦在去村办公室的路上，被几个老头围住了，都询问基金会的存款会不会泡汤。他按乡上的会议精神做了解释，要大家不要着急，会有解决办法的，都相信黄书记的话，就散去了。解释了一阵子，坐在一块石头上，正准备裹叶子烟，已退二线的肖乡长站在他面前招呼他。

肖乡长递上一支玉溪烟说：“老黄，有件私事想求你帮个忙。”

黄正梦点燃烟说：“你晓得我不会抽纸烟，有啥事你说就是了。”

肖乡长说：“这次清基金会盘底，我套起了，有两件事解不开套。一件是砖厂贷款300万元，是我签的字。你知道，砖厂是群众集资办的，一直亏本经营。那年我上任，为了扭亏，乡上撤了原来的厂长王善彬，派企办主任李大全去当厂长。为这事，我还与王书记闹矛盾。李大全去企业理账，信用社贷款150万元未还，还欠外地原料款几十万元，砖头那么好卖，账上就没一分钱。李大全提出要基金会贷款300万元，还信用社150万元，不支付原料款，煤都买不回来，就花去200万元。企业本身要100万元流动资金，达不到要求，他就不上任。经党委研究，我就批了。如今要追我的责任，这我都不怕。问题在第二件事，我私人在基金会贷了30万元，给我儿子做生意，让那个不争气的搞来栽了。我的工资也被工作组停了，说是哪天还清了，就发工资。今天找你，就是想向你借30万元，把事情了结了，我以后想法还你。”

这让黄正梦为难了，你一个工薪人，哪来钱还？你儿子正儿八经地做生意，缺点流动资金，帮点忙，有何不可呢？别人，人大面大的，这个话，咋说呢？只好模棱两可地说：“你知道，我的企业交给儿子后，我就没经营企业了，我手边也没钱。只好给我儿子说，看他有无办法，等几天，我回你的话。那天公布的账，私人贷了200多万元，都是哪些人贷了？”

肖乡长说：“王书记调县农办，这次查出，以他私人名义贷了80万元，听他说是帮县里哪个老板贷的，老板又跑了，也正在追他。其他乡里的干部各人贷的几万元、十几万元不等，这次停薪的就有十几个人。有少数是村干部贷的，数目都不大。我离任时政府因发不出工资，在基金会拉了十多万元，我才离任两三年，政府就拉了近200万元用，除了发拖欠的工资，多数是去上面拉关系、搞接待，吃、喝、玩、乐花了。听县工作组的意见，砖厂只有拍卖清盘，就找不到老板来买。镇上有人提出，建议你来买下砖厂，全镇只有你才有实力。”

黄正梦说：“如今农民修房，需要量大着呢，咋就经营不了呢？我儿子对经营砖厂不懂行，我买来干啥？”

肖乡长说：“集体咋办得好嘛？厂长对镇上哪个都得罪不起，吃的拿的不说，赊账的也不少，资金回笼很难，怎么不亏嘛？私人办，不买这些账，就有赚头。”

黄正梦说：“这十来年，乡上都干些啥了？党的政策这么好，农村经济没多大变化，农民负担这么重，还摆这么大个烂摊子。难怪农民要与你们较劲哟，把我们这些村官害苦了。”

肖乡长不无感叹地说：“其实镇上也无可奈何，你不说，真还觉得，当了几年乡长，球没名堂。我都是农村出来的，农民的事我也知道，但上面的东西，你顶不住呀!”

黄正梦还是第二次听乡上的干部说点心里话，要不是肖乡长求他，也不会说这些话。他不如晋书记，把问题还看得那么清晰。没几天，肖乡长再来找他时，他以儿子企业流动资金紧缺回复了他。从此，肖乡长就不与他往来了。

镇上三天两头一个村干部大会，多是通报催收基金欠款进展情况，哪个村农民上访的情况和镇干部挪用基金会的情况，没有不透风的墙，农民吸取过去供销社、信用社的股票的教训，就怕基金会的存款、砖厂的集资款、县棉纺厂的集资款被“公”有了。村干部天天被农民纠缠，怕农民去镇上上访闹事。睏牛村幸好年轻人在家的少，村干部包干村民小组做工作，算是没有大的骚动。有好几个村的农民已与村干部发生了抓扯事件。其他村也有不少年轻的在街上游走，或坐在基金会、镇上的门前。派出所的警察守在门口，各村的治安也在街上巡逻。自己输了理，县上也没派公安干警来扎墙子了。镇上的干部，特别是领导，都不敢露面，全是村干部顶着做工作。

正在相持不下的紧要关头，终于解套了。在村干部大会上，镇长李大贵说：“基金会欠农民的存款，中央精神，一分不少的兑现，包括利息。中央用商业贷款给地方，专款解决这个问题。地方由欠农民的变成欠中央的。催收基金会贷款的工作，一刻也不放松，欠中央的也是欠。干部欠款要重点催收，干部也要自觉，有党纪国法。我私人在基金会贷的5万元，前天我已还了，希望大家还是要相信党委政府。”

书记肖东成也说：“我在基金会私人贷的10万元，我已还了8万元，余下的2万元，我保证5天内结清。目前砖厂已回笼百多万元，多是过去拖欠砖款，这就是我们近一个月的工作成效。还有几十万元，要抓紧催收。经请示县上同意，基金会的缺口，由县里统一解决，集资款由乡里自己想法。镇党委在工作组的支持下研究决定，将砖厂转卖了，加上催收的回笼资金，把农民的集资款兑现。希望大家做好农民的工作，抓好稳定工作。”

今天的书记、乡长，自己解套了，加上有中央做后盾，腰杆也硬了，说话也理直气壮了。工作组组长还在会上表扬了他们，为其打气，各村的干部也把怨气消了一大半。

散会后，好多农民围着自己村的干部问会议精神，很快就传开了，农民欢呼，有的情不自禁喊出了“共产党万岁”。农民多年与基层干部较劲，只有这件事如愿了。

这段时间开村干部会，乡上不管伙食了，丁大全约黄正梦、黄卫兵去他家开午饭。黄正梦又邀上了晋书记，四人来到丁大全隔壁的馆子，在内堂坐下，要了一瓶五粮液。黄正梦说：“今天高兴，我办招待，该歇口气了，一醉方休。”

晋书记说：“想不到中央这政策来得这么快、这么及时。再拖几天，我看要出事。”

丁大全说：“我们的农民太好了，这几年把农民逼得太恼火了，让我们几个跑腿干部就帮乡上把事挡了。这次不是基金会清盘，我也不知道差得这么凶。办基金会的初衷是帮农民发展农业经济，钱都被乡干部贷走了，哪个农民借了钱?”

黄卫兵说：“农村能干人多的是，想干事的能干事的，就是没本钱。信用社贷不到款，基金会也贷不到款，有权的、会骗的才能贷到款，农民的钱存进去都是为他们服务的。原说搞合作基金会，是为发展农村经济，结果是发展他当官的私人经济，又球经不懂，搞来栽起，欺骗中央，把中央的钱骗到了。二爸不是多年经营柑橘苗子，靠自己积累，也没本钱办饲料厂。”

黄正梦说：“这 10 年，中央的政策，哪一样不对？到了基层就走样了、变味了。”皇粮“、国税没几个钱，就是杂赋、杂费太多，镇上的干部除了收钱，啥好事都没干过。苦了我们这些跑腿的，我早就不想干了。办砖厂本来是赚钱的，在他们手里总是亏。”

晋书记说：“不仅亏，政府一分钱的税都没收到，每届政府都要做这亏本生意，这里面的名堂太多了。我们当年创办砖厂，向农民集资，做好多工作，大家都看到行情，有赚头。开始两年，一年还有二三十万元赢利，后来农民修房的多了，不愁卖了，反而亏了。看来公有制企业斗不过我们黄老板的私营企业。县里的棉纺厂，听说迟早要办垮的，农民那些集资款咋办哟?”

黄卫兵说：“棉纺厂人均集资倒是不多，就几块钱。基金会就多了，农户一般都是几百上千元，多的好几万元呀，我都有五万元存在里面，是为了完成任务。不说农民，我心里还烦着呢！要不是中央出面，他们有权，农民也无可奈何。这下对了，他们就成了国家蛀虫，看国家咋个收拾他们。来，我敬几位长辈一杯酒，高兴一下。”

丁大全说：“那年肖乡长要我们村完成30万元基金会存款，是黄同学想个办法，将企业在信用社的活期存款取30万元存入基金会，又想法找基金会贷40万元，一年后企业停了，才把账结算了。”

晋书记说：“哟，你们还把我瞒着呢，想不到黄同学也会耍心计呀！”

黄正梦说：“不是瞒你，你们那些大干部，我得罪不起，县上也要投入，把我逼得无奈了。前段时间，肖乡长还找我借30万元帮他解疙瘩，我无法还他的情。我一生是不欠情的，就欠这一次情，至今心里还不是个滋味呢！”

晋书记说：“不要借，你借了，就是助纣为虐。他不知在砖厂里吃了多少呢！乡上好多干部都怀疑他与王书记不干净。他拿着钱也没法享受，遇上一个不争气的儿子，生意没做好，还日嫖夜赌的。”

一顿中午饭，吃到太阳偏西，方才散席。

这近10年，农民常与基层政府较劲，村干部作为磨心，黄正梦紧贴着农民这个磨盘，承受着上面那磨扇的研磨，在农民与最下层的乡政府之间消磨着，耗去了所有精力。

幸好他儿子把企业拉出了环溪镇，摆脱了基层政府磨耗，以私营企业名义，光明正大地去享受国家的政策。儿子在跨世纪前后已把企业做大了。由睏牛石饲料发展成为睏牛石集团，旗下不仅有黄氏饲料，还有黄氏兽药，后来还涉足了房地产。朱镕基当总理，地方搞国有企业改制，喊出了“零转让”的口号，动员经济好的企业购买国有企业。两个儿子的头脑发热了，与董事长的老爸发生了意见分歧。唯有这件事，他不听儿子的，让他操了心。

老二黄兴龙回家，找老爸说：“县酱品厂欠账近千万元，资不抵债，300职工，我建议去把他兼并了，我们只消注入300万元就可运转。”

黄正梦说：“虽是‘零转让’，一个空壳。你花300万元作流动资金，谁去管理？一年赚多少？几年摆脱欠债？”

黄兴龙说：“可以用原厂的技术人员、管理人员。大哥摸了底，一年赚一百多万不是问题。”

黄正梦说：“既然有赚，为什么欠那么多账？”

黄兴龙说：“那是国有企业的管理问题，加上长期守着老品种，打不开市场。”

黄兴立补充说："我问了厂里的几个老职工，搞几个新品种不是问题，原来就是厂领导、主管局不批准。"

黄正梦说："馍馍要自己烤，不懂的门道不要乱闯，问题不是你们说的那么简单。搞饲料，就是看在老大学的这个专业，我们自己又有试验的经验，我才敢下赌注。你背起包袱搞新品种，搞不出来咋办？不说了，这件事我不同意。"

黄兴龙还不服气地说："别个贸农公司，花400万元兼并县肉联厂，又把厂房抵押去农行贷款800万元，还赚了，不干啦？"

黄正梦生气了，说："那叫赚钱？没良心。如果赚不到钱咋办？背的账就不还啦？他是拿国家的钱在赌，我看他诚心就不是办企业的。赌赢了是他的，输了是国家的，缺德。我们乡的砖厂就是如此，快办垮了，吃亏的是农民，农民的集资款，基金会的钱，厂长换了几轮了，你拿他有啥法？我们是私人的企业，私人的钱，不能用'赌'的观念来办。要赌还不如去赌场，更简便。我们私人企业，就得踏实做，有赚的事就干，模棱两可的事干不得，老子几十年就是这样走过来的。干不得的事，情愿不干，有钱放在那里不会生虫。私人企业，不到万不得已，别向国家银行伸手，还得起才去贷款，还不起别想，情愿自己垮了。"

他又分析，虽然转让企业花销不多，背的债务不说，但安置职工这个包袱就吓人了。那些长年享受着公有制优越性的工人阶级，国家政策又多，他们是按等级领薪，不是按劳动付出领薪，你私人怎么与他们纠缠得清？这还是黄世友探亲回家时，与黄正梦摆谈他们厂里的情况，了解的一点常识。私人企业在当时的社会环境，用农民工好办，只要专心学技术，凭劳力、凭技术，我不亏待你，干得着你就干，干不着走人，农村那么多青年找不到活干，有的是劳动力。况且那些老厂的产品加工、市场销售，不懂的人是没法做的。

这条思路被老爸堵住了。

后来，改制无法进行的国有企业就拖到破产了。也是老二的点子，把县办的乡镇企业，一个千多人的棉纺厂，在法院拍卖时，举牌3000万买下了。这个厂，地方用土政策，加大棉花种植计划，耗了上千个地方干部的精力抓棉花生产，拖欠银行上亿元的贷款，年年免税，最终以破产结束了它近10年的寿命。

花这么大笔钱买这个厂，儿子们把老爸说服了。黄正梦盘算了一下，他图的就是地盘与厂房，纺织行业不懂，把用不着的设备卖了就是。自己的企业要扩大，用得着，儿子学畜牧专业的，正准备筹办兽药厂。乡镇企业没有人员包袱，用得着的用，用不着的不负责安置。我就买它的厂房和地盘，比自己买地、修房更划算。

后来县酱品厂无人兼并，只有破产。在竞拍中，花600万元买下了。占地60亩，将厂房改造后办兽药厂。占地160亩的棉纺厂，因离城里近，儿子要搞房地产，黄正梦没阻止。只是对本村的企业职工要实行优惠购房，睸牛村打工的200多人，就有近200人购了房，当时市场售价600元一平方米，睸牛村的人买，就400元一平方米，这是董事长的命令。结果睸牛村80%的农户都买了房。

儿子兴立不服气，问老爸："我搞房地产业是经营企业，这样我就得少赚近千万元，不讲效益，我干这项目作甚？"

老二也来电话说："老爸，你出手太大方了，不然下一步咋办？"

黄正梦说："你办企业，本来就有剥削，就少剥削点，反正地盘是国家的，你收回成本就行了，都是本乡本土的。我当书记，就是为本村的村民着想，让大家都有好日子过，你们心里就痒啦？当年你奶奶修草房，不是乡亲们帮衬咱们，还没你们呢，别忘了本。老子就是这个德行，不说了，按我说的办。那么宽的地盘，有你赚的，就是睸牛村的人买房，你们不能赚，我是他们的支书。他们没好日子过，我丢不起这个面子。"

儿子就干脆把这个小区取名为睸牛石小区，把老爸高兴得说："老子为全村办事，你也得想到睸牛村。"在小区内还修了三栋别墅，是儿子留着自己用的。在别墅前用石头和水泥塑了一个睸牛石，与睸牛村那块石头的模样、大小差不多。动员老爸搬家，就是请不动。

后来兼并肉联厂的老板不懂猪肉市场经营，卷钱跑了，这教育了他的儿女们。21世纪初，儿子的企业资产近亿元，后来达几个亿。儿子的企业做大了。都是一步一个脚印，有多大资本做多大的事，常记着老爸一句话："万一经营不了了，只要不负债，停了就是，有钱过日子就行。"

又遇上中央发展工业，反哺农业的政策接二连三出台了。就像1980年代初，中央几个一号文件推广联产承包责任制一样。不仅上缴的各种杂费取消了，连农民应缴的“皇粮”、国税也免了，反而农民种粮还有补贴，退耕还林也有补贴。农民高兴了，黄正梦这个书记好当了，村里一些事务，还不够黄卫兵一人跑。几个老党员过组织生活，泡着茶，抽着旱烟，摆点大好形势，加一些闲龙门阵，茶钱、饭钱黄正梦包了，久了，大家都说该吃老板。好多党员不叫他黄书记，叫他黄老板。这时他才无意识地回味1990年代，农民与地方政府较劲就是一个“钱”字。农民穷，没权，镇政府也穷，但有权，所以农民较不赢镇政府。

如今农民不上缴了，镇干部没啥事干了，吃工作餐的机会也少了，与农民也少有往来。只有村组干部还贴近农民，黄正梦除了常与几个老同学喝茶，有时也做点农活，有时又去各队找些老哥子、老嫂子吹点闲话，给别人解解心里不愉快的事。有时干脆饭都不回家吃，在老哥子家里喝点烧酒，摆龙门阵。这样全村哪家哪户的事，他了如指掌，哪里有吵架纠纷，只要他在场，几句话摆平。半生沉默寡言的黄正梦，老了反而话多了。自当支部书记后，与人交谈，相互沟通了感情，自己有不愉快的事，在沟通过程中自然就消了，心情愉快了。比过去青壮时，遇到事总是自己磨脑壳敞亮多了。如果要他不当这个书记，他真还不习惯。别人说当官有瘾，他真的有瘾了。但他不是图利，而图的是有人交心、散心、摆龙门阵，因他的工作就是在摆龙门阵中解决的。在睏牛村，他就像花椒面、五香粉，在人际关系中调剂着，使全村老少爷们、婆婆嫂嫂们相处和谐，都有安乐的日子。

他有钱，除了城里的住房，他完全可以再搞些全村的福利事业。但他不太赞同电视上宣传的，村里办太多的集体福利，把什么事都包揽了，搞平均的文明村、小康村。他要鼓励人们劳动，自己找吃，不要依赖。只要你勤劳，遇到困难，村上或他人扶你一把。要有点悬殊，人才会奋斗，不然要毁了一代人。比如像王正才那样的人，好吃懒做，望着政府照顾，他绝不同情，你上面要照顾他是上面的事，我按政策不少他一分，就算对得起他了。他还教育乡亲们，不要忘了国家，如今免了“皇粮”、国税，是党和政府对农民的关心，以后国家需要了，我们还是要自觉缴，这是千百年的理。

他不懂孔孟之道，也不懂马克思的理论，只听上面的政策。凭他大半生对人生的体验，因果是有报应的，多做好事、善事，少结怨，不记仇，处理人际关系。他遇到好多难事，就是这样过来的。他也按这个简单原则，当这个支部书记，让他当得这么轻松。

如今免去了农村的各项收费，干群关系缓和了。如何摆脱农民的贫困被党中央摆上了议事日程。要摆脱传统的小农经济的经营模式，要搞规模农业，实现农村现代化，搞小康村建设。中央又出台了许多好的政策，诸如退耕还林补贴，种粮补贴，土地使用权几十年不变，还可以有偿转让，下放林权，谁栽谁有几十年不变、政府补贴，搞村村通的道路建设，鼓励农民到城市安家落户，推进城市化进程，减少农业人口。要搞规模农业，虽然有了好的政策，但资金、技术、项目、流通、市场，对于一个偏远的乡村来说，不是一个号召就成的，这可难倒了镇、村干部。新中国成立几十年以来在农民头脑里烙下的陈旧观念，要改变它，不是那么容易的。各地树样板，引进资金项目，财政补贴，搞现代农业公司，加以引导。这让讲究实际的黄正梦与急于邀功请赏的镇干部，又产生了不愉快的情结。这主要是由于黄正梦的心结所致。

第二十一章　回归

一场梦醒来，黄正梦起床已是半下午了。

他还带着几分酒意走出大门，揉揉眼睛，火红的夕阳照着一片生机的黄家湾。门前的水泥路连着各家小洋楼，楼前成片的柑橘林，饲料厂停办后，又重新整枝、换桩，嫩绿的叶片又显得十分茂盛，柑橘的花香沁人心脾。堰塘两排柏树茁壮而立，显得更有精神。楼房上的电视接收杆，立了又换锅盖，锅盖撤了又换成有线电视，标志着现代化急促的步伐。唯一没变的，是已近七八十年的两间老屋。

他望着黄家大院孤零零的两间保管室。一间是他祖先的牌位堂，一间是他爷爷和他父母两代人住过的卧室，也是他呱呱着地来到人世间的地方，后来成了村的办公室、生产队的保管室，在那里，他受过惊吓、流过泪。再后来他花钱买回来做自己作坊，成了他发财的发源地，如今又空着了。比起两边的小洋楼它显得苍老，办饲料厂时粉刷了的墙面，迎着夕阳光彩照人。在作坊左边的竹林旁，两堆黄土埋葬着自己的父母，荒草萋萋，虽然逢年过节，奶妈、妹儿、哥嫂去烧点香、蜡、纸钱，祭拜，但从未整修过，仍然显得凄凉。两个亡灵守在那里保佑着后人，在困苦中挣扎、崛起，儿孙们就不敢为亡灵整修阴宅。儿孙已有好几个共产党员了，就分不清该不该为你做这件事。你们不仅不怪罪儿孙，反而保佑儿孙们一路好走。儿孙们按如今土地使用权可以买卖的政策，不说继承你们的事业，就是把睏牛沟的1000多亩土地的使用权买完也不成问题了。想着，走着，不知不觉他已跪在了坟前号啕大哭。哭声是那么凄厉、悲切，不说惊动了湾里的人们，就是片片竹林，也低着头随微风摆动着，片片柑橘树叶，随微风沙沙低泣。唯有阳光抚慰着黄正梦的背，暖烘烘的。

被惊动了的，不管是黄氏家族的、外姓的，都围了过来。第一次看到黄书记跪在自己父母的坟前，大家摸不着头脑，只是劝，越劝他越是哭得厉害。只有上午参加会议的黄世朋、黄正才、曲仁海知道一点底细。好多人都以为他中邪了，是他老子把他降住了。

“有啥嘛，不干就不干，他把球给你咬了。气也没用，伤身子。”黄正才用力拉他起来。

曲仁海劝他说：“他二老走了几十年了，你伤心啥嘛？这坟早就该整修了，我又不好对你说。你既然心愧，就好好把老人的阴宅风光一下，不就对了？快起来。”

妹儿也来跪在了坟前，陪着他哭，嘴里叫着：“媳妇不孝，媳妇不孝……”一头栽倒在荒草里。婶子、嫂子们来拉她，也哭成了一片。

黄世朋手持梨杖，拍着黄正梦的肩说：“自己的事自己做主，事到如今了，还怕个啥？伤心有个球用。”

还是奶妈来，也老泪纵横，向亡灵通明：“梦娃他爸、他妈你莫怪梦娃，有啥想不通的，就怪我，以后我来陪你们谢罪。”同时像哄孩子一样，拉着黄正梦的手，才制止了这场悲剧。乡亲们牵的牵、扶的扶，才把三个年龄不等的老人扶回他们的小洋楼。

这件事引来许多闲话，但都是好心的议论。

“在湾里、城里修那么多的洋房，早就该把老人的阴宅整修了。”

“黄二哥不知咋想的，开门就看见老人的坟，就看得下去？”

“可能是老子发气了，把他降住了。”

“他那么聪明、那么心善，不会出事的。”

回到屋里，奶妈才问：“梦娃，你怎么了？”

黄正梦说：“他们要我当地主，我就想到我老爸、老娘好冤枉哟！他们就没遇到好时候，那时他们才多少田土哟！如今不说黄家湾，就是全村的土地我都买得起了。一想到，不知不觉就去坟前哭了。”

“不哭，梦娃。哭没用，不如把你老爸、老娘的坟重新修一下，趁我们还未闭眼，把这件事办了。其他我不管，这件事非办不可，不好说，就推说是我要办的，我这把老骨头没啥！”奶妈劝着。

“要办，一定办好。”黄正梦下决心了。

妹儿还抽泣着，说：“我不想进城了，就在这里守着他二老。”

奶妈责备说：“你说傻话，有我陪她们。城里的曾孙，你不去带谁帮你？自己的娃娃自己带才放心，啥子保姆，只能当下手。梦娃他妈，梦娃小时把他管得好细，我还没学会呢！”

说着说着，就把话扯到一边去了，暂时冷淡了这件伤心事。

第二天，黄正才陪着黄正梦照样去街上村办公室陪老同学喝茶。一进屋，晋书记劈头就问：“你昨天咋了，几十岁的人了，就控制不住自己了？”

黄正梦不好意思地说：“好事不出名，坏事传千里。你知道我咋个了？”

丁大全说：“今天一早，你们队就有人对我说，要我好好劝劝你。”

黄正梦说：“今天来就是想对你们说点心里话，帮我拿个主意。”他把昨天镇上董书记去黄家湾开会，要他提领口，把黄家湾的土地集中搞规模经营的事说了，也说了自己的想法。

黄正才说：“不说农业项目，要说规模经营，生产队时就是规模经营，大家出工不出力。过去地主也是规模经营，又叫剥削。究竟哪个对，懂不起了。想叫梦老弟来统一，又搞规模经营，这不是为难人吗？”

他二人听得是那么认真、仔细，不时插话。

丁大全说：“你的想法是对的。不在规模，在项目。集中土地种粮，与分散种粮，都提不高产量，没啥意思。况且种粮不是图钱，图的就是吃粮。我给你粗算一下，一亩地就算一年产一吨粮，不过2000元。如果你将其集中起来经营，一亩地使用权转让费800元，种子、肥料、农药等成本算200元。如今没有五六十元一天，你请不到人。一亩地算20个工，不多嘛，要多少工钱？摆起的账，就得倒贴本。就算你黄老板有钱贴，别人不说你剥削，会说你抠得很。”

黄正才说：“本来我们种粮就不图钱，图的就是粮，农民手中无粮，是天大笑话，只有那个年代才会出现。才吃了几年饱饭，搞结构调整，再怎么调，多数农民都得种粮，钱少点，但手中不能无粮。中央都在鼓励种粮，下面的就叫你种粮，球经不懂。种粮不在搞不搞规模经营，农民自己会算账。粮价涨一点，城里人收入那么高，还闹翻了，农民就无所谓，还会增加一点收入。如今也搞点种粮补贴，中央的心就摆平了。”

晋书记说：“理他干啥？如今的年轻人，就赶形势、图面子、搞花架子，好升官。他哪会帮你算账？亏了是你的，赢了，好处就来了。不干就不干，他会把你吃了？你这个支部书记早就不应该当了，喝清茶不好呀？六十几的人了，你在图啥？”

丁大全又说：“我在电视上，也注意着他们推荐的典型，有一户花了几十万元把农民分散的几十亩果园租下来，究竟有多大搞头，我们村果园多的是，大家心里都明白。有的郊区搞旅游农业、观光农业，倒是个办法，但远离城市的睏牛村行吗？北方一家集中几十亩，甚至上百亩地种粮，搞的机械化，用工少，赚的是工钱，我们这里行吗？我们这里种地不可能搞机械化，种粮不是图钱，图的是吃。找钱，在保证吃粮的前提下，去搞多种经营或打工。我本钱少，我也曾经想过这事，就是找不到符合本地实际的项目。还有，就是有的地方搞合作社，不像50年代的合作社，就像你们二队80年代搞苗木经营一样，土地各家自己种，产品统一销售，品种、技术统一，提领口的统一收取经营管理费，与你那时一样，关键也是在项目。说合作社，你早就搞了，只是分配形式与生产队、地主经营时不一样，只不过没取规模经营这个名罢了。”

黄正才说：“经营果树苗，如果说是规模经营，你们上面那时又用计划来卡人，如今又来，不是脱了裤儿打屁，多余了。”

黄正梦说：“这些我明白。我也曾想过，就是贴点本也没啥。不图这头图那头，我儿子的企业，好多工人都是睏牛沟的，把全村的土地与企业套起来，解决工人后顾之忧，那里赚了钱，贴这头也划算。问题是，我想到我老爸，我就不想当这个地主。什么土地使用权和所有权的买卖，有啥区别？就是名称不同罢了。照理解放前的土地所有权并不是地盘所有权，因地盘是国家的，用的是地盘使用权，才要缴税。如今的使用权，土地是国家的，还不是照样缴税？只不过这个税，目前国家让给了农民。如果国家不让税，还不是经营者缴？与解放前也差不多。要说如今买地比解放前买地还便宜，政策允许不需一次性缴付，还减少了土地使用权所有者的压力。按我娃娃现有的资本，把全村的地买完也不成问题。全村就1500亩地，一年一亩地给800元的土地转让费，就100多万元嘛。扣除免缴的农业税，花不到百来万元就可买1000多亩的土地一年使用权，50 年也不过几千万元。想到我老爸新中国成立前买几十亩地种，还不到 50 年，解放后赔了两条人命，我买来干啥？今天是老同学，我才说掏心窝子的话。”

“啊，原来老同学的心病在这里。有今日何必当初？好办，不干，就一了百了。你气啥？几十岁了，你也不一定能看透以后的发展，还是喝我们的茶。”丁大全说。

晋书记说：“过去土地是你私人的，如今土地是公家的，给承包费，相当于租地，鼓励你租，不是买，应该没啥问题。”

丁大全说：“你说租，‘土改’时，也有租地种被划为富农的，照样是专政对象。比如你们组的曲仁海就是佃中农，我们四队的杨宗堂，自己有十来亩地，又租了别人 30 多亩地种，因请了长年，就被划为富农。租和买还不是一回事？租和买都是使用权的转让或买卖。”

黄正梦说：“丁同学说得对，我只在所有权与使用权上去想，还有个租与买的问题。管你啥子权，关键是用，租用和买使用权都花钱换，就是个买字。地宽了自己种不了，就得花钱请人，按‘土改’的说法，就是剥削。我老爸花钱买地用，花钱请人种地，剥削了他人，被划为地主，丢了命。要我花钱买地用，鼓励我请人种地，照那时的理，也是剥削。如今还说带动大家致富，未必如今的理变了不成？要知道马克思主义仍是我们的指导思想，核心是消灭剥削，说不清呀！”

晋书记说：“你还专得深呢，马克思的书你读了？”

黄正梦说：“书壳子咋样？我还没见过呢。这是你们这些老党员教育的，马克思讲的就是消灭剥削和压迫，你忘啦？”

丁大全说：“说剥削，如今地方的国有企业都卖给私人了，农民进城打工，想让别人剥削还找不到主呢！要说你娃娃就在剥削，政府还鼓励呢，扩大了就业，如今大学生都找不到工作。如果照那个理，私人企业是剥削，国有企业也是剥削，大哥不说二哥。”

黄正梦说：“办企业买机器、修厂房都是私人企业所有，花钱买的仅是国家地盘使用权。农村的土地还要分个所有权与使用权，其实土地与地盘，山林与地盘是两码事。历朝历代地盘都是国家的，所以要缴皇粮、国税。土地与山林是祖祖辈辈劳动汗水的积累，也像机器一样，可以用钱来交换，买卖所有权，同时转让地盘使用权，你拿到地盘使用权，就得向地盘所有者缴纳皇粮、国税。如今只卖使用权，相当于租用，哪个愿意投入？投入了又不是自己的。”

丁大全说：“就是，土地的投入，不是一朝一夕的事，不像买机器，回报快。土地一次性投入太多，几年收不回来，但投入进去了，效益是长期的。它的保养与机器一样，我管过村的农机站，这点道理我了解一点。你再怎么在延长使用权的时间上做文章，别人也不会投入，最多在保养上做得好一点，就不错了。”

晋书记说：“难怪农民想离开土地，90 年代初，县城的户口 7000 元一个，我一个表哥就为儿子买了一个。又花钱跑关系，在县的一个省属企业拖拉机厂找到一份工作。如今，厂又垮了，已 40 来岁了，手艺也没学到，找不到工作。想把户口再迁回农村，还得倒花几千元，没钱了，只得吃点‘低保’度日，好可怜，这不是捉弄人吗？管他所有权、使用权，还是有土地靠得住。”

丁大全又说：“你说来也是，我们村的农民就说，还是黄书记有远见，帮了大家的大忙，卡住他企业的农民工不准撂荒土地。如今不上缴了，又整对了。其实这个点子，还是晋同学的，就不晓得感谢晋书记。”

晋书记说：“算了，那些道理扯不清。还是说眼前的，好事做不完的，你何必操那份心。邓大爷说了，资本主义社会主义都不要争，过去的事邓大爷都不好说，你计较啥？看眼前，经济发展了，干得着就干，管它是黑猫白猫，咬得着耗子就咬，咬不着了，就让小猫去咬，该老猫休息。”

这几句话，把黄正梦的心结解了。丁大全说：“今天中午我坐庄，不吃黄老板了。”

晋书记也附和着：“该啃大会计一顿了。”

丁大全的家在农机站的对面，早已由平房变楼房了，临街四个铺面，上面两层楼，底层是铺面。他们上了二楼平台，丁大全老婆与媳妇看到客人来了，忙在平台上摆好茶具，请他们先喝茶，等一会儿，酒菜就上来。

晋书记又接着话题说：“现在打着规模经营的幌子，搞农业项目的骗子多的是，政府上了当，还是照整不误，就是当官的图个面子。县上有一家养鸭的农业公司，通过大官不仅县财政无偿地支持了几十万元，而且拉了几千万元的贷款。说是养的法国番鸭，在全县推广，你们看到过一只没？省长来视察，每次都是那几十只，拍了新闻就走。当地人说，那几十只鸭儿都成了省长的仪仗队了。”

丁大全也说：“你说的不错，我舅子对我说，他们那里一个外地来本地办养羊场的，套得财政支持，修那么大的圈舍，一只羊都没喂。大官来了，就由政府花20元一只去租农民养的山羊做排场，当官的参观后，各人去牵回家。”

黄正才说：“我二媳妇说，她家住村在阳河江边，离县城几公里，一个重庆老板来租了1000亩地，搞规模经营，加旅游，还要政府花100多万元给他修一条水泥路，作为条件把他引来。政府到处宣传引来了外资搞农业项目，结果没搞出个名堂。几年了都不给农民转包费，骗了政府几年的财政补贴好几十万元，跑了。”

黄正梦说：“如今的一些干部还不吸取90年代的教训，中央那么好的政策，到他们手里就变味了，为啥这个恶习就改不了？始终与种地的人不是一条心。难怪种粮食的补贴，上面要派工作组监督，直接发到农民手上。看来上面拿他们也难，有的事又离不开他们，有的事对他们又不放心。”

晋书记说：“不是变味，怎么出那么多贪官呢？我就没想通，以公有制为主体，县以下哪有一家公有制的企业，破产的破产、卖了的卖了。农村土地使用权私有化了，政府不惜花钱扶持规模经营。难怪那些搞规模经营的多是骗子，骗了政府的钱就隐身了，谁想正儿八经地当地主？同时已说明过去的公有化不行了，还讲公有制为主体，懂不起。”

黄正梦说：“你都懂不起，我就更懂不起了，所以我不敢当地主了。儿子成了资本家，未来的路我也说不清，只有碰运气了。”

丁大全说：“天下大事，分久必合，合久必分。儿孙自有儿孙福，你算得到哪一代？管他啥子化，肚子饱了，能消化就是好事。黄同学你那么多钱了，你都消化不了了，人已到黄昏了，还贪图个啥？平平淡淡陪老同学喝茶，莫自找烦恼。”

摆着龙门阵，丁大全的老婆很会招待客人，一小竹篮子带壳的煮花生、一大碗盐水渍的胡豆、一盘猪耳、几个盐蛋、一瓶泸州老窖，就摆上了。

晋书记透露了个信息：“听说如今要招聘一批村官，大专毕业没找到工作的，都可参加考试，一个月八九百元的工资。老同学这回可脱身了，你别恋战哟！”

丁大全说：“一会儿海选，一会儿招聘，还是官，懂不起。我们过去才多少钱，没干好呀？你晋书记摸到良心说。给近千元的工资，与乡干部差不多了，1000 多人的村，就找不到一个村官，没人干呀。现在没人干，就因你补贴太少了嘛，谁愿为你卖命？”

黄正梦感慨地说：“我这个村官是贴自己的钱干的，黄卫兵这个村长，你给他 1000 元的工资，他也会干呀，说不定还干得好些。”

一直很难开腔的黄正才说：“不干也好，不像梦老弟，他才没本钱来贴呢，累死不讨好。那年不是梦老弟要他干，他才不敢想呢，都是看梦老弟的面子。”

晋书记说：“而今要年轻化嘛！”

丁大全说：“那队长就该儿童来干了。”

四人也不相互劝酒，只是边吃边摆龙门阵，中途一碗清汤面，整整吃了一下午。黄正梦未入党前，常是夹着尾巴做人，社会接触面很窄，有啥事常闷在心里。入党后，特别是当了书记，接触的人多了，但面对群众，有些心里话不好说，一是群众多数不懂，二是怕说走火了，影响党的威信。接触上面的领导，更不敢说，只有这两个老同学，又是老党员，才敢说掏心窝子的话。因年龄相当，都老了，社会上的事也看淡些了，说话才投机。在阶级斗争年代，都没拿同学的话垫背，去争取进步，何况而今？今天一席话，让他得到了安慰。

回家的路上，黄正梦对黄正才说：“老哥子，看来我这个书记不能当了，卫兵的村长也可能当不了多久，我有些对不住他了。”

黄正才说：“话不能那么说，他年龄也不小了，不当也好，我俩爷子把家里的责任地种好，好让孙子、孙媳们安心在立娃厂里做事挣钱，反而我一家人的日子还好过点。原来看到你既要办厂又要当村支书，太累了，你要他当村长，你私人拿几百元一个月补贴他，要不是帮你，我才不要他干呢！我家祖辈就是守着土地过日子的，参与人世间的是非没啥意思。”

黄正梦心情愉快地回家，奶妈、妹儿看到他脸上的愁云散了，也高兴了。

摆了一天的龙门阵，第二天，黄正梦的辞职请求书递给了乡党委。又找不到合适的人选接替，董书记以为是在逼他，就放在那里不问。不到一个月，县上分给环溪乡两个村官，正好合意。乡上管党务的副书记找黄正梦谈话，几句话就打发了。三天就交替工作，这个村官还不是党员，也没经过村民选举，就以正式村长身份接替了海选的村长黄卫兵，这事只有黄卫兵本人知道。村党支部书记暂时由乡上管党务的副书记代理，也没开支部大会，就黄正梦一人知道。由村计生专干朱天华带着新上任的村官，去各队与队长和村民见面，本来就没太有民主意识的农民和基层党员，也无所谓。只是各队的队长问了，黄书记、黄村长咋了？回答是他们年龄到点了。不懂法规、更不懂党内规矩的农民，对1950年代初丢胡豆式选举的人，死的死了，老的老了，后来几十年，大小队干部都是任命的，也习惯了。1980年代末，90年代初，普法时海选村干部，就那么一两回。所以去各队公布新村长，农民也没话说。

黄正梦虽然自己没什么想法，但觉得这样接替的办法不符合党内规定和有关法规，就想找老同学晋华香摆一摆。一天他去乡干部宿舍，他从未去过她家，问到二楼，一敲门，恰好晋华香在家。一开门晋华香就笑着说："啥仙风吹来了，你敢进我的屋?"

"有事想找你谈谈。"黄正梦说。

开门就是客厅，晋华香急忙请坐，给他泡茶，嘴里说："今天就我一人在家，随便说。"难怪她不关大门。他坐在沙发上，把村干部交接的方式说了，谈了自己的看法。晋华香说："如今的年轻人懂啥规矩，过问他老屁，不在位了，就没问，摆其他的话题。你想不通，你们村好多老农还想不通呢，为啥黄书记就不干了？说黄书记老了，黄村长就没老呀!"

正当他们在说话时，楼下闹翻了，进出办公楼的人、打扫卫生的、打开水的、搬桌椅的、喊人的，忙成一团乱麻似的。有人吼着："快去找董书记、陈乡长回来，市里有个副书记要来视察。"

阳河县区划调整后，属于江阳市管辖，晋华香说："我在位时，一个省里的副省长阴悄悄地就来了，书记不在家，我也接待了。那些领导谦逊得很，特别是对基层干部。"

黄正梦说："我见到最大的官就是县上的刘书记，那个人才平易近人，没官话，办事性急。"

晋华香说："他是我参加四清时的工作队队长，我了解。为人谦和、关心人，那时我做错了一件事，哭鼻子，他不仅不批评我，还安慰我要多学习。久了就会了。"

他们摆着，下面热闹了，他二人走出门口，站在阳台上看是哪位大官来了，这么威风。见一辆白色轿车开进了大门，董书记、陈乡长早就候在那里了。车停下后，前排的秘书先下车，给后排当官的开车门，走下一个近40岁的人，背朝着黄正梦，好眼熟。秘书向等候的人介绍；“这是新来的黄书记。”乡上的人给领导介绍了董书记、陈乡长。当这位黄书记抬头与乡领导握手时，黄正梦傻眼了。这不是老二吗？他怕儿子看着，马上进客厅去了。晋华香跟了进来问：“你怎么了？见不得官呀，把你吃了不成？”

黄正梦哭笑不得，笑的是娃娃有出息，哭的是这么大个事，也不给老子打个电话来，把老子弄得这样尴尬。早知你戴了官帽回来，我好好把你奶奶、爷爷的坟整修一下，别个说光宗耀祖嘛！他吐言不清地说：“那是我老二。”

晋华香惊奇地问：“你娃当那么大个官，你都不给老同学说，怕我沾你的光呀！”

黄正梦说：“我也不知道，只晓得他在省政策研究室当了个处长，我哪知道他就是官了？”

“处长就相当于我们县的书记呀，宰相府内八品官，你知道不？”晋华香说。

“我该走了，回家去。”黄正梦说了就起身要走，晋华香也不留，就送他下楼，出大门。

他在街上买点东西，儿子回来了，总该准备点啥。他刚走出商店大门，那辆车经门口过，往上场口驶去。等他走到家门口，老房子前的院坝已停着那辆车，他知道儿子回来了。他进大门就看见儿子与婆婆和他妈说话，另两个年轻人坐在院坝喝茶。他一进堂屋门，不等儿子招呼，就发气说：“你好气派哟，当官了，弄得乡上乌烟瘴气的。”

娃他妈说：“当官了，好大个官呀？”

“县大老爷他都要管。”黄正梦回答。

黄兴龙莫明其妙地问：“老爸，我哪里不对了，你说嘛！”

“你变动了工作，也不给我打个电话，你要回来，也不打个电话。你要回来，跑到乡上去洋啥子，生怕别人不知道你当官了，弄得乡上为迎接你这个大官，忙得不可开交。”老子一顿数落。

兴龙明白了老子发的什么气，就解释说：“我是一个星期前才得到通知，前两天才去市里报到，今天回省里交接工作，市里的车子送我回去，顺路回家看看，谁知办公室就通知了县上和乡里，我不去打个照面咋行？就这么几天，我要回来的，何必打个电话。做得不对，你批评就是了，何必发气呀！”

听了儿子的解释，他的气就消了大半，就说：“老子就见不得要架子的官，共产党的官是为人民服务的嘛！办公室也是多此一举，以后好好说说你身边的人。你们快去准备午饭，等他吃了饭好赶路。”

孩儿他妈马上就去厨房，婆婆和黄正梦陪儿子说话。儿子说：“老爸，婆婆说那天你在奶奶、爷爷坟前哭，是为啥?”

黄正梦说：“没啥，我想通了。就是那个球经不懂的董小伙，要我把黄家湾的土地搞集中经营，我给顶回去了。”

婆婆说：“干不得，你爷爷、奶奶就是教训呀!”

黄兴龙说：“好事一桩嘛，有啥不可以?”

黄正梦说：“你懂个屁，还好事一桩？关键在效益，集中种粮与分散种粮，增加不了效益。没有好项目，集中者舍本都不说，何苦再戴个剥削的帽子，白花精力。”

黄兴龙说：“搞规模经营是为了提高土地的效益，这是政府鼓励的，不过没效益的事就不干，要实事求是，结合本地实际。搞规模经营不在土地集不集中在一个人手上，那几年你们搞苗子，也算规模经营。关键是项目，如果需要集中在一个人手上，国家有土地使用权有偿转让政策，也允许。问题是效益，哪个资本家、老板不讲效益，不赚钱，谁愿干？不过‘剥削’二字就不要说了，如今那么多私营企业、国有企业，国家鼓励多招工、多就业，讲的是社会效益。如果说私有企业是剥削，那么国有企业也是剥削了，都是国家统一的法律法规。你还没把邓小平的话懂起。”

黄正梦说：“我服了你娃娃，照你说，该给你爷爷、奶奶平反了。”

“我们党早就给他们摘了帽了，不然我们能入党呀！我能当共产党的一个市委副书记？你还拿着老皇历翻呀，不要小心眼。”黄兴龙的话也说得实在。

黄正梦听了心里高兴，娃娃说的在理，不是官话。于是他就说：“黄家湾这片土地，不管集中或分散经营，不管社会咋变，土地属公有还是私有，这湾人都得靠它过日子。多年来缺少培植，地越来越瘦薄，集体是个空壳了，无力整治。我想，让我贴本当地主，还不如我花这个钱，用机械搞，发动大家出点力，把塘堤、河沟、土埂、河堤整修一下，为这一湾的后人造点福，创造点劳动、生存条件，钱这个东西生不带来死不带去，反正都是乡亲们来厂里打工，相当于我帮他们积累起来的，为大家办点实事，不知你们意见如何?”

“上面也有这个思路，就是国家财力有限，我没意见。”

“我想顺便把你爷爷、奶奶的坟整修一下，行不?”

“还问我，早就该做了。不过，不要搞得太豪华了，就按湾里一般百姓的模式办，适当地好一点就行，我相信他二老不会怪罪的。你看电视里的‘乔家大院’，还编成电视剧放，学习徽商艰苦创业精神呢！其实，你那两间老房也该整修，保留原样，也错不到哪里。为了不造成影响，我就不参与了，我想，你是懂的。”黄兴龙毫不掩饰自己的观点，他看穿了老爸的心，他老人家辛苦一辈子，为这条沟造了福，老了只要他心情舒畅，就说了这些话。

这是黄正梦万万没想到的，儿子这么开明，他没话说了。

这天，老大回来了，还带着一个50多岁的老头，一进门，儿子就介绍说，这是欧阳老师，我请他来帮我参考整修爷爷、奶奶坟的。黄正梦一看就明了，这是个阴阳先生。孩子他妈急忙泡茶，兴立说：“老爸，整修爷爷、奶奶的坟的事，老二电话给我说了。这件事我来办理，你参谋就是了。”

儿子说完就领着先生去看坟，这个先生站在那里，东张西望地把整个黄家湾看了个够。一看坟，他就知道过去的事样，并说：“这包坟是在非常年代埋的，福人福地啊，别动。你要整修，在周围安点基石，‘三三幺石头’，不要超过三层，前面高一点，坟上再垒些松土，坟前立个碑就行了。可惜那个屋基，过去是哪家的？前面堰塘那几株柏树别毁了，是风水啊!”

他们看了，儿子就领着他回县城去了。临走时，儿子说：“老爸，碑文你思考一下，我们年轻人不懂。老二说的整治这湾土地一事，我没意见，你是董事长，你安排。不过不要急，要好好规划一下，加上目前资金调度还缓不过气来。”

黄正梦好高兴，如今的年轻人，才不管你封建不封建，比老子的思想还解放，自己还怕这怕那的，常想着自己是共产党员，要给百姓做个榜样，就怕人说你封建思想。碑文自己从未研究过，就漫步去黄家老坟山，看看老前辈是咋样写的。他在乔木林里、簇簇荆棘藤里，折腾了几天。几块残缺不齐的碑，文字早已模糊不清，把几块碑的文字东拼西凑，仍然拼不出一个完整的碑文。他自然想到丁大全，他当了几十年的文书，见得多，同学中就他有闲心去看些怪眉怪眼的歪书，吹一些怪龙门阵。

过去他们常在村办公室喝茶、摆龙门阵、谈公事，如今自己不是公事人了，不可能去那里。好几天不见，也很想他们，顺便找他们摆一摆。去到丁大全的门面，问他嫂子，说人不在，不知去哪里了，派人去找，要他喝茶等一会儿。他坐下，香喷喷的茶刚冲好，董书记路过，老远就热情地招呼："老书记，好久没见了，为何不去乡上走走？我得罪你了，你大人大量啊！那天黄书记来，饭都没吃就走了，太不好意思了。"

"哪里哟，你们忙，我不好打扰。晋书记在乡上吗？如果在，请你告诉她，我在这里喝茶。"黄正梦回答说。

"好嘛！你干脆去乡上坐，今天我请客，难得请到你。"董书记讨好地说。

"不用了，我还有事，想与她说句话。"黄正梦拒绝了。董书记走了不久，丁大全回来了，走进铺门就说："老伙计，你哪里去了？好几天没见，好想你啊！如今没窝了，就打散了，老鸟各投林啦！"

黄正梦笑着说："就是，人老了，几个老朋友越来越离不开了。可不可以重新约一个地方？"

丁大全说："可以。我看就在我这里，你那里远了点，买点啥也不方便，晋华香那里，在别人眼皮下不好，地头也窄。村的铺面与我的铺面都由我儿媳用着，经营你的饲料，老板还是你。不对，我们腾一个铺面，作为我们的茶室，也该清闲了。"

黄正梦说："要得。茶水钱、饭钱、酒钱，记个账，给我儿子说，在你回公司结账时扣除，免得争个你坐庄我坐庄的麻烦。你知道我是不爱揣钱的。"

丁大全笑着说："好，老板说了算。"

正说着，晋华香也来了，就说："你们在笑啥？"

丁大全将刚才约定的事重述了一遍，晋华香说："可以，我再约几个老同志来，三天两头，各人来这里坐坐。那些茶馆，都是打麻将，没我们坐的地方，在这里都好清闲地吹壳子，吃饭挣钱嘛！"

黄正梦说："说干就干，就将靠边的那间你收拾一下，不讲外表，就用拉饲料的车顺便从城里拉几套软椅下来，还是要图一个舒服。不影响你的娃娃开店挣钱啦？"

晋华香说："坐久了，还是竹椅好，人老了，太软了不好。我们公薪干部，退休了，多活一年就多拿一年政府的退休金。"

黄正梦说："还是你们公薪干部好。软椅、竹椅都要得，一样搞几张。我今天有个事，想请你们帮个忙，用用脑。”

晋华香说：“就你事多，还是问题不少。你闲一闲，要得不?”

黄正梦说：“我大儿子要把他爷爷、奶奶的坟维修一下，想立个碑，儿子叫我拟下碑文。我想了好久，仍想不出个名堂来。你们都比我见得多，就求教了。”只是关于整治黄家湾土地一事，没做成的事、没把握的事，他是不提的。

晋华香说：“早就该修一下了，我去你们队，社员都指给我看过，怕你伤心，我就没对你说。都要削为平地了，在一个竹林旮旯里，该换个地方了。我看了好多地方，现代立的碑也简单，中间正文，就是某某的墓，上首写明出生年月日和去世年月日，下首注明某某立，就行了。古碑的正文，不外乎是先考、先妣，落款也一样。就是碑楣几个字，两边一副对联，有的读都读不懂，还是参考现代的好，有时代信息。”

丁大全说：“想不到你还内行呢，佩服。其实，我也早就听人议论了，儿子挣那么多钱，把老子甩在那阴暗的角落，为啥就不管一下？我这话重了，你别怄气，我赞同你儿子的做法。”

他想了一会儿，又说：“我看就来个古今结合，正文就来个先考黄世善、先妣黄杨氏之墓。楣文来个‘德荫子孙’，符合他二老，这是我听我老爸摆过他们的事。左联‘善事一生嫌不够’，右联‘勤劳多苦有甘甜’。这对联，我是针对你一生来说的，说明你老子积的德没白费，这也是我老爸在世时看到你六七十年代的行为，就说你是黄世善再世。乱整的，供你参考。”

晋华香说：“我还看不出你呢，编得好，既符合时代精神，也继承了传统。”

黄正梦高兴地说：“你们都比我强，晋同学是老初中，比我还多读了一年书，当那么多年的官，有见识，批得好。丁同学，你就不了解，我还是在村工作时才重新认识了他，他杂书读得不少，比你我都多。他常给别人写春联呢，我看可以。我老人他们死得早，出生年月我都不清楚，那时我才多大嘛，就加上去世年月，就可以了，你帮我记下来。”

晋华香说：“去世年月没啥，但光是‘去世’二字没体现时代，为教育后人，我看你母亲得加‘冤屈’二字，就写成‘某年某月冤屈去世’。你父亲的我没想好。”

三人琢磨了好久，找不得合适的词，“自杀”“斗死”“冤死”都不恰当。

还是丁大全找到个恰当的，就是“某年某月自裁去世”。

黄正梦想去想来，又说：“要得，不过光有‘冤屈’‘自裁’还不行，就是后人不知道为何冤屈，为何要自裁。我想再加几个字。我老爸的就写成‘某年某月土地改革时自裁去世’；我妈的就写成‘某年某月公社化时冤屈去世’。你们觉得如何？”

丁大全说：“是否露骨了点，再想想。”

晋华香说：“他母亲的没啥，公社化早就否定了，这是历史。但‘土改’没否定呀，要斟酌。”

丁大全说：“既然那么看，‘土改’也没什么，‘土地改革时自裁’是两可的事，既可看成他自已经不住考验而自裁，说明‘土改’是对的；也可看成是冤屈，说明‘土改’错了。”

三人磨来磨去，喝着茶、品着酒、捻着花生米，扯了一整天，最后还是觉得暂时这么定，都再思考一下。

清明节未到，大儿子在企业找了几个石工，就地取材，两三天就把坟整修了，基本符合老二的要求，比祖坟山上列祖列宗的稍微大点、美观点。唯一显眼的是碑，石料是黄家湾里没有的大理石，刻的字苍劲有力，不知儿子找的哪个书法家的手笔。

碑文如下：

楣文：德荫子孙。

对联：善事一生嫌不够；勤劳多苦有甘甜。

正文：“先考黄世善”与“先妣黄杨氏”并列，接着“之墓”。

正文上首：黄世善于公元一九五二年四月土改时因故去世；黄杨氏于公元一九五八年十月公社化时冤屈去世。

正文下款：长子黄正安、次子黄正梦立。公元二〇〇六年四月六日。

为啥不列两个孙子之名，丁大全提醒了他，万一今后有啥说法，是老人的事，与后人无关，这是黄正梦一辈子小心处事的原则，所以又把“自裁”改为“因故”。

清明节，黄正梦的儿孙们、大哥大嫂都回来扫墓了，娟儿用车把大孃也接回来了。在企业打工的，老大放了两天假，睏牛沟的多数打工仔也回来祭祖了。鞭炮接二连三，震耳欲聋、犹如春雷，家家荒冢前香烟袅袅，真是：

空空肚子冷荒冢，有了钱财孝祖宗。

冷暖人间何处看，黄家湾里尽相同。

竹林边，放了两挂鞭炮、两对蜡、两炷香、一个刀头、一盘水果、两杯酒，一堆燃烧着的纸钱，旺旺的火势，青烟袅袅，跪了一地哭泣的儿孙们。坟主几十年从未享受过这样的待遇，以为儿孙们把他忘了。今天身着新装，静静地躺在那里，并不理会儿孙们的情，叫不应、喊不醒，有意让儿孙们自责。最哀伤的是黄正梦，他亲眼看着两个老人悲惨地离开人世，自恨没法把老人安顿好。大哥、大姐只给父亲送了终，只有黄正梦给两个老人送的终，所以也只有黄正梦哭出了声，虽不像那天号啕，但自责之声，人人耳闻，才把全家人的眼泪引了出来。三个被吓着的小孙，从未见过如此场面，也跟着哭，比大人的哭声还凄烈。不是婆婆叫大家莫哭了该开午饭了，还收不了场。

黄正梦的老二因公事太忙，吃了饭就走了。老大要老爸把黄家的老辈子们请来商量一件事："老爸，那两间老屋，我们早买回来了，该整修一下，按老二的意思，可把那两间作为黄家公用，另外把正房那几间恢复起来，可提供给村上、组里作老年活动室，丰富了农村文化生活，有了人气才好。先看你的意思，行，就把黄家年长的请来商量。"

黄正梦听了心里好高兴，儿子比老子想得周到，就说："可以，我有啥意见？好，我去请。"马上起身就出去了。

人到齐后，父子俩讲了意图，大家当然同意。就是堂屋，原来黄世善在世时就已提供给黄氏家族立祖宗牌位的，如今好多老祖宗的名字都记不起了，咋办？黄世朋是黄家"世"字辈在黄家湾唯一在世的人，都称他是"总老辈子"。他弟黄世友当兵提干，早已在外安了家。经他集中意见说："国家，有国才有家，有家才说国，不爱家的人不会爱国。如今海外华侨还回国寻根问祖，我们守在老家的就更不能把老祖宗忘了。毛主席还要祭拜他父母，邓小平、陈毅还保留着他老人的坟呢！"

最后大家一致赞同，干脆统一立个香火，搞得像样点，不像各家自己立得不伦不类的。逢年过节，愿意去祭拜的就去，不勉强。

黄兴立最后才说："我想将两间正房保留原样维修，左边再修两间，作为我们队里大家休闲用。右边再修三间，建议作为村里老人的休闲场所。都用二四砖墙，参照老房，用小青瓦。大院坝不变，石板有缺损处，补修一下就行了，它属于集体，用处不变。原来两边厢房的屋基，我想栽培点树和花草，安点石凳、石桌，供大家休闲用。经费由我们企业出，人工由我请，你们都不用过问。香火咋立，就由二爷爷做主，我办就是了。如果同意，我就回去准备，保证一两月内干成。”

大家当然没意见，两个月后就修好了。黄世朋找到黄正梦、黄正才、黄正兴、黄兴农、黄正月、黄卫兵等，几经商量，反复斟酌，将香火的形制做成：

在堂屋正墙上固定一块 1 米见方的柏木牌，木板的本色上刊刻的正文是“天地君亲师位”，碗口大的黑字，庄重大方。正文的上款是核桃大的正楷字“湖广入川列祖列宗之位”；正文下款也是核桃大的正楷字为“公元二〇〇六年七月三日，黄氏家族后人敬立”。木牌下，一块 1 米长 30 厘米宽 10 厘米厚的柏木板做的神龛，神龛上放了一个精致的香炉，是供插蜡烛和香用的。神龛下，靠墙脚边，用石方砌的化纸钱的炉膛。炉膛前，石板地面上放了一块木板，供后人跪拜用的。四周墙面用现代白色涂料粉刷一新，两边靠墙处放了几把现代木椅。整个堂屋显得庄重深沉，让人肃穆起敬。

黄正梦卸任几个月，儿子办了两件事，他很高兴。董书记也不再来找他说“规模经营”的事了，新任村官幸多好也好说话，办老年活动场所的事，一说就准。

一天清晨，黄正梦漫步到黄家堂屋看看，走进左手边刚修的休闲室，黄世朋早已在品早茶，急忙招呼黄正梦坐，叫他大儿媳摆茶。黄世朋的大儿黄正农两口子，在家守着一家人的责任地，黄兴立把黄家新修的几间休闲室的管理也交给了他俩，一个月发点儿工资，顺便烧点开水、卖点茶食，所得归他自己。黄世朋无事，也帮忙招呼打点，他既是老队长，又是“总老辈子”，湾里人都很尊重他。

黄正梦品着香喷喷的早茶说：“二爸，近来身体可好？”

黄世朋咳了几声，将裹好的土烟递给黄正梦说：“还好，就是这个老支气管炎，脱不了身。现在没人找你的麻烦了，好好休息，你也累了一辈子，让年轻人去干。”

刚说着，黄正才也来了，进门还没坐下，就搭腔了：“就是嘛！累了一辈子，该享清福了。我如今也是只动动嘴，年轻人爱听就听，不听就算了，如今好多事，我们这一代都懂不起了。你们说是不？”

黄世朋说："万变不离其宗，嘴里说不清楚，心里是明了的。是啥虫，钻啥木，反正要劳动才有吃。是农民就得种地，是工人就得有技术，是厂长老板就得会管理经营。没那本事，就别想去端那碗饭，不眼红，才心安理得。董书记叫别人搞规模经营，他为啥不干？只晓得卖屁嘴。"

黄正才坐下，呷了一口茶，说："二爸说得是，人生一辈子，就得找准自己的位置，埋头苦干就有日子过。难怪你当了几年队长就不干了。我那儿子不干村长了，我就叫他别怄气，但队长甩不脱，甩脱了就更好了。"

黄正梦说："一个湾的事，总得有人跑跑路，就当是做好事，你做了好事，大家不会忘记你。二爸说得是，就是虫也得学本事，吴明礼是农民，种不来庄稼，就只有学他老汉去抢，做那些没良心的事。"

不知什么时候曲仁礼也来了，他搭腔说："他不是学不学本事的问题，是懒，变一辈子人，想的是天上掉下一个馍来。变狗吃屎，也得跑路，他就懒连你拉屎也得拉到他嘴边。当年要不是他老汉是土匪，他当了官才不得了，可能比杨社长、蒋队长还要凶。因为只有打人不需学，吃饭不要学。"

黄正成刚到，接着这个话头说："不说吴明礼了。我那死去的大嫂覃成花，她就不懒，就是中了魔。我还小时就记得，我家哪样对不起她，你当妇女干部，家里又没阻拦你，但你要摸到自己的良心嘛！哪知她连老人也不认了，就不对。我哥回家是想考验她，准备把她母女接到成都去安家，看我哥穿得烂，就不认了，闹着要离婚。结果如今我哥在成都儿孙满堂，而她与那个野男人1960年都饿死了，后人都没留一个。这说明人不强没关系，一家人不可能个个都强，大家拉扯着，就过了。但不要做亏心事，亏心了，谁愿与你过？"

曲仁礼回复说："就是，你看曾元盛的老婆虽不强，但为人忠厚，如今也儿孙满堂了。你看蒋士茂，虽脾气糙，也像他老子，但路没走歪，还安了家，让蒋天才没断后。"

说曹操，曹操就到了，蒋士茂人未到，声音就到了："嫂子，给我泡碗茶。"坐下后又说："梦哥，我看你心情好了，我就放心了，别听那个懂不起的书记的，姑爹说得对，干得着就干，干不得就算，要不是你，我哪来闲心陪你们喝茶？那天我没来参会，要是我来了，骂他龟孙子几句。"

黄世朋马上抢口说："你又来了，生就的性子，老了也改不了。"

"姑爹说得对，我这个性子真难改。我没本事，但我认准了人，就你姑爹、梦哥俩，你们再怎么说，我就听得进去，不然这辈子就糟了，还不算改呀！”这几句话把大家逗笑了。

不一会儿，刘代祥、蒋士元、王正元、曾元盛也陆续来了。都是一批60岁以上，红旗下成长的老人，儿孙们都在黄兴立企业打工。他们都陪着黄正梦守在黄土地里，在春光暖抚下，用一生的汗水，换来残年的梦，留恋着这片黄土地。

黄正梦见今天人较齐，就把自己唯一的一个心愿又说了：“今天人齐，我也老了，还有一个未了的心愿，想和大家商量。这一湾土地，不管它过去、如今或是将来，是属集体的也好，属私人的也好，反正我们的子孙后代都得靠它过日子。田土多年没整治了，越种越瘦薄，我想由我儿子企业去租几台挖土机、推土机工程车，用机械化整治一下。比如水塘的淤泥、排水沟的淤泥，都该搞整了，有的田埂也该整修了，那条小河也该疏通一下了。我们这辈人给后人造的孽，趁我们还在，把它补救了，我们死了，别让后人埋怨我们就行了。同时在二台土的背沟，修几个大一点的蓄水池，雨水季节既可挡沙，也可集水。雨水季节过了，就用抽水机抽水储满，如今劳力少了，家家挑粪水上山都困难。沼气池各家也该维修了，各家尽量少烧柴禾，让山林休养生息几年，土地不多，别再退耕还林了。二台土，我建议不搞多年生果木，搞生长期短的瓜果，不然后人想复耕都困难了，种粮的土块不够时还可种粮。朝土与两季田都种粮食，农民都买粮吃，国家这个大家怎么办？不要以为眼前粮食不值钱，别忘了手中有粮，心里不慌，1960年就是教训。你我都活了几十年了，凭我们人生的经验，年轻人没想到的，我们要想到，不然我们这一辈就是罪人了。如果没意见，小工就得大家出把力。今后各家种地，要注意保护耕地。各类粪渣，特别是沼气池的粪渣、蒿秆，不要乱堆乱放，屋前屋后扫地的垃圾，平时养成往地里倒的习惯，也费不了多少力，集多了就费力了。这样我们也像城里人，卫生搞得干干净净，过个舒心日子，也肥了地力。我已不是支书了，其他几个队没法说，我住家队，我才提个建议。”

老队长黄世朋接口就说：“那当然好噢，巴不得呢！最多休耕一季，也饿不到人。”

这个问题像扣住了大家的心窝子，你一言我一语，没有不赞成的。该如何搞、如何规划，各说不一，都提了不少建议。

这年冬季，老小都出力，黄正立给企业的黄家湾打工仔放了两个月的假，还不扣工资，让他们回家整治田土。按黄正梦的要求，由黄卫兵组织、督阵。原来，哪里该修蓄水池，哪条排水沟该咋修，水塘、河里的淤泥该复哪个土块，哪里土埂、河堤该咋样修，他早就集中了大家的意见，心中规划好了，一切都有序进行。一个冬季就基本完成了，少许扫尾工作，由各家边种地边修整。哪些田边地角该栽用材林，哪些土块可栽果木林，由各家掌握。让黄正梦没想到的是，后生们回来参加田土整治，都是重体力活，各家家长都督促他们、教育他们，使他们体验到庄稼人的艰辛，树立了保护耕地的观念。

湾里人高兴，乡上、县里也高兴。又是组织参观学习，不亦乐乎，就是这个经验学不走，因为找人出钱担大头无法学。黄正梦又给自己找来麻烦，为了回避纠缠，去女儿那里隐匿了几个月。

办了这件事，黄正梦才算彻底清闲了。后来他听了儿女们的建议，妈妈两母女喂点家禽，以混时日，猪也不养了。责任地除留两亩种粮地和几分蔬菜地，消磨一下黄正梦留恋土地的情怀，余下的两亩多瘦薄的山坡地，都准备退耕还果，再栽些新植的果木枇杷、水蜜桃、杏子、李子之类的，由儿子请短工管理，黄正梦只作技术指导。儿子要给他们请个保姆，被他们拒绝了。要三个老的进城，婆婆有心病，黄正梦离不开他一生用泪水、汗水浇灌的黄土地，他要守在老父、老母的坟前，补偿他过去愧疚的心情。只有他妻子依恋着孙儿、孙女，常在口里唠叨，面对老母和黄正梦，也无可奈何。

村党支部半年都没过组织生活，党员们除黄正梦、丁大全外，都不知支书是谁，也不过问。黄正梦活动的范围窄了，一是三五天去街上与丁大全、晋华香和乡村老同志喝茶、品酒、摆龙门阵；一是在活动室与黄世朋、黄正才、黄正兴、黄正月、刘代祥、曲仁礼、王正元、曾元盛等一批六七十岁的同年回忆往事，吹吹牛、喝茶、裹叶子烟；三是管管蔬菜地，享受他黄土情结的田园生活。

黄正梦老了，一生辛苦，练就了一副结实的身板。他没读过《红楼梦》。丁大全常在茶店酒桌上念《红楼梦》中的“好了歌”，为品酒、品茶助兴。听多了，黄正梦也会念了，但他又觉得不妥，以他自己对人生的切身体会，吟了一手打油的“好了歌”，自称是农民的《好了歌》：

世人莫说神仙好，隐形挂名谁见了，神仙打仗争功名，百姓遭殃丢命了。世人莫说神仙好，不挣饭钱人懒了，人生劳苦有何图，莫把肚儿空着了。世人莫说神仙好，天生公母分不了，世间万物没亲情，天上神仙妈没了。世人莫说神仙好，不要儿孙咋个了，痴心父母就因多，人种不然早绝了。

丁大全、晋华香拍手叫绝，想不到老同学还会吟诗。大家又经过一番推敲，觉得没多大改动。过了几天，又在一起喝茶，丁大全拿出一张纸来说："老同学编了一首《好了歌》，我想了好几天，想解一下老同学的歌意，不知贴切不？"拖着他不知哪里学来的读古书的声调，悠扬地读着：

旧屋新堂，没将列祖忘；院坝楼房，白头置嫁妆。新砖涂料粉高墙，晚年终有新人来热床。虽说我满泪痕，多苦伤，默然两鬓已成霜。昨日黄土竹林送白骨，今日儿孙满屋显强梁。空了仓，满了仓，沧桑变化来希望。哭诉老人命不长，又逢人世喜洋洋。有啥方，总是汗水换粮香。说凄凉，也曾孤独流落穷街巷。原来公社化，多是绳索绑；何嫌破袄寒，处处闹饥荒。乱哄哄，神仙打仗我遭殃，反把他乡认故乡。没荒唐，好了歌儿唱，神仙不求睡草堂。

黄正梦说："随便说说，你怎么就当真了？你读的杂书不少，我就没读过《红楼梦》，只看过电影，只觉得儿女情长。我读小学、初中时，只读过《三国演义》《水浒传》《说唐》《东周列国志》之类，那时还说是封资修的书。《红楼梦》，大人和老师都不让看，那时是淫书。后来经我二爸指点，就看点与农业有关的普及读物。想不到《红楼梦》还那么深奥，你知道的太多了，解得不错。虽然把《好了歌》改了，在红楼做梦不实在，但在黄土地里做梦也难。"

晋华香说："我读书时难得看课外书籍，后来读的都是红书，也是半罐水。工作了，看的是文件、党内刊物。想不到丁同学如此多才，可惜老天没造就你成大人物。听了你两个编的都差不多，我说不具体。"

丁大全说："在那个年代，除了做点农活、搞点跑路的事，无聊了，就在民间找些书来看，见书就读，什么风水书、算命书都浏览过，但专不进去，一知半解，混混口，凑合摆龙门阵而已。人世看不透，解黄同学的《好了歌》也不透。对人生苦短理解不深，凑个热闹。"

像往常一样，中午品酒，喝了一天茶各自回家，去品尝几十年人生苦短，回味几十年酸甜苦辣麻的人世生活，为下一轮喝茶添点话题，算是暮年的乐趣了。

儿女们一再劝三个老人搬进城里住别墅，人老了就是固执，黄家湾就是天堂，怎么也不愿离开。后来大嫂丁方容建议，将她女儿刘万芬安排回老家黄家湾，为三个老人做点家务。刘万芬还不到50岁，独生儿子在黄兴立企业做工，在睏牛石小区也有套住房，还未安家，她男人因患癌症，前两年就去世了，留她一人在家。她母亲就将她安排到黄家来一起过日子，自然高兴。三个三代女人，把家务料理得井井有条，黄正梦就更悠闲。他扎在黄土地，有儿孙们顶着风云，不再有烦恼，妈妈和老婆再难看见他脸上的愁云，自然一家乐融融的。这时他才体会到做美梦的滋味：

辛苦遭逢大半生，儿孙满屋喜家成。
继承家族勤劳苦，莫学神仙幻影腾。
腾云驾雾皆虚晃，种地收获看本能。
梦在红楼多泪水，耕耘黄土没昏沉。

公元二〇〇九年七月二十二日十八时落笔。晚饭后，去河景馨城小区外，沱江边的滨江路散步。众人议论日全食，早晨八时，乌云密布、日光隐匿、白昼如夜，为未目睹几百年难得的景观而后悔。牵出灵感云：

难逢落笔日全食，巧遇天机云隐匿。
莫道太阳羞涩来，天狼晦日瞬间事。